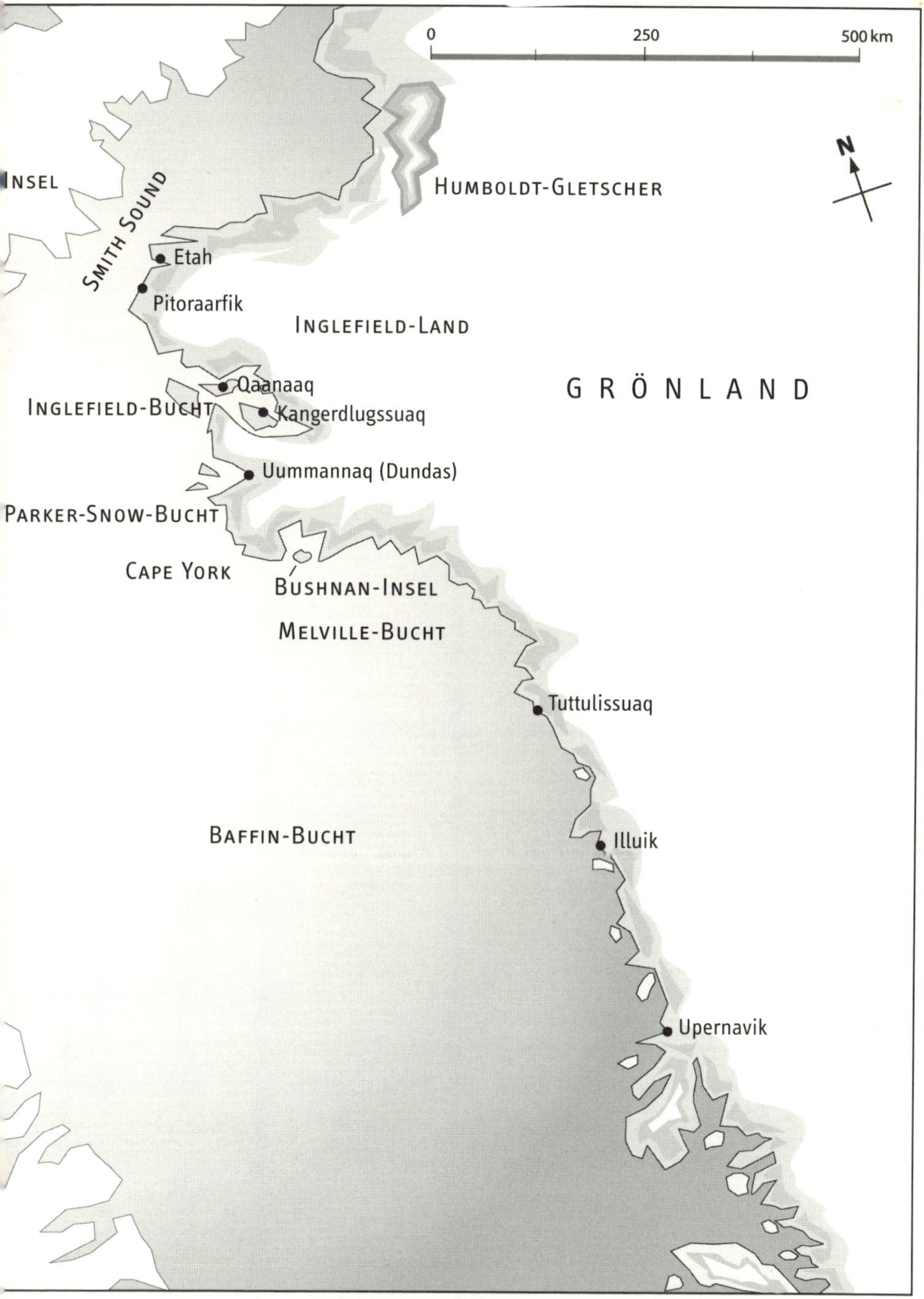
0
250
500 km
N
Humboldt-Gletscher
Insel
Smith Sound
Etah
Pitoraarfik
Inglefield-Land
Grönland
Qaanaaq
Inglefield-Bucht
Kangerdlugssuaq
Uummannaq (Dundas)
Parker-Snow-Bucht
Cape York
Bushnan-Insel
Melville-Bucht
Tuttulissuaq
Baffin-Bucht
Illuik
Upernavik

MINIK
An den Quellen der Nacht

RALF ISAU

MINIK

AN DEN QUELLEN DER NACHT

THIENEMANN

Für Karin

»Wenn du in das Land der Weißen kommst, pass auf,
dass du nicht zu viel von ihrem Geist aufnimmst.
Wenn du das tust, wird es zu vielen Tränen führen,
weil du ihn dann nicht mehr loswirst.«

Eqariusaq (Tochter von Nuktaq)

1.

Das Skelett

New York (USA), 8. Juni 1906

Die Welt hatte sich in einen Traum verwandelt. In einen Albtraum. Miniks Füße schlurften über den Boden, als habe er Blei in den Schuhen. Trotzdem keuchte und stolperte er so hastig die Treppen hinauf, als sei eine Meute Bluthunde hinter ihm her. Etliche Museumsbesucher drehten sich nach ihm um. Was sie wohl von ihm dachten? Ob sie ihn von den Zeitungsfotos wiedererkannten?

Von hinten hätte man ihn für einen ganz normalen amerikanischen Schuljungen halten können. Minik hatte rabenschwarzes, kurzes Haar, war schlank, knapp eins siebzig groß und tadellos gekleidet: hellgraues Hemd, marineblaue Knickerbocker und dazu passende Kniestrümpfe. Sein Benehmen indes musste den Beobachtern Rätsel aufgeben. Ihn kümmerte das wenig. Nicht in diesem Moment. Er war aufgewühlt, seine Nerven lagen blank. Eine ungeheuerliche Ahnung stemmte sich gegen die Pforte seines Verstandes, scharrte und kratzte daran wie ein wildes Tier. Aber noch konnte er die Bestie zurückhalten. Vielleicht war ja alles nur ein Irrtum.

Im ersten Stock wechselte er zur nächsten Treppe. Ein Besucherpaar versperrte ihm den Weg. Galant führte der geschniegelte Mann – grauer Ausgehanzug, weißes Hemd, gestärkter Kragen und Krawatte – seine Frau – Wespentaille, Rüschenbluse und knöchellanger Rock – am Arm die Stufen hinab.

Minik preschte wie ein Berserker mitten durch sie hindurch, geriet ins Stolpern und konnte sich gerade noch mit den Händen vor einem Sturz retten. Erst jetzt wurde ihm seine Rücksichtslosigkeit bewusst. Doch als er sich zu einer Entschuldigung umwandte, hatte der Angerempelte seiner Empörung schon Luft gemacht.

»Unverschämtheit!«

Die Dame, die von seinem Arm gerissen wurde, sah mitleidig in die schwarzen Abgründe von Miniks Augen und sagte: »Lass doch, Edward. Mit dem Armen stimmt etwas nicht. Hast du nicht gehört, wie er wimmert?«

Ihr Begleiter schnaubte angewidert. »Schon, aber ich finde Männer erbärmlich, die sich nicht in der Gewalt haben. Selbst als Chinese sollte der Rüpel wissen, was sich in diesem Land gehört.«

Sie griff nach seiner Hand und kräuselte die Lippen. »Ich korrigiere dich nur ungern, Darling, aber seine Haut war nicht gelb, sondern eher bronzefarben. Er muss ein Indianer sein. Als Kind habe ich mehrere Vorstellungen von Colonel Codys Show *Buffalo Bill's Wild West* gesehen. Ich kenne mich mit den Wilden aus.«

Beide irrten. Minik war weder Chinese noch Indianer, sondern gehörte dem Volk der Inuit an, war also ein »Eskimo«, wie man im New York des frühen zwanzigsten Jahrhunderts zu sagen pflegte. Überdies stand der vermeintliche Rüpel mit seinen sechzehn Jahren erst an der Schwelle zum Mannesalter.

Minik rappelte sich wieder hoch und strebte weiter dem Obergeschoss des Naturkundemuseums entgegen. Auf dem oberen Treppenabsatz hatte er das Paar schon wieder vergessen, weil die Bestie im Kerker seines Unterbewusstseins immer heftiger an der Pforte rüttelte.

»Bitte mach, dass es nicht stimmt!«, wimmerte er.

Aus den Augenwinkeln sah er eine bekannte Gestalt: Walter Schlesinger, den beleibten grauhaarigen Museumswächter. Als Dreikäsehoch hatte Minik das American Museum of Natural

History oft besucht und von Mr Schlesinger Süßigkeiten zugesteckt bekommen. Alle mochten den kleinen Polareskimo, besonders die Anthropologen und Ethnologen, die nach Herzenslust an ihm herummaßen, ihn – mal in Pelzkleidung, mal im Adamskostüm – fotografierten, sich mit ihm unterhielten und sein Verhalten studierten. Dank Minik hatten die Wissenschaftler Feldforschung betreiben können, ohne ins eisige Feld zu müssen.

Ohne auf das Winken des Museumswärters zu achten, lief Minik nach rechts, zum Saal Nummer drei. Wie betrunken wankte er und nahm seine Umgebung nur verschwommen wahr, weil ihm schreckliche Bilder durch den Kopf spukten: eine von Speckkäfern abgenagte Hand, ein ausgestopftes Inuit-Mädchen in einem Glaskasten …

Vor ihm tauchte ein hoher Durchgang auf. In dem Raum dahinter brannte elektrisches Licht. Die Schilderungen seiner Mitschüler schossen ihm durch den Kopf.

Wir haben in der Zeitung gelesen, dass Qisuk oben im dritten Saal …

Ein Schauer lief Minik über den Rücken. Nein, er mochte es sich lieber nicht vorstellen. Auf der Türschwelle versperrten ihm eine dicke rote Kordel und ein Schild den Weg. Er las die Aufschrift.

Anatomische Ausstellung vorübergehend geschlossen.
Bald werden wir Ihnen an dieser Stelle
neue, aufregende Exponate zeigen.
Wir danken für Ihr Verständnis.

Im Raum hinter der Barriere herrschte reges Treiben. Minik hörte laute Stimmen. Irgendwo hämmerten Handwerker. Er tauchte unter der Kordel hindurch.

Sein Blick schweifte durch den großen, rechteckigen Saal, in dem etliche Glasvitrinen mit Skeletten standen. Neben jedem Schaukasten befand sich ein Schild zur Erläuterung des Inhalts. Links vom Eingang war eine Handvoll Arbeiter mit der Aufstellung neuer Exponate beschäftigt. Minik suchte weiter. Er sah das Knochengerüst eines Eisbären, eines Seehundes, eines Narwals – und dann erstarrte er.

In einer Ecke rechts von ihm stand ein *menschliches* Gerippe.

Seine Füße setzten sich wieder in Bewegung, ohne dass er ihnen den Befehl dazu gegeben hatte. Unerbittlich trugen sie ihn näher an den hohen Glaskasten heran. Aber jeder Schritt fiel ihm schwerer, jeden Moment konnten ihm die Beine einknicken. Er spürte, wie seine Willenskraft erlahmte und er die Bestie hinter der Pforte nicht länger zurückhalten konnte. Dennoch sträubte sich sein Verstand immer noch zu akzeptieren, was seine Augen sahen. Fortwährend schüttelte er den Kopf und wimmerte: »Nein, nein. Bitte, Gott, lass es nicht wahr sein!«

Das Skelett schien ihm zuzulächeln, als wolle es ihm Mut machen. Minik schleppte sich bis zu dem Kasten. Die Pforte zu seinem Unterbewusstsein gab einen Spaltbreit nach und weitere unheimliche Erinnerungen quollen hervor: von einer Knochenbleichfabrik, von einem Zwillingsmädchen, das angeblich für das Museum präpariert wurde …

Minik sah zu der Beschriftung an der Wand. Sein Blick war von Tränen verschleiert. Er wischte sich mit dem Hemdsärmel über die Augen. Jetzt erst konnte er das Schild lesen.

Nr. 5: Das Skelett von Qisuk,
einem Polareskimo

»Nein!«, schrie Minik. Seine Stimme hallte durch das ganze Geschoss. Er spürte, wie die Pforte zu den verdrängten Schrecknissen seiner Kindheit endgültig aufgestoßen wurde. Eine Woge von Übelkeit brandete durch ihn hindurch. Aus der Tiefe seiner Seele wirbelten Schmerz, Bitternis, Enttäuschung und Ohnmacht empor, bis nur noch die dunkle Leere der Einsamkeit blieb. Verzweifelt streckte er die Arme nach der Vitrine aus. Er zitterte am ganzen Leib. Sein Herz pochte so wild, als wolle es ihm aus der Brust springen. Kraftlos sackte er auf die Knie und sein Magen stülpte sich um.

Nachdem er sich übergeben hatte, weinte er hemmungslos. Minik fühlte sich verraten, betrogen, alleingelassen. Vage nahm er Schritte wahr. Vermutlich die Arbeiter. Plötzlich legte sich von hinten eine Hand auf seine Schulter.

»Was ist mit dir, Junge?«

Minik schaute zu dem Mann auf. Es war der alte Schlesinger. Der Museumswächter half ihm unter gutem Zureden auf die Beine.

»Warum weinst du, Junge?«

Minik spürte, wie abermals Übelkeit in ihm hochstieg. Es gelang ihm zwar, das Würgen zu unterdrücken, nicht aber die Tränen. Fahrig deutete er auf die Vitrine und antwortete: »In dem Kasten. Da steht mein Vater.«

Der Alte riss Augen und Mund auf. »Dein … *Vater?*«

»Ja!«, schrie Minik voller Wut und Trauer. Speichel, Rotz und Schleim zogen Fäden auf seinen Lippen. Der Zeigefinger wanderte etwas nach rechts. »Da auf dem Schild steht's doch: ›Das Skelett von Qisuk‹.«

Der Museumswächter legte ihm wieder die Hand auf die Schulter. »Das heißt noch gar nichts, Junge. Schau, mein Name ist Walter, und es gibt noch Tausende andere, die so heißen. Ich erinnere mich gut an deinen Vater. Er hatte den Spitznamen ›der Lächelnde‹. Leutnant Peary nannte ihn den ›Walrosstöter von Itilleq‹. Aber weder das eine noch das andere steht dort auf dem Schild. Bestimmt ist der Eskimo hinter der Scheibe ein ganz anderer Qisuk.«

Miniks Gesicht war eine schmerzerfüllte Grimasse. Er schüttelte den Kopf. »Nein. Unser Dorf hatte weniger als dreihundert Seelen. Das ist nicht irgendein Qisuk. Sie haben meinen Vater gehäutet und ihn hier aufgestellt.«

»Du musst dich irren, Minik«, widersprach Schlesinger. »Dein Vater wurde im Garten des Museums beigesetzt. Du warst doch selbst dabei und hast es mit eigenen Augen …«

»Ich weiß, was ich gesehen habe, aber offenbar hat man ihn später wieder ausgegraben«, fiel Minik ihm ins Wort. Seine Stimme bebte vor Zorn. Er deutete abermals mit dem Finger auf die Vitrine und sagte: »Sehen Sie die Verletzung da, am Knochen seines linken Unterarms? Daran erkenne ich ihn. Ich kann mich noch genau an den Tag erinnern, als er beim Verladen des Meteoriten verletzt wurde. Danach hat Leutnant Peary meinen Vater und die anderen überredet, ihn nach New York zu begleiten. Ich verfluche diesen Tag und ich verfluche Peary, diesen Stiefelputzer des Teufels. Mein Volk nennt ihn zu Recht ›den großen Peiniger‹. Er hat mich von meinen Spielkameraden fortgerissen und für einen Stein, der vom Himmel fiel, das Leben von sechs Menschen zerstört.«

2.

Die Eiseninsel

Cape York (Grönland), 12. August 1897

»*Tikeqihunga!*« Der Ruf hallte über das in der Sonne glitzernde Wasser am Cape York, als ritte er auf den Schwingen einer Raubmöwe. Er kam von der *SS Hope*, einem Dampfschiff mit drei Masten, das im Vergleich zu den es umschwärmenden Kajaks so riesig war wie ein Wal inmitten von Lachsen. Minik stand am Ufer, umgeben von zahlreichen anderen Kindern und Frauen; die meisten Männer hatten sich schon bei der ersten Sichtung der Segel in ihren Booten aufs Meer hinausbegeben.

Schiffe wie die *Hope* waren ein vertrauter und durchaus willkommener Anblick für die Inuit von Avanersuaq, dem »Platz im entlegensten Norden« von Westgrönland. »In ihrer Heimat gibt es das ganze Jahr Licht«, hatte Qisuk einmal seinem Sohn erklärt. »Deshalb kommen diese rastlosen Leute zu uns und schöpfen aus den Quellen der Nacht.« Mit dieser poetischen Umschreibung pflegte er das angestammte Gebiet der Inuit zu umschreiben, weil hier zwischen Herbst und Frühjahr vier Monate lang Dunkelheit herrschte. Auf den Mann, dessen feste, Ehrfurcht gebietende Stimme sich da gerade mit ihrem »Da bin ich!« Gehör verschafft hatte, traf Qisuks Feststellung zweifellos zu – zwei der vier letzten Winter hatte er bei den Inuit verbracht.

Leutnant Robert Edwin Peary bediente sich nur selten des Inuktitut, der »Sprache der Menschen«, um sich verständlich zu machen. Er hatte sich nie mehr als ein paar Brocken des

Wortschatzes der Polareskimos angeeignet. Vielleicht war diese Enthaltsamkeit der Ausdruck einer inneren Distanz. Gleichwohl ging er bei jeder ihm passenden Gelegenheit mit ihnen auf Tuchfühlung und griff in ihr Leben ein, wann immer es ihm gefiel. Für ihn waren sie »seine Leute«. Er betrachtete sie und ihr Land als seinen persönlichen Besitz – und sich gewissermaßen als ihren König.

Die meisten Inuit konnten mit seiner besitzergreifenden Art leben. Früher hatten sie Hunger gelitten, wenn sich das Jagdglück einmal von seiner launischen Seite zeigte. Vor sechs Jahren – kurz nach Miniks Geburt – erschien dann plötzlich Peary in ihrer Welt und vieles wandelte sich zum Besseren. Sie gaben ihm, wonach ihm gelüstete – Pelze wie auch Elfenbein von Narwalen und Walrössern –, er versorgte sie dafür mit so nützlichen Dingen wie Messern, Fingerhüten oder Zwieback. Manchmal verschenkte er zum Dank für treue Dienste sogar ein Stück Holz – in der baumlosen Welt der Polareskimos ein unvergleichlich kostbarer Schatz.

Obwohl dieser *qallunaaq* – der »weiße Mann« – unter den Nordleuten seine Bewunderer hatte, waren ihm beileibe nicht alle wohlgesonnen. Einige nannten ihn »den großen Peiniger«, weil er ziemlich unerbittlich sein konnte, gegenüber sich selbst und gegenüber solchen, die unter seinem Kommando standen. Ihm zu gefallen, bedeutete für Einzelne bisweilen unsägliche Qualen. Besonders gefürchtet war seine Reizbarkeit. Rücksichtslos wie ein General im Feldzug, manchmal mit Drohungen und Zwang, pflegte er seinen Willen durchzusetzen. Meistens genügte allerdings seine schiere Präsenz, um den bedingungslosen Gehorsam der Expeditionsteilnehmer einzufordern. Peary war zäh, stark und ein Meter fünfundachtzig groß – im Kreis seiner Inuit-Jäger wirkte er stets wie ein Riese.

Minik und viele der Jüngeren am Strand kannten ihn nur aus den Geschichten, die Aleqatsiaq und andere Jäger während der langen Polarnächte erzählten. Für die Kinder hätte der Leutnant der US Navy ebenso gut von der Sonne oder vom Mond kommen können, so fremd erschien er ihnen. Umso aufgeregter waren sie jetzt, als sie ihn leibhaftig zu Gesicht bekamen, wenn auch vorerst nur winzig klein aus der Ferne.

»Piuli, Piuli!«, rief Minik im Chor mit den anderen Kindern – kaum einem Inuk gelang es, den Namen des Entdeckers richtig auszusprechen. Neben ihm hüpfte sein liebster Spielkamerad, Oki. Die beiden Jungen versuchten sich an Lautstärke gegenseitig zu übertreffen.

Auch die Frauen stimmten in das Geschrei mit ein. Einige waren mit ihren Familien aus nördlicher gelegenen Lagern nach Cape York gekommen, das weit im Süden von Avanersuaq lag. Sie wollten Peary ihre Dienste anbieten und mit ihm Handel treiben. Nicht wenige Frauen arbeiteten als Näherinnen für ihn, weil er auf seinen arktischen Expeditionen die Vorzüge der einheimischen Fellkleidung nicht missen wollte. Früher hatte auch Miniks Mutter Mannik für den weißen Mann Hosen und Jacken angefertigt, aber sie war im letzten Jahr gestorben; eine Krankheit hatte sie und dreißig andere des Stammes dahingerafft. Minik vermisste ihre Lieder in dem Zelt aus Walrosshaut, das er nun allein mit seinem Vater bewohnte.

»Da! Da!«, quietschte Oki aufgeregt und zeigte zum Segelschiff hinüber, wo drei Jäger sich anschickten, über eine Strickleiter aufs Oberdeck zu klettern.

»Das ist mein Vater. Er wird mit Piuli verhandeln«, erklärte Minik mit wichtiger Miene.

»Und Nuktaq. Und Aleqatsiaq«, sagte Oki. Er war erst sechs, fast ein Jahr jünger als Minik.

Peary hatte die Stärke, Ausdauer und Erfahrung dieser Männer in den letzten Jahren schätzen gelernt und würde sich bestimmt auch in diesem Sommer wieder ihrer Dienste versichern wollen. Miniks Vater Qisuk gehörte zu seinen Lieblingen. Er nannte ihn den »Walrosstöter von Itilleq«. Bestimmt wird der weiße Mann auf Vater nicht verzichten wollen, dachte Minik und sah sich der Erfüllung seines Traumes schon ganz nah – ein eigenes Messer zu besitzen, war sein größter Herzenswunsch.

Mit einem Mal konnte er die Jäger auf dem Oberdeck des Seglers nicht mehr sehen. Vermutlich palaverten sie mit Piuli. Im Stammesrat wurde manchmal ganze Ewigkeiten lang geredet. Minik setzte sich auf einen Felsen. Mit seinem kleinen Bogen aus Moschusochsenhorn hatte er schon manches scheue Wild erlegt, weil er als Siebenjähriger bereits die Kunst der großen Jäger beherrschte: das Warten.

Geduld war auch bitter nötig, denn Peary unterhielt sich lange mit den Inuit. Das Anstarren des Schiffes wurde den meisten am Strand bald zu langweilig. Daher liefen die Frauen und Kinder auseinander, um sich wichtigeren Beschäftigungen zuzuwenden. Dazu gehörte auch das Verstecken von Fellen und Elfenbein – die Gier des weißen Mannes nach diesen Dingen war unersättlich.

Irgendwann erschöpfte sich auch Okis Geduld. »Kommst du mit spielen, Minik?«

Dieser zuckte die Achseln. »Ich bleibe noch hier und warte auf meinen Vater .«

»Na gut. Ich gehe zu den Zelten, falls du mich später suchst.«

Minik nickte. Eine Weile folgte er seinem davonhüpfenden Freund mit den Augen, dann blickte er wieder zu Pearys Schiff hinüber. Sein ganzes Wissen über den Amerikaner verdankte er den Erinnerungen anderer Familien- oder Stammesmitglieder. Der große *qallunaaq* Piuli habe ihm schon als Säugling die Händchen getätschelt, hatte Qisuk einmal erzählt. Andere Erwachsene meinten, Peary sei geradezu besessen von den *savikuse,* den »großen Eisen«, welche viele Generationen lang das Metall für die Harpunen und Messer der Inuit geliefert hatten.

Vor zwei Jahren hatte Peary »den Hund« und »die Frau«, zwei kleinere, nach ihrer Form so benannte Eisenbrocken auf sein Schiff geladen und war damit in den Süden gefahren. Nicht wenige Inuit betrachteten den Verlust ihrer Eisenquellen mit Sorge, aber was sollten sie machen? Peary hatte einen starken Willen, dem sich niemand zu widersetzen wagte. Außerdem belieferte er ganz Avanersuaq mit Tauschwaren. Sie waren abhängig von dem Mann. Und jetzt wollte »der große Peiniger« ihnen auch noch das letzte und größte Eisen nehmen. Die Inuit nannten es »das Zelt«. Peary behauptete, die *savikuse* seien vom Himmel gefallen und für die Menschen in seiner Welt von großem wissenschaftlichen Interesse. Was immer er damit meinte, wollte er »seine Leute«, die Inuit, doch nicht bestehlen. Um sie für den Verlust zu entschädigen, versprach er ihnen Messer, Gewehre, Nadeln, Fernrohre und andere Schätze des weißen Mannes.

An Deck der *Hope* tat sich etwas. Minik erklomm seinen Sitzstein, um die Bucht besser überblicken zu können.

Ein größeres Beiboot wurde zu Wasser gelassen. Sein Vater und die anderen beiden Jäger stiegen unterdessen in ihre Kajaks. Qisuk paddelte sofort los. Seine Gefährten warteten noch auf ein Fass, das vom Deck zu ihnen hinabgelassen wurde. Vermutlich ein großzügiges Willkommensgeschenk Piulis, dachte Minik. Nuktaq und Aleqatsiaq hatten ihre Boote mit einem hautbespannten Knochenrahmen verbunden, auf dem sie die Tonne in Empfang nahmen. Nachdem der Behälter wie in einer straffen Hängematte lag, machten sie sich auf den Weg zum Strand. In der Zwischenzeit war auch das Beiboot einsatzbereit und wurde mit mehreren Seeleuten bemannt. Zum Schluss kletterte auch Leutnant Peary über das Fallreep in die Pinasse.

Minik sah schon von Weitem, wie sein Vater übers ganze Gesicht strahlte – im Stamm nannte man ihn »der Lächelnde« – und rief voller Ungeduld: »Hast du ein Messer für mich?«

Qisuk antwortete nicht sofort, sondern lenkte das Kajak zunächst ans Ufer. Sein schulterlanges, schwarzes Haar flatterte im Wind. Er war einer der besten Jäger des Stammes, nicht nur von seinem Sohn bewundert und geliebt. Nachdem er das Boot ein Stück weit den steinigen Strand hinaufgezogen hatte, richtete er sich zur vollen Größe von einem Meter sechzig auf, gab seinem Sprössling einen Nasenkuss und drückte ihn hiernach an sich, als seien sie wochenlang getrennt gewesen.

Während das Gesicht des Jungen noch in Qisuks Felljacke vergraben war, kam er abermals auf die Frage aller Fragen zurück. »Wann bekomme ich ein Messer, Vater?«

Qisuk lachte. »Du bist ein Quälgeist, Minik. So schnell geht das nicht. Erst müssen wir für Piuli arbeiten und *danach* bekommen wir unseren Lohn.«

Minik befreite sich aufgeregt aus der Umarmung. »Dann nimmt dich der weiße Mann wieder mit?«

»Ja. Er will ›das Zelt‹ auf sein Schiff verladen. Wir helfen ihm dabei und weißt du was, kleiner Jäger?«

»Nein.«

»Diesmal kommst du mit.«

»Ich …?« Miniks Augen wurden groß. »Du meinst, ich muss nicht bei den Frauen bleiben?«

»Nein. Piuli hat nichts dagegen, wenn wir unsere Familien mitnehmen.« Qisuk seufzte. »Nach dem Tod deiner Mutter bist du meine ganze Familie, kleiner Jäger.«

Minik war viel zu aufgeregt, um die leisen Töne seines Vaters zu bemerken. Er stellte sich vor, was für ein Abenteuer es sein würde, mit dem großen Segelschiff übers Meer zu fahren.

Inzwischen hatten Nuktaq und Aleqatsiaq das Fass ans Ufer balanciert. Ihre Rückkehr war nicht unbemerkt geblieben, sodass der Strand sich rasch mit Inuit füllte.

»Ist das ein Geschenk von Piuli? Was ist da drin?«, fragte Minik.

»Zwieback«, antwortete Qisuk.

Sein Sohn sah ihn verständnislos an. »Und wozu ist das gut?«

»Zum Essen.«

»Ist Zwieback ein anderes Wort für Fisch, Robbe oder Karibu?«

»Weder noch. Es wird in einem Ofen gebacken. Lass dich überraschen.«

Nuktaq und Aleqatsiaq hievten das Fass ans Ufer, öffneten den Deckel und streuten den Inhalt auf den Strand. Dabei rief Aleqatsiaq: »Hier, probiert das. Es ist ein Geschenk des großen weißen Führers für euch.«

Das ließen sich die Kinder, Frauen und Männer nicht zweimal sagen. Mit begeistertem Geschrei stürzten sie sich auf die Leckerbissen. Minik hätte auch gerne ein Stück Zwieback ergattert, aber gerade als er sich den anderen anschließen wollte, wischte sein Blick über die Bucht und blieb an dem sich nähernden Beiboot hängen.

Die mit acht Ruderern bemannte Pinasse von Peary war nur noch einen Steinwurf weit vom Ufer entfernt. Der Leutnant ragte aus dem Bug auf wie das Horn eines Narwals. Als das hölzerne Boot auf den Strand schabte, schwang er sich behände über das Dollbord und lief geradewegs auf Qisuk und seinen Sohn zu. Zwei andere weiße Männer folgten ihm.

Je näher die Fremden kamen, desto unwohler fühlte sich Minik. Vor allem Pearys Anblick ließ ihn erschauern. Er war ein Riese, der mit jedem Schritt sogar noch zu wachsen schien. Als er schließlich vor Vater und Sohn stehen blieb, musste der

Junge den Kopf weit nach hinten neigen, um zu Peary aufzuschauen. Huldvoll lächelte dieser auf ihn herab.

Nie zuvor hatte Minik einen größeren Menschen gesehen. Sofern er überhaupt ein Mensch war. Obwohl er die Kapuzenjacke und auch sonst die typische Fellkleidung der Polareskimos trug, kam er dem Jungen eher vor wie ein Besucher aus einer anderen Welt: Pearys Haut war bleich, der Schnurrbart ungewöhnlich dicht, das helle Haar hatte einen rötlichen Schimmer und die Augen – graublau – blickten kalt wie Gletschereis; sie schienen geradewegs durch ihn hindurchzusehen. Ängstlich griff Minik nach der Hand seines Vaters. Als der Hüne dann auch noch gänzlich unverständlich zu sprechen begann, stand für den kleinen Polareskimo fest, ein überirdisches Wesen vor sich zu haben.

»Piuli sagt: Junge gewachsen. Wangen rund. Junge schön fett«, übersetzte einer der beiden Männer aus Pearys Gefolge eher schlecht als recht.

Qisuk bedankte sich lächelnd für das Kompliment.

Wieder richtete der Leutnant das Wort an ihn und sein Begleiter übertrug die Frage in die Sprache der Polareskimos. Es ging um Aleqasina, Piugaattoqs blutjunge Gefährtin. Offenbar sollte »die Schöne des Stammes« Peary wieder das Bett wärmen – bei den Inuit galt es als Gebot der Höflichkeit, dem Gast eine Frau zu leihen.

Miniks Vater wiederholte ihren Namen und kratzte sich am Kopf. »Sie müsste in Piugaattoqs Zelt zu finden sein. Es steht dort hinten.« Er deutete zum nördlichen Ende des Lagers.

»*Anirsalu*«, sagte Peary, um sich zu bedanken. Er ließ Vater und Sohn stehen, um sich in die angezeigte Richtung zu entfernen. Sein Gefolge schloss sich ihm an. Einer der Männer sagte etwas, das ziemlich fröhlich klang. Dabei deutete er auf die Inuit, die immer noch über den Boden krochen und die letzten Zwiebäcke auflasen. Die drei Fremden lachten.

»Warum freuen sich die weißen Männer so?«, fragte Minik.

Qisuk hatte aufgehört zu lächeln. Mit starrer Miene antwortete er: »Sie machen sich über uns lustig.«

»Aber warum tun sie das, Vater?«

»Denk nicht weiter drüber nach, kleiner Jäger. Der weiße Mann tut ständig verrückte Sachen. Stell dir vor, Piuli will eine Reise zum *Nordpol* unternehmen. Das ist der Gipfel unserer Welt, ein Ort, an dem jeder Wind aus Süden weht. Dort gibt es nichts als Schnee, Sturm, Eis und Kälte. Alles zum Überleben Nötige muss man dorthin mitbringen, und wer zu lange bleibt, der stirbt unweigerlich.«

Minik verzog das Gesicht. Das war tatsächlich das Dümmste, was er je gehört hatte. »Warum will Piuli dahin?«

»Weil noch niemand vor ihm dort gewesen ist.«

»Verstehe ich nicht.«

»Er will *Ruhm,* Minik.«

»Warum erlegt er nicht einen starken Eisbären? Dann werden alle Jäger ihn achten.«

»Das genügt Piuli nicht. Er möchte der größte Entdecker sein, ein Mann, über den in allen Iglus seiner Heimat bewundernd gesprochen wird. Außerdem sollen sein Land und sein Volk durch seine Heldentat besser, größer und stärker als alle anderen Länder und Völker werden.«

»Und wozu?«

»Ich habe keine Ahnung. So ist der weiße Mann nun mal.«

Minik schüttelte verständnislos den Kopf. Nach einer Weile fragte er besorgt: »Sollst du mit Piuli zu diesem Pol-Dings gehen?«

Qisuk konnte mit einem Mal wieder lachen. »Nein. Keine Sorge, kleiner Jäger. Mit uns hat er etwas weniger Beschwerliches vor. Hast du je von dem Märchen gehört, das sich die weißen Männer über die ›großen Eisen‹ erzählen?«

»Ja. Sie dachten, wir holen unsere Harpunenspitzen aus einem Berg, der ganz und gar aus Eisen besteht.«

»Richtig. In diesem Jahr ist Piuli nur deswegen nach Avanersuaq gekommen. Er sagte: ›Jetzt fahren wir nach Bushnan Island und holen uns den Eisernen Berg.‹«

»Darf Oki auch mitkommen?«

»Du wirst wohl für eine Weile ohne ihn auskommen müssen. Sein Vater ist dagegen, dass Piuli das letzte der großen Eisen von hier fortnimmt.«

»Warum denn?«, lachte Minik. »Wir brauchen sie doch nicht mehr. Piuli hat dir ein Gewehr gegeben und Messer kriegen wir auch von ihm.«

»Okis Vater meint, die Geister der Steine würden jeden verfluchen, der sich mehr als ein kleines Stück Metall nimmt. Du kennst doch die Geschichte von den Inuit, die sich die anstrengende Reise nach Saviksiivik – dem Ort, an dem man das Eisen findet – ersparen wollten. Sie haben der ›Frau‹ den Kopf abgeschlagen und ihn auf einen Schlitten geladen. Als sie das Eis überquerten, brach es unter ihnen auf und verschlang den Schlitten samt den Hunden und dem Kopf der Frau.«

Minik gefor das Lachen auf dem Gesicht. Mit einem Mal fand er es gar keine so gute Idee mehr, zur Eiseninsel zu fahren und Peary beim Verladen des »Zeltes« zu helfen.

Die Legende vom Eisernen Berg war noch keine achtzig Jahre alt. Sie ging auf John Ross zurück, einen britischen Marineoffizier, der sich im Jahr 1818 auf die Suche nach einer Nordwestpassage um den amerikanischen Kontinent herum begeben und dabei die Polareskimos entdeckt hatte. Anfangs hielten die Inuit seine beiden Schiffe für riesige Vögel und flohen vor ihm. Bald aber lockte ihre Neugierde sie zurück zur Küste. Sie zeigten Ross die groben Klingen ihrer Messer und Harpunen, welche von *savikuse* stammten, den »großen Eisen«, wie sie ihm erklärten. Er hatte nur einen Dolmetscher aus Südgrönland dabei, der einen anderen Inuktitut-Dialekt sprach und die Schilderungen seiner nördlichen Verwandten nur ungenau übersetzte. So kam es, dass Ross nach England zurückkehrte und von einem »Eisernen Berg« im arktischen Hochland berichtete.

Später fand man heraus, dass die von ihm mitgebrachten Inuit-Waffen nicht nur Eisen, sondern auch beträchtliche Anteile von Nickel enthielten. Wissenschaftler äußerten die Vermutung, es könne sich um Bruchstücke von Meteoriten handeln. Hierauf begann eine fieberhafte Suche nach dem Eisernen Berg, aber erst Robert Edwin Peary konnte Qisuk überreden, das Geheimnis der Eisenquelle seines Volkes zu verraten, und Aleqatsiaq führte ihn schließlich zum Schatz der Inuit.

Ihrer Form wegen nannten sie die Meteoritentrümmer »Frau«, »Hund« und der größte hieß »Zelt«. Letzteren widmete Peary seiner im Dezember 1893 in Grönland geborenen Tochter Marie. Ihr zweiter Name – Ahnighito – sollte auf ewig mit dem vom Himmel gefallenen Riesen verbunden sein.

»Frau« und »Hund« hatte der selbst ernannte König von Avanersuaq gleich 1895 mitgenommen. Ahnighito lag etwa vier Meilen von ihnen entfernt auf Saviksoah, einer Insel, die von den Amerikanern Bushnan Island genannt wurde. Das »Zelt« war zu schwer gewesen, um es nur mit Muskelkraft abzutransportieren. Ein Jahr später hatten Pearys Helfer den sechsunddreißig Tonnen schweren Meteoriten immerhin bis zur Küste wälzen können. Ein Wetterumschwung machte das Verladen des Kolosses dann aber unmöglich. Das Versäumte sollte jetzt, im dritten Anlauf, nachgeholt werden.

Die Melville Bay, von den Inuit Qimusseriarsuaq genannt, war in diesem Sommer fast eisfrei. Doch jeder wusste, wie schnell die Witterung umschlagen konnte. Um sich nicht noch einmal von Schnee und Eis in Fesseln legen zu lassen, vergeudete Peary am Cape York keine Zeit. Er rekrutierte Hilfskräfte und traf weitere Vorbereitungen. Fernerhin überredete er die Stammesführer, ihm die sterblichen Überreste von ein paar kürzlich dahingeschiedenen Polareskimos zu überlassen. Mit einigen der Toten hatte er gefährliche Abenteuer bestanden. Er versprach, ihre Gebeine in schöne Kisten zu betten, in denen sie fortan sicher aufgehoben wären.

Ein Sprichwort der Inuit lautete: »Unser Körper ist nichts als eine Hülle unserer Lebenskraft.« Nach ihrem Glauben besaß jeder Mensch mehrere Seelen. Wenn er starb, endete zwar die Existenz von *nappan,* der persönlichen Seele, aber der Schatten *tarrak* verweilte weiter an dem Ort, an dem der Leichnam aufgebahrt lag. Wie alle Bereiche der menschlichen Existenz, so wurde auch deren Ende, der Tod, von *Tabus* geregelt, Verboten, die sowohl dem Leben des Einzelnen wie auch dem gemeinschaftlichen Gefüge Stabilität verliehen. Um mit den Geistern keine Scherereien zu bekommen, hielten sich die Inuit streng daran. Aber wenn die Gebeine des Toten erst einmal ordnungsgemäß begraben waren, lebte dieser befreit im Himmel, unter dem Meer, über den Wolken oder er band sich an einen neuen Körper, den eines Kindes oder eines Tieres. Die sterblichen Überreste dagegen verloren ihre Bedeutung. Im Jahr 1822 war der Entdecker William Parry einigermaßen schockiert gewesen, als er Schlittenhunde dabei beobachtete, wie sie sich an den gerade erst beerdigten Toten eines Stammes gütlich taten. Andere Polarforscher störten sich daran, dass Kinder mit einem Menschenschädel spielten oder die Knochen der Verstorbenen rund um das Lager verstreut lagen. Die Polareskimos fanden die empörten Proteste der *qallunaaq* ziemlich kindisch.

Pearys Bitte um die Gebeine ihrer Stammesbrüder und -schwestern rief unter den Inuit nicht gerade Begeisterungsstürme hervor, aber sie waren darüber alles andere als entrüstet. Letztlich willigten sie ein, die Steingräber zu öffnen, die Knochen in fünf große Fässer zu füllen und an Bord der *Hope* zu verladen.

Als die Stunde der Abreise zur »Eiseninsel« kam, war Minik furchtbar aufgeregt. Sein Vater hatte ihn in den vergangenen Tagen bewusst von den weißen Männern ferngehalten. »Spiel mit deinen Freunden. Wer weiß, wann du sie wiedersiehst«, hatte er gesagt.

Jetzt fuhren Vater und Sohn zur *Hope* hinüber. Sie saßen zusammengepfercht in Qisuks Kajak, das eigentlich nur für einen Jäger gebaut war. Je näher sie dem Segler kamen, desto stiller wurde Minik. Unter dem Dreimaster fühlte er sich wie ein Zwerg.

»Geh schon mal an Bord. Ich kümmere mich noch um die Verladung des Kajaks«, sagte Qisuk, nachdem er es neben dem Fallreep längsseits gebracht hatte.

Minik drückte sich an die Brust seines Vaters. »Ich möchte lieber warten und wir gehen nachher zusammen.«

Qisuk legte schützend den Arm um ihn. »Hast du Angst?«

Der Junge schüttelte entschieden den Kopf. »Ich will nur bei dir bleiben, Vater.«

»Das wirst du auch. Deshalb nehme ich dich ja mit. Und nun los! Klettere nach oben. Die anderen warten schon auf dich. Ich komme gleich nach.«

Widerstrebend gehorchte Minik. Er schulterte seine Jagdausrüstung und machte sich an die Ersteigung der Leiter. Die Schiffswand war dunkel und ihr Geruch biss Minik in die Nase. Er blickte nach oben. Über der Reling erschienen zwei Gesichter. Sie gehörten Nuktaq und Aviaq. Die Adoptivtochter des von allen geachteten Jägers war schon zwölf, und seit sie Uisaakassak zur Ehe versprochen worden war, behandelte sie Minik wie einen Säugling. Um sich vor ihr keine Blöße zu geben, drückte er die Brust heraus und machte ein grimmiges Gesicht, als stehe er im Begriff, ein Walross mit bloßen Händen zu erwürgen.

»Hat dir dein Vater noch schnell den Po abgewischt?«, spöttelte Aviaq von oben.

Minik blitzte sie wütend an.

»Oder musste er dem Kleinen erst das Essen vorkauen?«, setzte das Mädchen hinzu und kicherte. Die Heiterkeit endete jäh, als ihr Ohr von einer Hand gepackt und heftig geschüttelt wurde. Aviaq schrie, weniger der Schmerzen wegen, sondern weil sie sich erschrocken hatte.

»Wie oft habe ich dir schon gesagt, du sollst Minik nicht ärgern!«, rief eine strenge Stimme. Sie gehörte Atangana, Nuktaqs Frau, einer mächtigen Schamanin, mit der man sich besser nicht anlegte.

Nuktaq streckte dem Jungen die Hand entgegen. »Komm, ich helfe dir.«

Mit Schwung wurde Minik über das Schiffsgeländer gezogen. Aviaqs Ziehvater war ungemein stark. Vom Scheitel bis zur Sohle maß er gerade ein Meter fünfundfünfzig, aber er hatte die kräftige Statur eines Moschusochsen. Er war Anfang vierzig, etwa fünf Jahre jünger als seine Frau. Sein glattes schwarzes Haar hatte noch keine Schneefäden, auch nicht sein Schnurrbart und das komische Büschel, das auf seinem Kinn wucherte.

Er verzog sein dunkles Gesicht zu einem Grinsen. »Hör nicht auf sie, Minik. Die kleine Möwe schreit zwar laut, aber sie frisst nur, was der Falke fallen lässt.«

Nuktaq hatte die heikle Situation geschickt entschärft, indem er Minik an seine Ehre als Jäger erinnerte. Der Junge rückte seinen Hornbogen und den Pfeilköcher auf der Schulter zurecht und strafte das Mädchen mit Nichtachtung.

»Wann heiratet Aviaq endlich?«, fragte er stattdessen Atangana.

Die lachte. »Wieso willst du das wissen?«

»Eqariusaq hat auch früh geheiratet«, antwortete er ausweichend, womit er auf Nuktaqs leibliche Tochter anspielte, die vor drei Jahren für einige Monate mit Peary nach Amerika gereist war.

»Du bist ein Schlingel, Minik. Es geht dir doch nur darum, die Sticheleien einer gewissen jungen Frau nicht länger ertragen zu müssen, habe ich recht?«

Er fühlte sich ertappt. Atangana war etwa eine Handbreit kleiner als ihr Mann und so rundlich wie eine schwangere Robbe, aber man durfte sich von ihrem gemütlichen Äußeren nicht täuschen lassen. Sie hatte den Verstand eines Fuchses und ihre Zunge war so flink wie eine Seeschwalbe. Während Minik noch überlegte, wie er seinen Hals aus der von ihm selbst gelegten Schlinge ziehen konnte, meldete sich plötzlich hinter ihm ein Fremder zu Wort.

»Wen haben wir denn da? Ist das etwa der kleine Jäger, von dem Qisuk mir so viel erzählt hat?«

Die Stimme ließ Minik erschauern. Sie klang so fremd – tief und voll –, fast so dumpf wie in einem Schneehaus. Obwohl ihr Besitzer fließend Inuktitut sprach, klangen die Worte völlig anders als bei jedem anderen im Stamm. Minik drehte sich um – und erschrak sich fast zu Tode.

Vor ihm stand ein schwarzer Mann.

Das musste Matthew Alexander Henson sein. Minik hatte zwar schon von dem »rabenschwarzen« Diener Pearys gehört, sich darunter aber nichts vorstellen können. Im Vergleich zu Henson waren er oder Nuktaq tatsächlich weiße Männer. Nicht dass die Hautfarbe für sie irgendeine Rolle spielte. Die Polareskimos kannten keine Rassenvorurteile. Sie pflegten zu sagen, um einen Menschen gern zu haben, müsse er nur freundlich und von dieser Erde sein. Henson sprach nicht nur fließend ihre Sprache, er behandelte sie auch wie *inuit,* wie »Menschen« also, und nicht nur wie nützliche Werkzeuge. Deshalb schätzten sie ihn auch weit mehr als seinen Herrn.

Der schwarze Mann trug Fellkleider wie die umstehenden Polareskimos. Er lächelte Minik freundlich an. Seine Zähne blitzten dabei wie frisch gefallener Schnee. Er war etwa dreißig Jahre alt, drahtig und nicht ganz so beängstigend groß wie Peary. Trotzdem musste Minik den Kopf weit in den Nacken zurücklehnen, um Henson ins Gesicht sehen zu können. Am liebsten wäre er vor ihm weggelaufen, aber drei oder vier Schritte von ihm entfernt stand Aviaq und wartete nur darauf, sich über den kleinen Hasenfuß lustig zu machen.

»Hast du deine Zunge verschluckt? Wie heißt du?«, fragte Henson.

Minik nahm all seinen Mut zusammen und nannte seinen Namen.

Der schwarze Mann ging vor ihm in die Hocke und antwortete mit einem Lächeln: »Also doch Minik, der Sohn des Walrosstöters von Itilleq. Wie ich sehe, bist du auch ein Jäger.« Er deutete auf Miniks Jagdausrüstung.

»Ich schieße Vögel«, erklärte der Junge stolz.

Sein Gegenüber nickte ernst. »Ach so ist das. Solche Burschen wie dich können wir auf unserer Fahrt gut gebrauchen.« Henson streckte ihm die Hand entgegen. »Es freut mich, dich kennenzulernen, Minik. Ich bin Matthew Henson, der Assistent von Leutnant Peary. Du darfst Onkel Matt zu mir sagen.«

Der Junge starrte argwöhnisch auf Hensons Pranke. Vielleicht brachte es Unglück, einen schwarzen Mann zu berühren ... Dann aber entdeckte er etwas, das alle seine Ängste wie frisch gefallenen Schnee fortwehte: Die Innenfläche von Hensons Hand war so hell wie seine eigene. Er steckte also nicht nur in den Kleidern eines Inuk und sprach wie einer, sondern er war auch auf dem besten Weg, sich in einen Polareskimo zu verwandeln.

Miniks Gesicht erstrahlte unter einem befreiten Lächeln und er legte seine Rechte in die warme Hand des schwarzen Jägers.

Bushnan Island lag nicht ganz fünfundzwanzig Meilen östlich von Cape York. Die Eisverhältnisse waren günstig und so dampfte die *Hope* in nur knapp drei Stunden zu der kleinen Insel. Obwohl die Seereise also ziemlich kurz war, bedeutete sie für Minik das bislang größte Abenteuer seines Lebens. Das riesige hölzerne Schiff, der schwarzen Qualm spuckende Schornstein hinter dem Fockmast, die weißen Männer, die vielen seltsamen Gegenstände an Bord, die schrillen Klänge der Schiffsglocke und der Ziehharmonika, die schillernden Gerüche von Rum und gekochtem Essen – all das sog er mit allen Sinnen gierig in sich auf.

Als Kapitän John Barlett vor Saviksoah – der Eiseninsel – Anker werfen ließ, stand die Sonne immer noch über dem Horizont. Es war die Jahreszeit der Mittsommernächte, in denen es nie dunkel wurde. Minik stand an der Reling und spähte auf die Melville Bay hinaus. Die trockene klare Luft schien die lang gestreckte Bucht geschrumpft zu haben, so weit konnte er sie überblicken. Das gelbrote Licht der Sonne meißelte feinste Konturen aus den Felsen der Insel.

Kaum hing die *Hope* an der Ankertrosse, da wurden auch schon Männer, Frauen und Kinder sowie die Ausrüstung an Land geschafft. Am Ufer der Eiseninsel hatten Pearys Leute im letzten Jahr eine Hütte errichtet, die den Weißen Schutz bot. Die Inuit schlugen einfach ihre Zelte auf.

Die folgenden Tage waren angefüllt mit Schwerstarbeit. Peary meinte, Ahnighito brächte neunzig bis einhundert Tonnen auf die Waage. Auch wenn er damit weit über dem tatsächlichen Gewicht des Meteoriten lag, konnten selbst die stärksten Inuit ihn nicht allein mit Muskelkraft auf das Schiff hieven. Das »Zelt« war ein Eisenbrocken von mehr als drei Metern dreißig Länge, zwei Metern Höhe und fast einem Meter sechzig Tiefe. Wegen seiner gestreckten Form hatten die Inuit-Helfer ihn im letzten Jahr nur bewegen können, indem sie ihn um seine eigene Achse wälzten, immer und immer wieder.

Als Minik den mit Eis überzogenen Stein zu Gesicht bekam, wurde ihm angst und bange. Er musste an den Fluch der »Frau« denken, der man den Kopf abgeschlagen hatte. Was, wenn dieser eiserne Koloss seinen Vater in die eisige See hinabzog? Qisuk versuchte seinen Sohn zu beruhigen. Piuli habe Hebevorrichtungen mitgebracht, Wunder des weißen Mannes, die hydraulisch funktionieren. Er vermochte zwar nicht zu erklären, was darunter zu verstehen war, aber mit seiner unerschütterlichen Zuversicht zerstreute er schließlich Miniks Zweifel.

Den schuftenden Stammesgenossen bei der Arbeit zuzusehen, verlor für den Jungen schon bald seinen Reiz. Er vermisste Oki. Unter den anderen mitgereisten Kindern fand sich kein einziges, mit dem er sich so gut verstand, wie mit seinem liebsten Spielkameraden. Einige gingen ihm sogar aus dem Weg, weil, so meinten sie, Qisuk im Rang eines Anführers stehe und sie nur Söhne einfacher Jäger seien. Polareskimos hatten zwar keine richtigen Häuptlinge, aber Erfahrung und Besonnenheit wogen im Stammesrat schwerer als der Übermut junger Heißsporne. Vermutlich plapperten die Kinder nur die Worte irgendwelcher Neider nach.

Ohne seinen besten Freund blieb Minik als letzter Ausweg nur Aviaq. Wie sich herausstellte, war Nuktaqs Tochter gar nicht so unausstehlich wie ursprünglich gedacht. Nachdem er erst einmal Waffenstillstand mit ihr geschlossen hatte, verzichtete sie auch auf ihre Sticheleien. Binnen Kurzem waren die zwei unzertrennlich. Sie erzählten sich viele Geschichten, unternahmen lange Streifzüge über die Insel und beobachteten die Tiere.

Jedes Mal, wenn sie wieder zum Lager zurückkehrten, hatte sich hier etwas verändert. Kapitän Barlett ließ den Segler zu einer Klippe bringen, deren Oberkante fast auf gleicher Höhe mit dem Großdeck der *Hope* lag. Während die Inuit das »Zelt« noch zu dem Felsen bugsierten, bauten die weißen Männer dort bereits eine Art Brücke. Diese bestand aus dicken Stahlträgern, die wie Schienen zum Schiff hinüberführten. Der Meteorit wurde in Position gebracht und mithilfe der hydraulischen Hebevorrichtungen auf einen Schlitten aus dicken Holzbohlen bugsiert.

»Morgen werden wir ›das Zelt‹ über die Brücke aufs Schiff verladen«, erklärte Qisuk am Abend des 11. August seinem Sohn. Peary hatte die Inuit zu einer kleinen Feier bei der Schutzhütte eingeladen. Männer, Frauen und Kinder saßen um ein prasselndes Lagerfeuer herum. Es herrschte eine ausgelassene Stimmung. Im Wechsel ließen die Seeleute von der *Hope* ihre Shantys und die Inuit ihre Kehlkopfgesänge erklingen. Anders als bei den sich plackenden Jägern war die Unbeschwertheit für Minik und Aviaq in den letzten Tagen ein Dauerzustand gewesen. Jetzt aber stieg in dem Jungen wieder die Angst vor den Eisengeistern hoch.

»Warum machst du ein so griesgrämiges Gesicht, kleiner Mann?«, rief Matt Henson über das Lagerfeuer hinweg.

Minik hatte zwar in den letzten Tagen Vertrauen in den schwarzen Mann gefasst, aber es war ihm unangenehm, vor allen anderen über seine Furcht zu sprechen. Deshalb schwieg er.

»Ich glaube, er muss an den Fluch der ›Frau‹ denken«, sagte Qisuk an seiner statt.

Matt kannte die Geschichten vom versunkenen »Kopf«,

nahm sie aber offensichtlich nicht sehr ernst. Mit einem Lachen übersetzte er Qisuks Worte in die *qallunaaq*-Sprache, die er »Englisch« nannte. Die Schilderung der Besorgnisse eines kleinen »Eskimos« löste allgemeine Heiterkeit aus. Am liebsten wäre Minik vor Scham im Boden versunken.

Schließlich zeigte aber doch einer der zu Pearys Tross gehörenden Wissenschaftler Mitgefühl für den Jungen und machte einen Vorschlag, den Matt so übersetzte: »Ich verspreche demjenigen Kind ein Klappmesser, das mir als Erstes eine Schneeeule bringt.«

Minik traute seinen Ohren nicht. Ein Klappmesser? Für eine Eule? Allein der Gedanke an die Belohnung schillerte in seinem Kopf wie ein Nordlicht, in dessen buntem Schein sämtliche Eisengeister verblassten. Ein Messer für eine *uppissuaq* – das war ein Handel, dem er nicht widerstehen konnte. Und das Beste war: Er konnte sich seinen größten Herzenswunsch mit eigenem Mut und Geschick erfüllen! Während er mit Aviaq über die Insel gewandert war, hatte er alle möglichen Vögel gesehen. Auch eine Schneeeule.

»Das Messer gehört mir«, rief er mit fester Stimme.

Ein vielstimmiges Lachen hallte hinaus in die Mittsommernacht.

Vor lauter Aufregung hatte Minik nur wenige Stunden geschlafen. Zum Glück brauchte er nicht zu warten, bis der Morgen graute und er sich auf die Pirsch begeben konnte – die Sonne war gar nicht erst untergegangen. Um Qisuk nicht zu wecken, bewegte er sich so leise wie ein Polarfuchs durchs Zelt. Er raffte seine Kleidung zusammen, griff sich die Jagdwaffen und schlich nackt ins Freie hinaus.

Im Lager herrschte eine große Ruhe. Nur hier und da drang ein Schnarchen aus einem Zelt. Wenn es eine Bärenwache gab, dann hatte sie sich gut versteckt. Ein kühler Wind wehte vom

Meer zu ihm herüber, aber Minik fror nicht – Inuit-Kinder waren abgehärtet. Mit der Sorgfalt eines erfahrenen Jägers zog er seine mehrlagige Pelzkleidung an. Zuletzt hängte er sich die Schneeschuhe sowie Pfeilköcher und Hornbogen um. Dann lief er landeinwärts.

Die *uppissuaq* hauste gewöhnlich in schwer zugänglichen Höhen, von wo aus sie mit ihren großen Augen nach Lemmingen Ausschau halten konnte. Die letzte Schneeeule hatte Minik in der Nähe eines Berges gesehen, der etwa eine Stunde weit entfernt lag. Mit festen Schritten hielt er auf die Höhe zu. Zu dieser frühen Stunde pirschte bestimmt nur er allein über die Insel. Jetzt musste er nur noch zum Schuss kommen und das Klappmesser war ihm sicher.

Während er mit federleichten Schritten hangaufwärts marschierte, suchten seine Augen unentwegt den Himmel ab. Hier und da erspähte er einen verirrten Eistaucher oder die kleinen Schneeammern, sperlingsgroße Singvögel, doch von der *uppissuaq* ließ sich nicht die Spitze einer Schwanzfeder ausmachen. Er war schon ziemlich hoch gestiegen, als er über sich einen hellen Schrei vernahm. Sofort blieb er stehen. Sein Blick folgte dem Geräusch und dann entdeckte er den Vogel. Es war ein Gerfalke. Der Greif hatte ein weißes Gefieder mit schwarzen Flecken, das aus der Ferne zu Grau verschmolz. Wäre der Falke unter Wolken entlanggeflogen, hätte der junge Jäger ihn trotz seiner scharfen Augen womöglich übersehen, aber vor dem blauen Morgenhimmel hob sich das Tier deutlich ab.

In Minik machte sich Enttäuschung breit. Sein Messer würde er nur für eine Eule bekommen. Andererseits, überlegte er sich, besaß ein Gerfalke nicht einen viel größeren Wert? Zumindest war der große, kraftvolle, ungemein schnelle Vogel ein besserer Jäger. Er schlug nicht nur Kaninchen und Schneehühner, sondern sogar Bussarde. Und Eulen!

»Du gehörst mir«, flüsterte Minik und setzte seinen Aufstieg fort. Nun hatte er ein Ziel. Der Falke kreiste über einer bestimmten Stelle am Berg. Dort hinauf musste er klettern, um in Schussweite des Vogels zu gelangen.

Ungeachtet der Gefahr stieg Minik über Felsen und Geröll dem Gipfel entgegen. Je höher er kam, desto öfter musste er Schneefelder überqueren. In einer geschützten Lage wurde der Untergrund so tief, dass er sich die Schneeschuhe umbinden musste. Ihr in einem tropfenförmigen Rahmen gespanntes Netz verteilte sein Körpergewicht auf eine größere Fläche, wodurch er kaum noch einsank. Sein Blick wanderte wieder zum Himmel. Der Falke hatte ihn entweder noch nicht bemerkt, oder das Menschenkind interessierte ihn nicht. Als Beute war es zu groß und als Gefahr wohl zu klein.

»Ich kriege dich«, flüsterte Minik und flitzte wie ein Polarhase über den weichen Untergrund. Er musste noch höher hinauf und der Anstieg wurde immer steiler. Ohne Steigeisen würde er bald keinen Halt mehr finden. Ein Stück voraus entdeckte er einen von der Sonne beschienenen, schneefreien Hang. Rasch lief er darauf zu. Er hatte die felsige Stelle schon fast erreicht, als plötzlich der Boden unter seinen Füßen nachgab.

Minik schrie. In einem Reflex riss er die Arme auseinander, um irgendwo Halt zu finden, aber es war zu spät. Er fiel steil nach unten.

Doch ebenso jäh, wie sein Sturz begonnen hatte, endete er auch – mit einem heftigen Ruck, der ihm die Luft aus den Lungen presste. Durch sein schnelles Herumwirbeln musste sich sein Pfeilköcher an einer vorspringenden Felsnase verhakt haben. Jetzt baumelte Minik wie eine Jagdtrophäe in der Luft und versuchte zu begreifen, was mit ihm geschehen war. Instinktiv vermied er jedes wilde Herumzappeln. Dadurch könnte sich der schmale Lederriemen des Köchers losreißen und er würde in die enge Kluft stürzen, die ihn verschluckt hatte. Dann wäre er entweder sofort tot oder schwer verletzt, und er würde elendig sterben.

Als Erstes musste er sich orientieren. Unter ihm gähnte ein finsterer Schlund. Weiter oben war er von stumpfem Zwielicht umgeben. Weder hüben noch drüben konnte er ein Ende des Felsspalts ausmachen – es war die perfekte Falle. Er legte den Kopf in den Nacken und fühlte sich mit einem Mal wie im Rachen der Kajutaijuq, eines bösen Geistes, der nur aus Kopf und Beinen bestand – durch ihr halb geöffnetes Maul sah er den strahlend blauen Himmel. Der Schnee war auf einer Länge von etwa fünf Schritt aufgerissen. Die Bruchkante lag dicht über ihm und trotzdem unerreichbar fern. Die gegenüberliegende Wand der Kluft konnte er sogar mit den Fingerspitzen berühren, doch auch das genügte nicht, um sich an dem nackten Fels hochzuziehen. Und was war hinter ihm? Um das festzustellen, müsste er sich umdrehen. Er beneidete die Schneeeule, die ihren Kopf auf den Rücken drehen konnte …

Plötzlich hörte er hinter sich ein Knacken. Gleichzeitig rutschte er ein winziges Stück nach unten. Ihm wurde mit Bangen bewusst, dass der Riemen sich langsam vom Köcher löste. Wenn er nicht sofort etwas tat, würde er abstürzen.

Um sich aus der misslichen Lage zu befreien, musste er klettern – mit Schneeschuhen eine Unmöglichkeit. Also schnallte er sie ab und ließ sie einfach ins Dunkel unter seinen Füßen fallen. Es dauerte erschreckend lang, bis er ihren Aufprall am Grund der Spalte hörte.

Wieder ruckte er einen Fingerbreit tiefer.

Minik stieß einen spitzen Schrei aus. Er wollte noch nicht sterben. Schon um seines innig geliebten Vaters willen nicht, der nach Mutters Tod im letzten Jahr dann ganz allein wäre.

Mit einem Mal merkte Minik, dass er sich immer noch bewegte. Beim Lösen der Schneeteller hatte sich sein Körper zu drehen begonnen. Er verrenkte den Hals, um hinter sich blicken zu können, und diesmal sah er die Felswand, an der er hing. Etwa eine Armlänge unter ihm gab es einen Vorsprung. Er konnte sein Glück kaum fassen. Wenn es ihm gelang, dorthin zu kommen, würde er auch einen Weg zurück ans Licht finden, zurück zu seinem Vater.

Nach einer halben Drehung stupste er mit der Zehenspitze gegen den Fels, wodurch er seinen Körper ins Pendeln versetzte. Abermals ruckte er ein Stückchen nach unten. *Jetzt ist alles aus!*, zuckte es ihm durch den Kopf. Aber noch hielt der Riemen. Jeden Moment konnte er jedoch ganz vom Köcher abreißen.

Minik versuchte, ein Gefühl für den Rhythmus der Bewegung bekommen. Als er zum dritten Mal über den Vorsprung schwang, riss er beide Arme nach oben, die Schwerkraft zog ihn aus der Riemenschlinge heraus und er fiel auf den schmalen Grat.

Zwar kam er mit den Füßen zuerst auf, aber sein Oberkörper war gefährlich weit zurückgebeugt. In dem verzweifelten Kampf ums Gleichgewicht durchpflügten seine Hände die Luft, verletzten sich an rauem Stein, fanden aber keinen Halt. Als er endgültig die Balance verlor, entlud sich seine Angst in einem schrillen Schrei …

Aber dann fand er mit einem Mal doch einen festen Griff und zog sich keuchend an die Wand heran.

Sein Herz raste wie wild. Ein paar Augenblicke lang schmiegte er die Wange an den kühlen Fels, schloss die Augen und dankte den Geistern des Berges, dass sie ihn nicht verschlungen hatten.

Als sein Atem wieder ruhiger war, sah er sich abermals um. Dicht über ihm hing immer noch der Köcher. Kein einziger Pfeil war herausgefallen. Minik wollte das Futteral nicht zurücklassen. Seine Mutter hatte es ihm genäht. Also machte er sich ganz lang, bekam es zu fassen und konnte es mühelos von der Felsnase ziehen. Hätte er noch zwei- oder dreimal mehr gependelt, wäre der Riemen vermutlich abgerutscht und …

Minik schob den Gedanken an die Folgen eines solchen Sturzes beiseite. Er hängte sich den Köcher wieder um, atmete noch einmal tief durch und begann mit dem Aufstieg.

Jetzt ließ er sich Zeit. Unter seinen Freunden gab es keinen geschickteren Kletterer als ihn. Sorgsam suchte er sich Spalten, Tritte und Haltepunkte und kam dem Himmel so Stück für Stück näher. Zuletzt grub er mithilfe seines Bogens eine Mulde in die brüchige Schneekante, schob sich behutsam in diese hinein und robbte bäuchlings weiter nach oben, bis er schließlich mit dem Kopf durch die weiße Decke brach wie ein Küken, das seine Eierschale sprengt, um hinauszuschlüpfen in eine fremde Welt. So kam er sich auch vor: müde und abgekämpft wie ein Neugeborenes.

Sein erster Impuls war, umzukehren und ins Lager zurückzumarschieren. Dann aber wurde ihm bewusst, dass er sich auf der anderen Seite der Kluft befand, und er verspürte wenig Lust, das trügerische Schneefeld noch einmal zu überqueren. Grübelnd wandte er sich dem Gipfel zu.

Über ihm schrie der Gerfalke. Lachte er ihn etwa aus? Miniks Blut geriet erneut in Wallung. Ich bin der Sohn eines großen Jägers, machte er sich klar, und darf Vater keine Schande bereiten. Na ja, und über den Verlust der Schneeschuhe wird er auch nicht gerade erfreut sein. Ich brauche etwas, um ihn zu beeindrucken. Um ihn zu besänftigen. Auf keinen Fall darf ich mit leeren Händen zu ihm zurückkehren.

Und so stapfte Minik trotzig weiter den Hang hinauf.

Nach etwa einer Stunde war er tief ins Revier des fliegenden Jägers vorgedrungen. Er nutzte jede Deckung, um für die scharfen Augen des Falken unsichtbar zu bleiben. Der Vogel zog seine Kreise dicht am Berg, wo er sich ohne Kraftanstrengung von den Aufwinden tragen lassen konnte. Während der

Junge sich an seine Beute heranpirschte, entsann er sich einer Lektion des Vaters. »Nur wer seinen Gegner kennt, kann ihn besiegen«, hatte Qisuk ihm eingeschärft. Minik brachte sich unterhalb einer Steilwand in Stellung, über die der Falke schon mehrmals hinweggestrichen war. Er legte einen Pfeil auf die Sehne und übte sich in der großen Tugend erfolgreicher Jäger: dem geduldigen Warten.

Es dauerte geraume Zeit, bis der Vogel sich endlich wieder der Steilwand näherte. Aber dann glitt er wie an einem unsichtbaren Faden gezogen heran. Minik handelte schnell und entschlossen. Er spannte den Bogen, zielte und schoss.

Der Pfeil tötete den Gerfalken noch in der Luft, wie ein Stein fiel er zu Boden und landete fast direkt vor den Füßen des Schützen. Der wollte gerade ein Triumphgeheul anstimmen, als er aus den Augenwinkeln eine Bewegung bemerkte. Miniks Kopf flog herum und sein Mund blieb offen stehen.

Es war die Schneeeule! Mit ausgebreiteten Schwingen glitt sie ein Stück oberhalb von ihm auf den Berg zu, wo sie aus seinem Blickfeld verschwand.

Er schnappte sich den toten Falken und eilte weiter den Hang hinauf. Was würden die anderen wohl sagen, wenn er mit zwei Raubvögeln ins Lager zurückkehrte? Vielleicht bekäme er einen neuen Namen: »Der Greiftöter von Saviksoah« wäre nicht schlecht. Während Minik sich die schillerndsten Ehrentitel ausdachte, bekam er eine Ahnung von dem, was sein Vater kürzlich *Ruhm* genannt hatte, jenes alles überstrahlende Heldentum, auf das Leutnant Robert Edwin Peary so versessen war.

Nach ungefähr einer Viertelmeile mühseligen Kletterns entdeckte Minik über sich in einer steilen Felswand das Nest der *uppissuaq*. Es war für ihn unerreichbar. Er konnte nicht einmal erkennen, ob sich Jungtiere darin befanden. Die Alte jedenfalls war nicht zu Hause. Er versteckte sich hinter einem Felsen unterhalb des Nestes. Und wartete.

Diesmal wurde seine Geduld auf keine allzu harte Probe gestellt. Die Eule kehrte bald zurück. In ihren Krallen hielt sie einen Vogel, einen jungen Alk, soweit Minik erkennen konnte. Einmal mehr spannte er seinen Bogen und schoss.

Als der gefiederte Jäger kurz vor dem Nest merkte, dass er selbst zum Gejagten geworden war, hatte ihn Minks Pfeil bereits durchbohrt. Die Eule schrie auf, prallte gegen den Fels und rollte an der Wand herab. Wenige Schritte von Minik entfernt blieb sie liegen.

Nun endlich durfte er jubeln, und er tat es so laut, als wolle er allen Tieren der Insel seinen neuen Namen verkünden. Jetzt war er der *Greiftöter von Saviksoah!* Mit den zwei Vögeln würde ihm niemand mehr das Klappmesser streitig machen.

Bevor er mit seiner Beute talwärts zog, warf er einen letzten Blick zum Nest hinauf und ein Stich ging ihm durchs Herz. Inuit-Jäger respektierten zwar die Seelen ihrer Beutetiere, aber damit erschöpfte sich ihre Anteilnahme auch schon – das Überleben des Stammes hing vom Erfolg der Jagd ab. Trotzdem musste Minik in diesem Moment an seine eigene Familie denken. Auch er hatte seine Mutter verloren. In gewisser Weise waren sich Schneeeulen und Inuit ja sehr ähnlich: Die »Männer« besorgten die Nahrung für ihre »Frauen« und diese wiederum fütterten die Jungen. Aber nun hatte die Brut da oben ihre Mutter verloren. Wenn sie keinen ganz außergewöhnlichen Vater hatte, dann musste sie unweigerlich sterben. Das Leben in der Wildnis war hart. Hoffentlich dachte der Schneeeulengeist genauso darüber und kam nicht auf die Idee, sich am Greiftöter von Saviksoah zu rächen.

»Vielleicht«, tröstete sich Minik, »ist euer Vater so wie meiner: ein Qisuk mit weißen Schwingen. Dann wird er euch beschützen.«

Minik lief mit seiner Beute geradewegs zur Schutzhütte. Davor traf er einen Mann mit rotem Haar, der nur Englisch sprach. Mehr war aber auch nicht nötig, denn als der *qallunaaq* die Eule und den Falken sah, rief er laut einen Namen. Wenige Augenblicke später kam der Wissenschaftler aus dem Haus, der die verlockende Belohnung für den Fang der Eule ausgesetzt hatte. Minik hielt ihm die beiden Vögel hin.

Der Mann – er war stämmig gebaut, hatte aschblonde Haare und trug einen Vollbart – staunte nicht schlecht. Er fragte etwas. Minik zeigte auf seinen Hornbogen, tippte sich gegen die Brust und sagte: »Ich habe sie ganz allein erlegt. Und jetzt möchte ich bitte mein Messer haben.« Er streckte dem Wissenschaftler die geöffnete Hand entgegen.

Der schüttelte den Kopf und lachte. Offenbar hatte er verstanden. Es sagte: *»Just a moment, please!«*, und verschwand in der Hütte. Kurz darauf kam er zurück. Mit einem breiten Grinsen überreichte er dem Jungen die Belohnung: ein Klappmesser mit Hornschalen an den Griffflächen.

Am liebsten wäre Minik dem Mann um den Hals gefallen. Doch damit der Wissenschaftler es sich nicht am Ende doch noch anders überlegte, griff er sich flugs das Messer. Dem *qallunaaq* gefiel offenbar die zupackende Art des kleinen Jägers. Er rief etwas über die Schulter und aus der Hütte erscholl Gelächter. Dann aber – urplötzlich – wurde sein Gesicht ernst.

Minik fürchtete schon, etwas Falsches getan zu haben – er war mit den merkwürdigen Sitten des weißen Mannes nicht sehr vertraut. Doch der Grund für den unerwarteten Stimmungswechsel des Wissenschaftlers lag nicht bei ihm, sondern bei einem aufgeregten Jemand, der hinter dem Jungen aufgetaucht war. Als Minik sich zu dem Rufer umwandte, erkannte er ihn sofort.

Es war Matt Henson. Er kam den Strand entlang aus der Richtung des Schiffes. In einigem Abstand folgten ihm mehrere Inuit. Vier schleppten eine Trage aus Segeltuch, auf der ein Kranker oder Verletzter lag. Henson erreichte die Hütte als Erster und schrie etwas. Ein hagerer Mann mit braunem Haar kam hinausgelaufen. Minik wusste, dass es Pearys *angakkoq* war – die Weißen nannten ihren Schamanen »Expeditionsarzt«.

»Ist jemand verletzt, Onkel Matt?«

Jetzt erst wurde Henson auf den Jungen aufmerksam. Er lief zu ihm, ging neben ihm in die Hocke, sah ihm tief in die Augen und sagte: »Du musst jetzt ganz tapfer sein, kleiner Mann.«

Minik erstarrte. Es war ein Gefühl, als würde er von einem Eiszapfen durchbohrt. Hatte sich die Seele der Schneeeule etwa so schnell an ihm gerächt? Erschrocken blickte er zu den Männern mit der Trage. In dem Segeltuch war ein blutroter Fleck zu sehen. »Ist das ... mein Vater?«, hauchte er.

Matts Hand legte sich auf seine Schulter. »Ja. Der Meteorit war fast schon sicher aufs Deck herabgelassen, als plötzlich eine der Halteketten riss. Sie peitschte durch die Luft und das zerbrochene Glied traf deinen Vater am Unterarm. Wir haben sofort die Schlagader abgebunden und die Blutung gestillt, so gut wir konnten. Die Wunde geht zwar bis auf den Knochen, aber ...«

Mehr hörte Minik nicht. So schnell er konnte, lief er zum Ufer und rief immer wieder laut nach seinem Vater.

»Minik!«, hallte es von der Trage zurück, noch ehe er diese erreicht hatte. Der Junge war unendlich erleichtert, die vertraute, sanfte Stimme zu hören. Sie klang schwach. Aber lebendig!

Endlich hatte Minik seinen Vater und die Helfer erreicht. Der Expeditionsarzt legte ihm gerade einen Druckverband an. Die Wunde befand sich etwas oberhalb des linken Handgelenks.

Qisuk zwang sich zu einem Lächeln und sagte leise: »Es ist nicht so schlimm, wie es aussieht.«

Minik rollten dicke Tränen über die Wangen. Sein Vater wollte ihn nicht beunruhigen, aber Qisuks blasses Gesicht und die matte Stimme straften seine Worte Lügen. Vermutlich hatte er viel Blut verloren. »Das habe ich nicht gewollt«, jammerte Minik.

»Du?«, wunderte sich Qisuk. »Es war *meine* Unvorsichtigkeit. Du warst ja nicht einmal in der Nähe …« Er verzog das Gesicht, weil der Doktor ziemlich ruppig zu Werke ging.

»Tu ihm nicht weh!«, schimpfte Minik, aber der Arzt verstand ihn nicht und machte einfach weiter.

»Lass ihn. Piulis Heiler ist ein tüchtiger Mann. Er flickt mich schon wieder zusammen«, sagte Qisuk und dann stellte er die Frage, die Miniks schlechtes Gewissen nur noch heftiger pochen ließ. »Wo bist du überhaupt gewesen? Ich habe mir schon Sorgen gemacht, als ich dich heute früh nicht finden konnte.«

Minik war elend zumute. Obwohl sein Vater Schmerzen litt, zerbrach er sich den Kopf über ihn, den Ausreißer. Mit weinerlicher Stimme sagte er: »Ich habe meine Schneeschuhe verloren.«

Überraschenderweise sah Qisuk nicht böse aus, sondern nur noch besorgter. Miniks Seelenthermometer sank unter den Gefrierpunkt. Kleinlaut fügte er hinzu: »Sie sind in eine Spalte gefallen. Auf dem Berg.«

»Auf welchem Berg?«

»Wo ich neulich die Schneeeule gesehen hatte. Ich habe eine erlegt. Und einen Gerfalken!«

»Beug dich zu mir herab«, sagte Qisuk leise.

Minik gehorchte. Er wappnete sich für eine strenge Zurechtweisung.

Stattdessen streichelte sein Vater ihm die Wange, lächelte auf eine schrecklich bekümmerte Weise und sagte: »Ich bin stolz auf dich, kleiner Jäger, da du zwei Greife an einem Tag erlegt hast, aber auch sehr traurig, weil du *heimlich* losgezogen bist. Ich hätte dich so gerne begleitet. Und hast du dir überlegt, was aus *mir* geworden wäre, hätte dich der Spalt verschluckt?«

»Ich wollte dir nicht wehtun«, weinte Minik. Seine Rechte umklammerte immer noch das Messer, dessen Zauber nun für ihn verflogen war. Es schien in seiner Hand zu brennen wie ein glühender Stein. Wütend holte er aus und schleuderte den Lohn seiner Unvernunft ins Meer.

Aus Sicht von Robert E. Peary war das Bergungsunternehmen ein voller Erfolg. Ahnighito lag fest vertäut an Deck der *Hope*. Verluste hatte es keine geben. Und Qisuks tiefe Armwunde würde wieder heilen. Der treue »Eskimo« sei stark, gab Matt Henson die Einschätzung des Expeditionsleiters wieder.

Qisuk saß auf einer Kiste, mit dem Rücken am Fockmast lehnend, sein linker Arm hing in einer Schlinge und die Rechte hatte er auf die Schulter seines neben ihm stehenden Sohnes gelegt. Auch Nuktaq, Atangana und Aviaq leisteten dem verletzten Stammesbruder Gesellschaft. Ihre Blicke waren nach Westen gerichtet, wo am Horizont die purpurfarbenen Klippen von Cape York heraufzogen. Es war später Nachmittag, der 21. August. Peary wollte nur kurz am Kap Halt machen, um »seine Leute« abzusetzen. Das heißt, nicht alle. Mit den fünf Inuit hatte er etwas Besonderes vor.

»Habt ihr euch den Vorschlag des Leutnants überlegt?«, fragte Matt.

»Ja«, antwortete Qisuk für sich und für die anderen. Es war einer der seltenen Momente, in denen er nicht lächelte. Minik glaubte, der Ernst seines Vaters in den vergangenen sechs Stunden hätte mit der schmerzenden Wunde zu tun, aber darin irrte er.

»Und wie lautet eure Entscheidung?«, hakte Henson nach.

»Wir fahren mit euch in den Süden.«

Matt ließ seine Zähne strahlen. »Das wird den Leutnant freuen.«

»So hoffen wir. Das Wohl unseres Stammes hängt davon ab, ihn zufriedenzustellen.«

»Ich weiß, eure Leute fürchten sich davor, euch ziehen zu lassen, aber es wird bestimmt auch zu eurem Nutzen sein, Qisuk. Und es ist ja nur für einen Winter. Wenn wir nächstes Jahr wiederkommen, um den Nordpol zu erobern, dann bringen wir euch zurück. Der Leutnant hat versprochen, euch reich zu belohnen mit Holz und Eisen, Gewehren und Munition. Auch eure Frauen und Kinder werden viele Geschenke bekommen.«

Minik horchte auf.

Qisuk hatte wohl bemerkt, wie sich sein Sohn plötzlich versteifte, denn nun richtete er das Wort direkt an ihn. »Wir werden eine weite Reise unternehmen, kleiner Jäger. In ein warmes Land. Es sei voller Wunder, hat Piuli gesagt. Da gibt es viele Menschen, Häuser so groß wie Berge und etwas, das er ›Elektrizität‹ nennt – die macht, dass Iglus und Straßen nachts hell leuchten.«

Der Junge sah seinen Vater mit großen Augen an. Was er da hörte, war weit jenseits seiner Vorstellungskraft. »Ist dieses Land weiter als das Ende von Kalaallit Nunaat?« Er benutzte den Inuit-Namen für Grönland, der einzigen Welt, die er kannte.

Sein Vater nickte. »Es liegt weit jenseits davon. Wir fahren zu einem großen Dorf fern im Süden. Es heißt New York.«

3.

Der Heuchler

New York, 8. Juni 1906

Minik fühlte sich wie betäubt, als habe ihm der Anblick des Skeletts sämtliche Gefühle abgeschnürt. Einem Schlafwandler gleich tappte er die Treppen des Museums zur 77. Straße hinunter. Einen Moment stand er unschlüssig auf dem Trottoir, wurde von Passanten umspült wie ein auf Grund gelaufenes Schiff von der Strömung. Erst als ein Mann ihn versehentlich anrempelte, kam er wieder zu sich. Mit hängendem Kopf machte er sich auf den Weg zum Bahnhof. Er wollte nur noch nach Hause, sich verkriechen, niemanden mehr sehen.

Vor wenigen Minuten noch hatte er im Büro von Hermon Carey Bumpus, dem Direktor des Naturkundemuseums, wie ein Löwe gekämpft. Nach dem schockierendem Wiedersehen mit dem, was von Qisuk noch übrig war, hatte Minik darauf bestanden, den »Verantwortlichen für die Leichenschändung« zu sprechen. Das ginge so einfach nicht, erklärte ihm ein hochnäsiger Sekretär, Professor Bumpus sei zu beschäftigt. Darauf schrie Minik Zeter und Mordio, womit er lediglich zwei Wachleute auf den Plan rief, die ihn am Schlafittchen packten und an die frische Luft befördern wollten.

»Ich werde mich an die Presse wenden. Wenn Ihr Museum dadurch in Verruf gerät, dann haben Sie sich das selbst zuzuschreiben«, wetterte er. Seit seiner Ankunft in den Vereinigten Staaten vor neun Jahren stand er im Rampenlicht des öffentlichen Interesses; das Schicksal des kleinen Polareskimos hatte die Menschen weit über die Grenzen New Yorks hinaus berührt. Mittlerweile war er trotz seiner Jugend im Umgang mit Reportern ein alter Hase und seine jetzige Drohung, die Presse einzuschalten und damit dem Ruf des Museums zu schaden, war durchaus ernst zu nehmen.

Mindestens so viel dürfte auch dem Museumsdirektor bewusst gewesen sein, der sich vermutlich hinter seiner Bürotür verschanzt und das Tohuwabohu im Vorzimmer lauschenderweise verfolgt hatte. Zumindest riss er nun die Tür auf, gab sich überrascht und gewährte dem Störenfried eine Audienz.

Kurz darauf brachte Minik mit dem Mut der Verzweiflung sein Anliegen vor. 1898 sei er Zeuge der Beisetzung seines Vaters im Garten des Museums gewesen und jetzt – acht Jahre später – werde Qisuk als Knochengerüst ausgestellt. Wie habe es dazu kommen können? Bumpus zeigte sich untröstlich. Dazu könne er nichts sagen, da Mr Jesup, der honorable Präsident des Hauses, ihn erst zwei Jahre später eingestellt habe. Minik forderte die sofortige Herausgabe von Qisuks Gebeinen, damit er seinen Vater zur letzten Ruhe betten könne. Der Direktor versprach, die Angelegenheit prüfen zu lassen. Danach komplimentierte er den Bittsteller hinaus.

Während Minik nun westwärts zum Bahnhof der Hudson Line wankte, kamen ihm ernste Zweifel an Professor Bumpus Entschlossenheit. Der Direktor war ein angesehener Wissenschaftler und er, Minik, nur ein Schuljunge. Ein Eskimo in New York. Jemand, der nicht hierher gehörte …

Erschrocken verharrte er mitten im Schritt. Sein Blick wanderte an den Fassaden der umliegenden Gebäude entlang. Die Straßen, der Verkehr, die wie steile Klippen in den Himmel ragenden Häuserblocks – das alles war ihm so vertraut! Und doch kam es ihm mit einem Mal fremd vor. Feindselig und kalt. Eisiger als jeder Gletscher.

New York war für ihn zu einer Stadt der kalten Herzen geworden.

Einen Moment lang zögerte er, ob er überhaupt heimkehren sollte. Dort erwartete ihn doch nur Mrs Richardson – dies war noch der schmeichelhafteste Name, den er für Pamela Wallace übrig hatte, die Witwe von Jenness Richardson. Sie war eine eifersüchtige Hexe, die ihm neuerdings in Gestalt einer erziehungsbesessenen Stiefmutter das Leben zur Hölle machte. Sie würde schön dumm aus der Wäsche schauen, wenn er einfach nicht mehr zu Hause aufkreuzte. Er könnte ins Museum zurückkehren, seinen Vater gewaltsam aus dem verfluchten Schneewittchensarg befreien und sich mit ihm nach Kalaallit Nunaat – »der Grönländer ihr Land« – durchschlagen.

Und was würde Onkel Will dazu sagen? Minik liebte seinen Ziehvater sehr und es erschien ihm undenkbar, ihn zu betrüben. Nein, er musste nach Hause, musste ihm alles erzählen.

Dumpf vor sich hinbrütend stapfte Minik weiter. Die Stadt der kalten Herzen strafte er mit Nichtachtung, ihr pulsierendes Leben war nur noch ein fernes Rauschen für ihn. Nach einer Weile erreichte er den Broadway. Eine aufgeregte Stimme rief hinter ihm, aber sein Geist hatte sich wie eine Schnecke in ihr Haus zurückgezogen; vor lauter Grübeln bemerkte Minik weder, dass sich ihm von links ein Pferdefuhrwerk näherte, noch drangen die Warnungen des besorgten Rufers in sein Bewusstsein vor.

Er stolperte auf die Straße und war nur noch wenige Schritte von dem ratternden Vierspänner entfernt. Der Kutscher schrie. Jetzt endlich bemerkte Minik die Gefahr. Aber anstatt auszuweichen, blieb er starr vor Schreck stehen.

In diesem Moment packte ihn jemand am Kragen, zerrte ihn grob zurück und rief: »Pass auf, Minik!«

Das mit Kisten beladene Fuhrwerk polterte haarscharf an ihm vorbei. Die Tiere wieherten, weil der Wagenlenker jäh an den Zügeln gerissen hatte. Erst ein gutes Stück weiter kam die

Kutsche zum Stehen. Der Mann auf dem Bock erhob sich, drehte sich zu Minik um und schüttelte die Faust. Er hatte sich mindestens ebenso erschrocken wie der Junge und machte seinem Ärger nun lauthals Luft.

»Hast du keine Augen im Kopf, dummer Bengel? Scher dich zurück nach Japan. Da kannst du dich von Rikschakulis anrempeln lassen, so viel du willst, aber der Straßenverkehr in New York ist nichts für Schnarchnasen wie dich.«

Dem so Gescholtenen hatte es die Sprache verschlagen, und wiederum sprang sein Retter für ihn ein. »Lassen Sie ihn in Ruhe. Er hatte gerade ein schlimmes Erlebnis.«

Überrascht drehte sich Minik um. Vor ihm stand Roswell Chester Beecroft, ein gestandener Geschäftsmann, der in Miniks kleinem Freundeskreis ganz weit oben rangierte.

»Dob? Was machst du denn hier?«

Chester lächelte erleichtert. »Deinen Schutzengel spielen. Scheinst ihn ja dringend nötig zu haben. Ohne mich wärst du jetzt platt wie eine Flunder.«

Minik senkte verlegen den Blick. »Danke. Ich war ... in Gedanken.«

»Es ist wegen deines Vaters, stimmt's?«

Er nickte. »Er ... steht ...« Ihm versagte die Stimme.

Chester legte Minik beide Hände auf die Schultern und versuchte, ihm in die Augen zu sehen. »Dann stimmt also, was ich in der Zeitung gelesen habe? Es ist tatsächlich Qisuks Skelett, das im Museum steht?«

Wieder nickte Minik.

Sein Freund schüttelte empört den Kopf. »Als wenn sie dir in all den Jahren nicht schon genug angetan hätten! Ich bin gleich nach dem Lesen des Artikels in die Mount Hope School gefahren, um dich zu warnen oder zu trösten oder ... wie auch immer. Leider kam ich zu spät. Du warst schon ausgebüxt. Ich dachte mir: ›Der Junge ist bestimmt ins Museum und will der

Sache auf den Grund gehen.‹ Aber da hatte ich dich wieder verpasst. Einer der Wächter berichtete mir, er habe dich völlig aufgelöst in der Anatomischen Ausstellung aufgelesen.«

»Ich war danach bei Professor Bumpus«, sagte Minik. Er kämpfte gegen die Tränen an, wollte sich aber vor seinem Freund nicht blamieren.

Beecroft war ein dynamischer Jungdreißiger. Er hatte die Kindheit in Deposit verbracht, einem Nest im Bundesstaat New York, wo er zum Thanksgiving Day noch regelmäßig seinen Bruder Will und dessen Familie besuchte. Die Herkunft vom Lande konnte der weltläufige Presseagent nicht verleugnen – er war Frischluftfanatiker und verachtete Weichlinge. Einen Freund zu haben, der die ersten sieben Jahre seines Lebens nördlich des Polarkreises zugebracht hatte, gefiel ihm ungemein. Er selbst war mittelgroß, schlank, hatte dünnes blondes Haar, blaue Augen, ein spitzes Kinn mit einem Grübchen und ein Gesicht, das Unbestechlichkeit und Charakterstärke ausstrahlte. Minik durfte ihn »Dob« nennen, aber in Politik, Wirtschaft und Presse kannte man ihn nur als Roswell Chester Beecroft, Spezialist für Public Relations.

»Beim Direktor?«, hakte er nach.

Minik nickte. »Ich habe auf eine Erklärung gepocht und verlangt, dass man mir die sterblichen Überreste meines Vaters aushändigt.«

»Oha! Ganz schön mutig. Und was sagt Bumpus dazu?«

»Ich glaube, er wollte mich nur abwimmeln.«

»Wundert dich das, wo Mr Jesup sich schon seit Jahren um eine finanzielle Unterstützung für dich herumdrückt? Aber so leicht soll das Museum diesmal nicht aus der Sache rauskommen. Der Artikel über Qisuks Skelett wird eine Menge Staub aufwirbeln und wie ich Mr Bumpus einschätze, ist ihm nichts wichtiger als der gute Ruf seines Hauses.«

»Davon kannst du ausgehen. Er hat mich erst empfangen,

nachdem ich seinem Sekretär lautstark mit der Presse gedroht habe.«

»Ich sage es dir nur ungern, mein Lieber, aber das dir in den vergangenen Jahren zuteil gewordene öffentliche Interesse könnte deinen Blick für die Realität getrübt haben. Für Männer wie Professor Bumpus bist und bleibst du ein Eskimo.«

»Du meinst: ein primitiver Wilder.«

»Sagen wir: ein lebendes Forschungsobjekt. So wie ein Pantoffeltierchen, das man unter dem Mikroskop bewundert. Man hegt und pflegt es, solange es dem Erkenntnisgewinn dienlich ist, aber kein Wissenschaftler würde sich ihm gegenüber moralisch verpflichtet fühlen.«

»Ich bin aber kein Einzeller, sondern ein *Mensch.*«

»Entschuldige, ich wollte deine Gefühle nicht verletzen, Minik. Mir ist nur daran gelegen, dir etwas klarzumachen: Männer wie Bumpus, Jesup oder Peary werden dich nie als ebenbürtig akzeptieren. Du kannst nicht auf gleicher Augenhöhe mit ihnen verhandeln. Im besten Fall spenden sie dir ihr Mitleid, so wie sie einen Schlittenhund mit wund gelaufenen Pfoten bedauern würden.«

Miniks Kinn sank ihm auf die Brust. Er wusste aus eigener Erfahrung, dass sein Freund recht hatte.

Chester klopfte ihm auf die Schulter. »Deshalb brauchst du dir trotzdem nicht alles gefallen zu lassen, Junge. Sie werden für deinen Vater oder für dich nur dann etwas tun, wenn sie darin einen Nutzen für sich selbst erkennen. Deine Idee, die Zeitungen zu mobilisieren, war schon nicht schlecht, aber vielleicht musst du etwas größere Geschütze auffahren. Wie wäre es mit einem Fachmann für Öffentlichkeitsarbeit?« Chester tippte sich grinsend an die Brust. »Normalerweise lasse ich das Astor-Hotel oder Klienten vom Film in der Presse glänzen, aber ich kann die Journaille auch auf jemand anderen hetzen. Lass mich für dich einen Termin mit diesem feinen Museumsdirektor machen und ihm ein paar Takte über die Macht des gedruckten Wortes erzählen. Vielleicht ist er ja danach bereit, auf dein Anliegen einzugehen.«

Minik seufzte. »Meinetwegen.«

»Lass den Kopf nicht hängen, mein Freund. *Du* bist im Recht, nicht die anderen. Und jetzt lade ich dich zum Essen ein. Das tut dir bestimmt gut. Was hältst du von einem tellergroßen Steak?«

»Bitte sei mir nicht böse, Dob, aber ich will im Moment nur meine Ruhe haben.«

Chester nickte verständnisvoll. »Ist schon gut. Dann schlagen wir uns eben ein andermal die Bäuche voll. Ich bringe dich noch zum Bahnhof, einverstanden?«

»Ja. Und danke nochmals, für alles. Du hast mir das Leben gerettet. Wenigstens der Hexe Pamela bleibt dadurch eine Enttäuschung erspart: Jetzt kann sie mich weiter triezen.«

Mit leerem Blick schaute Minik durch die rußverschleierten Fenster des Waggons. Die Dampflok brachte ihn dorthin zurück, von wo er am Mittag aufgebrochen war: ins Bronx County, dem nordöstlich des Central Parks gelegenen Stadtteil von New York City. Entlang der Strecke waren Arbeiter damit beschäftigt, dicke Kabelstränge zu verlegen. Demnächst würde die Hudson Line elektrifiziert sein. Der Fortschritt ließ sich nicht aufhalten.

Am Bahnhof Fort Washington verließ Minik den Zug und trottete durch die Depot Road nach Hause. Besonders eilig hatte er es nicht.

Nach dem Tod seines Vaters war er in die Familie von William Wallace, eines leitenden Angestellten des Naturkundemuseums, aufgenommen worden. Einige Monate später hatte sich Onkel Will mit dem Präsidenten des Museums, Morris Ketchum Jesup, überworfen und war auf die Straße gesetzt worden. Seitdem ging es mit den Wallaces bergab und Minik gab sich die Schuld daran.

Bis vor wenigen Stunden hätte er niemandem genau erklären können, wie ihm die Rolle des Unglücksengels zugefallen war, nun aber hatte die Vergangenheit ihn eingeholt. Das Zerwürfnis zwischen seinem Ziehvater und dem steinreichen Förderer von Robert E. Peary musste etwas mit Qisuks Skelett zu tun haben. Vermutlich war Onkel Will als damaliger Leiter der Bauabteilung des Museums darüber in Kenntnis gesetzt worden, dass jemand in »seinem« Garten eine Leiche auszugraben gedachte, und zweifellos hatte er dagegen protestiert. Das musste ihm dann zum Verhängnis geworden sein.

Ja, so war es wohl gewesen, dachte Minik, als er sich die vier Stockwerke zu jener kleinen Wohnung hinaufschleppte, in der die Familie seit einigen Monaten lebte. Während William Wallace jetzt als Vormann beim Bau der neuen New Yorker Untergrundbahn arbeitete, predigte seine jungvermählte zweite Ehefrau daheim den *American Way of Life.* Ihre Devise lautete: »Erwarte keine Almosen, weil du ein Eskimo bist, sondern arbeite hart. Das Glück ist dem Fleißigen hold, aber den Faulenzer bestraft das Leben.« Während Minik die Wohnungstür aufschloss, fragte er sich, wann sein Vater jemals faul gewesen war.

Er stieß die Tür auf, ohne den kleinen Flur gleich zu betreten. Man konnte ja nie wissen, was einen in der Hexenküche erwartete.

Minik blickte in zwei, um es vorsichtig auszudrücken, unfrohe Gesichter, wobei der Grad des sich auf ihnen spiegelnden Trübsinns sehr verschieden war.

Da war zum einen Pamela, die sich nicht die geringste Mühe gab, ihre Entrüstung und ihren Zorn zu verhehlen. Sie war eine drahtige Frau, die sich mit ihrer grauen Rüschenbluse und dem schwarzen, bodenlangen Rock wie die Statue einer antiken Rachegöttin ausnahm. Unter Zuhilfenahme eines Arsenals von Klammern pflegte sie ihre braun gefärbten Haare kopfnah zu tragen, manchmal als Dutt, an diesem Abend in Zöpfen. Um ihrem stechenden Blick auszuweichen, wandte Minik sich der abgezehrten Gestalt seines Ziehvaters zu.

William Wallace war einundfünfzig Jahre alt und man sah ihm jede einzelne Demütigung des jahrelangen Niedergangs an. Früher hatte sein scharf geschnittenes Antlitz an einen Gerfalken erinnert, aber längst waren die Konturen seines Gesichts unter den Unbilden des Lebens abgeschliffen worden. Er sah aus wie Abertausende andere, die im Moloch New York täglich ums Überleben kämpften: müde, verbittert und hoffnungslos. Onkel Will war grau geworden in letzter Zeit. Auch in seinem vollen Schnurrbart schimmerten etliche silberne Fäden. Im Moment wirkte er wie ein Achtzigjähriger.

»Wo bist du gewesen, junger Mann?«, zischte Pamela.

»Bei Ihrem früheren Arbeitgeber, Mrs Richardson«, antwortete der Gefragte, wohlwissend, dass er Pamela damit reizte. Er würde nie akzeptieren, dass sie jetzt den Platz von Tante Rhetta – Onkel Wills erster Frau – einnahm. An manchen Tagen kam er sich für diese Haltung ungerecht vor. Auf ihre Weise meinte Pamela es bestimmt gut mit ihm. Doch in seiner gegenwärtigen Stimmungslage hätte er ihr am liebsten noch ganz andere Namen an den Kopf geworfen als nur den ihres verstorbenen Mannes. Mr Richardson hatte, wie sein Sohn, für das Naturkundemuseum gearbeitet.

»Du warst im Museum?«, hakte William erstaunt nach. Er war derjenige, der unermüdlich zwischen seiner neuen Ehefrau und dem Jungen zu schlichten versuchte.

»Warum wundert dich das, Onkel Will?« Minik warf wütend die Wohnungstür hinter sich ins Schloss und tippte sich gegen die Brust. »Ich komme zwar aus einem kalten Land, aber was da drinnen schlägt, ist nicht so kühl und empfindungslos wie die Herzen in dieser Stadt. Oder hast du gedacht, mir wäre egal, was sie mit meinem Vater angestellt haben?«

Williams Gesicht wurde aschfahl. »Was? Ich kann dir nicht folgen, mein Junge.«

Minik berichtete von dem Zeitungsartikel und wie er in der Schule davon erfahren hatte. Derweil schob Pamela ihn durch den Flur in die Küche, wo sie ihn dazu nötigte, am Esstisch Platz zu nehmen und kalten Tee zu trinken. Dadurch kühlte sich Miniks Gemüt aber keineswegs ab. Während er von dem schockierenden Museumsbesuch und dem Gespräch mit Hermon C. Bumpus erzählte, geriet er richtig in Rage. »Kannst du dir so etwas vorstellen, Onkel Will?«, wetterte er. »Sie müssen die Leiche meines Vaters wieder unter der Steinpyramide ausgegraben haben, um seine Knochen im Museum auszustellen.«

Williams Augen starrten leer durch ihn hindurch. Eine Antwort bekam Minik nicht.

Seltsam, dachte er und musterte argwöhnisch seine Stiefmutter. Sie fühlte sich erkennbar unwohl in ihrer Haut – und sah alles andere als überrascht aus. Im Gegensatz zu Onkel Will las sie regelmäßig die Morgenzeitung. Es war wieder einmal typisch, dass sie ihrem Göttergatten nichts davon erzählt hatte. Vermutlich hatte sie ihm die unangenehme Nachricht ersparen wollen. Wie es ihrem Pflegling ging, war ihr ziemlich egal. Warum nur hatte Onkel Will diese Frau geheiratet? Sie besaß weder Tante Rhettas Format noch ihr großes Herz.

Die zwei Erwachsenen schwiegen immer noch, was Minik unerträglich fand. Wütend hieb er mit der Faust auf den Tisch. »Am liebsten würde ich eine Stange Dynamit nehmen und Peary, Jesup, Bumpus und das ganze Pack in die Luft sprengen.«

Damit schaffte er es endlich, seinen Ziehvater aus der Lethargie zu reißen. William stieß einen Seufzer aus, der direkt vom Grund seiner Seele zu kommen schien, und erwiderte:

»Der beste Weg, Rache zu üben, ist *anders* zu sein als die, die dich verletzt haben, mein Junge.«

Miniks Ärger wich jäh tiefer Scham. Dieser Mann hatte so viel für ihn getan und er dankte es ihm, indem er sich wie ein hirnloser Wüterich aufführte. Sanft fragte er: »Warum hast du mir nie etwas von dem Skelett erzählt, Onkel Will? Du warst damals Leiter der Bauabteilung. Dir kann doch nicht entgangen sein, dass man Vaters Grab geplündert hat.«

»Von einer Exhumierung weiß ich nichts«, entgegnete William unwirsch.

Minik glaubte ihm, wenngleich ihn der schroffe Ton überraschte. Verunsichert nippte er an seinem Eistee. Gab es da noch etwas anderes, das ihm Onkel Will bisher verschwiegen hatte? Wenn ja, dann musste er sich diesem dunklen Geheimnis wohl sehr behutsam nähern.

»Sind die Knochen meines Vaters vielleicht erst später ausgegraben worden, als du nicht mehr für das Museum gearbeitet hast?«

William schnaubte. »Das hätte mir der feine Mr Jesup kaum auf die Nase gebunden.«

Pamela stand von ihrem Stuhl auf, beugte sich zu ihm herab und legte ihm schützend den Arm um die Schulter. »Jetzt gib endlich Ruhe, Minik. Siehst du nicht, wie deine Fragen Onkel Will aufregen?«

Er nickte. »Ja, Mrs Richardson. Ich möchte nur gerne verstehen, warum er sich so aufregt.« Minik wandte sich wieder seinem Ziehvater zu. »Onkel Will, ich bin dir nicht böse, dass du mir nichts von dieser ... Exhumierung erzählt hast. Jedenfalls nicht sehr. Du hast mich bei dir aufgenommen und warst immer gut zu mir. Ich möchte nur die *Wahrheit* erfahren. Wie kommt es, dass die Gebeine meines Vaters im Museum sind? Was ist da passiert?«

William fegte Pamels Arm von der Schulter und sprang vom

Stuhl auf. Sein Gesicht war von Schmerz verzerrt und seine Augen voll ohnmächtigen Zorns. »Warum gibt du mir die Schuld, Minik? Der Schwindel war nicht meine Idee. Aber ich werde dir helfen und wenn ich dafür vor Morris Jesup und seinem Direktor zu Kreuze kriechen muss.«

Minik schüttelte den Kopf. »Aber ich habe doch gar nicht gesagt, dass du …«

Weiter kam er nicht, denn William Wallace war aus der Küchentür gestürmt. Die Wohnungstür krachte. Wütend funkelte Pamela den Jungen an.

In den Tagen nach Miniks erschütternder Entdeckung erschienen weitere Zeitungsberichte über das Eskimoskelett im Naturkundemuseum, was für ihn das Warten auf eine Antwort des Direktors nicht eben leichter machte. Zusätzlich drückten die Schuldgefühle gegenüber seinem Pflegevater auf Miniks Gemüt; nach Williams unerklärlichem Gefühlsausbruch waren sie noch brennender geworden. Minik hielt es für ratsam, ihn vorerst nicht weiter mit unbequemen Fragen zu behelligen.

Er hatte ja noch Chester, der wesentlich unbelasteter an die Sache heranging. Dob ersuchte den Museumsdirektor um ein klärendes Gespräch. Mit Erfolg. Ende Juni – die Sommersonne brannte bereits unbarmherzig auf New York nieder – fuhren Minik und sein Freund nach New Rochelle, einer Kleinstadt im Norden der Millionenmetropole. Hermon C. Bumpus besaß hier ein Haus und er war bereit, den grönländischen Quälgeist und dessen Fürsprecher, Roswell Chester Beecroft, zu empfangen.

Minik lüpfte die Krempe seines flachen Strohhutes, um das Anwesen des Museumsdirektors besser bestaunen zu können. Es lag mitten im Grünen. Vom Garten aus hatte man einen grandiosen Blick auf den Long Island Sound. Wie große weiße

Wasservögel leuchteten die Segel etlicher Schiffe auf den glitzernden Fluten. Während Minik an Chesters Seite zwischen Blumenbeeten hindurch auf das große Holzhaus zusteuerte, stiegen aus seiner Erinnerung Bilder aus einer besseren Zeit empor. Onkel Will hatte eine Farm im Schoharie County besessen und seine beiden Söhne – Willie, der leibliche, und Minik, der angenommene – hatten unbeschwerte Sommer auf dem Land verbracht.

Die innere Rückschau sorgte nur kurzzeitig für eine Aufhellung seiner Laune. Er schwitzte und sein Hemd kratzte. Pamela hatte es ihm aufgezwungen. Vor lauter Wäschestärke war es hart wie ein Brett. Sie hatte gemeint, um einem Mann wie Professor Bumpus unter die Augen zu treten, müsse Minik wie ein richtiger amerikanischer Junge aussehen.

»Nimm die Kreissäge ab«, raunte Chester, als sie die Stufen zur Veranda erklommen. Er selbst zog ebenfalls seinen gelben Strohhut vom Kopf.

Keinen Moment zu früh, denn schon öffnete ein Dienstmädchen die Haustür. Es trug ein schwarzes Kleid und darüber eine weiße Schürze. Das blonde Haar der jungen Frau war mehr schlecht als recht von einer Haube bedeckt. Als sie den Mund zu einem Lächeln öffnete, entblößte sie ein Spalier schiefer Zähne.

»Mr Beecroft?«, fragte sie.

Chester bejahte, verbeugte sich galant und überreichte seine Visitenkarte.

»Die Herrschaft erwartet Sie bereits. Bitte treten Sie ein. Wenn ich vorangehen darf?«

Die Bedienstete führte Chester und Minik in die Bibliothek und bat die Gäste um einen Moment Geduld, Professor Bumpus werde gleich bei ihnen sein. Hierauf entfernte sie sich.

Die Kreissägen rotierten in nervösen Händen, während die beiden Freunde mit Blicken das Terrain sondierten. Sie standen zwischen Bücherregalen, die bis zur Decke reichten. Außerdem gab es eine weitere Tür mit zwei Flügeln, einen Kamin und davor eine braune Garnitur aus einem Sofa und einem Paar Sessel, deren Lederbezug mit einem Rautenmuster aus Polsternägeln an den Sitzgestellen festgehalten wurde, als fürchte man, die Tierhäute könnten jeden Moment von den Seelen ihrer früheren Besitzer zur Flucht animiert werden.

Chester deutete auf die Regale und flüsterte: »Ich wette, der Professor hat uns mit Absicht hierherführen lassen. Er will uns klarmachen, dass *wir* die Kleingeister sind und *er* der große Wissenschaftler ist. Dabei verdankt er seinen Ruhm auch nur einer Schar Spatzen, die nach einem Wintersturm eingesammelt und von ihm vermessen wurden.«

Minik fuhr sich mit dem Zeigefinger an der Innenseite des engen Kragens entlang. Die Erwähnung der sturmgepeitschten Sperlinge hatte ihn an seine eigenen Erfahrungen mit der Wiege- und Messwut von Wissenschaftlern erinnert. Glücklicherweise hinderte ihn ein Rumpeln daran, sich in diesem Gedanken zu verlieren. Das Geräusch kam von der zweiten Tür, deren beide Hälften gerade schwungvoll auseinanderglitten und damit den Blick auf den Gastgeber und einen anderen, eher schmächtigen Mann freigaben.

In seinem hellen Sommeranzug aus Leinen vermittelte Hermon C. Bumpus den Eindruck eines Afrikareisenden, der seinen Tropenhelm verlegt hatte. Die mit einem Schweißfilm bedeckte Halbglatze des korpulenten Professors war von einer lichten Aura umgeben, weil hinter ihm die Sonne durch ein Fenster schien.

»Willkommen in meiner bescheidenen Hütte«, stapelte er tief und betrat die Bibliothek. Ganz der vollendete Gastgeber, machte er zunächst die Besucher miteinander bekannt. Seinen Begleiter, der eine braune Aktentasche in der Armbeuge hielt, stellte er als Lewis L. Delafield vor, seines Zeichens Anwalt der

Rechte. Mr Delafield war ein dürres Männlein im dunklen Tuch eines Leichenbestatters. Während er Minik und seinem Freund die Hand reichte, beäugte er sie misstrauisch durch eine runde Nickelbrille, als fürchte er, das preisgegebene Körperteil könne ihm gestohlen werden.

Chester runzelte irritiert die Stirn. »Ein Advokat? Ich dachte, wir hätten uns heute zu einem ganz ungezwungenen Gespräch verabredet.«

»Aber gewiss«, erwiderte Bumpus jovial. »Soweit es von mir abhängt, stimme ich Ihnen voll und ganz zu. Doch Sie müssen bitte auch verstehen, dass es hier um das Ansehen einer bedeutenden amerikanischen Institution geht. Das Naturkundemuseum hat sich in den vergangenen Jahrzehnten als unermüdlicher Förderer der Wissenschaften hervorgetan. Unter seiner Ägide wurden bahnbrechende Entdeckungen gemacht und grandiose Unternehmen wie die Jesup-Nordpazifik-Expedition durchgeführt. Wir unterstützen auch Commander Pearys Anstrengungen zur Eroberung des Nordpols. Ich möchte lediglich sicherstellen, dass der auf solche Großtaten gegründete, glänzende Ruf unseres Hauses, den wir dem unermüdlichen Engagement unseres Präsidenten, Mr Morris Jesup, verdanken, nicht unnötig beschädigt wird. Das werden Sie doch bestimmt einsehen.«

»Sicher«, knirschte Chester.

Bumpus deutete auf die Sitzgruppe. »Bitte, nehmen Sie doch Platz. Darf ich Ihnen eine Erfrischung anbieten?«

Minik ließ sich auf dem Sofa nieder und nickte.

»Wenn es keine allzu großen Umstände macht«, sagte Chester.

Bumpus ließ seinen schweren Körper ächzend in einen der hochlehnigen Sessel fallen. »Gut, dann kommen wir gleich zur Sache. Nur fürs Protokoll: Bitte wiederholen Sie noch einmal, worin genau Ihr Anliegen besteht, Mr Wallace.«

Die Aufforderung richtete sich an Minik und sie kam für ihn so unerwartet und direkt, dass er im ersten Moment sprachlos war. Unsicher sah er zu dem Anwalt rüber, der in seinem Sessel etwas verloren wirkte. Er hatte ein rotbraunes, ledergebundenes Schreibbuch aus der Aktentasche gezogen und machte mit einem Füllfederhalter Notizen.

Chester stupste seinen verschüchterten Freund in die Seite und ermunterte ihn: »Sprich ganz offen, Minik.«

Der nahm seinen ganzen Mut zusammen. »Ich möchte, dass Sie mir die sterblichen Überreste meines Vater aushändigen. Außerdem habe ich ein Anrecht auf mein Erbe: sein Kajak und das Gewehr.«

»Wie lautet der Names Ihres Vaters?«, erkundigte sich der Rechtsanwalt.

»Qisuk«, knirschte Minik. »Falls Sie nicht wissen, wie das geschrieben wird, schauen sie auf das Schild neben seinem Skelett im Museum.«

Bumpus und Delafield lächelten maskenhaft und schwiegen.

Chester legte Minik beruhigend die Hand auf die Schulter und sagte: »Es ist doch so, Professor Bumpus: Das American Museum of Natural History hat seinerzeit mithilfe von Peary, der damals noch im Range eines Leutnants stand, sechs Eskimos aus Grönland nach New York bringen lassen, darunter auch Minik und …«

»Entschuldigen Sie, wenn ich Sie unterbreche, Mr Beecroft, aber mit diesen Ereignissen habe ich nicht das Geringste zu tun.«

»Das habe ich auch nicht sagen wollen, Professor. Es geht mir lediglich um eine Schilderung des Hintergrunds der prekären Lage, in der sich mein junger Freund befindet. Die Presse hat seinerzeit ausführlich über die ebenso tragischen wie fragwürdigen Begleiterscheinungen von Commander Pearys ›Leihgabe‹ an das Naturkundemuseum berichtet, und wie Sie der aktuellen Berichterstattung entnehmen können, ist das Interesse der Öffentlichkeit an Miniks Lebensumständen unvermindert groß.«

Bumpus wischte sich mit einem Taschentuch über die unbehaarte Schneise, die sich auf seinem runden Schädel von der Stirn bis in den Nacken erstreckte. »Ich möchte Sie bitten, Mr Beecroft, in dieser für *alle* Beteiligten unerfreulichen Angelegenheit einen kühlen Kopf zu bewahren. Es wäre sicher nicht angebracht, die unerquickliche Geschichte gegenüber den Zeitungen aufzubauschen. Das Naturkundemuseum hat hier ja nicht gerade einen Präzedenzfall geschaffen. Seit Kolumbus nach der Entdeckung der Neuen Welt mit Indianern nach Europa heimgekehrt ist, wurden immer wieder Ureinwohner primitiver Völker in die Zivilisation gebracht.«

Minik wischte einmal mehr mit dem Zeigefinger an der Innenseite seines Kragens entlang, der sich zunehmend wie ein Sklavenring anfühlte. Wusste der Mann überhaupt, was er da redete?

Chester blieb äußerlich ruhig. »Bei allem Respekt, Professor Bumpus, aber muss man etwas Törichtes bis zum Jüngsten Gericht wiederholen, nur weil es schon seit Generationen praktiziert wird? Es gibt unzählige Berichte von Eskimos und Ureinwohnern anderer, kaum erforschter Regionen, die elendiglich gestorben sind, nachdem man sie aus ihrer Heimat in die sogenannte ›Zivilisation‹ gebracht hat.«

»Ich gebe Ihnen insofern recht, als wir für unseren Fortschritt manchmal einen hohen Preis zahlen müssen. Haben Sie schon einmal nachgezählt, wie viele hervorragende Forscher im Namen der Wissenschaft ihr Leben ließen?«

»Nein. Aber diese Männer dürften das Risiko gekannt haben und sind es *freiwillig* eingegangen. Davon kann bei den Eingeborenen, die wir entwurzelt haben, kaum die Rede sein.«

»Es gibt auch genug Wilde, die wieder wohlbehalten in ihre Heimat zurückgebracht wurden. Nehmen Sie nur Jemmy Button aus Feuerland, den Kapitän FitzRoy 1830 für einen Perlmuttknopf seinen Eltern abgekauft und mit der *Beagle* nach England gebracht hat. Innerhalb von vierzehn Monaten wurde aus dem kleinen Wilden ein richtiger Dandy. Anschließend brachte ihn FitzRoy wieder nach Feuerland zurück. Kein Geringerer als Charles Darwin, der ebenfalls auf der *Beagle* mitfuhr, hat die Repatriierung des Jungen bezeugt.«

»Ich kenne die Geschichte gut«, sagte Chester unbeeindruckt. Mit sichtlicher Genugtuung registrierte er Bumpus überraschten Gesichtsausdruck. »Jemmy Button war einer von vier seines Stammes. Es kehrten aber nur drei nach Feuerland zurück, weil Boat Memory in England an den Pocken gestorben war. Glaubt man Darwin, dann ist der Versuch fehlgeschlagen, aus Button einen kultivierten Menschen zu machen. Er verwandelte sich auf Feuerland innerhalb weniger Monate wieder in einen ausgemergelten, ascheverkrusteten Wilden im Lendenschurz und später soll er sogar an einem Massaker an der Besatzung und den Passagieren eines Missionsschiffs beteiligt gewesen sein. Ich könnte mir gut vorstellen, dass er dem weißen Mann damit heimzahlen wollte, was man ihm angetan hatte. Wie dem auch sei, Sie stimmen mit mir sicher darin überein, dass die Wissenschaft nicht auf Unmenschlichkeit gegründet werden darf, Professor. Es würde dem Ansehen Ihres Museums in der Öffentlichkeit ganz bestimmt nützen, wenn Sie meinen jungen Freund nach Kräften unterstützten, damit ihm ein ähnliches Schicksal erspart bleibt.«

Bumpus tupfte sich einen Schweißtropfen von der Stirn. »Warum habe ich nur ständig das Gefühl, Sie wollen mir mit dem Mann von der Straße drohen? Dabei sind es doch gerade die einfachen Leute, die sich gar nicht sattsehen können an den Exoten aus fernen Ländern. Völkerschauen sind *der* Publikumsmagnet im Unterhaltungsgeschäft. Während der letzten Weltausstellungen in Chicago und St. Louis haben sich Tausende die Eskimopräsentationen angesehen und nicht anders war die Resonanz in Paris. Hagenbecks Menschenzoo in Hamburg ist das reinste Massenspektakel mit einem Tourneeplan, der quer durch Europa führt. Und da wollen Sie mir allen Ernstes ein schlechtes Gewissen einreden, wenn ernsthafte Wissenschaftler ein paar ethnologische Objekte untersuchen möchten?«

»Ich glaube nicht, dass wir das Thema auf dieser abstrakten Ebene fortsetzen sollten, Professor. Neben mir sitzt ein *Mensch,* kein ›ethnologisches Objekt‹. Sein Vater wurde von einem Emissär des Museums nach New York gelockt und ist binnen weniger Monate gestorben. Als wäre dies nicht schon schlimm genug, hängt man dem Jungen auch noch den Nachnamen dieses – für ihn muss es sich so darstellen – Peinigers an und nennt ihn Minik *Peary* Wallace. Es war Mr Morris Jesup, der Präsident des Museums, der Minik in die Obhut seines Mitarbeiters, Mr William Wallace, überstellt hat. Er bat ihn, den Knaben zu adoptieren, ihm einen guten amerikanischen Namen zu geben und er versprach auch, die nötigen finanziellen Mittel für dessen Erziehung beizusteuern. Damit ist Minik nach wie vor ein Mündel des Naturkundemuseums. Er hat …«

»Einspruch«, ging Delafield dazwischen. »Kann der Junge denn beweisen, dass dieser Eskimo namens Qisuk sein Vater gewesen ist? Er könnte sich das alles doch ebenso gut …«

Minik malträtierte seinen Strohhut, wie er es am liebsten mit dem Hals des Advokaten getan hätte.

»Lassen Sie es gut sein, Mr Delafield«, unterbrach Bumpus den Anwalt. »Wir sind hier nicht in einer Gerichtsverhandlung und es wäre mir lieb, wenn es auch dabei bliebe. Erklären Sie uns ganz einfach, wie die Gesetzeslage im vorliegenden Fall aussieht, so er denn wahrheitsgemäß geschildert wurde.«

Delafield drückte die Brust heraus und leierte: »Nach §306 des Strafgesetzbuches des Staates New York muss jeder tote Körper eines menschlichen Wesens innerhalb eines ›angemessenen Zeitraumes nach dem Tod geziemend bestattet werden‹. Er ist den nächsten Angehörigen des Verblichenen zu übergeben – daher meine Frage bezüglich eines Nachweises von Mr Wallaces Sohnschaft.«

»Danke, Mr Delafield.« Bumpus wandte sich wieder an Chester. »Vom Grundsatz her haben wir es hier also mit einem berechtigten Anliegen Ihres Schützlings zu tun. Allerdings kann ich nichts verantworten, was sich zwei Jahre *vor* meinem Dienstantritt im Museum zugetragen hat. Sie müssen mir bitte die Gelegenheit einräumen, mich zunächst sachkundig zu machen.«

»Nichts für ungut, Professor, aber Minik ist mit seinem Wunsch schon vor zweieinhalb Wochen bei Ihnen vorstellig geworden. Sie hatten ausreichend Zeit, um Einblick in die Dokumente zu nehmen und sich das Skelett in aller Ruhe anzuschauen.«

»Mr Beecroft«, entgegnete Bumpus mühsam beherrscht, »es dürfte Ihrer Kenntnis nicht entgangen sein, dass ich der Direktor des Naturkundemuseums bin. Über meinen Schreibtisch gehen täglich Dutzende von Vorgängen. Mir fehlt nun wirklich die Zeit, mich persönlich mit den Knochen eines toten Eskimos zu befassen. Sie tun ja gerade so, als hätte ich diesen Qisuk umgebracht.«

Minik gefiel die Art und Weise nicht, wie dieser selbstgefällige Fettklops von seinem toten Vater sprach, doch ehe er seinen Unmut kundtun konnte, antwortete Chester schon.

»Sie müssen sich nicht gleich persönlich angegriffen fühlen, Professor Bumpus. Aber finden Sie wirklich, was mit Minik, seinem Vater und deren Stammesgefährten geschehen ist, passt in das ehrwürdige Bild, das Sie uns von Ihrer Institution gezeichnet haben? Es war schließlich Mr Franz Boas, ein Kurator Ihres Hauses, der Leutnant Peary mindestens zweimal um Eskimos für seine Forschungen und die Ausstaffierung der anthropologischen Sammlung bat.«

»Professor Boas arbeitet nicht mehr für uns.«

»Das spielt doch keine Rolle. Er handelte im Namen des Naturkundemuseums. Sie haben eine moralische Verantwortung …«

»Auf die Gefahr hin, mich zu wiederholen: Ich war damals noch gar nicht im Haus …«

»Ich spreche vom *Museum.* Die öffentliche Meinung wird dessen Verhalten in dieser Sache sicher nicht billigen …«

»Wollen Sie uns drohen?«, mischte sich der Anwalt ein. »Ich könnte Ihren Schützling und Sie wegen Rufschädigung verklagen.«

»Ich kenne mich ein wenig in Öffentlichkeitsarbeit aus, Mr Delafield. Immerhin genießen wir in unserem Land Pressefreiheit. Sie können überhaupt nichts tun, wenn die Zeitungen die Wahrheit über einen armen Eskimojungen berichten, dem das Naturkundemuseum die sterblichen Überreste seines Vaters vorenthält.«

»Jetzt beruhigen wir uns alle erst einmal«, sagte Bumpus beschwichtigend. »Mr Beecroft, ich wünsche mir ebenso wie Sie, dass unser junger Mr Wallace eine gute Ausbildung erhält. Und sollte überdies Qisuks Leiche tatsächlich im Museum sein, dann wird sie seinem Sohn selbstverständlich ausgehändigt.«

Minik glaubte, sich verhört zu haben. Offenbar hatte Dobs wortgewandter Dauerbeschuss das Bollwerk des Widerstands zum Einsturz gebracht. Der Direktor wollte auf jeden Fall eine Schmutzkampagne gegen sein Haus vermeiden und ihm dürfte klar geworden sein, dass sein Gegenüber ihm diesbezüglich viele Unannehmlichkeiten bereiten konnte.

Auch Chester atmete erleichtert auf. »Dann lassen Sie uns Nägel mit Köpfen machen, Professor. Bis wann können Sie Ihre Versprechen erfüllen?«

Der Anwalt reckte sich im Sessel und stellte klar: »Mr Bumpus Äußerungen sind lediglich Absichtserklärungen, keine rechtsverbindliche Willenserklärung.«

»Halten Sie die Klappe, Delafield«, knurrte der Direktor. Als er sich abermals Chester zuwandte, war er wieder die Freundlichkeit in Person. »Ich muss die Angelegenheit, insbesondere was die finanzielle Unterstützung Ihres Schützlings anbelangt, dem Präsidenten vortragen. Leider hält sich Mr Jesup derzeit in seinem Landhaus auf. Bis zu seiner Rückkehr müssen wir uns alle noch gedulden.«

»Das klingt vernünftig.«

»Fein. Dann sind wir uns also einig?«

Minik konnte sein Glück kaum fassen. »Ja«, sagte er, »wir sind uns einig.«

Miniks freudige Erwartung nach dem Besuch bei Professor Bumpus verwandelte sich im Laufe der nachfolgenden Tage in Frust. Weder bei ihm noch bei seinem Freund ging eine Nachricht vom Museum ein. Mitte Juli hatte sich daran immer noch nichts geändert. Die beiden verbrachten ein Wochenende beim Zelten auf Hunter Island, einer zum Pelham Bay Park im nordöstlichsten Zipfel von New York gehörenden Insel. Als sie am Samstagabend am Ufer des Long Island Sound saßen, sprach Chester zum ersten Mal offen über seine Zweifel.

»Ich werde das Gefühl nicht los, der Landhausaufenthalt von Mr Jesup ist nur ein Vorwand, um die zwei lästigen Bittsteller Wallace und Beecroft für eine Weile ruhig zu stellen«

Minik warf empört die Arme in die Luft. »Das glaube ich schon lange. Bumpus ist ein Heuchler. Warum gehe ich nicht einfach ins Museum und hole mir die Knochen meines Vaters?«

Chester schüttelte den Kopf. »Davon rate ich dir ab, mein Lieber. Du würdest nur im Gefängnis landen.«

»Vielleicht werde ich verbannt und sie schicken mich nach Grönland zurück. Da würde ich sowieso viel lieber sein als hier in dieser Stadt der kalten Herzen.«

»Der kalten Herzen?«, echote Chester.

»Findest du etwa, dass Peary, Jesup, Bumpus und wie diese Pharisäer alle heißen ein Herz aus Fleisch und Blut haben?«

»Ich schätze, sie sind Gefangene ihrer anerzogenen Überheblichkeit. Sie haben von Kindesbeinen an gelernt, dass Amerika im Ganzen und sie im Besonderen anderen Völkern überlegen sind. Wenn du jetzt vor ihnen davonläufst, dann bestätigst du nur ihre Vorurteile.«

Minik schleuderte missmutig einen Stein ins Wasser. »Schon klar, du willst, dass ich weiterkämpfe.«

»Ja, weil man sich niemals aufgeben darf, mein Freund. Im Übrigen bist du nicht allein. Die Schonzeit für Bumpus ist vorbei. Mit meinen guten Kontakten zur Presse werden wir dir eine Stimme geben. Vergiss nicht: Amerika ist immer noch das Land der unbegrenzten Möglichkeiten.«

»Du klingst schon so wie Pamela, die Hexe. Eure Regeln gelten doch nur für Weiße. Aber was bin ich denn schon? Eine Maus, die Peary in das Fass New York geworfen hat. Um mich herum schwappt die Milch des Wohlstands und ich werde trotzdem ertrinken.«

Chester klopfte Minik auf die Schulter. »Nicht unbedingt. Wenn die Maus lange genug strampelt, dann wird die Milch zu Butter und sie kann entkommen.«

Im Blätterwald begann es zu rascheln. Dank Chesters Beharrlichkeit sprangen immer mehr Reporter auf Miniks Geschichte an. Um sich gegenseitig zu übertreffen, begannen sie die Story mit frei erfundenen Details auszuschmücken. Obwohl das Naturkundemuseum in den wenigsten dieser Artikel gut abschnitt, igelte sich Hermon C. Bumpus weiter ein. Einige Tage nach Miniks Sommerfrische im Pelham Bay Park lud er seinen ganzen Unmut über Pamela ab.

Den Anlass dazu hatte eine flüchtig hingeworfene Bemerkung seiner Stiefmutter gegeben. Sie meinte, er solle endlich aufhören, um Almosen zu betteln und sein Leben selbst in die Hand nehmen. Als gerade so richtig die Fetzen flogen, kam William nach Hause. Obwohl er von der Arbeit beim U-Bahnbau todmüde war, bewahrte er Ruhe. Es gelang ihm sogar, den Streit zu schlichten, indem er Minik ein Versprechen gab.

»Ich werde noch einmal zu Mr Bumpus gehen und mit ihm reden.«

Minik fühlte mit einem Mal brennende Scham. Er wusste, wie viel Überwindung dieses Zugeständnis seinen Ziehvater kostete. Das Museum hatte ihn gefeuert und nun musste er wieder angekrochen kommen. Onkel Will liebte ihn wirklich.

Als William Wallace einige Tage später aus dem Naturkundemuseum nach Hause kam, war er niedergeschlagen wie schon lange nicht mehr. Der Direktor habe sich in hohles Gerede geflüchtet, erzählte er. Angeblich sei ihm noch nicht bestätigt worden, dass die Leiche des besagten Eskimos tatsächlich im Museum verwahrt werde. Was die Beihilfe für Miniks Ausbildung anbelange, so habe er noch keine Rückmeldung von Mr Jesup erhalten. Und als wäre all das nicht schon niederschmetternd genug, fügte William abschließend hinzu: »Ich fürchte, mein lieber Junge, ohne fremde Unterstützung können wir uns einen weiteren Schulbesuch für dich nicht länger leisten.«

Mit dieser entmutigenden Nachricht bekam Miniks Seele einen weiteren Knacks. Bumpus ist ein Heuchler, er wird nie nachgeben, dachte er. Der in ihm aufgestaute Zorn entlud sich in wilden Fantasien – an Vorstellungskraft hatte Minik es nie gemangelt. Er begann, Pläne zur »Entführung« des Skeletts zu schmieden. Schließlich standen ihm als Sohn die Gebeine seines Vaters zu. Und hatte nicht vor wenigen Jahren noch in vielen Gegenden der Vereinigten Staaten das Faustrecht gegolten? Wer nicht bekommt, was ihm zusteht, der muss es sich eben nehmen. Mit solchen Argumenten steigerte sich Minik immer tiefer in seine Fantasien hinein. Im Geiste spielte er unzählige »Befreiungspläne« durch, am Tag und in der Nacht.

New York schlief nie. In Manhattans Straßen wurde es niemals richtig dunkel. Keine besonders guten Voraussetzungen für Einbrecher, dachte Minik. Er hatte den ganzen Weg von der Bronx zu Fuß zurückgelegt, damit Fahrkartenverkäufer und Bahnschaffner ihn nicht später auf den Steckbriefen wiedererkennen konnten. Auf dem Rücken trug er einen Rucksack, der groß genug war, um eine bunte Glasscherbe, einen Hammer, zwei Unterhosen, drei Sandwiches und etliche Knochen eines erwachsenen Mannes aufzunehmen.

Nur noch wenige Minuten bis zur Geisterstunde, dachte Minik, als er von Norden her den Central Park betrat, ein grünes Eiland inmitten des Häusermeers. Er näherte sich seinem Ziel auf den unbeleuchteten Seitenpfaden. Beim Croton Reservoir wechselte er auf die Westseite des riesigen Parks. Von hier war es nur noch ein Katzensprung bis zum Naturkundemuseum am Manhattan Square.

Eine Gruppe von Nachtschwärmern kreuzte seinen Weg. Sie sangen Shantys und steuerten einen konsequenten Schlingerkurs – vermutlich waren es betrunkene Seeleute auf Landgang. Minik hielt den Kopf gesenkt und eilte an ihnen vorüber.

»He, Leute, ich habe gerade einen Indianer gesehen«, lallte einer der Männer.

Die anderen verhöhnten ihren Kameraden mit wildem Gegröle.

Obwohl Minik alles tat, um sich unauffällig zu bewegen, kam er sich vor wie auf einer hell beleuchteten Varietébühne. Rasch eilte er weiter.

Auf Höhe der 81. Straße verließ er die Grünanlage. Er wollte sich durch einen Hintereingang ins Museum schleichen. Das dazu nötige Werkzeug hielt er – Onkel Will sei Dank! – in der rechten Faust.

Als Leiter der Bauabteilung des Museums hatte sein Ziehvater von so gut wie allen Türen des Hauses Schlüssel besessen. Und Nachschlüssel. Nachdem man ihn gefeuert hatte, behielt er einen als Andenken. Minik betrachtete dies nicht als Unterschlagung, sondern sah darin eine Fügung des Schicksals. Schließlich ging es darum, seinen Vater aus dem entwürdigenden Glaskasten zu befreien. Er sollte nicht länger von den Menschen angegafft werden. Selbst nachts ließen ihm die elektrischen Lichter keine Ruhe.

An der Rückseite des Museums ragte ein im rechten Winkel angebauter Flügel in den Manhattan Square hinein, wodurch der Gesamtkomplex einem großen T mit zwei gleichlangen Schenkeln ähnelte. Je weiter sich Minik auf dem vier Häuserblocks breiten Platz dem Gebäude näherte, desto tiefer tauchte er ins Reich der Schatten. Ob der Geist seines Vaters ihn beobachtete? Wenngleich ihm der Gedanke an diese Möglichkeit wenig behagte, betrachtete er die Finsternis doch als seine Verbündete. Das Naturkundemuseum war für ihn einmal wie ein Zuhause gewesen und auch mit dem Garten verband er nicht nur düstere Erinnerungen. Jedenfalls halfen sie ihm jetzt dabei, sich im Dunkeln zurechtzufinden.

Er schlich sich zum Nebeneingang. Die größte Gefahr ging von den Nachtwächtern aus, die im Haus regelmäßig ihre Runden zogen, daher spähte er zunächst durchs Schlüsselloch. Hinter der Tür war es stockdunkel.

Leise schob er den Schlüssel ins Schloss und drehte ihn

zweimal herum. Ihm lief eine Gänsehaut über den Rücken, weil der Mechanismus sich nur unter quietschendem Protest entriegeln ließ. Dann aber war die Tür offen. Minik lauschte. Außer seinem eigenen Atem hörte er nichts.

Er huschte ins Gebäude und schloss hinter sich die Tür. Um überhaupt etwas sehen zu können, zündete er ein Streichholz an. Die kleine Flamme spendete genügend Licht, um alte Erinnerungen wachzurufen. Vor neun Jahren hatte er diesen Eingang zum ersten Mal durchschritten, um mit Onkel Will in den Zoo zu gehen …

Ein Geräusch ließ ihn zusammenzucken. Er hörte Schritte. Schnell lief er zur Treppe und hangelte sich am Handlauf entlang nach unten. Die Luft um ihn herum wurde kühl. Nach wenigen Stufen hatte er das Gefühl, sich in einem Eisschrank zu befinden.

Mit einem Mal vernahm er ein Platschen. Es dauerte zwei, drei aufgeregte Atemzüge lang, bis er den Verursacher des Geräusches identifiziert hatte: Er war es selbst. Ein Wasserrohrbruch?, grübelte Minik, während er weiter hinabstieg.

Kaum hatte er das Untergeschoss erreicht, wurde über ihm eine Tür geöffnet. Dann erstrahlte plötzlich Licht um ihn herum.

Der Nachtwächter hatte die elektrische Beleuchtung eingeschaltet. Schritte kamen die Stufen herab, gemessen zwar, aber stetig.

Minik war der Panik nahe. Zwar wunderte er sich, dass sein Atem in der kalten Luft sogar kondensierte, aber ihm fehlte die Muße, dieser weiteren Merkwürdigkeit auf den Grund zu gehen. Er musste schleunigst aus dem Keller entkommen, sonst würde ihn der Wachmann in irgendein finsteres Loch sperren und die Polizei rufen. Auf Zehenspitzen eilte er durch einen langen Gang. Das Wasser war glücklicherweise von der Treppe verschwunden, sodass er fast lautlos vorankam. Er entsann sich noch dunkel eines anderen Weges aus diesem Verlies, das hin und wieder noch in seinen Albträumen auftauchte.

Die Mauern rechts und links von ihm bestanden aus Backsteinen. Alle paar Schritte hing ein Drahtkäfig mit einer Glühlampe von der Decke. Als er sich nach seinem Verfolger umdrehen wollte, stieß er unvermittelt mit der Fußspitze gegen einen Gegenstand, der darauf geräuschvoll über den Boden schabte. Stolpernd kam Minik zum Stehen, drehte sich um und lauschte.

Auch der Nachtwächter verharrte auf der Treppe – kein Laut drang mehr in den Kellergang.

Er hat dich gehört. Nichts wie weg hier!, schoss es Minik durch den Kopf. Nur wenige Schritte vor ihm lag ein Quergang. Wenn er den erreichte, konnte er nicht mehr gesehen werden.

Als sein Blick den Kellerboden streifte, machte er eine seltsame Entdeckung. Da glänzten nasse Fußspuren, was an sich zu erwarten war – aber er sah die Abdrücke von *sechs* Personen.

Er schüttelte verwirrt den Kopf. Was ging hier vor? Hatten sich etwa noch andere Zugang zum Gebäude verschafft? Er folgte verwirrt den Spuren mit den Augen, wandte sich wieder um und stieß dabei auf eine weitere Merkwürdigkeit.

Die Fußangel, die ihn fast zu Fall gebracht hätte, war ein *Schneeschuh,* jenen sehr ähnlich, die er seinerzeit in dem Felsspalt auf der Eiseninsel zurückgelassen hatte.

Plötzlich hörte er wieder Schritte von der Treppe her. Sie kamen schnell näher.

Er hastete weiter, stürzte in den Seitengang und sah vor sich die rettenden Stufen. Sein Verfolger hatte das Tempo zwar verlangsamt, stampfte aber nach wie vor hinter ihm her. Minik huschte die Treppe hinauf und erreichte das Erdgeschoss in der Nähe des Ausgangs, der zur 77. Straße führte. Auch hier brannte die elektrische Beleuchtung, wenngleich nur auf Sparflamme. Ihm brach der Schweiß aus.

Nach dem Eiskeller nun also die Waschküche, dachte er. Das Leben eines Einbrechers konnte ziemlich verrückt sein! Vorsichtig spähte er nach links zum Foyer und dann in die Ausstellungshalle zu seiner Rechten. Alles war still. Abgesehen von dem Stiefelgescharre hinter ihm.

Wie ein Schatten glitt er die angrenzende Treppe hinauf in den nächsten Stock. Dort war es noch wärmer. Unvermittelt hörte er Stimmen unter sich.

»Alles in Ordnung, Walter? Siehst so zerknittert aus«, sagte eine dürre männliche Stimme.

»Ich weiß nicht, Bob. Eben hatte ich da unten das komische Gefühl, nicht allein im Keller zu sein«, antwortete der andere. Er klang wie ein Nebelhorn.

»Ha! Hast du einen Geist gesehen?«

»Nein. Aber ... Ist *dir* nichts aufgefallen?«

»Nö.«

»Na ja, war vermutlich nur ein Hirngespinst.«

Das dürre Stimmchen lachte wieder. »Wir sind einfach schon zu lange hier, Kamerad. Nächstens sehen wir noch die ausgestopften Tiere oder die Knochenmänner durchs Museum rennen.«

»Du bist ein Witzbold ...«

Die Stimme ging in ein unverständliches Gemurmel über, während Minik weiter nach oben huschte. Er wunderte sich zwar, warum das »Nebelhorn« – offenbar handelte es sich um den alten Walter Schlesinger – weder die Überschwemmung auf der Treppe noch die vielen Fußabdrücke mit irgendeinem Wort erwähnt hatte, aber wozu klagen, wenn die brenzlige Situation so glimpflich ausgegangen war?

Endlich erreichte Minik das Obergeschoss. Ihm war heiß und seine Knie fühlten sich weich wie Pudding an, als er zu dem Durchgang zum »Saal der Gebeine« blickte. Neben dem Eingang stand ein Schild:

Anatomische Ausstellung,
soeben wieder eröffnet.
Staunen Sie über neue, aufregende Exponate.

Nun war schnelles und entschlossenes Handeln angesagt.

Er lief in den lang gestreckten Ausstellungsraum, wandte sich nach rechts und heftete seinen Blick auf das Skelett seines Vaters. Die Gerippe der anderen arktischen Bewohner nahm er nicht wahr. Ein Schauer nach dem anderen lief ihm über den Rücken, während er vorwärtsschlurfte. Seit dem schrecklichen »Wiedersehen« mit seinem Vater war er nicht mehr im Museum gewesen. Noch ehe Minik die Vitrine erreicht hatte, schnallte er den Rucksack ab, öffnete ihn und nahm den Hammer heraus.

»Verzeih mir, Vater«, flüsterte er, als er vor dem Glaskasten angekommen war. Langsam hob er das Werkzeug.

Der Schädel schien zu lächeln.

Minik ließ den Rucksack zu Boden gleiten. Dabei fiel sein Blick nach links. Erst jetzt wurde ihm bewusst, dass neben Qisuks Vitrine noch vier weitere Schaukästen aufgestellt waren. Auch in diesen standen menschliche Skelette. Orgelpfeifen gleich waren sie der Größe nach aufgereiht. Das Knochengerüst seines Vaters war das größte – und am Ende stand ein Kind.

4.

Eine wundersame neue Welt

New York, 30. September 1897

Aviaq stieß Minik in die Seite und deutete zum Kai runter. »Hast du geglaubt, dass es sooo viele Menschen gibt?«

Er sah sie von der Seite her an und schüttelte sprachlos den Kopf. Dabei streifte sein Blick die anderen Inuit. Sie waren wie die Finger in der Forderflosse einer Robbe der Größe nach an der Reling aufgereiht: hüben stand der kleinste, nämlich Minik, und drüben der längste, sein Vater Qisuk.

Uisaakassak trieb sich irgendwo anders auf dem Schiff herum. Er war ein junger Mann Anfang zwanzig, der zukünftige Schwiegersohn von Nuktaq und Atangana. Als Peary die *Hope* nach dem Abschied in Cape York die grönländische Küste bis Cape Sabine hatte hinaufdampfen lassen, um »seinen Leuten« Anweisungen für die im nächsten Jahr geplante Nordpoleroberung aufzutragen, waren sie auch Aviaqs Heiratskandidaten begegnet. Weil Uisaakassak seine Zukünftige nicht allein in die Fremde ziehen lassen wollte, hatte er den Leutnant bekniet, ihn ebenfalls nach New York mitzunehmen. Daher befanden sich nun sechs Inuit an Bord, als die *Hope* an der Excursion Wharf am unteren Ende der Dock Street anlegte. Hinter dem Kai ragte die gigantische, nach diesem New Yorker Stadtteil benannte Brooklyn Bridge auf.

Nicht nur Minik und Aviaq bestaunten die trotz leichten Nieselregens am Uferdamm versammelte riesige Menschenmenge. Auch die erwachsenen Inuit waren von dem Anblick der wuselnden, winkenden und johlenden Masse überwältigt.

Die Welt, aus der sie kamen, hatte aus gerade mal zweihundertsiebzig Seelen bestanden, in New York dagegen lebten – sofern wirklich stimmte, was Matt Henson ihnen erzählt hatte – allein in manchen Häusern mehr Menschen.

Für das große Empfangskomitee gab es eine einfache Erklärung. Robert Peary war schon im kanadischen Sydney, in Neuschottland, von Bord gegangen, um sich mit dem Zug nach Washington zu begeben. Weil ihm stets viel daran lag, sich in der Öffentlichkeit als großartiger Forscher und Förderer der Wissenschaft zu präsentieren, hatte er vor seiner Weiterreise die *Hope* in New York telegrafisch avisiert. So berichteten die Zeitungen, noch ehe das Schiff in New York eintraf, von der baldigen Ankunft gleich mehrerer Kuriositäten: des größten Meteoriten, der je auf Erden gefunden worden war, sowie von sechs Polareskimos. Und weil der Hunger des Publikums nach Sensationen unersättlich war, wollte Peary es mit etwas noch viel Eindrucksvollerem verwöhnen.

»Eskimo für 25 Cent.« Die Nachricht ging wie ein Lauffeuer durch die Stadt. Eingeborene der Arktis in ihren putzigen Pelzen zum Anfassen – das besaß enorme Anziehungskraft. Am Tag nach der Ankunft der *Hope* strömten nicht weniger als zwanzigtausend Menschen nach Brooklyn, stellten sich geduldig in eine lange Schlange, warteten stundenlang, kauften für einen Quarter, einen Vierteldollar, ihr Ticket und bestaunten die ausgestellten Attraktionen. Die meisten waren der Meinung, die Inuit und der Meteorit seien das Geld wert.

Minik erlebte den Ansturm wie im Rausch, wofür es verschiedene Ursachen gab. Zum einen garte er förmlich in der feuchten Wärme der Stadt – für die New Yorker war es ein schöner Herbst, aber die Inuit in ihren Fellkleidern schwitzten wie bei einer Eisbärenjagd. Hinzu kamen die vielen Süßigkeiten und Erdnüsse, die hauptsächlich er und Aviaq geschenkt bekamen, obwohl Schilder mit der Aufschrift »Füttern der Eskimos verboten« ausdrücklich davor warnten. Zum anderen wollte jeder die Nordländer anfassen. Bald schmerzten ihre Finger, weil sie Tausende von Händen schütteln mussten.

Einige Leute brachten auch seltsame Kisten mit, die wie kleine Blasebälge aussahen und Minik nicht geheuer waren. Matt hatte auf der Seereise versucht, ihm die Grundlagen des Fotografierens in einfachen Worten zu erklären. Er meinte, das Auge der *Camera obscura* müsse ihn nur anschauen, dann werde sein Abbild auf eine Platte gebannt, von der es später auf Papier gelangte. Minik fand diese Form der Beschwörung ziemlich beängstigend. Was, wenn am Ende seine Seele in dem Kasten gefangen wurde? Besonders abwegig erschien ihm diese Gefahr nicht, denn einige der Cameras sandten grelle Blitze aus, wenn sie ein Gruppenbild von ihren Besitzern und den Polareskimos einfingen. Weil die Inuit zu höflich waren, um ihren Gastgebern etwas abzuschlagen, ließen sie trotzdem so gut wie alles über sich ergehen. Als der Abend nahte, litten Minik und Aviaq unter Bauchschmerzen. Sie hatten zu viele Süßigkeiten und Erdnüsse gegessen.

Am frühen Morgen des 3. Oktober wurde die *Hope* zum Brooklyn Navy Yard verbracht, wo der Meteorit ausgeladen werden sollte. Zuvor wollten jedoch noch zehntausend weitere Schaulustige die Polareskimos sehen. Diese schüttelten noch mehr Hände und weitere Blasebälge verleibten sich ihre Abbilder ein. Als sie endlich das Schiff verlassen konnten, hatten sie Peary und seinen Geschäftspartnern schon Einnahmen von siebentausendfünfhundert Dollar beschert.

Es war ein wolkiger Tag, nicht ganz so stickig wie die vergangenen, was den Inuit sehr zupass kam. Qisuk und sein Sohn begaben sich als Erste über die Gangway an Land. Auf dem Kai wartete Matthew Henson auf sie. Der schwarze Mann hatte schon kurz nach Überquerung des Polarkreises seine

Fellkleidung abgelegt. Jetzt trug er einen marineblauen Anzug mit einer schmalen Jacke, deren zahlreiche, golden glänzende Knöpfe Minik ungemein faszinierten. Pearys Diener ging vor dem Jungen in die Hocke und sagte: »Hier, das ist für dich, kleiner Mann, ein Geschenk von mir als Willkommensgruß in der Neuen Welt.« Matt öffnete die Hand und präsentierte dem staunenden Dreikäsehoch ein Futteral aus braunem Leder.

Minik nahm die Hülle. Sie fühlte sich weich an, aber der Inhalt war hart. Etwa …? Aufgeregt öffnete er die umgeschlagene Lasche und tatsächlich! Es kam ihm vor wie Zauberei.

»Ja, es ist dasselbe Klappmesser, das du in die Melville Bay geworfen hast«, erklärte Matt. »Zum Glück war die Stelle am Ufer nicht sehr tief. Ich hab's wieder herausgefischt, gereinigt und geölt und jetzt ist es wie neu.«

Minik hatte ein mulmiges Gefühl im Bauch. Fragend sah er seinen Vater an.

Qisuk lächelte. »Nimm es ruhig, kleiner Jäger.«

»Und wenn die Eule und der Falke es verflucht haben?«

»Dann wäre mir längst die Hand abgefault. Aber mein Arm ist so gut wie neu.«

Das stimmte. Qisuks Verletzung war, abgesehen von einer violettroten Narbe, gut verheilt. Deshalb sträubte sich Minik auch nicht länger gegen die Freude über das unerwartete Geschenk. In den letzten Wochen hatte er Pearys schwarzen Assistenten ins Herz geschlossen und spätestens jetzt sah er in ihm so etwas wie einen Stammesbruder.

Während der siebenjährige Eulenjäger selig das Klappmesser bewunderte, kamen auch Nuktaq, Atangana, Aviaq und Uisaakassak an Land. Matt führte die Polareskimos zu einem Schlitten, der sie gleich wieder in Staunen versetzte. Die schwarz glänzende Rutsche besaß keine Kufen, sondern große Speichenräder. Diese Anormalität leuchtete den Inuit ja noch ein, weil sie im Dorf New York bisher nirgends Schnee entdeckt hatten. Was sie aber enorm verwirrte, das waren die Zugtiere.

»Das sind ja *riesige* Schlittenhunde«, wunderte sich Minik. Die braunen Vierbeiner waren größer als sein Vater, hatten eine schwarze Mähne und einen langen Schweif.

»Ja, wir nennen sie Pferde«, erklärte Matt.

»Pferde?«, wiederholte Minik gedankenvoll, um gleich darauf altklug hinzuzufügen: »Die Pferde-Hunde sind bestimmt sehr stark.«

»Oh ja! Sprichwörtlich stark sogar«, bestätigte Matt. Er ging zu dem Landauer und öffnete den Schlag. »Bitte steigt ein. Wir werden jetzt jemanden besuchen, der euch schon sehr gespannt erwartet.«

Die offene Kutsche verfügte über zwei Bänke, auf denen es für die sieben Passagiere etwas eng wurde, aber schon bald hatten sie alle Unbequemlichkeiten vergessen und gaben sich ganz ihrem Staunen hin.

New York war für sie eine wundersame neue Welt. Bereits bei der Ankunft war Minik sprachlos an Deck der *Hope* erstarrt, als sie an der Hafeneinfahrt Bedloe's Island passierten und er auf der Insel eine grüne Riesin mit einer Fackel entdeckte. Matt Henson hatte sie grinsend »Miss Liberty« genannt und erwähnt, sie sei zwölf Jahre zuvor aus Frankreich eingewandert. Dann zitierte er feierlich aus dem Gedicht am Sockel der Freiheitsstatue:

Gebt mir eure Müden, eure Armen,
Eure zusammengedrängten Massen, die frei zu atmen begehren,
Das armselige Strandgut deiner überfüllten Küsten.
Schickt sie mir, die Heimatlosen, vom Sturme Getriebenen,
Hoch halt' ich mein Licht am gold'nen Tore!

Die Worte hatten die Inuit schwer beeindruckt. Vielleicht war New York ja tatsächlich das Tor zu einem Paradies.

Während der Landauer sich durch den Verkehr kämpfte, konnten sich besonders die Kinder gar nicht beruhigen vor lauter neuen, wundersamen Entdeckungen. Sie überquerten eine gewaltige Brücke und fuhren auf Wegen, die kein Schneematsch aufweichen konnte, weil sie hart wie Stein waren. Die Häuser hatten die Größe von Bergen, ja Minik kam es so vor, als kratzten einige Dächer tatsächlich an den Wolken.

Und die vielen Menschen! Die Einwohner von New York waren viel bunter als die Inuit von Avanersuaq. Es gab weiße, schwarze, rötliche, gelbe und braune. Außerdem dicke und dünne, stummelige Kobolde und schlaksige Riesen, prächtig Gekleidete und in Lumpen Gehüllte. Jungen mit komischen Mützen auf dem Kopf krakeelten im Eiltempo durch die Häuserschluchten und tauschten Papierbündel gegen diese kleinen Metallplättchen ein, die Matt »Geld« genannt hatte. Andere zogen einachsige Rollschlitten hinter sich her und brüllten die Namen von gekochten oder gebratenen Speisen. Plötzlich fing auch Minik an zu schreien.

»Ein Geist! Ein Geist!«

Tatsächlich rollte auf der anderen Seite des steinernen Pfades ein Kutschenschlitten *ohne* Pferde-Hunde oder sonstige Zugtiere. Das Ding puffte und tickerte und stieß einen stinkenden Qualm aus. Drin saßen ein Mann und eine Frau, die sich fröhlich miteinander unterhielten.

»Das ist ein Automobil«, erklärte Matt.

»Automobil?«, wiederholte Minik das *qallunaaq*-Wort.

»Ja. Das bedeutet so viel wie: ›Es bewegt sich von selbst.‹«

»Ist der Schlittenführer ein Schamane?«

»Eher ein Banker – ein Geldverleiher. Die Benzinkutschen sind ziemlich kostbar. Nur Reiche können sich so was leisten.« Matt mischte seine Erklärungen mit englischen Wörtern, weil das Inuktitut der Polareskimos dazu nur unzureichend geeignet war.

Die atemberaubende Schlittenfahrt durch das New Yorker Straßenmeer führte schließlich an einer großen bewachsenen Insel vorbei, die Minik ein wenig an Grönland im Sommer erinnerte, nur dass es hier Bäume gab. Matt meinte, es sei der Central Park. Schließlich bog das Gefährt nach links ab und hielt vor einem riesigen, aus sandfarbenen Steinquadern errichteten Gebäude. In die Fassade waren runde Erker eingelassen, manche anmutig schlank, andere trutzig und dick. Zu beiden Seiten des Eingangs erstreckte sich eine Treppe, die wie das Gehörn eines Moschusochsen geschwungen war.

»Das American Museum of Natural History«, sagte Pearys Diener ehrfürchtig.

Minik betrachtete das steinerne Iglu mit gemischten Gefühlen. Allem Anschein nach wohnte man darin in sage und schreibe *fünf* Lagen übereinander.

Matt führte seine Schützlinge über den linken Treppenbogen in eine große Empfangshalle, in der man bequem ein Dutzend oder mehr Schneehäuser hätte übereinandertürmen können. Ungläubig sah Minik zu der hohen Decke empor und ließ seinen Blick durch den riesigen Raum schweifen. Er staunte über alles: das gelb-braune Schachbrettmuster des spiegelnden Bodens, die goldenen Verzierungen an den Pilastern und die großen Fenster, die klar wie reinste Polarluft waren.

Unterdessen sprach Matt mit einem Museumswärter, der sich gleich darauf entfernte und wenig später mit zwei weiteren Männern zurückkehrte. Für die Inuit sahen sie fast wie Zwillinge aus: Beide trugen Schnurrbärte, graue Anzüge und waren ungefähr im gleichen Alter. Dennoch herrschte unter ihnen offensichtlich eine Rangordnung.

»Mein Name ist Franz Boas«, sagte derjenige, in dem Minik

den Anführer vermutete. Er war schlank, etwas größer als Qisuk und hatte eine hohe Stirn. Zur Überraschung der Inuit sprach er Inuktitut, wenn auch ziemlich holperig und für sie nur schwer verständlich. Matt erklärte, Dr. Boas sei Anthropologe, erforsche also Menschen, insbesondere solche aus dem Polargebiet, im Hinblick auf ihre körperlichen, geistigen und künstlerischen Besonderheiten. Er habe sogar eine Zeit lang bei den Eskimos am Cumberland Sound, an der Ostküste von Baffin Island in Nordkanada, gelebt. Seit letztem Jahr sei er im Naturkundemuseum stellvertretender Kurator für die Wissenschaften der Ethnologie und Somatologie – Erstere beschäftigte sich mit den Lebensformen und der Kultur »primitiver Gesellschaften« und Letztere mit den allgemeinen Eigenschaften des menschlichen Körpers. Pearys Diener benutzte bei der Vorstellung des Mannes so viele seltsam klingende *qallunaaq*-Wörter, dass die Inuit nachher in etwa so schlau waren wie vorher. Offenbar, so reimten sie sich zusammen, oblag Boas die Verwaltung von Wissen und Fundsachen über fremde Völker.

Der zweite Mann hieß William Wallace. Auch er hatte erkennbar zu wenig Fett auf den Knochen, um einen längeren Gewaltmarsch durch Eis und Schnee zu überleben. Dafür beeindruckte Minik der Falkenblick des Weißen. Im Gegensatz zu Boas, der zwar freundlich war, aber trotzdem unnahbar wie ein überirdisches Wesen wirkte, strahlte Wallace Menschlichkeit aus. Irgendetwas machte ihn jedoch nervös. Matt erklärte, Mr Wallace sei eine Art Anführer für alle Bauvorhaben des Museum-Iglus.

Die Inuit bezeichneten jedes Haus, ob aus Schnee, Grassoden oder Stein errichtet, als *iglu.* In ihrer Welt war eine wetterfeste Unterkunft überlebenswichtig. Daher verstanden sie nicht, warum ein Sammler von Schneeschuhen und Elfenbeinnadeln wie Boas im Rang über einem Mann wie Wallace stand.

»Mr Wallace hat einen Raum für euch frei gemacht. Es ist nur eine Übergangslösung«, ließ Boas durch Pearys Dolmetscher erklären.

Na also!, dachte Minik. Wallace sollte der oberste Anführer sein.

»Wir sind sehr dankbar, Boss«, antwortete Qisuk. »Hat Piuli dich denn nicht auf dem heißen Draht über unsere Ankunft unterrichtet?«

»Boas«, korrigierte der Kurator ihn. »Das Wort ›Boss‹ hat bei uns eine andere Bedeutung. Was deine Frage anbelangt, muss ich zugeben, dass wir von Leutnant Peary etwas überrascht worden sind. Ich hatte ihn zwar wiederholt um *einen* Eskimo für Studienzwecke gebeten, es aber längst vergessen, weil ich derzeit bis über beide Ohren in den Vorbereitungen für eine Expedition stecke. Und jetzt hat er uns gleich *sechs* Hochländer gebracht. Aber das ist kein Problem. Wir freuen uns trotzdem über euren Besuch. Ihr könnt uns dabei helfen, die Eskimoexponate unserer anthropologischen Sammlung authentisch aufzubauen, und nebenbei werden meine Mitarbeiter und ich eine Menge von euch lernen. Mr Wallace wird euch nun eure Quartiere zeigen.«

»Doch«, übersetzte Matt, »aber der weise Boas hätte euch gerne besser untergebracht, so wie es weit hergereisten Gästen geziemt. Er hofft, ihr werdet ihn trotzdem viel über euer Volk lehren und ihm mit eurem Rat zur Seite stehen.«

»Das werden wir gerne tun«, versicherte Qisuk.

»Das ist sehr freundlich von euch. Der Erste Iglu-Baumeister möchte euch nun in eure Unterkunft bringen.«

Wallace geleitete die Gruppe über eine Treppe in den Keller hinab und durch einen gewölbten Gang, der von Gaslichtern erleuchtet war. Hüben wie drüben zweigten mehrere Räume ab. Durch eine offenstehende Tür sah Minik die fünf Fässer von der *Hope,* in denen die Gebeine seiner Stammesbrüder ihrer Umbettung in die von Peary versprochenen schönen Kisten harrten. Auch eine ganze Reihe von Fichtenholzkisten stapelten sich in der Zelle. Auf ihren Seiten waren fremdartige Zeichen eingebrannt. Die Behälter enthielten vermutlich Schneeschuhe, Harpunen, zerlegte Schlitten, Pelze, Elfenbein und was sein Stamm sonst noch gegen Holz, Kaffee und Süßigkeiten eingetauscht hatte.

Der Leiter der Bauabteilung führte seine Schützlinge in einen etwa vier mal sechs Meter großen Raum, der als provisorische Unterkunft für die Gäste hergerichtet worden war. Minik empfand das Quartier spontan als zu warm, zu feucht und zu kahl. Im Vergleich zu den meisten Inuit-Zelten, Iglus oder Grassodenhäusern war die Zelle zwar überaus sauber, aber gerade das störte den Jungen. Nirgends gab es Felle, in die man sich hätte hineinkuscheln können. Zu seiner Linken bemerkte er unter der Decke zwei schmale, vergitterte Fenster, durch die mattes Licht einfiel; ihre Form erinnerte ihn an große Augen. An drei Seiten des Raumes standen je zwei Rohrgestellbetten mit zusammengefalteten, grauen Wolldecken. Außerdem hatte man den Gästen einen grob gezimmerten, rechteckigen Holztisch mit sechs Stühlen spendiert. Mr Wallace sagte etwas und die Inuit sahen den Dolmetscher fragend an.

»Fühlt euch wie zu Hause«, übersetzte Matt.

Minik war es gewohnt, die meiste Zeit des Tages unter freiem Himmel zu verbringen. Jetzt hatte er Unmassen von Stein über sich. Weder ihm noch den anderen Inuit fiel es leicht, den gut gemeinten Rat von William Wallace zu beherzigen. Das Museum war alles andere als ein »Zuhause«. Sie litten unter den drückenden Temperaturen, hatten Probleme mit dem ungewohnten Essen und fühlten sich eingesperrt. Doch sie waren mit Peary in die Neue Welt gefahren, um dem Stamm eine bessere Zukunft zu bringen. Daher wollten sie die Freunde des für sie so wichtigen weißen Anführers nicht mit kindischen Klagen beleidigen.

Noch am Tag ihrer Ankunft wurden die Polareskimos amerikanisch eingekleidet. Sie waren gerührt von der Großzügigkeit ihrer Gastgeber. Unter den Museumsmitarbeitern hatte es eine spontane Sammlung gegeben. Das Ergebnis war ein bunter Haufen abgelegter Sachen.

Minik hatte noch das meiste Glück. Er bekam halbhohe braune Schnürstiefel, graue Knickerbocker, ein hellblaues Hemd, einen schwarz-grau melierten Mantel mit zwei Knopfreihen und eine karierte Schiebermütze. Er fühlte sich wie neugeboren.

Die Männer bekamen lange Hosen, die sie mitunter mehrmals umkrempeln mussten, und viel zu große Jacken, alles in gedeckten Tönen. Bei der Unterwäsche hatten die edlen Spender mehr Mut zur Farbe bewiesen. Und Miniks Vater freute sich besonders über ein Paar quietschbunt geringelter Golfstrümpfe. Da er zudem in der Stammeshierarchie über Nuktaq stand, wurde ihm noch ein besonderes Glück zuteil. Ein Museumswärter namens Walter Schlesinger kam persönlich zu ihm und schenkte ihm einen leichten Übermantel. Obwohl Qisuk förmlich in dem guten Stück ersoff, wickelte er sich voller Stolz darin ein und strahlte, als wollte er das kostbare Tuch nie mehr ausziehen. Am Abend zog er eine erste, überschwängliche Zwischenbilanz.

»Die Amerikaner sind zwar etwas verrückt, aber sie scheinen ein sehr freigebiges Volk zu sein. Wenn wir weiter so mit Geschenken überhäuft werden, kehren wir als reiche Leute in unsere Heimat zurück.«

Am folgenden Morgen fragte Matt vorsichtig an, ob Nuktaq, Qisuk und Minik einen Barbier wünschten; mit ihren langen Zotteln sähen sie aus wie Goldgräber aus dem Wilden

Westen. Die Inuit deuteten seine Einschätzung als Kompliment und lehnten dankend ab.

Etwas später am Vormittag wurden sie einem besonders wichtigen Mann vorgestellt: Morris Ketchum Jesup. Der Präsident des Naturkundemuseums wollte sich persönlich ein Bild von den Neuerwerbungen seines Hauses machen und lud die Nordleute hierzu in die Bibliothek ein. Dort ließ er sie eine halbe Stunde warten, ehe er den Raum betrat.

Jesup war eine beeindruckende Erscheinung. Sowohl an Wuchs als auch an Umfang stellte er jeden seiner Gäste in den Schatten. Er trug einen maßgeschneiderten dunklen Anzug mit langen Rockschößen, ein schneeweißes Hemd und eine rußschwarze Fliege. Besonders bewunderten die Inuit seinen enormen Rauschebart, der ihm beim Sprechen manchmal die Brust kitzelte. Das Haupthaar des Präsidenten klebte oben eng am Kopf und strebte über den Ohren dann nach beiden Seiten weit auseinander, was seiner Frisur die Anmutung einer seltsamen Pelzmütze verlieh.

Später erst sollte Minik erfahren, *wie* bedeutend dieser Ehrfurcht gebietende Siebenundsechzigjährige tatsächlich war. Jesup hatte es durch Bankgeschäfte zu Reichtum und Ansehen gebracht, bevor er sich aus dem aktiven Geschäftsleben zurückzog, um sich fortan edleren Zielen zu verschreiben. Er war sehr religiös und engagierte sich für die charakterliche Ausformung christlicher junger Männer. Vor allem aber hatten es ihm die Wissenschaften angetan. Sie zu fördern war vielleicht sein größtes Anliegen und besonders viel lag ihm an den Unternehmungen von Robert Peary.

Den Kindern gegenüber zeigte sich der Museumspräsident in den nächsten Minuten von seiner großväterlichen Seite. Er tätschelte ihre speckigen Wangen und fütterte sie mit Karamellbonbons. Qisuk, Nuktaq, Atangana und Uisaakassak behandelte er indes mit einer geschäftsmäßigen Verbindlichkeit, gegen die der stets etwas zurückhaltende Dr. Franz Boas geradezu ein Ausbund an Liebenswürdigkeit war. Die Inuit vermuteten, das reservierte Auftreten besagter Anführer stehe im Zusammenhang mit schlechten Erfahrungen, die man früher im Dorf New York mit Fremden gemacht hatte, und sie versuchten ihrerseits, durch Freundlichkeit die Vorbehalte auszuräumen. Aber der Präsident war offenbar ein vorsichtiger Mann und blieb zurückhaltend. Schließlich waren alle Parteien froh, als man sich wieder voneinander verabschieden konnte. Jesup strebte seiner Büroflucht entgegen und die Polareskimos kamen erneut in den Keller.

Über Langeweile hatten die sechs Inuit nicht zu klagen. Was im großen Maßstab im Hafen begonnen hatte, setzte sich nach ihrem Umzug im Kleinen fort. Sie gehörten ab sofort, wenngleich nur vorübergehend, zum Inventar des Museums, waren mithin so etwas wie lebende Ausstellungsstücke. Dem wurde insofern Rechnung getragen, als die im Museumskeller beherbergten »Exponate« täglich zur Schau gestellt wurden. Sicher, die Besucher waren jetzt handverlesen – sie hatten entweder Geld oder Beziehungen, meistens sogar beides –, aber dem Andrang tat das keinen Abbruch. Höflich schüttelten die Inuit zahllose Hände und lächelten, obwohl ihnen nicht immer danach zumute war.

Manchmal jedoch blühten Qisuk und Uisaakassak geradezu auf, wenn nämlich die wohlbetuchten Besucher ihre Frauen oder Töchter mitbrachten. Die Amerikanerinnen waren zumeist groß, hatten eine Haut wie Elfenbein und dufteten ganz betörend. Sich mit ihnen während der langen Polarnächte die Zeit zu vertreiben, war für die Jäger ein verlockender Gedanke. Deshalb schlugen Qisuk und Uisaakassak den Besitzern der anmutigen Geschöpfe nach alter Inuit-Sitte Frauentausch vor, aber die Weißen waren davon unbegreiflicherweise alles andere als begeistert. Einige lehnten mit säuerlichem Lächeln dankend ab, andere flüchteten brüskiert aus dem Keller. Vor allem Qisuk, der für seinen Sohn eine neue Mutter suchte, ließ sich nicht so schnell davon entmutigen. Er bot den *qallunaaq* sein Gewehr und das Kajak zum Tausch an, aber trotz des überhöhten Preises wollte niemand seine Frau herausrücken.

Abgesehen von den Schaulustigen, die nur von ihrer Neugier ins Museum gelockt wurden, kamen auch viele aus beruflichen Gründen. Matt nannte sie spöttisch »die Journaille«. Die Reporter wollten die komischsten Dinge wissen wie: »Sie sind ja Rohfleischesser. Töten Sie Ihre Beute erst oder beißen sie die Happen gleich dem lebenden Tier aus dem Leib?« Minik fand bald Spaß daran, sich mit den Zeitungsmännern zu unterhalten. Im Lager zu Hause hatten die Erwachsenen ihm nie so viel Aufmerksamkeit angedeihen lassen. Nur die kalten Augen der obskuren Cameras, von denen er sich immer wieder anglupschen lassen musste, behagten ihm nicht.

Das änderte sich, als ihm Dr. Boas eine illustrierte Beilage der *New York Tribune* zeigte, in der ein Foto von ihm und Aviaq zu sehen war. Matt Henson übersetzte für sie Teile des sensationslüsternen Artikels. Minik verstand nicht ganz, wer die »Wilden« waren, von denen in der Zeitung immer wieder gesprochen wurde, aber es gefiel ihm, dass die ansässigen Sippen so sehr am Leben ihrer Gäste teilnahmen.

Das Interesse des aus Deutschland eingewanderten Anthropologen und Ethnologen Franz Boas war rein wissenschaftlicher Natur. Er wollte nicht nur mehr über die Sprache, Bräuche, Lebensweise und Überlieferungen der Polareskimos erfahren, sondern sie auch in seiner Eigenschaft als Kurator für die Abteilung Somatologie vermessen und fotografieren lassen. Seine Mitarbeiter nahmen alles akribisch unter die Lupe. Sie ermittelten die Länge sämtlicher Glieder, den Umfang des

Schädels, das Gewicht jeder einzelnen Person und machten Gipsabdrücke von ihren Gesichtern. Vor allem Atangana beschwerte sich gelegentlich über die ihrer Meinung nach entwürdigende Behandlung, aber Nuktaq erinnerte sie an den gestrengen Piuli. Wenn sie sich hier das Wohlwollen ihrer Gastgeber durch ein störrisches Benehmen verscherzten, dann könnte es dem Stamm in der Heimat teuer zu stehen kommen. Sie müssten ausharren. Es sei ja nur für einen Winter.

Minik kam als Jüngster am besten mit den veränderten Umständen zurecht. Das Wach- und Verwaltungspersonal des Museums verhätschelte ihn und Aviaq. Vor allem Walter Schlesinger, der Spender von Qisuks Mantel, hatte einen Narren an den Kindern gefressen. Im Gegensatz zu Nuktaqs und Ataganas schüchterner Adoptivtochter legte Minik seine Befangenheit schnell ab. Er war wissbegierig und sog alles auf wie ein Schwamm. Jeden Tag überraschte er seinen Vater mit neuen *qallunaaq*-Wörtern, die er aufschnappte, wenn Matt Henson oder Dr. Boas mit ihm sprachen. Er verbrachte auch viel Zeit in Gesellschaft eines Ethnologen namens Alfred Kroeber, der ebenfalls deutsche Wurzeln hatte. Im Gegensatz zu Boas Distanziertheit strahlte der erst einundzwanzigjährige Kroeber eine ähnliche menschliche Wärme aus wie der Leiter der Bauabteilung.

Ebenjener, William Wallace, zeigte sich am Wohlergehen der Nordleute auch weiterhin interessiert. Ihm war nicht entgangen, dass die Inuit unter dem Eingesperrtsein im Museum litten. Von Tag zu Tag wirkten sie antriebsloser. Es waren noch keine zwei Wochen vergangen, als Qisuk zu husten begann.

»He, kleiner Mann, Mr Wallace fragt, ob du Lust hast, mit ihm in den Zoo zu gehen«, begrüßte Matt das Nesthäkchen der Gruppe eines Morgens.

Minik sah zu den vergitterten Kellerfenstern hinauf, durch die warmes Licht in den Schlafsaal strömte. Wie schon in den vergangenen Tagen versuchten ein paar Schaulustige von draußen, bäuchlings einen Blick auf die »Eskimos« zu erhaschen. Hin und wieder warfen ihre Köpfe lustige Schatten an die Wände. »Was ist ein Zoo?«, fragte er.

»Da geht man hin und sieht sich possierliche oder auch gefährliche Tiere aus aller Welt in Käfigen an, schaut, wie sie herumtollen, fressen oder einfach nur dösen«, erklärte Matt.

»Und warum sind sie eingesperrt?«

»Weil sie sonst fortlaufen würden. Sie sind sehr selten und man kriegt so schnell keinen Ersatz.«

Qisuk bekam einen Hustenanfall.

Minik blickte besorgt auf seinen Vater.

»Geh nur, kleiner Jäger«, sagte der mit beschwichtigender Geste.

Der Junge zögerte.

Matt machte eine wegwerfende Handbewegung. »In New York grassiert mal wieder eine Grippeepidemie. Die Influenza kommt und geht. Mach dir um den Walrosstöter von Itilleq keine Sorgen. Er ist stark.«

Weder Minik noch sein Vater konnten mit der Erklärung allzu viel anfangen, aber Qisuk lächelte tapfer. »Lass dir von mir nicht den schönen Tag verderben, kleiner Jäger. Du kannst uns zum Abendessen ja ein Schneehuhn schießen.«

Begeistert wandte sich Minik an seinen dunklen Freund. »Darf ich Pfeil und Bogen mitnehmen, Onkel Matt?«

Der lachte. »Das lass mal lieber bleiben. Die Tiere im Zoo sind nur zum Vergnügen da.«

»Aber die Jagd ist doch ein Vergnügen.«

Matt seufzte. »Lass deine Waffen heute einfach hier, ja?«

Einige Minuten später holte William Wallace den Jungen im Keller ab. Sie verließen das Museum durch einen Hinterausgang, überquerten den Manhattan Square und betraten auf Höhe der 81. Straße den Central Park.

Mit einem Mal schrie Minik auf, nicht aus Angst, sondern vor Begeisterung. Gerade war ein Mann auf einem seltsamen Ding an ihm vorübergeschwebt. Es bestand vorwiegend aus glänzenden Rohren und hatte zwei dieser kreisrunden Kufen, die nicht über den Boden rutschten, sondern rollten. Im Gegensatz zu den Benzinkutschen vollzog sich das Ganze fast ohne Geräusch. Nur der Führer des komischen Transportmittels schnaufte im Takt, während er heftig nach den schwarzen Klötzen trat, die unter seinen Füßen wegtauchten, um gleich wieder nach oben zu steigen.

»Das ist ein Zweirad«, erklärte Wallace.

»Zweirad?«, wiederholte Minik das *qallunaaq*-Wort und setzte auf Inuktitut hinzu: »Ich will auch ein Zweirad haben.«

Als der Fahrradfahrer hinter einem Gebüsch verschwunden war, ließ sich Minik endlich zum Weitergehen bewegen. Der Zoo lag im Norden der ausgedehnten Grünanlage. Schon auf dem Weg dorthin entdeckte der kleine Inuk mindestens ein Dutzend Hundesorten, die er nie zuvor gesehen hatte. Einige waren so winzig, dass ihre Besitzer sie im Arm trugen, damit sie von anderen Spaziergängern nicht zertrampelt wurden. Manche wiederum glichen eher vierbeinigen Walrössern, so massig trotteten sie daher. Als Minik und Wallace den Zoo betraten, kam der Junge überhaupt nicht mehr aus dem Staunen heraus.

Augen und Mund weit aufgerissen, lief er zwischen den Käfigen hin und her. Er wunderte sich über die eingesperrten Eisbären, deutete aufgeregt auf Löwen, Giraffen, Nashörner und Riesenschildkröten und ließ sich ihre Namen sagen. Am meisten beeindruckte ihn der Afrikanische Elefant, der ihm mit seiner gewaltigen Größe wie ein Fleisch gewordener Geist vorkam. Als er die Seehunde sah, juckte es ihn dagegen in den Fingern. Er fragte seinen Begleiter, ob es im Zoo Harpunen gäbe, aber Wallace verstand ihn nicht.

So verging der Tag wie im Flug. Als Minik am Abend mit Wallace ins Museum zurückspazierte, war er regelrecht trunken von den vielen neuen Eindrücken und plapperte in einem fort. Durch den Hintereingang ging es wieder ins Gebäude und von dort runter in den Keller. Sie hatten den Schlafsaal noch nicht ganz erreicht, als ihnen schon Aviaq hustend entgegenkam.

»Komm schnell, Minik! Deinem Vater geht es nicht gut.«

Er ließ Wallace stehen und rannte in den Schlafsaal.

Qisuk lag auf seinem Bett, die Augen geschlossen, zugedeckt bis zur Nasenspitze, und hustete, als wolle er sich auf diese Weise seiner Eingeweide entledigen. Atangana war bei ihm. Sie hatte den typischen Singsang angestimmt, mit denen die Schamanen die *toorngat* – die »Geisterhelfer« – um Heilung anriefen. Mit den Handinnenflächen strich sie immer wieder an Qisuks Seiten entlang, um das Übel aus seinem Körper zu vertreiben. Vom eigenen Lager aus verfolgte Nuktaq andächtig die Bemühungen seiner Frau. Ihm schien es ebenfalls schlecht zu gehen. Uisaakassak saß mit unglücklicher Miene auf einem anderen Bett. Außerdem waren Alfred Kroeber und ein Zeitungsmann zugegen, um das Ritual zu beobachten. Der Reporter grinste, schüttelte immer wieder den Kopf und machte Notizen – vermutlich fand er die Heilmethoden der Nordleute sehr unterhaltsam.

Als Atangana mit ihrer Beschwörung fertig war, fragte Minik: »Wie geht es meinem Vater?«

Qisuk öffnete die Augen.

»Er hat Hitze. Ich muss sie austreiben, sonst verbrennt er innerlich«, erklärte die Schamanin.

Miniks Blick wurde glasig. Er fühlte sich ganz elend. Nicht, weil auch ihn das Fieber gepackt hätte, sondern wegen der Gewissensbisse, die ihn quälten. Es war genauso wie auf der Eiseninsel. Auch da hatte er seinen Vater alleingelassen und ihn später in einem üblen Zustand wiedergefunden. »Ich bin an seinem Fieber schuld«, flüsterte er.

Am 1. November befanden sich alle sechs Inuit mit Lungenentzündung im Krankenhaus. Man hatte sie ins Bellevue Hospital eingeliefert, der ältesten öffentlichen Einrichtung dieser Art in New York. Hier lagen sie nun, nach Geschlecht getrennt, in großen Krankenzimmern zusammen mit anderen hustenden, röchelnden und spuckenden Patienten. Atangana ging es am schlechtesten. Einige Tage lang bangten alle um ihr Leben.

Minik war noch zu klein, um den Ernst der Lage zu begreifen. Obwohl auch er sich alles andere als wohl fühlte, genoss er doch die Aufmerksamkeit, die ihm vonseiten des Pflegepersonals zuteil wurde. Vor allem die Krankenschwestern hatten ihn und Aviaq ins Herz geschlossen. Mit wachsender Begeisterung brachten sie den Kindern englische Wörter bei. Miniks schnelle Auffassungsgabe ließ die Pflegerinnen immer wieder verzückt juchzen, was ihm gut gefiel und ihn zu ständig neuen Höchstleistungen anspornte.

Weil zum Bellevue Hospital ein medizinisches College gehörte, litten auch die erwachsenen Polareskimos nach dem Ortswechsel nicht unter mangelnder Beachtung: Ärzte, Sanitäter, Studenten und Schüler der ebenfalls angeschlossenen Schule für Krankenpflege wetteiferten in ihrer Fürsorge um die Exoten. Nebenbei sammelten sie Material für ihre Dissertationen und Diplomarbeiten. Federführend bei der Behandlung der besonderen Patienten war ein Doktor Daily von der Columbia-Universität.

Als es Qisuk und Minik etwas besser ging, durften sie vor einer Camera obscura posieren. Hierzu mussten sie sich splitternackt ausziehen, auf einem runden Sockel nebeneinander Aufstellung nehmen und lächeln – Letzteres gelang ihnen eher schlecht.

Seiner Studienobjekte beraubt, widmete sich Franz Boas unterdessen anderen Aufgaben. Henson, Wallace und Kroeber besuchten hingegen die Inuit gelegentlich im Hospital. Zur Aufmunterung der Patienten brachten sie Zeitungen mit, die sich mit den »grönländischen Hochländern« beschäftigten. Kurz nach Qisuks Krankenhauseinlieferung schrieb ein Blatt: »Eine der amüsantesten Formen der Unterhaltung bestand in der Art und Weise, wie die Eskimos Krankheiten wegzuzaubern versuchen.« Der Artikel stammte von dem Reporter, der Qisuks ersten Fieberanfall in so heiterer Stimmung dokumentiert hatte.

Obwohl Atangana inzwischen die Überzeugung vertrat, in Amerika besäßen die Geisterhelfer keine Macht, erholte sie sich wieder. Auch den anderen Inuit ging es allmählich besser. Nach sechs Wochen wurden sie aus dem Krankenhaus entlassen und erneut ins Museum überführt. William Wallace brachte sie in der alten Hausmeisterwohnung unter, wo die Zimmer heller und trockener waren.

Aber es war nicht allein der Keller, der ihre Gesundheit ruinierte. Ihre Körper waren es gewohnt, mit Entbehrungen und Kälte umzugehen, gegen die Krankheiten der Zivilisation fehlte ihnen jedoch die Widerstandskraft. In den vergangenen Wochen hatten Tausende die Polareskimos berühren wollen und sie mit jedem Handschlag ihrem Verhängnis näher gebracht. So währte die Hoffnung auf Genesung nicht lange.

Am 4. Januar 1898 wurden Qisuk und Minik erneut ins Bellevue Hospital eingeliefert. Auch Nuktaq, Atangana, Aviaq und Uisaakassak konnten sich nur kurz an der Hausmeisterwohnung erfreuen. Ihnen ging es bald ebenfalls wieder schlechter und sie mussten sich abermals unter ärztliche Aufsicht begeben. Damit begann für die sechs Inuit eine dunkle Zeit, finsterer noch als die Winter ihrer Heimat – an den Quellen der Nacht.

Die Sorge um den Vater drückte schwer auf Miniks Gemüt. Sogar die juchzenden Krankenschwestern vermochten seine Stimmung nur noch selten aufzuhellen. Zwar schwand bei ihm nach einigen Tagen vorübergehend die Schwere aus den Gliedern und auch der Husten ging zurück, vorsorglich spielte er aber weiter den Leidenden. Er hatte seinen Vater zweimal alleingelassen und ihn nachher in einem üblen Zustand wieder vorgefunden. Womöglich würde ihn die nächste Trennung von seinem Sohn das Leben kosten. Da hütete Minik doch lieber weiter das Bett. Aber dann wurde er eines Morgens von Doktor Daily jäh aller Illusionen beraubt.

Der Arzt diagnostizierte bei Qisuk Tuberkulose.

Von Stund an gab Minik seine Verstellung auf. Er wollte seinem Vater ja keine Qualen hinzufügen, sondern sie, wenn irgend möglich, lindern. Nur: Was konnte er anderes tun als auf die Gnade der Geisterhelfer zu hoffen? Er war doch erst sieben Jahre alt.

Als der Schnee kam, drohte das Heimweh die Polareskimos zu überwältigen. Es schien, als wolle sich New York verwandeln, um den Schmerz für sie etwas erträglicher zu machen. Hier und da entdeckten sie durch die Fenster des Bellevue Hospitals unberührte weiße Flächen, die sie an Grönland erinnerten.

Minik schlich sich ab und zu an den Krankenschwestern vorbei zu einem besonderen Aussichtspunkt im Patientensaal von Nuktaq und Uisaakassak. Von hier aus konnte er den East River sehen, den makellosen Schnee am Flussufer und ein flaches Holzhaus, das auf Stelzen bis aufs Wasser hinausreichte. Ab und zu wurden tote Menschen hinein- oder herausgetragen. Minik vermutete, das Gebäude werde wegen seiner besonderen Lage zur Anrufung der Geister benutzt, um die Seelen der Verstorbenen in ihre neuen Wohnstätten zu entlassen:

den Himmel, den Wolken, den Tiefen des Meeres oder irgendein Tier.

Wenn Minik am Ufer andere Kinder mit ihren Eltern im Schnee spielen sah, wäre er am liebsten zu ihnen hinausgelaufen, um sich ihnen anzuschließen. Aber dann fiel ihm wieder sein kranker Vater ein und er kehrte schnell zu ihm zurück. Über seine geheimen Sehnsüchte verlor er kein Wort. Die Liebe zum Vater war ihm wichtiger als derart flüchtige Vergnügen. Sie glich einem Band, das umso stärker wurde, je schwächer sie sich fühlten.

Auch Minik war nämlich längst nicht über den Berg. Vielleicht hatte ihn die ständige Sorge um Qisuk zu viel Kraft gekostet, jedenfalls erlitt er im Februar einen neuerlichen Rückfall. Ohne sich selbst zu schonen, wachte sein Vater über ihn wie eine Eisbärenmutter über ihr Junges. Wenn es dem Knaben besser ging, dann lächelte er, fühlte sich Minik aber schlechter, schluchzte er und die Tränen rollten ihm über die Wangen. Beide ahnten, dass sie ihre Heimat womöglich nie wiedersehen würden, was ihren Schmerz noch vergrößerte.

Minik sah, wie sein Vater litt. Qisuks Nacken war angeschwollen und jeder Hustenanfall bereitete ihm unsägliche Schmerzen. Selbst nachts fand er kaum Ruhe. Trotzdem wollte er die Pflege seines Sohnes niemand anderem überlassen. Manchmal fütterte er ihn oder er beobachtete ihn beim Essen und weinte vor Freude, wenn es ihm schmeckte.

Dann kam der 17. Februar, ein wolkengrauer Donnerstag. Wie gewöhnlich erschien der Arzt am Vormittag zur Visite. Während er den kleinen Patienten untersuchte, beobachtete Qisuk argwöhnisch jeden Handgriff. Vielleicht hatte er den Doktor damit nervös gemacht, jedenfalls ging dieser mit Minik unversehens in ein anderes Zimmer. Und hier verbrannte er ihm versehentlich mit einem heißen Eisen den Arm.

»War das der Arzt?«, fragte Qisuk aufgebracht, als er die

Wunde kurze Zeit später entdeckte. Er fuhr aus dem Bett hoch, obwohl er vor Schmerzen und Schwäche kaum aufrecht stehen konnte.

Minik sah den wankenden Vater, fürchtete, er könne jeden Augenblick zusammenbrechen, und antwortete: »Nein. Ich habe mir den Arm an einer Gaslampe verbrannt.« Noch nie hatte er seinen Vater belogen.

Qisuk beruhigte sich wieder. Er fasste seinen Sohn bei den Schultern und sie rieben ihre Nasen aneinander. Sanft sagte er: »Der kleine Jäger muss Obacht geben, damit es seinem Vater bald wieder gut geht.«

Minik liefen die Tränen über die Wangen. »Ja, ich passe auf. Aber ... *bitte* werde wieder gesund.«

»Ich verlasse dich nicht«, versprach Qisuk und die zwei umarmten sich.

Am folgenden Abend verschlimmerte sich sein Zustand jedoch dramatisch. Er röchelte, als bekäme er keine Luft mehr. Zwischendurch schrie er immer wieder nach seinem Sohn, der Familie, den Freunden und seiner Heimat. Minik hatte grauenvolle Angst. Weil er nicht wusste, wie er seinem Vater helfen konnte, verbarg er sein Gesicht unter dem Kopfkissen und weinte bitterlich.

Plötzlich stürmten Pfleger ins Zimmer und bald darauf kam auch ein Arzt. Er untersuchte Qisuk flüchtig. Mit ernster Miene wandte er sich an eine Krankenschwester. Minik konnte nicht verstehen, was er zu ihr sagte, aber sie nahm plötzlich seine Hand und versuchte ihn aus dem Raum zu ziehen, weg vom Vater.

Qisuk ahnte wohl, was das zu bedeuten hatte, und rief nach dem Jungen.

Minik riss sich von der Krankenschwester los und lief an sein Bett. »Vater, Vater, ich will bei dir bleiben.«

Obwohl es ihn die letzte Kraft kostete, umarmte Qisuk seinen Sohn und hauchte: »Habe keine Angst, kleiner Jäger. Der Geist deines Vaters wird immer bei dir sein.« Dann schloss er die Augen. Seine Hände fielen schlaff herab.

»Vater!«, schrie Minik verzweifelt. »Lieber Vater! Bitte stirb nicht!« Als dieser nicht reagierte, vergrub er sein Gesicht an dessen Brust und weinte mit all der Trauer, zu der sein kleines Jungenherz fähig war. Immer wieder rief er nach seinem Vater, aber es kam keine Antwort mehr. Schließlich umfasste ihn die Krankenschwester von hinten und zog ihn sanft von Qisuk fort.

Da wusste Minik, dass sein Vater gestorben war.

Es war ein dunkler, kalter, feuchter Februarabend, als Minik in Begleitung von Dr. Franz Boas, Alfred Kroeber und William Wallace den Garten des Naturkundemuseums betrat. Wenigstens regnete es nicht. Er ließ sich von ihnen zu einer von vier Fackeln erleuchteten, flachen Erdmulde führen, die sich neben einem Steinhaufen am Rande des Grundstücks befand. Hier sollten die Gebeine seines Vater zur letzten Ruhe gebettet werden.

Nach Qisuks Tod hatte Nuktaq dem Jungen klargemacht, dass er als nächster Angehöriger seinen Vater gemäß den Bestattungsriten der Inuit beisetzen müsse. Nur so könne dessen Seele Frieden finden. Mit versteinerter Miene fügte der neue Anführer der Gruppe hinzu: »Wenn du dich dieser Pflicht entziehst, bist du selbst ein Todgeweihter.« Minik hatte nicht zu fragen gewagt, ob die Lebenden oder die Toten für die Vollstreckung der Strafe sorgen würden, sondern sich lieber, so klein er auch war, an Boas gewandt und auf die Einhaltung der Bräuche seines Volkes bestanden. Weil in Kalaallit Nunaat die Erde meist gefroren war, wurden die Toten zum Schutz vor Füchsen, Raben und anderen Aasfressern unter Steinpyramiden begraben. So solle es auch hier geschehen.

»Dein Vater kommt gleich«, sagte Boas, als sie die Grabstelle erreicht hatten.

William Wallace legte die Hand auf Miniks Schulter.

Der Waisenjunge schwieg. Er kämpfte gegen die Tränen an.

Bald kamen vier Männer mit einer Trage aus dem Hinterausgang des Museums. Minik sah unter dem weißen Leichentuch die Form eines Gesichts und musste nun doch weinen. Wallace drückte ihn tröstend an sich.

Die Trage wurde in die Erdmulde gelegt. Dann hielt Boas eine kurze Ansprache, von der Minik zwar kaum ein Wort verstand, die aber trotzdem sehr würdevoll klang. Anschließend wurde über dem Toten die Steinpyramide errichtet. Auch Minik beteiligte sich an diesem letzten Dienst, den er seinem Vater erweisen konnte. Zuletzt stellte William Wallace eine kleine Steinlampe mit etwas Öl neben das Grab.

»Wo ist der Schlitten?«, fragte Minik, nachdem der Steinbau errichtet war.

Boas runzelte die Stirn. »Äh … du meinst, damit sein Geist durchs Jenseits reisen kann?«

Der Junge nickte.

»Daran habe ich natürlich gedacht«, erklärte der Anthropologe mit seltsam verbissener Miene. »Aber ist es nicht bei euch Brauch, die Lieblingshunde eines Jägers zu erwürgen und vor den Schlitten zu spannen?«

»Ja.«

»Siehst du! Dein Vater hat seine Hunde jedoch zu Hause gelassen. Welchen Sinn hätte es, ihm seinen Schlitten ohne Gespann mitzugeben? Das würde seinen Geist nur erzürnen. Sicher möchtest du das nicht, oder?«

Der Junge schüttelte den Kopf, traurig darüber, den Geist seines Vater so schlecht ausgerüstet ziehen zu lassen.

Als die schlichte Feier vorbei war und man die Fackeln gelöscht hatte, fühlte sich Minik dennoch besser als zuvor. Nicht, dass er glaubte, jemals wieder lachen zu können. Er war überzeugt, sein Herz sei für immer zerbrochen und vor ihm läge nur noch Dunkelheit – eine lebenslange Polarnacht. Doch wenigstens hatte er die Genugtuung, die grundlegenden Pflichten eines Sohnes für den toten Vater erfüllt zu haben. Nun konnte er seinen Stammesbrüdern sagen, Qisuk sei nach Sitte der Inuit begraben worden.

5.

Gebt mir die Gebeine meines Vaters

New York, 27. Juli 1906

Minik blinzelte. Er hatte sich, ohne es zu merken, vom Strudel der Erinnerungen in die Vergangenheit fortreißen lassen. Offenbar war er wie in Trance an den Vitrinen entlanggeschritten, denn jetzt fand er sich vor dem kleinsten Knochengerüst wieder. Auf den Schildern neben den Glaskästen standen keine Namen, nur allgemeine Beschreibungen. Offenbar wollte sich das Museum schützen, indem es den Toten nun auch noch ihre Identität raubte.

Skelett eines Eskimokindes (weiblich, etwa zwölf Jahre)

»Aviaq?«, wisperte Minik, nachdem er die nichtssagende Erläuterung zum Exponat gelesen hatte. Sein Blick wanderte zurück zum ersten Schaukasten und mit einem Mal spürte er das Gewicht des Hammers in seiner Hand. Es kam ihm vor, als sähen ihn die leeren Augen seines Vater an. Hatte sich der Schädel tatsächlich gedreht?

Minik schüttelte den Kopf. Jetzt fing er schon an zu fantasieren. Entschlossen kehrte er zu Qisuks Skelett zurück. Höchste Zeit, die Sache zu Ende zu bringen.

Als er vor den bleichen Knochen des Vaters stand, drohte ihn trotzdem der Mut zu verlassen. Noch einmal hob er den Hammer, um die Vitrine in tausend Stücke zerspringen zu lassen. *Tu es!*, befahl er sich. Dann schlug er zu.

Das Glas zersplitterte mit lautem Geklirre.

»Autsch!« Eine Scherbe hatte ihm in die Hand geschnitten. Er ließ den Hammer fallen und starrte überrascht auf die schmale Linie, die sich rasch mit Blut füllte. Gleich darauf tropfte es zu Boden, wo – Minik erschauerte – ein Schneeschuh lag.

Im nächsten Moment hatte er sich wieder in der Gewalt. Er musste schleunigst die Knochen in den Rucksack legen und fliehen, denn der Lärm konnte den Nachtwächtern unmöglich entgangen sein.

Er griff nach dem Fuß seines Vaters und stellte entsetzt fest, dass dieser mit feinen Drähten an den Schien- und Wadenbeinknochen befestigt war. So sehr er auch daran rüttelte, er bekam kein einziges der vielen Knöchelchen los. Warum hatte er nicht eine Kneifzange mitgenommen? Einem Impuls folgend griff er in die rechte Hosentasche und zog das Klappmesser hervor, seinen in der Melville Bay versenkten und von Matt Henson wieder geborgenen Schatz aus frühen Kindertagen. Während er es aus dem Lederfutteral nahm, musste er unversehens lächeln.

»Willkommen, alter Freund.«

Minik legte die scharfe Klinge frei und setzte sie an einem Draht oberhalb der Fußwurzelknochen an. Plötzlich fühlte er einen kalten Windzug im Nacken. An seinem ganzen Körper richteten sich die Härchen auf und noch ehe er hinter sich geblickt hatte, spürte er schon die Gefahr. Langsam drehte sich Minik um und erstarrte.

Vor ihm stand ein riesiger Kopf auf zwei kräftigen, nackten Stummelbeinen mit je drei klauenbewehrten Zehen. Das ganze Monstrum reichte fast bis zur Decke des Saals. Aus großen, bösen Augen blickte es auf den Jungen herab. Es war Kajutaijuq, die eigentlich nicht hier sein durfte, denn hatte Atangana nicht gesagt, die Geister der Inuit besäßen in Amerika keine Kraft? Trotzdem stand die hässliche Frauenfratze leibhaftig im Naturkundesmuseum von New York, in der Anatomischen Ausstellung, die mit dem Versprechen warb: »Staunen Sie über neue, aufregende Exponate.« Minik wünschte sich, das Museum hätte übertrieben.

Langsam wich er vor dem Geist zurück.

Kajutaijuq lachte, dass ihr schwarzer Haarschopf nur so wippte. »Warum bist du gekommen, kleiner Jäger?«

Minik erschauerte, weil der Geist mit Qisuks Stimme sprach. »Ich will die Gebeine meines Vaters holen«, antwortete er.

»Das fällt dir reichlich spät ein. Ich glaube dir nicht.«

»Es stimmt aber«, erwiderte Minik trotzig.

»Ha! Du lügst! Erst bringst du Qisuk um, indem du ihm eine Krankheit vortäuschst, und jetzt, nach acht Jahren, willst du mit einem Mal den treu sorgenden Sohn spielen. Es wird Zeit, dich endlich für deine Herzlosigkeit zu bestrafen.«

Minik wollte noch widersprechen, aber Kajutaijuq hatte es offenbar sehr eilig mit der Urteilsvollstreckung. Sie riss ihr gewaltiges Maul auf, entblößte ein furchterregendes Gebiss und pumpte Luft in sich hinein. Im ersten Moment sah das eher komisch aus, aber die vermeintliche Kurzatmigkeit entpuppte sich schnell als beängstigend wirksamer Ersatz für Kajutaijuqs fehlende Arme und Hände. Minik fühlte sich von einem unbarmherzigen Sog gepackt, der ihn direkt in das Riesenmaul des Geistes zerrte.

Verzweifelt klammerte er sich am Holzgestell der Vitrine fest. Abertausende von Glassplittern flogen in Kajutaijuqs Rachen. Seltsamerweise bewegten sich die Knochen in dem Kasten nicht im Geringsten.

»Hilf mir, Vater!«, schrie Minik. Als er zu Qisuks Schädel aufblickte, meinte er, in dessen Gesicht ein hämischen Grinsen zu erkennen.

Obwohl Minik sportlich und alles andere als schwach war,

konnte er dem mörderischen Luftzug nicht lange standhalten. Sein Griff löste sich, er wurde herumgewirbelt und flog mitten in Kajutaijuqs Maul hinein. Dann aber ging es nicht weiter, weil sich sein Gürtel an den Zähnen des Geistes verfangen hatte. Unter ihm gähnte ein finsterer Schlund.

Kajutaijuqs Durst nach Frischluft war offenbar unersättlich, denn sie pumpte unaufhörlich mehr davon in sich hinein. Minik spürte einen Ruck und hörte etwas knacken. Keine Frage, der morsche Ledergürtel würde ihn nicht mehr lange halten.

»Bitte hilf mir doch, Vater!«, schrie er. »Ich habe dich nicht belügen wollen. Verzeih mir. Ich wollte dich nur nicht wieder alleinlassen. Bitte, Vater, vergib mir ...«

Abermals merkte Minik, wie sein Körper heftig durchgerüttelt wurde ...

»Jetzt wach schon auf, Junge!«, schrie jemand in unmittelbarer Nähe. »Du träumst nur, Minik. Komm zu dir!«

Er schlug die Augen auf. »Onkel Will?«

William Wallace lächelte erleichtert. »Ja, ich bin's nur und kein böser Geist. Du hast einen Albtraum gehabt.«

Die Schuldgefühle steckten tief. Immer wieder war Minik in den vergangenen Jahren nachts schweißgebadet aufgewacht, nachdem er sich mit Geistern und allem möglichen Getier herumgeplagt hatte. Aber noch nie war es so schlimm gewesen wie in dieser Nacht. Der Verstand sprach ihn zwar am Tod seines Vaters frei, aber tief im Herzen nagten immer noch die Zweifel. Wäre Qisuk vielleicht doch noch am Leben, wenn er sich damals im Bellevue Hospital nicht so für seinen Sohn aufgeopfert hätte?

Die Absicht, heimlich ins Naturkundemuseum einzudringen und die Knochen seines Vaters in einer heldenmütigen Befreiungsaktion ihrer letzten Ruhe zuzuführen, gab Minik fürs

Erste auf. Der jüngste Traum erschien ihm wie ein böses Omen, wie eine Warnung, die man besser ernst nahm.

In den folgenden Wochen und Monaten dümpelte sein Leben ohne nennenswerte Ereignisse dahin. Ab und zu berichtete ihm Chester von einem Gespräch mit diesem oder jenem wichtigen Mann, aber Miniks Fall besaß für die Presse kein Feuer mehr. Die Story war ausgebrannt. Zusehends geriet er in Vergessenheit. Die Hinhaltetaktik von Hermon C. Bumpus schien aufzugehen.

Als der Herbst kam, eröffnete William seinem Ziehsohn, wie prekär die wirtschaftliche Lage der Familie sei und wiederholte, was er zuvor schon angekündigt hatte: »Du bist stark und kannst von nun an für deinen Unterhalt selbst aufkommen. Nach dem Ende des laufenden Schuljahres musst du dir einen Job suchen. Ich werde versuchen, dich beim U-Bahnbau unterzubringen.«

Morris Jesup hatte einmal hochfahrende Pläne für das Mündel des Museums gehabt, wollte den jungen Polareskimo eines Tages als Missionar oder Lehrer zu seinem Volk zurückschicken, um es in eine bessere Zukunft zu führen. Davon sprach jetzt niemand mehr. Auch von den Zeitungen fühlte sich Minik im Stich gelassen. Jahrelang hatten sie sich um ihn gebalgt und nun, wo er sie am meisten brauchte, war er nur noch Luft für sie.

Infolge der vielen Nackenschläge wurde er trübsinnig und unruhig. Immer öfter dachte er darüber nach, der Stadt der kalten Herzen zu entfliehen. Am liebsten wäre er in die Heimat zurückgekehrt, doch eines hatte sich seit damals, als er, Qisuk und ihre Gefährten zum ersten Mal krank geworden waren, nicht geändert: Es gab keine Linienschiffe nach Grönland. Er hätte leichter zu den Aborigines nach Australien reisen können als zu seinem eigenen Volk. Miniks Hoffnung schmolz dahin wie Schnee im Frühling.

Bis am 6. Januar 1907 die Sonntagsausgabe der *World* Miniks Geschichte zum Aufmacher erkor, um ihre Leser bei Kaffee und Marmelade über ein schreckliches Unrecht aufzuklären.

Offenbar hatte der Verfasser des reißerischen Artikels die Skelettstory vom letzten Sommer sensationell genug gefunden, um sie nach einem halben Jahr nochmals aufzuwärmen. Minik jedenfalls hätte von seiner wiedererwachten Popularität vielleicht erst später erfahren, weil er nur unregelmäßig die Zeitung las. Chester und William wussten, wie sensibel er auf alles reagierte, was mit den sterblichen Überresten seines Vaters zusammenhing, und sie neigten eher dazu, ihn vor Schockmomenten zu bewahren. Doch Pamela Wallace – die ehemalige Mrs Richardson – war da weniger zimperlich. Noch druckfrisch knallte sie die schwergewichtige Gazette vor Minik auf den Küchentisch und sagte lakonisch: »Du machst mal wieder Schlagzeilen.«

Minik fiel das Toastbrot aus dem Mund, als er die Schlagzeile las:

Gebt mir die Gebeine meines Vaters

Der Untertitel war kaum weniger gefühlsduselig:

> *Die herzergreifende Geschichte des Eskimojungen Minik, der in New York heranwächst und nun vom Naturkundemuseum die Gebeine seines Vaters zurückverlangt.*

Über dem Ganzen thronte eine pathetisch wirkende Zeichnung: Minik (rechts) streckt flehentlich die Arme nach dem Naturkundemuseum (links) aus.

Atemlos überflog er den Artikel, der sich wie das Textbuch zu einem sentimentalen Theaterstück las. Der arme Eskimojunge, hieß es da, habe sich zu Weihnachten nur eines gewünscht: die Gebeine seines Vaters. Er wollte sie in friedvoller Abgeschiedenheit beisetzen. Aber dem letzten der sechs Eskimos, die Peary nach New York gebracht habe, sei diese Gnade nicht vergönnt gewesen. Der stille Junge sah schließlich ein, dass Sankt Nikolaus ihn übersehen hatte und weinte nur ein paar Tränen. Vergessen worden sei er aber auch von den Wissenschaftlern, die sich die Leute aus der kalten Arktis hätten nach New York liefern lassen, um sie hier bequem studieren zu können.

»Mir wird schlecht«, würgte Minik, sprang vom Küchentisch auf, rannte aus der Wohnung hinunter in den Hof, um sich im Abort zu übergeben.

Ungefähr drei Stunden später saß er mit Chester zusammen und beriet darüber, was in der Sache zu tun sei. War der Artikel gut oder schlecht für ihn?

»Bumpus wird sich die letzten Haare ausraufen, die er noch auf dem Kopf hat«, prophezeite Dob, um dann hinzuzufügen: »Das ist für den Anfang nicht schlecht.«

»Aber das Museum schneidet in dem Artikel so hundsmiserabel ab«, gab Minik zu bedenken. »Könnten sich die Fronten dadurch nicht eher verhärten?«

»Noch festgefahrener kann die Situation ja wohl kaum noch werden. Vielleicht kommt jetzt endlich wieder Bewegung in die Sache. Ich denke, der Artikel wird ziemlichen Staub aufwirbeln. Vielleicht kann ich jetzt ein paar von den Schnarchnasen wachrütteln, die uns in den letzten Monaten ihre Unterstützung versagt haben oder …« Chester rieb sich das Kinn.

»Woran denkst du?«

»Ich habe da kürzlich jemanden kennengelernt, der mir dabei helfen könnte, deinen Fall an höherer Stelle aufs Tapet zu bringen.«

»An höherer …? Wen meinst du? Etwa den Bürgermeister von New York?«

»Nein, noch höher. Ich könnte mich an William Loeb jr. wenden, den Sekretär des Präsidenten. Wenn ich es ganz dringend mache, schiebt er mich vielleicht kurzfristig dazwischen.«

»Sprichst du von Jesup? Das haben wir doch schon …«

»Nein, mein Freund. Ich rede auch nicht vom Kopf des Museums, sondern vom Boss der Vereinigten Staaten.«

Minik riss die Augen auf. »Du meinst … *Präsident Roosevelt?*«

Chester nickte grinsend. »Ist das hoch genug für dich?«

Im Hinblick auf die Verhärtung der Fronten hatte Minik recht behalten. Die Story von dem armen Eskimowaisen brannte wieder und nicht wenige Zeitungsmacher wollten sich an ihr wärmen. Das Museum hingegen stellte sich weiterhin tot.

Vier Tage nach dem *World*-Artikel verkündete William beim Frühstück: »Ich finde die Arroganz, mit der sich die Museumsleitung vor der Verantwortung drückt, unerträglich, Minik. Mr Jesup soll endlich die Versprechen einlösen, die er mir nach dem Tod deines Vaters gegeben hat. Ich fahre nach Manhattan und rede mit ihm.«

»Sollten wir nicht erst abwarten, was Dob morgen in Washington erreicht?«, gab Minik zu bedenken. Chester hatte es tatsächlich geschafft, für den 11. Januar einen Termin im Weißen Haus zu bekommen.

Wallace schüttelte den Kopf. »Ich wünschte mir nichts mehr für dich als ein Machtwort des Präsidenten, aber betrachten wir es einmal ganz nüchtern, mein Junge. Du hast ja bestimmt von dem dampfgetriebenen Dreimastschoner gehört, den Peary sich für seine Nordpoleroberung auf Verona Island in Maine von diesem Kapitän Dix hat bauen lassen; der Stapellauf war, glaube ich, im vorletzten Frühjahr.«

»Ja. In der Zeitung stand, seine Frau habe am Schiffsrumpf eine Sektflasche zerschlagen.«

»Richtig. Aber was ich sagen wollte: Sie hat den Dampfer auf den Namen *Roosevelt* getauft. Ihr werter Herr Gemahl ist nämlich ein Meister darin, einflussreiche Leute für sich einzunehmen und der Präsident gehört zu seinen größten Bewunderern. Glaubst du wirklich, der gute ›Teddy‹ wird für dich auch nur einen Finger rühren, solange sein tapferer Commander dich stur ignoriert?«

Minik schluckte. Zwar hätte er den Einwand gerne mit einer läppischen Bemerkung vom Tisch gewischt, aber wäre das nicht Selbstbetrug? Als begeisterter Leser war er alles andere als weltfremd. In den letzten Jahren hatte er viele Bücher über die Arktis und die Polareskimos verschlungen, darunter auch die allseits beliebten Expeditionsberichte von Robert E. Peary. Die Cape-York-Meteoriten nahmen darin breiten Raum ein, doch nur an einer Stelle erwähnte er einen »Eskimojungen«, den er »teils wegen seines unstillbaren Durstes nach Abenteuern und neuen Erlebnissen« nach New York mitgenommen habe und »teils auch, weil wir hier eine gute Gelegenheit hatten, die Wirkungen äußeren Einflusses auf einen primitiven Menschen zu studieren«. Die anderen fünf Inuit musste Peary wohl aus seiner Erinnerung getilgt haben.

»Vielleicht hast du recht«, sagte Minik geknickt. »Aber Jesup? Du hast schon so oft mit ihm über mich geredet und doch nie etwas erreicht.«

Pamela nickte. »Da muss ich ihm recht geben. Mr Jesup hat viel für junge Leute übrig, die ihr Leben selbst in die Hand nehmen, aber er wird kaum einem Eskimo Vergünstigungen …«

»Halt deinen Mund!«, fauchte William. »Hier geht es nicht um Bevorzugung, sondern um *Gerechtigkeit.* Jesup soll Minik die sterblichen Überreste seines Vaters aushändigen und endlich seinen finanziellen Verpflichtungen ihm gegenüber nachkommen. Das ist er ihm schuldig.«

Der Rüffel brachte Pamela zwar zum Schweigen, aber Minik glaubte zu sehen, wie sie innerlich kochte. Vermutlich würde sie ihre schlechte Laune später wieder einmal an ihm auslassen.

Unvermittelt umfasste William sein Handgelenk, blickte ihm fest ins Gesicht und sagte: »Junge, ich werde mich bemühen, Mr Jesup umzustimmen, und die Chancen stehen diesmal nicht schlecht. Ich habe noch ein Ass im Ärmel. Bis heute war ich mir nicht sicher, ob ich es je ausspielen würde, aber nun kann und will ich nicht länger warten.«

»Ein Ass? Was meinst du damit?«

»Das brauchst du nicht zu wissen. Glaub mir, es ist besser für dich.«

Am Abend desselben Tages kehrte William niedergeschlagen in die kleine Wohnung zurück. Minik, der schon sehnsüchtig auf die Rückkehr seines Ziehvaters gewartet hatte, setzte sich zu ihm und Pamela an den Küchentisch.

»Hast du Mr Jesup gesprochen?«

Der Gefragte nickte müde. »Ja. Stellt euch vor, er hat mich tatsächlich empfangen. Ich habe ihm die Pistole auf die Brust gesetzt, aber wisst ihr, was dieser Falschmünzer zu mir sagt? ›Das Museum hat kein Mündel und schon gar keinen Eskimo, dem es in irgendeiner Weise verpflichtet wäre. Laut meinen Informationen ist Ihr Pflegling Minik ein Stadtstreicher, den Sie von der Straße aufgelesen haben.‹ Könnt ihr euch diese Dreistigkeit vorstellen?«, ereiferte sich William. »Kein anderer als Morris Ketchum Jesup, der Präsident des Naturkundemuseums, der Ehrenmann, bei dem Minik nach dem Tod seines Vaters mehrere Tage gewohnt hat, behauptet nun, ihn nicht einmal zu kennen.«

Pamelas Miene verriet, wie wenig sie die Reaktion des Museumspräsidenten überraschte. »Ich denke, der Junge sollte sich endlich mit dem zufriedengeben, was Gott oder die Natur oder wer auch immer ihm zugewiesen hat. Wir alle hätten dann ein ruhigeres Leben.«

Minik funkelte seine Stiefmutter zornig an. »Vielleicht wäre das für Sie bequemer, Mrs Richardson, aber ganz bestimmt nicht für mich.«

Russel Calame war Ire, ein Meter neunzig groß und etwa einhundertzwanzig Kilo schwer. Sein braunes Haupthaar wucherte wie Schnittlauch und seine Brille war ständig verschmiert. Chester Beecroft schanzte ihm gelegentlich kleine »Indiskretionen« zu, die den Kunden des einen Publicity und den Druckerpressen des anderen Arbeit verschafften. Abgesehen davon gehörte Calame zu den wenigen Journalisten, die in Miniks emotionaler Achterbahnfahrt mehr als nur eine Story für die nächste Ausgabe ihres Blattes sahen. Er war Reporter bei der *New York Times* und hatte schon mehrmals sehr besorgte Artikel über den »entwurzelten Eskimo Minik« geschrieben. Als ebenjener am Freitagmorgen bei ihm in der Redaktion am Times Square auftauchte, war er trotzdem ziemlich überrascht.

»Was kann ich für dich tun?«, fragte er seinen Gast. Die beiden kannten sich von mehreren Interviews. Sie saßen in einem Büro, in dem noch ungefähr dreißig andere Reporter geräuschvoll ihrer Arbeit nachgingen.

»Sie müssen etwas für mich herausfinden«, antwortete Minik.

»Geht es um Mr Jesup? Wenn du dunkle Flecken auf seiner blütenweißen Weste suchst, dann solltest du dir besser einen Detektiv nehmen.«

»Den kann ich mir nicht leisten. Außerdem weiß ich nicht,

was Onkel Will mit dem ›Ass im Ärmel‹ gemeint hat. Er wollte es mir nicht sagen.«

Calame beugte sich interessiert vor. »Wir reden jetzt aber nicht über Poker, oder?«

Minik erzählte von dem hoffnungsvollen Beginn und dem niederschmetternden Ende des vergangenen Tages.

»Du glaubst also, dein Vater hat irgendetwas gegen Jesup in der Hand«, murmelte der Reporter.

»Ja. Aber so weit kann es damit nicht her sein, sonst hätte Mr Jesup ihn nicht abblitzen lassen.«

»Es sei denn, dein lieber Onkel hat auch eine Leiche im Keller und Jesup weiß davon.«

»Onkel Will ist kein Mörder«, widersprach Minik empört.

Calame grinste. »Das war rein metaphorisch gemeint. Ich höre mich mal um, Minik. Vielleicht schicke ich auch ein Trüffelschwein in den Wald …«

»Ein *was?*«

»Einen Volontär. Der kann einen Nachmittag lang im Archiv herumwühlen. Komm am Montag wieder. Dann gebe ich dir einen Zwischenbericht.«

Am Samstagabend kreuzte Chester in der Wallace-Wohnung auf. Er war gerade aus Washington nach New York zurückgekehrt und gleich vom Bahnhof aus in die Bronx gefahren.

»Warst du beim Präsidenten?«, platzte Minik sogleich heraus.

»Sei nicht so unhöflich zu deinem Gast, Minik«, fuhr ihm Pamela über den Mund. Sie nahm Chester den Mantel ab, bat ihn in die gute Stube, bot ihm den einzigen verfügbaren Sessel an und fragte, ob er etwas trinken wolle. Unter Berufung auf die anstrengende Reise bat er um einen Kaffee.

Während sie Wasser kochte, fragte Chester: »Ist William nicht da?«

Minik hockte neben seinem Freund rittlings auf einem Stuhl und hatte die Arme auf die Lehne gestützt. Er schüttelte den Kopf. »Macht Überstunden. Sie arbeiten zurzeit rund um die Uhr.«

»Immer noch das U-Bahn-Belüftungssystem am Union Square?«

»Ja, als Vormann ist Onkel Will unabkömmlich.«

»Eine Schande, wenn man bedenkt, dass er mit der Schufterei nicht mal mehr deine Schulausbildung bezahlen kann.«

»Warst du jetzt beim Präsidenten oder nicht?«

»Nicht antworten, Chester. Ich bin genauso gespannt, alles zu erfahren, wie der Junge«, rief Pamela aus der Küche.

Wenig später hielt Chester eine Tasse in der Hand, rührte mit einem Löffel den Kaffee um und berichtete von seinem Besuch im Weißen Haus.

Das Gespräch mit William Loeb jr. sei einigermaßen kurz gewesen, räumte er ein, aber nichtsdestotrotz fruchtbar. Präsident Roosevelts Sekretär habe geduldig zugehört, während Miniks Fürsprecher ihm klarmachte, dass die Vereinigten Staaten eine moralische Verpflichtung hätten, den von Commander Peary mitgebrachten Eskimo nicht im Stich zu lassen. Das im Museum ausgestellte Skelett habe er nur am Rande gestreift und zunächst den Schwerpunkt auf die Person Minik Peary Wallace gelegt, das ›missbrauchteste und hilfloseste Individuum innerhalb der amerikanischen Jurisdiktion‹ …«

»Der was?«, unterbrach Minik irritiert.

»Der Rechtsprechung«, übersetzte Pamela. Sie saß auf dem Sofa.

»Na, jedenfalls erklärte ich Mr Loeb, dass man dich nicht länger wie einen Staatsgefangenen behandeln dürfe, sondern in dir einen Gast sehen müsse, einen zukünftigen Botschafter der Vereinigten Staaten, einen Staffelläufer, der den Stab unserer großartigen Kultur eines Tages an die Eskimos Grönlands weiterreichen werde.«

»War das nicht ein bisschen schwülstig?«, fragte Pamela argwöhnisch.

»Ach …« Chester blies die Backen auf. »Mr Loeb scheint's gefallen zu haben. Ich konnte ihm, glaube ich, begreiflich machen, dass die Vereinigten Staaten verpflichtet sind, Minik zu helfen. Schließlich war es ein Offizier der US Navy, der ihn in dieses Land eingeladen hat.«

»Eingeladen!«, schnaubte Minik. »Er hat Versprechungen gemacht, die er nie hielt!«

»Und wie geht es jetzt weiter?«, erkundigte sich Pamela.

»Mr Loeb bat mich, den Sachverhalt in schriftlicher Form niederzulegen, damit er ihn prüfen und dem Präsidenten vorlegen könne. Ich bin heute erst zurückgekommen, weil ich am Nachmittag gleich die Eingabe geschrieben und sie im Weißen Haus abgegeben habe. Anschließend bin ich mit einem Durchschlag zur *Washington Post* gegangen.«

»Ganz schön mutig!«, staunte Minik.

Chester zog den Mund schief. »Bin ich nun ein PR-Fachmann oder nicht? Die *Post* wird über meinen Besuch im Weißen Haus und über dein Anliegen ausführlich berichten.«

»Damit setzen Sie Mr Loeb aber gehörig unter Zugzwang«, bemerkte Pamela mit erkennbarem Unbehagen.

»Das ist schließlich der Zweck der Übung«, entgegnete Chester grinsend. »Man nennt so etwas Öffentlichkeitsarbeit.«

Nach dem Wochenende hatte Minik wieder Hoffnung geschöpft. Vielleicht konnte er seinen Vater am Ende doch zur *ewigen* Ruhe betten. Und wenn man dem Waisenjungen aus Grönland darüber hinaus als echten Amerikaner willkommen heißen und ihm eine ordentliche Ausbildung angedeihen lassen würde, dann wäre das umso großartiger.

Mit verhaltenem Optimismus machte er sich am Montagmittag auf den Weg nach Manhattan. Die *New York Times* war vor zwei Jahren aus der Park Row in ihren nigelnagelneuen Times Tower am Times Square – dem einstigen Long Acre Square – gezogen. Bei so viel Eigenwerbung erschien es Minik an der Zeit, die wahren Qualitäten des New Yorker Renommierblattes auszuloten. Russel Calame erwartete ihn bereits.

»Was mein Trüffelschwein für dich ausgegraben hat, wird dir nicht schmecken«, unkte der Reporter.

»Ich habe schon so viele bittere Pillen hinunterwürgen müssen, dass es auf eine mehr oder weniger auch nicht mehr ankommt«, antwortete Minik und machte sich auf das Schlimmste gefasst.

Calame blätterte eine Weile in einem kleinen schwarzen Notizbuch, räusperte sich dann und sagte: »Die *Times* hat am 20. November 1900 über drei Gerichtsentscheide berichtet, die gegen einen gewissen Twele und deinen Vater ergangen sind. Letzterem hatte der Richter mehrere Geldstrafen von insgesamt 2475 Dollar aufgebrummt.«

Minik schluckte. »Onkel Will ist … *verurteilt* worden? Das höre ich heute zum ersten Mal.«

Der Reporter hob beide Augenbrauen. »Also, verwundern tut mich das nicht. Leider ist die besagte Meldung erst der Anfang. Es kommt noch ein ganzer Rattenschwanz hinterher, den ich der Einfachheit halber mal die ›Wallace-Affäre‹ nenne.«

»Affäre?«, echote Minik heiser.

Calame nickte vielsagend und erzählte alsdann eine unglaubliche Geschichte.

Als William Wallace noch die Bauabteilung des Naturkundemuseums geleitet hatte, kam es wiederholt zu Unregelmäßigkeiten in der Zahlungsabwicklung gegenüber Handwerkern und Bauunternehmern. Das Gericht konnte ihm später zwar nicht nachweisen, dass er Gelder seines Arbeitgebers veruntreut hätte, aber bei den von der Stadt getragenen Bauvorhaben war er offensichtlich weniger akkurat gewesen. Des Öfteren hatte er hohe Rechnungen von Bauunternehmern nicht an die Rechnungsprüfung weitergeleitet. So schuldete die Stadt etwa einem gewissen Cockerell stattliche dreißigtausend Dollar. Nachdem der Baulöwe Wallace tausend Dollar zugesteckt hatte, wurde seine Forderung wundersamerweise prompt ausgeglichen. Manchmal hielt Wallace auch Schecks zurück, die ihm ein federführender Unternehmer zur Begleichung von Handwerkerrechnungen übergeben hatte. Außerdem lieh er sich mehrmals Beträge im vierstelligen Bereich bei seinen Lieferanten, die er nur stockend oder gar nicht zurückzahlte.

Der Reporter überflog noch einmal seine Aufzeichnungen und murmelte: »Im Wesentlichen war's das. Den Zeugenaussagen zufolge erstreckten sich die Unregelmäßigkeiten, in die dein Vater verstrickt ist, über einen Zeitraum von mehreren Jahren. Mich verwundert allerdings das passive Verhalten von Morris Jesup in der Affäre. Man könnte glauben, er habe von nichts etwas gewusst.«

Minik fühlte sich wie mit der Dampfwalze gebügelt. Veruntreuung? Bestechung? Hatte der wirtschaftliche Niedergang der Familie etwa gar nichts mit ihm zu tun, sondern mit irgendwelchen obskuren Spekulationen seines Ziehvaters? Litten die Wallaces etwa deswegen unter Geldnot, obwohl Onkel Will als Vorarbeiter in Lohn und Brot stand?

»Alles in Ordnung mit dir, Junge?«, erkundigte sich Calame besorgt.

»Nein.« Minik schüttelte benommen den Kopf. »Sagen Sie, könnte Mr Jesup so lange stillgehalten haben, weil Onkel Will sich ihm gegenüber nichts hatte zu Schulden kommen lassen?«

»Theoretisch schon. Aber er war der Präsident und hatte in Professor Albert S. Bickmore einen fähigen Kurator und Verwalter. Ich nehme eher an, Jesup hatte den Braten gerochen, aber weil ihm die Hände gebunden waren, lauerte er nur auf eine günstige Gelegenheit, deinen Vater abzuservieren. Nach den erwähnten Gerichtsurteilen muss er ihm jedenfalls nahegelegt haben, die Kündigung einzureichen, was dein alter Herr laut meinen Notizen am 11. Januar 1901 auch getan hat.«

»Aber wieso haben die Bauunternehmer und Handwerker ihn denn nicht angezeigt?« Minik hoffte immer noch, einen schwachen Punkt zu finden, der alles als große Verschwörung entlarvte.

Calame breitete seine Pranken aus. »Ganz einfach: Weil er an einer wichtigen Schaltstelle saß, die über Wohl und Wehe all dieser Leute entschied. Dein Vater verschaffte ihnen Aufträge und solange alles im Rahmen blieb, haben sie die Schmiergelder als eine Art Vermittlerprovision akzeptiert oder einfach auf die nächste Rechnung draufgeschlagen. Aber irgendwann hat dein alter Herr den Bogen überspannt und war fällig.«

Minik starrte den Reporter ungläubig an. Sprach Calame von demselben William Wallace, der ihn, den Waisenjungen, in seine Familie aufgenommen und ihm die Kindheit zurückgegeben hatte? »Was Sie da alles aufzählen – steht auf solche Vergehen nicht Gefängnis?«

Der schwergewichtige Ire hob die Schultern. »Eigentlich schon. Manches davon hat mein Kollege seinerzeit recherchiert, aber es kam in dem Prozess nie zur Sprache.«

»Wenn Mr Jesup allerdings davon gewusst hat …« Minik verstummte. Endlich begriff er.

Calame nickte. »Dann hat er aus irgendeinem Grund wohl nicht gewagt, offen gegen deinen Onkel Will vorzugehen. Normalerweise habe ich einen untrüglichen Riecher für eine gute Story und hier scheint eine zu schlummern. Ich wüsste zu gerne, warum dein Vater aus dieser Sache lediglich mit einem blauen Auge davongekommen ist. Vermutlich hat er gegen Jesup noch ein Ass im Ärmel.«

»Ich dachte eigentlich, um das zu klären, sei ich zu Ihnen gekommen.«

»Sicher. Aber wer nach Trüffeln gräbt, findet manchmal auch einen giftigen Knollenblätterpilz. Ich verspreche dir, weiterzuwühlen, aber mit einem Gedanken musst du dich wohl schon einmal anfreunden, Junge: Ehrlichkeit ist nicht gerade die Stärke deines alten Herrn.«

Wie ein Schlafwandler tappte Minik über den Times Square in Richtung Norden. Nur einen Steinwurf weit von Russel Calames Büro entfernt lag zwischen der 44. und der 45. Straße das Astor, ein elfstöckiger Hotelblock, in dem sich Gäste der gehobenen Gesellschaft verwöhnen ließen. Chester war für die Öffentlichkeitsarbeit der Nobelherberge zuständig. Wenn er in New York weilte, dann wohnte er meistens dort.

»Mr Beecroft ist außer Haus beschäftigt«, erklärte der Portier, als Minik nach seinem Freund fragte. »Aber Sie können gerne in der Halle auf ihn warten.«

Das tat er dann auch. Er ließ sich in einen plüschigen Sessel sinken, betrachtete versonnen die Spiegelbilder der Gäste im Marmorboden und zählte die Kristalle an den exorbitant teuren Leuchtern. Gegen sechs Uhr abends kehrte Chester endlich ins Hotel zurück. Auf dem Zimmer erzählte Minik ihm die deprimierenden Neuigkeiten.

»Ich verstehe das alles nicht«, schloss er seinen Bericht. »Da lebst du jahrelang mit einem Menschen zusammen, glaubst ihn gut zu kennen und dann das! Wie kann ich Onkel Will je wieder in die Augen sehen?«

Chester saß ihm mit übergeschlagenem Bein im Ausgehanzug gegenüber und sagte lange gar nichts. Schließlich fragte er: »Du traust ihm nicht mehr?«

»Ich weiß nicht. Er hat ja nicht mich betrogen. Jedenfalls nicht direkt. Zu mir war er immer gut. Ich fürchte, nicht mal Tante Rhetta hatte von seinen geschäftlichen Abenteuern gewusst.«

»Möglich wär's. Aber die vermeintlichen Schicksalsschläge scheinen sie ins Grab gebracht zu haben.«

Minik nickte traurig.

»Wie kommst du derzeit mit Pamela aus?«

Er zuckte die Achseln. »Wenn möglich, gehe ich ihr aus dem Weg. Ich glaube, sie wäre ganz froh, wenn sie mich loswürde.«

»Urteile nicht zu hart über sie, Minik. Vielleicht fühlt sie sich nur damit überfordert, dem einzigen Polareskimo von New York einen guten Start ins Leben zu ermöglichen.«

»Das hätte sie sich vor der Hochzeit überlegen müssen.« Er machte eine wegwerfende Handbewegung. »Aber ich will nicht über Mrs Richardson reden, sondern wissen, was mit Onkel Will los ist.«

»Warum fragst du ihn nicht einfach? Bei Seelennöten jeglicher Art verschreibt der Onkel Doktor meist das offene Gespräch.«

»Mir ist nicht nach Lachen zumute, Dob. Und auch nicht nach so einem Gespräch. Ich kann doch nicht zu ihm gehen und ihn fragen, ob er ein Betrüger ist. Möglicherweise hat ihn ja der Museumspräsident in irgendwas hineingezogen. Wenn sie Komplizen gewesen wären, würde das erklären, warum Mr Jesup so lange stillgehalten hat.«

»Sind das nur vage Vermutungen oder hast du einen konkreten Verdacht?«

»Ich überlege, ob es mit mir und den Stammesbrüdern zu tun haben könnte. Oder mit den anderen Sachen, die Peary aus Grönland mitgebracht hat: dem Meteoriten Ahnighito, den fünf Fässern voller Menschenknochen, den Pelzen, Walrosszähnen, Narwalhörnern …«

»Halt mal!«, ging Chester dazwischen und beugte sich weit zu Minik vor. »Heißt das, die Tierfelle und das Elfenbein sind ins *Museum* gebracht worden?«

»Ich weiß nicht mehr so genau. Es ist ja alles so lange her. Meiner Meinung nach habe ich dort im Keller zumindest die Kisten von der *Hope* gesehen.«

Chesters Augenbrauen gingen in die Höhe. »Davon hast du mir nie etwas erzählt.«

»Ich war damals erst sieben. Meine Erinnerungen aus der Zeit unserer Ankunft sind mehr als lückenhaft. Warum interessiert dich das?«

»Ich habe da so einen Verdacht …« Chester massierte sein Kinn. »Ehe ich die Pferde scheu mache, lass mich erst etwas nachprüfen. Rein zufällig kenne ich da einen Mann, der für den Zoll arbeitet …«

Minik hatte das Gefühl, die Ungeduld sei ein Parasit, der ihn von innen heraus langsam auffraß. Fast täglich ging er ins Büro der American Telephone and Telegraph Company, um mit Manhattan zu telefonieren. Die Gespräche folgten immer dem gleichen Schema.

»Bin noch am Wühlen«, berichtete Calame mit ermüdender Regelmäßigkeit.

»Und in der anderen Sache?«, fragte Minik. Er hatte den Reporter bekniet herauszufinden, was tatsächlich nach dem Begräbnis seines Vaters im Museumsgarten geschehen war.

Calames Antwort klang gewöhnlich so: »Ich habe nebenbei noch andere Sachen zu tun, Junge. Gib mir mehr Zeit.«

Auch Chester konnte aus Washington nichts Neues vermelden, aber wenigstens hatte er für den kommenden Freitag ein Treffen mit einem hohen Vertreter der Zollbehörde vereinbart.

Nach der Unterredung traf er sich mit Minik in der Empfangshalle des Astor-Hotels. Er wirkte ernster als sonst.

»Hast du etwas rausgekriegt?«, fragte Minik aufgeregt. Er hielt etwas unbeholfen zwischen Daumen und Zeigefinger eine zierliche Porzellantasse mit Kaffee, welchen man ihnen gerade serviert hatte. Über ihm hing ein glitzernder Kristalllüster und in der Nähe spielte wie von Geisterhand ein Klavier ohne Pianist – vermutlich wurde es von einem Lochstreifen gesteuert.

»Ich fürchte, wir könnten da in ein Wespennest gestochen haben. Unser Freund bei der *Times* würde sich vermutlich alle zehn Finger nach der Story lecken«, antwortete Chester.

»Jetzt mach's nicht so spannend«, drängte Minik.

Der Zollbeamte habe ihm hinter vorgehaltener Hand von Verdachtsmomenten gegen Peary und das Naturkundemuseum erzählt, berichtete Chester. Einiges deute darauf hin, dass mit Billigung des Museums jahrelang Elfenbein und andere Schätze der Arktis als »wissenschaftliche Objekte« für das Naturkundemuseum am US-Zoll vorbeigeschmuggelt worden seien. Morris Jesup habe dieses Vorgehen zumindest gebilligt, vielleicht sogar daran mitverdient.

Minik schüttelte fassungslos den Kopf. »Onkel Will wird zu Geldstrafen verurteilt und die kommen ungeschoren davon? Ist das die viel gerühmte Gerechtigkeit im großen Amerika?«

»Mein Kontaktmann beim Zoll hat ausdrücklich betont, dass es sich lediglich um Mutmaßungen handelt. Ziemlich handfeste allerdings. Er meinte, zähle man alle Pelze zusammen, die in den Frachtlisten der verschiedenen Expeditionen aufgeführt seien, dann könne man vermutlich das ganze Museum damit tapezieren.«

»Wäre bestimmt schön kuschelig, vor allem im Keller«, grollte Minik.

»Der Beamte erinnerte mich unnötigerweise daran, dass Peary über ausgezeichnete Beziehungen verfüge, die bis ins Weiße Haus reichen. Bisher sind sämtliche Vorwürfe gegen ihn im Sande verlaufen.«

»›Der wahre Forschungsreisende‹ – das ich nicht lache!«

»Wie bitte?«

»Ich habe kürzlich einen Vorabdruck von Pearys neuestem Buch gelesen, in dem er sein abermaliges Scheitern beschönigt. In der Einführung schreibt er, der wahre Forschungsreisende tue sein Werk nicht in der Hoffnung auf Lohn oder Ehre, sondern weil die Sache, die er sich vorgenommen habe, einen Teil seines Wesens bilde und nur um ihrer selbst willen ausgeführt werden müsse. Er kümmere sich nicht viel um Ruhm, Gefahren und Hindernisse, wenn sie ihn nur nicht von seinem Ziel abhielten. Seine einträglichen Kungeleien hat er allerdings mit keiner Silbe erwähnt.«

»Wundert dich das?«

»Nicht im Geringsten.« Minik atmete tief durch. Seine Stimme klang nicht mehr erbost, sondern kühl, als er fragte: »Meinst du, Onkel Will hat von den Schiebereien gewusst?«

»Da bin ich mir ziemlich sicher. Er war für das Gebäude verantwortlich. Vermutlich ist ohne sein Wissen keine einzige Kiste ins Museum hinein- oder herausgetragen worden.«

»Dann hat er Mr Jesup also in der Hand gehabt.«

Chester nickte. »Es war eine Pattsituation wie beim Schach. Jedenfalls ergibt jetzt alles einen Sinn. Jesup hatte vermutlich gewusst, wie William mit den Geldern seiner Handwerker und Bauunternehmer umging, hätte er ihn aber deswegen entlassen, wären seine eigenen Machenschaften ans Licht gekommen. Nachdem William aber vor Gericht einer kriminellen Tat überführt worden war, konnte man ihn zum Rücktritt zwingen. Es wäre ja geradezu fahrlässig gewesen, einen rechtskräftig verurteilten Mann in so verantwortungsvoller Position zu belassen.«

»Danke für deine einfühlsame Offenheit.«

»Die Wahrheit ist manchmal bitter, mein Freund.«

Miniks Kiefer mahlten.

»Woran denkst du?«, fragte Chester.

»Da sind so viele Lügen, Dob. Selbst Onkel Will hat jahrelang ein falsches Spiel getrieben.« Minik schüttelte den Kopf. »Ich frage mich gerade, welche Rolle er wohl bei der Beerdigung meines Vaters gespielt hat. Er war dabei! Hatte er gewusst, dass man den Toten später wieder ausgraben würde?«

»Ich fürchte, das kann nur er dir sagen.«

Minik schnaubte. »Meinst du, ich soll einfach zu ihm hingehen und ihn fragen, ob er mich damals bewusst getäuscht hat? Ob all das, was er nach dem Tod meines Vaters für mich getan hat, am Ende nur Teil eines abgekarteten Spiels war, das er und Jesup für mich ausgeheckt haben?«

»Ja«, antwortete Chester ruhig. »Denn wenn du es nicht tust, dann wird diese unselige Sache ewig zwischen euch stehen.«

6.

Der letzte Eskimo

New York, 25. Februar 1898

Die kleinen Hände kneteten die Schiebermütze, als gelte es, sie für den Verzehr vorzubreiten. Natürlich dachte Minik nicht daran, seine Kopfbedeckung zu verspeisen. Er war nur verschüchtert, als er das Haus von Morris Ketchum Jesup betrat. Jetzt erst ahnte er, wie reich der Präsident des Museums sein musste. Und wie absonderlich! Da hingen diese unheimlichen Jagdtrophäen an den Wänden der Eingangshalle: ein riesiger Schwertfisch, ein Büffelkopf und das mähnige Haupt eines Löwen. Warum hatte Mr Jesup die Tiere nicht ganz aufgegessen und die Reste nutzbringend verarbeitet? Ob sie sein Haus vor bösen Geistern schützen sollten? Bei dem Gedanken fühlte sich Minik noch kleiner und wehrloser. Das Entree des Hauses war überdies gänzlich mit *Holz* ausgekleidet, für jeden Polareskimo ein Zeichen für unvorstellbaren Reichtum.

Nicht minder erstaunten den kleinen Inuk die bunten Bleiglasfenster zu beiden Seiten der Haustür. Die Farben strahlten wie geronnenes Nordlicht. Minik konnte einen Pfau erkennen, schillernde Blumen und andere bunte Motive. Für einen Moment glaubte er, den Vorhang aus erstarrtem Licht nur durchbrechen zu müssen, um sich den Weg in die Freiheit zu bahnen, um alles vergessen zu machen, was ihn so sehr bedrückte. Vielleicht war dieses Fenster ja ein Tor, durch das er in das Kalaallit Nunaat der Sagen eintreten konnte, das »grüne Land« der alten Zeit, in dem es weder Hunger noch Schmerz und Sorgen gab …

»Geh ruhig weiter, Minik. Dich niemand beißt«, sagte Dr. Boas in seinem holperigen Inuktitut. Weil Matt Henson gerade nicht abkömmlich war, hatten der Kurator und Mr Wallace den Waisenjungen vom Krankenhaus abgeholt, um ihn im Haus des Museumspräsidenten abzuliefern.

Ein Butler führte die drei Besucher in einen Salon, wo sie auf Stühlen mit glänzenden Bezügen Platz nehmen mussten. Minik walkte seine Mütze immer intensiver. Gleichzeitig schielte er neugierig zu einer Gruppe Porzellanfigürchen, die auf einem kleinen Tisch mit verbogenen Beinen stand, kleine Musiker mit jungen Gesichtern und weißen, zum Zopf gebundenen Haaren …

»Da ist er ja«, sagte plötzlich eine tiefe Stimme, ohne dass Minik die Worte verstand. Es war Jesup. Der Verlust seines lebenden Ausstellungsstückes schien ihn nicht sonderlich zu beunruhigen. Forschen Schrittes ging er auf Minik zu, kniff ihm in die Wange und drückte ihm einen Karamellbonbon in die Hand. Erst danach machte er ein trauriges Gesicht und bemerkte: »Das mit deinem Vater tut mir sehr leid, kleiner Mann. Aber keine Sorge, wir lassen dich nicht im Stich.«

Im Klang von Jesups Stimme meinte Minik so etwas wie Anteilnahme zu erkennen, zwar eine kühlere Form des Mitgefühls, als es die Inuit in solchen Situationen zum Ausdruck zu bringen pflegten, aber immerhin. Minik bedankte sich mit einem ernsten Nicken.

Alsbald wandte sich Jesup seinen beiden Mitarbeitern zu. Minik verstand kaum ein Wort von dem, was da erörtert wurde; erst Jahre später sollte er den Inhalt des Gesprächs erfahren. Was tun mit dem Waisenjungen? Darum ging es. Boas meinte, es sei das Beste, ihn zu seinen Leuten zurückzubringen, man hätte die Eskimos schon viel früher in ihre Heimat verschiffen sollen, aber Jesup erinnerte ihn ungeduldig an die Undurchführbarkeit solcher Pläne. Es gab ja keine regelmäßigen Schiffsverbindungen nach Grönland. Vor dem nächsten Sommer, wenn Leutnant Peary den Nordpol in Angriff nehmen wolle, sei da nichts zu machen. Irgendwann verabschiedete sich Boas unter Verweis auf einen wichtigen Termin und Jesup palaverte allein mit seinem Bauabteilungsleiter weiter. Minik wurde von den beiden nicht weiter beachtet und saß verloren in einem großen Sessel.

»Sagen Sie, mein Guter«, begann der Präsident des Museums umständlich. »Sie wissen, ich habe ein Herz für Kinder. Deshalb ist es für mich eine Selbstverständlichkeit, den kleinen Minik vorerst bei mir einzuquartieren. Aber als Vaterersatz tauge ich nicht. Abgesehen von meinen zahlreichen gesellschaftlichen Verpflichtungen werde ich in diesem Jahr achtundsechzig. Möglicherweise beruft mich der Herr von der Erde ab, bevor der Junge volljährig ist. Er braucht jemanden, der ihn länger begleiten kann, der aus ihm einen aufrechten Amerikaner und guten Christen macht.«

»Wenn ich Sie richtig verstehe, Sir, dann haben Sie dabei an mich gedacht?«, fragte Wallace.

»Ganz richtig. Sie könnten den Jungen adoptieren und ihm Ihren Namen geben. Nach reiflicher Überlegung erscheint mir das die beste Lösung. Ihre Rhetta ist eine herzensgute Frau und Ihr Sohn William könnte für Minik wie ein leiblicher Bruder werden. Wie viel älter ist Ihr Junge?«

»Drei Jahre, Sir.«

»Da sehen Sie's! Außerdem haben Sie ja sowieso die Haushälterin aus Labrador eingestellt, nachdem die anderen Eskimos in Ihr Haus in Highbridge eingezogen sind. Im Gegensatz zu meinem Personal und mir kann sie sich mit dem Jungen tadellos verständigen. Bei Ihnen könnte der Knirps das Lachen wieder lernen.«

Minik schaute mit großen Augen zwischen den beiden Männern hin und her. Obwohl sie ebenso gut Schreimöwen oder Tölpel hätten sein können, hörte er aus dem Dialog immer wieder seinen Namen heraus. Es ging also nach wie vor um ihn.

»Ich muss zugeben, dass ich den kleinen Kerl gerne habe«, sagte Wallace. »Nur bin ich im Gegensatz zu Ihnen kein reicher Mann, Mr Jesup …«

»Jetzt machen Sie sich doch nicht kleiner, als Sie sind, mein Guter. Mir ist sehr wohl bekannt, dass Sie neben Ihren Bezügen als Leiter der Bauabteilung des Naturkundemuseums noch andere Einkünfte haben: Sie besitzen die Milchfarm und Eisfabrik in Lawyersville sowie noch eine ganze Reihe anderer Unternehmungen, die Sie womöglich mehr beanspruchen, als für einen engagierten Angestellten unseres Hauses gesund ist.«

»Wie darf ich das verstehen, Sir?«

Jesups Augen verengten sich. »Ich denke, Sie wissen sehr genau, was ich meine, Wallace.«

»Bei allem Respekt, Sir, aber ist es nicht so, dass selbst Sie sich im Namen des Museums manchmal um Geschäfte kümmern, die, sagen wir, etwas abseits des Alltäglichen liegen? Ganz spontan fallen mir einige Kisten ein, die Leutnant Peary nach seinen drei Expeditionen bei uns ›zwischengelagert‹ hat, ehe sie an seinen Arctic Club oder andere Adressen weitergeleitet wurden.«

»Wollen Sie mir drohen, Wallace?« Jesups Stimme hatte jede Wärme verloren.

Der Gefragte machte ein betroffenes Gesicht, spreizte die Finger und beteuerte: »Niemals käme ich auf eine solche Idee, Sir. Ich wollte Ihnen lediglich etwas veranschaulichen: Sie schätzen Leutnant Peary und unterstützen seine Expeditionen großzügig. Wenn er sich da mit der einen oder anderen kleinen ›Aufmerksamkeit‹ bei Ihnen bedankt, ist es ein Gebot der Höflichkeit, ihm diesen Freundschaftsdienst nicht abzuschlagen. Ich würde mich auch geschmeichelt fühlen, wenn jemand Landmarken nach mir benennt oder …«

»Das reicht, Wallace. Ich denke, ich habe Sie verstanden. Dem Jungen soll es an nichts fehlen. Ich werde Sie angemessen entschädigen, damit seine Erziehung für Sie nicht zu einer finanziellen Belastung wird. Sehen wir's doch mal so: Es ist eine gute Investition für ein einmaliges Akkulturationsexperiment. Sie haben die Möglichkeit, aus einem Wilden einen Gelehrten zu machen. Vielleicht schaffen wir es sogar, Minik eines Tages als Missionar zu den Heiden in Nordgrönland zu schicken, damit er ihnen das Christentum und die Segnungen unserer überlegenen Kultur näherbringt.« Jesups Begeisterung für sein »Experiment« war unüberhörbar.

»Ja, vielleicht«, antwortete der Abteilungsleiter eher verhalten. »Ich lasse mir Ihr Angebot durch den Kopf gehen, Sir.«

Der Präsident strahlte. »Schön, dass wir die flüchtigen Missklänge so schnell abstellen konnten.«

»Da wäre noch eine Sache, Sir. Mir kam zu Ohren, es hätte Morddrohungen der bei mir in Highbridge lebenden Eskimos gegen den Jungen gegeben. Es geht um die sterblichen Überreste von Qisuk. Nach der Tradition der Nordmänner muss der nächste Angehörige für eine Beisetzung nach den Bräuchen des Stammes sorgen.«

»Davon hat mir schon Dr. Boas berichtet und ich halte diese angeblichen ›Morddrohungen‹ gelinde gesagt für etwas übertrieben. Wer bringt ein kleines Kind um, nur weil es einen Ritus nicht beachtet?«

»Dr. Boas sagt, in Zeiten der Not ist das Töten von Neugeborenen bei den Eskimos gang und gäbe – besser auf *ein* Kind verzichten, als *alle* hungern zu lassen.«

»Buh! Mich schüttelt's bei so viel Barbarentum! Aber machen Sie sich keine Sorgen. Wenn der Junge eine Beerdigung will, dann soll er sie bekommen. Ich habe Dr. Boas bereits gebeten, alles Nötige zu veranlassen. Vermutlich wird er Sie schon morgen ansprechen, um auf dem Grundstück des Museums einen geeigneten Platz für das Grab auszusuchen.«

Wallace krauste verständnislos die Stirn. »Ein Grab, Sir? Aber wie sollen wir Miniks Vater denn beerdigen? Soweit ich gehört habe, ist er doch längst in der Leichenhalle des Bellevue Hospitals, wo ihn die Studenten …«

»Jetzt seien Sie doch nicht so begriffsstutzig, Wallace. Für den Seelenfrieden des Jungen ist es ohne Belang, *was* Sie im Garten begraben. Es kommt doch nur darauf an, was er *glaubt,* in der Erde versinken zu sehen.«

Das Zimmer, das Minik nun sein Eigen nannte, war um einiges größer als das Zelt aus Walrosshaut, das er am Cape York mit seinem Vater bewohnt hatte. Aber in seinem Unglück nahm er das gar nicht wahr. Immer wieder musste er an die letzten Stunden im Leben des »Lächelnden« denken. *Der Geist deines Vaters wird immer bei dir sein.* Manchmal träumte Minik davon, wie Qisuk mit ihm von der Eiskante aus nach Robben jagte. Aber es gab auch Albträume von der bösen Kajutaijuq, wie sie sich auf ihren Stummelbeinen vor ihm aufbaute, ihr riesiges Maul aufriss und ihn verschlang – als Strafe dafür, dass er seinen Vater im Stich gelassen hatte.

Die Dienerschaft von Mr Jesup war sehr nett zu dem kleinen Polareskimo, aber er verstand mehr Worte ihrer Sprache als umgekehrt. Deshalb fühlte er sich unendlich einsam. Zwei- oder dreimal wurde Minik von einem Bediensteten ins Naturkundemuseum gebracht, wo sich Dr. Boas mit ihm unterhielt und sich die Geschichten über die ausgestopften Schlittenhunde erzählen ließ, deren Kadaver Peary mitgebracht hatte und die jetzt im Museum ausgestellt waren – Minik kannte noch jedes Tier beim Namen.

Gleich beim ersten Besuch hielt der Anthropologe einen

Zettel in der Hand und erklärte dem Jungen umständlich, was es damit auf sich habe. Es war ein knappes Beileidstelegramm von Peary, der sich gerade auf einer Vortragsreise durch Kalifornien befand, um für seine nächste Expedition Geld zu sammeln. Die Depesche war in San Diego aufgegeben worden. Der Text lautete:

> *Bedaure Eskimos Tod sehr. Stopp. Bin sicher, alles wurde getan. Stopp. Übernehme Verantwortung. Stopp.*

Dr. Boas hatte es gut gemeint. Er wollte Minik trösten. Aber für den Jungen war das Stück Papier blanker Hohn.

Weil er nach der Rückkehr in Jesups Haus noch trauriger als sonst war, schenkte ihm ein Hausmädchen zum Trost einen harten, mit rotem Leder überzogenen Kricketball. Eine Zeit lang lenkte ihn das neue Spielzeug von seiner Trübsal ab. Er tollte damit durch sein Zimmer im ersten Stock. Irgendwann rollte das runde Ding auf den Flur hinaus und polterte, Minik immer dicht hintendrein, die Treppe hinab in die Halle, wo es im überwölbten Durchgang nahe der Haustür liegen blieb.

Minik bückte sich nach dem Ausreißer, um ihn aufzuheben, da blieb sein Blick plötzlich an dem Bleiglasfenster hängen. Sofort nahmen ihn die bunten Bilder wieder gefangen. Sein Vater hatte ihm einmal erzählt, auf der anderen Seite des Nordlichts gebe es ein Paradies. Man müsse nur hindurchgehen und alle Sorgen seien für immer vergessen. Minik blickte sich zur Diele hin um. Aus dem Haus tönten allerlei Geräusche, aber offenbar war die Dienerschaft anderweitig beschäftigt.

Er holte mit dem Fuß aus und kickte den Ball durch den Vorhang aus Licht.

Das mit Kork gefüllte, harte Geschoss zog einen Schweif

von Splittern hinter sich nach draußen und ein schneeschuhgroßes Stück Fenster brach klirrend in sich zusammen. Minik lief zu dem Loch, ging in die Knie und spähte hindurch. Enttäuscht stellte er fest, dass ihm die Welt jenseits des Fensters bekannt war – er sah ein Podest, eine Treppe und dahinter eine von Büschen gesäumte Auffahrt.

Plötzlich hörte er hinter sich ein Geräusch. Erschrocken fuhr er herum. Was würde Mr Jesup mit ihm anstellen, wenn er nach Hause kam und den Schaden entdeckte? Mit einem Mal hatte Minik furchtbare Angst. Er musste sich irgendwo verstecken. Wenn man ihn nicht sah, konnte man ihm auch keine Schuld geben. Schritte näherten sich. Hektisch blickte er sich um. Dabei bemerkte er zu seiner Rechten eine fast unsichtbare, jedoch einen Spaltbreit offenstehende Tür in der Wandvertäfelung.

Rasch huschte er zu dem erhofften Versteck. Und richtig! Es handelte sich um einen Wandschrank, der bis auf ein paar Regenschirme und Gehstöcke leer war. Minik schlüpfte hinein und zog von innen die Tür gerade weit genug zu, um durch eine Ritze hinausspähen zu können.

In der Halle rief jemand etwas. Minik erkannte nur das *qallunaaq*-Wort »Kommt!«.

Innerhalb kürzester Zeit war die Halle angefüllt mit aufgeregten Leuten. Der Vorraum füllte sich mit unverständlichem Geschnatter. Minik glaubte, die Namen einiger Tiere zu erkennen. Direkt vor dem Wandschrank versetzte der Anführer einem anderen Diener eine schallende Ohrfeige. Vielleicht dachte er, der Entdecker des Loches sei auch dessen Verursacher und leugne jetzt seine Tat. Die Tür wurde geöffnet und die Dienerschar strömte hinaus. Offensichtlich wollte man nach Beweisstücken fahnden.

Als im Durchgang Ruhe eingekehrt war, verließ Minik sein Versteck, um sich in sein Zimmer zu verziehen. Aber dann fiel sein Blick auf die glitzernden Überreste des zerschossenen Bleiglasfensters und mit einem Mal verspürte er das unwiderstehliche Verlangen, eine dieser himmlischen Scherben zu besitzen. Auf Zehenspitzen lief er zur Tür hinaus.

Mr Jesups Dienerschaft schien mit einem sonderbaren Tanz beschäftigt, bei dem man den Oberkörper weit vorbeugen und rätselhafte Kreise auf der Auffahrt abschreiten musste. Niemand achtete auf den Jungen in der Tür.

Minik betrachtete begehrlich den bunten Scherbenhaufen. Und mit einem Mal sah er es: das Pfauenauge, ein annähernd rundes Stück, das fast unversehrt aus seiner Bleifassung herausgesprengt worden war. Es schillerte in allen Farben des Regenbogens. Ohne lange nachzudenken, griff Minik zu und steckte es in die Hosentasche.

»Au!«

Erschrocken zog er die Hand zurück. Über seinen Daumen zog sich ein langer Schnitt, der sich schnell mit Blut füllte. Minik hielt die Wunde für eine Strafe der Himmelsgeister. Er konnte sich lebhaft vorstellen, wie sie über ihn sprachen: »Da ist er, der Junge, der das Nordlicht stahl. Schneidet ihm die Finger ab, die unser Eigentum raubten!«

Doch die Strafe kam anders als erwartet. Sein Schmerzensruf hatte ihm die ungeteilte Aufmerksamkeit der Dienerschaft verschafft. Er bemühte sich, nicht schuldbewusst auszusehen, merkte aber selbst, wie gründlich ihm dies misslang. Ein Hausmädchen eilte herbei, um sich des verletzten Knabens anzunehmen. Weniger besorgt wirkte der Anführer der Bediensteten, den sie Butler nannten. Er hatte sich gerade bei einem Busch nach etwas gebückt. Jetzt richtete er sich ächzend auf und bekam ein dunkelrotes, ziemlich grimmiges Gesicht. Diese Miene beibehaltend, ging er gemessenen Schrittes auf den Jungen zu, streckte den Arm aus und präsentierte auf dem offenen Handteller den roten Kricketball.

Minik schnappte sich den Ausreißer und bedankte sich mit einem artigen: »*Anirsalu.*«

Der Oberste der Dienerschaft packte ihn hierauf am Schlafittchen und expedierte ihn höchstselbst ins Kinderzimmer.

Minik schätzte sich glücklich, als er das Haus von Morris Jesup nur wenige Tage nach seiner Ankunft wieder verlassen durfte. Matt Henson holte ihn mit einem Zweispänner ab und fuhr mit ihm ins Bronx County. Erst durch Pearys Diener erfuhr der Junge, dass die Wallaces ihn in ihre Familie aufnehmen wollten.

»Warum kann ich nicht bei dir bleiben, Onkel Matt?«, fragte Minik. Er trug Mütze, Fäustlinge und einen dicken Wintermantel, zudem steckte er bis zur Brust unter einer doppelt gelegten Wolldecke.

»Weil ich niemals so gut für dich sorgen könnte, wie Mr Wallace das tun wird. Er ist ein wohlhabender Mann, ein treu sorgender Familienvater, und er mag dich.«

»Magst du mich denn nicht, Onkel Matt?«

»Doch, kleiner Mann. Aber im Moment bin ich vollauf damit beschäftigt, die *Windward* für Leutnant Pearys nächste Expedition auszurüsten. Zu Beginn des Sommers brechen wir wieder nach Kalaallit Nunaat auf, um den Nordpol zu erobern. Wie soll ich mich da um dich kümmern?«

»Ich möchte auch nach Avanersuaq. Zu meinen Verwandten.«

Matt lächelte traurig. »Darüber zu entscheiden, liegt nicht in meiner Hand, Minik. Aber wenn du willst, frage ich Leutnant Peary, ob er dich mitnimmt.«

Einige Zeit später fuhr die Kutsche durch ein hübsches Sträßchen, das von Gärten und stolzen Häusern gesäumt war. Beinahe hätte man glauben können, auf dem Land zu sein, doch es war immer noch New York. In der Stadt lebten an die drei Millionen Menschen, aber die Bronx brachte es nicht einmal auf zweihunderttausend Einwohner. Gleichwohl war diese nördlichste Gemeinde der Metropole ein Mikrokosmos für sich, ein bunter Querschnitt der New Yorker Bevölkerung. Die Slums der Tagelöhner im südlichen Teil und die weiter nordwestlich angesiedelten noblen Quartiere der betuchten Bürger lagen dicht beieinander.

William Wallace und seine Familie wohnten im Viertel Highbridge, das sich ans Ostufer des Harlem River schmiegte. Matt lenkte die zwei Apfelschimmel in die Auffahrt eines riesigen Grundstückes, auf dem sich mehrere Gebäude befanden. Zwischen Wiesen und kahlen Weiden sah Minik ein großes weißes Haus, rechts dahinter ein nettes, hellblau gestrichenes Gartenhäuschen und noch weiter entfernt eine naturbelassene Holzscheune. Er war schon ganz aufgeregt. Endlich würde er seine Freunde wiedersehen. Grund zur Befangenheit oder gar Furcht gab es für ihn nicht mehr, denn sein Vater lag, wie es der Brauch verlangte, im Garten des Naturkundemuseums begraben.

Nuktaq, Atangana, Aviaq und Uisaakassak waren auf Empfehlung von William Wallace schon am Tag nach Qisuks Tod hierher umgezogen. Der Leiter der Bauabteilung bewohnte mit Frau und Sohn das Hauptgebäude, die Polareskimos waren in dem blauen Gartenhäuschen untergebracht. Während die Kutsche noch über die Auffahrt rollte, kam Aviaq heraus und lief über den wintergrauen Rasen auf die Ankömmlinge zu.

Minik bemerkte, wie langsam sie ging. Offensichtlich war sie immer noch schwach. Sobald die Kutsche gehalten hatte, sprang er heraus und rannte ihr entgegen. Sie umarmten sich.

»Wir haben gehört, dein Vater sei beerdigt worden«, sagte Aviaq.

»Ja. Ich habe eine Steinpyramide über seinem toten Körper gebaut.«

»Das wird Mutter und die anderen freuen.«

»Wie geht es euch?«

Sie seufzte. »Besser als im Haus der Kranken, doch keiner von uns ist richtig gesund.«

»Müsst ihr hungern?«

»Nein. Wir bekommen sogar rohes Fleisch, wenn wir danach verlangen. Aber Mrs Wallace sieht es nicht gern, wenn wir es essen.«

»Warum?«

»Ich glaube, sie ekelt sich davor.«

Minik lachte. »Und was macht ihr so den ganzen Tag?«

»Mr Kroeber hat uns Horn und Holz gebracht. Mein Vater und Uisaakassak bauen Kajak- und Schlittenmodelle.«

»Der weiße Mann ist auch hier?«

»Ja. Er beobachtet uns die ganze Zeit und schreibt ständig in sein Buch.«

»Kleiner Jäger«, rief Matt von der Kutsche her, »ich glaube, da möchte dich jemand begrüßen.«

Minik musste Aviaq erst versprechen, später bei ihr und den anderen vorbeizuschauen, ehe er zum Haupthaus zurückflitzen durfte.

Von der Veranda blickten ihm zwei Personen entgegen. Da war zunächst im Vordergrund eine große, schlanke Frau mit elfenbeinweißer Haut, hochgestecktem, moschusochsenbraunem Haar und einem gütigen Gesicht. Obwohl sie nur vor die Haustür getreten war, hatte sie sich einen Wintermantel übergeworfen. Darunter trug sie einen bis zu den Knöcheln reichenden steingrauen Rock und eine hochgeschlossene, schneeweiße Rüschenbluse. Ihre majestätische, um nicht zu sagen, steife Haltung ließ erkennen, dass sie die Herrin dieses Hauses war.

Ganz anders die wesentlich kleinere Frau, die weiter hinten stand. Ihr blau-grau kariertes Kleid und die weiße Schürze verliehen ihr das Aussehen einer Magd. Den Gesichtszügen nach hätte sie eine Inuk sein können, doch dazu fand Minik ihre Haut zu hell. Auf einen Wink der großen Dame hin trat sie auf den Jungen zu und sagte: »Im Namen von Mr und Mrs Wallace möchte ich dich willkommen heißen, Minik. Mein Name ist Arnanguaq.«

»Bist du auch mit Piuli nach New York gekommen?«

»Nein. Ich bin ein Halbblut aus Labrador. Mein Vater ist ein weißer Mann. Mr Wallace hat mich als Hausmädchen eingestellt, damit es dir und deinen Freunden an nichts fehlt.« Arnanguaq ging mit dem Wortschatz der Nordleute zwar lange nicht so ungeschickt um wie Dr. Boas, trotzdem verstand Minik sie nur schwer.

Scheu beäugte er die große Frau. Ihr Lächeln gefiel ihm. Sie strich ihm durchs Haar und sagte etwas.

»Mrs Wallace gestattet dir, sie Tante Rhetta zu nennen«, übersetzte Arnanguaq.

Minik war zu schüchtern, um etwas zu erwidern.

Wieder sprach Rhetta Wallace und das Hausmädchen übersetzte: »Die Herrin möchte wissen, ob du irgendeinen Wunsch hast.«

Er überlegte einen Moment. Dann antwortete er auf Englisch: »Ein Zweirad.«

Rhetta lachte herzerfrischend und goss hiernach einen weiteren Schwall *qallunaaq*-Worte über das Hausmädchen aus.

»Mit dem Fahrrad musst du dich noch etwas gedulden. Aber eine Überraschung gibt es heute schon, nämlich Willie – das ist Mr und Mrs Wallaces Sohn. Er kommt bald aus der Schule und kann es kaum erwarten, dich kennenzulernen.« Schmunzelnd fügte Arnanguaq hinzu: »Willie meinte gestern zu mir, er freue sich wie ein Schneekönig, weil er der Einzige aus seiner Klasse sei, der einen eigenen Eskimo zum Spielen bekommt.«

Minik war überzeugt, dass sich mit dem Umzug nach Highbridge vieles zum Guten wenden würde. Dort konnten sich seine Freunde wieder erholen und dann bald mit Peary auf der *Windward* in die Heimat zurückkehren. Aber was sollte aus ihm, dem Waisenkind, werden? Nicht mehr der Vater, sondern Fremde entschieden jetzt über sein Schicksal. Matt Henson hatte durchblicken lassen, dass Mr Jesup und Dr. Boas ihn auf eine Schule schicken wollten. Man wolle sehen, ob sich aus einem wilden Eskimo nicht ein gebildeter Amerikaner und frommer Christ machen lasse. Minik verstand nicht ganz, was sie damit meinten.

Der Fairness halber muss gesagt werden, dass er sich in seinem neuen Zuhause nicht unwohl fühlte. Die Familie Wallace hatte ihn herzlich aufgenommen. Vor allem William Wallace jr. – alle nannten ihn nur Willie – war ein prima Spielkamerad. Fast so gut wie Oki. Von Anfang an kamen die zwei Jungen gut miteinander zurecht, obwohl der eine Englisch und der andere Inuktitut sprach.

Willie war zehn, wenngleich er mit den Fingern unter Hinzunahme des großen Zehs klarstellte, dass er bald elf sein würde. Minik bewunderte ihn. Endlich hatte er einen älteren Freund, jemanden, von dem er lernen, zu dem er aufblicken konnte. Mr Wallaces Sohn war ein aufgewecktes Kerlchen, schmal zwar, aber trotzdem sportlich. Für Streiche konnte man ihn immer begeistern. Sein dunkles, volles Haar trug er mittig gescheitelt. Manchmal stibitzte er von seinem Vater etwas Pomade, um es in eine »rasante Form« zu bringen, wie er sagte. Seit zum ersten Mal vor drei Jahren Automobile von Paris nach Rouen um die Wette gefahren waren, träumte Willie davon, Rennfahrer zu werden.

Während sich für Minik das Leben endlich zum Besseren zu wenden schien, ging es seinen Freunden von Tag zu Tag schlechter. Atangana traf es am schwersten: Sie erlitt einen schweren Rückfall. Ihr Gesundheitszustand verschlimmerte sich stündlich. Regelmäßig besuchte Minik sie und ihre Familie in dem blauen Gartenhaus und jedes Mal kam es ihm so vor, als habe Atangana weniger Leben in sich. Ihr allmähliches Sterben verwirrte ihn. Sie war eine mächtige Schamanin. Warum konnte sie nicht den Beistand der Geisterhelfer gewinnen? Stimmte es womöglich, dass die *toorngat* in Amerika keine Macht besaßen?

Als am 16. März keine Hoffnung mehr bestand, trug Nuktaq seine Frau hinaus in die Scheune, denn kein Inuk würde in einem Haus wohnen bleiben, in dem zuvor ein Mensch gestorben war. Minik beobachtete die beiden durchs Fenster seines Zimmers im Hauptgebäude. Der Jäger hatte Mantel, Hut und Handschuhe angezogen und sich unterhalb der Hüften eine Kordel um den Leib gebunden. Später schlich sich Minik hinaus in den Garten und beobachtete durch einen Spalt in der Bretterwand das Geschehen in der Scheune.

In Nuktaqs linkem Nasenloch steckte jetzt ein Papierröllchen. Er redete leise und sehr schnell. Neben ihm lag Atangana auf einem Tisch. Ihr Gesicht war mit einer Decke verhüllt. Sie bewegte sich nicht …

Unvermittelt wurde die Tür aufgeschoben. Fahles Licht fiel in den Scheunenraum. Aviaq, Uisaakassak und Alfred Kroeber traten ein. Obwohl Atangana allem Anschein nach gestorben war, begann Nuktaq alsbald erneut mit ihr zu sprechen; nur bruchstückhaft war sein Murmeln für den draußen lauschenden Jungen zu verstehen. Dann verstummte der Jäger, schlug die Decke zurück und strich wiederholt mit der Linken von Ataganas Stirn zu ihrem Herzen.

Mit einem Mal packte er sie bei den Schultern, schüttelte sie heftig und rief: »Bleib da, wo du bist!« Hierauf spuckte er ihr dreimal auf die Stirn und sagte: »Wasche dich. Aber bleibe, wo du bist.«

Atangana rührte sich nicht. Selbst das Gerüttel hatte sie nicht wieder zum Leben erweckt.

Nuktaq begann ihr nun Vorhaltungen zu machen. »Du bist eine Schamanin. Warum hast du dich nicht selbst geheilt? Nun bin ich ohne Schutz der Geister. Ich werde auch sterben.«

Eine Zeit lang blieb er mit gesenktem Haupt neben ihr stehen. Aviaq und Uisaakassak verhielten sich still. Nur die Schreibfeder von Kroeber kratzte leise auf dem Papier seines Notizbuches.

»Wenn du etwas von mir willst«, sagte Nuktaq plötzlich mit fester Stimme, »dann besuche mich im Traum und ich werde dir deinen Wunsch erfüllen. Aber sonst komme nicht in meine Nähe. Bleibe, wo man dich begräbt, und belästige niemanden, vor allem nicht, wenn er gerade im Kajak fährt ...«

Minik zog sich zurück. Tränen standen ihm in den Augen. Die Trauer von Nuktaq und Aviaq konnte er nur allzu gut nachempfinden. Zweifellos würde Atanganas Mann die Beisetzungsriten peinlich genau befolgen, um der Seele seiner Frau keine Steine in den Weg zu legen. Das war durchaus wörtlich zu verstehen, denn Minik selbst hatte gehört, wie Atangana darum gebeten hatte, die Felsen ihrer Grabpyramide nicht zu dicht aufeinanderzuschichten, damit ihr Geist sicher hindurchfahren könne.

Atangana war an einem Mittwoch gestorben. Nuktaq trauerte streng nach den Sitten seines Volkes. Die Zeit bis zum folgenden Montag verbrachte er voll bekleidet im Gartenhaus. Nur den Hut nahm er ab, als ihm am Freitag mitgeteilt wurde, Atangana sei begraben worden. Alles, was an sie erinnerte, ließ er aus dem Haus schaffen oder zerstören. Niemand durfte in seiner Gegenwart ihren Namen erwähnen oder auch nur indirekt von ihr sprechen. Vom sechsten Tag an umrundete er gemeinsam mit Aviaq zweimal täglich die Hütte entgegen dem Sonnenlauf. Am Morgen des zehnten Tages ging er zu seinem

Gastgeber. Minik stand dabei, als Arnanguaq das Anliegen des Witwers übersetzte.

»Unsere Bräuche verlangen, dass ich heute das Grab meiner Frau besuche. Ich möchte ihr auch etwas Kochgeschirr bringen.«

William Wallace erblasste. »Das ist ... unmöglich«, stotterte er.

»Warum?«, fragte Nuktaq.

»Das kann ich ... dir nicht erklären.«

»Dann versprich mir, dass Atangana und ich in unserer Heimat begraben werden?«

»Leider fällt das nicht in meine Zuständigkeit, Nuktaq. Da musst du Dr. Boas fragen.«

»Gut. Bring mich bitte zu ihm.«

»Er ist ... zurzeit nicht zu sprechen.«

Von dieser Stunde an versank der Jäger in tiefe Trauer, denn er konnte dem Brauch nicht Genüge tun. Minik verstand ihn gut: Nuktaq war nun ein Todgeweihter.

»Warum hängt der Mann an einem Kreuz?«, fragte Minik das Hausmädchen. Er saß mit ihr in der Küche, ließ die Beine vom Stuhl baumeln und blätterte in einer großen bebilderten Bibel.

»Das ist Jesus Christus. Er ist für unsere Sünden gestorben«, erklärte Arnanguaq. Sie schälte gerade Kartoffeln.

Minik dachte eine Weile über die Antwort nach. »Verstehe ich nicht.«

Arnanguaq legte das Messer in die Schüssel mit den geschälten Kartoffeln, wischte sich die Hände an der Schürze ab und blätterte in der Bibel einige Seiten zurück. »Hier steht es, in Johannes, Kapitel 3, Vers 16: ›So sehr liebte Gott die Welt, dass er seinen einzig gezeugten Sohn gab, damit jeder, der an ihn glaubt, nicht umkomme, sondern ewiges Leben habe.‹ Man nennt diese Worte ihrer Wichtigkeit wegen auch das

Evangelium in Kurzform – das Wesen der christlichen Heilsbotschaft ist in diesem einen Vers zusammengefasst.«

»Gott hat seinen Sohn töten lassen?«, staunte Minik.

Das Hausmädchen nickte bedeutungsvoll.

»Das verstehe ich nicht.«

Arnanguaq seufzte. »Was genau ist dir daran unklar?«

»Du hast gesagt, Gott hat seinen Sohn geopfert, damit wir für immer leben können.«

»Richtig. Ist doch ganz einfach, oder?«

Minik schüttelte den Kopf. »Aber die Seelen sind doch sowieso unsterblich. Mein Vater sagte mir, sein Geist wird immer bei mir sein. Warum musste Gottes Sohn dann geopfert werden?«

Arnanguaq flüchtete sich zur Kartoffelschüssel und griff wieder nach dem Messer. »Du kannst Fragen stellen, Junge! Mrs Wallace sagt, wenn die Familie für den Sommer ins Schoharie County umzieht, dann darfst du in die Sonntagsschule gehen. Da kann man dir sicher alles erklären, was du wissen willst.«

Auch diese Antwort stellte ihn nicht zufrieden. Grübelnd betrachtete er das Bild des Gekreuzigten. Nach einer Weile fragte er: »Ist *er* jetzt ein Geist?«

»Jesus? Ja, sicher. Er ist im Himmel und sieht uns zu.«

»Hat er nichts Besseres zu tun, als dir beim Kartoffelschälen zuzugucken?«

»Er kann *jeden* Menschen sehen. Und wenn du zu ihm betest, ob laut oder auch nur in Gedanken, dann hört er dich.«

Das beeindruckte Minik enorm. Auch wenn er noch nie etwas von Jesus Christus gehört hatte, musste er ein wirklich großer Geist sein. »Warum hat ihn niemand von dem Kreuz heruntergeholt? Hatte er keine Freunde?«

»Doch. Aber wäre er nicht für uns gestorben, könnte er ja nicht unsere Sünden sühnen.«

»Ich finde, er war ein armer Mann.«

Arnanguaq lächelte nachsichtig. »Viele mögen ihn für arm gehalten haben, aber er hatte alles, was er brauchte. Reichtum ist mehr als Besitz, Minik. Im Übrigen hatte auch er seine Gönner.«

»Du meinst Leute wie Mr Jesup, der meine Schule bezahlen will?«

»Sie nickte. Stell dir vor, Jesus hatte ein Gewand, das ohne Naht gewebt war. So etwas konnten sich normalerweise nur vermögende Leute leisten. Die Soldaten, die ihn bewachten, würfelten darum, nachdem er gestorben war.«

»Würfelten?«

»Sie warfen Lose. Jeder wollte das kostbare Gewand für sich haben, aber man hätte es kaputt machen müssen, um das Tuch aufzuteilen.«

»Ist Jesus Christus denn nicht auch für die Soldaten gestorben?«

»Sicherlich. Warum?«

Minik strich mit den Fingern über die nackte Gestalt am Kreuz. »Dann sind sie böse Männer. Nicht besser als Schlittenhunde. Anstatt ihm zu danken, denken sie nur an das, was er ihnen übrig lässt.«

Rhetta Wallace legte viel Wert auf mindestens eine gemeinsame Mahlzeit am Tag. So hatte sich die Familie Wallace auch am 31. März zum Abendessen im Speisezimmer versammelt. Um Minik an den Gesprächen teilhaben zu lassen, saß auch Arnanguaq mit an dem großen ovalen Tisch. Onkel Will – Minik durfte ihn neuerdings so nennen – erzählte wie üblich von seinem Tag im Museum. Nachdem er einige Anekdoten zum Besten gegeben hatte, wurde er mit einem Mal ernst.

»Der Gesundheitszustand von Nuktaq, Aviaq und Uisaakassak bereitet mir Sorgen. Deshalb habe ich heute Dr. Boas einen erneuten Umzug der Eskimos empfohlen. Arnanguaq kann auch mitgehen.«

Rhetta ließ Messer und Gabel sinken. »Und wo sollen Sie hin?«

»Nach Lawyersville.«

»Auf die Milchfarm?«

»Ja. Wir haben doch das lang gestreckte Gebäude neben der Kirche. Da können wir sie unterbringen.«

»Willst du dir das wirklich aufbürden, Darling? Was ist, wenn die drei auch noch sterben?«

Williams Blick traf sich mit demjenigen Miniks. »Davor möge Gott sie behüten.«

Die Verlegung der drei Polareskimos nach Lawyersville wurde unverzüglich in Angriff genommen. Weil sich dort niemand mit ihnen verständigen konnte, schickte William Wallace sein Hausmädchen Arnanguaq mit.

Minik war schwer ums Herz. Einmal mehr musste er sich von seinen Freunden verabschieden. Man umarmte sich, Nasen wurden aneinandergerieben und Tränen flossen. Mit einem Taschentuch, das Tante Rhetta ihm eigens zu diesem Zweck gegeben hatte, winkte er ihnen hinterher. Die Kutsche rollte unter dem zarten Frühlingsgrün der Trauerweiden auf die Straße hinaus. Selbst als sie längst außer Sicht war, blieb Minik auf der Veranda stehen und blickte weiter auf die Lücke zwischen den Bäumen. Vielleicht kehren sie noch einmal zurück, dachte er. Aber sie kamen nicht. Nie mehr.

Der Sommersitz der Wallaces in Lawyersville lag etwa einhundertfünfzig Meilen nördlich von New York. Die Cold Spring Farm umfasste eine ganze Reihe von Gebäuden. Nuktaq, Aviaq und Uisaakassak zogen wie geplant in das lang gestreckte Haus neben der Kirche ein.

Der kleine Ort brachte den Gästen aus der Arktis enormes

Interesse entgegen. Man bestand darauf, sie zum nächsten Jahrmarkt in Fellkleidung der Dorfbevölkerung vorzustellen. Ansonsten verließen die Polareskimos das Haus nur für gelegentliche Spaziergänge im Grünen. Als Minik im darauffolgenden Sommer zum ersten Mal auf die Farm kam, erzählten die Nachbarn von den »kleinen Gesichtern«, die sie hin und wieder hinter den Fenstern gesehen hatten.

Am 14. Mai folgte Nuktaq seiner Frau. Er hatte die Nichtbeachtung der Beisetzungsriten für Atangana mit dem Leben bezahlen müssen, davon war Minik fest überzeugt. Als dann aber zehn Tage später Aviaq von der Tuberkolose dahingerafft wurde, verstand er gar nichts mehr.

William schrieb am 25. Mai einen Brief an Morris Jesup. Er wolle Uisaakassak zu Matt Henson schicken, damit er auf der *Windward* in seine Heimat zurückkehren könne, bevor auch er sterbe. Jesup lenkte ein. Am 2. Juli lief Pearys Schiff aus dem New Yorker Hafen aus. Uisaakassak war mit an Bord, äußerlich immer noch ein Inuk, doch das Land der Weißen hatte sein Inneres für allezeit verändert.

Jetzt war Minik der letzte Polareskimo in New York.

7.

Nichts als Lügen

New York, 19. Januar 1907

Die Stadt der kalten Herzen flog an Minik vorüber, ohne von ihm wirklich wahrgenommen zu werden. Ebenso gut hätten die Häuser mit zu viel Wasser und zu wenig Farbe gemalt sein können, so verschwommen huschten sie an den Waggonfenstern vorbei. Er befand sich in einem Zug der Hudson Line und war auf dem Weg nach Manhattan.

Das Ferngespräch mit Russel Calame lag erst gut eine Stunde zurück. Der Reporter hatte am Telefon manches angedeutet und nichs Handfestes gesagt. Offenbar war er beim »Wühlen« auf eine heiße Story gestoßen. Er meinte, viele der Fakten, die er in den letzten Tagen zusammengetragen habe, seien schon früher in der *New York Times* oder in anderen Blättern erschienen, aber erst jetzt nehme das Mosaik aus Lügen und Intrigen, aus Betrug und Veruntreuung, aus Menschenverachtung und blinder Wissenschaftsgläubigkeit Konturen an. Was immer der hartgesottene Ire damit auch meinte, es war offenbar brisant genug, um es nicht am Telefon zu besprechen, wo das Mädchen vom Amt mithören konnte.

Als Minik sich im Büroturm am Times Square beim Pförtner anmeldete, dauerte es nur wenige Minuten, bis Calame erschien. Das Gesicht des Reporters war ein düsteres Orakel.

»Gehen wir einen Schluck trinken. Du wirst es brauchen können«, sagte er nur.

Wenig später saßen sie in einem Café, das überwiegend von Zeitungsleuten frequentiert wurde. Calame hatte einen ganz bestimmten Tisch im hinteren Bereich reservieren lassen. Weil die Wallaces sich Gaststättenbesuche schon lange nicht mehr leisten konnten, war Minik ziemlich beeindruckt. Er kannte derartige Lokalitäten nur von den gelegentlichen Einladungen seines Freundes Chester Beecroft. Es gab eine Menge Holz und Messing und an den Wänden hingen gerahmte Zeitungsseiten von Ausgaben, die über geschichtsträchtige Ereignisse berichteten. Nachdem Calame für Minik einen Kaffee mit Brandy und für sich einen Brandy ohne Kaffee bestellt hatte, kam er endlich zur Sache.

»Ich weiß jetzt, was damals im Garten des Naturkundemuseums passiert ist.« Er zündete sich eine Zigarette an.

Minik sog scharf die Luft ein. »Sie meinen bei der Beerdigung meines Vaters?«

Calame blies den blauen Dunst in die Luft und nickte. »Ich bin durch einen dieser dämlichen Zufälle draufgekommen, mit denen gewöhnlich die Storys beginnen, die einem nachher keiner glaubt. Alles fing damit an, dass ich neulich, wie so oft, hier in diesem Café, genau auf diesem Stuhl, saß und über einem Text brütete. Als mein Blick die Wand hinter dir streifte ... Ach, am besten du siehst es dir selbst an.« Er deutete vage zu der Galerie von Sensationen .

Minik blickte über seine linke Schulter, wo ein gerahmtes Zeitungsblatt hing, eine noch recht junge Ausgabe der *Washington Post* aus dem Jahr 1905. Schon der zweiteilige Titel verwirrte ihn: »Japanischer Prinz Hirohito erstmals in offizieller Funktion zu sehen – Sohn eines britischen Diplomaten unterhält mit Zaubertricks«. Der nachfolgende Text machte Miniks Verwirrung dann komplett.

Da wurde vom Staatsbesuch des Herzogs von Connaught in Japan berichtet. Der Sohn von Edward VII., dem Oberhaupt des Vereinigten Königreiches von Großbritannien und Irland, sei vom japanischen Kaiser Meiji im Tokioter Shimbashi-

Bahnhof begrüßt worden. »Während die versammelte Menge gespannt der Ankunft des englischen Gastes entgegenfieberte«, hieß es in dem Artikel weiter, »verkürzte der fünfjährige Sohn des britischen Botschaftssekretärs Geoffrey Camden dem Publikum mit Zauberkunststücken die Wartezeit. Auch Prinz Hirohito zeigte sich beeindruckt von der Verwandlung eines blauen Gummiballs in eine goldene Kugel …«

»Nicht den da«, rief Calame.

Irritiert blinzelte Minik ihn an.

»Der Artikel, den ich meine, hängt rechts von dir.« Der Reporter zeigte auf die entsprechende Stelle.

Minik drehte Kopf und Oberkörper so, dass er die Seite der *New York Daily Tribune* von Samstag, den 19. Februar 1898, sehen konnte.

Zunächst half ihm auch das nicht weiter. Die Hauptschlagzeile beschwor die Gefahr eines Krieges mit Spanien herauf, weil bei der Explosion des Kriegsschiffes *USS Maine* im Hafen von Havanna zweihundertzweiundfünfzig Amerikaner getötet worden waren. Dann aber entdeckte Minik rechts unten einen kurzen, einspaltigen Artikel, der ihm das Mark in den Knochen gefrieren ließ:

Streit um Eskimo-Leichnam

Im Oktober letzten Jahres brachte US Navy Leutnant Robert E. Peary sechs Polareskimos aus Grönland nach New York, um sie im Naturkundemuseum ausstellen zu lassen. Wir berichteten ausführlich über die Krankengeschichte der grönländischen Hochländer. Gestern starb der Eskimo Qisuk im Bellevue Hospital Center an den Folgen einer Tuberkulose. Schon im Vorfeld seines Ablebens war zwischen dem Museum, dem Krankenhaus und der Smithsonian Institution ein heftiger Streit um seine sterblichen Überreste entbrannt. Am gestrigen Abend nun wurde die Frage der Verfügungsgewalt über den Leichnam geklärt. Die Parteien einigten sich darauf, dass Studenten der Columbia-Universität ihn im Bellevue Hospital sezieren dürfen und dass das Skelett anschließend zusammengebaut und im Naturkundemuseum konserviert wird.

»D-das heißt ja«, stammelte Minik, »mein Vater ist *nie* begraben worden.«

Calame nickte gewichtig. »Was du im Garten des Naturkundemuseums gesehen hast, war ein Fake, ein Scheinbegräbnis, im wahrsten Sinne des Wortes eine Maskerade.«

»Wieso im wahrsten Sinne?«

»Nachdem ich den Artikel da entdeckt hatte, bin ich in die Columbia-Universität und habe mir Professor Boas vorgeknöpft …«

»Sie meinen *Dr. Boas.*«

Calame streifte von seiner Zigarette die Asche ab und schüttelte den Kopf. »Er ist sieben Jahre lang zweigleisig gefahren. Neben dem Job im Museum hatte Boas seit 1899 den Lehrstuhl für Anthropologie an der Columbia. Vor zwei Jahren geriet er mit Morris Jesup wegen der Präsentation der völkerkundlichen Exponate des Naturkundemuseums in die Haare. Der Präsident setzte sich mit seinem Konzept des ›Museums für den kleinen Mann‹ durch und letztes Jahr sagte ihm Boas endgültig Lebewohl. Deshalb musste jetzt übrigens Bumpus vor ihm katzbuckeln.«

»Der Direktor des Naturkundemuseums?«

»Professor Hermon Carey Bumpus, ganz richtig. Der jüngste Artikel in der *Washington Post* über deinen Freund Beecroft muss im Museum ziemliche Wellen geschlagen haben. Deshalb hat sich Bumpus an seinen ehemaligen Kurator gewandt und eine Erklärung über die genaueren Umstände des Falles

›Minik‹ erbeten. Boas fand das ziemlich amüsant. Er meinte mir gegenüber, Bumpus habe sich in der Angelegenheit auch mit Peary getroffen. Der sei aber ziemlich kurzangebunden gewesen. Diese Geschichten seien doch Schnee von gestern und er müsse sich um das Morgen kümmern: die Eroberung des Nordpols. Der Commander behauptet, er habe euch Eskimos auf euren hartnäckigen Wunsch hin nach New York gebracht und du, Minik, hättest dich ›geweigert‹, in deine Heimat zurückzukehren.«

»Das ist doch …« Minik verschlug es angesichts der Unverfrorenheit des Marineoffiziers und angeblichen Ehrenmannes Robert E. Peary die Sprache.

Der Ire nippte an seinem Brandy und grinste. »So etwas nennt man Realitätsverlust. Abenteurer sollen ja des Öfteren darunter leiden. Aber um auf Boas zurückzukommen: Es hat ihm nicht geschadet, dass er aus dem Naturkundemuseum herausgegrault wurde. Und dir ebenfalls nicht.«

»Wie meinen Sie das?«

»Ganz einfach: Der Professor ist sauer auf Jesup. Er hat mir gegenüber ein paar Dinge ausgeplaudert, die er als Angestellter des Museums vermutlich nie zugegeben hätte. Ich fragte ihn, was das für ein Theater gewesen sei, das man im Februar '98 für dich im Garten des Museums aufgeführt habe. Darauf gab er offen zu, dass man nur eine Attrappe beerdigt hat. Man habe dir die Wahrheit ersparen wollen … Moment!« Calame zog sein schwarzes Notizbüchlein aus der Innentasche der Jacke und blätterte kurz darin. »Ah ja, hier hab ich's. Professor Boas sagte wörtlich: ›Der Eskimojunge sollte nicht beunruhigt werden, weil der Körper seines Vaters zerhackt worden war.‹ Ziemlich starker Tobak, was?«

Minik hatte es die Sprache verschlagen. Er war regelrecht paralysiert. Irgendwann fand er aber doch die Kraft zu fragen: »Hat man wenigstens die Überreste begraben?«

»Leider nein, Junge. Sein Gehirn hat Ales Hrdlicka, ein Anthropologe der Washingtoner Smithsonian Institution, ergattert. Er veröffentlichte 1901 einen wissenschaftlichen Artikel unter dem Titel ›Das Gehirn eines Eskimos‹, der im Wesentlichen auf den Studien dessen fußt, was aus dem Schädel deines Vaters stammt. Die inneren Organe gingen an die Columbia-Universität und wo seine Knochen geblieben sind, brauche ich dir ja nicht zu sagen.«

»Entschuldigung …« Minik sprang vom Tisch auf, rannte zum Hinterausgang und übergab sich im Hof.

Nachdem sein Magen gründlich entleert war, kehrte er in das Café zurück. Calame streckte ihm ein Glas entgegen.

»Ich habe dir, während du dich ausgekotzt hast, einen Brandy bestellt. Hier, kipp das Zeug runter. Willst du einen Glimmstängel?«

Minik nickte und nahm das Glas. Nachdem er sich wieder gesetzt hatte, leerte er den Weinbrand in einem Zug. Das Zeug brannte höllisch in seiner Kehle. Anschließend steckte er sich die ihm vom Reporter angezündete Zigarette in den Mund und füllte seine Lungen mit blauem Dunst.

Calame wartete, bis bei seinem Gegenüber Alkohol und Nikotin ihre beruhigende Wirkung entfalteten. »Besser?«, fragte er nach einer Weile.

»Nein. Aber anders«, erwiderte Minik. Er fühlte sich wie auf einem schwankenden Schiff.

»Jetzt dürfte dir klar sein, warum ich dir die Neuigkeiten nicht am Telefon erzählen wollte.«

Wieder nickte Minik. »Eine Frage hätte ich noch – Sie müssen mit Ihrer Antwort nicht zu sehr auf die Einzelheiten eingehen: Was ist aus Nuktaq, Atangana und Aviaq geworden?«

Calame schaute sein Gegenüber durchdringend an und antwortete: »Genau das Gleiche.«

Minik musste erneut würgen, brachte seinen empfindlichen Magen aber wieder zur Räson. »Das heißt, ihre Gebeine sind ebenfalls im Naturkundemuseum?«

Der Reporter nickte.

»Ich hätte Mr Boas so etwas nie zugetraut«, gestand Minik. »Er war uns gegenüber immer anständig. Vielleicht etwas hochnäsig, ja, aber so etwas ...?« Er schüttelte verständnislos den Kopf.

Calame leerte sein Glas und bestellte eine weitere Runde, ehe er sagte: »Mir kam es so vor, als habe euch der Professor tatsächlich gemocht. Er tickt nur etwas anders als du oder ich. Mir gegenüber meinte er, an der Scheinbeerdigung habe er ›nichts wirklich Anstößiges finden können‹. Er habe dir einen Schock ersparen wollen. Darauf fragte ich ihn, wie er denn die juristischen Aspekte des Falles einschätze. Warte, ich habe seine Antwort mitstenografiert.« Erneut blätterte der Reporter in seinem Büchlein. »Hier ist es. Er sagte: ›Oh, das ist völlig rechtmäßig gewesen. Es hat ja niemanden gegeben, der die Leiche hätte begraben können. Das Museum besaß das gleiche Recht dazu wie jede andere Institution, die Ansprüche auf eine Leiche geltend machen darf.‹«

»Und was ist mit mir, Qisuks Sohn? Habe ich überhaupt keine Rechte?« Wieder schüttelte Minik den Kopf. »Das kann doch alles nicht wahr sein!«

Der Ober stellte zwei weitere Gläser auf den Tisch. Calame nahm einen tiefen Schluck und sagte: »Besser du akzeptierst, wie es ist, Junge. Bei Wissenschaftlern läuft das Denken und Fühlen anders ab als bei normalen Menschen. Boas wäre im Traum nicht darauf gekommen, auf ein Forschungsobjekt wie den Körper deines Vaters zu verzichten, nur um auf die Gefühle eines kleinen Jungen Rücksicht zu nehmen. Er versuchte, mir begreiflich zu machen, dass die Anthropologie eine noch junge Wissenschaft sei, die in mancherlei Hinsicht wie ein Kind alles Mögliche ausprobiere, um hinzuzulernen. Nicht wenige seiner Kollegen glauben, anhand von Belegen wie den Knochen deines Vaters Aussagen nicht nur über die Vergangenheit, sondern auch über die Zukunft des Menschen treffen zu können. Für Boas ist dein Vater so etwas wie ein Kriegsheld, gefallen im Kampf gegen die Unwissenheit. Und dabei gehört der Professor noch zu den gemäßigten Vertretern seiner Zunft.«

Minik schnaubte. »Pah, dass ich nicht lache!«

»Ich kann deinen Zorn verstehen, Junge, aber wusstest du, dass nicht wenige Anthropologen und Ethnologen der Ansicht sind, Eskimos seien so etwas wie lebende Fossilien? Sie meinen, die Evolution des Lebens setze sich auch in der menschlichen Kultur fort und dein Volk sei das primitivste von allen, die auf der Erde leben. Wer also die Eskimos studiert, geht sozusagen der Zivilisation an die Wurzel.«

»Ich muss gleich wieder spucken.«

»Aber Boas ist anderer Meinung.«

»Er hält uns für Tiere, habe ich recht?«

»Mitnichten, Minik. Er hat versucht, mir zu erklären, was er unter ›Kulturrelativismus‹ versteht: Seiner Ansicht nach ist jede Kultur nur aus sich selbst heraus zu begreifen. Es bringt also gar nichts, die Eskimos mit den Amerikanern oder Europäern zu vergleichen und aus den Unterschieden eine vermeintliche Überlegenheit abzulesen. In ihrer Welt sind die Eskimos die Könige. Sie haben sich dem Leben in der Arktis auf bestmögliche Weise angepasst und sind somit alles andere als primitiv.«

»Das hat Dr. Boas gesagt?«, fragte Minik ungläubig.

»Sinngemäß schon.«

»Na gut, dann ist er eben ein Scheusal mit menschlichen Zügen. Ich bin trotzdem von ihm enttäuscht. Er hat sich als mein Freund ausgegeben und sich als Verräter entpuppt. Das Scheinbegräbnis meines Vaters hat für mich nichts mit Wissenschaft …« Plötzlich verstummte Minik.

»Alles in Ordnung?«, fragte Calame.

»Gibt es noch weitere Neuigkeiten für mich?«

»Hast du etwa noch nicht genug?«

Plötzlich sprang Minik vom Stuhl auf. Er wankte einen Moment, weil er den Alkohol nicht gewohnt war, und antwortete: »Doch. Aber wenn das alles war, dann muss ich jetzt dringend gehen. Danke, Mr Calame. Ich werde mich für Ihre Hilfe erkenntlich zeigen. Das ist ein Versprechen.«

Auf der Rückfahrt in die Bronx litt Minik körperliche und seelische Pein. Die Übelkeit kam vom Brandy und der Zigarette und würde sich bald legen, aber die Wahrheit war eine Droge mit weit schlimmerer Wirkung. Was er von Russel Calame erfahren hatte, verband sich mit seinen nebelhaften Erinnerungen zu einem monströsen Etwas, das ihn quälte wie ein erfrorener Zeh, der allmählich den ganzen Körper mit Wundbrand vergiftete. Je länger Minik über die Vorkommnisse in seiner Kindheit nachgrübelte, desto heftiger brodelten in ihm die Hassgefühle.

Sein Zorn richtete sich nicht gegen Franz Boas, ja, nicht einmal gegen Morris Jesup, dem Präsidenten des Naturkundemuseums, sondern gegen Peary, »den großen Peiniger«, ohne den er mit seinem Vater und dem Stamm in Grönland ein glückliches Leben hätte führen können. Ein abgefrorenes Glied wurde normalerweise vom Arzt amputiert – die Inuit bissen es notfalls ab –, aber wie, so fragte sich Minik, sollte er das Trauma der Vergangenheit loswerden? Er konnte es ja nicht aus seiner Seele herausbeißen. Peary hingegen könnte man sehr wohl vom Leben abschneiden …

Als Minik die kleine Wohnung der Wallaces betrat, kam sie ihm verändert vor. Er hatte das Gefühl, hier in den letzten Monaten in einer hübsch tapezierten Lüge gelebt zu haben. Das Geräusch des Schlüssels im Schloss hatte Pamela herbeigerufen. Sie kam aus der Küche und trocknete sich mit einem rot karierten Leinentuch die Hände ab.

»Wo bist du so lange gewesen, Minik? Du hattest doch nur telefonieren wollen.«

Er war wütend, verwirrt, immer noch benebelt und absolut nicht dazu aufgelegt, ihr über jeden seiner Schritte Rechenschaft abzulegen. Dementsprechend düster antwortete er: »Manchmal dauert es etwas länger, bis man die Wahrheit herausfindet, Mrs Richardson.«

Seine Worte zeigten eine Wirkung, die er sich nicht zu erträumen erhofft hätte: Pamela erschrak. Sie schien sogar blass zu werden, soweit man das im Zwielicht des Flurs erkennen konnte. Jedenfalls stammelte sie sichtlich betroffen: »D-die Wahrheit?«

»Ja. Die Wahrheit über all die Intrigen, die hinter meinem Rücken gesponnen wurden.« Er stampfte an ihr vorbei ins Wohnzimmer, um sich auf sein Bett zu werfen.

»Ich war's nicht«, beteuerte Pamela, während sie ihm folgte.

Er drehte sich zu ihr um. »Sie?«

»Wer immer so etwas behauptet, der lügt.«

Seine Augen wurden eng. »*Was* behauptet, Mrs Richardson?«

Pamela öffnete den Mund, brachte aber kein Wort heraus. Sie wirkte betroffen, so als sei ihr gerade ein fataler Fehler bewusst geworden. Fahrig schüttelte sie den Kopf und erwiderte: »Nichts. Es ist alles in bester Ordnung.«

»Das wird sich zeigen, wenn Onkel Will nach Hause kommt«, entgegnete Minik in düsterem Ton, »denn hier ist nichts in Ordnung, gar nichts.«

William sah aus wie eine wandelnde Leiche. »Von wem hast du das?«, hauchte er entsetzt. Minik hatte ihm gegenüber kein Blatt vor den Mund genommen. Die Wallace-Affäre, das

Scheinbegräbnis im Garten des Naturkundemuseums und den Streit um Qisuks Leiche – alles hatte er mit schonungsloser Offenheit vor ihm ausgebreitet.

»Das ist nicht wichtig, Onkel Will. Mich interessiert nur, was für eine Rolle du bei dem Betrug gespielt hast. Bis heute dachte ich, man hätte meinen Vater beerdigt und nachher wieder ausgegraben. Das hätte auch ohne dein Wissen geschehen können. Aber du warst dabei, Onkel Will, als man die Puppe …«

»Es war ein Stück von einem Baumstamm«, sagte William lahm. Die Hand, die eben noch seinen Kopf gestützt hatte, sank kraftlos auf den Küchentisch. Pamela stand wie ein Schutzengel hinter ihm, verhielt sich aber ungewöhnlich ruhig.

Minik blinzelte. »Was?«

»Sie haben keine Puppe genommen, sondern ein Stück Holz für den Körper und zusammengerollte Decken für die Arme und Beine.«

»Aber … ich erinnere mich, unter dem Leichentuch ein Kinn, eine Nase und Augenhöhlen gesehen zu haben.«

»Dann weißt du bestimmt auch noch, dass man ein paar Wochen vorher von euren Gesichtern Gipsabdrücke genommen hatte. Was du sahst, war tatsächlich das Gesicht deines Vaters, oder zumindest ein Abguss davon.«

Minik schüttelte angewidert den Kopf. »Hast du dir das ausgedacht, Onkel Will?«

Pamela legte von hinten die Hände auf Williams Brust. Er starrte finster die Tischplatte an. »Nein. Es war Kroeber und noch jemand anderes von Dr. Boas' Mitarbeitern.«

»Aber du wusstest von dem falschen Spiel.«

»Ja.«

Minik sah seinen Ziehvater traurig an. Er fühlte keinen Hass wie bei Peary, nicht einmal Verachtung wie bei Boas und Kroeber, nur eine unfassbar große Enttäuschung. »Warum hast du mir das angetan, Onkel Will?«

Der Gefragte blickte traurig zu ihm auf. »Damals warst du für mich nur ein armer, verängstigter Eskimojunge, Minik. Ich fand nichts dabei, die schreckliche Wahrheit von dir fernzuhalten. Wir standen uns ja noch nicht so nahe wie heute.«

»Und wieso hast du mir dann nicht später von dem Betrug erzählt?«

»Später?« William schüttelte traurig den Kopf. »Wann ist der richtige Zeitpunkt, um so etwas zu enthüllen, Minik? Außerdem hatte ich die Sorgen mit dem Geschäft. Alles ging den Bach hinunter. Ich wurde zu den Geldstrafen verurteilt. Als Mr Jesup davon erfuhr und mich zur Kündigung drängte, wollte er dich Tante Rhetta und mir wegnehmen. Du solltest eine Privatschule in Neu-England besuchen. Aber wir wollten dich nicht hergeben, weil wir dich liebten. Gleichzeitig fragte ich mich, ob ich nicht schon zu verdorben sei, um einen Jungen anständig aufzuziehen. Ich habe mich so erbärmlich gefühlt, als ich die Gelder veruntreute. Am Morgen konnte ich mir im Spiegel selbst nicht mehr in die Augen sehen. Bei dem Versuch, irgendwie Geld aufzutreiben, habe ich sogar im Madison Square Garden bei dem Kampf von Rulin gegen Fitzsimmons dreitausend Dollar auf Fitzsimmons gesetzt – jemand hatte mir einen Tipp zugesteckt. Kannst du dir vorstellen, wie verzweifelt ich war?«

»Wer hat gewonnen?«

»W-was?«

»Bei dem Boxkampf.«

»Rulin. Das ganze Geld war futsch.«

»Davon hast du mir nie etwas erzählt«, sagte Pamela erstaunt.

Plötzlich klopfte es an der Wohnungstür. Alle sahen sich fragend an.

»Das könnte Dob sein«, murmelte Minik.

Es pochte abermals.

»Unangemeldet öffne ich niemandem mehr«, sagte Pamela.

Minik stieß eine leise Verwünschung aus und lief auf den Flur.

Es war tatsächlich Chester Beecroft, der im lässigen Tweedanzug mit finsterer Miene vor der Wohnungstür stand.

»Was für eine Laus ist dir denn über die Leber gelaufen?«, fragte Minik.

»Ist William da? Darf ich bitte hereinkommen?«, erwiderte Chester. Ohne eine Bestätigung abzuwarten, trat er ein.

»Zweimal ja«, sagte Minik verwirrt, während er seinem Freund in die Küche folgte.

»Was hast du dir dabei gedacht, William?«, platzte Chester wütend heraus.

Miniks Ziehvater starrte den Besucher verständnislos an. »Ich? Wobei soll ich mir was gedacht haben?«

Chester ließ sich auf Miniks Stuhl sinken, zog ein Blatt Papier aus der Jacke, faltete es auf und klatschte es vor William auf den Tisch. »Lies das.«

Es war ein Telegramm aus dem Weißen Haus, aufgegeben von William Loeb jr., dem Sekretär des Präsidenten der Vereinigten Staaten. Minik spähte über die Schulter seines Freundes, um den Text zu lesen:

Habe Brief von Mr William Wallace erhalten. Stopp.
Miniks Vormund bittet mich, die Angelegenheit seines
Jungen vorerst nicht dem Präsidenten vorzulegen.
Stopp. Werde den Fall trotzdem weiter prüfen. Stopp.

Pamela stieß einen spitzen Laut aus. Alle Köpfe fuhren zu ihr herum. »Möchte jemand einen Tee?«, fragte sie.

Die Blicke richteten sich wieder auf das Telegramm.

»Ich koche trotzdem einen«, sagte sie und entschwand in Richtung Herd.

Mit dem Finger auf das Telegramm deutend, fauchte Chester: »Dafür möchte ich bitte eine Erklärung haben. Ich setze doch nicht Himmel und Hölle in Bewegung, um Präsident Roosevelt auf Miniks Fall aufmerksam zu machen, damit du mir kurz vor der Ziellinie einen Knüppel zwischen die Beine wirfst.«

William schüttelte den Kopf. »Aber das ist doch Unsinn, Chester. Gerade bevor du gekommen bist, habe ich Minik erklärt, dass er mir weggenommen werden sollte und ich mich mit Händen und Füßen dagegen gewehrt habe. Ich bin immer wieder zu Bumpus gegangen und habe an Mr Jesup geschrieben, damit der Junge eine ordentliche Ausbildung bekommt. Meinst du, da würde ich ihm eine solche Chance verbauen?«

»Das verstehe ich nicht. Vor ein paar Stunden habe ich ein Ferngespräch mit Washington geführt. Mr Loeb hat mir aus dem Schreiben vorgelesen. ›Ich wäre Ihnen dankbar, wenn Sie diese Angelegenheit freundlicherweise Präsident Roosevelt nicht vorlegen würden.‹ So stand es wortwörtlich in dem handschriftlichen Brief, der mit deinem Namen unterzeichnet …«

Ein lautes Klappern vom Herd hatte Chester verstummen lassen. Pamela zog einige strafende Blicke auf sich, ehe das Gespräch fortgeführt wurde.

»Da muss sich jemand einen bösen Scherz erlaubt haben«, sagte William.

»Wer weiß? Mir war zumindest erst einmal an Schadensbegrenzung gelegen. Ich sagte Präsident Roosevelts Sekretär, dein Brief beruhe vermutlich nur auf einem Missverständnis, ich würde der Sache sofort nachgehen und er möge Miniks Fall bis zur endgültigen Klärung noch nicht ad acta legen. Mr Loeb ist ein vernünftiger Mann. Er pflichtete mir bei.«

»Die Sache hat nur einen Haken«, knurrte William zwischen zusammengebissenen Zähnen hindurch. »*Ich* habe den Brief *nicht* geschrieben.«

»Vielleicht war es Peary«, dachte Minik laut nach. »Wenn er und der Präsident so dicke Freunde sind, dann hat er vielleicht von deiner Eingabe erfahren, Dob.«

»Das wäre gar nicht nötig gewesen. Die *Washington Post* hat ja ausführlich über den ›Hilferuf des Eskimos‹ berichtet und später kam es auch in New Yorker Zeitungen.«

Chester schüttelte den Kopf. »Peary mag über Leichen gehen, aber das ist nicht sein Stil. In Sachen Öffentlichkeitsarbeit wird er von Herbert L. Bridgeman beraten, dem Geschäftsführer und Schatzmeister des Peary Arctic Club. Bridgeman war früher Teilhaber am *Standard Union* und kennt sich im Pressegeschäft bestens aus. Er würde den Commander niemals eine solche Dummheit begehen lassen.«

»Aber wer fälscht einen Brief, um mir zu schaden?« Minik ballte vor unbändigem Zorn die Fäuste. War er denn nur von Lügnern umgeben?

»Das finden wir heraus, mein Freund, und zwar schon bald. Ich habe Mr Loeb um eine fotografische Kopie des Briefes gebeten. Vielleicht verrät uns die Handschrift des Verfassers etwas über seine wahre Identität.«

Aus dem Hintergrund ertönte ein ohrenbetäubendes Klirren. Pamela hatte die Teekanne zu Boden fallen lassen.

»Was ist nur heute los mit dir?«, fragte William entnervt.

Mit aufgerissenen Augen starrte sie ihn an. »Mit … mir? Nichts. Was soll mit mir sein?«

»Du hast unsere einzige Teekanne zerschlagen.«

»Es tut mir leid. Sie ist mir aus der Hand gerutscht, weil …« Ihr Blick sprang zu Minik.

In ihm erwachte ein unglaublicher Verdacht. Er entsann sich der merkwürdigen Reaktion seiner Stiefmutter früher am Tag – und wiederholte in drohendem Ton: »Manchmal dauert es etwas länger, bis man die Wahrheit herausfindet, Mrs Richardson.«

Sie schüttelte fast panisch den Kopf.

William erhob sich vom Stuhl und wandte sich zu seiner Frau um. »Was meint der Junge damit, Pam?«

»Sie hat den Brief geschrieben«, sagte Minik.

»*Was?*« Williams ungläubiger Blick spang zwischen seinem Ziehsohn und Pamela hin und her. »Sag, dass das nicht wahr ist.«

Sie schüttelte den Kopf, immer und immer wieder. Ihre Augen füllten sich mit Tränen und ihre Lippen wurden weiß, weil sie den Mund wie unter Schmerzen verzerrte. Schließlich presste sie hervor: »Ich konnte doch nicht zulassen, dass er dir das letzte bisschen Würde nimmt, das dir noch geblieben ist.«

»Wovon sprichst du?«

Pamela fing an zu heulen. Es hörte sich an wie eine Sirene, die leise begann, dann immer lauter wurde und schließlich in ein kaum verständliches Geplärre überging. »Erst kriechst du wegen dem Jungen vor Mr Jesup und Professor Bumpus und jetzt soll unser Name sogar vor dem Präsidenten in den Schmutz gezogen werden. Was ist denn mit den Scharen von Einwanderern, die jeden Tag auf Ellis Island ankommen? Soll Roosevelt sich etwa um die Wehwehchen jedes Einzelnen kümmern? Minik braucht keine Bevorzugung, Will. Er soll endlich anfangen, sein Schicksal selbst in die Hand zu nehmen, wie es jeder anständige Amerikaner tut.«

»Aber Pam, ich möchte dem Jungen doch nur die gleichen Chancen einräumen, die jeder Deutsche, Italiener, Pole oder Ire bei uns auch bekommt. Stattdessen behandelt man ihn wie einen …«

»Du Hexe!«, zischte Minik. Das Wort spritzte ohne sein Zutun aus ihm heraus. Und doch, als er es hörte, fand er es passend. Es musste endlich einmal gesagt werden. »Du bist eine *Hexe,* Pamela Richardson. Von Anfang an war ich dir im Wege. Du wolltest Onkel Will ganz für dich allein haben, hast mir das

Leben zur Hölle gemacht, damit ich das werde, was du unter einem guten amerikanischen Jungen verstehst. Aber ich durfte nie ich selbst sein. Ich hasse dich! Ihr seid alle Lügner …«

William holte aus und versetzte Minik eine schallende Ohrfeige. »Genug jetzt! So sprichst du nicht mit meiner Frau.«

Nun rollten auch über Miniks Wangen dicke Tränen. Nicht wegen des Schmerzes, den nahm er kaum wahr. Es war der Verrat, der ihn verzweifeln ließ. All die Jahre nichts als Lügen. Aber damit war jetzt Schluss.

»Ich werde euch nicht länger zur Last fallen«, sagte Minik leise und wandte sich zur Tür.

»Warte, Minik!«, rief William. »Ich habe mich vergessen. Es tut mir leid.«

Minik blieb auf der Türschwelle stehen, drehte sich noch einmal um und blickte in die drei betroffenen Gesichter. Mrs Richardson plagte sichtlich das schlechte Gewissen; Dob war das, was er mit seinem Besuch ausgelöst hatte, erkennbar peinlich; und Onkel Will sah einfach nur verzweifelt aus. »Was tut dir leid? Dass du mich beim Begräbnis meines Vaters betrogen hast? Dass du mich jahrelang im Ungewissen darüber ließest, was sie mit seiner Leiche angestellt haben? Dass nicht ich schuld bin am Unglück der Familie, sondern du mit deinen windigen Geschäften? Oder dass du mich geschlagen hast?«

»Minik, komm!«, sagte Chester in beschwörendem Ton. »Tu jetzt nichts, was du später bereust. Wir sind heute Abend alle ein bisschen durch den Wind. Setz dich und sprich in Ruhe mit deinen Eltern …«

»Meine Eltern sind tot, Dob«, fiel Minik ihm ins Wort. »Und in diesem Haus ist kein Platz mehr für mich. Diese Hexe hat alles zerstört, was Onkel Will und Tante Rhetta für mich getan haben. Ich gehe jetzt. Und ich komme nie mehr wieder.«

8.

Die Knochenbleichfabrik

Lawyersville (Schoharie County), 2. Juli 1898

Der Bach gurgelte munter um die dunklen Beine des Achtjährigen herum. Er trug Knickerbocker, was sehr praktisch war, weil man im Wasser nicht die Hosenbeine hochkrempeln musste. Ein Strohhut schützte seinen Kopf vor der Sonne, die ihre Wärme an diesem Morgen schon verschwenderisch über den Wald ausgoss. Minik stand leicht vorgebeugt, völlig still, so als habe ihn eine Hexe in eine hölzerne Statue verwandelt.

Plötzlich fuhr seine Hand ins Wasser und kam mit einem Fisch wieder heraus. Er schleuderte ihn ans Ufer, wo sein Freund mit einer Angelrute saß.

»Nummer drei. Was du sagen jetzt?«, freute sich Minik. Sein Englisch war zwar immer noch etwas holperig, aber angesichts der kurzen Zeit, in der sich Mr Henry van Woert mit ihm beschäftigte, schon recht passabel. Onkel Will hatte Arnanguaq aus seinen Diensten entlassen und stattdessen den Englischlehrer engagiert. Der nörgelte zwar ständig an Minik herum, doch dafür war Willie ein umso nachsichtigerer Gesprächspartner.

Der Elfjährige betäubte die Forelle mit einem Stock und klappte sein Taschenmesser auf, um ihr den Garaus zu machen und sie sofort auszunehmen. »Wie stellst du das nur an? Ich habe mit der Angel noch keinen einzigen Fisch gefangen.«

»Minik großer Jäger«, antwortete dieser.

»Ja, ja, schon gut. Jetzt fang nicht wieder mit dem Falken an. Die Geschichte kenne ich mittlerweile auswendig.«

»Und Eule!«, erinnerte Minik.

Wie schon oft zuvor hatten die beiden an diesem ersten Samstag im Juli 1898 den Bach aufgesucht, um zu angeln und zu schwimmen. Häufig unternahmen sie auch Streifzüge durch die Wälder rund um Lawyersville oder lieferten sich auf den staubigen Wegen Rennen mit dem Fahrrad. Rhetta Wallace hatte ihr Versprechen gehalten und Minik einen Drahtesel geschenkt.

In dem Maße, wie seine Erinnerungen an die eigene Mutter verblassten, wuchs Miniks Liebe zu »Tante Rhetta« von Tag zu Tag. Sie war eine sanftmütige Frau mit großem Herzen, die Minik behutsam aus dem dunklen Tal seiner tiefen Trauer herausgeführt hatte. Vor zwei Jahren war ihre Tochter Maretta im Alter von nur einem Jahr gestorben – sie wusste also, was der Verlust eines geliebten Menschen bedeutete. Bei der Betreuung des Hauses und der Kinder ging ihr in Lawyersville Maggie Arned zur Hand, ein frommes Dienstmädchen mit einer spitzen Stimme, die Trommelfelle durchbohren konnte. Maggie hatte es sich zur Aufgabe gemacht, dem kleinen Polareskimo die Inuit-Geister auszutreiben und ihm beizubringen, wie man ein ordentliches Nachtgebet spricht.

Rhetta Wallace war eine geborene Guffin, eine in Lawyersville alteingesessene Familie. Deshalb blühte sie auch regelrecht auf, als sie mit den Kindern den Sommer auf dem Landsitz der Wallaces nahe dem Städtchen Cobleskill verbrachte. Im Gegensatz zur brütenden Hölle der Millionenmetropole war das waldige Bergland im Norden des Staates New York für sie und die Kinder geradezu ein Paradies. Ihr Mann, den sie meist »Will« nannte, gesellte sich hinzu, wann immer es ihm seine Arbeit im Naturkundemuseum erlaubte.

Minik belauerte schon wieder die nächste Forelle. Zugleich suchte er nach der Beute seiner Beute, denn auch der Fisch war ein Jäger. Wenn man also wusste, wonach es der Forelle gelüstete – Kaulquappen, Würmer oder Insekten im, auf und über dem Wasser –, dann konnte man ihre Bewegungen voraussahnen. Im Moment war sie noch zu weit weg. Ihr silbrig gesprenkelter Rücken machte sie in dem schnell fließenden Wasser fast unsichtbar, aber Minik besaß ja die Tugend der großen Jäger, die Geduld, und konnte sich nach wie vor auf seine in der arktischen Wildnis trainierten Reflexe verlassen.

Während er seine Beute im Auge behielt, suchte er nach einem passenden Inuktitut-Wort, mit dem er sie hätte beschreiben können, aber es wollte ihm keins einfallen. In letzter Zeit passierte ihm das immer öfter. Solange er noch in New York gewesen war und Dr. Boas ihn regelmäßig zu Gesprächen ins Museum gebeten oder Matt Henson ihn gelegentlich besucht hatte, war ihm der allmähliche Verlust seiner Muttersprache kaum aufgefallen. Doch seit dem Umzug auf die Cold Spring Farm entglitt ihm sein früheres Leben immer mehr – die Worte der Inuit, die Stimmen seiner Eltern, die Gesichter der Toten – und gleichzeitig ergriff alles Neue ungestüm von ihm Besitz.

Als die Forelle sich ihm auf Armlänge genähert hatte, schnappte er zu. Wie zuvor wollte er sie ans Ufer werfen, doch plötzlich erstarrte er. Mit gerunzelter Stirn betrachtete er die zappelnde Beute in seinen Händen. Auf eine kindliche Weise fühlte er sich mit einem Mal diesem Wesen sehr nahe. Hatte nicht Piuli ihn, seinen Vater und die Freunde ebenfalls wie Fische lebendig eingefangen? Und was tat er, wenn sie, von ihm an ferne Gestade geschleudert, elend verendeten? Er schickte Beileidstelegramme.

Minik warf den Fisch ins Wasser zurück.

»He! Was machst du denn da?«, rief Willie.

»Habe Uisaakassak freigelassen«, antwortete Minik. Gerade war ihm wieder eingefallen, was Onkel Will erzählt hatte: *Am 2. Juli sticht die* Windward *in See und dein Freund darf endlich in seine Heimat zurückkehren.*

»Uisaakassak?«, wiederholte Willi verständnislos.

Traurig blickte Minik zu den drei ausgeweideten Forellen am Ufer. Ihm war die Lust am Fischen vergangen.

Er watete aus dem Wasser und setzte sich neben seinen Freund. Aus den Augenwinkeln musterte er die Fischleichen. Willie hatte zwei oder drei Bögen Zeitungspapier mitgebracht und sie darauf ausgebreitet. Neben dem Kopf der zuletzt gefangenen Forelle entdeckte Minik ein Foto von sich. Er deutete auf das Bild.

»Was da stehen?«

Willie verrenkte den Hals, um den Artikel zu lesen. »Das Blatt gehört zur Dienstagausgabe des *Cobleskill Index.* Die Überschrift lautet: ›Die Zähmung eines kleinen Wilden‹. Damit bist du gemeint.«

»Minik nicht wild. Minik großer Jäger.«

»Ja, ja. Warte mal, hier steht, du hättest großes Glück, aus einer trostlosen Gegend, deinem ehemaligen kahlen arktischen Lebensraum, fortgebracht worden zu sein und nun den Vorzug zu genießen, in Amerika aufwachsen zu dürfen. Mannomann, die drücken sich vielleicht gedrechselt aus.«

Minik hatte nicht einmal die Hälfte verstanden, aber der Rest gefiel ihm durchaus. »Amerika gut. Ich mein Zweirad fahren.«

Willie schob den toten Fisch beiseite, um das Ende des Artikels lesen zu können. »Da steht noch: ›Der Eskimo, der bei der Familie Wallace lebt, wird auf dem nächsten Jahrmarkt in der Kleidung der Eingeborenen zu besichtigen sein.‹ Davon hat Paps mir gar nichts erzählt.«

»Minik mag nicht Pelze. Eskimokleider zu warm.« Ihm fehlten die *qallunaaq*-Worte, um sein Unbehagen besser auszudrücken. Er musste daran denken, wie die Menschen die ausgestopften Schlittenhunde im Naturkundemuseum anstarrten oder die Tiere im Zoo oder …

»Willie?«

»Was ist?«

»In Museum … Minik Knochen gesehen hat.«

»Du meinst die Tierskelette?«

»Ja. Wie kommt Fleisch ab?«

»Du meinst, wie die Skelette gesäubert werden?«

Minik nickte. »Mit Maden?«

»Komm, ich zeig's dir!«

Willie rollte die Fische ins Zeitungspapier ein und steckte das Bündel in seinen Rucksack. Die Jungen zogen ihre Schuhe an und liefen über den Waldweg nach Lawyersville zurück.

Der Besitz der Familie Wallace war beträchtlich. Sie wohnte in einem Haus, das früher eine beliebte Gastwirtschaft beherbergt hatte. Hinzu kamen eine Milchfarm und eine Eisfabrik, weitere Betriebe in East Windsor und eine Rinderzucht in Newburgh. In Schoharie County schätzte man William Wallace als ebenso wohlhabenden wie großzügigen Mann. Er gefiel sich in der Rolle des Lokalphilanthropen – in Sachen Wohltätigkeit und Jugendförderung war er so etwas wie der Morris K. Jesup von Cobleskill.

Willie steuerte direkt auf ein Haus zu, das Minik alles andere als geheuer war. Es grenzte unmittelbar an das alte Wohngebäude der Cold Spring Farm. William nannte es das »Knochenhaus«. Er hatte den Jungen strikt verboten, auch nur die Nase in das Gebäude zu strecken.

»Onkel Will böse«, warnte Minik.

Willie grinste bis über beide Ohren. »Was Paps nicht weiß, macht ihn nicht heiß.«

Das Knochenhaus hatte nur wenige kleine Fenster, zwei Geschosse und darüber ein schwach geneigtes Spitzdach. Es war ungefähr zwanzig Schritte lang und acht breit. An den waagerechten Holzlatten der Fassade blätterte überall die graue Farbe ab. Als die beiden Jungen an der Hintertür des Gebäudes standen, versuchte Minik noch einmal an die Vernunft seines Freundes zu appellieren.

»Onkel Will schimpfen wird.«

Willie grinste nur. »Kannst ja draußen bleiben.« Dann öffnete er die Tür.

Aus dem Gebäude schlug ihnen ein bestialischer Fäulnisgestank entgegen.

»Komm schnell rein«, flüsterte Willie. Weil Minik sich noch immer sträubte, zerrte er ihn einfach am Hemdzipfel durch die Tür und schloss sie sofort wieder. Nach einer halben Drehung breitete er triumphierend die Arme aus und verkündete: »Die Knochenbleichfabrik.«

Minik sah seinen Freund verständnislos an.

»Sie entbeinen hier Kadaver«, präzisierte Willie.

»Ent–bei–nen Kaadaavaa?«

»Sie lösen die Knochen aus toten Tiere.«

»Aha!« Minik ließ seinen Blick durch die menschenleere Halle schweifen, in der es trotz der kleinen Fenster hinreichend hell war, um sich einen Überblick zu verschaffen. Den Zweck der meisten Einrichtungsgegenstände konnte er allerdings bestenfalls erahnen. Da gab es mit spiegelndem Blech überzogene Tische, Bottiche verschiedener Größe und Fässer. An der Decke liefen Schienen entlang, von denen Ketten herabhingen, an welchen wiederum Haken befestigt waren – eine Transportvorrichtung, um schwere Kadaver oder Gefäße von einem Arbeitsplatz zum nächsten zu schieben. Hier und da waren dunkle Flecke am Boden zu sehen. Am anderen Ende des Raumes lag ein Haufen blutiger Felle. Eine fensterlose Wand war mit Regalen vollgestellt, auf deren Böden sich vielerlei Gefäße reihten, darunter große Glasballons mit unterschiedlichen Flüssigkeiten sowie diverse Messer, Sägen und sonstige Werkzeuge.

Willie lief zu einem Tisch mit drei Glaswannen, die in Form

und Größe ungefähr einem seitlich aufgestellten Schuhkarton entsprachen. In ihnen befand sich etwas – so ließen die Deckel aus feinmaschigen Gittern erahnen –, das Luft zum Atmen brauchte, aber nicht entkommen sollte.

»Ein Maulwurf«, sagte Willie nach einem prüfenden Blick ins Innere der ersten Wanne. Er gab sich Mühe, völlig unbeeindruckt zu wirken.

Inzwischen hatte sich auch Minik dazu durchgerungen, das stinkende Geheimnis des Knochenhauses zu ergründen. In der Glaswanne sah er jedoch nicht, was er vermutet hatte, sondern nur eine wuselnde Menge kleiner Insekten. »Was ist das?«

»Speckkäfer. Sie sind Experten im Entfleischen, vor allem bei kleineren Tieren.« Willie deutete auf die zweite Wanne und fügte altklug hinzu: »Das Skelett eines Eichhörnchens.«

Minik war fasziniert. Die kleinen Käfer mit den samtigen, schwarz-braunen Flügeln hatten die Knochen des Nagers schon so gut wie freigelegt.

Willie deutete raumgreifend in die Halle. »Ich hab mich im letzten Frühjahr mal mit dem Vorarbeiter hier unterhalten. Paps hatte kurz vorher eine Boa constrictor mitgebracht. Ist 'ne *riesige* Schlange gewesen. Sie sollte hier entbeint und ihr Skelett fürs Museum montiert werden. Das Biest lebte aber noch. Irgendwie muss es spitzgekriegt haben, was ihm blüht, und ist einfach ausgebüxt. Auf Nimmerwiedersehen. Die Sache hat im Dorf einigen Trubel verursacht.«

Da Minik Riesenschlangen aus dem Zoo kannte, konnte er sich die Sorgen der Leute lebhaft vorstellen. Schwerer tat er sich da schon mit dem, was sein Freund ihm über die »Plackerei mit großen Kadavern« erzählte. Zuerst müsse man ihnen, so die Schilderungen des Vorarbeiters, die Haut abziehen und sie grob entfleischen. Hiernach kämen sie in kochende Natronlauge. Muskeln, Sehnen und das ganze weiche Zeug werde dabei aufgelöst; das Fett verwandele sich in Seife – dieser Arbeitsschritt heiße »Mazeration«. Was davon an festen Bestandteilen übrig bliebe, sei ein hübsches Sammelsurium von Knochen. Die müssten dann noch entfettet, und, damit das Ganze nicht so eklig braun aussehe, in Säure gebleicht werden. Zum Schluss würden die losen Teile mit Drahtstiften wieder zusammengesteckt und fertig sei das Ausstellungsstück.

Weil Minik die Erläuterungen seines Freundes nur bruchstückhaft verstand, kam ihm die Prozedur wie eine Zauberei des weißen Mannes vor. Der Umgang mit Kadavern an sich schreckte ihn nicht. Er hatte in seiner Heimat oft zugesehen, wie Robben oder Walrösser gehäutet und zerlegt wurden. Mit der gleichen Selbstverständlichkeit pflegte er beim Fischfang in Schoharie County seine Beute zu töten und auszunehmen. Und falls ihm gerade der Magen knurrte, biss er auch gleich hinein. Trotzdem legte sich nun hier, im Knochenhaus, eine dumpfe, unheimliche Angst auf ihn.

Während er gegen das ihm mehr als schleierhafte Unbehagen ankämpfte, ruhte sein Blick auf der dritten Glaswanne. Sie stand auf der anderen Seite des Tisches. Auch in ihr tummelten sich unzählige Speckkäfer. Worum sie sich balgten, konnte Minik nicht erkennen.

Er lief um den Tisch herum und reckte den Hals, um das zukünftige Exponat genauer in Augenschein zu nehmen. Weil ihm die gefräßigen kleinen Kerle immer noch die Sicht versperrten, zog er sein Messer aus der Hosentasche und klopfte mit dem Griff gegen das Glas. Die Käfer, in ihrer Mahlzeit gestört, stoben für einen Moment auseinander, gerade lange genug, Minik einen flüchtigen Blick auf ihren Futterplatz zu gewähren. Er schreckte entsetzt zurück.

»Ist es das, wonach es aussieht?«, fragte Willie von der anderen Seite des Tisches.

In dem Gefäß lagen die schon halb abgenagten Überreste einer menschlichen Hand.

9.

Die Stadt der kalten Herzen

New York, 28. Februar 1907

Jenness Richardson jr. war Präparator und er war Pamela Wallaces Sohn. Bei jedem anderen Arbeitgeber hätte das niemanden interessiert, doch im New Yorker American Museum of Natural History empfand man offenbar allein die Mitgliedschaft im Wallace-Clan als unhaltbaren Zustand. Morris K. Jesup war gewiss ein duldsamer Mann. Er konnte sogar ausgesprochen großzügig sein – Pearys neuesten Anlauf zum Nordpol hatte er mit zwanzigtausend Dollar unterstützt. Doch als ihm zu Ohren kam, sein Präparator habe im Vorjahr eine Nachricht von Direktor Bumpus an William Wallace weitergeleitet, platzte ihm der Kragen und er setzte den jungen Mitarbeiter kurzerhand vor die Tür.

Minik erfuhr von all dem erst durch seinen Freund Chester Beecroft. Die beiden saßen wieder einmal im Hotel Astor zusammen, um ihre Strategie im nicht enden wollenden Kampf David gegen Goliath abzustimmen.

»Das mit Jenness tut mir leid«, sagte Minik. Schnell fügte er hinzu: »Aber mich trifft an dem Unglück der Familie keine Schuld.«

»Das hat auch niemand behauptet. Trotzdem wäre das jetzt ein guter Augenblick, Frieden mit deinem Onkel Will und seiner Frau zu schließen.«

»Mit der Hexe? Niemals!«

»Sei nicht so ein Starrkopf, Minik! Das *Alliance House* ist auf die Dauer keine Lösung für dich. In der Gegend drumherum tummeln sich Trinker und Halsabschneider – für einen allein wohnenden Minderjährigen ist das absolut nicht das richtige Milieu.«

»*Du* hast mir die Pension doch besorgt.«

»Ja, aber nur weil du Hals über Kopf von zu Hause ausgerissen bist und eine Bleibe gebraucht hast. Und die Pension besitzt einen Vorteil: Sie liegt wie das Astor in der 44. Straße – ich kann dich also im Auge behalten, ohne mich allzu sehr in Unkosten zu stürzen. Ich bin nämlich kein Krösus, weißt du.«

»Immerhin wohnst du in einem Luxushotel.«

»Vorsicht, mein Freund! Du weißt ganz genau, dass mich die Unterkunft hier praktisch nichts kostet, weil ich die Öffentlichkeitsarbeit für das Astor mache. Und mein wichtigster Klient, ein heimatloser Eskimo, kann mir ja nichts zahlen.« Er blickte Minik durchdringend an.

Der seufzte. »'tschuldigung. Ich bin dir ja dankbar, Dob. Ehrlich gesagt finde ich es unerträglich, den Menschen, die ich liebe, ständig nur auf der Tasche zu liegen – erst Onkel Will und jetzt dir. Leider hab ich immer noch keinen Job gefunden. Abgesehen von dreckigen Hilfsarbeiten traut man einem Farbigen offenbar nichts zu. Hast du irgendwelche Neuigkeiten für mich aus dem Weißen Haus?«

Chesters Miene wurde wieder weicher. »Das ist der Grund, warum ich dich unbedingt sprechen wollte.«

Minik straffte den Rücken. »Heißt das …?«

Sein Freund nickte triumphierend. »Roosevelts Sekretär hat mir ein Angebot übermittelt: Man will dich auf die Carlisle School schicken.«

»Die Carlisle …? Aber das ist ein Internat für *Indianer!*«

»Jetzt werde nicht kleinlich, Minik. Es gibt noch keine Lehranstalten für Eskimos. Die Carlisle School wäre immerhin ein vielversprechender Anfang.«

»Ein Anfang? Wofür? Etwa um mich ein für alle Mal von

meinen Wurzeln abzuschneiden? Ich bin kein Indianer, Dob, und in absehbarer Zeit will ich auch keiner werden.«

»Das ist Haarspalterei, Minik.«

»Ganz und gar nicht. Indianer sperrt man in Reservate, aber ich möchte frei sein wie ein Fisch. Ich will auch nicht wie dieses seelenlose Klavier werden, das da unten in der Empfangshalle steht und mechanisch irgendwelche Liedchen klimpert, mit denen andere es gefüttert haben. Kannst du das nicht verstehen?«

»Manchmal muss man sich im Leben mit den Realitäten abfinden, Minik. Es ist ja nicht so, dass ich dich ins Armenhaus schicken will. Die Regierung bietet dir mit der Carlisle School eine Chance, die vielleicht nie wiederkommt.«

»Lieber verrecke ich unter den Säufern und Tagedieben in der 44., als mir eine Identität überstülpen zu lassen, die nie und nimmer zu mir passt.«

Chesters Stimme wurde lauter. »Allmählich verliere ich die Geduld mit dir. Wenn du dir nicht helfen lassen *willst*, kann ich meine Zeit auch mit Bridge oder Hunderennen verplempern …« Er klappte jäh den Mund zu.

Minik ahnte, dass sein Freund die im Zorn gesprochenen Worte bedauerte, aber was sollte er tun? »Ich will mich nicht mit dir streiten, Dob«, war das Einzige, was er herausbrachte.

Etwas ruhiger, aber trotzdem unerbittlich erwiderte Chester: »Dann beweise mir, dass wir noch Partner sind, Minik. Entweder du nimmst das Angebot des Präsidenten an oder du versöhnst dich mit deinem Onkel Will.«

Minik funkelte ihn wie ein in die Enge getriebener Wolf an. Schließlich nickte er: »Okay, ich fahre in die Bronx.«

William kehrte an diesem Donnerstagabend spät von der Arbeit heim. Schon in der Küche hörten Minik und Pamela seine schleppenden Schritte auf der Treppe. In den letzten zwei

Stunden war zwischen den beiden Wartenden kaum ein Gespräch zustande gekommen. Minik hatte knapp sein Bedauern über die Entlassung von Jenness geäußert und das war's auch schon gewesen.

Die Tür wurde aufgeschlossen und William schlurfte in die Wohnung. Als er seinen Ziehsohn in der Küche sitzen sah, rutschte ihm die abgeschabte Ledertasche aus der Hand und die zwei stürzten aufeinander zu. Sie umarmten sich, drückten sich und stammelten Entschuldigungen.

Die Unterhaltung beim Abendbrot verlief anfangs eher zäh. Jeder auch noch so kurze Satz war vollgesogen mit Befangenheit. Erkennbar plagte alle am Tisch ein schlechtes Gewissen.

Gerade als der Ton etwas lockerer wurde, empörte sich Pamela: »Was Bumpus und Jesup sich mit Jenness' erlaubt haben, ist ein Skandal. So danken sie den Richardsons, was sie in über zwanzig Jahren für das Museum getan haben. Jenness' Vater – Gott hab ihn selig – hatte die erste Feldexpedition geleitet. Er hat in Montana Bisons gesammelt und eigenhändig ausgestopft ...«

»Was?«, stieß Minik hervor. Ihm war gerade ein furchtbarer Gedanke durch den Kopf geschossen. »Er war wie sein Sohn Präparator?«

Pamela nickte. »Gewiss doch.«

»Auch noch im Jahr 1898?«

»Minik«, mischte sich William mit beschwörender Stimme ein. »Ich weiß, was dir durch den Kopf geht, aber vergiss es. Jenness Richardson sen. war Tierpräparator. Die Betonung liegt auf *Tier*. An dem, was man deinem Vater und euren Freunden angetan hat, war er nicht beteiligt.«

»Aber vielleicht *du*, Onkel Will«, flüsterte Minik.

William war schlagartig kreidebleich geworden. »Was ... willst ... du ... damit ...?« Mehr bekam er nicht heraus.

»Musst du schon wieder damit anfangen? Onkel Will war immer gut zu dir«, zischte Pamela.

Minik funkelte sie zornig an. »Ich habe euer Schweigen so satt!« Hierauf wandte er sich wieder an seinen Ziehvater. »In dem Jahr, als Tante Rhetta mich zum ersten Mal mit nach Lawyersville genommen hat, ist Willie mit mir in die Knochenbleichfabrik gegangen …«

»Ich weiß«, unterbrach ihn William. »Obwohl ich es euch ausdrücklich verboten hatte. Der Betrieb war damals tabu – und er soll es auch bleiben, Minik. Lass es bitte!«

»Nein, Onkel Will. Wie kann ich jemals wieder Vertrauen zu dir haben, wenn diese Ungewissheit zwischen uns steht? Im Knochenhaus wurden Präparate für das Museum gesäubert und gebleicht, richtig?«

»Du weißt, dass ich damals dringend Geld gebraucht und verzweifelt nach jedem Strohhalm gegriffen habe.«

»Sind die Leichen meiner Leute in deiner Fabrik entbeint worden, Onkel Will?«

Der Gefragte riss die Augen auf und schüttelte fassungslos den Kopf. »Nein! Dein Vater wurde im Bellevue Hospital seziert. Atanganas Leiche ist ebenfalls hier in New York geöffnet worden. Und die sterblichen Überreste der anderen habe ich per Express hierhergeschickt. Wer behauptet denn …?«

»Auf den Trick falle ich nicht herein«, fiel Minik ihm ins Wort.

»Was meinst du?«

»Russel Calame, der Reporter von der *Times*, hat mir erzählt, wie sich Professor Bumpus um die Wahrheit herumgedrückt hat. Wenn er im Interview nach dem Skelett meines Vaters gefragt wurde, antwortete er immer: ›Wir haben keine Eskimoleiche im Museum.‹ Und jetzt machst du es genauso, Onkel Will. Ich habe dich nicht nach einem Kadaver gefragt, sondern nach *Knochen*.«

William hatte es die Sprache verschlagen. Immer wieder schüttelte er den Kopf.

»Ich habe die Hand gesehen«, sagte Minik daher. »Als Willie mit mir im Knochenhaus war. Eine *menschliche* Hand. Oder vielmehr das, was die Speckkäfer davon übriggelassen ...«

»Schweig still!«, befahl Pamela und legte schützend den Arm um die Schulter ihres Mannes. William streifte ihn sogleich wieder ab.

»Lass gut sein, Pam. Der Junge hat recht. Nur mit Offenheit können wir wieder zueinanderfinden.« Er seufzte schwer und fügte an Minik gewandt hinzu: »Es stimmt. Die Gebeine der Polareskimos wurden bei uns in Lawyersville gesäubert. Ich habe auf Anweisung der Museumsleitung gehandelt. Die Knochen sollten für die Ausstellung präpariert werden.«

Minik schloss die Augen, um nicht länger den leidenden Ausdruck im Gesicht seines Ziehvaters ertragen zu müssen. War nicht *er* verletzt worden, Qisuks Sohn, der vom »großen Peiniger« Peary entwurzelte Polareskimo? Abrupt erhob er sich vom Stuhl.

»Wo willst du hin, Minik?«

»Gehen.«

»Aber ich dachte ...«

»Was dachtest du, Onkel Will? Dass ich zu euch zurückkomme und euch weiter auf der Tasche liege und mich wieder von Mrs Richardson gängeln lasse?«

»Wir meinen es doch nur gut mit dir!«

»Mag ja sein. Aber eure Liebe bringt mich um.«

»Minik!«, fauchte Pamela.

William griff nach der Hand des Jungen. »Habe ich dich nicht immer gelehrt, der beste Weg, Rache zu üben, ist, *anders* zu sein als die, die dich verletzt haben? Vergib mir, Junge.«

Minik merkte, wie seine Unterlippe zu zittern begann.

Flenne ich etwa? Er schüttelte trotzig den Kopf. »Du hast so viel Gutes für mich getan, Onkel Will. Das vergesse ich dir nie. Aber auch das andere wird für immer in meinem Gedächtnis eingebrannt bleiben. Ich kann nicht wieder zu euch zurückkehren, sondern werde mir eine Arbeit suchen und das Museum zur Herausgabe der Gebeine meines Vaters zwingen. Es ist *unerträglich* für mich, dass er dort steht und die ganze Zeit angestarrt wird wie ein ausgestopfter Schlittenhund.«

Das Erwachsenwerden ist einer Geburt sehr ähnlich. Jedenfalls empfand Minik dies so. Wie er aus der Lektüre mehrerer Bücher über die Polareskimos wusste, hätte er in seinem Stamm längst einen Platz im Kreis der Jäger innegehabt. Hier dagegen, in Amerika, wollten die Wehen kein Ende nehmen. Und er ahnte, dass die Entbindung von der Kindheit ihm kein Gefühl der Leichtigkeit bescheren würde. Wäre er doch nur wie die vierte Forelle, die er damals wieder in den Bach zurückgeworfen hatte!

Das Jahr 1907 zerrann ihm wie Wasser zwischen den Fingern. Der einzige Lichtblick war die Versöhnung mit seinem Ziehvater. Minik liebte ihn zu sehr, um ihm auf Dauer böse zu sein. In der heruntergekommenen Pension blieb er jedoch wohnen. Das Resümee Ende Dezember war mehr als ernüchternd: kein Fortschritt im Museum; Peary verleugnete sich weiterhin; einige schäbige Gelegenheitsjobs, unter anderem beim U-Bahn-Bau. Aber die Schufterei in stickigen Tunneln, Fabrik- oder Lagerhallen war Minik nicht gut bekommen. Mehrmals wurde er krank und verlor seine Arbeit.

In dem verzweifelten Versuch, ein paar Dollar aufzutreiben, trat Minik Anfang Januar 1908 bei einem großen Diner in der Fellkleidung seines Volkes auf. Es handelte sich um die Neujahrsveranstaltung des Arctic Club of America. Die Vereinigung war ein Sammelbecken von Arktisenthusiasten, zu denen auch der berühmte Entdecker Frederick Albert Cook gehörte, laut Presseberichten Pearys ärgster Konkurrent im Rennen zum Nordpol. Im Gegensatz zu dem von Herbert Bridgeman geführten exklusiven Peary Arctic Club der Millionäre waren die Mitglieder des Arctic Club of America nur normal reich. Miniks Gastrolle empfanden sie auch nicht als Ein-Mann-Exotenschau à la Hagenbeck, sondern eher wie eine folkloristische Einlage. Der Gast aus dem Hohen Norden durfte, nachdem er hinreichend bestaunt worden war, sogar mit den Klubmitgliedern speisen.

Wieder einmal die wohlwollende Aufmerksamkeit anderer Menschen zu spüren, tat Minik gut, war er sich in den letzten Monaten doch eher wie ein Fußabtreter vorgekommen. Aber die Streicheleinheiten hielten nicht lange vor. Schon nach wenigen Tagen versankt er abermals in Trübsal. Bis er am Monatsende überraschend einen Silberstreif am Horizont entdeckte – in Form einer Todesanzeige.

Morris K. Jesup, Bankier, Multimillionär, Philanthrop, langjähriger Präsident des Naturkundemuseums und der New Yorker Handelskammer, Patron zahlreicher Jugendförderungs- und Forschungsprojekte sowie begeisterter Mäzen von Robert E. Pearys eiskalten Visionen, war im Alter von siebenundsiebzig Jahren verstorben. Das von ihm hinterlassene Vermögen wurde auf annähernd dreizehn Millionen Dollar geschätzt. Zu Lebzeiten hatte er das Museum mit nicht weniger als einer Million Dollar gefördert. Sein eigener Polareskimo war dem Präsidenten des Museums, wie Minik von seinem Ziehvater wusste, gerade zweihundert Dollar wert gewesen.

Jesup hatte ihm fortwährend Steine in den Weg gelegt, aber vielleicht, so tröstete sich Minik , wurde jetzt für ihn alles besser. Möglicherweise würde ja auch Peary seine Blockadehaltung aufgeben, nachdem sein großer Gönner nicht mehr unter den Lebenden weilte.

Minik setzte alle Hebel in Bewegung, um den Nordpolerоberer in spe auf sich aufmerksam zu machen. Er mobilisierte Chester, nahm erneut mit dem Arctic Club of America Kontakt auf und kroch schließlich sogar vor Hermon C. Bumpus zu Kreuze.

»Könnten Sie bei Commander Peary für mich bitte Fürsprache einlegen?«, bettelte er. »Ich möchte so gerne meine Verwandten in Grönland besuchen.«

Wie immer gab sich der Direktor des Museums verständnisvoll. Und wie schon so oft kam nichts Ersprießliches dabei heraus.

»Es tut mir furchtbar leid«, ließ er Minik einige Tage später schriftlich mitteilen. »Ich habe es versucht, aber ohne Erfolg.«

Minik schluckte seine Enttäuschung hinunter und erzählte seinem Ziehvater von den jüngsten Rückschlägen. Hierauf schrieb dieser einen Brief an Peary. Minik setzte alle Hoffnung in Williams Vorstoß. Die Männer kannten sich von früher. Als Leiter der Bauabteilung und Herr aller Kellerräume hatte William Wallace mehr als einmal Pearys Schmuggelgut ins Museum hinein- und wieder herausgeschleust. Und tatsächlich, nur drei Tage später, am 26. Juni, kam Pearys Antwort. Sie war für Minik ebenso ernüchternd wie unglaubhaft.

Ich habe Ihr Schreiben vom 23. Juni erhalten und würde Minik gern den Gefallen tun, muss Ihnen bedauerlicherweise aber mitteilen, dass mein Schiff zu überfüllt ist, um ihn in diesem Sommer mitzunehmen.

»Heuchler!«, sagte Minik. Im weiteren Verlauf seiner Mitteilung hatte Peary den Jungen auf ein anderes Mal vertröstet, »sollte sich die Möglichkeit ergeben«. Es sei ihm aber ein Vergnügen, »Nachrichten von dort oben« mitzubringen, oder ein Kajak oder einen Schlitten …

»Was denkt der sich? Soll ich mit dem Schlitten den Broadway hinunterfahren?«, empörte sich Minik und verfasste sofort eine gepfefferte Antwort:

Wenn Sie den Pol dieses Mal finden, dann wird eine weitere Reise nicht nötig sein. Ein Passagier mehr oder weniger lässt die Roosevelt *nicht gleich kentern. Sie hatten genug Platz, mich und meine Freunde herzuschaffen. Warum können Sie mich nicht wieder zurückbringen?*

Damit erreichte er natürlich gar nichts. Vermutlich fürchtete Peary, der Polareskimo im Gepäck könnte ihm die geplante Nordpoleroberung verhageln, indem er über sein Martyrium auspackte oder die Inuit mit amerikanischen Kulturerrungenschaften infizierte: Streiks, Meutereien, Krieg …

Wie auch immer, Peary stach ohne den Quälgeist in See und Minik fiel in ein tiefes dunkles Loch.

Den Sommer über bemühte sich Chester redlich, seinen depressiven Freund beim Zelten auf Hunter Island aufzumuntern. »Die Feder ist stärker als das Schwert. Ich besorge dir Interviews mit der Presse«, versprach er.

Das gelang ihm sogar, doch das Echo in der Öffentlichkeit verhallte rasch. Lange sah es so aus, als interessierte sich niemand mehr für einen achtzehnjährigen jungen Inuk, der von Heimweh geplagt war. Miniks Niedergeschlagenheit nahm bedenkliche Dimensionen an. Sie schwächte sogar seine Gesundheit. Es schien nur eine Frage der Zeit zu sein, bis ihn die nächste Lungenentzündung umwarf.

Weil er es in der Stadt der kalten Herzen nicht mehr auszuhalten glaubte, flüchtete er für ein paar Tage zu Maggie nach

Syracuse – das fromme Dienstmädchen der Familie Wallace hatte dort eine neue Anstellung und die Liebe ihres Lebens gefunden. Seine Abreise war so überstürzt, als habe ihn der Erdboden verschluckt. Nur in der Pension hinterließ er eine Nachricht. Hätte er gewusst, was sich in seiner Abwesenheit abspielte, wäre er in New York geblieben.

Als Minik nach seiner Rückkehr das *Alliance House* betrat, erwartete ihn eine Überraschung. Mr Foreman, der Pensionswirt, ein stets unrasierter Kerl mit Stiernacken, schlechtem Atem und schmutzigen Hemden, überreichte ihm einen Briefumschlag.

»Hat 'n feiner Pinkel für Sie abgegeben«, sagte der Wirt.

»Danke.« Minik nahm das Kuvert mit spitzen Fingern entgegen und verkrümelte sich auf sein Zimmer. Dort las er voller Ungeduld die Nachricht. Sie stammte von Chester.

Lieber Minik!

Die Interviews der letzten Wochen tragen unverhoffte Früchte. Du wirst es nicht glauben, aber die dänische Regierung ist auf Dich aufmerksam geworden. Grönland gehört ja zu Dänemark, womit Du automatisch ein Untertan von Frederik VIII. bist. Komm bitte gleich nach Deiner Rückkehr zu mir ins Astor-Hotel.

Kopf hoch!

Dob

Minik machte sich sogleich auf den Weg zum Broadway. Als er das Hotel erreichte und an der Rezeption seinen Namen nannte, wusste man gleich Bescheid. Nicht selten wurde Minik nur wegen seines Aussehens wie ein potenzieller Dieb behandelt, aber hier schickte ihn der Portier höflich zu den Aufzügen und erklärte ihm, wie er Mr Beecrofts Zimmer finden könne.

Ein Liftboy expedierte Minik in den vierten Stock. Über dicke Teppiche ging er zu Chesters kleiner Suite.

»Minik!«, rief dieser erfreut, als er dem Besucher öffnete. »Komm rein. Was kann ich Gutes für dich tun? Whiskey? Zigarre?«

»Ein Sodawasser«, antwortete Minik. Er hatte die Fangfrage seines Freundes sofort durchschaut. Durch die Gelegenheitsjobs der letzten Monate hatte er einige zweifelhafte Bekanntschaften unter Taugenichtsen und Tagelöhnern geknüpft und sich im Umgang mit Alkohol und Tabak sattsam Übung erworben – sehr zu Chesters Missfallen. Mit protzigem Gehabe und Männergetue war Dob nicht zu beeindrucken.

»Sehr vernünftig. Ich nehme auch eins. Eben hat der Zimmerservice sogar Eiswürfel gebracht. Wie wär's?«

Als beide ein Glas in der Hand hielten, sagte Chester: »Du erinnerst dich an das Interview, das du der *World* gegeben hast?«

Minik nickte. »Klar. Allein vom Anblick der Zeitung bekommt Professor Bumpus Pusteln, seit die damals die Geschichte von Vaters Skelett im Museum so groß rausgebracht haben.«

»Du wirst es nicht glauben, aber ausgerechnet ein dänisches Blatt ist auf den jüngsten *World*-Artikel aufmerksam geworden. Die Zeitung heißt *Dansk-Amerikaneren;* ihr Schwerpunkt liegt auf amerikanischen Themen. Um es kurz zu machen: Sie greifen deine Geschichte auf. Die Gazette wird im dänischen Außenministerium gelesen, wo man sich auch gleich darüber mokiert, dass ein dänischer Staatsbürger unter die Räder der amerikanischen Bürokratie geraten ist. Kopenhagen kabelt seinem Konsul hier in New York, damit er in der Angelegenheit weitere Nachforschungen anstellt. Der Konsul versucht, den gebeutelten Eskimo zu kontaktieren, doch der macht sich ein paar schöne Tage in Syracuse.«

»Und was ist jetzt? Haben die Dänen das Interesse an mir verloren?«

»Nein. Aber die Situation ist schwieriger geworden. Der Konsul hat inzwischen mit allen möglichen Leuten gesprochen und sie nach deiner Vergangenheit ausgefragt. Dabei bekam er eine Version der Wahrheit zu hören, die sich nicht unbedingt mit deinen Erfahrungen deckt: Die Eskimos seien damals nur zwei Tage übergangsweise im Keller untergebracht gewesen; eigentlich habe es sich auch nicht um einen Keller im eigentlichen Sinne gehandelt, sondern um einen großen, ziemlich trockenen Raum; anschließend seid ihr dann in ein geräumiges, helles Zimmer im oberen Stockwerk umgezogen – letztlich läuft es darauf hinaus, dass die Verantwortlichen im Museum sich mustergültig verhalten haben. Offiziell sind deine Leute nur gestorben, weil im Herbst und Winter ’97 eine Grippeepidemie durch die Stadt zog, die ja auch unter der heimischen Bevölkerung eine Menge Opfer gefordert hat.«

»Na toll! Hätte Peary uns nicht dieser Seuche ausgesetzt, wären wir wahrscheinlich alle noch am Leben.«

»Apropos ›uns‹ – mit dem Schicksal von Uisaakassak hat man den Konsul erst gar nicht weiter behelligt. Wäre ja auch zu peinlich, wenn dein Freund den Dänen eine ganz andere Geschichte erzählte.«

»Mit wem hat der Konsul denn gesprochen? Professor Bumpus?«

»Ja.« Chester machte eine vage Handbewegung. »Und Boas und William …«

»Auch Onkel Will?«

»Sicher. Schließlich bist du als Minik Peary *Wallace* aktenkundig. Ohne William hätte ich von dem ganzen Schlamassel überhaupt nichts erfahren. Er sagte mir übrigens, dass Pamela sich mal wieder als Intrigantin betätigt hat. Sie schrieb dem Konsul, die Familie Wallace wünsche keine weitere Einmischung in ihre Privatangelegenheiten. Es täte deinem Charakter nicht gut, wenn Presse und alle möglichen Institutionen dich weiter als Spielball benutzten …«

»Diese Hexe! Die soll mich endlich in Frieden lassen«, zischte Minik.

»Nur die Ruhe, Sportsfreund. William hat die Sache schon wieder hingebogen. Mehr Sorgen machen mir die obskuren Beschönigungsversuche deiner ehemaligen ›Betreuer‹. Boas und Bumpus haben gegenüber dem Konsul zwar eingeräumt, dass dein Vater seziert worden und sein Skelett in den Bestand des Museums übergegangen ist, den Rest streiten sie aber ab: Es sei weder ein Eskimoskelett ausgestellt worden, noch trage das Museum irgendeine Verantwortung für deine seelischen Verstümmelungen. Daran sei allein William schuld.«

»Wie bitte?«

»So hat's dein Onkel Will mir erzählt und der bekam es brühwarm vom Konsul serviert. Boas und Bumpus meinen, du hättest nie von dem Skelett erfahren, wenn dein Pflegevater weniger geschwätzig gewesen wäre und deine ›kranke und halbzivilisierte Fantasie mit der Schauergeschichte geimpft‹ hätte.«

»Das haben sie gesagt?«

Chester nickte.

»Am liebsten würde ich Peary umbringen. Er hat mir das alles eingebrockt.«

»Ehe du dahingehende Pläne schmiedest, lass mich zuerst mit dem dänischen Konsul reden.«

Minik blickte finster in sein Glas, als könne er dort neue Zuversicht finden. »Meinetwegen«, brummte er.

Chester Beecroft wäre kaum ein erfolgreicher Presseagent geworden, wenn er nicht mit Menschen umzugehen wüsste. Sein Engagegement für Minik machte sich bezahlt. Nach nur wenigen Tagen kam es zu einer Begegnung zwischen Minik und Svend de Fons, dem Chef im Königlich Dänischen Konsulat. Das Treffen fand im Arbeitszimmer desselben statt, einem mit wuchtigen Möbeln, schweren Teppichen und protzigen Ölgemälden vollgestopften Raum, in dem der beißende Dunst zu Asche zerfallener Zigarren hing. Der dänische Interessenvertreter hatte sich hinter einem bollwerkartigen Schreibtisch verschanzt.

»Sie sprechen ein exzellentes Englisch«, lobte der Konsul. Svend de Fons hatte eine Statur, die wunderbar zu seinem Mobiliar passte – schwer und untersetzt. Überdies beeindruckte er Minik mit seinem enormen Backenbart und ausgesucht höflichen Umgangsformen.

»Danke, Exzellenz. Sollten Sie einen Wilden in Fellkleidung erwartet haben, muss ich Sie leider enttäuschen.«

Die buschigen Augenbrauen des Konsuls hoben sich. »Hört, hört! Ist da etwa eine latente Aufmüpfigkeit zu vernehmen?«

»Ich musste in den letzten zwölf Jahren einiges einstecken, da reagiert man auf manche Worte etwas empfindlich. Bitte verzeihen Sie, Herr Konsul.«

»Exzellenz genügt vollauf. Und das Thema ›Fellkleidung‹ ist ab sofort in diesem Zimmer tabu.« Der Konsul faltete die Hände, beugte sich über seinen Schreibtisch und lächelte gewinnend. »Kommen wir auf Ihren Fall zu sprechen. Wie sehen Sie Ihre jetzige Situation?«

Minik nahm kein Blatt vor den Mund. Er käme sich von Commander Peary und dem Museum ausgenutzt vor. An eine Zukunft in Amerika glaube er nicht mehr. Alles, was er sich wünsche, sei die Herausgabe der Gebeine seines Vaters und eine Schiffspassage in seine grönländische Heimat.

»Verstehe«, brummte de Fons. Er sah Minik eine Weile mit seinen stechenden, hellblauen Augen an, ehe er hinzufügte: »Die Zeitungen in den Vereinigten Staaten haben in den letzten Jahren viel über Ihr Heimweh geschrieben, nicht wahr?«

»Das ist richtig, Exzellenz.«

»Nun, kann es da nicht sein, dass Ihre Sehnsucht nach Grönland erst durch all diese Berichte geweckt wurde?«

Minik schüttelte den Kopf. »Ganz bestimmt *nicht,* Sir. Amerika ist nicht meine Welt. Ich habe das zwar lange geglaubt, aber hier bin ich nie etwas anderes als ein Fremder gewesen. Meine Heimat ist Avanersuaq.«

»Nordwestgrönland, meinen Sie?«

Minik nickte.

»Ich habe mit Professor Boas über Sie gesprochen, Mr Wallace.«

»Das ist mir bekannt, Exzellenz. Da es hier um *mich* geht, wäre es mir lieber gewesen, Sie hätten zuerst *mich* befragt.«

»Leider waren Sie unauffindbar, junger Mann. Wie dem auch sei, Professor Boas ist ein anerkannter Ethnologe und er meint, zum jetzigen Zeitpunkt würde er von Ihrer Repatriierung absehen.«

Miniks Kinnladen sackte herab. »Er meint, ich soll hier bleiben? Aber wieso? Er hat doch ohnehin kein Interesse mehr an mir.«

»Über die Gründe seiner Einschätzung wollte sich der Professor nicht weiter äußern. Er meinte nur, Sie hätten Ihre Muttersprache vergessen und wären in Grönland kaum besser dran als hier, aber mich hat das Argument nicht überzeugt. Möglicherweise befürchtet er, Sie könnten Peary auf seiner Suche nach dem Nordpol in die Quere kommen. Abgesehen davon denke ich, dass Sie für die Leute in Ihrer arktischen Heimat eine echte Bereicherung wären. Sie könnten dort aus Ihrer Erziehung und Bildung weit mehr Kapital schlagen als jemals in diesem Land. Amerika ist noch nicht so weit.« De Fons beugte sich noch weiter vor und senkte die Stimme. »Unter uns gesagt hat das Königreich Dänemark auch seine Probleme mit den Eskimos. Wir haben einige zu uns geholt und auf unsere Schulen geschickt, aber die wenigsten hat es zu besseren Menschen gemacht. Ich glaube sogar, dass einige todunglücklich sind.«

Die Offenheit des Konsuls überraschte Minik. »Und was, schlagen Sie vor, soll ich tun?«

»Das müssen Sie selbst entscheiden, Mr Wallace. Immerhin sind Sie so gut wie volljährig. Aber ich sage Ihnen, was *ich* tun werde. Ich schreibe dem Außenministerium in Kopenhagen einen Brief. Darin werde ich vorschlagen, Sie zunächst nach Südgrönland zu schicken. Dort können Sie die Sprache Ihres Volkes wiedererlernen. Später dürfte es dann kein Problem für Sie sein, in den Hohen Norden zurückzukehren.«

Minik schnappte überrascht nach Luft. »Das wollen Sie für mich tun?«

De Fons nickte. Nur einmal, aber sehr entschieden. »Selbstverständlich. Immerhin vertrete ich die Interessen der dänischen Staatsbürger in den USA. Ihr Fall wird in Kopenhagen aufmerksam verfolgt und es ist meine Aufgabe, auch weiterhin ausführlich darüber zu berichten. Allerdings muss ich Sie warnen, junger Feund: Die Mühlen der Verwaltung mahlen langsam, das ist in Dänemark nicht anders als in Amerika.«

Nach dem Besuch im dänischen Konsulat war Minik hin- und hergerissen. Einerseits hatte er wieder Hoffnung geschöpft, andererseits plagten ihn Zweifel. Warum hatte Professor Boas sich gegen seine Rückführung in die Heimat ausgesprochen? Die Sprachschwierigkeiten konnten nicht der wahre Grund sein. War es tatsächlich das Bestreben, Peary den Rücken freizuhalten? Oder steckte jemand ganz anderes dahinter?

Als Anfang November noch immer keine Nachricht vom dänischen Konsulat gekommen war, passte Minik seinen Ziehvater eines Abends auf der Straße vor dessen Wohnung ab und stellte ihn zur Rede.

»Hat deine Frau Professor Boas dazu angestiftet, sich gegen mich stark zu machen?«

»Musst du ständig gegen Pam schießen, Minik?«, entgegnete William gequält. »Können wir das Kriegsbeil nicht endlich begraben?«

»Hat sie oder hat sie nicht?«

Er schloss die Augen und stöhnte. »Ja. Sie hat wieder einen Brief geschrieben. Aber das ist schon ein paar Wochen her. Der dänische Konsul hatte sich noch einmal nach meiner Meinung in der Sache erkundigen wollen und so sind wir ihr auf die Schliche gekommen. Du kennst sie ja …«

»Muss ich darauf antworten?«

»Besser nicht. Pam ist immer noch meine Frau. Wir hatten ziemlichen Streit wegen der Sache, aber ich lasse nicht zu, dass unsere Ehe daran zu Grunde geht. Soweit ich kann, helfe ich dir.«

»Was nützt das, wenn Mrs Richardson jeden deiner gut gemeinten Versuche mit ihren Hinterhältigkeiten wieder zunichte macht?«

»Sie hat mir versprochen, sich in Zukunft zurückzuhalten.«

»Ha! Und das glaubst du ihr?«

»Auch wenn du das nicht verstehen kannst, Minik, aber ich liebe Pam. Und sie liebt mich. Lass uns einfach abwarten, was die Zukunft bringt. Bestimmt wird alles gut.«

Minik kämpfte gegen die Tränen. Mit einem leisen Kopfschütteln erwiderte er: »Ich wünschte, es wäre so, Onkel Will. Aber bald habe ich keine Kraft mehr, daran zu glauben.«

Wie schon so oft war er einfach davongelaufen. Das Geständnis seines Ziehvaters hatte ihn wie ein Felsbrocken getroffen, der vorerst letzte in einem ganzen Hagel von Geschossen, die immer mehr Löcher in den Schild seiner seelischen und körperlichen Widerstandskraft schlugen. Und einige Tage später brach diese ganz zusammen.

Es begann wie eine hässliche Bronchitis, entwickelte sich aber rasch zu einer lebensbedrohlichen Lungenentzündung. Minik verkroch sich in seinem Zimmer im *Alliance House* und beschloss, zu sterben. Daraus wurde aber nichts, denn Chester fand ihn kurz darauf in einem besorgniserregenden Dämmerzustand und ließ ihn umgehend ins Fordham Hospital einliefern. Hier kannte man ihn bereits von früheren Aufenthalten.

Einmal mehr wurde er in einem Krankensaal einquartiert, in welchem schon mindestens zwei Dutzend andere Patienten lagen. Ihr Gehuste und Geröchel hallte in seinen Ohren, aber er war zu schwach, sich darüber zu beschweren. Irgendwann – wie lange lag er schon hier? – tauchte aus dem Sumpf der Geräusche die Stimme seines Freundes auf. Erst dachte Minik, es sei ein Traum, aber nein, Dob war tatsächlich zu Besuch in die Bronx gekommen. Er stand am anderen Ende des Raumes und bedrängte den Arzt, wohl in der Annahme, der scheinbar Schlafende könnte ihn nicht hören. Aber das war ein Irrtum. Miniks überreiztes Gehör schälte das Gespräch der beiden wie mit einem Seziermesser aus dem Lärm der Umgebung heraus.

»Ich muss wissen, wie es ihm geht, Doktor Finley«, raunte Dob.

»Sie sind kein Angehöriger, Mr Beecroft. Ich darf Ihnen das eigentlich nicht sagen.«

Die Stimme des Freundes wurde energischer. »Doktor, Sie wissen so gut wie ich, dass Minik der einzige Polareskimo in New York ist. Abgesehen von seiner Pflegefamilie hat er nur mich. *Bitte* sagen Sie mir, wie es um ihn steht. Wird er wieder ganz gesund?«

»Gesund?« Der Arzt lachte freudlos. »Sie kennen doch die Berichte von den anderen Eskimos, die man hierhergebracht hat. Fast alle sind gestorben. Leider hängt auch das Leben Ihres jungen Freundes an einem seidenen Faden. Beten Sie für ihn, Mr Beecroft, denn wenn sein derzeitiger Zustand sich nicht bald bessert, dann wird es ihm ergehen wie seinem Vater.«

10.

Sternschnuppen

New York, 13. März 1899

Miniks Magen knurrte. Obwohl ihn seine im Bürotrakt wartende Pflegemutter vom Hunger erlösen konnte – sie hatte Corned-Beef-Sandwiches mitgebracht –, trödelte er ohne Eile durch die Flure und beäugte staunend die vielfältigen Wunder des Naturkundemuseums.

Besonders fesselten ihn die Dioramen. Schon als Onkel Will ihm zum ersten Mal durchs Museum geführt hatte, war er von ihnen fasziniert gewesen. Es handelte sich dabei um plastisch wirkende Schaubilder hinter Glas. Aus einigen Schritten Entfernung sahen sie auch nicht anders aus als die Schaufenster von R.H. Macy & Company in der 18. Straße, Ecke Broadway, aber wenn man seine Nase an die Scheiben drückte, dann breiteten sich vor einem fremde Welten aus. Darin gab es ausgestopfte Tiere, Felsen, Büsche und eine scheinbar bis in die Unendlichkeit reichende Landschaft, von den Malern des Museums liebevoll in Szene gesetzt. Nur das arktische Diorama gefiel Minik nicht. Er fand es irgendwie falsch. Es zeigte eine künstliche Wirklichkeit, die Welt der Polareskimos, wie die Weißen sie sahen, die sich aber von Miniks Erfahrungen so sehr unterschied wie ein geschnitztes Walross von einem echten.

Es war kurz nach Mittag. Dr. Boas hatte ihm eine Pause verordnet, vermutlich weil er selbst etwas essen wollte. »Du findest ja den Weg ins Atelier von Miss Meagher. Dort wartet deine Tante Rhetta auf dich«, hatte er gesagt und ihn ganz allein gehen lassen.

Ja, er kannte den Weg. Das Museum war ihm inzwischen so vertraut wie das Zelt aus Walrosshaut, das er einst mit seinem Vater bewohnt hatte. Er hoffte, irgendwo in den Sälen und Gängen auf Mr Schlesinger zu treffen. Der Museumswärter hatte meist Süßigkeiten in der Tasche. Als Minik in die Nähe der Werkstätten kam, hörte er plötzlich ein helles Lachen.

Überrascht lauschte er. Da! Schon wieder dieses Schreien, das auch gut von einem Seevogel hätte stammen können. Nein, von *mehreren* – jetzt erkannte er mindestens *zwei* Stimmen. Im Nu hatte er die Dioramen vergessen. Gab es da etwa noch andere Kinder im Naturkundemuseum? Im nächsten Moment war es wieder still.

Er lief eilig weiter, um zur Quelle der ungestümen Heiterkeit vorzubringen. Als er sich anschickte, in den Flur einzubiegen, der zum Atelier des Museumsbildhauers führte, wurde er plötzlich umgerannt.

Minik fiel rückwärts hin und schlug, wenn auch nicht heftig, so doch spürbar mit dem Hinterkopf auf. Von dem dumpfen Schmerz überrascht, sog er scharf die Luft ein. Mit verkniffenem Gesicht starrte er auf die Gestalten, die kichernd vor ihm standen. Er nahm sie nur verschwommen wahr. Erst als er das Grimassenschneiden bleiben ließ, wurden sie klarer.

Dafür sah er mit einem Mal doppelt.

Lag es an der Beule an seinem Kopf? Minik rappelte sich wieder hoch und kniff drei-, viermal die Augen zusammen, aber auch das half nichts: Vor ihm standen weiterhin *zwei* Mädchen. Sie waren wohl etwas älter als er, jedoch zierlicher und kleiner. Erstaunlicherweise glichen sie sich wie ein Ei dem anderen. Und als wäre das an Überraschungen nicht genug, redeten sie auch noch in seiner Sprache.

Die Artikulation der beiden klang für Miniks Ohren ungewohnt, manche Worte verstand er überhaupt nicht, aber die Geschwister waren unverkennbar vom Volk der Inuit. Eines der Mädchen machte einen Schritt auf ihn zu, streichelte ihm die Wange und sagte lächelnd: »Ah! Schau, Zaksriner, es ist mein Bruder.«

Minik war von der Berührung wie verzaubert. Er fühlte sich wie auf magische Weise nach Grönland zurückversetzt, meinte gar die Hand seiner Mutter zu spüren. In den letzten Monaten hatte er nur noch Englisch gehört und seine Muttersprache zunehmend vergessen, aber nun schüttete dieses Inuit-Mädchen ein Füllhorn von Erinnerungen über ihn aus. Sein Herz pochte wild. Wer waren die zwei?

Eher beiläufig bemerkte er weiße Körnchen an der kosenden Hand – Gips –, für ihn ein sicheres Indiz, dass die Geschwister von Caspar Meyer, dem Skulpteur des Museums, kamen. Wahrscheinlich sammelte Dr. Boas nach wie vor emsig Körperteile von Eskimos … Unwillkürlich fiel ein Schatten auf Miniks Bewusstsein, im Geiste sah er eine von Käfern umwuselte, fast schon bis auf die Knochen abgenagte Hand.

»Ich bin Artmarhoke«, sagte die Streichlerin auf Inuktitut und rettete Minik damit vor den dunklen Abgründen seiner Erinnerungen.

»Mein Name ist Minik«, antwortete er. »Seid ihr …« Wie hatte seine Mutter dazu gesagt? Ja, richtig! »Seid ihr Zwillinge?«

»Ja. Meine Schwester heißt Zaksriner.«

Die meldete sich denn auch gleich zu Wort. »Wir haben schon von dir gehört, Minik. Du bist aus Kalaallit Nunaat, stimmt's?«

Er nickte. »Aus Avanersuaq.«

Ein vollbärtiger Mann mittleren Alters in einer Schifferjacke näherte sich den dreien vom Atelier her. Als er die Mädchen erreicht hatte, musterte er Minik einen Moment lang und sagte dann auf Englisch: »Guten Tag. Du bist bestimmt Minik, der Eskimo, von dem Mr Meyer erzählt hat.«

Minik musste den Kopf in den Nacken legen, um zu dem Fremden aufzublicken. Dieser war zwar nicht so groß wie Peary, aber im Vergleich zu den Inuit-Kindern immer noch ein Riese. »Sind Sie ein Seemann?«

»Ja. Ich bin Kapitän Miner Bruce«, erklärte er und streckte dem Jungen die Hand entgegen.

»Papa und Mama sind in Alaska gestorben. Onkel Miner ist jetzt unter Vater«, erklärte Zaksriner in Inuktitut.

Ihre Schwester hustete, womit sie die Aufmerksamkeit Miniks wieder auf sich zog. »Wenn Onkel Miner nicht zu Hause ist, passt Miss Meagher auf uns auf. Sie malt Bilder hier im Museum.«

»Die kenne ich. Tante Rhetta ist gerade bei ihr.«

Zaksriner nahm Miniks Hand, so als müsse sie den Vorsprung ihrer Schwester an körperlicher Zuwendung aufholen, und erklärte in der Sprache ihres Gastlandes: »Du bist auch *mein* Bruder, Minik. Komm, gehen wir ein Stück zusammen.«

Zaksriner leuchtete heller als der Polarstern. Jedenfalls sah Minik sie so. Sie war hübsch, eine richtige kleine Schönheit. Aber das erklärte nicht die Strahlkraft, die sie für ihn besaß. Diese kam von innen heraus. So ähnlich sich die beiden Schwestern auch sahen, waren sie in ihrer Persönlichkeit doch sehr verschieden. Artmarhoke hatte das forschere Auftreten, ihre ungestüme Neugierde brachte sie ständig in Schwierigkeiten. Zaksriner hingegen brauchte immer etwas länger, um ihre schwesterlichen Rechte geltend zu machen. Sie war sanft wie rieselnder Schnee. Aber wenn sie erst einmal in Fahrt kam, glich sie einer Lawine, die nichts und niemand aufzuhalten vermochte. Manchmal trug sie alle Traurigkeit der Welt auf dem Gesicht und schon im nächsten Moment schäumte sie von Fröhlichkeit nur so über.

Minik mochte beide Mädchen, doch Zaksriner liebte er. Mit

ihr fühlte er sich seelenverwandt. Willie war ohne Frage ein prima Kamerad, man konnte mit ihm Pferde stehlen, aber er hatte nie an den Quellen der Nacht gelebt. Er konnte sich nicht in das Gemüt von jemandem einfühlen, der sich im Winter monatelang nach der Rückkehr der Sonne sehnte und den ganzen Sommer über keine Dunkelheit sah. Das so gemächlich schwingende Pendel des Lichts formte nun einmal andere Menschen als der hektische Tag-und-Nacht-Rhythmus von New York. Zaksriner wusste das, obwohl sie ihre Heimat schon vor viel längerer Zeit verlassen hatte als Minik. Womöglich lag ihr das Wesen der Inuit im Blut.

Der Pelzhändler Miner W. Bruce hatte sie 1892 im Alter von vier Jahren mitgebracht. Drei Jahre später holte er ihre Schwester nach. So blieben auch bei Zaksriner die Erinnerungen an das Leben in der Arktis lebendig. In einem Punkt ging es den Zwillingen kaum besser als Minik: Sie waren sehr anfällig für Krankheiten. Vor allem Artmarhoke hustete ständig. Die labile Gesundheit der Mädchen bereitete nicht zuletzt ihrem Adoptivvater Sorgen. Kapitän Bruce hatte ihnen versprochen, sie nach Washington, also in den Nordwesten der Vereinigten Staaten, zu bringen. Dort ähnelte das Klima dem in Alaska weit mehr als in New York.

Nach Miniks erster Begegnung mit den Zwillingen ging Bruce jedoch zunächst auf Seereise. Bis zu seiner Rückkehr lebten die Mädchen bei ihrer Pflegemutter, Miss Meagher – ein weiteres, nicht ohne Eigennutz getroffenes Arrangement des Museums, dessen Anthropologischer Abteilung ja gerade erst vier Polareskimos weggestorben waren. Mit dem Ersatz aus Alaska konnte man die Studien fortsetzen.

Nach dem Tod seines Vaters hatte Minik das Naturkundemuseum nur widerwillig besucht, wenn Dr. Boas, Alfred Kroeber oder andere Wissenschaftler nach ihm verlangten. Jetzt konnte er deren Einladungen gar nicht abwarten. Manchmal bettelte er so lange, bis Rhetta Wallace mit ihm nach Manhattan fuhr oder das Dienstmädchen Maggie Arned damit beauftragte. Und wenn er Zaksriner im Museum wiedersah, dann war es für ihn wie das Ende der Dunkelheit nach einer langen Polarnacht. Sie verkörperte für ihn die Sonne. Und Artmarhoke den Mond.

Weil Minik und Zaksriner ein so niedliches Paar waren, interessierte sich auch die Presse für sie. Sogar eine Fotografie von ihnen – zusammen mit Rhetta Wallace und Miss Meagher – erschien in der Zeitung.

An einem Montag Mitte Mai überraschte Minik seine neue Freundin mit einem Geschenk. Sie saßen im Garten des Museums auf einer Bank. Der Wind spielte mit Zaksriners seidigem schwarzen Haar. Die Vögel zwitscherten. Das Mädchen öffnete den kleinen Pappkarton, sah hinein und runzelte verwundert die Stirn.

»Eine Glasscherbe?«

Irgendwie hatte er sich ihre Reaktion anders vorgestellt. Energisch schüttelte er den Kopf. »Das ist geronnenes Polarlicht.«

»Es ist eine *Scherbe,* Minik«, beharrte sie. »Und wieso eigentlich ›geronnen‹?«

»Mein Vater hatte mir immer von zwei Quellen erzählt: aus der einen fließt im Winter die Dunkelheit und aus der anderen im Sommer das Licht, welches uns am Leben erhält ebenso wie Blut.« Er deutete auf das schillernde Kleinod in der Schachtel. »Als kleiner Junge dachte ich, wenn das eine gerinnen kann, dann auch das andere. Gefällt dir mein Geschenk nicht?«

Ihr Blick senkte sich wieder ins Kistchen. »Es ist schön bunt, fast so wie die schillernden Augen auf den Pfauenfedern.«

»Für mich ist es aber ein Stück Nordlicht. Wenn ich es anschaue, träume ich von Grönland. Ich sehe meinen lieben Vater und mich. Wir fahren auf dem Hundeschlitten über ein großes Schneefeld. Um uns herum gibt es keine Wände und eine Zimmerdecke ist auch nicht da. Nur der Himmel. Und das Nordlicht …« Mit einem Mal sah Minik in Zaksriners dunklen Augen wieder diesen großen Weltschmerz. Sein Herz verkrampfte sich. »Was ist?«

Sie legte ihm den Karton mit der Scherbe in den Schoß. »Behalte du sie, Minik.«

Verständnislos sah er sie an. »Warum? Du hast gesagt, sie ist schön.«

»Ja. Das stimmt auch. Aber ich will sie dir nicht wegnehmen.«

Dies war einer der Momente, in denen Minik den Altersunterschied zwischen Zaksriner und sich selbst spürte. Sie sagte manchmal Dinge, die er einfach nicht begriff. Er schüttelte den Kopf. »Aber du nimmst mir nichts weg. Ich möchte dir das Nordlicht schenken.«

In ihren Augen bildeten sich Tränen, was ihn noch mehr verwirrte. Sie legte ihre feingliedrige Hand auf die seine. »Du hast recht, Minik, es ist nicht bloß eine Scherbe. Immer, wenn du sie anschaust, bist du frei.«

»Blödsinn! Ich bin doch nicht hinter Glas gefangen.«

Zaksriner streichelte ihm die Wange. »Doch, Minik. Du, Artmarhoke und ich – selbst wenn wir unsere Fellkleider nicht tragen, sehen uns die Menschen wie durch eine dieser Scheiben im Museum. Wir sind ihnen fremd. Deshalb betrachten sie uns nur durch geschlossene Fenster.«

Er schüttelte verwirrt den Kopf. »Das verstehe ich nicht.«

»Irgendwann wirst du wissen, was ich meine, Minik. Vielleicht bin ich bis dahin nicht mehr bei dir. Dann wirst du froh sein, dein geronnenes Nordlicht noch zu haben.«

»Ich verlasse dich nicht, Zaksriner. Du bist mein Polarstern.«

Sie schüttelte den Kopf. »Ich fürchte, mehr als eine Sternschnuppe kann ich für dich nicht sein.«

Ohne recht zu wissen warum, jagte ihm ihre Antwort einen Riesenschreck ein. »W-wie … meinst du das?«

Zaksriner lächelte traurig. »Darüber möchte ich nicht reden. Nicht heute, wo du mir das Nordlicht schenken wolltest.«

»Wirst du die Kleine heiraten?«, fragte Willie und grinste.

»Wozu? Ich will lieber mit ihr Fahrrad fahren«, antworte Minik. Für ihn war das die innigste Form der Zweisamkeit, die er sich vorzustellen vermochte. Leider hatten sich die Streifzüge mit Zaksriner in den vergangenen Tagen nur auf den näheren Umkreis des Museums beschränkt und meistens war auch Artmarhoke dabeigewesen und hatte andauernd versucht, Miniks Wange zu tätscheln, was ihm gar nicht gefiel.

Zwei Tage später, es war der 23. Mai, brachte Maggie ihn wieder ins Museum. Während der Bahnfahrt erzählte sie ihm von Gott und der Welt – vor allem von der unendlichen Liebe des Herrn –, aber Minik hörte kaum zu. Ihm wollte die beunruhigende Bemerkung Zaksriners über die Sternschnuppe nicht aus dem Kopf gehen.

Als er die Zwillinge im Museum wiedersah, wirkten sie bedrückt. Unter einem Vorwand schleppte Minik seine Freundin in eine stille Ecke bei den Löwen und Leoparden. Zaksriner trug an diesem Tag ein weißes Kleid. Auf dem großen, mit Spitzen besetzten Kragen sahen ihre langen schwarzen Haare aus wie Rabenfedern im Schnee.

»Warum bist du so traurig?«, fragte er.

Sie ließ den Kopf hängen. »Onkel Miner hat geschrieben. Er kommt bald zurück. Diesmal für länger. Wir ziehen nach Seattle. Oder jedenfalls in die Nähe davon.«

Minik spürte plötzlich einen dicken Kloß im Hals, der ihn am Sprechen hinderte. Jetzt verstand er, was sie mit der Sternschnuppe gemeint hatte: Sie erstrahlt kurz am Himmel und ist gleich wieder weg.

»Bist du traurig?«, fragte sie.

»Ja. Dann können wir nicht mehr spielen und miteinander reden.«

Das Mädchen nickte ernst.

Minik glaubte, alles Unglück der Welt laste auf seinen schmalen Schultern. Warum folgte jeder Freude gleich wieder Traurigkeit? Er wollte seinen Stern nicht loslassen, aber was konnte er schon tun? Einem kleinen Jungen hörte ja sowieso niemand richtig zu. Am liebsten hätte er losgeheult, aber das traute er sich in Zaksriners Gegenwart nicht.

»Ich möchte so gerne mit dir Fahrrad fahren.« Er wunderte sich über seine eigenen Worte. Sie waren einfach so aus ihm herausgerutscht.

Sie nickte. »Ja, das wäre schön.«

»Wir könnten durch den Central Park flitzen.«

»Ich habe gar kein Fahrrad, Minik.«

»Dann musst du dir eben eins wünschen. Ich habe mir auch eins gewünscht und Tante Rhetta hat's mir geschenkt.«

Sie blickte ihn aus ihren dunklen Augen traurig an. »Erst muss Artmarhoke richtig gesund werden. Ihr Husten wird immer schlimmer.«

Das war auch Minik nicht entgangen. Jedes Mal, wenn Zaksriners Schwester hustete, lief es ihm kalt den Rücken hinunter, weil ihn das Geräusch an seinen Vater erinnerte. Ohne rechte Überzeugungskraft sagte er: »Bestimmt geht es ihr bald besser. Dann radeln wir alle zusammen durch den Park.«

In den kommenden Tagen wurde Maggie Arneds Geduld auf eine harte Probe gestellt. Minik wollte unbedingt mit ihr und zwei Fahrrädern im Zug nach Manhattan fahren. Schließlich gab Rhetta ihr Einverständnis zu dem Plan. Ihr war nicht entgangen, wie viel dem Jungen an seiner kleinen Freundin lag. Minik wusste so gut wie sie, dass die Zeit der Sommerfrische in Schoharie County nahte. Und was im Herbst nach der Rückkehr aus Lawyersville sein würde, war mehr als ungewiss. Die Befürchtung, schon bald von Zaksriner Abschied nehmen zu müssen und sie womöglich nie wiederzusehen, drückte sichtlich auf sein Gemüt.

Als Minik und Maggie am Manhattan Square eintrafen, saß Zaksriner allein auf einer Bank vor dem lang gestreckten Museumsbau. Auf ihrem hübschen Gesicht war wieder einmal alle Traurigkeit der Welt versammelt, aber der Anblick der beiden Fahrräder entlockte ihr ein kleines Lächeln. Maggie bot an, Miss Meagher Bescheid zu sagen und anschließend mit den Kindern in den Park zu gehen.

»Wie geht es Artmarhoke?«, fragte Minik, als er mit Zaksriner allein war. Er konnte ihre Wärme spüren, so dicht hatte er sich neben sie gesetzt.

Ihre Miene wurde noch düsterer. »Sie hat hohes Fieber bekommen. Heute früh ist sie ins Mount Vernon eingeliefert worden.«

»Ins Sanatorium?« Ein eiskalter Schauer jagte über Miniks Rücken. All die hübsch verpackten und im Unterbewusstsein versenkten Erinnerungen von den eigenen Erlebnissen im Krankenhaus tauchten mit einem Mal wieder auf. Im vergangenen Herbst, nur wenig mehr als ein halbes Jahr nach dem Tod seines Vaters, hatte er abermals mit einer schweren Lungenentzündung zu kämpfen gehabt. »Ist es … sehr schlimm?«

»Beim Husten ist Blut mit herausgekommen.«

Minik erschauerte. Er konnte sich nur allzu gut entsinnen, wie es mit seinem Vater zu Ende gegangen war. Wenn er nur irgendetwas für Artmarhoke tun könnte! Oder wenigstens für Zaksriner, damit ihre Sorgen sie nicht auffraßen. Aber in seiner Hilflosigkeit saß er einfach nur da und schwieg.

Schließlich gesellte sich Maggie wieder zu ihnen. Es war zu sehen, wie sie sich zu einem Lächeln zwingen musste. Minik spürte ihre Befangenheit. Die Pflegemutter der Zwillinge hatte ihr bestimmt von Artmarhoke erzählt. »Miss Meagher ist einverstanden. Sie meinte, du hättest mit ihrem Rad schon manche Runde gedreht, Zaksriner. Wirst du mit dem hier zurechtkommen?« Maggie deutete auf das mitgebrachte Damenrad.

»Ja«, antwortete das Mädchen knapp.

Wenig später sausten Minik und Zaksriner über die Parkwege. Die Fahrräder waren für sie zu groß, um gleichzeitig auf dem Sattel zu sitzen und in die Pedale zu treten, aber das hinderte sie nicht am Vorwärtskommen. Minik war eindeutig der geschicktere Radler. Manchmal schoss er davon, nur um gleich wieder in die Nähe seiner Freundin zurückzukehren und sie mit wagemutigen Schleifen zu umkreisen. Die Zeit verging für ihn wie im Flug. Ab und zu lächelte ihm Zaksriner zu. Vielleicht tat sie das nur, um ihm einen Gefallen zu tun, doch er hoffte, ihren Kummer wenigstens für ein paar Stunden verscheucht zu haben. Wenn sie schon nicht sein erstarrtes Nordlicht hatte annehmen wollen, so doch wenigstens dieses kleine Glück.

Minik dehnte diesen Moment so lange wie möglich aus. Sobald Zaksriner sich anschickte, den Ausflug zu beenden, rief er: »Komm! Noch eine Runde.« Ein paarmal ging sie darauf ein, aber dann erscholl Maggies spitze Stimme – und die Seifenblase der Glückseligkeit zerplatzte.

»Danke, es war wunderschön«, sagte Zaksriner, nachdem sie zum Museum zurückgekehrt waren.

Etwas an ihrem Tonfall schnürte Minik die Kehle zu. Ihr Danke klang so endgültig. »Irgendwann fahren wir wieder«, antwortete er.

Zwei dicke Tränen kullerten über ihre Wangen.

»Warum weinst du, Zaksriner?«

Sie schüttelte trotzig den Kopf. »Nichts. Ich bin nur ein dummes Mädchen.«

Plötzlich trat sie einen Schritt auf ihn zu, umfasste seine Schultern und rubbelte ihre Nase an der seinen. »Pass immer auf dich auf, Minik.« Sie gab ihn wieder frei, lief, während sie ihn aus ihren großen, dunklen, traurigen Augen anblickte, einige Schritte rückwärts und sagte dann leise: »*Aliana mik, Minik!*«, was in der Sprache der Alaska-Inuit »Auf Wiedersehen, Minik!« bedeutet. Hierauf wirbelte sie herum und lief in Richtung Museum davon.

Früher als erwartet bezogen die Wallaces in diesem Jahr ihren Sommersitz in Lawyersville. Minik beschlich die dunkle Ahnung, Tante Rhetta wolle ihn von den Zwillingen fernhalten, um ihm schlimme Nachrichten von Artmarhoke zu ersparen. Wie wenig sie ihren Zögling verstand! Nicht einmal Maggie hatte sie mitgehen lassen, sondern stattdessen Lizzie eingestellt, ein pausbäckiges Kindermädchen, das eine unverwüstlich gute Laune besaß.

Weder Lizzies sonniges Gemüt noch Willies Draufgängertum konnten jedoch die Schatten auf Miniks Seele merklich aufhellen. Hatte er im letzten Jahr die Zeit in den Hügeln des Schoharie County genossen, schleppten sich für ihn nun die Tage nur dahin. Er hoffte auf Nachricht von Zaksriner, aber immer wenn er Rhetta oder Lizzie fragte, bekam er ausweichende Antworten.

Da die Sommerferien noch nicht begonnen hatten, musste er in Lawyersville die Schulbank drücken, aber so oft wie möglich stahl er sich davon, um allein durch die Wälder zu streifen. Auch die Lektionen in der Reformierten Kirche lenkten ihn nicht von seinen Sorgen um Zaksriner und ihre kranke Schwester ab.

»Und was haben sie heute mit euch in der Sonntagsschule gemacht?«, erkundigte sich Lizzie am zweiten Sonntag nach der Ankunft.

»Sie haben mir die fünf Cent abgenommen«, brummte Minik. Er hätte nicht deutlicher zum Ausdruck bringen können, wie wenig er vom *qallunaaq*-Glauben hielt. Trotzdem bestand auch Lizzie auf der Einhaltung der Christenpflichten.

Als die Zeit zum Schlafengehen kam, überlegte Minik, wie er um das lästige Beten herumkommen könnte. In seiner Heimat ahmte ein Jäger manchmal die Stimmen von Tieren nach, um die Beute in Sicherheit zu wiegen. Vielleicht ging das ja auch hier.

Und so murmelte er, während er auf dem Weg ins Bett die Treppe hinaufstieg, gerade laut genug vor sich hin, damit das Kindermädchen es hörte. Beim Entkleiden setzte er das Genuschel fort. Als Lizzie ins Zimmer kam, um nach dem Rechten zu sehen, atmete er befreit auf und sagte: »Also, Lizzie, Gebet fertig!«

Sie runzelte misstrauisch die Stirn, deckte ihn dann aber zu, ohne ihn mit weiteren Pflichtübungen zu drangsalieren.

»Heute Abend müde, heute nicht so lange beten«, erklärte er am nächsten Tag. Und am Dienstag entzog er sich dem Gute-Nacht-Ritual mit vorgetäuschten Bauchschmerzen. Wenn es darum ging, sich um unbequeme Verrichtungen herumzudrücken, bewies Minik enormen Einfallsreichtum.

Donnerstag – es war der 15. Juni – kam überraschend William auf die Farm. Er wirkte nicht sehr gesprächig.

»Hast du etwas von den Zwillingen gehört, Onkel Will?«, fragte Minik ihn beim Abendessen.

»Zaksriner geht es gut«, brummte der.

»Und Artmarhoke?«

William und seine Frau tauschten über den Tisch hinweg einen langen Blick. Rhetta legte ihre Hand auf Miniks Arm.

»Nicht heute, mein Lieber. Onkel Will ist müde von der Reise.«

Als ihn die beiden Jungen am nächsten Morgen suchten, war er nirgends zu finden. Auch nach der Schule blieb William wie vom Erdboden verschluckt. Dafür stießen sie vor dem Wohnhaus auf Lizzie.

»Dein Onkel Will sagte, er wolle zuerst einen Inspektionsrundgang auf der Farm und später einige Erledigungen in Cobleskill machen«, erklärte sie. »Was haltet ihr zwei Lauser davon, wenn ich euch Wasser in die große Zinkwanne einlasse? Dann könnt ihr euch abkühlen.«

»Ich gehe lieber zum Bach«, sagte Minik.

»Daraus wird heute nichts. Mrs Wallace möchte, dass ihr in der Nähe bleibt.«

»Besser in der Wanne planschen, als vom Bach nur träumen«, sagte Willie. Die Sonne brannte heiß vom Himmel herab.

Minik zuckte die Achseln. »Na schön.«

Wenig später saß er hinter dem Haus bis zur Brust in einer mit lauwarmem Wasser gefüllten Zinkwanne. Willie trieb sich derweil noch irgendwo herum. Minik rief nach ihm.

Unvermittelt tauchte Willie im Hinterausgang des einstigen Gasthauses auf. Seine ganze Bekleidung bestand aus einer Zeitung, in deren Studium er versunken war. Irgendwie schaffte er es trotzdem, ohne sich die Zehen anzustoßen, bis zur Wanne zu gelangen und hineinzusteigen. Er legte die Arme auf den Rand derselben, damit die großen Blätter nicht ins Wasser tauchten.

»Was liest du da?«, fragte Minik.

»Die *World*«, antwortete Willie abwesend. »Vater hat sie aus New York mitgebracht.« Als zukünftiger Rennfahrer und Fabrikbesitzer sah er es als seine Pflicht an, sich über das Weltgeschehen zu informieren.

Minik besuchte erst seit Jahresbeginn die Mount-Hope-Schule in der Bronx und war des Lesens noch nicht mächtig.

Deshalb bekam er die Nachrichten von seinem Freund stets in vorgekauten Häppchen aufgetischt.

Hinter der Zeitung erscholl ein derber Fluch.

»Ist was passiert?«, fragte Minik.

Willie ließ die Oberseite der Zeitung umknicken, um drüber hinwegsehen zu können. Er war kreidebleich. »Artmarhoke ist tot.«

»Nein …!«, stieß Minik hervor. Es war ein erstickter Schrei, dem atemlose Beklemmung folgte. *Artmarhoke tot?* Sofort waren wieder all die schrecklichen Bilder da von seinem sterbenden Vater und von der toten Atangana in der Scheune, dieselbe Furcht und Trauer pressten mit klammem Griff sein wild schlagendes Herz zusammen.

Willie konnte nicht ahnen, wie sehr die Nachricht seinen Freund aufgewühlt hatte; zudem besaß er so viel Feingefühl wie ein Walross. »Doch«, beharrte er. »Hier steht's schwarz auf weiß. Sie ist vorgestern im Mount Vernon gestorben. An Tuberkulose …«

»Sei still!«, kreischte Minik und hielt sich mit den Händen die Ohren zu.

Sein Freund presste die Lippen zusammen.

Miniks Arme sanken schlaff ins Badewasser. »Steht da auch was von Zaksriner?« Über den Rand der umgeknickten Zeitung beobachtete er Willies Augen, die zunächst hektisch hin- und hersprangen und mit einem Mal groß wurden. »Hast du was gefunden?«, fragte Minik ungeduldig.

»Nein«, antwortete Willie auffallend schnell.

»Was steht da?«

»Nichts.«

»Doch.«

»Aber gib mir nachher nicht die Schuld …«

»Jetzt lies schon!«

»Na gut.« Willie räusperte sich. Mit dem Finger über die

Zeilen des Artikels wandernd, fasste er das Wesentliche zusammen: Artmarhoke sei in dem Sanatorium von Doktor Walton an Tuberkulose gestorben. Die behandelnden Ärzte legten Wert darauf, dass sie ein ›freier Patient im Interesse der Wissenschaft‹ gewesen sei. Auf Veranlassung von Doktor Franz Boas habe sich die Columbia-Universität ihre Leiche für fünfzehn Dollar gesichert. Wörtlich hieß es in dem Bericht: ›Die Wissenschaftler dort wollen sie als Exemplar ihrer Rasse ins Naturkundemuseum schicken, damit sie als Mumie ausgestellt werde, wie bei den Pharaonen. Es ist eine Gelegenheit zu zeigen, dass wir wissen, wie man Mumien macht. Miner W. Bruce hält sich in Seattle, Washington, auf. Zaksriner befindet sich hier in der Obhut einer Bekannten von Bruce.‹ »Das war's«, schloss Willie und ließ die Zeitung ins Badewasser sinken. Jetzt sah sogar er betroffen aus.

Minik bekam den Mund nicht mehr zu. Ungläubig starrte er seinen Freund an. Einzelne Fetzen des Zeitungsberichtes flatterten durch seinen Geist: *Freier Patient … für fünfzehn Dollar … als Exemplar ihrer Rasse … als Mumie ausgestellt …*

»… endlich wieder zu dir!«, drang mit einem Mal Willies Stimme in Miniks Bewusstsein.

Der blinzelte benommen. »Was?«

»Geht es dir gut? Soll ich Lizzie rufen?«

Er schüttelte den Kopf. Solche Fragen konnte auch nur Willie stellen. In Miniks Fantasie verwoben sich Schilderungen der Zeitung mit den schrecklichsten Vorstellungen. Ohne ein weiteres Wort erhob er sich aus der Zinkwanne und lief, nass und nackt wie er war, in den Garten. Hinter einem Walnussbaum sank er ins Gras und ließ endlich seinen Tränen freien Lauf. Leise schluchzte er die Worte, die Zaksriner ihm beigebracht hatte.

»*Aliana mik, Artmarhoke!*« – Auf Wiedersehen, Artmarhoke.

In dieser Nacht hatte Minik einen schrecklichen Traum. Er ging ganz allein durchs Naturkundemuseum. In einem der Fenster sah er eine Sternschnuppe vorüberziehen. Der Mond ergoss sein silbernes Licht in die Flure und Säle. Ansonsten herrschte die Dunkelheit.

Minik lief zu den Dioramen. Mit einem Mal bemerkte er hinter einem der Fenster eine arktische Szenerie. Er konnte Hunde erkennen, einen Schlitten und zwei Menschen. Angelockt von dem vertrauten Anblick trat er näher an das »Durchschaubild« heran. Vielleicht kannte er einige der Hunde. Als er die Figuren der Jäger betrachtete, lief es ihm eiskalt den Rücken herab.

Es waren Zaksriner und Artmarhoke. Man hatte sie genauso ausgestopft wie die Schlittenhunde. Mit gläsernen Augen sahen sie ihn an …

Plötzlich wurde er an den Schultern gepackt und durchgeschüttelt.

»... träumst nur. Alles ist gut, Minik«, rief eine helle Stimme.

Er öffnete die Augen und erschrak, weil dicht über ihm Willies Gesicht schwebte.

»Na endlich«, keuchte dieser. »Du hast so laut geschrien, dass wahrscheinlich das ganze Haus aufgewacht ist.«

»Was habe ich gesagt?«, fragte Minik. Es fiel ihm ungemein schwer, den einfachen Satz in Englisch herauszubringen.

»Das konnte ich nicht verstehen«, antwortete Willie. »War wohl Eskimosprache. Nur die Namen von Artmarhoke und Zaksriner habe ich mehrmals herausgehört.«

In schneller Abfolge betraten jetzt auch Lizzie und Willies Eltern das Kinderzimmer. Alle trugen Morgenmäntel. Rhetta setzte sich zu Minik auf die Bettkante und nahm seine Hand.

»Ich habe dich schreien gehört, mein Liebling. Was war denn? Hattest du einen Albtraum?«

Minik nickte. Er merkte, wie ihm die Tränen über die Wangen liefen, und sein Herz pochte unvermindert heftig in der Brust. »Ich habe sie gesehen. Zaksriner und Artmarhoke. Sie waren … gestopft.«

»Er meint ausgestopft«, sagte Willie. »Aber davon stand nichts in der *World.* Nur, dass sie die Kleine als Mumie ausstellen wollen.«

»Hast du ihm etwa aus der Zeitung vorgelesen?«, fragte William.

»Ja. Er fragt doch ständig nach den Zwillingen und von euch bekommt er ja keine Antwort.«

»Aus gutem Grund, wie du jetzt hoffentlich begreifst.«

Minik faltete flehend die Hände, wie er es von Maggie und Lizzie für das Abendgebet gelernt hatte. »Bitte, Onkel Will, du musst Artmarhoke helfen. Sie nicht sollen gestopft werden. Und Zaksriner muss zu Onkel Miner, damit nicht auch krank werden.«

»Er hat recht«, ergriff Rhetta für ihren Pflegesohn Partei.

William seufzte. »Was stellt ihr euch vor! Ich bin nur der Leiter der Bauabteilung und kein Wissenschaftler. Da kann und darf ich mich nicht einmischen.«

»Ich finde es geschmacklos, das Mädchen für die Ausstellung zu präparieren. Immerhin ist es so etwas wie ein menschliches Wesen. Es war Miniks Freundin. Wenn du nichts unternimmst, Schatz, dann werde ich es tun. Ich kenne da einen Reporter, der neulich Minik, Zaksriner, Miss Meagher und mich für einen großen Bericht fotografiert hat. Die Zeitung wird begeistert sein, wenn ich erzähle, wie ein kleiner Eskimo über die Arbeit der Herren Wissenschaftler denkt.«

Das am nächsten Morgen von Rhetta Wallace nach New York geschickte Telegramm zeigte Wirkung. Kurz darauf erschienen bis nach Chicago und darüber hinaus Zeitungsmeldungen mit erstaunlich gleich lautendem Wortlaut:

Der Bericht, Artmarhokes Körper werde für die Ausstellung im Naturkundemuseum mumifiziert, wurde von den Verantwortlichen dementiert. Der Leichnam werde ordnungsgemäß bestattet, wie es auch mit anderen Körpern unter vergleichbaren Umständen geschieht.

Trotzdem wurde Minik in den folgenden Tagen noch oft von dem Albtraum heimgesucht. Hinzu kam die schreckliche Ungewissheit in Bezug auf Zaksriner. Tante Rhetta tröstete ihn: Seiner kleinen Freundin gehe es bei Miss Meagher bestimmt gut. Er solle sich keine Sorgen machen. Und wenn Onkel Will ab und zu nach Lawyersville kam, dann blickte er meist griesgrämig aus der Wäsche und redete kaum ein Wort. Ständig wälzte er die Papiere seiner diversen Unternehmen. Minik beschlich das Gefühl, Onkel Will plagten ganz andere Sorgen als seinen Zögling. Vielleicht gaben seine Kühe keine Milch mehr oder die Schlachtrinder waren zu mager …

Als die Familie am Ende des Sommers endlich wieder nach New York zurückkehrte, konnte es Minik kaum abwarten, wieder ins Naturkundemuseum zu kommen. Wie ein Wirbelwind fegte er durch die Flure und platzte, ohne anzuklopfen, in die Werkstatt von Miss Meagher. Alle Höflichkeit, zu der er sich aufraffen konnte, war ein knappes »Guten Morgen«. Gleich darauf erkundigte er sich nach Zaksriner.

Die Künstlerin schüttelte traurig den Kopf. »Sie ist fortgegangen.«

Minik riss Mund und Augen auf. Die Worte waren wie ein Strick, der ihm die Luft abschnürte. »Tot?«, krächzte er.

»Um Himmels willen, nein!«, antwortete Miss Meagher erschrocken. »Sie ist bei ihrem Adoptivvater in Seattle. Mr Bruce hat mir telegrafiert, der Kleinen geht es gut.«

Erleichtert ließ Minik die krampfhaft angehaltene Luft aus

den Lungen strömen. Was folgte, war eine melancholische Freude, wie man sie nach dem Erblicken einer Sternschnuppe empfindet: Sie erstrahlt wunderschön am samtenen Nachthimmel, aber viel zu schnell ist sie wieder fort. Zurück bleibt nur das Gefühl, etwas ganz Wunderbares gesehen zu haben, das auf seine besondere Weise einzigartig war und so niemals wiederkehren wird.

Sie fehlte ihm so sehr! Während der Herbst mit seinen Stürmen kam und der Winter mit dem Schnee, musste Minik immer wieder daran denken, wie er mit Zaksriner durch den Central Park gesaust war. Oft saß er nur in Highbridge am Fenster seines Zimmers, das »geronnene Nordlicht« in der Hand, und stellte sich vor, was sie in diesem Augenblick machte. Seit er Grönland verlassen hatte, war ihm nur wenig Glück beschieden gewesen. In den folgenden Wochen jedoch überwältigte ihn das Gefühl, mit dem Verschwinden seines Sterns Zaksriner sei eine neue Zeit der Dunkelheit angebrochen.

Das Verhängnis nahm seinen Lauf, nachdem William am 11. Januar 1901 mit grauem Gesicht nach Hause kam und erklärte: »Ich arbeite nicht länger für das Naturkundemuseum.« Minik fiel aus allen Wolken. Erst viel später sollte ihm klar werden, dass dieser neuerliche Schicksalsschlag weder etwas mit ihm noch mit dem Untergang seines »Glückssterns« zu tun hatte. Zunächst aber war er erschüttert: Er machte sich Vorwürfe, dachte er doch, sein Onkel Will müsse nun büßen, weil er sich immer wieder für ihn eingesetzt hatte.

Bald wurde deutlich, dass Williams florierende Unternehmen nur Luftschlösser waren. In Wahrheit steckten sie tief in den roten Zahlen. Nach und nach musste er sich von seinem Besitz trennen. Die Wallaces verarmten zusehends. Morris K. Jesup erklärte sein »Akkulturationsexperiment« für beendet und verweigerte Minik jegliche weitere Unterstützung. William wollte sich aber nicht so schnell geschlagen geben. Jedes Mal, wenn er müde nach Highbridge heimkehrte und davon berichtete, wie er den Präsidenten des Museums vergeblich umzustimmen versucht hatte, fühlte sich Minik schuldiger.

Bald ruderte William Wallace wie ein Ertrinkender, um seine Familie vor dem Untergang zu retten. Er entließ Angestellte, veräußerte Vermögenswerte, aber auch das nutzte wenig. Obwohl er gegenüber den Kindern selten von seinen Problemen sprach, spürten sie doch allzu deutlich, wie sehr die Sorgen auf ihm lasteten. Innerhalb weniger Monate stand den Wallaces das Wasser bis zum Hals. Der fortdauernde Abstieg der Familie war auch an Rhetta nicht spurlos vorübergegangen. Sie klagte zunehmend über Kurzatmigkeit.

Und Minik hatte das Gefühl, in einem Albtraum festzustecken, der sich unaufhörlich wiederholte. Erst war sein Vater von einer tödlichen Krankheit dahingerafft worden, dann die Freunde, zuletzt Artmarhoke, und jetzt umschlich der Tod Tante Rhetta, diese gute Frau, die ihn wie ihren eigenen Sohn liebte. Aus lauter Sorge um sie wurde auch seine Gesundheit immer anfälliger. Im Frühling 1903 brach er dann völlig zusammen und wurde ins Fordham Hospital eingeliefert. Die Diagnose hatte er schon oft gehört: Verdacht auf Tuberkolose.

Den Zeitungen war Miniks Erkrankung Sensation genug, um darüber zu berichten. Würde er nach nur wenigen Monaten dem Mädchen Artmarhoke ins Grab folgen? Bekäme das Naturkundemuseum am Ende doch noch seine Mumie? Zur Enttäuschung so manchen Redakteurs erholte sich der zähe kleine Bursche bald. Den Jahreswechsel verbrachte er schon wieder bei seiner Familie in der Bronx.

Anfang 1904 klopfte ein gut gekleideter Mann an die Haustür der Wallaces. Er hatte ein selbstbewusstes Lächeln, war um die dreißig und stellte sich als Roswell Chester Beecroft vor. Aus den Zeitungen habe er von Miniks traurigem Schicksal erfahren. Als Presseagent angesehener Persönlichkeiten und Unternehmen verfüge er über die nötigen Kontakte, um sich für den Jungen nützlich zu machen. Natürlich unentgeltlich. Es sei ihm ein Herzensanliegen, Minik zu helfen.

Die Wallaces hießen Chester Beecroft willkommen. Sie hatten in den letzten Monaten so viele Nackenschläge einstecken müssen, dass der junge Mann ihnen wie der barmherzige Samariter persönlich erschien. Auch Minik fasste schnell Vertrauen zu ihm. So begann eine Freundschaft, die bis zum Ende seines Lebens währen sollte.

Wenige Wochen, nachdem Chester wie ein neuer Komet an Miniks Hoffnungshimmel erstrahlt war, drohte auch schon die nächste Finsternis. Rhettas Gesundheitszustand verschlechterte sich dramatisch. Der Arzt empfahl ihr eine Luftveränderung. Was lag da näher, als nach Lawyersville zu fahren?

Minik und Willie begleiteten sie ins Schoharie County. Als ahnten sie bereits, wie es um ihre Mutter stand, waren sie die artigsten Jungen der Welt. Als Rhetta sich ins Bett legte und kaum mehr aufstand, verbrachte Minik viele Stunden bei ihr. Er war nun fast vierzehn, ein schlanker, sportlicher, gut aussehender Halbwüchsiger, dem man seine häufigen Krankheiten nicht ansah.

»Warum gehst du nicht mit Willie raus zum Angeln?«, fragte Rhetta immer wieder, weil sie ihn nur allzu gut kannte. Er hatte Hummeln im Hintern, geschlossene Räume nahmen ihm die Luft zum Atmen. Trotzdem weigerte er sich, auf ihr Drängen einzugehen.

»Draußen ist es zu kalt.« Mit dieser Antwort brachte er sie meist zum Schweigen.

Der Winter hatte die Gegend um Lawyersville noch fest im

Griff, als William seine Frau nach Schoharie ins Kilmer Sanitarium brachte. Für Minik wiederholte sich der Albtraum einmal mehr. Er glaubte zu spüren, dass es mit seiner Tante Rhetta zu Ende ging, trotzdem sperrte er den Gedanken aus. Indem er tagelang an ihrem Bett wachte, versuchte er ihr Kraft zu geben. Aber sie wurde immer schwächer.

Am 29. März 1904 scharte sie ein letztes Mal ihre Familie um sich. Jeder musste sich zu ihr herabbeugen und sie flüsterte ihm ein paar Worte ins Ohr. Minik stand etwas abseits am Fenster. Ich bin ja kein richtiger Wallace, dachte er, während ihm die Tränen übers Gesicht liefen und seine Schultern unter den aufgestauten Gefühlen bebten. Dann aber wandte sie sich plötzlich ihm zu und hauchte: »Tante Rhettas letzter Kuss ist für ihren kleinen Minik.«

Er stürzte an ihr Bett und ihre eingefallenen Lippen lösten das Versprechen ein. Minik vergrub sein Gesicht an ihrer Brust und schluchzte, als sei er noch immer der kleine Junge, der um seinen Vater trauerte. »Bitte gehe noch nicht, Tante Rhetta. Bitte, bitte, bitte lass mich nicht allein!«

Mit einem Mal spürte er ihre Hand auf seinem Kopf, so als wolle sie ihn segnen. Im nächsten Moment rutschte die Hand von ihm ab. Minik hob den Blick und sah in ihr bleiches Gesicht. Ihre Augen waren auf ihn gerichtet. Aber sie sahen ihn nicht mehr.

11.

In der Zwickmühle

New York, 3. Januar 1909

Er sei dem Tod noch einmal von der Schippe gesprungen, hatte der Arzt im Fordham Hospital gesagt. »Schonen Sie sich, junger Mann. Ihr Körper ist keine Drehorgel, die ewig dasselbe Lied spielen kann. Irgendwann geht ihm die Luft aus.«

Der Doktor hat gut reden, dachte Minik, während er mit weichen Knien das Foyer des Luxushotels betrat. In New York galten Ärzte als Halbgötter in Weiß, Eskimos dagegen nur als Bettler, die ihr Dasein in der Gosse fristeten und jedem Penny hinterherkriechen mussten. Das hier war so ein Penny. Allerdings ein ziemlich dicker.

An diesem 3. Januar des Jahres 1909 versammelten sich die Mitglieder des Arctic Club of America im Hotel Marlboro zu ihrem fünfzehnten Galadiner. Zur Auflockerung des Abendprogrammes hatten sich die Organisatioren auch wieder den Auftritt eines Polareskimos in Fellkleidung gewünscht. Die Garderobe wurde Minik wie schon im letzten Jahr zur Verfügung gestellt. Seine Hauptaufgabe bestand darin, bestaunt zu werden und, wenn er angesprochen wurde, möglichst eskimoische Antworten zu geben.

Eine Zeit lang schlenderte Minik zwischen runden, weiß gedeckten und festlich geschmückten Tischen hindurch und lächelte in alle Richtungen. Solche Veranstaltungen waren immer etwas seltsam für ihn. Er hatte die Sprache seines Stammes vergessen und ebenso wenig wusste er, wie sich ein Jäger vom Volk der Inuit an seiner statt verhalten würde, aber er gab sich alle Mühe, exotisch zu wirken. Für die meisten im Raum war er ohnehin nur eine wandelnde Dekoration. Es herrschte eine fröhliche, ja geradezu ausgelassene Stimmung. Man tauschte Neujahrswünsche wie Weihnachtsgeld.

Doktor Frederick Albert Cook konnte einmal mehr nicht an dem Jahrestreffen des Arctic Clubs teilnehmen, weil er irgendwo jenseits des Polarkreises überwinterte. Einige munkelten sogar, er sei verschollen. Erst im kommenden Sommer könne man eine Expedition in die Arktis schicken, um ihn zu retten oder ihn mit frischen Vorräten zu versorgen. Die Klubmitglieder sammelten Geld, um die *Jeanie* zu chartern.

Als Minik davon hörte, wurde er ganz aufgeregt. Die letzten Vorstöße zum Pol waren alle von Grönland aus unternommen worden. Vielleicht bot sich ihm hier eine Chance, Avanersuaq wiederzusehen, den »Platz im entlegensten Norden«, an dem er geboren war. Er musste gleich mit Dillon Wallace reden, der an diesem Abend gewissermaßen sein Boss war. Wie ein zottiger Jäger auf Beutezug schlich er durch den Saal und hielt Ausschau nach dem Vorsitzenden des Arctic Club of America. Im Vorfeld des Abends hatte Minik das Schwitzen im Pelz als vergleichsweise leichte Methode gesehen, die Leere in seiner Börse mit ein paar Dollar und die in seinem Magen mit einem guten Essen zu füllen. Jetzt bekam das Ganze für ihn eine viel größere Dimension.

Obwohl die Speisen auch nicht ohne waren. Die Köche hatten bei deren Zusammenstellung wohl vor allem den Hunger nach Exotik im Auge gehabt. Als Minik am Buffet nach Dillon Wallace suchte, starrte ihm ein ganzer Zoo fremdartiger Tiere entgegen. Da gab es unter anderem in heißem Fett ausgebackene Vogelspinnen aus New Mexico, gedünstete Boa constrictor aus Brasilien, rosa gegrillte Alligatorsteaks aus Florida und Trepang, getrocknete Seegurke, aus China. Hinzu kam eine reiche Auswahl an Früchten.

Ebendiese waren in hübscher Eintracht mit den Kuchen und Desserts am Ende der langen Tafel aufgebaut. Während Minik die süßen Versuchungen bestaunte, sah er aus den Augenwinkeln eine Bewegung. Aus einer fantasievoll dekorierten, costa-ricanischen Bananenstaude kroch eine schwarzbraune Vogelspinne hervor. Interessiert näherte sich Minik dem illegalen Einwanderer aus Mittelamerika. Offenbar hatte außer ihm bisher niemand das putzmuntere Krabbeltier bemerkt, das sich über den makellos weißen Leinendamast davonstahl, im Schutz eines mit bolivianischen Paranüssen garnierten Käses hinter der Tischkante abtauchte, es dort irgendwie bis zum Boden schaffte und sich auf seinen acht flinken Beinen in einen dunklen Winkel flüchtete.

Minik grinste. Er gönnte dem haarigen Ausreißer die Freiheit.

»Na, da ist ja unser Namensvetter. Wie geht es Ihnen, Mr Wallace?« Es war Dillon Wallace, der ihn unvermittelt ansprach. Der Klubvorsitzende betrachtete es als Running Gag, dass ein Eskimo denselben Familiennamen trug wie er. Man erzählte sich von ihm, er habe vor sechs Jahren eine Expedition ins Innere Labradors nur knapp überlebt. Der Mann, der jetzt im Cut am Buffet stand, sah weniger wie ein zäher Entdecker aus als wie ein wohlgenährter Bankier à la Morris K. Jesup.

Die Namensvettern begrüßten sich mit Handschlag.

»Ich war froh zu hören, dass wir Sie in diesem Jahr wieder verpflichten konnten, junger Freund. Wollten Sie nicht Reißaus nehmen?«, fragte Wallace.

Minik widerstand dem Drang, im Schatten hinter dem Buffet nach der Vogelspinne Ausschau zu halten. »Sir?«

»Sie haben doch Commander Peary gefragt, ob er sie auf der *Roosevelt* mit nach Grönland nimmt.«

»Ach, das meinen Sie. Es hat sich also schon rumgesprochen. Leider ist nichts draus geworden. Mr Peary schrieb meinem Pflegevater, er habe keinen Platz auf seinem Schiff.«

»Ha!«, lachte Wallace. »Das ist ja mal ein guter Witz. Er nimmt Reporter mit, Eisbärenjäger, Vogelkundler und einen Haufen anderer Leute, aber Sie lässt er hier!«

Minik fasste sich ein Herz. »Deshalb wollte ich Sie sprechen, Sir. Ich hörte, es soll ein Entsatzschiff zu Doktor Cook geschickt werden, um ihn zurückzuholen. Wäre es nicht möglich, dass ich auf der *Jeanie* mitfahre?« Er hielt den Atem an.

»Hm«, machte Wallace und knetete nachdenklich seine knollige Nase. »Ich denke, das ließe sich machen. Die *Jeanie* ist zwar nur ein Zweimastschoner von weniger als einhundert Tonnen, aber ein Eskimo passt ja bekanntlich in jede Ecke.« Wieder lachte er.

Miniks Herz hüpfte vor Glück. »Das wäre wunderbar, Mr Wallace ...«

»Immer langsam mit den jungen Pferden. Zunächst müssen wir das Geld für die Schiffscharter und die Ausrüstung zusammenkratzen. Vorher kann ich Ihnen nichts versprechen.«

»Trotzdem danke ich Ihnen, Sir. Sie ahnen ja nicht, was für eine Freude Sie mir gemacht haben.«

Der Klubvorsitzende klopfte Minik auf die Schulter. »Schon gut, junger Freund. Melden Sie sich einfach in zwei, drei Monaten in meinem Büro. Dann kann ich Ihnen bestimmt mehr sagen. So, und jetzt muss ich mich noch um ein paar andere Gäste kümmern.«

»Selbstverständlich, Sir. Noch einmal danke, Sir.«

Obwohl Miniks Sommerparka aus Seehundfell nach arktischen Gesichtspunkten zur leichten Kleidung zählte, war ihm, als gare er nach der Aufregung im eigenen Saft. Trotzdem fühlte er sich wohl. Er schwebte förmlich zwischen den Tischen hindurch, ließ sich anfassen und lächelte. Hin und wieder sagte er: »*Aliana mik!*« Es war der klägliche Rest Inuktitut, den er noch in sich trug. Er würde die Worte nie vergessen, mit denen sich Zaksriner von ihm verabschiedet hatte.

Den Gästen gefiel selbst dieses karge »Auf Wiedersehen!«. Es war so authentisch, so eskimoisch. Einige klopften ihm auf die Schulter, als wollten sie ihm zu seiner nordländischen Herkunft gratulieren. Jetzt, nach dem Gespräch mit Dillon Wallace, konnte Minik die wohlwollende Aufmerksamkeit richtig genießen. Seit langer Zeit stand er wieder einmal im Rampenlicht. Vor allem die Frauen der Möchtegernentdecker applaudierten ihm, zupften an seinem Pelz herum oder stopfen ihm kleine Leckereien in den Mund. Dabei erhaschte er manch tiefen Einblick in ihre Dekolletés. So viel Spaß hatte er lange nicht mehr gehabt.

In Gedanken sah er sich schon als Retter von Frederick Cook, der in die Arktis gefahren war, um Robert Peary den Nordpol wegzuschnappen. Früher hatten die zwei an einem Strang gezogen – Cook war Pearys Expeditionsarzt gewesen –, und so gab es auch im Festsaal des Marlboro Hotels Bewunderer für diesen, jenen oder sogar für beide Entdecker.

Miniks Interesse wurde von zwei besonders eindrucksvollen Exemplaren von Anhängern angezogen, die einen freundschaftlichen Disput über die Erfolgsaussichten der rivalisierenden Entdecker austrugen. Beide waren um die fünfzig und ziemlich beleibt. Cooks Fürsprecher besaß eine Glatze und eisengraue Brauen, die einer quer über beide Augen verlaufenden Hecke glichen. An dieser dicht wuchernden Barriere kam garantiert kein Blick vorbei. Der für Peary streitende Disputant war ein Krauskopf mit Kneifer und weit herabhängendem Backenbart. Im Laufe der von lebhaften Gesten begleiteten Diskussion hatte er sich mit einem Krebsschwanz Cocktailsoße an sein Monokel geschmiert, was zwar seine Sicht, nicht aber seine Leidenschaft einschränkte.

»Was sagen Sie als Eskimo denn dazu?«, richtete unvermittelt der Mann mit den opulenten Augenbrauen das Wort an Minik.

Dieser krauste die Stirn. »Ich habe alle Bücher über die Arktis gelesen. Meiner Meinung nach wird weder Peary noch Scott den Pol erreichen. Und auch kein anderer weißer Abenteurer.«

»Hört, hört!«, amüsierte sich der Träger des undurchsichtigen Monokels. »Und wie begründen Sie Ihr Urteil, junger Mann?«

»Die Weißen benutzen die falschen Methoden. Sie bauen sich schöne, bequeme Schiffe, stopfen sie mit allerlei Annehmlichkeiten voll und dampfen im Sommer mit einem Haufen nutzloser Passagiere, die ihre Vorräte aufessen, über den Polarkreis nach Norden. Dort lassen sie sich dann vom Packeis einschließen und überwintern erst einmal. Wenn der Frühling sich dem Ende zuneigt, stürzen sie los, verbringen den halben Sommer damit, so weit wie möglich in Richtung Pol zu hetzen, um dann in der zweiten Hälfte des Sommers mit hängenden Köpfen wieder zu ihrem Schiff zurückzukehren. Und als hätten sie damit etwas Bombastisches erreicht, lassen sie sich später in Amerika mit Glanz und Gloria feiern und posaunen: ›Diesmal haben wir den Pol noch nicht erreicht, aber bald wird es uns gelingen.‹ Dann schreiben sie Bücher über ihren Misserfolg, unternehmen lange, einträgliche Vortragsreisen, auf denen sie erklären, warum sie scheitern *mussten* und wieso es beim nächsten Mal besser klappen wird, und am Ende geht alles von vorne los.«

Miniks beißender Spott provozierte seine Zuhörer zu unterschiedlichen Reaktionen. Der mit dem Kneifer ergriff knurrend für Peary Partei.

»Der Commander ist ein zäher Bursche. Als ihm 1899 bei Fort Conger sieben Zehen erfroren sind, hat er sie sich einfach abnehmen lassen und ist kurz darauf weitermaschiert. So einen hält niemand auf. Im Übrigen, junger Mann, hat er erst zwei gescheiterte Anläufe hinter sich.«

Der Cook-Anhänger grinste schadenfroh. »Kein Grund, es nicht auch beim dritten Mal zu versieben, George.«

»Da bin ich mir ganz sicher«, sagte Minik und, sich des vorangegangenen Gesprächs erinnernd, fügte er hinzu: »Aber der Tag wird kommen, an dem ich wieder zu meinem Volk zurückkehre. Dann werde *ich* eine Expedition nur aus Eskimos ausrüsten und den Nordpol erobern.«

Beide Männer blickten dumm aus der Wäsche. Als Mitglieder des Arctic Club of America konnte ihnen kaum verborgen geblieben sein, dass vor allem Robert Peary sich bei seinen Expeditionen hauptsächlich auf »seine Leute« – die Polareskimos – verließ. Aber offenbar waren die Sichtbehinderungen der zwei Disputanten nicht nur äußerlicher Natur; sie hatten nicht im Traum daran gedacht, dass im Wettlauf zum Pol ausgerechnet ein Eskimo als Erster über die Ziellinie gehen könnte.

»Haben Sie jemals mit einem Sextanten Ihre geografische Position bestimmt? Wenn nicht, dann werden Sie nämlich kaum bemerken, ob und wann Sie am Pol stehen«, sagte eine amüsierte Stimme hinter Minik. Er drehte sich um.

Vor ihm stand ein Mann mit einem braunen, sauber gestutzten Vollbart, den er auf Ende vierzig schätzte. Er streckte Minik lächelnd die Hand entgegen. »Mein Name ist Harry Radford. Ich habe schon viel von Ihnen gelesen, Mr Wallace. Möchten Sie mir nicht ein wenig von Ihren Eroberungsplänen erzählen?«

Die Anhänger von Scott und Peary ließen durch entsprechende Gesten erkennen, dass ihr Bedarf an Miniks Sarkasmus vorerst gedeckt sei. Also verabschiedete er sich und begab sich mit Radford zu einem freien Tisch am Rande des Saals.

»Sind Sie nicht Naturforscher?«, erkundigte sich Minik, nachdem sein Gesprächspartner für beide Wein bestellt hatte.

Radford schob die Unterlippe vor und nickte anerkennend. »Jetzt sagen Sie nur noch, Sie hätten meine *Geschichte der Adirondack-Biber* gelesen.«

Minik lächelte verlegen. »Nein, leider nicht. Aber ich lese viel, auch über den berühmten ›Adirondack-Harry‹. Sie haben sich für den Schutz der Schwarzbären eingesetzt, nicht wahr?«

»Sie überraschen mich.«

»Wieso? Weil ich ein Eskimo bin und lesen kann?«

Radford steckte die Retourkutsche mit einem nachsichtigen Lächeln weg. »Haben Sie tatsächlich vor, den Nordpol zu erobern?«

»Warum nicht? Die letzten Expeditionen von Kane, Hayes, Hall und Nares sind im Wesentlichen so verlaufen, wie ich es eben den beiden Herren geschildert habe. Sie sind über den 82. Breitengrad nicht hinausgekommen. Nares meinte, er habe umkehren müssen, weil das Eis nördlich von Grönland nur einhundertsechzig Fuß dick gewesen sei. Wie viel wiegt ein voll beladener Hundeschlitten? Vierhundert Pfund? Mich würde interessieren, wie viel Nares wiegt, dass er einer fast fünfzig Meter dicken Eisdecke nicht traut. Wissen Sie, was ich glaube?«

»Ich bin begierig, es zu erfahren.«

»Diese ganzen Leute wollten gar nicht zum Nordpol.«

»Ach! Sondern?«

»Es sind Schatzjäger. Sie suchen das Elfenbein des Narwals und Walrosses, sammeln Pelze von Polarfüchsen, Eisbären und Heulern. Damit kommen sie dann zurück und machen einen guten Schnitt.«

Radford zog die Augenbrauen hoch. »Junge, Junge! Ganz schön gewagt, was Sie da behaupten. Ich hoffe nur, Sie scheren nicht alle Polarforscher über den gleichen Kamm. Wenn ich in Kürze zu meiner Expedition aufbreche, dann im Namen der Wissenschaft.«

Minik verdrehte die Augen. »Ach, wissen Sie, ich bin im Namen der Wissenschaft entwurzelt worden. Zusammen mit meinem Vater und unseren Freunden wurden wir im Namen der Wissenschaft hierhergebracht. Sie sind im Namen der Wissenschaft gestorben, wurden im Namen der Wissenschaft seziert und ihre Gehirne und Knochen lagern im Namen der Wissenschaft in Museen. Bitte nehmen Sie es mir nicht übel, aber diese Art von Wissenschaft würde bei meinem Stamm ganz andere Namen bekommen – und sie wären bestimmt nicht schmeichelhaft.«

»Puh! Da bin ich ja froh, dass ich Tierforscher und nicht Anthropologe bin.«

»Fahren Sie wirklich demnächst in die Arktis, Sir?«

»Ja. Aber falls Sie mich jetzt fragen wollen, ob ich Sie mitnehme: Ich fahre demnächst nach Montréal; da werden die Ausrüstung und das Team vervollständigt und dann geht es ab in den Nordwesten von Kanada, so weit weg vom Smith Sound, wie es nur geht.«

Minik atmete enttäuscht aus. Der Naturforscher war ihm sympathisch. Er hätte sich ihm gerne angeschlossen. »Dann muss ich wohl weiter warten und hoffen, dass die Entsatzexpedition für Scott zustande kommt. Mr Dillon Wallace meinte, ich könne vielleicht auf der *Jeanie* mitfahren.«

Einige Herzschläge lang betrachtete Radford sein Gegenüber nachdenklich. Dann sagte er: »Sie sind mir noch eine Antwort schuldig.«

Minik stutzte. »Entschuldigung, aber ich habe die Frage vergessen.«

»Können Sie mit einem Sextanten umgehen?«

»Äh ... eigentlich nicht. Aber ich werde es lernen.«

»Wo? Bei Ihren Leuten in Grönland?«

Minik reckte unbehaglich den Hals in seinem Parka. »Worauf wollen Sie hinaus, Mr Radford?«

»Fisch oder Fleisch?«, fragte plötzlich eine helle Stimme.

Verwirrt blinzelte Minik die junge Serviererin in ihrem schwarzen Kleid und der weißen Schürze an, die ihm ein Silbertablett mit Häppchen präsentierte.

»Möchten Sie gerne Fisch oder Fleisch essen, Sir?«, wiederholte sie ihr Angebot.

Radford schnappte sich ein Kanapee mit Kaviar.

»Ich nehme beides«, sagte Minik und bediente sich bei Makrele und Hackfleischbällchen.

Nachdem die delikaten Schnittchen verspeist waren, beugte sich der Naturforscher Minik entgegen, stellte die Ellenbogen auf die Knie und legte sehr bedachtsam die Fingerkuppen der gespreizten Hände aneinander. Nach einer rhetorischen Pause sagte er: »Ich kenne da einen katholischen Pater an meiner alten Schule. Bruder Peter. Er leitet das Manhattan College, Broadway, Ecke 131. Straße. Wenn ich mit ihm rede, lässt er Sie vielleicht die Schule besuchen. Sie könnten dort das für einen Entdecker nötige Handwerkszeug erlernen. Was halten Sie davon?«

Minik war sprachlos. Was für ein Abend! Erst bot ihm Wallace eine Passage nach Grönland an und jetzt Radford den Besuch einer Schule. Das Manhattan College war nicht Carlisle, war keine Lehranstalt für Indianer, sondern für den Nachwuchs ganz normaler amerikanischer Familien. Anstatt als Habenichts zu seinem Stamm zurückzukehren, könnte er sich das nötige Rüstzeug aneignen, um einmal als großer Held in die Geschichte der Polareskimos einzugehen. Unschlüssig betrachtete Minik seine Hände.

»Diesmal können Sie nicht Fisch *und* Fleisch wählen. Sie müssen sich entscheiden«, sagte Radford lächelnd.

»Das ist aber nicht so leicht. Jahrelang hat man mir die Unterstützung versagt und mit einem Mal werde ich damit überschüttet. Kann ich Ihr Angebot eine Nacht überschlafen?«

Der Forscher zuckte die Achseln. »Meinetwegen auch zwei

oder drei. Überhaupt kein Problem. Ich gebe Ihnen meine Karte. Dann können Sie sich mit mir in Verbindung setzen. Aber warten Sie nicht *zu* lange. Wenn ich erst einmal weg bin, dann für eine Ewigkeit.«

Benommen nahm Minik die Visitenkarte entgegen. Er steckte in einer Zwickmühle.

Die Enge des Klassenzimmers zwang Minik dazu, den Kopf einzuziehen. Er hatte das Gefühl, die Decke könne ihm jeden Moment auf den Kopf fallen. Wolken, Sonne, Mond und Sterne, die Grenzenlosigkeit des Himmels – all das fehlte ihm, seit er Tag für Tag im Manhattan College die Schulbank drückte. Vielleicht sollte er es sich aus dem Kopf schlagen, ein »Moses für die Eskimos« zu werden.

Das waren nämlich die Worte des Leiters der katholischen Lehranstalt gewesen, nachdem ihm Harry Radford den einzigen Polareskimo von New York vorgestellt hatte. Bruder Peter erklärte sich sogar bereit, auf das Schulgeld für den Vorbereitungskurs und das College zu verzichten, wenn Minik sich eine Arbeit suchte und selbst für seinen Lebensunterhalt aufkäme. So wurde der Handel perfekt gemacht, zu dem sich Minik schweren Herzens durchgerungen hatte; zwei Tage nach dem Galadiner im Malboro Hotel war er zu Radford gegangen, um ihm seine Entscheidung mitzuteilen.

Danach ging alles ganz schnell. Zu schnell, wie sich bald zeigen sollte. Am 1. Februar 1909, zum Auftakt des zweiten Semesters, hatte Minik seine Ausbildung am Manhattan College begonnen. Er war optimistisch und glaubte fest daran, zu Höherem berufen zu sein. Aber nach nur wenigen Tagen erkrankte er an seiner dritten schweren Lungenentzündung binnen weniger Jahre.

Vielleicht war es Trotz, der ihn wieder auf die Beine brachte, der ihn, wie es der Arzt im Fordham Hospital ausgedrückt hatte, einmal mehr an der Kurbel des Leierkastens drehen ließ, um das Lied des Lebens von Neuem anzustimmen. Möglicherweise hatte auch Chesters unverwüstlicher Optimismus ihn angetrieben. Jedenfalls nahm Minik Mitte März wieder am Unterricht teil. Er hatte sogar den Mut gefunden, sich erneut an das Naturkundemuseum zu wenden und die Verantwortlichen um die Herausgabe der Gebeine seines Vaters zu ersuchen. Das war vielleicht ein Fehler gewesen, denn abermals erlitt er Schiffbruch.

Himmelhoch jauchzend, zu Tode betrübt – schon durch die neuerliche Erkrankung hatte sein Vertrauen einen Knacks bekommen, jetzt drohte es völlig wegzubrechen. Nach dem abschlägigen Bescheid durch das Museum musste er ständig an die vergebene Chance zur Rückkehr in seine Heimat denken. Bald würde die *Jeanie* nach Grönland aufbrechen, und er wäre nicht an Bord.

Inzwischen ging der März zu Ende und Miniks Stimmung war weiter auf Talfahrt. Er glich einer angespannten Feder, die nur darauf wartete, in irgendeine Richtung davonzuschnellen. Missmutig saß er in dem stickigen, engen Klassenzimmer, kam sich vor wie ein Fisch auf dem Trockenen, starrte die Schiefertafel an, die der Mathematiklehrer mit wesenlosem Gekritzel bedeckte, und war fest überzeugt, einen großen Fehler begangen zu haben. Ohne Chesters unermüdlichen Ansporn hätte er längst alles hingeworfen. Zugegeben, die angesehene Lehranstalt in Manhattanville war kein Bildungsreservat für Indianer, Inuit, Inder oder sonstige ethnische Minderheiten. Bruder Peter ging rigoros gegen jede Herabsetzung von Studenten aufgrund ihrer Herkunft vor. Aber er konnte nicht überall sein. Vor allem nicht in den Köpfen der Weißen, in denen die Ghettos weiter existierten.

Mit gesenktem Kopf ließ Minik seinen Blick durch das Zimmer schweifen. Rechts vor ihm saß Jonny MacGee, ein feistes, sommersprossiges Ekelpaket, für das Bruder Peters Leitlinien nicht zu gelten schienen. Der »Rote Jonny«, wie er ob seiner Haarfarbe genannt wurde, war erst siebzehn – anderthalb Jahre jünger als Minik –, aber eine Führernatur mit kleiner Gefolgschaft, welche sich von den Sticheleien gegen Minik gerne anstecken ließ.

Die übrigen Mitschüler in Miniks Vorbereitungskurs waren in Ordnung. Er beneidete sie um ihre Normalität. Einige waren sogar richtig nett zu ihm. Aber selbst wenn sie ihn ganz unbefangen nach dem Leben in der arktischen Wildnis fragten, ließen sie ihn spüren, dass er anders als sie war. Er fühlte sich unter ihnen wie ein Fremder. Ausgrenzung, das war ihm in den letzten Tagen bewusst geworden, begann nicht erst mit Naserümpfen und Schimpfworten. Die Ausgrenzung fing viel früher an, nämlich wenn der andere einem erklärte, er habe überhaupt nichts gegen Arme oder Farbige, ganz im Gegenteil, er behandele sie sogar besonders freundlich.

Das laute Kratzen der Kreide auf der Tafel riss Minik in die Wirklichkeit zurück.

»So, und diese Aufgaben löst ihr bis übermorgen«, sagte der Lehrer. Es war ein knorriger Armeeveteran, dem man im Tausch für sein linkes Bein die Stelle im Manhattan College gegeben hatte.

Sekunden später ertönte die Pausenklingel. Der Mathematiklehrer humpelte auf seinem Holzbein davon. Die Schüler klappten ihre Pulte hoch und verstauten darin die Hefte. Minik war einer der Ersten, die den Klassenraum verließen. Er konnte gar nicht schnell genug an die frische Luft kommen.

Draußen hielt er sich abseits von den anderen. Die Hände in den Manteltaschen vergraben, schlich er über den kleinen Campus. Mit einem Mal flog ihm wie aus heiterem Himmel eine tote Ratte vor die Füße.

Erschrocken blieb er stehen.

Hinter ihm ertönte höhnisches Gelächter. Als er sich umdrehte, erblickte er den Roten Jonny mit seinem Gefolge.

»Da, lass es dir schmecken! Du bist doch ein Rohfleischfresser«, rief der Fettkloß. Er hatte noch drei andere Klassenkameraden um sich geschart. In der Nähe schüttelten einige Studenten die Köpfe, andere grinsten.

Miniks Unterlippe bebte. Bei anderer Gelegenheit hätte er den boshaften Burschen verprügelt, aber im Moment war ihm eher nach Heulen zumute. So weit ließ er es allerdings nicht kommen – er war nicht mehr der Dreikäsehoch, der zu nahe am Wasser gebaut hatte. Stattdessen wandte er sich trotzig von Jonny MacGee und seinem Fußvolk ab und stapfte vom Campus.

Erst als er den nahe gelegenen Hudson River erreicht hatte, konnte er wieder etwas klarer denken. Was hatte er bei diesem arroganten Volk verloren, das sich aufführte, als gehöre ihm die Welt allein? Solange er in Amerika blieb, würde es immer einen Jonny MacGee geben, der ihm das Gefühl vermittelte, eine Missgeburt zu sein oder bestenfalls eine Kuriosität, die man anglotzen und mit toten Ratten füttern konnte. Wie hieß der deutsche Dramatiker doch gleich, den der Lehrer letztens im Literaturunterricht zitiert hatte? Hebbel? Ja, Christian Friedrich Hebbel. In seinen Tagebüchern hatte der geschrieben:

> *»Bildung ist ein durchaus relativer Begriff. Gebildet ist jeder, der das hat, was er für seinen Lebenskreis braucht. Was darüber ist, das ist vom Übel.«*

Die Polareskimos fingen ihre Robben auch ohne Trigonometrie und Shakespeare. Und wo der weiße Mann sich trotz seiner Sextanten verlief, da fanden sie immer wieder in ihre Iglus zurück.

»Ich fahre mit der *Jeanie* nach Grönland«, erklärte Minik nach einem strammen Fußmarsch zum Astor-Hotel, wo er seinen Freund gerade auf dem Sprung erwischte. Chester war beim Kofferpacken für eine Dienstreise.

»Bist du von allen guten Geistern verlassen?«

Mit einer solchen Reaktion hatte Minik gerechnet. »Im Gegenteil. Ich will zu ihnen zurückkehren.«

Chester schüttelte den Kopf. »Hat dich der Rote Jonny wieder geärgert?«

»Nein. Das heißt, ja. Aber daran liegt es nicht. Mir ist klar geworden, dass ich in Amerika immer ein Fremder sein werde. Deshalb gehe ich zu meinem Volk zurück. Außerdem habe ich dir lange genug auf der Tasche gelegen.«

»Und was ist mit dem Nordpol?«

»Den finde ich auch so.«

»Ohne die geringsten Kenntnisse in Navigation?«

»Ich lerne die Sprache meines Volkes und biete mich anderen Expeditionen als Übersetzer und Führer an. Dabei kann ich mir alles abschauen, was man braucht.« Minik atmete tief durch. »Du bist mein Freund, Dob. Und weil ich nicht weiß, wann die *Jeanie* ausläuft, wollte ich dir rechtzeitig Bescheid sagen.«

Chester lachte. Es war kein spöttisches, sondern eher ein bitteres Lachen. Er ging zu einem kleinen Beistelltisch, auf dem ein Exemplar der *New York Times* lag. Einen Moment blätterte er darin, dann hielt er Minik die aufgeschlagene Zeitung unter die Nase. »Hier, lies!«

Cook muss weiter auf Rettung warten

Dillon Wallace, Vorsitzender des Arctic Club of America, teilte uns gestern mit, dass die geplante Entsatzexpedition für Doktor Frederick A. Cook vorerst abgeblasen werden muss. Die New Yorker Vereinigung der

Arktisentdecker hat lediglich eintausend Dollar sammeln können, zu wenig, um den Schoner Jeanie *zu chartern. Wallace versicherte uns, man werde weiter jede Möglichkeit prüfen, um Cook nach Hause zu holen.*

Ungläubig schüttelte Minik den Kopf. Er hatte das Gefühl, das Hotelzimmer drehe sich. Offenbar hatte Chester seine Verwirrung bemerkt, denn er ließ die Zeitung fallen, schnappte sich den nächstbesten Stuhl und drückte ihn sanft in Miniks Kniekehlen.

»Haben sich denn alle gegen mich verschworen?«, murmelte der.

»Die magere Ausbeute der Sammelaktion dürfte kaum etwas mit dir zu tun haben«, gab Chester zu bedenken.

»Das ändert aber nichts am Ergebnis. Jetzt habe ich mich endlich entschlossen, dieser Stadt den Rücken zu kehren, aber sie lässt mich nicht los.«

Chester zog einen weiteren Stuhl heran, setzte sich Minik gegenüber und sagte: »Nun bleiben wir mal auf dem Teppich, junger Freund. Du hast heute eine Demütigung einstecken müssen, na schön. Es wird nicht die letzte sein. Aber du wirst Leute wie diesen Jonny MacGee nie besiegen, wenn du vor ihnen davonläufst. Stell dich deiner Herausforderung. Geh wieder ins College und mach weiter! Zeige ihm, dass ein Eskimo klüger sein kann als so ein Holzkopf, der mit Scheuklappen durch die Welt läuft und es nicht einmal merkt.«

Minik sah seinen Freund zweifelnd an. »Meinst du, das könnte ich?«

»Na klar. Du kannst manchmal ein ziemlicher Aufschneider sein, aber dumm bist du nicht. Ich muss für ein paar Tage nach Albany. Versprich mir, in der Zwischenzeit wieder zum Unterricht zu gehen.«

Ein tiefer Seufzer entrang sich Miniks Kehle. »Na gut. Ich kann's ja noch mal versuchen.«

Bis zum Ende des Streiks fällt der Unterricht aus.

Verwirrt starrte Minik auf den Zettel am Hauptportal des Manhattan College. Er hatte zwar etwas von einem Studentenstreik munkeln hören und sich bei der Ankunft auf dem Campus auch über die vielen, angeregt miteinander diskutierenden Grüppchen gewundert, aber an einem Außenseiter läuft vieles vorbei. Umso überraschter war er jetzt, einen Tag nach dem Gespräch mit Chester, als er in Manhattanville plötzlich vor verschlossenen Türen stand.

Mit hängendem Kopf machte er sich auf den Heimweg. Er war maßlos enttäuscht. Nun hatte er sich von Dob zur Rückkehr ans College überreden lassen und wieder wurden ihm Knüppel zwischen die Beine geworfen.

Als er später auf der Bettkante in seinem Zimmer saß und mit leerem Blick vor sich hinstarrte, wünschte er sich, irgendwo anders zu sein, nur nicht mehr in New York. Warum sollte er es nicht wie Onkel Will machen? Der war nach Tante Rhettas Tod auch aus der Stadt davongelaufen. Finanziell befand sich Minik jedenfalls kaum in einer besseren Lage. Aber wohin sollte er gehen?

Ihm fiel wieder das Gespräch mit Harry Radford ein. Inzwischen müsste der Naturforscher in Kanada sein, um die letzten Vorbereitungen für seine Expedition zu treffen. Wenn es gelänge, bis nach Montréal zu kommen …

Minik erhob sich vom Bett und zog darunter einen abgeschabten Koffer hervor. Alles, was er besaß, stopfte er hinein. Dann nahm er ein Blatt Papier und setzte einen Brief an Chester auf:

Lieber Dob!

Wenn du diesen Brief liest, werde ich nicht mehr in New York sein. Was mir auch geschieht, ich kann und werde niemals vergessen, was du für mich getan hast. Mein lieber alter Freund, du hast mich zu deinem Bruder gemacht, als sich alle um ihre Verantwortung für mich drückten. Ich wurde aus meinem Land verschleppt und in Amerika wie ein Fremder behandelt. Du hättest deine Freundlichkeit auch anderen geben können, aber du hast ein großes Herz und schenktest sie mir. Du allein verstehst, was die anderen nicht begreifen.

Ich möchte dir nicht länger zur Last fallen. Du würdest auch weiter für mich da sein und gerade deshalb fühle ich mich so schlecht. Ich gehe, um dir eine Chance zu geben. Und hier hält mich nichts mehr. Sie wollen mir die Gebeine meines Vaters nicht geben und brechen alle ihre Versprechen. Das widert mich an! Nur du und Onkel Will haben zu mir gehalten. Mach dir keine Sorgen um mich. Ich ziehe nordwärts. Ich habe Heimweh nach Grönland und bin angeekelt von der Verlogenheit der Pearys, Jesups und wie sie alle heißen. Euer christlicher Glaube, den man mir beigebracht hat, ist kraftlos und hohl. Meine Leute sind menschlicher und freundlich, deshalb kehre ich zu ihnen zurück. Eure Zivilisation hat mir und meinem Volk nur Schaden zugefügt.

Lebe wohl!

Minik

Nachdem Minik ein paar Schreibfehler korrigiert hatte, steckte er den Bogen in einen Umschlag und klebte ihn zu. Er würde ihn irgendwo von unterwegs abschicken. Damit er einen Vorsprung hatte.

Anschließend verfasste er einen zweiten Brief ähnlichen Inhalts an seinen Ziehvater. Dann zog er den Mantel an und lief mit seinen Habseligkeiten auf die Straße hinaus. Er wusste noch nicht genau, wie er aus New York herauskommen sollte, denn er hatte nur noch fünf Dollar in der Tasche. Zu wenig für eine Bahnfahrkarte. Doch er war fest dazu entschlossen, die Stadt der kalten Herzen so schnell wie möglich hinter sich zu lassen.

12.

Sturm-und-Drang-Zeit

Cobleskill, 30. März 1904

Die Mienen der Trauergäste, die sich um Rhetta Wallaces Grab geschart hatten, blickten düster, der Himmel war grau und es nieselte. Nur der milde Wind, der aus New Hampshire herüberwehte, trug den nahenden Frühling in sich.

Unter dem Regenschirm starrte Minik mit tränenverhangenem Blick auf den braunen Kasten, den vier Leichengräber an dicken Seilen in die dunkle Grube hinabließen. Er konnte sich noch gut entsinnen, wie Atangana sich gewünscht hatte, man möge die Steine über ihrer sterblichen Hülle nicht zu dicht aufeinanderschichten, damit ihr Geist ungehindert entweichen könne. Aber wie, das fragte er sich, würde sich Tante Rhettas Seele fühlen, eingeschlossen in dieser engen Kiste, begraben unter sechs Fuß schwarzer Erde? Und wie sollte es nun mit ihm weitergehen? Würden auch Onkel Will und Willie bald sterben? Wer würde den Rasen um das Grab herum mähen?

Nicht alle Fragen, die ihn beschäftigten, waren für einen vierzehnjährigen Jungen vernünftig. Doch wer kann schon rational urteilen, wenn das Leben so gedankenlos mit ihm umspringt? Als der Pfarrer das letzte Gebet herunterleierte, brach Miniks alte Schwäche, die Ungeduld, durch. Er konnte das Ende des monotonen Gemurmels nicht abwarten. Während alle anderen die Köpfe gesenkt hielten und andächtig lauschten, ließ er unter halb geschlossenen Wimpern den Blick in die Umgebung schweifen. Dabei bemerkte er ganz in der Nähe einen Hasen. Das Langohr hockte neben einem steinernen Engel und tat sich an dem Grabschmuck gütlich. Als die Trauergemeinde im Chor das Amen sprach, ergriff Meister Lampe die Flucht.

Nachdem man der Toten die letzte Ehre erwiesen hatte, begab sich die Trauergemeinde in eine Gastwirtschaft. Minik entwickelte beim Leichenschmaus nur wenig Appetit. Onkel Will und Willie ging es sichtbar auch nicht besser. Während an dem Tisch schon wieder gelacht wurde, starrten sie nur mit glasigen Augen vor sich hin. Minik ahnte, dass die sonnigen Tage in Schoharie County ein für alle Mal vorbei waren.

In den folgenden Wochen verkaufte William Wallace alles, was sich irgendwie verscherbeln ließ. Seinen Söhnen teilte er mit, er wolle in Connecticut einen neuen Anfang versuchen. Das wahre Ausmaß seiner Geldnöte war Minik unbekannt. Für ihn ähnelte das Verhalten seines Ziehvaters sehr dem des Hasen, der auf dem Friedhof das Weite gesucht hatte.

New York, 14. April 1905. Der Geschäftsführer des Golfklubs im Pelham Bay Park lief rot an. Es ging ihm sichtlich gegen den Strich, den Widerspruch eines Caddies hinzunehmen. Vor allem, wenn dieser Caddie ein Eskimo war. Die Burschen schleppten Golfschläger. Hin und wieder gaben sie unerfahrenen Spielern auch einen Rat bei der Wahl des richtigen Eisens oder Holzes. Aber sie wiedersetzten sich *niemals* den Anweisungen des Managers. Und schon gar nicht, wenn die anderen Schlägerschlepper drumherum standen.

Normalerweise war Seymour Foggedy ein umgänglicher Mann. Ja, man konnte sogar mit Fug und Recht behaupten, dass er ein Herz für seine Caddies hatte. Er liebte sie fast so sehr wie die karierten Knickerbocker, in denen er seinen Geschäften nachzugehen pflegte. Nur etwa ein Meter fünfundsechzig groß und mit einem kleinen Schmerbauch ausgestattet, konnte er gegen den ranken, widerspenstigen Burschen aus

Grönland nicht durch physische Präsenz punkten. Er musste die Autorität seines Amtes in die Waagschale werfen.

»Mr Wallace. Als Manager des Pell Golf Course obliegt es mir, unseren Mitgliedern einen ungestörten Freizeitgenuss zu ermöglichen. Dazu gehört auch, dass diese auf unserem Gelände überall und jederzeit zwischen dem Personal und den Gästen deutlich unterscheiden können. Ich muss daher auf das Tragen der Uniform bestehen.«

»Ich ziehe sie aber nicht an«, antwortete Minik. Er glaubte seinen Wert zu kennen. Der Boss konnte es sich nicht leisten, ihn zu feuern.

Seymour Foggedy schloss die Augen und holte tief Luft, um seiner Stimme Festigkeit zu verleihen. »Hätten Sie die Güte, Mr Wallace, mir zu verraten, wieso Sie die Caddieuniform verweigern?«

»Gerne, Sir. Es ist ganz einfach: Sie nimmt mir das Gesicht.«

»Wie?«

»Die Uniform macht mich zu einem gesichtslosen Teil eines Heeres, in dem jeder beliebig ausgetauscht werden kann. Aber ich bin einzigartig. Ein Inuk. Das bedeutet ›Mensch‹. So schnell finden Sie keinen besseren Caddie als mich.«

»Sie nehmen den Mund ganz schön voll, Mr Wallace.«

»Ich bin gerne bereit, den Beweis anzutreten, Sir.«

Foggedy funkelte Minik an. Ein diebisches kleines Lächeln stahl sich auf seine Lippen. »Ein exzentrisches Benehmen akzeptieren die Leute nur aus einem Grund: wenn derjenige herausragende Leistung erbringt. Übernächste Woche findet das alljährliche Caddieturnier statt. Trauen Sie sich zu, den ersten Platz zu belegen?«

»Natürlich, Sir.«

»Fein. Dann holen Sie sich den Pokal. Sollten Sie siegen, überlege ich mir noch einmal, ob ich Ihren Nonkonformismus durchgehen lasse. Wenn Sie verlieren, dann freut sich schon ein anderer auf Ihren Job. Einen schönen Tag noch, Mr Wallace.«

Foggedy stolzierte in Richtung Klubhaus davon.

»Du bist vielleicht dämlich«, sagte einer der umstehenden Caddies. Er hieß Bill Ticker und gehörte zu den besten Golfspielern im Team der dienstbaren Geister des Klubs. Mit seinen sechzehn Jahren war er nicht nur vierzehn Monate älter als Minik, sondern auch stämmiger und fast einen Kopf größer.

»Wieso? Weil ich mich nicht zu einer Nummer machen lasse?«

»Nö. Weil du für ’ne dicke Lippe deinen Job riskierst.«

»Du bist ein Hornochse, Billy. Hast du schon mal was von Menschenwürde gehört?«

»Die kann ich mit Uniform genauso haben wie ohne.«

»Blödsinn. Was denkst du, warum Soldaten alle gleich aussehen? Weil es dann weniger auffällt, wenn ein paar von ihnen fehlen. Ich ziehe keine Uniform an und ihr solltet das ab sofort auch schön bleiben lassen.«

»Das hast *du* uns gerade zu befehlen.«

»Es ist nur ein gut gemeinter Rat. Der Erste, der ihn missachtet, bekommt eine Tracht Prügel von mir.«

Bill ging mit vorgeschobenem Kinn auf Tuchfühlung mit Minik. »So? Na, dann fang am besten gleich mit mir an.«

»Soll das heißen, du willst dich in der Caddieuniform zum Affen machen?«

»Ist mir doch egal, wie du das nennst. Ich ziehe sie jedenfalls …«

Weiter konnte Bill seine Absichten nicht erläutern, weil Miniks Faust überraschend in seinem Gesicht landete. Fassungslos fasste sich der Geschlagene an die Nase. Als er das Blut an seinen Fingerkuppen sah, geriet er in Rage.

Danach ergab eins das andere. Bill hieb seine Rechte in Miniks Magen, traf aber den Solarplexus, wodurch dem Getroffenen zwar der Schmerz verabreicht, nicht aber die Luft genommen wurde. Der Konter kam blitzschnell. Minik verhakte sein Bein mit dem des Kontrahenten, warf sich gegen ihn und brachte ihn so aus dem Gleichgewicht. Der Rest des Kampfes wurde auf kurz geschnittenem Grün absolviert.

Um einen vorzeitigen Abbruch durch den Manager zu vermeiden, bildeten die anderen Jungen einen Kreis um die beiden Ringer. So waren diese vor neugierigen Blicken vom Klubhaus oder von den Golfspielern geschützt.

Minik merkte schnell, wie schwierig es sein würde, Bill zu besiegen, der ungemein kräftig war. Er dagegen konnte mit einer besseren Beweglichkeit brillieren. Immer wieder entwand er sich dem Griff des Größeren, bis dieser plötzlich überraschend schnell herumwirbelte und auf ihm zu liegen kam. Minik hatte das Gefühl, unter eine Dampfwalze geraten zu sein.

Die Zuschauer applaudierten.

Bill setzte zum Endspurt an. Er spannte die Kehle des Widersachers in den Schraubstock seiner Pranken ein und drückte ihm die Luft ab. Als fairer Sportsmann würde er den Gegner freigeben, sobald dieser durch ein Zeichen seine Niederlage eingestand. Dazu war Minik jedoch noch nicht bereit, obwohl er schon die ersten Sterne aufgehen sah. Wenn ihn etwas retten konnte, dann ein Griff in die Trickkiste der kleinen Gemeinheiten.

»Gibst du auf?«, fragte Bill. Er hatte, den sicheren Sieg schon vor Augen, sein breites Gesicht dicht vor dasjenige des Untenliegenden geschoben, um ihn mit einem schadenfrohen Grinsen vollends zu demoralisieren. Damit gab er seinen wichtigsten Vorteil – die größere Reichweite – auf.

Minik stach ihm mit dem Zeigefinger direkt ins Auge.

Vor Schmerz schrie Bill auf und langte sich reflexartig ins Gesicht.

Das Publikum johlte vor Vergnügen.

Minik nutzte die zurückgewonnene Atemfreiheit für einen Befreiungsschlag. Er landete einen weiteren Treffer auf Bills blutiger Nase, drehte sich hiernach wie ein Aal unter dem jammernden Gegner auf den Bauch, machte einen Buckel und warf ihn so von sich ab. Im nächsten Moment war er hinter ihm, schlang ihm die Beine um die Brust und drosselte nun seinerseits die Luftzufuhr des Gegners. Dieser wälzte sich wie ein Walross herum, um den unliebsamen Reiter außer Gefecht zu setzen, doch diesmal ließ sich Minik nicht abschütteln.

Der Rest war ein Kinderspiel. Nach etwa einer Minute hieb Bill mit der flachen Hand dreimal auf den Boden. Minik löste den Würgegriff.

Die Beobachter skandierten den Namen des Siegers.

Minik half dem Verlierer auf die Beine. »Morgen ohne Uniform?«, fragte er.

Bill wischte sich mit dem Handrücken das Blut aus dem Gesicht und nickte.

Endlich! Miniks große Stunde stand unmittelbar bevor. Er war sicher, der 24. April 1905 würde in die Annalen des Pell Golf Course als der Tag eingehen, an dem zum ersten Mal ein Eskimo das Caddieturnier gewonnen hatte. Um das Freizeitvergnügen der betuchten Mitglieder des Golfklubs nicht zu schmälern, war das Turnier der Golfjungen auf einen Montag gelegt worden.

Der Rausch von Miniks Sieg über Bill Ticker war längst verflogen, aber immer noch spürte man die Folgen: Kein einziger Caddie trug die Klubuniform. Hätten sich nur ein oder zwei der Jungen der Kleidervorschrift des Managers widersetzt, wären sie vermutlich längst entlassen worden. So aber hatte die kollektive Verweigerung den Charakter eines Streiks bekommen, den Seymour Foggedy notgedrungen aussitzen musste. Wenigstens bis zu Miniks Niederlage im Turnier.

Auf dem Weg zum Golfplatz pfiff Minik ein fröhliches Liedchen. Es war ein Spaziergang, denn seit dem letzten Herbst wohnte er mit seinem Ziehvater im Hunter Island Inn, einem Hotel, das direkt am Pelham Bay Park lag. Die zwei waren nach einem halbjährigen Intermezzo in Connecticut wieder nach New York City gezogen, in die Bronx. Ohne Willie.

Anfangs hatte Minik die Trennung von seinem besten Freund nur schwer verkraftet. Die Maßnahme war der Verzweiflungsakt eines Mannes, der sich ohne Ehefrau außerstande sah, die Familie zu ernähren und gleichzeitig zwei halbwüchsigen Burschen die Flausen auszutreiben. Weil Williams leiblicher Sohn mit seinen siebzehn Jahren schon fast erwachsen war, hatte er ihn zu Verwandten im Norden des Staates New York gegeben und war im Herbst 1904 mit Minik in die Bronx zurückgekehrt.

Seitdem versuchte er, sich und seinen Zögling mehr schlecht als recht mit Immobiliengeschäften über Wasser zu halten. Er unterdrückte sogar seinen verletzten Stolz und bat Bumpus, den Direktor des Naturkundemuseums, und dessen Präsidenten, Morris Jesup, um finanzielle Zuwendungen für den Jungen. Freilich ohne Erfolg.

Minik trauerte den Menschen nach, die von ihm gegangen waren, nicht aber dem Luxus der vergangenen Tage. Lediglich eine Bahnfahrkarte wünschte er sich manchmal, um Willie zu besuchen, doch auch dafür war das Geld zu knapp. Ansonsten fühlte er sich, sah man einmal vom Unterricht auf der Mount Hope School ab, in seiner neuen Umgebung pudelwohl. Das Naherholungsgebiet am Long Island Sound war fast so gut wie die Wälder im Schoharie County. Obwohl seine Gesundheit nach wie vor auf wackeligen Beinen stand, verbrachte er jede freie Minute an der frischen Luft und trieb Sport. In einem

Schwimmwettbewerb belegte er den zweiten Platz. Er war auch gut im Reiten und Schießen. Und mit Golfschlägern wusste er ebenfalls umzugehen. Was würden wohl seine Stammesbrüder dazu sagen, wenn er mit dem Golfball aus einhundertzwanzig Yards Entfernung eine kleine Eisscholle träfe?

Auf dem Golfplatz herrschte Volksfeststimmung. Mr Foggedy hatte das Areal des Klubs an diesem Tag für die Angehörigen und Freunde der Caddies geöffnet. Auch sonst war manches anders als sonst. Es gab Limonade, gebratene Steaks, Würstchen, Sackhüpfen und natürlich das Turnier.

Vierundzwanzig Teilnehmer gingen an den Start. Bill Ticker hatte seine Caddieuniform angezogen, eine unmissverständliche Herausforderung an seinen schärfsten Rivalen. Minik ließ sich jedoch nicht provozieren. Die Abreibung konnte er Billy später immer noch verpassen. Ein wenig bedrückt war er indes wegen der Abwesenheit seines Ziehvaters. Er habe eine wichtige, unaufschiebbare Verabredung, hatte William am Morgen überraschend gesagt.

Alles lief auf einen Zweikampf zwischen Minik und Bill hinaus. Der Platz hatte neun Löcher. Es wurden drei Partien gespielt. Die erste ging an Mr Ticker, die zweite an Mr Wallace. Bis zum neunten Loch des letzten Durchgangs war die dritte Partie ausgeglichen. Sowohl Minik als auch Bill konnten noch gewinnen.

Der Ältere machte den Anfang. Mit einem sauberen Abschlag setzte er den Ball aufs Grün, ganz dicht an die Fahne. Wenn er nicht das große Flattern bekam, konnte er den Ball mit dem nächsten Putt versenken. Die Zuschauermenge war begeistert.

Nun kam Minik an die Reihe. Er ließ sich Zeit. Bedächtig zupfte er ein paar Grashalme aus und streute sie in den Wind, um dessen Richtung und Geschwindigkeit abzuschätzen. Hiernach wählte er mit Bedacht das Holz. Er konzentrierte sich, holte aus und schlug. Der Ball zischte in einem weiten Bogen durch die Luft, landete ebenfalls auf dem Grün, sprang zweimal auf und rollte schließlich in das Loch.

Jetzt gab es unter den Zuschauern kein Halten mehr. Die verzückte Menge applaudierte, johlte und pfiff. Etliche durchbrachen die Absperrung, um dem Sieger auf die Schulter zu klopfen.

Minik war außer sich vor Freude. Er streckte die Faust in den Himmel und stieß ein triumphierendes »Jippie!« aus. Der Preis stärkte sein Selbstwertgefühl. Nachdem die Presse ihn vergessen hatte, war er ein Niemand geworden. Aber jetzt hatte er sich selbst ins Rampenlicht zurückgespielt. Wenigstens die Klubzeitung würde über ihn berichten.

Der Erste, der ihm gratulierte, war ein grinsender Billy Ticker. »Ich habe Uniformen noch nie gemocht. Du bist ein Pfundskerl, Minik.«

Von so viel Sportsgeist berührt, wollte der Turniergewinner die Hand des Unterlegenen gar nicht mehr loslassen. »Dann können wir uns die Revierkämpfe in Zukunft hoffentlich sparen.«

»Wieso Revierkämpfe?«, erwiderte Bill ohne jede Gehässigkeit. »Du hast dich unglaublich geschlagen, Minik. Auf dem Platz macht dir so schnell keiner was vor. Aber du bist und bleibst ein Eskimo. In der Welt draußen gewinnen die Weißen die Pokale.«

Durch die Äußerung von Bill Ticker bekam Miniks Triumph einen faden Beigeschmack. Das Schlimmste war, dass Billy das ohne jede Gehässigkeit gesagt hatte. Er sprach nur aus, was er empfand. Und mit ihm wohl die meisten anderen. Minik hatte in den letzten sieben Jahren alles getan, um ein ganz normaler amerikanischer Junge zu werden. Seine frühe Kindheit war wie ein Traum, an den er sich nur bruchstückhaft erinnerte. Er verstand nicht einmal mehr die Sprache der Polareskimos. Nur die bronzefarbene Haut und die asiatisch anmutenden Gesichtszüge hafteten ihm wie ein Kainsmal an, wie eine Schuld, die er von Geburt an in sich trug.

Bedrückt kehrte er am späten Nachmittag ins Hotel zurück. Die Siegestrophäe – ein kleiner Pokal aus Trompetengold – steckte in einem Beutel. Er hätte es nicht ertragen können, wenn der Portier im Hunter Island Inn so etwas gesagt hätte wie: »Guten Tag, Mr Wallace. Ich freue mich, dass auch ein Eskimo mal einen Preis gewinnt.« Doch in der kleinen Lobby erwartete ihn eine ganz andere Überraschung.

»Minik!«, begrüßte ihn sein Ziehvater. In dessen Begleitung befand sich eine Dame in schwarzem Kleid, Hut, Handschuhen und mit strengem Blick.

»Hallo«, entgegnete Minik geknickt. Die Person an Williams Seite würdigte er keines Blickes. Was hatte Onkel Will mit dieser Frau zu schaffen? Tante Rhetta war kaum ein Jahr tot …

»Du machst ein Gesicht wie sieben Tage Regenwetter. Ist das Turnier nicht so gelaufen, wie du es dir vorgestellt hast?«, unterbrach William den inneren Aufruhr seines Pflegesohnes.

»Ich habe das Turnier gewonnen.«

»Gratuliere«, sagte die Frau.

»Das ist Mrs Richardson«, fügte William rasch hinzu. »Du erinnerst dich vielleicht noch an ihren verstorbenen Mann, Mr Jenness Richardson.«

Minik zuckte die Schultern.

Die Witwe streckte ihm ihre Rechte hin. »Du darfst Pamela zu mir sagen.«

Er musterte die dargebotene Hand, als wäre sie ein schussbereiter Revolver. »Was wollen Sie von Onkel Will?«

»Also Minik!«, schnappte William. »Sei nicht so unhöflich zu Mrs Richardson. Sie ist eine gute Freundin. Was hast du dir denn vorgestellt? Ich bin fünfzig. Meinst du, ich will für den Rest meiner Tage allein bleiben?«

»Allein?«, wiederholte Minik. »Bin ich denn für dich nur Luft?« Er verschoss einen feindseligen Blick auf Pamela Richardson und verließ das Hotel.

Pamela hatte sich den denkbar ungünstigsten Moment ausgesucht, um in Miniks Leben zu treten. Er befand sich in einer schwierige Phase seiner Entwicklung. Zu den Anfällen von Rebellion und Orientierungslosigkeit, die fast jeder Halbwüchsige in seiner Sturm-und-Drang-Zeit durchmacht, gesellte sich bei ihm das Gefühl des Verraten- und Alleingelassenseins. Seine geliebte Ziehmutter lag kaum ein Jahr unter der Erde und schon scharwenzelte eine neue Frau um Onkel Will herum.

Alle Aufsässigkeit vonseiten Miniks hinderte William aber letztlich nicht daran, erneut den Hafen der Ehe anzusteuern. Er und Pamela gaben sich das Jawort. Für den Jungen blieb die neue Frau an der Seite seines väterlichen Freundes jedoch immer Mrs Richardson.

Für Minik Peary Wallace war New York eigentlich die Bronx. Ausflüge in andere Stadtteile blieben für ihn die Ausnahme. Daran änderte sich auch nichts, als die Familie nun eine kleine Wohnung bezog. Williams Immobiliengeschäfte liefen ebenso erfolglos wie seine früheren Unternehmungen und so nahm er schließlich eine schlecht bezahlte Stelle als Vorarbeiter beim U-Bahn-Bau an.

Minik fühlte sich nicht wohl in der Enge des Arbeiterviertels. Er vermisste den ländlichen Norden der Stadt, den Pelham Park, das Glitzern auf dem Long Island Sound. Die Presse hatte scheinbar jedes Interesse an ihm verloren. Lediglich auf der Mount Hope School blieb er eine Kuriosität, die hin und wieder Beachtung fand. Im Sport konnte ihm kaum einer das

Wasser reichen, doch in den übrigen Fächern wurschtelte er sich mehr schlecht als recht durch. Einzig die Wochenenden mit Chester Beecroft auf Hunter Island waren ein Lichtblick für ihn.

So verging ein an Glanzpunkten armes Jahr. Die Zeit der Monotonie sollte jedoch im Sommer 1906 mit einem Paukenschlag zu Ende gehen.

Minik streifte gerade missmutig über den Pausenhof, als ihm zwei Jungen auffielen, die miteinander tuschelten und dabei auf ihn deuteten. Er lief zu ihnen rüber.

»Was gibt's da zu flüstern?«, knurrte er angriffslustig. Er verspürte Lust sich zu prügeln.

»Wir haben nur über die Zeitungsmeldung von heute gesprochen«, antwortete der Kleinere, ein sommersprossiger Blondschopf mit Brille.

»Und wieso zeigt ihr dann auf mich?«

»Sag bloß, du hast sie noch nicht gelesen? Sie schreiben über dich.«

Minik stutzte. Er hatte in den letzten Monaten mit keinem Reporter gesprochen. Oder waren die Schreiberlinge zu Onkel Will gegangen? Oder etwa zu … Mrs Richardson?

»In dem Artikel stand was über ein Eskimoskelett«, erklärte der Bebrillte. »Soll in der neuen Anatomischen Ausstellung des Naturkundemuseums zu bewundern sein.«

Minik erschauerte, weil er unwillkürlich an Zaksriners Schwester denken musste. War der Albtraum, der ihn immer wieder gequält hatte, etwa wahr geworden? Wurde Artmarhoke der Öffentlichkeit wenn nicht als Mumie so doch als Knochengerüst vorgeführt? »Was …« Er musste erst die Lippen mit der Zunge benetzen, ehe er richtig sprechen konnte. »Was stand noch in der Zeitung?«

Der Blondschopf zuckte die Achseln. »Nichts Besonderes.«

»Irgendein Name?«

»Stimmt! Da war einer. Warte … Kessuh oder Kishu oder so ähnlich.«

Ungläubig starrte Minik den Jungen an. Ihm war mit einem Mal eiskalt, so als wäre jäh alles Blut aus seinem Körper entwichen. Er öffnete den Mund und holte Luft, aber er musste mehrere Anläufe nehmen, um ein einziges, von angstvoller Ahnung getragenes Wort zu hauchen. »Qisuk?«

»Richtig, jetzt, wo du es sagst! So hieß er …« Der Junge verstummte, denn Minik hatte sich unvermittelt von ihm abgewandt und lief zum Ausgang des Schulhofes.

13.

Der Brief

New York, 9. April 1909

Chester beschlich ein ungutes Gefühl, als er Miniks Namen auf dem Umschlag las, der ihm bei seiner Rückkehr ins Astor-Hotel überreicht wurde. »Seit wann liegt die Nachricht in meinem Fach?«

»Ich habe sie selbst heute früh hineingelegt, Sir«, antwortete der Mann am Empfang.

»Jetzt sehe ich es auch«, sagte Chester nach einem Blick auf den Poststempel. »Der Brief wurde am 7. April drüben in Newark aufgegeben.« Er nickte dem Portier zu und zog sich zu einer Sitzgruppe im Foyer zurück. Während er in einen der schweren Sessel sank, riss er ungeduldig den Umschlag auf.

Miniks pathetische Abschiedszeilen versetzten Chester in Unruhe. Mit jedem verzweifelten Satz des Ausreißers wurde seine Sorge größer. »Ich ziehe nordwärts«, murmelte er schließlich und las im Flüsterton weiter. Nach dem abschließenden »Lebe wohl!« schüttelte er fassungslos den Kopf. Anfangs hatte er sich nur aus reiner Menschenfreundlichkeit für den Eskimojungen aus den Zeitungen eingesetzt, aber längst war aus seinen uneigennützigen Motiven Freundschaft geworden.

Grübelnd betrachtete er das aufgerissene Kuvert. Es war in Newark, New Jersey, abgestempelt. Dort wohnte ein gemeinsamer Bekannter. Vermutlich hatte Minik ihn um Hilfe gebeten und möglicherweise sogar gesagt, wohin er sich als Nächstes wenden wollte. Chester stand auf und ging zur Rezeption.

»Ich möchte ein Telegramm aufgeben.«

Der Mann hinter dem Tresen reichte ihm ein Formular.

Chester brachte die Mitteilung an den Freund aus Newark auf den Weg, deponierte anschließend seinen Koffer im Gepäckraum des Hotels und lief wieder auf die Straße hinaus. Sein nächstes Ziel war nur einen Steinwurf entfernt.

Russel Calame kniff das linke Auge zu, während der Rauch aus seiner Zigarette darüber hinwegstrich. Unvermittelt fuhr er sich mit den Fingern durch die wirre Frisur und sagte: »Ganz schön melodramatisch.« Er hatte gerade Miniks Brief gelesen.

Chester saß dem Reporter in der Redaktion der *New York Times* gegenüber und nickte. Die zwei kannten sich seit Jahren. »Wir wissen doch beide, um wen es hier geht, Russel. Seit Minik als Siebenjähriger in diese Stadt gekommen ist, wurde er unzählige Male interviewt. Wir haben ihm das Opium der öffentlichen Aufmerksamkeit verabreicht und nun ist er süchtig danach. Es ist bei ihm fast schon ein Reflex, seine Geschichte jedes Mal mehr aufzubauschen, um sich interessant zu machen.«

»So funktioniert nun mal das Geschäft«, brummte der Ire.

»Sie sagen es.« Chester deutete auf den Brief in Calames Hand. »Und da steckt eine Story drin, die Ihre Leser zu Tränen rühren wird. ›Verzweifelter Eskimo flieht aus der Stadt der kalten Herzen‹ – wie hört sich die Schlagzeile an?«

»Stadt der kalten Herzen?«

»New York. So hat Minik es empfunden, seit dem makabren ›Wiedersehen‹ mit seinem Vater. Er wird von dieser Stadt in die Gosse befördert und Peary von der Admiralität zum Commodore. Wundert es Sie da, wenn der Junge zornig und verzweifelt ist? Er braucht mich jetzt. Erzählen Sie den Leuten von Pearys letztem Eskimo, von einem entwurzelten Kind, das zum Manne wurde und jetzt seinen ›großen Peiniger‹ am liebsten umbringen würde.«

»Soll ich *das* tatsächlich schreiben?«

»Wenn es etwas nützt. Sehen Sie's mal so, Russel: Minik ist durchaus einem Indianer ähnlich. Er kann also *hassen.* Ich glaube nicht, dass er für Commodore Peary große Zuneigung empfindet. In Anbetracht dessen mag es durchaus sein, dass er etwas plant, um Peary bei seiner Jagd auf den Nordpol zu schlagen. Ich kann mich noch entsinnen, wie er zu mir sagte: ›Wenn ich meine Leute wiedersehe, bevor Peary den Pol erreicht, dann wird er zum letzten Mal in der Arktis gewesen sein.‹«

Calame betrachtete nachdenklich die Asche an seiner Zigarette und murmelte: »Ziemlich starker Tobak.«

»Ich würde eher sagen, das ist der Stoff, aus dem eine bewegende Story gewoben wird. Drucken Sie auf jeden Fall den Brief, Russel. Das wird die Leute aufrütteln. Und bitten Sie Ihre Leser um sachdienliche Hinweise zur Wiederauffindung des Jungen. Minik ist nicht vorbereitet auf das, was ihn da draußen erwartet. Sein Leben hängt an einem seidenen Faden.«

»Sie klingen schon fast so theatralisch wie Ihr Freund«, entgegnete Calame, während er schmunzelnd die Asche von der Zigarette strich. Er war ein mit allen Wassern gewaschener Nachrichtenmann und gegen Theatralik weitgehend immun.

Chester biss die Zähne zusammen, um seine Gefühle im Zaum zu halten und es sich mit diesem Raubein nicht zu verscherzen. In beschwörendem Ton erwiderte er: »Was ich gesagt habe, meine ich auch so, Russel. Ich kenne Minik vielleicht besser als er sich selbst. In letzter Zeit war er ständig niedergeschlagen. Außerdem ist er so gut wie mittellos. Vermutlich wird er auf der Straße schlafen und kaum etwas Vernünftiges zwischen die Zähne bekommen. Bei seiner labilen Gesundheit könnten solche Umstände schnell lebensbedrohlich für ihn werden. Hinzu kommt seine psychische Verfassung, um die es auch nicht gerade rosig bestellt ist. Ich fürchte, wenn er nicht an Entkräftung oder an einer Krankheit stirbt, dann nimmt er sich das Leben.«

»Bekommt die *Times* den Brief exklusiv?«

Chester stutzte ob des unerwarteten Gedankensprungs. Dann lachte er. »Das wäre sehr unklug. Wir müssen die Suche auf eine möglichst breite Basis stellen. Gleich als Nächstes gehe ich zur *New York Sun,* dann zur *World* …«

Calame verzog das Gesicht, als sei er von plötzlichen Zahnschmerzen befallen. »Nicht die *World,* Chester! Das Revolverblatt würde ich nicht mal mit der Kneifzange anfassen.«

»Brauchen Sie ja auch nicht, Russel. Als Erstes bin ich zu Ihnen gekommen. Wir haben uns schon oft gegenseitig geholfen. Es wird bestimmt nicht zu Ihrem Schaden sein.«

Der Reporter verdrehte die Augen. »Mir kommen die Tränen. Jetzt verschwinden Sie endlich aus dem Büro, damit ich meinen Artikel schreiben kann.«

Fast kam es Chester so vor, als wolle Minik ihn über seine »Fluchtroute« auf dem Laufenden halten. Vielleicht war das Ausreißen von New York nur der verzweifelte Hilfeschrei eines nach Aufmerksamkeit lechzenden Jungen. Jedenfalls gab Minik sich keine allzu große Mühe, seine Spuren zu verwischen. Ganz im Gegenteil.

Binnen vierundzwanzig Stunden kam eine telegrafische Antwort von dem Bekannten aus New Jersey: Minik habe tatsächlich bei ihm eine Nacht verbracht und freimütig erzählt, er beabsichtige nach Deposit weiterzureisen, einer Fünfhundert-Seelen-Gemeinde in Delaware County. Dort – mehr als einhundertundzehn Meilen weiter nordwestlich von Newark – wolle er Will Beecroft besuchen, Chesters Bruder. Im Groben hielt Minik sich also an den im Brief angekündigten Kurs.

Chester vermutete, dass der Ausreißer nach Kanada wollte, um sich entweder Harry V. Radfords Expedition anzuschließen oder um nach Neufundland weiterzureisen. Derlei Pläne konnten nur in einer Enttäuschung enden, waren die Aussichten auf eine Schiffspassage in den Nordwesten Grönlands in beiden Fällen doch gleich null. Die derzeit wohl einzige Gelegenheit dazu bot immer noch die Hilfsexpedition für Cook oder Peary. Doch Minik hatte sich durch sein Fortlaufen diese Chance auf eine Heimkehr verbaut. Es sei denn, er käme rechtzeitig nach New York zurück.

Chester schickte seinem Bruder ein Fernschreiben:

Sei am 11. April um 8.00 Uhr im Büro der AT+T.
Stopp. Ich rufe dich dort an. Stopp.

»Dein Freund ist schon wieder über alle Berge«, berichtete Will Beecroft zum verabredeten Zeitpunkt aus der Filiale der Telefongesellschaft. Obwohl er über hundert Meilen weit entfernt in einen Trichter sprach, war seine Stimme inmitten der Störgeräusche deutlich zu vernehmen.

Chester unterdrückte einen Fluch. »Wie lange war er bei dir?«

»Nur eine Nacht. Kam vorgestern hier an. Ohne Gepäck. Trug nur einen Übermantel und schwitzte wie ein Pferd. Ich glaube, er hatte Fieber. War völlig abgebrannt, der Junge. Ich hab ihm zwei Dollar geschenkt. Von Arthur Banks bekam er nochmal zehn geborgt. Danach ist er wieder losgetrampt.«

»Hast du eine Ahnung, wo er hin will?«

»Er meinte, er wolle vor dem Parlament sprechen.«

»*Was?!*«

»Wenn ich dir's doch sage, Dob. Minik fragte, ob ihn jemand nach Albany mitnehmen könne. Er hat übrigens gehofft, dich dort zu treffen.«

»Ich *war* in Albany.« Chester schluckte. Womöglich irrte Minik gerade in einer fremden Stadt durch zugige Straßen, während sein bester Freund in einem Luxushotel im Trockenen saß. »Verdammt! Hätte ich gewusst ...«

»Hätte, könnte, wäre nützt dir gar nichts, Bruderherz. Vielleicht geht es Minik auf seiner nächsten Etappe ja etwas ruhiger an und du kannst ihn dir im Parlament schnappen. Er meinte, wenn der Staat New York ihm nicht das Wort erteile, dann wolle er wenigstens bei den Abgeordneten für seine Sache werben.«

»Das sieht ihm ähnlich! Von Deposit bis Albany sind es um die hundertzwanzig Meilen, richtig?«

»Kommt ungefähr hin. Schätze, der Junge ist längst da.«

»Ja«, sagte Chester und ein diebisches Lächeln stahl sich auf seine Lippen. »Aber heute ist Sonntag. Das Parlament tagt frühestens morgen wieder. Wenn ich heute noch den Zug bekomme, kann ich ihn dort vielleicht erwischen. Hat er gesagt, wo er in Albany schlafen will?«

»Er meinte nur, er kenne da eine barmherzige Samariterin. Mehr kann ich dir leider nicht sagen, Dob.«

Chester schmunzelte. »Schon gut, Will. Mehr ist auch gar nicht nötig. Ich glaube, ich weiß schon, wo er unterschlüpfen wird.«

Obwohl zwischen der größten Metropole der USA und der Hauptstadt des Bundesstaates New York regelmäßig Züge verkehrten, hatte sich das Schicksal scheinbar gegen Chester verschworen. Ein Erdrutsch habe die Gleise auf der Strecke nach Norden beschädigt, teilte ihm der Concierge des Astor-Hotels mit, als er die Fahrkarten abholen wollte. Vor Dienstag sei mit einer Behebung des Schadens nicht zu rechnen.

Chester nutzte die Verzögerung, um eine Anzahl Telegramme an die Polizeistationen verschiedener Städte auf Miniks wahrscheinlicher Route in den Norden zu verschicken. Außerdem besuchte er William Wallace, um ihn nach der Adresse einer ehemaligen Angestellten aus Lawyersville zu fragen und gemeinsame Bemühungen zur Wiederauffindung des Ausreißers abzustimmen.

Am späten Dienstagmorgen konnte die Verfolgung dann endlich beginnen. Als Chester nachmittags in Albany ankam, ließ er sich mit einer Pferdedroschke vom Bahnhof aus direkt zum Parlamentsgebäude bringen. Dort sprach er in der Eingangshalle den nächstbesten Wachmann an, der ihm über den Weg lief.

»Guten Tag, Sir. Haben Sie gestern oder heute einen Eskimo hereingehen sehen? Er ist schlank, etwa eins siebzig groß, neunzehn Jahre alt, hat kurzes, glattes, schwarzes Haar und spricht ein exzellentes Englisch.«

»Einen *Eskimo?*«, wiederholte der Gefragte mit schwerem deutschem Akzent. Er klang so entrüstet, als habe sein Gegenüber ihn nach einem Drachen im Zebrakostüm gefragt.

»Ja doch!«, antwortete Chester ungeduldig. »Einen grönländischen Hochländer. Einen Ureinwohner der Arktis.«

»Sie wollen sich wohl über mich lustig machen, Sir.«

»Ich kann Ihnen versichern, dass es mir sehr ernst damit ist.«

»Wir sind hier nicht im Menschenzoo, Sir. Wenn Sie Exoten suchen, müssen Sie nach Coney Island in den Luna-Park gehen, aber nicht ins honorable Parlament des Staates New York.«

»Danke«, knurrte Chester. Unwirsch wandte er sich ab, um nach einem anderen, etwas weltoffeneren Staatsdiener Ausschau zu halten. Doch ehe er einen ausmachen konnte, sagte unvermittelt der Wächter hinter ihm: »Aber wir hatten gestern eine Rothaut hier, auf die Ihre Beschreibung passt. Sah ein bisschen abgerissen aus, der Bursche.«

Chester fuhr herum. »Ein *Indianer?* Sind Sie sicher?«

Der Mann hob die Augenbrauen. »Na klar! Ich hab doch meinen Karl May gelesen.«

»Der Name sagt mir nichts.«

»Was? Sie kennen den berühmten deutschen Schriftsteller nicht, den Vater von Old Shatterhand und Winnetou? Dabei war May doch erst letztes Jahr hier bei uns in Albany zu Besuch. Es stand in allen Zeitungen.«

»Jetzt erinnere ich mich wieder! Sie meinen den Dieb und Hochstapler, der im Zuchthaus gesessen und sich in Chicago einen Doktortitel gekauft hat.«

Der Posten bekam einen Hustenanfall und grollte: »Wollen Sie etwa den größten deutschen Volksschriftsteller verunglimpfen?«

»Das liegt mir fern«, sagte Chester versöhnlich. »Eigentlich hatte ich nur daran gedacht, wie leicht man sich vom äußeren Schein trügen lassen kann.«

»Aber nicht ich«, beharrte der Wachmann.

Chester zwang sich ein Lächeln ab. »Ohne an Ihrer Urteilsfähigkeit zweifeln zu wollen, würde mich doch interessieren, ob Ihr gestriger Besucher sich ausdrücklich als Indianer zu erkennen gegeben hat.«

Der Posten nickte bestimmt. »Das weiß ich ganz genau. Ich habe gestern nämlich die Anmeldungen für die Abendsitzung entgegengenommen. Er stellte sich mir als ›Inuk‹ vor, aber als ich ihm klarmachte, dass ich nur Apachen und Sioux kenne, meinte er, das seien entfernte Verwandte von ihm.«

»Typisch Minik«, murmelte Chester.

»Richtig! Jetzt, wo Sie den Namen sagen. Er hat sich in die Besucherliste als Minik P. Wallace eingetragen.«

»Hat er etwas darüber verlauten lassen, ob er heute noch einmal kommen wollte?«

»Sah nicht so aus, als habe er die Absicht. Ich sah ihn nach der Sitzung mit John Silvernail palavern – das ist einer der Volksvertreter. Danach lief er wie ein begossener Pudel nach draußen. Als ich mich bei Mr Silvernail nach dem Indianer vom Stamm der Inuk erkundigte, sagte der mir, der Bursche habe ihm und einigen anderen Abgeordneten irgendeine rührselige Geschichte erzählt, mit der er Geld schnorren wollte. Natürlich hat der Abgeordnete ihm eine Abfuhr erteilt.«

Chester stöhnte. Er war zu spät gekommen.

In Verkennung seiner Reaktion fragte der Wachmann: »Hat die Rothaut Sie etwa um Ihre Penunzen geprellt?«

»Nein. Vielen Dank für Ihre Auskunft.« Chester schickte sich an, zu gehen.

»Ach, Sir?«

Er drehte sich noch einmal um. »Ja?«

»Kaufen Sie sich unbedingt ein Buch von Karl May. Da erleben Sie den Wilden Westen hautnah.«

»Vielen Dank, aber der Osten ist mir wild genug.« Chester flüchtete nach draußen.

Unschlüssig blieb er vor dem Parlamentsgebäude stehen. Was sollte er jetzt tun? Die Abgeordneten ausfragen, ob Minik etwas über seine weiteren Pläne erwähnt hatte? Er schüttelte den Kopf. Nein, er durfte keine Zeit verlieren.

Wenig später hielt Chesters Droschke vor einem bescheidenen, gepflegten Holzhaus in Albany. Er stieg aus und bat den Kutscher, zu warten.

Es dauerte unerwartet lang, bis ihm endlich eine Frau, etwa Ende dreißig, mit blonden, zum Dutt aufgesteckten Haaren öffnete. Sie trug ein langes, taubenblaues Kleid, darüber eine weiße Schürze und hielt ihre Hände mit angewinkelten Armen nach oben. An ihren Fingern klebte etwas, das nach Kuchenteig aussah und auch so roch.

»Mrs Arned?«, vergewisserte er sich.

Sie nickte. »Und Sie sind …?«

Er streckte ihr die Hand entgegen. »Roswell Chester Beecroft. Ihr ehemaliger Arbeitgeber, Mr William Wallace, gab mir Ihre Adresse. Mein Name mag Ihnen vielleicht nichts sagen …«

»… und ob er das tut! Minik hat mir eine Menge von Ihnen erzählt«, fiel sie ihm mit auffallend hoher Stimme ins Wort und packte zu.

Erst als der Kuchenteig zwischen beider Finger hervorquoll, wurden sie sich der absurden Situation bewusst und fingen an zu lachen.

»Verzeihen Sie bitte, Mrs Arned, ich war ein bisschen zerstreut«, entschuldigte sich Chester.

Sie winkte ab, wobei ein kleines Stückchen Teig auf dem Jackenkragen des Gastes landete und dort kleben blieb. »Um Himmels willen, wie ungeschickt von mir!«, flötete sie. »Kommen Sie doch herein, Mr Beecroft, damit wir Sie wieder sauber bekommen.«

Sie ließ die Tür ein Stück weit offen, vermutlich um den Nachbarn hinter den Gardinen ihre Tugendhaftigkeit zu demonstrieren. Durch einen winzigen Flur führte sie den Besucher in ein kleines, aber gemütliches Wohnzimmer mit zierlichen Möbeln aus Vogelaugenahorn, mit Spitzendeckchen und Porzellanfigürchen.

»Mir geht es mit Ihnen übrigens genauso«, knüpfte Chester an die Begrüßung an. »Minik hat das nette Dienstmädchen aus Lawyersville nie vergessen. Sie haben ihm das Beten beigebracht.«

Maggie Arned lachte glockenhell. »Hat er Ihnen *das* erzählt? An dieser Aufgabe haben Lizzie – das war das Kindermädchen – und ich uns fast die Zähne ausgebissen. Der Schlawiner versuchte immer, sich mit allen möglichen Ausreden vor dem

Nachtgebet zu drücken. Bitte entschuldigen Sie mich für einen Moment.«

Sie verließ den Raum und kehrte kurz darauf mit einem feuchten Lappen und einem Handtuch zurück. Während Chester sich vom Kuchenteig befreite, fragte sie: »Kommen Sie, um Minik abzuholen?«

Er holte tief Atem. »Heißt das, er ist bei Ihnen?«

Sie legte die Stirn in Falten und seufzte. »Nein. Er *war* hier. Gestern Abend schneite er unversehens herein, mit hängendem Kopf und triefender Nase. Mein Mann und ich waren ziemlich überrascht. Minik erzählte uns, er käme aus Deposit und habe die Nacht zum Sonntag im Crandall Hotel in Binghamton verbracht. Der Ärmste schniefte und hustete wie sonstwas. Aber er ließ sich nicht überreden, länger als eine Nacht zu bleiben. Wir haben ihm ein bisschen Geld gegeben und *husch!* – schon war er wieder weg.«

Chester schloss die Augen. *Das darf nicht wahr sein!*

»Alles in Ordnung, Mr Beecroft?«, fragte Maggie besorgt.

Er sah sie wieder an. »Ja, ich hatte nur gehofft, ihn hier bei Ihnen anzutreffen. Hat Minik etwas über sein nächstes Reiseziel gesagt?«

»Wie man's nimmt. Er sagte etwas von Kanada. Im nächsten Atemzug erwähnte er den Ort, an dem seine Tante Rhetta gestorben sei. Er wolle ihn noch einmal sehen, schluchzte er. Würde mich nicht wundern, wenn er im Fieber geredet hat, der arme Junge.«

»Minik erzählte mir immer, in den Wäldern rund um Lawyersville hätte er die schönste Zeit seines Lebens verbracht.«

»Ja!«, lachte Maggie. »Als er ein kleiner Junge war, wollte er am liebsten Bauer werden. Ein Eskimo, der Schweine hütet und Kohl pflanzt – können Sie sich das vorstellen?«

Chester war zu angespannt, um sich von ihrer Fröhlichkeit

anstecken zu lassen. »Mrs Rhetta Wallace ist in Schoharie gestorben, nicht wahr?«

Maggies heitere Miene verdüsterte sich schlagartig und sie nickte. »Im Kilmer Sanitorium.«

»Gibt es eine Zugverbindung nach Schoharie, Mrs Arned?«

»Ja, Sie müssen an der Schoharie Junction aussteigen. Von da sind es noch ungefähr fünf Meilen in die Stadt.«

Schoharie war ein Provinznest. Als Chester in seinem New Yorker Straßenanzug durch den Ort wanderte, kam er sich so deplatziert vor wie ein Pfau in einem Rübenfeld. Seine Fragen nach Minik riefen allerdings kaum Überraschung hervor. Fast jeder erinnerte sich an die Eskimos von der Cold Spring Farm. Im Wedgewood Inn, einem kleinen Gasthof, wurde er schließlich fündig.

»Ja, der Bursche, den Sie mir beschreiben, war gestern hier«, erklärte der Wirt. »Hat mir eine Stunde lang die Ohren vollgeheult. Meinte, er käme gerade aus dem Sanatorium, aber das habe ihn nur schwermütig gemacht. Er hat zwei Bier hinuntergekippt und gejammert, hier sei's auch nicht mehr so wie früher. Alles kalt. Keine Ahnung, was er damit meinte.«

»Hat er erwähnt, ob er sich in der Gegend ein Zimmer nehmen wollte?«

»Wie denn? Er hat ja kaum das Geld für die Zeche zusammenkratzen können. Die letzten zwei Cent habe ich ihm erlassen.«

»Irgendeine Ahnung, wo er von hier aus hin wollte?«

Der Wirt verzog das Gesicht und kratzte sich am Hinterkopf. »Nee. Nicht die geringste.«

Chester war nahe daran, zu verzagen. »Und sonst hat er nichts über seine weiteren Pläne gesagt?«

»Hm … Zwischendurch stellte er mir eine komische Frage. Er wollte wissen, ob auf dem Franklin Square ein trojanisches

Pferd steht. Bin nicht schlau daraus geworden. Gleich danach beschwerte er sich, New York City sei auch nur ein trojanisches Pferd. ›Alles Betrug!‹, schimpfte er.«

»Trojanisches …?« Chester stockte der Atem. »Es gibt einen Franklin Square in *Troy.*« Das war der englische Name für Troja.

Der Wirt zuckte die Achseln. »Da war ich nie. Bin mein Leben lang nicht aus dem County rausgekommen.«

»Troy liegt ungefähr sieben Meilen nördlich von Albany.« Chester hieb die Faust auf die Theke. »Verdammt, da komme ich gerade her. Wahrscheinlich haben sich unsere Wege sogar gekreuzt. Deposit, Binghamton, Albany, Schoharie, Troy – was soll dieses ständige Hin und Her?«

»Fragen Sie mich was Leichteres. Vielleicht hat der Junge einen Dachschaden«, grunzte der Wirt.

Chester blieb nichts anderes übrig, als sich wieder zum Bahnhof zu begeben, nach Albany zurückzufahren und von dort einen Zug nach Troy zu nehmen.

Mit der Kutsche eilte er zum Franklin Square und erkundigte sich in den umliegenden Geschäften und Herbergen nach einem Eskimo. Er marschierte sogar in das große Finanzinstitut am Platz, wo man ihn an die Polizei verwies. Die konnte ihm aber ebenso wenig weiterhelfen. Wohin er sich auch wandte, wen er auch fragte, nirgends konnte man sich an einen jungen Herumtreiber mit dem beschriebenen Aussehen erinnern.

Das beunruhigte Chester fast noch mehr als Miniks Flucht aus New York. Bis jetzt hatte der Ausreißer eine deutliche Spur hinterlassen wie bei einer Schnitzeljagd. Er war in die Rolle eines Hasen geschlüpft, der es darauf anlegte, vom Fuchs gefangen zu werden. Doch aus unerklärlichen Gründen hatte er sein Verhalten mit einem Mal geändert. Er war abgetaucht, so als hätte ihn der Erdboden verschluckt.

Chesters Geldmittel waren nicht unerschöpflich. Schon jetzt hatte er seine finanziellen Möglichkeiten bis an die Grenzen des Möglichen ausgereizt. Er konnte nicht nur auf Verdacht durch die Gegend reisen, um nach seinem Freund zu suchen. Diese Einsicht war ziemlich ernüchternd. Niedergeschlagen wanderte er stundenlang durch die Straßen der kleinen Stadt und hoffte auf ein Wunder. Aber das Glück hatte ihn verlassen.

Schließlich kehrte er mit versteinerter Miene zum Bahnhof zurück und kaufte sich ein Ticket nach New York City. Vielleicht kehrte Minik ja dorthin zurück oder ließ ihm wenigstens ein Lebenszeichen zukommen.

Sofern er noch am Leben war.

14.

Wasser bis zum Hals

Rouse's Point (New York), 15. April 1909

Mit hochgeschlagenem Kragen und eingezogenem Kopf durchquerte Minik Rouse's Point. Seine Füße schmerzten, der Kopf brummte, die Glieder waren schwer wie Blei, aber er schleppte sich weiter. Das Dorf lag an der Westküste des Lake Champlain, eine knappe Meile vor der kanadischen Grenze.

»Halte durch!«, feuerte Minik sich im Flüsterton selbst an. »Du schaffst es heute noch auf die andere Seite.« Vorausgesetzt, er ließ sich nicht erwischen. So wie er Chester Beecroft kannte, setzte der nämlich alles daran, ihn vor der Grenze abzufangen. Vermutlich hatte Dob sämtliche Polizeiposten von New York und Vermont alarmiert, um den »verwirrten Eskimo« aufzugreifen. Er meinte es sicher nur gut mit ihm. Am Anfang seiner Flucht war Minik sogar unschlüssig gewesen, ob er sich nicht besser von seinem Freund einholen lassen sollte. Doch darüber war er jetzt hinweg. Er wollte sich nicht mehr einfangen lassen wie ein aus dem Zoo entlaufener Eisbär. Er wollte endlich frei sein.

Ein Hustenanfall zwang ihn, stehen zu bleiben. Bang blickte er sich um. Hatte ihn jemand gehört? In der Ferne bellte ein Hund. Ansonsten blieb es still auf der Straße am See. Minik lief weiter.

Er verfluchte seine labile Gesundheit, diesen wankelmütigen Reisegefährten. So schwach hatte er sich schon lange nicht mehr gefühlt. Die letzten drei Meilen Fußmarsch waren ihm wie dreißig vorgekommen. Dabei hatte ihn in Plattsburgh ein

Farmer auf seinem Kastenwagen bis kurz vor den Grenzort mitgenommen. Erst seit Sonnenuntergang trugen ihn wieder die eigenen Beine. Inzwischen war es dunkel.

Das Nomadentum bekam Minik nicht. Es zehrte an seinen Kräften. Meistens war er nachts viele Meilen marschiert, manchmal auch als blinder Passagier in Viehwaggons von Güterzügen mitgefahren. Gleich hinter Newark wäre er dabei fast erwischt worden und konnte nur entkommen, indem er seinen Koffer zurückließ. Seitdem scheute er das Licht. Sobald die Sonne aufging, suchte er sich einen wettergeschützten Unterschlupf. Er schlief in Scheunen, den Geräteschuppen von Gleisarbeitern, in Remisen und wo immer er sonst vor der Frühjahrskälte Schutz finden konnte. Mitunter hatte er, weil er bis auf den letzten Penny abgebrannt war, um etwas Essen betteln müssen. Dann wieder durfte er auf einer Farm aushelfen und bekam als Lohn eine warme Mahlzeit und ein Bett für die Nacht. So hatte er sich nach Norden »geschlichen«, bis nach Rouse's Point.

Er wollte die Vereinigten Staaten im Schutz der Dunkelheit verlassen, ebenso still und heimlich, wie er sich aus Schoharie County davongestohlen hatte. Im Rückblick bedauerte er, den Schauplatz so vieler schöner Erinnerungen noch einmal aufgesucht zu haben.

Bis zu seinem wirtschaftlichen Niedergang hatte William Wallace rund um Cobleskill als Wohltäter und Menschenfreund gegolten. Seine Familie war geachtet und respektiert worden. Dann wurde aus dem strahlenden Helden ein Verlierer, eine Schande für die ganze Gegend. Auch die Verwandten von Tante Rhetta hatten nichts mehr von Minik wissen wollen und ihn mit ihrer Kaltherzigkeit endgültig aus dem Paradies seiner Kindheit vertrieben.

Danach war er nur noch von dem Gedanken vorangepeitscht worden, die Vereinigten Staaten auf schnellstem Wege zu verlassen. Er wollte sich in Montréal entweder Harry Radfords Expedition anschließen oder, falls auch dieser Plan scheiterte, sich bis nach Brigus auf Neufundland durchschlagen. Dort lebte die legendäre Seefahrerfamilie Barlett, der auch der Kapitän der *Hope* entstammte, mit der Minik 1897 nach New York gekommen war. Irgendein Schiff würde ihn schon zum Smith Sound, in seine Heimat, bringen. Niemand sollte ihn daran hindern. Selbst sein Freund Dob nicht …

»Einen Moment bitte!«

Minik schloss die Augen. Das durfte nicht wahr sein! Er hatte den Ort fast hinter sich. Langsam drehte er sich um.

Vom Dorf her näherten sich ihm zwei Gestalten. Sie waren noch ungefähr fünfzig Schritte entfernt. Mit ihren Handlampen leuchteten sie in Miniks Richtung. Als sie an einem hellen Fenster vorbeiliefen, sah er ihre Mützen.

Polizisten!

Aus einem Impuls heraus wirbelte er herum und rannte los.

»Halt, stehen bleiben oder wir schießen!«, rief eine Stimme hinter ihm.

Minik ignorierte die Warnung. Vermutlich handelte es sich um eine Grenzpatrouille. Wie auch immer, er würde sich nicht mehr einfangen lassen – und wenn es sein Leben kostete.

Einen Verbündeten hatte er noch: die Dunkelheit. Minik verließ die Straße und lief querfeldein. Was immer der Bauer hier gepflanzt hatte, sein Acker war ein schlechter Rennplatz. Minik stürzte, rappelte sich wieder auf und eilte weiter. Die Posten blieben hinter ihm. Ja, schlimmer noch, sie holten auf.

Vor Minik tauchten wuchtige Schatten auf. Vermutlich die Gebäude einer Farm. Instinktiv hielt er darauf zu.

Aus den Rufen der Verfolger konnte er ihren Abstand abschätzen. Mal schrumpfte er, dann wieder geriet einer der Männer ins Straucheln und sein Vorsprung vergrößerte sich wieder. Immerhin hatten sie noch nicht geschossen. Vielleicht gehörte die Drohung nur zu ihrer Einschüchterungstaktik. Umso besser, dachte Minik und hetzte weiter auf die Häuser zu.

Endlich erreichte er das Gehöft. Er lief an einer Scheune vorbei und kam auf einem von mehreren Gebäuden locker umringten Innenhof schlitternd zum Stehen. Atemlos blickte er sich um. Aus dem Wohnhaus drang Licht. Ein Fenster stand offen; vermutlich gehörte es zur Küche, denn der Geruch von Kohlsuppe lag in der Luft. Eine Frauenstimme sagte: »Hast du gehört, Charly? Das muss Daddy sein. Hilf ihm beim Abspannen der Pferde und kette den Hund an.«

Minik geriet in Panik. Er war in eine Falle gelaufen. Die Polizisten saßen ihm im Nacken und jeden Moment konnte dieser Charly aufkreuzen. Hektisch suchte er nach einem Versteck. Es blieb keine Zeit mehr, um an den Türen der Schuppen zu rütteln und irgendwo hineinzuschlüpfen. Und zum Weiterlaufen fehlte ihm die Kraft.

Da entdeckte er den Trog neben der Pumpe.

Es handelte sich um einen oben offenen, ausgehöhlten, bis zum Rand mit Wasser gefüllten Baumstamm zum Tränken von Vieh. Oder zum Untertauchen.

Rasch bückte sich Minik nach einem Strohhalm, rannte damit zu dem Trog und schwang sich hinein. Im Nu sogen sich seine Kleider voll Wasser. Er atmete ein paarmal schnell und flach, dann holte er tief Luft und ließ sich unter die Wasseroberfläche gleiten.

Zwei oder drei Herzschläge später hörte er dumpfe Stimmen. Die Verfolger mussten den Innenhof erreicht haben. Vermutlich sprachen sie mit Charly. *Halte durch!,* wiederholte Minik im Geist die Parole, mit der er sich schon beim Betreten des Dorfes Rouse's Point angespornt hatte. Vor lauter Anspannung hatte er den Halm ganz vergessen. Bevor ihm allerdings die Luft knapp wurde, spürte er die beißende Kälte. So musste es sich anfühlen, wenn man bei lebendigem Leibe zu Eis erstarrte.

Nach ungefähr einer Minute ließ sich der rasch zunehmende Druck auf der Brust nicht mehr ignorieren. Lange würde er die Luft kaum noch anhalten können. Aber die durch das Wasser gedämpften Stimmen wollten nicht gehen. Es war sogar eine neue hinzukommen – offenbar hatte inzwischen auch Charlys Mutter den Schauplatz betreten.

Warum hauen sie nicht endlich ab …! Ich Idiot! Plötzlich war ihm wieder der Strohhalm eingefallen. Er nahm ihn in den Mund, blies das Wasser heraus und sog daran mit der Gier eines Ertrinkenden. Die frische Luft strömte nur spärlich durch das schmale Röhrchen in seine Lungen, aber es reichte aus, um weiter ausharren zu können.

Während er sich so im eisigen Nass an dem Strohhalm festklammerte, entdeckte sein Geist Erinnerungsfäden, die seinem Bewusstsein längst entglitten zu sein schienen. Miniks Großvater Arrutarsuaq und ein Stammesbruder hatten einmal einen Bären mit der Harpune gejagt. Das getroffene Tier stemmte sich wütend gegen die Leine, worauf diese an der Eiskante zerriss. Der Bär floh, aber die Waffe fiel ins Wasser. Da rief Arrutarsuaq die Geister zu Hilfe, versetzte sich in Trance und tauchte zum Meeresgrund hinab. Sein Jagdgefährte hatte noch Jahre später von dem Gesang erzählt, den er tief unter dem Eis vernahm. Arrutarsuaq kehrte samt der Harpune an die Oberfläche zurück und lebte danach noch einige glückliche Jahre.

Sind sie fort? Minik lauschte. Die Stimmen waren jedenfalls verstummt … Seine Gedanken gerieten jäh ins Stocken, weil das Röhrchen plötzlich keine Luft mehr durchließ. Er saugte mit aller Kraft, aber es nützte nichts. Panik breitete sich in ihm aus. Schnell wurde der Drang, Luft zu holen, übermächtig. Trotzdem wartete er weitere quälend lange Sekunden, in denen sein Zwerchfell hektisch pumpte, wo es nichts zu pumpen gab. Dann konnte er den Atem nicht länger anhalten und richtete sich ruckartig auf. Gierig sog er die Luft in die Lungen.

Als das Gefühl des Erstickens verschwunden war, wischte er sich das Wasser aus den Augen. Um den Trog herum standen vier schemenhafte Figuren, die auf ihn herabblickten. Dann wurde er von Lichtstrahlen geblendet und jemand sagte: »Reife Leistung, junger Mann. Aber jetzt sollten Sie aus dem Wasser kommen, wenn Sie sich nicht den Tod holen wollen.«

Die Kohlsuppe wärmte Minik von innen, eine dicke Wolldecke von außen. Seine nassen Kleider tropften neben dem Kamin vor sich hin. Abgesehen von dem Umhang war er nackt. Die beiden Polizisten, die ihn seit mindestens einer Viertelstunde verhörten, hielten diese Maßnahme wohl für ausreichend, um ihn an der Flucht zu hindern. Hätten sie die Legende vom schnellen Läufer Atanarjuat gekannt, der seinen Feinden im Adamskostüm übers Eismeer entkam, wären sie vielleicht vorsichtiger gewesen. Aber aus ihren Fragen konnte Minik entnehmen, dass sie sich nicht einmal über seine Herkunft einig waren.

»Irgendetwas an Ihrer Geschichte gefällt mir nicht«, rekapitulierte der eine. Er war der Wortführer, ein bärbeißiger Mittvierziger mit einem dunklen Schnauzbart und einer riesigen Narbe auf der linken Wange.

Minik seufzte. Den Erschöpften brauchte er nicht zu spielen – er war tatsächlich am Ende seiner Kräfte. »Welchen Teil meinen Sie, Sergeant? Geht es um den Schreck, den Sie mir eingejagt haben? Es war dumm, davonzulaufen, aber als Sie mich riefen, dachte ich nur: ›Oh nein, jetzt bringen Sie mich nach Chinatown zurück.‹«

»Nach New York City«, wiederholte der Grenzpolizist tonlos.

Minik verdrehte theatralisch die Augen zur Decke. »Das habe ich Ihnen doch schon alles erklärt. Mein Vater kam als Arbeiter nach Kanada, um beim Bau der transkanadischen Eisenbahnlinie mitzuhelfen. Er hat Dynamitladungen gelegt und Tunnel gesprengt. Als das Bauvorhaben beendet war und es für ihn nichts mehr zu tun gab, ist die Familie nach New York gezogen. Dort wurde ich geboren …«

»Und deshalb sprechen Sie so gut Englisch.«

»Genau. Aber ich bin der jüngste von sieben Söhnen. In der Wäscherei meines Vaters gibt es für mich keine Zukunft. Deshalb will ich mein Glück in Vancouver versuchen, als Holzfäller. Vielleicht kann ich bei einer der großen Firmen dort anheuern«, log Minik weiter.

»Dann sind Sie also kein Eskimo?«, vergewisserte sich der zweite Posten.

Minik breitete die Hände aus. »Schauen Sie mich an und dann sagen Sie mir, was Sie sehen.«

Die zwei Staatsbeamten tauschten beredte Blicke. Der Sergeant zuckte die Achseln. »Also wenn der Bursche kein Chinese ist, Ben, dann bin ich kein Amerikaner.«

Der andere nickte. »Würde meinen, du hast recht, George. Was fangen wir jetzt mit ihm an?«

»Na, was schon. Wir lassen ihn laufen. Oder hast du Lust, den Rest der Nacht Berichte zu schreiben und Formulare auszufüllen?«

»Du liebe Güte, nein!«

»Er kann bei uns in der Scheune schlafen«, meldete sich die Farmerin zu Wort. Mrs Gallagher und ihr Sohn hatten sich von Anfang an auf Miniks Seite geschlagen.

»Dann wäre der Fall für uns also erledigt«, erklärte der Sergeant.

Minik hatte die Nacht im Stroh verbracht. Am nächsten Morgen schlüpfte er in trockene, warme Kleider und nahm ein herzhaftes Frühstück aus Eiern und Speck ein. Sein Mantel war noch zu feucht, um sich damit in die Frühjahrsfrische hinauszuwagen, ohne sich die Gesundheit restlos zu ruinieren. Aber er wollte partout nicht länger diesseits der Grenze warten. Daher bot ihm Mrs Gallagher ein Geschäft an. Minik bekam den alten, viel zu großen Überzieher ihres Mannes und überließ im Tausch dafür seinen ihrem Sohn Charly.

Alsbald bedankte sich Minik überschwänglich bei seinen Gastgebern und marschierte los. Der Farmer hatte ihm eine Route durch den Wald beschrieben, auf der er neugierigen Grenzpatrouillen aus dem Weg gehen konnte. So gelangte er unbehelligt in die kanadische Provinz Québec.

Um nach Montréal zu kommen, brauche er nur der Eisenbahnlinie nach Nordwesten zu folgen, hatte Mr Gallagher empfohlen. Das tat Minik, aber schon in Lacolle, etwa sechs Meilen hinter Rouse's Point, lief er der nächsten Polizeistreife in die Arme.

Diesmal ließ er sich widerstandslos abführen. Für einen neuerlichen Wettlauf war Minik zu ausgelaugt und außerdem hatte er keine Lust, von Kugeln durchsiebt zu werden. Auf dem Polizeiposten wiederholte sich das Spiel des vergangenen Abends, nur mit anderen Vorzeichen: Der Korporal sprach Englisch mit französischem Akzent. Minik indes war redegewandt wie zuvor und versprühte während des Verhörs seinen ganzen Charme.

»Sie kommen also aus dem Mohawk-Reservat und suchen Arbeit bei der Canadian Pacific Railway«, fasste der Polizist die Aussage des Festgenommenen zusammen. Sein Blick war auf eine Kladde mit Notizen gerichtet.

»Ja, in Alberta. Ich will später einmal meinen Kindern erzählen: ›Seht ihr die imposante High Level Bridge, die den

Oldman River überspannt? Sie ist eine technische Meisterleistung kanadischer Ingenieurskunst, die längste stählerne Eisenbahnbrücke der Welt. Ihr könnt stolz auf euren Vater sein, denn er hat an der Zukunft mitgebaut.‹«

»Soweit mir bekannt ist, bauen die in Lethbridge aber schon seit zwei Jahren und sind bald fertig. Ich kann mir nicht vorstellen, wieso die ausgerechnet einen Indianer brauchen.«

»Ich muss Ihnen doch nicht erklären, Korporal, wie sehr der Weiße Mann die Mohawks schätzt, weil sie schwindelfrei sind. Im Brückenbau gibt es keine besseren Arbeiter als uns. Oder haben Sie je von einem Eskimo gehört, der sich in solche Höhen wagt?«

Der Polizeibeamte zwirbelte sich den Bart. »Hm. Nicht dass ich wüsste.«

Minik strahlte. »Na sehen Sie, Korporal! Dann brauche ich Ihnen ja auch nicht länger zur Last zu fallen und ihnen überflüssige Verwaltungsarbeit aufzubürden – Sie haben wirklich Wichtigeres zu tun, als Berichte zu schreiben und lästige Formulare auszufüllen. Darf ich dann gehen und endlich meine Brücke in die Zukunft bauen?«

»Sie sind der erste Indianer mit Verständnis für unseren verantwortungsvollen Dienst«, antwortete der Korporal. »Gehen Sie nur und mehren Sie den Ruhm Kanadas. Wie sagt man bei Ihnen: Möge der Große Geist mit Ihnen sein.«

Die Waggons der kanadischen Güterzüge brachten Minik an den Rand der Verzweiflung. Seit Tagen versuchte er nun schon, sich auf einem Abstell- oder Rangiergleis Zugang zu den Wagen zu verschaffen, aber entweder waren sie fest verschlossen oder sie ließen sich zwar öffnen, bewegten sich dann aber nicht von der Stelle. Notgedrungen musste er weiter über staubige Landstraßen marschieren und sich mit niederen Arbeiten über Wasser halten.

Ab und zu begegnete er einer barmherzigen Seele, die ihn auf ihrer Kutsche mitfahren ließ. Dankbar nahm er jede sich in dieser Beziehung bietende Gelegenheit an, selbst wenn er dafür Umwege in Kauf nehmen musste. Zuspruch bekam er dabei wenig, denn die meisten Wagenlenker verstanden nur Französisch.

So näherte er sich seinem Ziel in einem Zickzackkurs, der ihn zunehmend auslaugte. Von Anstrengung und Hunger entkräftet, sah er in seinem ohnehin zu großen Mantel bald aus wie eine wandelnde Vogelscheuche. Zum äußeren Verfall kam der seelische hinzu. Auf eine beklemmende Weise kam sich Minik vor, als läge er immer noch in der Tränke von Mr Gallagher und klammere sich verzweifelt an den Strohhalm, sich Harry Radfords Expedition anschließen zu können. Doch von Tag zu Tag wurde der Atem der Hoffnung knapper, immer häufiger drehten sich seine Gedanken ums Sterben. Und das Beunruhigende war: Der Tod schreckte ihn nicht mehr.

Miniks im Sturzflug befindliche Stimmungslage erreichte ihren vorläufigen Tiefpunkt an einem Mittwoch Ende April. Die Wolken am Himmel waren bleigrau. Die Luft roch nach Regen. Ein kühler Wind blies durch seinen Mantel, als existiere dieser nicht. Nach der Verhaftung in Lacolle war er viel zu weit nach Norden abgedriftet. In der Gegend von Saint-Jean-sur-Richelieu hatte er für einige Zeit die Orientierung verloren, bis er auf ein Bahngleis stieß, das nach Osten führte. Um sich im Nirgendwo von Québec nicht vollends zu verlaufen, wanderte er einmal mehr direkt auf dem Bahndamm entlang, Schritt für Schritt, Schwelle für Schwelle, Stunde für Stunde …

Der stupide Marsch über die ewig gleichen Holzbohlen versetzte ihn in einen Trancezustand. Für den frierenden, hungernden, sich quälenden Minik existierte nur noch der nächste Querbalken zwischen den Gleisen. Mehr nahm er von seiner

Umgebung nicht wahr – auch nicht die Dampfwolke, die vor ihm, noch von den Bäumen verdeckt, auftauchte.

Als die Lokomotive ihr Pfeifsignal ertönen ließ, trottete er apathisch weiter. Sein Geist war umwölkt von dunklen Sehnsüchten. Es kostete so unendlich viel Kraft, sich ständig gegen das Unglück anzustemmen. Warum ewig etwas bekämpfen, das ihm nur Pein bereitete? Brauchte er das Leben nicht einfach nur loszulassen, um Erlösung zu finden?

Kaum mehr als zweihundert Schritt vor ihm kam der Zug aus dem Wald. Abermals schrillte die Pfeife.

Minik hörte es nicht. Er lief weiter. Wie ein Schlafwandler hielt er offenen Auges auf sein Verderben zu.

Das schwarze Ungetüm verlangsamte weder die Fahrt noch pfiff es ihm weitere Warnungen zu. Vermutlich hatte der Lokführer die Person auf den Gleisen noch gar nicht bemerkt. Wie ein Lindwurm, dessen Nüstern von Blutgier rauchten, schoss das Monstrum aus Stahl und Holz auf seine Beute zu. Der Abstand zwischen beiden schrumpfte dramatisch schnell. Aus den zweihundert Schritt wurden hundert und im Nu waren Minik nur noch fünfzig geblieben, um zu reagieren. Doch er stapfte weiter.

Plötzlich warf sich ein schwerer Körper gegen ihn und riss ihn von den Gleisen. Minik und der andere purzelten den Bahndamm hinab.

Das Dampfross donnerte ungerührt vorüber.

Benommen starrte Minik in ein rundes Gesicht, das seinen Blick mit einer Mischung aus Ärger und Besorgnis erwiderte. Es gehörte einem etwa vierzigjährigen Mann mit kurzen blonden Haaren, wasserblauen Augen und eindrucksvoller Statur. Er trug eine Jacke und Latzhosen aus blauem Segeltuch. Einen Moment lang sah es so aus, als wolle er seinem Verdruss lautstark Luft verschaffen, doch dann entspannte sich seine Miene.

»Bist du in Ordnung, Junge?«

Minik betastete Brust und Bauch. »Ich glaube ja.«

»Willst du darüber reden?«

»Worüber?«

Der Mann stemmte sich ächzend vom Boden hoch und begann, sich den Staub aus den Kleidern zu klopfen. »Worüber? Du hast gerade versucht, dich umzubringen!«

Minik sah der Dampflok nach. »Ich war in Gedanken.«

Sein Retter schüttelte den Kopf. »Was muss in einem jungen Burschen vor sich gehen, dass er so abwesend sein kann?«

»Ich ... bin nur müde.«

»Ja, *lebens*müde, wie mir scheint.« Er streckte die Hand aus. »Ich bin William Green. Kannst Will zu mir sagen. Ich bewirtschafte mit Betsy – das ist meine bessere Hälfte – eine kleine Farm da hinter dem Wäldchen.« Green deutete zu den Bäumen.

Minik erhob sich langsam wie ein alter Mann. »Sie suchen nicht zufällig einen Hilfsarbeiter? Eine Mahlzeit und ein Lager für die Nacht reichen mir als Lohn.«

Green musterte ihn von Kopf bis Fuß. »Nichts für ungut, junger Freund, aber du siehst mir nicht so aus, als könntest du einen Besen zehn Schritte weit tragen, ohne zusammenzubrechen. Wie willst du da einen Heuboden ausfegen? Bist du krank?«

»Nur ein bisschen erkältet.«

»Und was führt dich in diese Gegend? Erzähl mir jetzt nicht, du wärst ein reisender Landarbeiter.«

»Ich bin Irokese vom Stamm der Mohawk und will am 24. Mai beim Marathonlauf in Montréal antreten.«

»Der Witz ist gut!« Green lachte schallend.

Minik hatte die Indianer-Legende in den letzten Tagen Stück für Stück weiter ausgeschmückt, sodass ihm die Absurdität seiner Geschichte gar nicht bewusst war. Er fühlte sich nur einmal mehr zurückgewiesen, murmelte seinem Retter mit hängendem Kopf ein Dankeschön zu und wandte sich zum Gehen.

»Warte, Sportsmann!«, hielt Green ihn zurück.

Im Schneckentempo drehte sich Minik wieder um und sah den Landmann fragend an.

Green hob in einer pathetischen Geste die Arme zum Himmel und rief: »Herr, wie kann ich mich einen guten Christen nennen und diesen armen Burschen einfach weiterziehen lassen? Gib mir einen klaren Kopf, damit ich das Richtige tue.« Hiernach wandte er sich ganz nüchtern an den Vagabunden. »Komm mit auf meine Farm. Betsy hat Hühnersuppe gekocht.«

Im ersten Moment meinte Minik, sich verhört zu haben. Aber dann durchdrang das Gesagte den Nebel seiner Niedergeschlagenheit und er war so überwältigt, dass er kein Wort hervorbrachte. Dankbar lächelte er.

»Ich geh dann mal voran«, erklärte der Farmer. Er war offensichtlich kein Mann von Gefühlsduselei.

Im Schutze seines breiten Rückens wischte sich Minik verstohlen eine Träne aus den Augen und seufzte: »William ist ein schöner Name. Ich bin einigen guten Menschen begegnet, die so heißen.«

Obwohl die Gesellschaft der Greens Balsam für das kranke Gemüt ihres Gastes war, konnte der doch die Unrast nicht abschütteln, die sich aus dem einen übermächtigen Gedanken speiste: Wenn ich nur Harry Radford finde, dann wird alles gut. Und so blieb Minik nur zwei Nächte auf der Farm. Zum Abschied schenkte ihm William sechs Dollar für eine Fahrkarte und gab ihm einen Zettel mit dem Namen eines Priesters in Montréal.

»Falls du doch Hilfe brauchst, Junge, dann wende dich an Pater Charles Dumond. Du findest ihn in der Seefahrerkirche.

Er hat ein Herz für indianische Marathonläufer.« Der Landmann griente.

Am Nachmittag desselben Tages – es war der 30. April – erreichte Minik mit dem Zug Montréal und machte sich sofort auf die Suche nach seinem Förderer aus dem Arctic Club of America. »Kennen Sie den Naturforscher Harry V. Radford?« Immer wieder stellte er diese Frage. Viele Einwohner von Montréal verstanden ihn nicht einmal, weil sie nur Französich sprachen. Andere zuckten lediglich mit den Achseln und ließen den vermeintlichen Herumtreiber einfach stehen.

Nach zwei Tagen war der Rest des von William Green erhaltenen Geldes für Unterkunft und Verpflegung aufgebraucht. Bevor der Pensionswirt Minik auf die Straße setzte, sagte er: »Wenn für die Expedition Ihres Freundes große Mengen Ausrüstung nach Kanada geschafft werden müssen, dann braucht er dafür eine Einfuhrgenehmigung. Gehen Sie zum Zollamt. Die können Ihnen vielleicht weiterhelfen.«

Noch keine Stunde war vergangen, als Minik in einer muffigen Amtsstube einem zwirbelbärtigen, bebrillten, ziemlich ungeduldigen Staatsdiener gegenüberstand und sein Anliegen vorbrachte. Schon nach wenigen Worten unterbrach ihn der Beamte und sagte: »Mr Radford hat Montréal schon im letzten Monat verlassen. Er und sein Expeditionsteam sind mit dem Zug nach Westen abgereist.«

Diese Auskunft wirkte auf Minik wie ein Fallbeil, das jäh auf ihn herniedergefahren war. Benommen verließ er das Amtszimmer. Er war am Boden zerstört. Die ganzen Strapazen umsonst …

Wie ein Betrunkener wankte er aus dem Zollgebäude auf die Straße. Der Verkehr und die Leute um ihn herum verschmolzen zu einer grauen Wolke, in der alles dumpf wurde und nicht mehr zu greifen war. Schon nach wenigen Minuten konnte er die Reaktion seines Körpers auf den neuerlichen Schicksalsschlag spüren. Er fühlte sich mutlos, völlig zerschlagen und unendlich schwer. Was sollte er jetzt tun? Wohin konnte er sich noch wenden? Er war zu erschöpft, um sich nach einem Schiff zu erkundigen, das ihn den Sankt-Lorenz-Strom hinauf nach Neufundland bringen könnte. Wozu auch? Er hatte kein Geld mehr, um die Passage zu bezahlen.

Ziellos irrte er durch die Stadt. Irgendwann begann das Tageslicht zu schwinden. Die Luft wurde empfindlich frisch. Minik spürte, wie sein Gesicht glühte. Er hatte Fieber. Jeder Schritt tat ihm weh.

Plötzlich stand er vor einem Fluss. War es der Ottawa River? Oder der Sankt-Lorenz-Strom? Mit verschleiertem Blick suchte er nach den Lichtern einer Brücke, unter der er sich ausruhen konnte.

Unvermittelt hörte er ein quietschendes Geräusch. Es kam von einem Schiff, das, teilweise von Büschen verdeckt, halb versunken in den braunen Fluten lag. Er schleppte sich weiter, um sich das Wrack genauer anzusehen. Es war ein etwa zwanzig Meter langer Frachtdampfer. Offensichtlich saß der leck geschlagene Bug auf einer Sandbank fest. Das Achterhaus ragte in unmittelbarer Nähe des Ufers schräg aus dem Wasser. In der Kajüte wird dich keiner stören, dachte Minik. Aber wie konnte er aufs Schiff kommen? Wäre er gesund gewesen, hätte er möglicherweise mit einem gewagten Sprung an Bord gelangen können, aber in seinem momentanen Zustand erschien das unmöglich. Auf keinen Fall wollte er in den Fluss fallen, denn ohne wärmendes Feuer konnten nasse Kleider seinen Tod bedeuten.

Er begab sich auf die Suche nach einer Planke oder einem anderen Gangway-Ersatz und wurde schnell fündig. Unweit stand ein Holzschuppen, an dessen Außenseite eine Leiter hing. Während die Nacht über dem Fluss heraufzog, brachte er die Behelfsbrücke in Stellung. Ihre Länge reichte gerade aus, um die Kluft zwischen der Uferböschung und dem Schiff zu überwinden. Auf allen vieren überquerte Minik, Sprosse für Sprosse, das Wasser. Anschließend zog er die Leiter aufs Schiff.

Die Kajütentür befand sich auf der Flussseite. Sie schwang im Wind hin und her – daher das Quietschen, ohne das Minik das unbeleuchtete Schiff auf dem dunklen Fluss womöglich übersehen hätte.

Das Deckhaus war zweigeteilt. Auf der vorderen Brücke stand knöcheltief das Wasser, aber nach achtern hin wurde es trocken. Minik tastete sich im Dunkeln an einer Wand entlang bis zu einer weiteren Tür. Dahinter lag die eigentliche Kajüte. Er verwendete eines seiner letzten Streichhölzer darauf, sich umzusehen. Im schwachen Licht der kleinen Flamme entdeckte er zwei Kojen. In einer lag sogar eine Steppdecke.

Ein Gefühl unendlicher Erleichterung bemächtigte sich seiner. Er lief zu dem holzumfassten Schlafplatz, breitete sich auf der Matratze aus und deckte sich zu. Wenige Atemzüge später war er eingeschlafen.

Die Leiter wippte beängstigend, als Minik zum ersten Mal das Schiff wieder verließ. Die Maisonne lugte gerade über die Dächer im Osten und sein Magen knurrte wie ein Raubtier. Wasser war in den vergangenen drei Tagen seine einzige Nahrung gewesen – jede Nacht hatte er es mit einem an einer Schnur befestigten Kochtopf aus dem Fluss geschöpft. Obwohl das Fieber nun auf dem Rückzug war, fühlte er sich alles andere als gesund.

Eine Zeit lang strich er wie ein ausgehungerter Wolf durch die Straßen von Montréal. Er war so schwach, dass er sich zwischendurch immer wieder hinsetzen musste. In einer Durchgangsgasse stieg ihm der Duft von frischem Brot in die

Nase. Minik wurde von dem Geruch wie magisch angezogen. Mit glänzenden Augen blieb er vor einem halb geöffneten Fenster stehen. Als er in dem Glas sein Spiegelbild sah, erschauderte er. Ein Gespenst konnte nicht schrecklicher aussehen. Mit einem Mal meinte er sogar, seinen eigenen Gestank wahrzunehmen, als er aber die Nase vorreckte und schnupperte, roch er wieder die verführerischen Schwaden, die aus dem Haus waberten.

Das Fenster gehörte zu einer Küche, in der eine junge Frau Brote schmierte. An einem Tisch neben ihr hockte ein kleines, etwa vierjähriges Mädchen auf einem Stuhl. Es kaute auf einem Kanten herum und ließ die Beine baumeln. Plötzlich entdeckte es den Zuschauer in der Gasse.

»Mama, da ist ein Mann«, sagte die Kleine.

Die Frau fuhr herum.

Minik konnte sich vorstellen, wie seine schmutzige, zerlumpte Erscheinung auf sie wirken musste, und hob beschwichtigend die Hände. »Entschuldigen Sie, ich wollte Sie nicht erschrecken.« Kaum hatte er das gesagt, richteten sich seine Augen wieder auf das mümmelnde Mädchen.

Dessen Mutter hob zu einer Erwiderung an, bemerkte dann aber wohl die ausgehungerten Blicke des Fremden. Sanft fragte sie: »Wann haben Sie das letzte Mal etwas gegessen?«

Er hob die Schultern. »Ich weiß nicht. Vor vier Tagen vielleicht?«

Sie nahm eines der Butterbrote und reichte es ihm durchs Fenster. »Es ist nicht viel. Wir haben selbst kaum etwas.«

Angesichts dieser unverhofften Geste der Barmherzigkeit starrte Minik erst sprachlos die Wohltäterin, dann das Brot und schließlich wieder die Frau an. Er war so gerührt, dass er zu weinen begann. Ja, in seinem Innern schien ein Damm gebrochen zu sein und all die aufgestauten Gefühle stürzten jäh hervor. Schnell nahm er das Brot, schluchzte ein leises

»Danke« und weil er sich wegen seiner Bettelei und der Tränen schämte, lief er rasch davon.

Anderen Menschen hätte das Erlebnis in der Gasse vielleicht neuen Mut gegeben, bei Minik bewirkte es genau das Gegenteil. Es hatte ihm immer missbehagt, anderen zur Last zu fallen. Sich jetzt als Bettler zu sehen, der von den Almosen anderer abhängig war, als jenes jämmerliche Gespenst, dessen Spiegelbild er im Küchenfenster erblickt hatte, war zu viel für ihn.

Trotzdem hatte er sich – in der Hoffnung, es sei das letzte Mal gewesen – im Laufe des Vormittags gedemütigt und etwas Geld zusammengebettelt. Davon kaufte er sich einen Umschlag, einige Bogen Papier, einen Bleistift, eine Briefmarke und einen Apfel. Anschließend schrieb er einen mehrseitigen Abschiedsbrief an Chester Beecroft.

15.
Die Diva

New York, 29. April 1909

Das Klopfen an Chesters Zimmertür konnte nur der Page sein. Es war von jener dezenten Beharrlichkeit, die ruhebedürftige Hotelgäste im Allgemeinen zwar nicht ignorieren, aber gerade noch ertragen konnten. Er ging zur Tür und öffnete.

»Das ist für Sie, Sir.« Der knabenhafte Hoteldiener streckte dem Gast ein silbernes Tablett entgegen, auf dem ein Briefumschlag lag. Vielleicht eine Nachricht von Minik? Begierig nahm Chester das Kuvert vom Tablett und öffnete es sofort.

Madame Vesta Tilley erwartet Sie in der Lobby.

Die ebenso kurze wie überraschende Mitteilung versetzte Chester augenblicklich in Panik. Die Diva wollte *ihn* sprechen? Unglaublich! Die Engländerin Vesta Tilley – in Wirklichkeit hieß sie Lady Matilda Alice Powles de Frece – war eine gefeierte Broadway-Schauspielerin, die ihren Ruhm der verblüffend überzeugenden und meist komischen Verkörperung von Männerrollen verdankte. Chester wies den Boy an, die Dame über sein baldiges Erscheinen in Kenntnis zu setzen, und zog sich in sein Zimmer zurück.

In aller Eile ebnete er mit Kamm und Pomade die größten Unebenheiten seiner Frisur, warf sich in einen der besseren Anzüge und band sich eine Fliege um. Dann jagte er in die Empfangshalle hinunter.

Vesta Tilley stand neben einem Sofa, umringt von einer

Traube Menschen, größtenteils männlichen Geschlechts, und gab Autogramme. Chester pirschte sich von der Seite her an sie heran, um sie aus der Nähe zu betrachten. Er kannte sie aus dem Theater, kostümiert und mit viel Schminke. Ohne Frack und Zylinder war sie eine äußerst attraktive Erscheinung: schlank, mit einem spitzbübischen Gesicht und makelloser, weißer Haut. Ein Kunde beim Theater hatte ihm kürzlich erzählt, die Tilley sei fünfundvierzig, aber hier, im Streulicht der Kristalllüster, sah sie fünf, wenn nicht gar zehn Jahre jünger aus. Sie trug ein bodenlanges, cremefarbenes Kleid mit allerlei Rüschen und glitzernden Verzierungen. Ihre zierlichen Hände waren in Seide gehüllt, den schwanenhaften Hals umschloss ein Band aus sechs bis acht Perlenschnüren. Das brünette, lockige Haar war – wohl ein Zugeständnis an ihre Männerimitationen – recht kurz.

Es kostete Chester einige Mühe, sich bis zu der Schauspielerin durchzukämpfen. »Mrs Tilley, mein Name ist Beecroft, Chester Roswell Beecroft«, stellte er sich vor.

Sie bedachte ihn mit einem abschätzenden, aber nicht unfreundlichen Blick und gewährte ihm das Vergnügen, ihre behandschuhte Rechte an die Lippen zu führen, um einen Kuss anzudeuten. »Sehr erfreut, Mr Beecroft. Ich fürchtete schon, Sie hätten mich vergessen.«

Er bemühte sich, sein charmantestes Lächeln hervorzuzaubern. »Bitte entschuldigen Sie, Madame. Ich war, offen gestanden, etwas überrascht, als mir der Page Ihren Besuch meldete. Was verschafft mir die Ehre?«

Sie ließ den Blick in die Runde schweifen. »Könnten wir das in einer etwas ruhigeren Atmosphäre besprechen?«

»Oh natürlich! Verzeihen Sie bitte. Der Zeit nach wäre ein Besuch des Cafés angebracht. Ist Ihnen das ruhig genug?«

Sie lachte. »Absolut. Sie wissen ja, Mr Beecroft, wie wir Engländer sind. Die Teatime ist uns heilig.«

Wenig später saßen die beiden in einer stillen Ecke des hoteleigenen Cafés. Nachdem sie ihre Bestellung aufgegeben hatten, erzählte Vesta Tilley von ihrem aktuellen Stück. Sie spielte im Daily's Theatre die Titelrolle in *My Lady Molly*.

»Dann haben Sie zur Abwechslung mal nicht die Hosen an?«, scherzte Beecroft.

»Nein«, erwiderte sie mit ihrer rauchigen Stimme gut gelaunt. »Immer nur als Mann über die Bühne zu stolzieren, ist auf die Dauer ziemlich ermüdend.«

»Ich habe Sie in *The Piccadilly Johnny with the Little Glass Eye* singen gehört. Es war köstlich.«

Ein Ober servierte den Tee. Als sie wieder ungestört waren, kam die Aktrice endlich auf den Grund ihres Besuches zu sprechen.

»Ich habe in der *New York Sun* den Brief Ihres Eskimofreundes gelesen und war von dem traurigen Schicksal des armen Jungen tief berührt. Zufällig kenne ich Acton Davis, den Herausgeber der Zeitung, und habe mich an ihn gewandt, um ihn zu fragen, wie ich Minik helfen könnte. Da hat er mir Ihren Namen und Ihre Adresse gegeben.«

Chester konnte sein Glück kaum fassen. »Ehrlich gesagt, hatte ich zwar auf Hinweise über Miniks derzeitigem Aufenthaltsort oder andere Unterstützung gehofft, aber dass ausgerechnet *Sie* mir dieses Angebot machen …« Er schüttelte den Kopf. »Das ist unglaublich! Fast so, als klopfe plötzlich ein Engel an meine Tür.«

»Sie sind zu freundlich, Mr Beecroft. In dem zweiten Artikel, den Sie vermutlich nach Ihrer Rückkehr aus Troy lanciert haben, stand über Minik: ›Er bat um Brot und bekam Steine.‹ Ist das von Ihnen?«

Er lächelte verlegen. »Offen gestanden habe ich mich da aus der Bibel bedient. Ich wollte an die Gefühle der Leser appellieren.«

»In meinem Fall ist Ihnen das gelungen. Haben Sie inzwischen Nachricht von Ihrem Freund?«

»Nein. Ich bin ihm bis Troy gefolgt. Einige Tage lang hatte ich den Eindruck, als lege er es darauf an, gefunden zu werden. Aber dann ist er plötzlich untergetaucht. Das beunruhigt mich.«

»Inwiefern?«

»Miniks Persönlichkeit ist sehr vielschichtig. In seinem tiefsten Innern scheint er mir ein sehr gefühlvoller Junge sein, der einfach frei und unabhängig sein will. Er sagte mir mehrmals, er wolle anderen nicht zur Last fallen. Aber es ist ihm nicht einmal gelungen, eine dauerhafte Anstellung zu finden.«

»Sie meinen, weil er ein Farbiger ist.«

Chester nickte. »Er sehnt sich nach ein bisschen Liebe und Unabhängigkeit.«

»Tun wir das nicht alle?«

»Sicher. Nur, Minik hat in seinem Leben schon so viele Zurückweisungen erfahren, dass ich um seine seelische Gesundheit bange. Nach außen tritt er oft großspurig auf. Ich fürchte, seine Verzweiflung und der Hang zur Theatralik könnten ihn zu einer nicht wiedergutzumachenden Dummheit veranlassen.«

»In dem Artikel stand, er würde Commodore Peary am liebsten erschießen. Meinen Sie …?«

»Nein«, fiel Chester der Schauspielerin ins Wort. »Zwar hat Minik sich mal dahingehend geäußert, aber das war wohl nur die übliche Aufschneiderei. Eher fürchte ich, dass er Hand an sich selbst legen könnte.«

Vesta Tilley schüttelte den Kopf. »Der arme Junge. Können wir denn gar nichts für ihn tun?«

»Sein Ziehvater und übrigens auch ich sind der Meinung, dass er sich nach Montréal durchschlagen will. Wir haben auf dem Weg dorthin Polizeistationen und alle möglichen Leute antelegrafiert, aber bisher keine einzige Rückmeldung erhalten. Leider – ich sage das nur ungern – fehlen mir die finanziellen Mittel, aufs Geratewohl durch die Gegend zu reisen und nach ihm zu suchen.«

»Am Geld soll es nicht scheitern. Wenn es irgendetwas gibt, womit ich Ihnen oder Minik helfen kann …« Ihre behandschuhten Finger vollführten einen magischen Tanz durch die Luft, als wolle sie alle Übel der Welt bannen.

Chester nickte dankbar. »… dann lasse ich es Sie wissen.«

Einige Tage später klopfte der Hotelpage erneut an Chesters Tür. Es war noch früh am Morgen und er hatte das Gesicht voller Rasierschaum. Diesmal überraschte ihn der Boy mit einem Brief aus Montréal. Die Handschrift war Chester nur allzu bekannt.

Lieber Dob!

Dies ist wohl der letzte Brief, den ich dir schreiben werde. Mir ist klar, dir wird es schlecht gehen, wenn du diese Zeilen liest, aber ich muss es dir sagen. Vergib mir, dies wird der letzte Gefallen sein, um den ich dich bitte.

Du bist immer mein großer, lieber Bruder gewesen. Ich werde wohl niemals wieder mit dir schwimmen oder zelten oder segeln gehen. Oder mit dir Tränen vergießen. Ich bin bis nach Montréal gekommen, Dob. Ohne einen Penny! Du kannst dir vorstellen, wie schwer das war. Ich habe oft Hunger gelitten und nächtelang geweint. Und wozu das Ganze? Harry V. Radford ist schon in den Westen abgereist. Alles war umsonst.

Ich habe den schrecklichen Wunsch, zu sterben, und

mir fehlt die Kraft, ihm länger zu widerstehen. Wenn ich bis zum nächsten Montag nicht wieder bei Kräften bin, dann bringe ich mich um. Ich warte bis dahin nicht aus Angst, sondern um jede Chance zu ergreifen. Aber Montag wird die letzte Gelegenheit sein, und du weißt, dass ich mein Wort halte …

Chester stockte der Atem. Hektisch überflog er die restlichen Zeilen. In gewohnt melodramatischer Weise beklagte Minik sein Schicksal: Er werde Neufundland nicht mehr rechtzeitig erreichen, um mit einem Walfänger mitzufahren; seine Leute seien nicht so herzlos wie die zivilisierten Menschen, vor allem wie Peary, der ihnen den Meteoriten stahl; die Reichen bauten sogar Häuser für Katzen, aber das Wohlergehen ihrer Mitmenschen interessiere sie nicht. Außer Onkel Will und Dob habe ihm niemand Arbeit angeboten. »*Mein letztes Wort heißt danke*«, beschloss er den Brief. »*Am Montag, Dob. Lebe wohl, lebe wohl, lebe wohl.*«

Erschüttert ließ Chester die Hand sinken. Heute *war* Montag.

16.

Finsternis

Montréal, 5. Mai 1909

»Kennen Sie einen Pater namens Charles Dumond?«, fragte Minik den zwergenhaften Beamten der Kanada-Post, der gerade den Expressbrief an Chester Beecroft abgestempelt hatte. Auf den verrotteten Kahn zurückkehren, wollte er auf keinen Fall.

Der Staatsdiener musterte ihn von unten herauf argwöhnisch durch das Gitter seines Schalters. »Sind Sie krank?«

»Ich bin Mohawk-Indianer.«

»Seit wann sind die Christen?«

»Das kann ich Ihnen nicht sagen. Aber ich habe mit sieben gelernt, zum Herrn im Himmel zu beten. Kennen Sie nun Monsieur Dumond oder nicht?«

»Allerdings. Er betreut die Gemeinde von Notre Dame de Bonsecours, der Seefahrerkirche am östlichen Ende der Rue Saint-Paul, drüben am Hafen.«

»Danke.« Minik drehte sich um und schlurfte aus dem Postamt.

Der anschließende Marsch zum alten Hafen von Montréal forderte seine letzte Kraft. Die Kirche lag am Westufer des Sankt-Lorenz-Stromes. Ihre Hauptfassade wirkte geradezu bescheiden – kein steinernes Panoptikum, das ganze Kapitel der Kirchengeschichte erzählte. Der einzige Schmuck bestand aus drei schmalen, bunten Bleiglasfenstern. Ein großer, von einer grünen Kupferspitze bekrönter Mittelturm, der von zwei kleineren flankiert wurde, sorgte für die nötige Höhe. Über dem vergleichsweise schmalen Portal aus rotbraunem Holz wachte eine goldene Heiligenstatue. Minik trat ein.

In Kirchen kam er sich immer etwas verloren vor. Das war hier nicht anders, wenngleich die »Seefahrerkirche«, wie der Postbeamte sie genannt hatte, bei Weitem nicht so prunkvoll war wie manche Gotteshäuser in New York. Die Malereien unter der gewölbten Decke überzeugten eher durch schlichte Eleganz. Ganz putzig fand er die Leuchter in Form von Schiffen.

Das Gotteshaus war menschenleer, abgesehen von einem Mann in schwarzer Soutane, den Minik am Altar ausmachte. Weil er sich zu schwach fühlte, um das Kirchenschiff zu durchqueren, rief er einfach nur: »Sir.«

Der Priester drehte sich um. »*Oui, mon fils?*«

Plötzlich wurde Minik schwindelig. Rasch setzte er sich auf die hinterste Kirchenbank. Dann erst sagte er: »Ich spreche leider kein Französisch. Sind Sie Pater Dumond?«

»Ja. Warte.« Mit langen Schritten durchmaß der Priester den Kirchenraum. Er hatte schütteres, grau meliertes Haar, trug eine kleine goldene Brille, war untersetzt und etwa fünfzig Jahre alt. Als er Minik erreicht hatte, musterte er diesen zunächst eingehend, ehe er mit französisch gefärbtem Akzent, jedoch in flüssigem Englisch fragte: »Was kann ich für dich tun, mein Sohn?«

»William Green hat mir Ihren Namen genannt. Er meinte, Sie könnten mir vielleicht helfen.«

»Bist du krank?«

Minik nickte.

»Wäre deine Antwort Nein gewesen, hätte ich dich für einen Geist gehalten. Woher kommst du, mein Sohn?«

»Aus New York. Ich bin Mohawk und wollte eigentlich Ende Mai am Marathonlauf teilnehmen.«

Die freundliche Miene des Priesters verdüsterte sich jäh –

aber gleich darauf war sie wieder so sanft wie zuvor. »Hast du ein Quartier?«

»Nein. Mein Geld ist alle. Ich habe die letzten Nächte auf einem Schiff geschlafen, das auf eine Sandbank aufgelaufen ist. Aber da ist es nass und kalt und nachts streunen die Ratten um einen herum.«

Wieder betrachtete der Priester forschend die arme Seele, die bei ihm Zuflucht suchte. Er machte auf Minik einen unschlüssigen Eindruck. Würde gleich die nächste Abfuhr folgen?

»Mir gefällt es nicht, dass du nicht die Wahrheit sprichst«, sagte Dumond schließlich. »Aber ich nehme an, du hast deine Gründe dafür. Bist du ein Dieb oder Mörder oder so etwas?«

Minik schüttelte den Kopf. »Nein, nur von zu Hause fortgelaufen.«

»Verstehe.« Der Priester legte seine Hand auf Miniks Schulter. »Ein Stück weiter die Rue Saint-Paul runter ist die *Auberge du Port*, eine einfache, aber saubere Herberge, die gerne von Flussschiffern und Seefahrern besucht wird. Was hältst du davon, wenn wir beide jetzt dahingehen? Ich sorge dafür, dass du etwas zu essen und ein Bett bekommst. Alles Weitere wird sich dann schon ergeben.«

»Danke«, antwortete Minik leise. Alles Weitere wird sich dann schon ergeben, wiederholte er in Gedanken. Bis zum nächsten Montag sind es ja nur noch zwei Tage.

Das Wochenende verbrachte Minik fiebernd im Bett. Durch das schießschartenartige Fenster seiner Kammer konnte er die Masten der Schiffe auf dem Sankt-Lorenz-Strom sehen. Meist schlief er jedoch, eingelullt vom Geschrei der Möwen im Hafen. Er hatte das Zimmer in der *Auberge du Port* ganz für sich allein bekommen. Es war so schmal, dass nur ein Bett und ein Stuhl hineinpassten. Die Wände bestanden aus unverputzten

Backsteinen, der Boden aus knarzenden Holzdielen. Nichts Besonderes also, aber im Vergleich zu Miniks letzten Schlafstellen wahrhaft luxuriös. Sogar ein sauberes, langes Nachthemd hatte Dumond ihm besorgt.

Aber was nützte ihm das alles? Minik wollte keine Almosen, sondern Liebe. Er fühlte sich wie ausgehöhlt, zerfressen von Einsamkeit. Zu schwach, um mit den Seeleuten in der Gaststube zu speisen, aß er allein, was man ihm aufs Zimmer brachte, drehte sich wieder auf die Seite und dämmerte weiter vor sich hin. Mit den letzten Krümeln Willenskraft, die ihm noch geblieben waren, hoffte er auf ein Wunder. Schon ein Telegramm von seinem Freund würde ihm neuen Mut geben. Aber – hatte er Dob überhaupt von Pater Dumond geschrieben?

Als der Montag kam, leerte sich Miniks Geist bis auf ein paar Worte, um die seine Gedanken vom Erwachen an unablässig kreisten: *Wenn ich bis zum nächsten Montag nicht wieder bei Kräften bin, bringe ich mich um.* Er hätte sich vielleicht genauer festlegen sollen. Sollte er besser am Morgen oder erst nach Sonnenuntergang aus dem Leben scheiden? Eigentlich bestand kein Grund, die Sache zu überstürzen. Er beschloss, noch ein paar Stunden zu warten.

Das Frühstück, das der Sohn des Wirtes ihm wenig später brachte, rührte er nicht an und auch das Mittagessen ließ er unangetastet. Auf eine Henkersmalzeit wollte er verzichten. Erst als der Abend dämmerte, stand er auf. Die Schmerzen in seinen Gliedern waren einer seltsamen Taubheit gewichen, die bis in seinen Geist reichte. Er schleppte sich zu dem Haken, an dem seine verschmutzten Kleider hingen, und zog zwei Gegenstände aus der Hosentasche. Damit kehrte er zum Bett zurück, rückte den Stuhl davor zurecht und legte seinen ganzen Besitz darauf ab: das »geronnene Polarlicht« und das Taschenmesser.

Ein schwaches Lächeln huschte über seine Lippen, als er sich an das Gespräch erinnerte, das er einmal mit Zaksriner im Garten des Naturkundemuseums geführt hatte. Ob seine kleine Freundin noch lebte? Sie hatte damals auf dem Standpunkt beharrt, das bunte Stück Glas sei nur eine Scherbe.

»Für mich ist es aber ein Stück Nordlicht«, hatte Minik geantwortet. »Wenn ich es anschaue, träume ich von Grönland. Ich sehe meinen lieben Vater und mich. Wir fahren auf dem Hundeschlitten über ein großes Schneefeld. Um uns herum gibt es keine Wände und eine Zimmerdecke ist auch nicht da. Nur der Himmel. Und das Nordlicht.«

Jetzt war er froh, das Kleinod noch zu besitzen. Und noch einmal träumen zu können. Das Inuitmädchen aus Alaska hatte sein Geschenk ausgeschlagen. Sie wollte es ihm nicht wegnehmen, hatte sie gesagt und dann mit Tränen in den Augen hinzugefügt: »Du hast recht, Minik, es ist nicht bloß eine Scherbe. Immer, wenn du sie anschaust, bist du frei.«

Minik öffnete das Klappmesser, legte es aber gleich wieder auf den Stuhl. Sein Blick wanderte zum Fenster. Ob die Sonne schon untergegangen war? Weil die schmale Lichtöffnung nach Osten hinausging, ließ sich die Frage nicht eindeutig beantworten.

»Warten wir noch ein wenig«, murmelte Minik.

Allmählich senkte sich Dunkelheit über das Zimmer. Auch Miniks Stimmung verfinsterte sich zunehmend. Als im Hafen immer mehr Lichter angingen, krempelte er sich die Ärmel seines Nachthemdes bis zu den Ellenbogen hoch, nahm das Messer in die Rechte und drehte die linke Handfläche nach oben. Behutsam setzte er die Klinge auf die Pulsader und hauchte: »Verzeiht mir, Onkel Will und Dob.« Der Schmerz, den er sich gleich selbst zufügen musste, schreckte ihn nicht, aber das durch seinen Tod den Freunden zugefügte Leid trieb ihm die Tränen in die Augen.

Er biss die Zähne zusammen und …

Plötzlich klopfte es an der Tür.

Miniks Kopf ruckte herum. »Ja?«

Die Tür öffnete sich ein Stück und Chester Beecroft streckte den Kopf durch den Spalt. Als er das gezückte Messer sah, stürzte er auf den Freund zu. »Tu das nicht, Minik!«

Dessen Gehirn tat sich schwer damit, den einmal gegebenen Befehl zurückzurufen. Obwohl Minik den herbeieilenden Freund gewahrte, drückte sich die Schneide fest in die Haut. An der Klingenspitze sammelte sich Blut.

»Halt!«, schrie Chester, packte Miniks Rechte und zerrte sie vom Handgelenk weg. »Was immer passiert ist, wir bringen es wieder in Ordnung.«

Minik blinzelte benommen. »Dob?«

Chester entwand ihm das Messer. Während er sich zu ihm aufs Bett setzte, klappte er es zu und ließ es in der Jackentasche verschwinden. Danach umarmte er den völlig überraschten Freund. »Jetzt wird alles gut, Minik.«

Der so dem Tod Entrissene kam nur sehr langsam zu sich. Ihm war, als träumte er, und ein riesiger Eisbrocken löste sich von seinem Herzen. Nach einer Weile ließen sich die beiden wieder los und Minik stammelte: »W-wie … hast du mich gefunden?«

Chester atmete tief durch. »Das ist eigentlich nicht mein Verdienst. Ich hatte heute früh deinen Brief erhalten und schon gedacht, es sei zu spät, dir noch zu helfen. Aber dann habe ich eine Freundin angerufen, Vesta Tilley …«

»… die Schauspielerin?«

»Ja. Sie hat von dir in der Zeitung gelesen und kam zu mir, weil sie dir helfen möchte. Dank ihrer großzügigen Unterstützung kann ich diese Reise … Aber das ist jetzt wirklich nebensächlich, Minik.«

Der schüttelte den Kopf. »Nein, ganz bestimmt nicht.

Montréal ist riesig. Mich hier zu finden, grenzt an ein Wunder.«

»Na ja, glücklicherweise du hast bei diesem ›Wunder‹ etwas nachgeholfen. Das Amt, auf dem du deinen Brief aufgegeben hast, ließ sich dank des Poststempels ziemlich gut eingrenzen. Ich sagte Madame Tilley heute früh, sie solle sich fernmündlich an alle in Frage kommenden Büros der kanadischen Post wenden und nach einem Eskimo fragen, der am Samstag einen Brief aufgegeben hat. Wenn sie etwas herausfinde, solle sie eine Nachricht im Montréaler Bahnhof hinterlegen lassen. Als ich vor nicht einmal zwei Stunden eintraf, fand ich tatsächlich eine Mitteilung von ihr. Der Beamte hatte sich an dich erinnert und wusste sogar noch, dass du ihn nach Pater Dumand gefragt hast. Der Rest war ein Kinderspiel.«

Minik kam sich immer noch vor wie in einem Traum. Fast hätte er den größten Fehler seines Lebens begangen. Ungläubig schüttelte er den Kopf.

Chester drückte ihm aufmunternd die Schulter und sagte sanft: »Auch wenn du es im Augenblick nicht glauben magst, aber das Leben ist zu kostbar, um es einfach fortzuwerfen. Du bist jetzt nicht mehr allein, mein Freund. Ich helfe dir.«

17.

Das Blatt wendet sich

New York, 22. Mai 1909

Die Drehtür des Astor-Hotels katapultierte Minik fast wieder auf die Straße hinaus, so stürmisch fegte er ins Foyer. Er konnte es kaum erwarten, seine große Wohltäterin kennenzulernen, Vesta Tilley, den Star der Londoner Varietétheater, die neue Diva am Broadway. Sie hatte Chester darum gebeten, ihr vor der Abreise in Montréal den Zeitpunkt ihrer Ankunft in New York zu telegrafieren, weil sie Minik persönlich willkommen heißen wollte, den von den Toten Auferstandenen, den Polareskimo, der einmal mehr den Blätterwald zum Rauschen gebracht hatte.

Ja, die Zeitungen interessierten sich wieder für Minik Peary Wallace. Dessen Brief, von Chester geschickt in die Presse lanciert, hatte eine wahre Flut von Artikeln ausgelöst, die sogar bis an die Westküste schwappte. Vesta Tilley sammelte all diese Berichte mit derselben Leidenschaft, die sie als junge Künstlerin den Besprechungen der eigenen Aufführungen hatte angedeihen lassen. Robert E. Peary schnitt bei den Reportern weniger gut ab. In Montréal hatte Minik all das nur bruchstückhaft mitbekommen. Chester war nach ihrer Wiedervereinigung mit ihm in ein besseres Hotel umgezogen, wo er sich erholen sollte. Inzwischen fühlte sich der neue alte Liebling der Presse wieder kräftig genug, um Interviews zu geben.

»Wo ist sie?«, fragte Minik aufgeregt seinen Freund. Es war Samstagnachmittag und die Halle war voll von Wochenendbesuchern.

Chester verzog einen Mundwinkel und deutete auf eine Menschentraube. »Da.«

»Bist du sicher? Ich sehe nur einen Haufen Männer.«

Der PR-Fachmann zuckte die Achseln. »Eben drum. Madame Tilley hat denselben unstillbaren Hunger nach Aufmerksamkeit wie du. Komm, sagen wir ihr Guten Tag!«

Die beiden kämpften sich durch die Menge der Autogrammjäger. Minik brauchte gar nichts zu sagen. Sein Anblick genügte, um der Schauspielerin ein Strahlen aufs Gesicht zu zaubern.

»Sie müssen Minik Wallace sein«, sagte sie mit ihrer rauen Stimme. Während sie ihm zur Begrüßung beide Hände entgegenstreckte, verscheuchte Chester die Fans.

»Bitte sagen Sie doch Minik zu mir, Madame …«

»Tilley. Wenn ich dich Minik nennen darf, dann bin ich Tilley für dich.« Sie zwinkerte ihm vertraulich zu und bemerkte in dem fröhlichen Ton, in dem man eine Anekdote erzählt: »In meinem Pass steht eigentlich Lady Matilda Alice Powles de Frece – mein Gatte, der Oberst Sir Walter de Frece, war Abgeordneter im englischen House of Lords –, aber das vergessen wir gleich wieder. Ich erwähne es nur, damit du meinen Künstlernamen verstehst: Tilley ist die Koseform von Matilda.«

»Und Vesta?«

»So heißt eine englische Marke für Sicherheitsstreichhölzer.«

Minik runzelte irritiert die Stirn. »Sie verschaukeln mich, Madame …«

»Nicht Madame, einfach nur Tilley. Inzwischen kenne ich dich so gut, als wären wir schon seit Jahren befreundet. Und was die Vesta-Zündhölzer betrifft, die gibt's wirklich.« Sie zwinkerte abermals und murmelte verschwörerisch: »Ich mache den Herren der Schöpfung gerne Feuer unterm Hintern, indem ich ihre hilflose Rüpelhaftigkeit parodiere.«

Er warf einen Seitenblick auf die sich entfernende Schar der Bewunderer. »Das scheint Sie für die Männer erst recht interessant zu machen, Tilley.«

Sie lachte. »Ja, so ist es, das starke Geschlecht. Es hat eine Vorliebe für Frauen, die sie verstehen.«

Minik errötete.

»Haben Sie Zeit für einen Tee, Tilley?«, mischte sich Chester ins Gespräch ein.

»Was für eine Frage, mein Lieber! Natürlich. Später muss ich noch eine Vorstellung geben, aber bis dahin ist noch etwas Zeit.«

Kurz darauf saßen sie im Café des Astor. Minik musste Tilley immerfort ansehen. Sie trug ein weinrotes Seidenkleid und in ihrem braunen Haar schimmerten Perlen. Er fand diese Frau unbeschreiblich schön! Obwohl er sich in Montréal zwei Wochen lang mit dem Gedanken hatte vertraut machen können, eine so berühmte Gönnerin zu haben, war er von ihrer unmittelbaren Gegenwart völlig überwältigt.

»Gibt es etwas Neues in Bezug auf Minik?«, fragte Chester irgendwann.

Sie hob die schmalen Augenbrauen. »Und ob! Während ihr zwei Hübschen euch in Montréal erholt habt, hat sich hier *einiges* getan. Mein Presseagent hat mir einen ganzen Stapel von Artikeln zusammengestellt, die sich unserem Thema widmen. Ich hatte ja schon in meinem Telegramm den Bericht im *San Francisco Examiner* erwähnt. Wartet, ich habe ihn mitgebracht.« Sie öffnete ihre samtene, mit Glitzersteinen bestickte Ballontasche, zog ein zusammengefaltetes Zeitungsblatt heraus und legte es vor Minik aufs Tischtuch. »Hier, lies selbst. Aber sieh zu, dass du gut sitzt.«

Er faltete es auseinander und erschrak.

Weshalb Pearys vernachlässigter Eskimojunge den Polarforscher erschießen will

Schon die reißerische Überschrift schockierte Minik. Der Bericht ging über zwei komplette Seiten, die mit Fotos übersät waren – von ihm, seinem Vater und sogar von Pearys Tochter Marie Ahnighito im Eskimokostüm. Rechts prangte eine große Zeichnung, die das Opfer darstellte: Eskimojunge in kurzen Hosen streckt verzweifelt die Arme gegen eine Glasvitrine, in der das Skelett seines Vaters steht. Die Bildunterschrift lautete:

> »*Was würde Mr Peary tun, wenn er durch das Museum liefe und plötzlich mit dem Skelett seines Vaters konfrontiert würde, das ihn aus einem Glaskasten anstarrt?*«

Einige rasende Herzschläge lang glaubte Minik, die Zeichnung würde den schrecklichen Moment im Naturkundemuseum erneut heraufbeschwören. Kopfschüttelnd kämpfte er seine Gefühle nieder. »Wie kommen die nur darauf, dass ich Peary erschießen will?«

Chester verzog das Gesicht zu einer säuerlichen Miene. »Ich fürchte, das ist meine Schuld. Als ich mit deinem ersten Brief zu Russel Calame und den anderen Reportern ging, musste ich sie irgendwie wachrütteln. Deshalb erzählte ich ihnen, was du letztes Jahr nach deiner Rückkehr aus Syracuse mir gegenüber geäußert hast: ›Am liebsten würde ich Peary umbringen.‹ Das waren deine Worte.«

»Ja, wie man so etwas eben sagt. Aber das war doch nicht ernst gemeint, Dob. Onkel Will hat mir beigebracht, der beste Weg, Rache zu üben, sei, anders zu sein als die, die einen verletzt haben. Und du stellst mich als Mörder dar.«

»Wenn ich mich kurz einmischen dürfte, meine Herren«, drängte sich Vesta Tilley sanft in den sich anbahnenden Streit. »Der Artikel im *Examiner* ist zweifellos pathetisch und sensationslüstern, doch er hat eine Lawine losgerissen, deren Wucht wir für uns nützen können. Mein Presseagent hat mir da ein paar sehr vielversprechende, nette Meldungen zukommen lassen.«

»Steht da etwa schon drin, wann ich Peary abknallen werde?«, brummte Minik.

Sie lächelte nachsichtig. »Nein, mein Lieber. Aber sehen wir es einmal so: Mitte April – kurz nachdem du aus New York ausgebüxt bist – hat Mr Sherwood, der Geschäftsführer des Naturkundemuseums, gegenüber der Presse gesagt, er wisse nichts von irgendeinem Antrag auf Herausgabe der Leiche eines Qisuk, ›dessen Skelett sich noch immer im Museum befindet‹. Mit dieser merkwürdigen Formulierung hat das Museum zumindest eingeräumt, dass es nach wie vor die Gebeine deines Vaters besitzt.« Tilley legte einen Zeitungsausschnitt der *Evening Mail* vom 13. April auf den Tisch, wartete einen Moment und packte einen zweiten Bericht dazu. »Fünf Tage später rudert der Museumsdirektor zurück. Bumpus behauptet, er wisse nichts darüber, dass Qisuks Leiche im Museum sei.«

Chester schnaubte. »Das Wortspiel hat er schon früher benutzt. Er leugnet – richtigerweise – die Existenz einer *Leiche.* Zugleich hofft er, damit werde sich in den Köpfen der Reporter und Leser auch das *Skelett* auflösen.«

»Wie auch immer, das Klima war vor fünf, sechs Wochen noch sehr durchwachsen«, griff Tilley den Faden wieder auf, wobei sie vier weitere Ausschnitte vor Minik ausbreitete. »Aber jetzt sieht es ganz anders aus. Keine Geringere als Mrs Josephine Peary, die Gattin deines Peinigers, ist über die aktuelle Berichterstattung höchst beunruhigt. Ihr Gemahl sieht sich nach dem Artikel im *Examiner* einem Sperrfeuer der Kritik ausgesetzt. Das Gerücht macht die Runde, du wollest den Commodore im Wettlauf zum Pol schlagen. Es ist allgemein bekannt, wie eifersüchtig Mrs Peary den guten Ruf ihres Mannes hütet. Während er sich in der Arktis die letzten Zehen abfriert, rührt sie hier für ihn die Werbetrommel. Doch jetzt sieht sie plötzlich seine Geldquellen versiegen.« Die Schauspielerin lehnte sich mit einem spitzbübischen Lächeln in ihrem Stuhl zurück und resümierte: »Und damit hast du ›den Sultan des Nordens‹ an seiner empfindlichsten Stelle gepackt.«

Miniks Bewunderung für Vesta Tilley wuchs von Minute zu Minute. »Und wie nützt *mir* das alles? Was soll ich jetzt tun?«, fragte er ein wenig dümmlich.

»Du wirst gar nichts tun«, antwortete Chester.

Tilley nickte. »Jetzt wollen Sie etwas von dir. Ich wette, in drei Tagen hast du von Pearys Sekundanten ein verlockendes Angebot.«

Vesta Tilley sollte recht behalten. Zwei Tage nach Miniks Rückkehr kam besagte Offerte. Mrs Peary hatte sich nicht die Blöße gegeben, persönlich mit dem »unverschämten Eskimo« Kontakt aufzunehmen, sondern einen Mittelsmann zu William Wallace geschickt. Der Unterhändler war ein alter Bekannter: Herbert Bridgeman, der in Sachen Öffentlichkeitsarbeit mit allen Wassern gewaschene Geschäftsführer des Peary Arctic Club.

Minik wohnte zu diesem Zeitpunkt bei seinem Freund im Astor und erfuhr von dem Vorschlag erst auf einer Krisensitzung am Montagabend. William hatte sich unmittelbar nach dem Treffen mit Pearys Agenten ins Hotel begeben. Das Wiedersehen mit seinem Ziehsohn brachte die Gefühle auf beiden Seiten in Wallung, war es doch ihr erstes Zusammentreffen seit Miniks Rückkehr aus Kanada.

Zur Feier des Tages zog man anschließend in einen dunklen, rauchgeschwängerten Pub um, der sich am westlichen Ende der 44. Straße befand. Während in einer anderen Ecke des Lokals eine Handvoll Dockarbeiter irischem Liedgut fröhnte, fasste William für Minik und Chester das Ergebnis der Unterredung mit Bridgeman zusammen.

»Er ist ziemlich ungehalten über die seiner Meinung nach völlig ungerechtfertigte Kritik, mit der Peary in der Öffentlichkeit überzogen wird, und hat mir gegenüber ausdrücklich betont, den Commodore treffe keinerlei Schuld an deiner unvorteilhaften Situation ...«

»Unvorteilhaft?«, japste Minik. »Hat er dieses Wort wirklich benutzt, Onkel Will?« Er kippte sein Bier herunter und schüttelte verständnislos den Kopf. »*Unvorteilhaft!*«

William verzog das Gesicht. »Wenn du mich ausreden lassen würdest, bräuchtest du dir vielleicht keinen Rausch anzutrinken, Junge.«

»Dann hat Pearys Kettenhund mehr getan, als nur zu bellen?«, fragte Chester neugierig.

William nippte an seinem dunklen Bier. »So könnte man sagen. In seiner Eigenschaft als Schatzmeister des Peary Arctic Club will er Miniks Passage nach Grönland bezahlen. Allerdings stellt er einige Bedingungen.«

»Als da wären ...?«

»Bridgeman ist nicht ins Detail gegangen. Minik soll keine Waffen mitnehmen dürfen und sich verpflichten, nichts zu unternehmen, was Pearys Nordpolunternehmen gefährden könnte – so was eben. Er will einen Vertrag aufsetzen, den wir alle unterzeichnen sollen.«

»Wir?«, echote Chester.

William hob die Schultern. »Bridgeman ist nicht umsonst Pearys Stratege. Er will sich nach allen Seiten absichern, damit der Heiligenschein seines Schützlings keine weiteren Kratzer bekommt.«

Miniks Magen krampfte sich zusammen. Lag es am kalten Bier, an den aufregenden, aber auch zwiespältigen Neuigkeiten oder erschreckte ihn nur der Zynismus seines Ziehvaters?

»Wir sollten uns das Gebell des Kettenhundes auf alle Fälle anhören«, bemerkte Chester und leerte ebenfalls sein Glas.

Minik hieb zornig mit dem Glas auf den Tisch. »He, es ist *mein* Leben, um das es hier geht! Ihr hört euch an, als hätte ich irgendeine Wahl. Wenn ich durch den Vertrag zu meinem Stamm zurückkehren kann, dann werdet ihr ihn unterschreiben. Ist das klar oder ist das klar?«

Erschrocken starrten die beiden Männer den jungen Heißsporn an. Dann nickten sie.

In den Tagen nach der Krisensitzung in dem verrauchten Pub, als Minik mit einem Machtwort die Weichen für seine Zukunft neu gestellt hatte, verbrachte er viele Stunden mit Vesta Tilley. Neuerdings nannte sie ihn ihren »ergebenen Sklaven«. Wenngleich das eher scherzhaft gemeint war, bemühte sich Minik nach Kräften, ihr zu gefallen.

Die neue Freundschaft mit der berühmten Aktrice tat seinem angekratzten Ego gut. Gegenüber Pamela wurde er sogar wieder forsch wie in der Blütezeit seiner Pubertät. Als seine Stiefmutter ihm Anfang Juni die Tür öffnete, begrüßte er sie mit einem freundlichen »Guten Morgen, Mrs Richardson« und stolzierte an ihr vorbei in die Wohnung.

»Ist das ein Höflichkeitsbesuch?«, fragte sie argwöhnisch.

»Nein«, erwiderte er lächelnd. »Hat dir Onkel Will nichts gesagt? Ich werde die nächsten Tage hier wohnen. Bis ich nach Grönland zurückkehre.«

Was so provozierend begann, wurde jedoch wenig später mit einem Waffenstillstand befriedet. Schon seinem Ziehvater zuliebe gab sich Minik große Mühe, Pamela in den folgenden Wochen nicht mehr zu reizen als unbedingt nötig. Sie sahen sich ohnehin nur selten, denn Chester widmete ihm jede freie Minute.

Viele Stunden berieten sie, oft auch mit William, über die Bedingungen, die Herbert Bridgeman an Miniks Repatriierung knüpfte. Diese sollte in der Presse zu einer Kampagne der Rührseligkeit hochstilisiert werden, an deren Ende Robert Edwin Peary als Wohltäter dastehen und Minik baldmöglichst vergessen sein würde. Um dieses Ziel zu erreichen, hatte Pearys Stratege einen Knebelvertrag aufsetzen lassen, ein an Gemeinheiten und Demütigungen kaum zu überbietendes Papier. Doch Minik war in seinem jungen Leben schon so oft erniedrigt worden, dass er den erpresserischen Pakt im Gegensatz zu seinen Freunden und Gönnern fast gelassen hinnahm. Im Stillen frönte er sogar dem Gefühl der Genugtuung, denn durch seine Flucht aus New York war jene Kette von Ereignissen in Gang gebracht worden, die ihm in Bälde – am Samstag, dem 10. Juli 1909 – die Freiheit zurückgeben würde.

Von dem brennenden Wunsch getrieben, vor der Abreise ein letztes Mal die sterbliche Überreste seines Vaters zu sehen, besuchte an diesem ersten Freitag im Juli das Naturkundemuseum. Vor gut drei Jahren war er wie ein Wahnsinniger im Rausch über die Stufen ins Obergeschoss gestürmt. Jetzt schlich er eher die Treppe hinauf, mühsam darauf bedacht, sich die innere Anspannung nicht anmerken zu lassen. Seine Beine waren so weich wie warmes Kerzenwachs.

Ob aus seinem Albtraum inzwischen Realität geworden war? Jedenfalls wappnete er sich innerlich, auch den Knochengerüsten seiner Freunde Nuktaq, Atangana und Aviaq gegenüberzutreten. Wie wenig sich in den Köpfen der Menschen verändert hatte, war ihm in den letzten Tagen durch die Presseberichte über seine bevorstehende Repatriierung gezeigt worden. Einige Blätter sprachen zwar wohlwollend vom Sieg der Gerechtigkeit, andere aber taten so, als verstünden sie nicht einmal, was die ganze Aufregung sollte.

Wohl die größte Enttäuschung bereitete Minik die *New York Times.* Sie hatte ihm öffentlich den Vorschlag unterbreitet, er solle sein Gehirn für den nicht unwahrscheinlichen Fall seines baldigen Ablebens der Wissenschaft vermachen. In konserviertem Zustand könne es Generationen von Studenten als Anschauungsmaterial dienen. Das gebe seinem bisher eher unglücklich verlaufenen Leben am Ende doch noch einen Sinn. Der Artikel stammte aus der Feder von Russel Calame. Die Empfehlung war vermutlich nicht einmal boshaft gemeint. In einer Welt aus Vorurteil und Rassenwahn konnte selbst ein Kämpfer für die Wahrheit einmal das Gleichgewicht verlieren. Chester hatte sich trotzdem fürchterlich darüber aufgeregt.

Mit einem flauen Gefühl im Magen erreichte Minik das Stockwerk, in dem sich die Anatomische Ausstellung befand. Am Eingang lud kein Schild mehr zum Staunen über »neue, aufregende Exponate« ein. Als er den Saal betrat, zitterten ihm die Knie. Allen Bemühungen zum Trotz merkte er, wie sein Herz zu rasen begann. Die Hände schwitzten und er meinte, jemand drücke ihm die Kehle zu. Hinzu kam das Gefühl, durch zwei gläserne Röhren zu blicken – am Rande seines Gesichtsfeldes war alles verschwommen.

Im Raum sah er das bekannte Sammelsurium an Vitrinen mit Knochen aller möglichen Spezies. Die Ecke rechts vom Eingang war umgestaltet worden. Atemlos durchquerte Minik den Saal und blieb vor einem flachen Glaskasten stehen.

Man hatte Qisuks Knochen entfernt. An seiner Stelle befand sich nun das Skelett eines Vierbeiners. »Schlittenhund (Nordwestgrönland)« stand auf dem Schild.

Miniks Unterlippe bebte. Er wollte nicht schon wieder weinen, aber er spürte, wie die Tränen mit unbändiger Kraft aus seiner gepeinigten Seele emporquollen. So kurz vor seinem Triumph hatten es die Verantwortlichen des Museums abermals geschafft, ihn im tiefsten Innern zu verletzen.

Plötzlich hörte er ein Schaben hinter sich, als ob jemand mit der Schuhsohle über den Parkettboden streicht. Unwillkürlich musste er an seinen Traum vom bösen Geist Kajutaijuqs denken. Aber das hier war die Wirklichkeit. Er wandte sich um.

»Mr Schlesinger?«

Der Museumswärter war noch grauer und behäbiger geworden, aber das schadete seinem gutmütigen Lächeln überhaupt nicht, ganz im Gegenteil. »Minik«, sagte er freundlich. »Das ist aber eine Überraschung. Du suchst bestimmt deinen Vater, nicht wahr?«

»Ja. Wissen Sie, wo er jetzt ist?«

Der Alte legte eine trübsinnige Miene auf und nickte. »Tut mir leid, dir das sagen zu müssen, aber die Anthropologen haben ihn in einen Karton gesteckt und ins Archiv gebracht.«

Minik schluckte. Einen Moment lang blickte er leer vor sich hin. Hatte es einen Zweck, noch einmal um die sterblichen Überreste seines Vaters zu kämpfen? Wie sollte er in einer Woche erreichen, was ihm in mehr als elf Jahren nicht gelungen war? Er schüttelte resigniert den Kopf. Peary hatte einmal versprochen, die von ihm aus Grönland mitgenommenen Gebeine würden »in schöne Kisten« gebettet. Er musste dabei wohl an die Pappkartons des Museums gedacht haben.

Aus Büchern wusste Minik, dass die Polareskimos nach Beachtung aller Tabus nicht viel Aufhebens um die Knochen ihrer Toten machten. Für Bestattungsriten war es ohnehin zu spät. Spielte es da überhaupt noch eine Rolle, ob Qisuk in einer Schachtel oder in einem Prunksarg lag? Minik wischte sich mit dem Handrücken die Tränen aus dem Gesicht. Ihm fehlte die Kraft, weiter gegen Windmühlenflügel anzurennen. Außerdem musste er endlich nach vorne blicken, sonst würde er sein Leben lang durch das »geronnene Nordlichts« starren, aber nie auf dessen andere Seite gelangen.

Nach einem tiefen Seufzer sagte er zu dem Museumswärter: »Sie waren immer gut zu meinem Vater und zu mir, Mr Schlesinger. Danke für alles. Wenn ich am nächsten Samstag Amerika verlasse, dann weiß ich wenigstens, dass Qisuk der Lächelnde jetzt eine dunkle und hoffentlich stille Ruhestätte bekommen hat. Vielleicht findet sein Geist dadurch Frieden.«

Die Standuhr bestimmte den gemächlichen Takt der unangenehmen Zeremonie. Gerade hatte sie neun geschlagen. In vierundzwanzig Stunden sollte die *Rosalind* aus dem New Yorker Hafen auslaufen, mit Minik an Bord. Er saß, während draußen ein herrlicher Sommertag anbrach, mit William Wallace und Chester Beecroft an einem runden Tisch im holzgetäfelten Büro von Herbert Bridgeman, um den Knebelvertrag zu unterzeichen. Zum ersten Mal überhaupt bekamen sie etwas Schriftliches zu sehen. Frei nach der Friss-oder-stirb-Devise hatte der Geschäftsführer des Peary Arctic Club damit fast bis zur letzten Minute gewartet.

Minik musste ein paarmal lachen, als er die Bedingungen der Vereinbarung las. Er und seine Freunde waren zu strengstem Stillschweigen verpflichtet. Bereits an diesem Abend musste er sein Gepäck abgeben, damit es nach Waffen durchsucht werden konnte. Die Liste der Demütigungen wollte kein Ende nehmen. Trotzdem setzte Minik seinen Namenszug unter das Pamphlet. Chester und William folgten zähneknirschend seinem Beispiel. Miniks Ziehvater musste zudem eine zweite Übereinkunft abzeichnen, in der er dankbar das »freundliche Angebot von H. L. Bridgeman« quittierte, »welches Minik ermöglicht, sein Volk im Hohen Norden wiederzusehen«.

»Verbindlichsten Dank, meine Herren«, trompetete Bridgeman mit einem selbstgefälligen Lächeln. Er war ein Mittsechziger von kräftiger Statur, mit dem Oberkörper eines Athleten, großem Kopf, tief liegenden, stechenden Augen und einem buschigen Schnurrbart. Wenn er wie jetzt eine freundliche Miene machte, überstrahlte Gutmütigkeit sein Gesicht, aber dahinter lauerten stets die Schatten eines düsteren Asketen. Kein Zweifel, dies war ein Mann, der sich selbst mancherlei Annehmlichkeiten versagte, und daher schon aus Prinzip auch anderen wenig gönnte.

Bridgeman schob die Dokumente zusammen und erhob sich. »Ich bin froh, dass wir die Angelegenheit wie zivilisierte Menschen geregelt haben.«

»Verzeihung«, sagte Chester. »Sollten wir nicht eine von Ihnen gegengezeichnete Abschrift der Verträge bekommen?«

»Selbstverständlich. Aber das hat Zeit. Jetzt wollen wir sehen, dass Ihr Klient ... Ich wollte sagen, der junge Mr Wallace sein Recht bekommt. Ich danke Ihnen für Ihr Kommen. Wenn Sie mich jetzt bitte entschuldigen würden.«

Zwei Minuten später standen die drei auf der Straße.

»Wenn ihr mich fragt, dann bekommen wir nie eine Kopie der Vereinbarungen zu sehen«, unkte Chester. Er sollte recht behalten.

Obwohl Minik sich der Erfüllung seiner Träume so nahe wähnte wie nie zuvor, fiel ihm der Abschied schwer. Er musste lieb gewonnene Menschen zurücklassen.

Nach der Unterzeichnung des Knebelvertrags hatte ihn Chester mit auf den Zeltplatz nach Hunter Island genommen. Hier fröhnte Minik noch einmal seinen Lieblingsbeschäftigungen, aber es war jeweils nur ein kurzes Vergnügen. Sobald er mit irgendeiner Sportart begann, überkam ihn das Bewusstsein, sie womöglich nie wieder betreiben zu können, und mit einem Mal hatte er keine Freude mehr daran. Den Rest des

Freitagnachmittags verbrachte er damit, in der Pelham Bay zu schwimmen und über die Insel zu streifen.

Er versuchte also angestrengt, sich zu entspannen, aber das ist eigentlich ein Widerspruch in sich und deshalb gelang es ihm auch nicht. Schließlich kehrte er zu Chesters Zelt zurück, wo er bereits erwartet wurde. Sein Ziehvater war gekommen, um Abschied zu nehmen.

»Ich habe eine Überraschung für dich, mein Junge«, sagte William nach der Begrüßung.

Minik wiegte den Oberkörper nach links und rechts, um zu sehen, ob sein Onkel Will ein Geschenk hinter dem Rücken verbarg. Aber dieser schmunzelte nur. Dann formte er aus seinen Händen einen Trichter, wandte sich dem Zelt zu und rief: »Du kannst kommen.«

Plötzlich bewegte sich die graue Stoffwand, das Segeltuch teilte sich und ein junger Mann trat heraus.

Minik riss verblüfft die Augen auf. Der unverhoffte Besucher war sein alter Spielkamerad Willie. Strahlend liefen die zwei aufeinander zu und als sie sich in die Arme fielen, sprang gleichsam eine Fessel von Miniks Herz. In den vergangenen fünf Jahren war er oft von Schuldgefühlen gebeutelt worden, weil Onkel Will ihn bei sich behalten, den leiblichen Sohn aber in die Obhut von Verwandten gegeben hatte. Durch Hunderte von Meilen getrennt hatten des einen Schuldgefühle und des anderen Enttäuschung sie danach einander entfremdet. Trotzdem schien ihm William Wallace jr., der brüderliche Freund aus Kindertagen, nichts nachzutragen.

»Willie!«, schluchzte Minik. Er vergrub sein Gesicht an der Schulter des Freundes.

»Es tut so gut, dich wiederzusehen«, sagte der. Auch seine Stimme bebte.

Eine Weile lagen sie sich in den Armen, dann sahen sie einander prüfend an.

»Aus dir ist ein richtiger Mann geworden«, stellte Willie fest. Er selbst war mittlerweile zweiundzwanzig.

»Danke. Und aus dir erst! Was hast du die letzten Jahre getrieben?«

»Ich bin Rennfahrer geworden.«

»Was?« Minik riss staunend den Mund auf.

Willie nickte und grinste, als wäre er noch der freche Naseweis, der großspurig von seinen Zukunftsplänen tönte. »Ich hab's doch immer gesagt. Oder dachtest du, ich prahle nur?«

»Nie und nimmer!« Unvermittelt schlich sich ein melancholischer Zug auf Miniks Gesicht und er seufzte. »Dann hast wenigstens du dir deinen Kindertraum erfüllt. Ich hoffe, du wirst glücklich, Willie.«

»Im Moment bin ich's schon. Ich kann Rennen fahren und habe eine hübsche Frau ...«

»Du bist verheiratet?«, platzte Minik heraus. Mit gerunzelter Stirn drehte er sich zu William sen. um, der gerade mit der Fußspitze eine Eichel durchs Gras kickte.

Willie nickte verstehend. »Paps hat natürlich wieder mal nichts erzählt, stimmt's?«

»Ich habe ja selbst erst nach eurer Hochzeit davon erfahren«, verteidigte sich sein Vater. »Da war Minik schon ausgezogen. Später habe ich's dann vergessen.«

»Das ist wieder typisch für dich! Du hast mich doch nie ...«

»... hört auf!«, fiel Minik dem Freund ins Wort. »Ihr seid die Menschen, die ich am meisten liebe. Vielleicht werde ich euch nie wiedersehen und was tut ihr? Ihr streitet.«

Alle machten lange Gesichter.

Minik atmete tief durch, um sich zu beruhigen. Dann richtete er das Wort an Willie.

»Warum hast du deine Frau nicht mitgebracht?«

»Matilda ist guter Hoffnung. Das Baby kann jeden Tag kommen.«

»Du wirst Onkel«, verkündete William sen., sichtlich bemüht, den von ihm angerichteten Scherbenhaufen wieder zu kitten.

Minik schnappte vor Überraschung nach Luft. »Aber das ist ja wundervoll! Wusstest du, Willie, dass eine Freundin von mir auch Matilda heißt?«

»Du hast eine Freundin?«

Er verzog das Gesicht. »Nicht so wie du denkst. Im Varieté wurde sie als Vesta Tilley berühmt, aber in Wirklichkeit heißt sie Lady Matilda Alice ...«

»... du kennst die Tilley?«, staunte Willie.

Von diesem Moment an entspannte sich die Atmosphäre und sogar Minik vergaß für eine Weile das große unauslotbare Unbekannte, das wie ein dunkler Eisberg auf ihn zutrieb. Erst als er sich von William und Willie verabschieden musste, wurde ihm wieder schwer ums Herz.

»Pass auf dich auf, Junge«, sagte der Ältere zu ihm. Er hatte seinen Zögling selten umarmt, jetzt tat er es. Chester stand etwas abseits.

»Wenn ich irgend kann, werde ich euch schreiben«, versprach Minik. Schon wieder rollten ihm Tränen über die Wangen.

Auch Willie weinte, als er seinen Freund in die Arme schloss. »Ich werde meinen Kindern von dem Eskimo erzählen, der von Peary entwurzelt wurde und trotzdem stolzen Hauptes in seine Heimat zurückgekehrt ist.«

»Danke«, schluchzte Minik und klopfte Willie unablässig auf den Rücken, so als wolle er sich damit selbst Mut machen.

Am Abend hatte Minik wieder Oberwasser. Diesmal wollte er sich nicht klammheimlich aus New York davonstehlen, sondern mit gehörigem Getöse. Er war in Kampfesstimmung, weil der Kapitän der *Rosalind* kurz zuvor seine paar Habseligkeiten nach Waffen durchsucht und weggesperrt hatte; unter dem Schutz von Bridgemans Knebelvertrag durfte ihn scheinbar jeder wie einen potenziellen Mörder behandeln. Als Chester mit ihm ins Astor-Hotel zurückkehrte, wurden sie im Foyer bereits von einer kleinen Schar Journalisten erwartet. Im Blitzlichtgewitter ihrer Fotoapparate und im Hagel ihrer Fragen lief Minik noch einmal zur Höchstform auf.

Bald zog die Journaille gesättigt von dannen. Nur ein Reporter blieb zurück. Er hatte abseits von den Kollegen in einem Sessel seelenruhig vor sich hingepafft. Minik und Chester gesellten sich zu ihm. Die Begrüßung war kühl.

»Kommen Sie, um mir mein Gehirn abzuschwatzen, Mr Calame? Vergessen Sie's!«, sagte Minik.

Der Ire verzog das Gesicht. »Bei dem Artikel sind wohl die Pferde mit mir durchgegangen. Tut mir leid.«

In Wirklichkeit war Miniks Ärger längst verraucht. Er verdankte Russel Calame zu viel, um ihn wegen eines einzigen publizistischen Fehlgriffs zu verdammen, und Chester sah das inzwischen genauso. »Entschuldigung angenommen. Sind Sie dienstlich hier oder wollen Sie sich von mir verabschieden?«

»Das eine lässt sich von dem anderen schwer trennen. Vor allem möchte ich dir meinen Respekt ausdrücken. Du stehst zu deinem Wort, Junge. So etwas imponiert mir.«

Minik war von dem Lob überrascht und lächelte verlegen. »Ich hatte Ihnen doch seinerzeit versprochen, mich bei Gelegenheit für Ihre Hilfe zu revanchieren. Wenn Sie also ein Exklusivinterview wollen, bitte schön!«

Calame paffte einen Rauchring in die Luft. »Die Leser der *New York Times* dürfte interessieren, wie die Zukunftspläne eines Eskimos aussehen, der in der Zivilisation aufgewachsen ist und nun wieder in die Wildnis zurückkehrt.«

»Ich werde den Nordpol erobern.«

Der Reporter hob erstaunt die Augenbrauen, warf eine Notiz aufs Papier seines Schreibbüchleins und brummte: »Was, wenn Cook oder Peary schon da waren?«

»Da können Sie unbesorgt sein. Ihr Amerikaner werdet den Pol nie erreichen. Wir Eskimos können jahrelang in der Arktis überleben, aber nicht ihr. Dazu seid ihr nicht geschaffen. Ihr braucht eure Pfirsichkonserven und all die anderen Delikatessen, wir finden unseren Tran, den Fisch und das Robbenfleisch vor unseren Iglus. Ich bin dankbar für die Ausbildung, die ich hier genossen habe. Sie wird mir helfen, eine Expedition auf die Beine zu stellen und das große Ziel zu erreichen.«

»Wenn das alles für euch so ein Kinderspiel ist, warum hat dann bisher noch kein Eskimo den Pol besucht?«

»Ganz einfach: Weil sie sich nicht vorstellen können, was daran so interessant sein soll. Meine Leute glauben, Peary und all die anderen Polarforscher seien verrückt, weil sie einen Punkt suchen, der nur in ihrem Kopf existiert. Aber ich habe gelernt, euren rastlosen Geist zu verstehen, dieses eitle Konkurrenzgebaren eurer Wissenschaftler, und ich werde mich an diesem Spiel beteiligen.«

Calame schmunzelte. »Was sagt Herbert Bridgeman dazu?«

»Ginge es nach ihm, dürften wir uns hier gar nicht unterhalten. Er hat mich gezwungen, einen erpresserischen Vertrag zu unterschreiben, der mich zu absolutem Stillschweigen verpflichtet.«

»Und welchen Grund hat er deiner Meinung nach dafür?«

»Er will nicht, dass die Welt von meinem Triumph erfährt. Außerdem zittern ihm die Knie, weil er weiß, dass ich Pearys Expedition scheitern lassen könnte. Wenn ich meinen Leuten die Wahrheit über ihn verrate, dann werden sie ihn ins Meer jagen.«

Die Zigarette in Calames Mundwinkel wackelte, während seine Lippen lautlos Worte formten, die gleich darauf in sein Notizbuch flossen.

»Werden Sie das alles drucken?«, fragte Minik gespannt.

Der Reporter lächelte gedankenvoll und antwortete, ohne seinen Bleistift ruhen zu lassen: »Vielleicht. Aber ich glaube, der Anlass rechtfertigt auch ein paar nachdenkliche Worte. Etwas in der Art wie: ›Wird er es schaffen? Seit seinem siebten Lebensjahr war er in Amerika. Hier konnte er sich nicht einfügen, aber wird es ihm dort gelingen? Falls nicht, so wäre dies die schlimmste Tragödie und die grausamste Ungerechtigkeit einer Wissenschaft ohne Herz, die sich einen Eskimo zum Studienobjekt erwählte.‹« Und während er dies sprach, schrieb Calame es auf. Nach kurzem Kritzeln fügte er gedankenvoll hinzu. »Einen gefühlvollen Schluss brauchen wir noch. Vielleicht so: ›Sollte er scheitern, wird er im wahrsten Sinne des Wortes nicht nur ein Junge ohne Land sein, sondern einer ohne Platz auf dieser Welt.‹«

Minik hatte kaum geschlafen, als er am Samstagmorgen das Bett verließ. Die Sonne war gerade aufgegangen. Bis man im Astor-Hotel das Frühstück servierte, würde noch einige Zeit vergehen. Es gab also keinen Grund zu übermäßiger Eile. Und so verrichtete er jeden Handgriff mit Muße. Behutsam strich er das feine Bettzeug glatt – wer konnte schon wissen, ob er je wieder diesen Luxus würde genießen dürfen? Im Badezimmer wusch er sich ausgiebig mit heißem Wasser – eine Unvorstellbarkeit für einen Polareskimo. Und nahm dann, in bemühter Fröhlichkeit mit Chester plaudernd, eine köstliche Mahlzeit ein: duftender Kaffee, warme Brötchen, frische Früchte, aromatische Marmelade …

Auf der Fahrt zum Hafen war Minik sehr still.

Am Kai wurden sie von einer überraschend großen Menschenmenge erwartet, unter ihnen auch Herbert Bridgeman. Damit war Minik von vornherein jede Chance genommen, sich erneut vor der Presse zu produzieren. Im Gegenteil präsentierte er nun die Peary'sche Version der Eskimogeschichte. Mit strahlender Heiterkeit lief er auf den jungen Mann und seinen Freund zu. Obwohl es ein sonniger, warmer Morgen war, trug der Schatzmeister des Peary Arctic Club einen Anzug mit langen Schößen und eine Melone. Er wartete, bis die Fotoapparate in Stellung gebracht waren, und schüttelte dem jungen Inuk alsdann minutenlang die Hand.

Minik brachte nur ein verkniffenes Lächeln zustande.

Zum Mitschreiben für die Reporter trompetete Bridgeman: »Ich freue mich, dass es Ihnen gut geht und Sie so frohen Mutes sind, Mr Wallace. Überdies hoffe ich, Sie werden eine angenehme Reise haben und zu guter Letzt Ihrem Volk wirklich zu Diensten sein.«

»Darauf können Sie Gift nehmen«, knurrte Minik.

»Was hat er gesagt?«, rief ein Reporter.

»Er pflichtet mir bei und bedankt sich für die Großzügigkeit von Commodore Peary«, gab Bridgeman die Antwort in eigenen Worten wieder. Auch auf die übrigen Fragen, selbst wenn sie an Minik gerichtet waren, antwortete ausschließlich er.

Nach einer Weile kämpfte sich ein kleiner, betagter, gut gekleideter Mann mit hohlen Wangen durch die Reportertraube zu Minik, stellte sich als Doktor Coleman vor und erklärte, er habe ein persönliches Abschiedsgeschenk für ihn. Der Fremde trug einen kleinen schwarzen Lederkoffer, wie ihn manche Ärzte auf Hausbesuch mitnahmen. Diesen reichte er nun einem verdutztem Minik.

»Ich habe mal in einem Zeitungsartikel gelesen, Sie wollten Dentist werden, Mr Wallace.«

»Daraus ist leider nichts geworden, Doktor«, antwortete Minik verlegen.

Der Alte zuckte die Achseln. »Na, macht nichts. Vielleicht können Sie das hier in Grönland trotzdem gebrauchen.«

Minik zog die Stirn in Falten. »Was ist das?«

»Ein Zahnarztbesteck.«

»Wie bitte?«

Der kleine Mann kicherte. »Haken, Spiegel, Zangen – was man eben so braucht, um die kranken Beißerchen zu versorgen. Nehmen Sie's nur. Ich habe mich zur Ruhe gesetzt und brauche es nicht mehr.«

»Danke, Doktor Coleman.« Minik schüttelte dem Arzt die Hand, woraufhin sich dieser mit zufriedener Miene zurückzog. Denn schon buhlte ein anderer um die Aufmerksamkeit des Scheidenden.

Der schnurrbärtige Mann war etwa Anfang vierzig, wohlproportioniert und mit einem gut verschnürten Paket beladen, das der Größe nach ein Paar Winterstiefel enthalten könnte. Er strahlte bis über beide Ohren und erklärte: »Ich bin Lucius Axtell, Doktor der Medizin, und möchte Ihnen sagen, wie sehr ich Ihren Mut bewundere, junger Mann.«

Minik musste an sich halten, um nicht laut loszulachen. »Das ist sehr nett. Findet gerade in der Stadt ein Ärztekongress statt?«

Axtell wirkte einen Moment irritiert. »Nein, wieso?«

»Ach, nichts. War nur so ein Gedanke.«

»Nun, wie auch immer, ich würde mich sehr glücklich schätzen, wenn Sie dieses kleine Geschenk annähmen.« Er überreichte Minik das Paket.

»Ist das ein Zahnarztbesteck?«, erkundigte sich dieser.

»Wie kommen Sie denn darauf?«

»Oder Stiefel? Die fehlen mir nämlich …«

»Weder noch. Ich las nur in der Presse von Ihrem Wunsch, ein großer Chirurg zu werden. In dem Karton sind zwar keine Skalpelle drin, aber immerhin eine komplette Erste-Hilfe-Ausstattung. Können Sie die nicht gut gebrauchen, junger Freund?«

Minik hatte das Gefühl, seine Begeisterung nur unzureichend auszudrücken, als er sich für das Präsent bedankte und den edlen Spender verabschiedete. Im Stillen fragte er sich, welche Berufswünsche er in seinen zahlreichen Interviews noch ausgesprochen hatte.

»Minik?« Es war Chester, der sich mit sanftem Drängen Gehör verschaffte.

»Dob, du bist meine Rettung! Ich habe das Gefühl, von lauter Irren umgeben zu sein, die ihr Selbstwertgefühl aufmöbeln wollen, indem sie mir ihr Gerümpel vermachen. Und dann noch dieser Bridgeman mit seinem heuchlerischen Getue!« Minik schüttelte angewidert den Kopf.

»Ärgere dich nicht. Bald sind für dich die Pearys und Bridgemans dieser Welt Vergangenheit.« Chester holte tief Luft, als müsse er seiner Stimme erst Festigkeit verleihen, um fortfahren zu können. »Komm, lass dich noch einmal drücken. Du musst gleich an Bord gehen.«

Die beiden umarmten sich.

»Mach's gut, Sportsfreund, und bleib anständig«, sagte Chester, während er Minik den Rücken klopfte.

»Ich schreibe dir.«

»Schon in Ordnung.«

»Du hast so viel für mich getan, Dob. Ich weiß gar nicht, wie ich dir danken soll.«

»Das kann ich dir sagen: Vergiss mich nicht!«

»Niemals«, schluchzte Minik. »Verdammt, ich bin eine Heulsuse!«

»Mir geht's auch nicht besser. Lass es einfach raus, Kamerad.«

»Aber es ist so ... *peinlich.*«

»Unsinn! Sieh es mal so: Es zeigt, dass unsere Herzen noch nicht gefroren sind.«

Als Minik im Trost des Freundes seine eigenen Worte wiederkannte, begann er hemmungslos zu schluchzen.

Nach einer Weile ertönte das Nebelhorn der *Rosalind.* Chester klopfte Minik erneut auf den Rücken. »Es wird Zeit …«

Widerstrebend gab Minik den Freund frei. »Lebe wohl, Dob.«

Chester nickte. »Hast du dein Polarlicht eingepackt?«

Minik zog das gläserne Pfauenauge aus der Tasche und zwang ein Lächeln auf seine Lippen. »Es begleitet mich, wohin ich auch gehe.«

»Gut«, sagte Chester. »Dann schau öfter mal hindurch, damit du immer daran erinnert wirst, dass du jetzt frei bist.«

Kurz darauf wurde Minik endlich an Bord der *Rosalind* gelassen. Als werbewirksame Maßnahme hatte die Schifffahrtsgesellschaft die Kosten für seine Passage übernommen, was dem Schatzmeister des Peary Arctic Club nur recht war. Am Ende der Gangway warf der Bootsmann einen Blick auf das Zahnarztbesteck, stufte die Zangen, Spiegel und Spreizer als potenzielle Mordwerkzeuge ein, nahm dem Passagier sämtliche Geschenke ab und versprach, ihm diese beim Verlassen des Schiffes wieder auszuhändigen. Minik ließ auch diese Erniedrigung widerspruchslos geschehen. Sein Herz war ohnehin viel zu schwer, um sich auch noch mit den Sticheleien durch Pearys Kettenhund zu belasten. Rasch machte er sich auf den Weg zum Oberdeck. Wenigstens den Abschied von New York wollte er ungestört zelebrieren.

Wenig später blickte er von der Reling zum Kai hinab. Unten harrten immer noch einige hartgesottene Menschenfreunde, sensationenslüsterne Reporter und nimmersatte Gaffer aus. Herbert Bridgeman überwachte das Ablegen des Dampfers, damit ihm der eskimoische Quälgeist nicht in letzter Sekunde entwischte. Und Chester hielt traurig ein Taschentuch, ohne damit zu winken.

18.

Wanderer zwischen den Welten

Melville Bay (Grönland), 24. August 1909

Über der Melville Bay trieben dichte Nebelschwaden. Es war Minik unmöglich, die graue Brühe mit Blicken zu durchdringen. Er stand an Deck eines kleinen Fischereischoners, dessen kräftige Dampfmaschine unter seinen Füßen dumpf pochte und ächzte. Hinzu kamen das Rauschen des Wassers, das den Bug umströmte, das Pfeifen des Windes in seinen Ohren und die Schreie der Seevögel. Minik empfand diese bunte Mischung unterschiedlichster Klänge als durchaus angenehm, denn an den Gestaden von Avanersuaq, dem »Platz im entlegensten Norden« von Westgrönland, herrschte im Vergleich zum allgegenwärtigen Lärm von New York geradezu himmlische Ruhe. Hier pinselte das sinfonische Orchester der Natur sein Lebenslied mit federleichten Strichen auf eine schneeweiße Leinwand der Stille, wohingegen New York ein unüberschaubares Schlachtengemälde aus Geräuschen war.

Die ab und zu vom Wind übers Schiff gewirbelten Qualmwolken erinnerten da schon eher an die Großstadt. Hinzu kam der Gestank der Kohlen, die nicht nur für den eigenen Bedarf, sondern ebenfalls für die Versorgung von Pearys *Roosevelt* gebunkert worden waren; sogar auf dem Oberdeck lagerten sie in großen Haufen. Das Ganze verband sich mit dem Geruch von Maschinenöl, schwitzenden Seemännern und salziger Meerluft zu einem ausgesprochen herben Odeur.

Nur mit einem leichten Mantel bekleidet trotzte Minik mehr schlecht als recht dem kühlen Fahrtwind. Zwar wird gemeinhin behauptet, die Kälte in Grönland werde als weniger unangenehm empfunden, weil die Luft dort trockener sei, aber Nebel ist überall auf der Welt feucht. Obwohl Minik am ganzen Leib zitterte, blieb er an Deck. Gedankenversunken spähte er in die trübe Brühe. Ab und zu rissen die Dunstschwaden für einen Moment auf und er erblickte das Antlitz der Mitternachtssonne über dem Horizont.

Es war eine Ironie des Schicksals, dass er ausgerechnet an Bord der *Jeanie* stand, des neufundländischen Fischdampfers, der für ihn vor wenigen Wochen noch so unerreichbar war wie die Kanone »Columbia«, mit der Jules Verne in seinen Romanen drei Mondfahrer zum Erdtrabanten geschossen hatte. Das Schiff stand unter dem Kommando von Kapitän Samuel Barlett, einem Spross jener legendären Seefahrerfamilie aus dem neufundländischen Brigus.

Der neue Tag war erst gut eine Stunde alt, aber was bedeutete das schon hier oben, wo es im Sommer niemals dunkel wurde? Das diffuse Licht war für die Augen so wenig greifbar wie feiner Sand zwischen den Fingern. An Deck der *Jeanie* herrschte eine angespannte Stimmung. Sam Barlett steuerte das Schiff jetzt schon den dritten Tag nur mit Kompass, Log und Lot. Aber weder das Handwerkszeug seemännischer Navigation noch das regelmäßige tiefe Tuten des Nebelhorns konnte Eisberge aufspüren. Die tauchten manchmal urplötzlich da auf, wo man sie am wenigsten vermutete. Dementsprechend wachsam spähten viele Augenpaare in den Nebel.

Die Blindfahrt hatte am Sonntag, dem 22. August, begonnen. Nur wenn die Dunstschleier gelegentlich aufrissen, ließen sich am Ufer vertraute Landmarken ausmachen. In der übrigen Zeit stand allein Barletts Erfahrung zwischen Erfolg und Untergang – schon viele Schiffe waren den Tücken dieser Küste zum Opfer gefallen, sehr zur Freude der Polareskimos, die sie nachher wie gestrandete Wale restlos ausweideten.

Am Montagmorgen hatte der Nebel östlich von Cape York kurz aufgeklart und man war einer meilenbreiten Packeisbarriere ansichtig geworden. Barlett änderte daraufhin den Kurs. Er fuhr in westlicher Richtung um die ab und an aus dem Nebel hervorstoßenden, purpurfarbenen Felsen von Cape York herum. Mehrmals musste die *Jeanie* Eisbergen ausweichen, die von dem marmorweißen Pitugvek-Gletscher abkalbten.

Als um Mitternacht der neue Tag anbrach, hatte Minik sich einen Platz am Bug gesucht, wo er ungestört in den Nebel starren und seinen unruhevollen Gedanken nachhängen konnte. Irgendwie hatte er sich seine Heimkehr glanzvoller vorgestellt, nicht so verhüllt und bedrohlich. Der Dunst über der See drückte auf sein ohnehin schon trübsinniges Gemüt.

Er hätte nicht sagen können, wann oder wo diese schwermütige Stimmung begonnen hatte. Möglicherweise in St. John's. Die *Rosalind* war in dem neufundländischen Hafen eingelaufen und obwohl auch die *Jeanie* dort schon festgemacht hatte, musste sich Minik ein Zimmer im Crosby Hotel nehmen. Es war eine weitere der schikanösen Vertragsklauseln Herbert Bridgemans – vermutlich fürchtete er, Minik könne die Versorgungsfahrt für Peary sabotieren. Drei Wochen lang hatte der so Gedemütigte im Niemandsland zwischen der sogenannten Zivilisation und dem wilden Unbekannten seiner Heimat die Zeit totschlagen müssen. Das Grübeln war ihm nicht gut bekommen, denn wie ein schleichendes Gift hatten sich Zweifel in ihm breit gemacht: War es vernünftig gewesen, alle Brücken hinter sich abzubrechen und den Neuanfang in Grönland zu wagen? Hätte er, anstatt sich in ein Abenteuer mit ungewissem Ausgang zu stürzen, nicht lieber bei den Menschen bleiben sollen, die ihn zwar nicht als Teil ihrer Gemeinschaft sahen, deren Sprache er aber wenigstens verstand? Ehe er sich versah, fühlte er sich als Exilant, als ein Vertriebener, und in seiner Fantasie nahm das Leben, das er gerade erst verlassen hatte, immer fantastischere Züge an. Die andere Seite des »geronnenen Nordlichts« erschien ihm hingegen von Tag zu Tag fremder und bedrohlicher. Doch bevor er abermals vor seinen Ängsten davonlaufen konnte, ließ man ihn endlich an Bord der *Jeanie* gehen.

Weil der Artic Club of America zur Rettung Frederick A. Cooks nur eintausend Dollar hatte auftreiben können, war es zu einem Arrangement mit Pearys sehr viel betuchteren Unterstützern gekommen. Deren Speerspitze – personifiziert durch Herbert L. Bridgeman – hatte eigens einen Hofberichterstatter engagiert, der nun ebenfalls mit der *Jeanie* in die Arktis reiste. Der Reporter, der Miniks Repatriierung in eine Lobeshymne für Robert Peary ummünzen sollte, hieß Royal K. Fuller. Er war Mitte zwanzig, kleinwüchsig, besaß ausreichend Fettpolster, mit denen er beim Baseball gefahrlos ohne zusätzliche Schutzkleidung als Fänger hätte spielen können, hatte einen braunen Lockenkopf und war von einer unersättlichen Neugier. Ständig schlich er mit seinem Notizblock um Minik herum und stellte dreiste Fragen. Offiziell war Fuller Korrespondent des *New York Herald*.

Ebenjener Haus- und Hofdichter »des großen Peinigers« tauchte nun, nicht wirklich unerwartet, hinter Minik aus dem Nebel auf und erkundigte sich frohgemut: »Na, kriegen Sie auch kein Auge zu, Mr Wallace?«

Dieser stöhnte innerlich. »Ich gewöhne es mir gerade ab.«

Fuller lachte. »Ach, wieso?«

»Damit ich in der kommenden Polarnacht mal so richtig ausschlafen kann.«

Zwei, drei Atemzüge lang verhielt sich der Korrespondent angenehm still. Vielleicht überlegte er, wie sich die Äußerung in seinen Reisebericht einbauen ließ. Dann fragte er: »Wie fühlt man sich, so kurz vor der Heimkehr ins Land der Väter?«

»Ich bin mir nicht sicher«, knurrte Minik. Die gute Laune der Nervensäge schlug ihm auf den Magen.

»So? Weshalb denn nicht?«

»Möglicherweise rammt unser Schiff vorher noch einen Eisberg und wir sinken alle auf den Grund des Meeres.«

Fuller schluckte. Nach einer Weile sagte er: »Da fällt mir gerade ein, dass ich unter Deck noch etwas Wichtiges zu erledigen habe. Verschieben wir unsere nette Unterhaltung auf später, einverstanden?«

Minik vermied Geräusche oder Gesten, die ihm als Zustimmung hätten ausgelegt werden können.

Als der Störenfried endlich abgezogen war, widmete sich Minik wieder der Betrachtung des Nebels. Gegen ein Uhr dreißig zerfranste plötzlich der graue Schleier und Minik erspähte in dem Gewaber, einem Geisterschiff gleich, die *Roosevelt.*

»Ich habe Peary gesehen!«, schrie er. Im Hinblick auf das Schiff lag er mit seiner Meldung sogar richtig – er kannte es aus New York –, aber den Polarforscher höchstselbst hatte er natürlich nicht erspäht.

An Bord der *Jeanie* entstand Unruhe. Sam Barlett eilte herbei. »Wo, Junge?«, stieß er hervor.

Minik deutete steuerbords über den Bug. »Da.«

»Bist du sicher? Ich sehe nur Nebel.«

»Es *war* da«, beharrte Minik. »Wenn Sie das Tempo nicht drosseln, dampfen wir vorbei.«

»Und falls du dich geirrt hast, mache ich mich vor der Mannschaft zum Narren.«

»Eben konnte ich es ganz deutlich …« Minik verstummte jäh, weil sich unvermittelt der Nebel lichtete und man nun glasklar die *Roosevelt* erkennen konnte.

Das eigens für Pearys Nordpolexpedition gebaute und nach dem Präsidenten der Vereinigten Staaten benannte Schiff besaß einen stabilen Rumpf, der im Falle einer Überwinterung selbst dem enormen Druck von Packeis standzuhalten vermochte. Wie seinerzeit die *Hope* hatte es drei Masten; vor dem Besan ragte mit leichter Neigung ein Schornstein in den Himmel. Darunter verbargen sich die Dampfmaschinen, die wie bei einer Lokomotive mit Kohlen befeuert wurden und tausend Pferdestärken entwickeln konnten.

Barlett klopfte Minik auf den Rücken. »Gut gemacht. Wärst du nicht schon zu alt, würde ich dich als Schiffsjungen anheuern.« Er wandte sich zum Gehen, um seiner Besatzung neue Befehle zu erteilen.

Einige Sekunden später ertönte mehrmals hintereinander das Nebelhorn der *Jeanie.* Kurz darauf antwortete die *Roosevelt.*

Gespannt verfolgte Minik die Annäherung der beiden Schiffe. Wer von den Seeleuten bei dem Manöver nicht mit anpacken musste, stand an der Reling, winkte und johlte vor Freude. Die meisten Seemänner stammten aus Brigus oder anderen Nestern Neufundlands, sie kannten sich, waren oft sogar miteinander verwandt. »Cap'n Bob«, wie der Skipper der *Roosevelt* allgemein genannt wurde, war kein anderer als Robert A. Barlett, der Neffe von Samuel Barlett, dem Kapitän der *Jeanie.* Minik schätzte das Alter des schlanken, etwa ein Meter achtzig großen Neufundländers auf dreißig Jahre. Von Deck aus verfolgte er, wie der Schoner zur *Roosevelt* längsseits ging. Mit einem Mal erschien neben Cap'n Bob eine hochgewachsene Gestalt in der Fellkleidung der Polareskimos: Robert Edwin Peary.

Mit einem mulmigen Gefühl in der Magengrube beobachtete Minik den »großen Peiniger«. Erkennt er mich?, fragte er sich schaudernd. Peary schien direkt zu ihm hinüberzusehen. Vermutlich hatte Bridgeman schon ein Schreiben aufgesetzt, das dem Kommandanten der Mission »Nordpol« alle nötigen Fakten lieferte. Längst vergessen geglaubte Erinnerungen drängten sich in Miniks Bewusstsein und vervollständigten jene Einzelheiten im versteinert wirkenden Gesicht des Entdeckers, die aufgrund der Entfernung eigentlich nur zu erahnen waren. Minik entsann sich Pearys eiskalten Blicks. Seine Augen waren von einem stählernen Graublau gewesen, das einem stets das Gefühl vermittelt hatte, durchsichtig zu sein. Immer blieben diese Augen ernst, selbst wenn der Mund lächelte. So musste es auch jetzt sein, als die starre Miene des Commodore sich plötzlich entspannte.

Unwillkürlich wich Minik an die Wand der Brücke zurück.

Peary breitete die Arme aus und donnerte: »Seit dem 6. April gehört der Nordpol mir!«

An Bord beider Schiffe brach Jubel aus.

Minik hingegen wären fast die Beine eingeknickt, so sehr überraschte ihn die Neuigkeit. Fassungslos ließ er den Blick über die johlenden Seeleute schweifen. Auf der *Roosevelt* konnte die Mitteilung niemanden überraschen, aber wie stand es mit der Besatzung der *Jeanie?* Hatten Sam Barlett und seine Männer schon von der Nordpoleroberung gewusst? War nur er ahnungslos gewesen, der dumme Eskimo, der Peary und Cook noch in New York mit bitterbösem Sarkasmus als Versager verspottet hatte, um bei der Presse Eindruck zu schinden?

Ungläubig schüttelte er den Kopf. Wenn dem so wäre, wieso hatte ihm Bridgeman dann einen Maulkorb angelegt? War die Nachricht bisher einfach noch nicht in die Welt der Telegrafenmasten und Telefonkabel gelangt, weil es die im Land der Polareskimos nicht gab? Was auch immer der Grund war, Minik fühlte sich angesichts seiner großspurigen Interviews mit einem Mal wie der größte Narr auf Erden. Er hatte gehofft, von seinen Leuten bewundert zu werden. Aber nun – würden alle nur über ihn lachen.

Die Polareskimos von Uummannaq waren ausgesprochen erheitert, als sie Minik in dem Beiboot erblickten. Das hing aber weniger mit seiner närrischen Großspurigkeit zusammen – davon wusste im Dorf ja noch niemand –, sondern eher mit seiner Kleidung. Er hatte immer noch das am Leib, was man in New York auf der Straße trug: Halbschuhe, dünne Wollhose, blaues Hemd, dunkles Jackett, leichter Mantel. Im Herzen von Avanersuaq – dem »Platz im entlegensten Norden« von Westgrönland – wirkte er damit einigermaßen deplatziert.

Uummannaq war eine der größeren Siedlungen der Polareskimos. Es lag auf einer Landzunge in der North Star Bay. Die eisfreie Bucht wurde von mehreren vorgelagerten Inseln geschützt. Direkt gegenüber dem Dorf ragte der oben abgeflachte Kegel eines Tafelberges aus dem Meer.

Die beiden Barlett-Kapitäne hatten sich, nachdem Pearys Großtat hinreichend bejubelt worden war, auf eine Verlegung ihrer Schiffe in die Nordsternbucht geeinigt. Hier konnte die auf der *Jeanie* gebunkerte Kohle leichter umgeladen werden. Die Brennstoffvorräte der *Roosevelt* waren so gut wie erschöpft.

Auf Pearys Schiff befanden sich eine Reihe von Inuit – Männer, Frauen und sogar Kinder –, die eigentlich am Cape York hätten abgesetzt werden sollen und nun schneller als erwartet ihre Verwandten in Uummannaq wiedersahen. Nachdem die Polareskimos den verschüchterten, ihnen so ähnlichen und doch so seltsam gekleideten jungen Mann an Bord der *Jeanie* entdeckt hatten, stellten sie neugierige Fragen.

Harry Whitney, ein Sportjäger, der hinreichend den Dialekt der Gegend sprach, erklärte ihnen, der junge Inuk sei jetzt ein *qallunaaq,* aber das erheiterte sie nur noch mehr. Eskimos wurden niemals weiße Männer. Dann gesellte sich Matt Henson zu der Gruppe und erklärte, der Heimkehrer sei Qisuks Sprössling. Vor allem in den langen Polarnächten erzählten die

Inuit sich gerne Geschichten. Daher kannte fast jeder den Lächelnden, der mit seinem Sohn in den Süden gefahren war, um dem Stamm eine neue Zukunft zu bringen. Und mit einem Mal waren alle ganz begierig darauf, den Verwandten aus der Fremde zu begrüßen.

Als die Schiffe in der Bucht vor Anker lagen, stattete Sam Barlett seinem Neffen und dem Leiter der Nordpolexpedition auf der *Roosevelt* einen Besuch ab. Wie Minik erst später erfuhr, wurde bei der Gelegenheit ein dicker Brief übergeben. Es handelte sich um ein Dossier von Herbert Bridgeman, in dem dieser Peary über den Stand der Expedition des Konkurrenten Frederick Cook informierte und genaue Strategievorschläge in der Sache »MPW« unterbreitete. Eine der Maßnahmen bekam Minik schnell zu spüren. Ehe man ihn von der *Jeanie* herunterließ, wurde ihm ein Schriftstück zur Unterschrift vorgelegt:

> *Hiermit bestätige ich, von Fregattenkapitän Peary die nachfolgend aufgeführten Lebensmittel und Ausrüstungsgegenstände erhalten zu haben. Um mehr habe ich nicht gebeten und mehr benötige ich auch nicht …*

Es schloss sich eine lange Auflistung an, beginnend bei vier Kisten Zwieback, sich fortsetzend bei mehreren Waffen und Werkzeugen und endend mit »3 oder 4 Pfund Tabak, 24 Schachteln Streichhölzer und 1 Pullover«. Fuller durfte das Dokument für seine Lobeshymne auf Peary ausgiebig studieren und sich Notizen machen. Mit der Empfangsbestätigung hatte Herbert Bridgeman seinen Reigen aus Demütigungen gekrönt – denn Minik bekam nichts von alledem; er ging mit leeren Händen an Land, abgesehen von dem Zahnarztbesteck und dem Erste-Hilfe-Kasten aus New York.

Als er vom Beiboot der *Jeanie* übergesetzt wurde, war Matt

Henson mit an Bord. Pearys schwarzer Assistent hatte sich aufrichtig über das Wiedersehen mit Minik gefreut. Am steinigen Strand warteten wohl zwei Dutzend Inuit und lachten. Ihre Finger waren auf Minik gerichtet, der am Bug saß und ihnen bang entgegenblickte.

Er wandte sich dem Diener Pearys zu und brummte: »Ich komme mir vor wie das Trotteltier der nördlichen Hemisphäre.«

Matt runzelte die Stirn. »Trotteltier?«

Minik verdrehte die Augen zum Himmel. »Na, erst legt man mir eine Quittung von Geschenken vor, die ich nie erhalten habe, und jetzt machen sich meine eigenen Leute über mich lustig.«

Ein mitleidvoller Ausdruck trat auf Matts Gesicht. »Du hast alles vergessen, nicht wahr?«

»Was?«

»Die Sprache der Eskimos, ihre Sitten und Bräuche – du erinnerst dich an gar nichts mehr, oder?«

»Ich war erst *sieben,* als ich in eure sogenannte ›Zivilisation‹ verpflanzt wurde. Außer einigen wenigen Bildern und Erlebnissen ist von der Zeit davor nicht viel in meinem Gedächtnis haften geblieben.«

Matt nickte. »Meine Vorfahren haben auch gelitten, Junge, und jetzt sieh mich an: Ich bin der Assistent von Robert Peary, dem Eroberer des Nordpols. Durch endloses Lamentieren verschlimmerst du deine Situation nur. Beobachte gründlich, lerne eifrig und handle vernünftig – nur so kannst du dein Los verbessern.«

Leichter gesagt als getan, dachte Minik und sog tief die kühle Luft ein. Trotzdem fühlte er sich etwas besser, jetzt, nachdem sein alter »Onkel Matt« ihm den Kopf zurechtgerückt hatte.

Kurz darauf schabte der Kiel des Beibootes ans Ufer. Um

sich nicht restlos zu blamieren, verweigerte Minik die Hilfe der Seemänner und sprang samt Arzttasche und Karton an den Strand. Dabei knickte er schmerzhaft mit dem Fuß um und setzte einen seiner Straßenschuhe unter Wasser, aber das war ihm egal.

Neugierig näherten sich ihm einige Inuit. Beim Anblick ihrer überwiegend gedrungenen, ziemlich drallen Körper kam ihm spontan eine Zeile aus Pearys Büchern in den Sinn: *Ihre Gestalten sind wohlgerundet durch eine Fettablagerung, die anscheinend dem Höcker des Kamels entspricht.* Die Frauen trugen leichte Fellparkas mit großen Kapuzen. Hier und da schauten Babygesichter aus den Mützen hervor. Matt Henson deutete auf Minik und sagte etwas auf Inuktitut, in dem der Name Qisuk vorkam. Einige Polareskimos gaben Laute des Erstaunens von sich und rückten noch näher an den jungen Mann heran.

Im Nu war er von Stammesgenossen umringt. Einige entwickelten ein reges Interesse für seine medizinische Ausrüstung. Sie befingerten alles und Minik drückte die Gepäckstücke mit beiden Armen an sich, um seinen einzigen Besitz nicht zu verlieren. Während er sich hilfesuchend nach Matthew Henson umblickte, fiel ihm eine junge Frau auf. Sie hatte ein auffallend hübsches Gesicht und hielt einen zwei- oder dreijährigen Jungen an der Hand. Irgendwie kam sie ihm bekannt vor.

Ein älterer Mann sagte etwas und in der Runde hörte man beipflichtende Laute.

»Sie wollen wissen, ob du nicht mehr Geschenke mitgebracht hast als die Tasche und das Paket«, übersetzte Matt.

»Ist das denn wichtig?«, fragte Minik gereizt.

Wieder redete der Alte und Matthew Henson erklärte schmunzelnd: »Ussarkaq meint, wenn du in der anderen Welt verdienstvolle Taten vollbracht hättest, bräuchtest du eine

Menge Träger, um all die Gaben der Dankbarkeit zu transportieren. Er will wissen, ob er welche für dich zusammentrommeln soll.«

Minik knirschte mit den Zähnen. »Das ist nicht nötig. Sag Ussarkaq bitte, was ich hier in den Armen halte, haben mir zwei große Schamanen zum Abschied gegeben. Diese Geschenke wiegen schwerer als das Gepäck von hundert Kulis, weil sie nämlich Leben retten können, das sonst verloren wäre.«

»Gute Antwort«, lobte Matt und nickte anerkennend. Nachdem er die Polareskimos über den Wert des Zahnarztbestecks und der Erste-Hilfe-Ausrüstung in Kenntnis gesetzt hatte, ging ein staunendes Murmeln durch die versammelte Menge.

Die junge Frau mit dem kleinen Jungen deutete auf Minik und sagte etwas.

Matt hob zu einer Übersetzung an. »Aleqasina meint ...«

»Aleqasina?«, fiel Minik ihm überrascht ins Wort.

»Ja. Du müsstest sie eigentlich kennen. Schon als du hier fortgingst, nannte man sie ›die Schöne des Stammes‹.« Matt deutete auf das Kind. »Das ist Kali, Commodore Pearys Sohn.«

Miniks Augen weiteten sich. »Der verheiratete Peary hat einen *Sohn* mit einer Eskimofrau?«

Matt zuckte die Achseln und grinste. »Ja, warum denn nicht? Commodore Peary ist fest davon überzeugt, dass ein Mann nur gesund und kräftig bleiben kann, wenn er sein Lager mit einer Frau teilt. Die Polarnächte sind lang, dunkel und kalt. Der Commodore hatte Aleqasina und ich meine Aviaq – sie hat mir den kleinen Anaukaq geschenkt. Er und Kali wurden 1906 kurz hintereinander auf unserem Schiff geboren. Kali hatte noch einen älteren Bruder, aber der ist leider gestorben.«

Fassungslos schüttelte Minik den Kopf. »Ihr hattet doch vor, nach Amerika zurückzukehren. Warum lasst ihr eure Kinder im Stich?«

Der eben noch so stolze Vater wurde schlagartig ernst. »Komm jetzt. Aleqasina meinte, ich soll dich zu deinen Verwandten bringen.«

Mit Mattew Henson und Minik an der Spitze bewegte sich der Pulk ins Innere des Lagers. Der Weg dorthin stieg leicht an und bestand im Wesentlichen aus Geröll. Minik warf immer wieder verstohlene Blicke auf Aleqasina, die mit ihrem Sohn seitlich hinter ihm lief. Sie reichte ihm bloß bis zur Schulter. Trotz ihres unförmigen Parkas konnte man erkennen, wie zierlich sie war, und obwohl sie mittlerweile bald dreißig sein musste, strahlte ihr Gesicht immer noch den bezaubernden Liebreiz eines Mädchens aus. Im Gegensatz zu den anderen Frauen trug sie ihr schwarzes, seidig glänzendes Haar offen. Kein Wunder, dass Peary mehr als ein Dutzend Jahre ganz vernarrt in diese Blume der Arktis gewesen war …

»Autsch!« Erneut war Miniks lädierter Fuß bedrohlich ins Wackeln gekommen. In seinen Straßenschuhen fand er auf dem unebenen Untergrund kaum Halt, aber erhobenen Hauptes humpelte er weiter – und biss die Zähne zusammen, um sich vor der Schönen des Stammes nicht wie ein Weichling aufzuführen.

»Zur Winterzeit liegt hier alles unter einer mehrere Yards dicken Schneedecke«, brummte Matt, ohne das Tempo zu verringern. Seine gute Laune hatte unter dem Vorwurf, er habe seinen Sohn im Stich gelassen, erkennbar gelitten und er schien Genugtuung dabei zu empfinden, seinen Begleiter übers Geröll zu hetzen.

Im Sommer lebten die meisten Einwohner von Uummannaq in Zelten. Häuser aus Grassoden oder gar aus Stein bildeten die große Ausnahme. In deutlichem Abstand zur Siedlung bemerkte Minik überdies zwei nagelneue Holzhütten. Eine sah aus wie ein langer Schuppen.

»Wer wohnt da?«, erkundigte er sich.

»Gustav Olsen. Deine Stammesbrüder nennen ihn Guutak. Ein Eskimo-Mischling aus Jakobshavn«, antwortete der Afroamerikaner einsilbig.

»In der Disko Bay?«

Matt nickte. »Er ist Missionar der Grönländischen Kirche. Kam kürzlich mit seiner Frau und dem Ehepaar Rosbach her. Die Gebäude stehen erst seit gut zwei Wochen da. Das kleine ist die neue Missions- und Handelsstation.«

In Miniks verzagtem Herzen glimmte ein Hoffnungsschimmer auf. Vielleicht sprachen die frommen Leute ja Englisch ...

Aleqasina rief etwas und Matt übersetzte: »Da vorne sind die Zelte deiner Tanten und ihrer Familien.«

Minik blieb vor Überraschung stehen. »*Tanten?*« Selbst die Erinnerung an seine grönländischen Verwandten war im Laufe der Jahre verblasst.

Matt wechselte ein paar Worte mit Aleqasina, dann erklärte er: »Sie sind die älteren Schwestern deiner Mutter und heißen Siuleqatuk und Amaunnalik. Beide haben Kinder – deine Vettern und eine Base. Harrigan gehörte übrigens auch zu Commodore Pearys Männern.«

»Mein Cousin heißt *Harrigan?*«

»Spreche ich so undeutlich?«

»Der Name klingt ziemlich ungewöhnlich für einen Eskimo.«

»Kein Wunder. Die Forscher haben ihn so genannt. In deinem Volk heißt er Inukittoq. Und jetzt komm endlich.«

Minik stakste weiter über das Geröllfeld und verfluchte im Stillen das Zahnarztbesteck – hätte er zum Abschied doch nur ordentliches Schuhwerk bekommen! Und einen warmen Wintermantel. Ihn fröstelte von dem kühlen Wind, der ihm in den Ohren pfiff und durch jede Masche seiner Kleidung brauste.

Im Lager strömten derweil immer mehr Inuit zusammen, um den Kauz in den komischen Kleidern zu bestaunen. Der

Heimkehrer zweifelte keinen Moment daran, dass ihm auch die zahlreichen Hunde gefolgt wären, hätten ihre Besitzer sie nicht festgebunden. So kläfften die Vierbeiner nur; ob sie über ihn lachten oder ihn warnten, konnte er nur ahnen.

Endlich erreichten sie eine Gruppe von fünf Zelten, die im losen Verbund zusammenstanden. Die sich nach oben verjüngenden Sommerbehausungen der Polareskimos bestanden aus haarlosen Tierhäuten – vermutlich Walross –, die mit Sehnen über die großen Rippenknochen von Walen gespannt und im Boden festgepflockt waren. Im Hintergrund bemerkte Minik eine Rotte schwarzer Schlittenhunde.

Zu seiner Verwirrung sprach Matt mit einer ganzen Reihe von Männern und Frauen, die im Laufe des Palavers immer wieder auf ihn deuteten. Minik fühlte sich wie ein Ladenhüter, den niemand haben wollte. Schließlich kam eine kleine Frau mit faltiger dunkler Haut auf ihn zu, sagte etwas Unverständliches und zog seinen Kopf zu sich herab. Sie drückte ihre Nase sanft an die seine, bewegte sie hin und her, sprach abermals Worte, die Minik völlig fremd waren, bis er plötzlich zwei Namen erkannte. Der erste lautete Mannik – so hatte seine Mutter geheißen – und der zweite Minik.

Mit einem Mal rührte die Begrüßung an schon verloren geglaubte Empfindungen. Es war, als hätte die Frau in seinem Innern eine Tür aufgestoßen, durch die er einen verschwommenen Blick auf seine Eltern erhaschte. Mit solchen Nasenküssen hatten sie ihn oft liebkost.

»Das ist Siuleqatuk, deine ältere Tante«, erklärte Matt.

Und als habe Minik bis zu diesem Moment unter einer unsichtbaren Glocke aus Eis gestanden, die unter der zärtlichen Geste der alten Frau geschmolzen war, kamen nun auch all die anderen Verwandten auf ihn zu: Manniks zweite Schwester Amaunnalik, ihre Tochter Inugaarsuk, die Cousins Ivik, Iggiannguaq und Inukittoq, die angeheirateten Onkel Angutilluarsuk und Qujaukittoq sowie etliche Angehörige dritten, vierten und fünften Grades. Bald schwirrte Minik der Kopf vor lauter Namen, die für ihn ebenso fremd waren wie seine Muttersprache.

Er war aufgewühlt vor lauter widerstreitenden Gefühlen. Sich unvermittelt so vielen Verwandten gegenüberzusehen, überwältigte ihn fast. Gleichzeitig verursachten ihm diese Menschen Beklemmungen. Sie trugen Felle, ihre Haare waren zottig, die Zähne schlecht und sie stanken wie Büffel. Sein durchs Dorf schweifender Blick gewährte ihm auch sonst keine vertrauten Ruhepunkte: Es gab weder Straßen noch Wege, weder Telegrafenleitungen noch Strommasten, weder Laternen noch Schaufenster, und in der Zeltlandschaft des Lagers wies auch nichts auf Bibliotheken, Theater oder Golfplätze hin. Nicht einmal Fahrräder gab es …

»Was du suchen?«, drang eine überraschend helle Stimme an Miniks Ohr.

Er blinzelte, sah sich nach Matt Henson um, aber der war nirgends zu sehen. Augenscheinlich hatte er sich aus dem Staub gemacht. Es war Aleqasina, die Minik angesprochen hatte. Sie stand hinter ihm, den kleinen Jungen immer noch an der Hand.

»Du kannst Englisch?«, fragte er verblüfft.

Sie schüttelte den Kopf. »Nein, nein. Ich nicht viele Worte kennen. Piuli lieber mit mir kuscheln, aber wenig mit mir reden.«

Er merkte, wie ihm die Schamröte ins Gesicht stieg. Aus den vielen Büchern, die er über die Arktis gelesen hatte, wusste er zwar von dem ungezwungenen Verhältnis der Polareskimos zur körperlichen Liebe, aber es überraschte ihn doch ein wenig, so unverblümt über die intimen Angelegenheiten »des großen Peinigers« aufgeklärt zu werden. Minik räusperte sich. »Äh, wo werde ich wohnen?«

Aleqasinas Stirn legte sich in Falten.

Minik formte mit den Händen eine Spitze. »Zelt. Wo ich schlafe?« Er legte die seitwärts geneigten Handflächen aneinander und bettete seine Wange darauf.

Mit einem Mal nickte sie. »*Tupiq?*«

»Bedeutet das Zelt?« Er zeigte auf das nächstbeste.

Sie nickte. »Ja. Sippe hat gesprochen. Du gehen zu Soqqaq.«

»Soqqaq?«, murmelte er.

»Er ist dein …« Aleqasina wedelte mit der freien Hand, aber ihr fiel das englische Wort für das Verwandtschaftsverhältnis nicht ein. Sie wandte sich den anderen Inuit zu, wechselte mit ihnen Unmengen von Erklärungen, bis sie Minik begreiflich machen konnte, dass sein Großonkel ihn aufnehmen werde.

Die Sippe führte ihn zu einem Zelt am Rande des losen Verbundes; gleich nebenan lagerte die Meute aus schwarzen Hunden. Miniks Tante Siuleqatuk rief Soqqaqs Namen und eine unerfindliche Anzahl weiterer Wörter.

»Er großer *angakkoq*«, erklärte Aleqasina.

Minik runzelte die Stirn. Der Begriff kam ihm irgendwie bekannt vor … »Schamane?«, fragte er unvermittelt.

Sie nickte. »Ja, ja! Soqqaq großer Schamane. Er jetzt dein Lehrer.«

Miniks Herz machte einen Freudensprung – er hatte sich gerade an ein Wort aus seiner Kindheit erinnert! Und sogleich verfiel sein Herz wieder in ein verzagtes Flattern.

Aus dem Zelt drang ein Ächzen und etwas, das dem Tonfall nach ein Fluch hätte sein können. Die am Eingang überlappende Tierhaut teilte sich und der Kopf eines alten Mannes schob sich hindurch.

»Minik?«, fragte er.

Alle deuteten auf den Heimkehrer.

Der Schamane trat nun ganz ins Freie, um sich Qisuks Sohn genauer anzusehen, womit er Letzterem ebenfalls die Gelegenheit zu einer gründlichen Musterung gab. Miniks erster Eindruck war niederschmetternd. Das sollte der Mann sein, mit dem er die nächste Zeit das Zelt teilen würde?

Soqqaq war barfuß. Die kalten Steine unter seinen Sohlen schienen ihn nicht zu stören. Von den Knöcheln an aufwärts trug er abgewetztes Leder, sichtbar weich und mit Hunderten von Flecken übersät. Er war etwas kleiner als Minik, kräftig gebaut, ohne jedoch dick zu wirken, und hatte schulterlanges, strähniges Haar, listig funkelnde, schwarze Augen, einen dünnen Schnurr- sowie einen ebenso schütteren Ziegenbart. Die wettergegerbte, fast faltenlose Haut seines Gesichts sah aus wie braunes Pergament. Irgendetwas war mit seinen Armen. Er bewegte sie kaum, so als gehörten sie einem anderen.

Die Inspektion des »verlorenen Sohnes« nahm einige Zeit in Anspruch. Minik wagte nicht, sich dabei zu rühren. Ein wenig kam er sich so vor wie damals auf dem Jahrmarkt von Cobleskill, als er sich in Fellkleidern der Bevölkerung von Schoharie County vorgestellt hatte. Mit verbissener Miene schlich Soqqaq um ihn herum, zupfte ab und zu an seinen Kleidern, schüttelte gelegentlich den Kopf oder kicherte, murmelte einmal etwas, das wie eine Beschwörung klang, blieb schließlich auf Tuchfühlung vor ihm stehen und knurrte etwas, das verdächtig nach einer Unmutsäußerung klang.

Minik warf Aleqasina einen fragenden Blick zu.

Sie erklärte lächelnd: »Soqqaq sagen: ›Ich nehme ihn.‹«

19.

Abgeschnitten

Uummannaq (Grönland), 25. August 1909

Die Nacht war grauenvoll gewesen. Nach zwölf Jahren hatte Minik zum ersten Mal wieder in einem Zelt aus Walrosshaut geschlafen. Sofern von Schlaf überhaupt die Rede sein konnte, wenn man ständig vom Schnarchen eines Schamanen wachgerüttelt wurde. Hinzu kam der Gestank, eine Mischung aus den Körperausdünstungen eines ungewaschenen alten Mannes, dem fischigen Aroma von Tran und dem muffigen Odeur der Tierhäute. Eigentlich hätte Miniks Nase schon nach kurzer Zeit davon betäubt sein müssen, aber vermutlich hatte sich der Geruch unter dem Eindruck des Schmutzes und der Unordnung im Zelt in sein Stammhirn durchgefressen und war jetzt durch nichts mehr von dort zu vertreiben.

Irgendwann – es wurde ja nicht dunkel in der Nacht – schlich sich Minik aus dem Zelt. Er war splitternackt. Soqqaq hatte ihm am vergangenen Abend umständlich begreiflich gemacht, dass ein Polareskimo ohne Leibwäsche schläft. Wenn man auf Fellen liegt und sich damit zudeckt, dann bedarf es keinerlei zusätzlichen Wärmeschutzes.

Dafür fror Minik jetzt umso mehr. Rasch schlüpfte er in die Kleider, die ihm sein Großonkel besorgt hatte: Hose und Jacke aus Seehundpelz und zwar in doppelter Ausführung – die behaarte Seite der Unterwäsche trug man auf der Haut und bei der zweiten Lage umgekehrt. Zur neuen Garderobe gehörten auch zwei Paar Stiefel, die inneren waren aus Hasen- und die äußeren aus wasserundurchlässigem Robbenfell.

Nachdem sich Minik angezogen hatte, fühlte er sich wie neu geboren. Die Kleidung war wunderbar leicht und warm. Jetzt sah er wieder aus wie ein richtiger Inuit-Jäger. Sein Unternehmungsgeist erwachte. Er blickte sich um.

Als Erstes sah er die schwarze Meute seines Großonkels, dann die Zelte und schließlich blieb sein Blick an der Missions- und Handelsstation hängen. Er beschloss, den Olsens und den Rosbachs einen Antrittsbesuch abzustatten.

Mit seinem neuen Schuhwerk kam er auf dem unebenen Untergrund besser zurecht als erwartet. Zwar schmerzte sein Fußgelenk noch ein wenig, aber offenbar war die beim gestrigen Landgang zugezogene Zerrung nicht so schlimm. Bald machte es ihm in der warmen Kleidung sogar Spaß, sich den Wind um die Nase wehen zu lassen. Über der Bucht kreisten Möwen, Alke und andere Seevögel, die auf den nahen Felsen ihre Brut aufzogen. An diesem Morgen fand er ihr Geschrei fast melodisch. Im warmen Licht der niedrig stehenden Sonne wirkte die karge Landschaft wie verzaubert. Das Meer, der felsige Küstenstrich und die vorgelagerten Inseln – alles war von einer wilden Schönheit, die sein Herz anrührte. Vielleicht hatte er doch endlich die Welt gefunden, in der er frei und glücklich leben konnte.

Die zwei neuen Holzhütten standen nahe am Ufer, das große Wohnhaus parallel zur Wasserlinie und der Handelsposten, etwa zwanzig Schritte weiter, um fünfundvierzig Grad dazu gedreht. Dahinter ragte der Tafelberg Uummannaq auf, dem das Dorf seinen Namen verdankte. In einiger Entfernung zum Strand ankerten die *Roosevelt* und die *Jeanie* in der North Star Bay.

Bei den Gebäuden regte sich keine Menschenseele. Minik hatte keine Taschenuhr und am Sonnenstand konnte er nur vage abschätzen, wie spät es war. Sechs Uhr vielleicht? Oder sieben? Er wollte die einzigen Menschen am Ort, mit denen er möglicherweise bis auf Weiteres eine gepflegte Unterhaltung führen konnte, nicht aus dem Bett werfen. Unwillkürlich trat er leiser auf, was ihm in den Robbenfellstiefeln leichtfiel. Als er das Depot passierte, hörte er plötzlich eine dumpfe Stimme.

»Du dummes *aaviq*. Ich hassen dich.«

Minik traute seinen Ohren nicht. Das war Aleqasina. Und zufällig hatte er am vergangenen Abend von Soqqaq auch das Wortes *aaviq* gelernt. Es bedeutete Walross.

Unvermittelt flog die Tür der Hütte auf und Aleqasina rannte heraus. Ihr schönes Gesicht war feucht von Tränen. Offenbar handelte es sich um einen ziemlich überstürzten Aufbruch, denn sie war nackt. Ihre Blöße bedeckte sie mehr schlecht als recht mit der eigenen Kleidung, die sie krampfhaft an sich drückte. Weil das Haus auf einem Sockel ruhte, musste sie erst drei Stufen überwinden, ehe sie zu ebener Erde davonlaufen konnte. Als sie Minik bemerkte, blieb sie einen erschrockenen Atemzug lang stehen, dann hetzte sie weiter.

Während sie den Zelten entgegeneilte, haftete Miniks Blick auf ihrer unverhüllten Rückansicht. Im prüden Amerika wäre eine derartige Szene undenkbar gewesen. Verständlicherweise war er etwas irritiert – und zugleich von Aleqasinas weiblichen Reizen überwältigt. Den Anflug von Sinnlichkeit wischte er aber sofort wieder weg. Wer oder was hatte Aleqasina so aus der Fassung gebracht?

Diese Frage beantwortete sich von selbst, als unerwartet Fregattenkapitän Robert E. Peary in langen Unterhosen zwischen den Türpfosten erschien und schrie: »Bleib verdammt noch mal hier, Sina! Ich …« An dieser Stelle brach er seinen Befehl ab, weil er den jungen Mann bemerkt hatte.

Selbiger fühlte sich unversehens in seine frühe Kindheit zurückversetzt. Damals war der weiße Anführer mit seinen ein Meter fünfundachtzig für ihn ein Riese gewesen. Mittlerweile hatte Minik ihn zwar bis auf fünfzehn Zentimeter eingeholt, weil aber der Amerikaner auf dem Eingangspodest stand, schienen die alten Größenverhältnisse wiederhergestellt. Minik deutete ein Nicken an und sagte: »Guten Morgen, Mr Peary.«

»Hast du uns belauscht?«, fragte der in einem lauernden Ton, der nichts Gutes verhieß. Seine stahlgrauen Augen verschossen frostige Blicke.

»Ich bin zufällig hier vorbeigekommen, weil ich die Missionare besuchen wollte«, sagte Minik. Sich verteidigen zu müssen, obwohl doch offensichtlich Peary gerade wieder jemandem Schmerz zugefügt hatte, machte ihn zornig.

»Was hast du gehört?«

»Genug um die Meinung der Inuit von Ihnen zu bestätigen. Wissen Sie, welchen Namen sie Ihnen gegeben haben?«

»Du meinst ›der große Peiniger‹?« Pearys Mund verzog sich zu einem süffisanten Lächeln, aber seine Augen blieben eiskalt. »Mein Wahlspruch lautet: *Inveniam viam aut faciam* – ›Finde einen Weg oder mach dir einen.‹ Es ist ganz normal, bei denjenigen feindselige Gefühle zu wecken, die nicht mithalten können, mein junger Freund.«

»Ich bin nicht Ihr Freund, Mr Peary. Zwar weiß ich noch nicht, was Sie Aleqasina angetan haben, aber ich kann zumindest bezeugen, dass der berühmte Nordpolentdecker Peary nicht davor zurückschreckt, sich an wehrlosen Frauen zu vergehen. Vielleicht sollte ich Mr Fuller von meinen Beobachtungen erzählen. Die weiblichen Leser des *New York Herald* werden sich bestimmt brennend dafür interessieren, was für Scheusale die großen Helden Amerikas tatsächlich …«

»Hüten Sie Ihre Zunge, Mr Wallace!«, zischte Peary. Er holte tief Atem und fügte beherrscht hinzu: »Sie würden sich nur erneut lächerlich machen, junger Freund. Ja, ich weiß Bescheid über Sie – Mr Bridgeman hat mir freundlicherweise ein Dossier über Sie zusammengestellt, in dem er auch Ihre großspurigen Presseinterviews erwähnte, mit denen Sie mich verunglimpft und sich selbst zum künftigen Eroberer des Nordpols ausgerufen haben. Wem würde man wohl mehr glauben? Einem überführten Aufschneider oder mir, der ich den Eskimos gegenüber stets das freundliche Interesse entgegengebracht habe, das jeder zivilisierte Mann gegenüber den Angehörigen einer unterlegenen Rasse empfinden muss, die daran gewöhnt ist, ihn zu achten und von ihm abzuhängen?«

Am liebsten wäre Minik dem arroganten Snob, der da in seiner Unterhose vor ihm stand und große Reden schwang, ins Gesicht gesprungen. Mühsam beherrscht erwiderte er: »Sie bezeichnen uns Eskimos als eine ›unterlegene Rasse‹, als wären wir nur bessere Schlittenhunde für Sie. Wie nennen Sie dann das, was Sie all die Jahre lang mit Aleqasina gemacht haben? Und was sagt Ihre Frau dazu?«

»Passen Sie auf, was Sie sagen!«, warnte Peary. »Sie haben ja nicht die geringste Ahnung. Ich war Aleqasina sehr zugetan und auch den zwei süßen Bastarden, die sie mir geschenkt hat.«

»Und jetzt lassen Sie den kleinen Kali im Stich.«

»Was soll ich denn deiner Meinung nach machen, Mr Neunmalklug? Ihn von seiner Mutter fortreißen und mit nach Amerika nehmen? Wünscht du ihm dasselbe Schicksal, das dir widerfahren ist?«

»Sie …« Angesichts von so viel Zynismus verschlug es Minik die Sprache. Empört schüttelte er den Kopf. »Sie haben ›Ihre Leute‹ ausgebeutet wie eine Goldmine, sie von sich abhängig gemacht und jetzt lassen Sie sie zurück.«

»Mag schon sein, dass ich die Eskimos mehr benutzt habe als jeder andere Polarforscher, aber sie haben nicht schlecht dabei gelebt. Bevor ich zu ihnen kam, hatten sie gar nichts.«

»Und jetzt hüpfen Kinder mit weißer Haut zwischen den Zelten herum. Sie hatten kein Recht, Aleqasina von ihrem Mann auszuborgen und sie in Ihr Bett zu zwingen.«

Peary lachte. »Wenn du erst ein oder zwei Jahre bei dem alten Schamanen in die Lehre gegangen bist, dann wirst du die Torheit deiner Worte vielleicht begreifen. Ich habe mich nur den hiesigen Sitten angepasst, von denen du ganz offensichtlich keinen blassen Schimmer hast. Bündnisse zwischen nichtverwandten Parteien werden hier durch den Austausch von Präsenten geschlossen und die kostbarste Gabe ist nun mal eine Nacht mit der höchstgestellten Frau des Haushalts. Hätte ich Piugaattoq vor den Kopf stoßen sollen, indem ich sein Geschenk ablehne? Außerdem gehören zum Frauentausch immer drei: neben den beiden Männern auch die Betroffene – wenn sie dem Handel nicht zustimmt, kann ihr Gemahl sie nicht zwingen.«

Minik fühlte sich jäh ausgehebelt. Es stimmte, Peary kannte sich mit den Bräuchen der Inuit besser aus als er. Trotzdem wollte er sich nicht geschlagen geben. Aleqasina sah für ihn nicht wie eine Frau aus, die ihr Schicksal freiwillig angenommen hatte. Er blickte in die Richtung, in die sie geflohen war, dann wieder in Pearys ausdruckslose Augen und sagte kühl: »Ich bezweifle, dass Ihre Ehefrau und die Menschen in den Vereinigten Statten Ihre ›Anpassung‹ an die hiesigen Gepflogenheiten billigen werden.« Dann wandte er sich zum Gehen.

»Warte!«, hielt ihn Peary zurück.

Er drehte sich noch einmal um. »Was?«

»Komm in zwei Stunden wieder her. Dann mache ich dir ein Angebot.«

Das Haus der Kirchenleute kam Minik wie eine Oase in der Wüste vor. Die Einrichtung bildete einen auf das Nötigste reduzierten Mikrokosmos jener Welt, die er in den vergangenen zwölf Jahren seines Lebens schätzen gelernt hatte. Es gab Stühle, Betten, Kleidertruhen, Bücher, einen Tisch und einen

Kanonenofen. Letzterer stand an einer Wand des Wohnraumes und verströmte wohlige Wärme.

Minik hatte nach dem Zusammenprall mit Peary erst das Weite suchen wollen, aber nach wenigen Schritten war ihm etwas bewusst geworden: Er hatte keine Ahnung, wann zwei Stunden vorüber sein würden. Um den Commodore nicht durch Unpünktlichkeit noch mehr zu verärgern, war Minik daher gleich in der unmittelbaren Nachbarschaft der Missionsstation geblieben.

Im Wohnhaus hatte man gerade beim Frühstück zusammengesessen. Gustav Karl Eli Olsen bat den Besucher sofort herein. Er hatte einen Schnurrbart und sein kurzes, dichtes braunes Haar erinnerte Minik an eine Schuhbürste. Im Mundwinkel des Missionars klemmte eine erloschene Pfeife und auf seiner Nase saß eine Hornbrille mit runden Gläsern. Sein kantiges Gesicht ließ auf einen ebenso gutmütigen wie kompromisslosen Charakter schließen. Er war ein Halbblut – sein Vater stammte aus Dänemark –, dreißig Jahre alt und eine stämmige Erscheinung. Seine zierliche Ehefrau hieß Ane Sofia, trug ein hochgeschlossenes, schwarzes Kleid und war einen ganzen Kopf kleiner als er.

Bald saß Minik mit seinen vier Gastgebern um einen viereckigen Holztisch mit gedrechselten Beinen und trank wunderbaren Tee. Weil sie aus Südwestgrönland kamen, beherrschten sie nicht den örtlichen Dialekt. Insofern fiel ihnen die Verständigung mit den Polareskimos von Uummannaq kaum leichter als Minik. Leider waren auch ihre Englischkenntnisse schlechter als erhofft, weshalb er sich ihnen mit Händen und Füßen vorstellen musste. Auf dieselbe Weise erzählte er auch, was er nebenan erlebt hatte. Der auf Anstand und Sitte bedachte Priester war gebührend erzürnt. Er hatte Peary zwar erlaubt, die Nacht in der Missionsstation zu verbringen, von dem Damenbesuch aber nichts gewusst. Derlei unzüchtiges Benehmen werde er nicht dulden, wetterte Olsen.

Dessen Katechet Sechmann Rosbach reagierte deutlich gelassener auf den Vorfall. Er stammte wie sein Vorgesetzter aus der Disko-Bucht, hatte ebenfalls Inuit-Blut in den Adern, war aber von etwas leichterer Statur. Seine grönländische Frau hörte auf den Namen Emilie. Im Vergleich zu dem gestrengen Sittenwächter Olsen hatte Sechmann ein merklich unverkrampfteres Wesen. Der Religionslehrer bot Minik sogleich die Anrede mit Vornamen an und eroberte mit seiner offenen Art schnell dessen Sympathie. Auch er bediente sich einer Mischung aus Zeichensprache und einigen angelsächsischen Einsprengseln, was ungefähr so klang:

»Du – Freude – Jagen?«, fragte Sechmann.

»Ob ich gerne jage?«, wiederholte Minik. Er nickte übertrieben betont, legte mit einem imaginären Gewehr auf ein Ziel jenseits des Fensters an, betätigte den unsichtbaren Abzug und hob den Daumen, um seinen Treffer anzuzeigen. »Ich bin ein guter Schütze.«

»Heute?«, erkundigte sich der Katechet.

Minik zuckte die Schultern, sagte: »Ich habe keine Flinte«, und unterstrich die Aussage durch entsprechende Gesten.

Sechmann deutete an, dass man niemals wissen könne, was der Himmel einem beschere.

Auf diese Weise gingen die zwei Stunden wie im Flug vorüber.

Als Minik in Begleitung des Religionslehrers zur Missions- und Handelsstation zurückging, hörte er Fetzen einer Unterhaltung zwischen Royal K. Fuller und Matthew Henson. Der *Herald*-Reporter und Pearys Diener saßen auf den Stufen zum Depot, blickten aufs Meer hinaus und bemerkten die sich von der Seite nähernden Männer nicht. Widerstrebend ließ sich Sechmann von seinem Begleiter am Arm festhalten. Minik wollte wissen, ob sich das Gespräch um ihn drehte. Seine Vermutung bestätigte sich. Offenbar las Fuller gerade den Entwurf eines Artikels über den Heimkehrer vor.

»›... Minik Wallace die Sprache der Eskimos nicht versteht, hat er dennoch bald mit ihnen fraternisiert und war letzte Nacht wieder ein echter Nordmann, der in einem *tupiq* schlief.‹ Klingt doch gut, oder was denken Sie, Matt?«

»Fraternisiert? Hört sich für mich irgendwie nach Verbrüderung mit dem Feind an. Warum schreiben Sie nicht einfach, er wurde von seinen Leuten herzlich aufgenommen?«

»Weil das für die Leser zu Hause kein exotisches Flair hat. Jeder wird herzlich aufgenommen, wenn er zu Thanksgiving einen Verwandtenbesuch abstattet.«

»Hm«, brummte Matt. »Sie haben recht. Würde sich komisch anhören, wenn ich zu Erntedank nach Hause käme und in der Zeitung stünde, ich hätte mit meinen Leuten fraternisiert und nachher in einem Zelt geschlafen.«

»*Tupiq.*«

»Das *tupiq* der Eskimos ist nichts anderes wie das Tipi der Indianer, Mr Fuller.«

»Aber Sie müssen zugeben, mehr arktisches Flair hat das Wort ...«

Obwohl Sechmann Rosbach von dem auf Englisch geführten Dialog über journalistische Formulierkunst kaum etwas verstand, ging es ihm erkennbar gegen den Strich, wie ein Lauscher an der Hüttenwand zu stehen und die Ohren zu spitzen. Nach mehreren Versuchen, sich aus Miniks Klammergriff zu befreien, war er endlich freigekommen und zeigte sich den beiden Amerikanern. Notgedrungen rückte Minik nach.

Matt grinste, als hätte er von dem Lauschangriff gewusst.

Fuller wirkte freudig überrascht. »Guten Morgen, Mr Wallace. Sie sehen ja prächtig aus in Ihren Fellen. Endlich wieder wie ein richtiger Eskimo.«

»Danke, Mr Fuller. Mit Ihrem Notizbuch sehen Sie auch gut aus. Endlich wieder wie ein richtiger Reporter.«

Die Gesichtszüge des Korrespondenten drohten einen Moment zu entgleisen, dann fing er sich wieder und sagte: »Mr Henson erzählte mir, dass Sie« – er wechselte einen kurzen Blick mit Pearys Diener – »von Ihren Leuten herzlich aufgenommen worden sind.«

»Ja. Viel herzlicher als damals im Keller des Naturkundemuseums, an das uns Commodore Peary vermittelt hat …« Mit vorgerecktem Kinn sah Minik über die Nase hinweg zu dem Bleistift in Fullers Hand. Als dieser weiter auf der Stelle verharrte, fügte er hinzu: »Warum schreiben Sie nicht mit? Immerhin geht es heute wie damals um dieselben Akteure: Mr Peary und den Eskimojungen, dem er sein Brandmal aufgedrückt hat: Minik *Peary* Wall…« Er brach mitten im Namen ab, weil hinter den beiden Amerikanern die Tür aufflog und der »Sultan des Nordens« ins Freie trat, jetzt allerdings voll bekleidet in Stiefeln und Hose aus Bärenfell sowie einem Parka aus feinstem Hirschleder. In jeder Hand hielt er ein Gewehr.

Minik erschrak. Wollte sich Peary den Zeugen seines Fehlverhaltens etwa mit Gewalt vom Leib schaffen?

»Höre ich da meinen Namen?«, rief der Commodore. Sein Gesicht wirkte entspannt, ja geradezu fröhlich.

»Minik ist gekommen«, sagte Matt, als sei dieser unsichtbar.

»Ah, der junge Jäger. Na, dann kommen Sie mal her, Mr Wallace. Ich habe hier etwas für Sie.«

Henson und Fuller räumten für den Nordpoleroberer die Treppe und Peary kam Minik entgegen. Auf der untersten Stufe blieb er stehen, wohl um den Querulanten spüren zu lassen, wie winzig er in seinen Augen war.

»Das ist für Sie. Es gibt auch noch ein paar Schachteln Munition dazu«, erklärte Peary und streckte Minik die Waffen entgegen. Bei der einen handelte es sich um eine Schrotflinte, die andere war ein Winchester-Repetiergewehr.

Minik kam sich vor wie im falschen Theaterstück. Bis eben hatte er die Rolle des geprügelten Hundes gespielt und mit einem Mal wurde er so reich beschenkt.

»Hier, nehmen Sie«, ermutigte ihn Peary.

Zögernd streckte Minik die Hände nach den Waffen aus, einem Schatz, für den jeder Inuit-Jäger viel Elfenbein bezahlen würde. Als seine Finger sich mit dem festen Griff der Begehrlichkeit um die kühlen Läufe schlossen, zog Peary ihn mit einem Ruck zu sich heran. Plötzlich waren sich die Gesichter der beiden ganz nah.

»Du bekommst die Waffen unter einer Bedingung«, zischte Peary. Sein Atem roch nach Tabak und Pemmikan, jener aus zerstoßenem Dörrfleisch und Fett bestehenden Masse, mit der sich nicht nur die Indianer Nordamerikas, sondern auch ganze Generationen von Polarforschern am Leben erhalten hatten.

Minik ahnte längst, worum es »dem großen Peiniger« ging, spielte aber den Unwissenden. »Habe ich nicht schon alle Ihre Bedingungen unterschrieben?«

»Ja. Doch bisher hast du dich wenig um die Maulkorb-Klausel geschert. Ich möchte verhindern, dass du dich erneut zum Narren machst. Versprich mir, über die Dinge, die du hier heute früh gehört oder gesehen hast, zwei Jahre lang Stillschweigen zu bewahren. Bis dahin solltest du genug über die Sitten deines Volkes wissen, um die Geschehnisse richtig einzuordnen.«

Für Minik war das verlockende Angebot eine große Versuchung. Er wusste ja nicht einmal genau, was Aleqasina so aus der Fassung gebracht hatte. Begehrlich senkte er den Blick auf die Waffen. Das Angebot war verlockend. Peary hatte ja nur einen Aufschub verlangt. Und außerdem würden bis zum nächsten Frühling vermutlich sowieso keine Schiffe mehr aus dem Süden kommen, die Nachrichten aus Avanersuaq nach Amerika bringen konnten …

»Und – wie hast du dich entschieden?«, flüsterte Peary.

Minik nickte. »Einverstanden.«

Der Commander richtete sich gerade auf, drückte die Brust heraus und sagte: »Gratuliere! Ich wette, Sie werden einmal in die Fußstapfen des berühmten Walrosstöters von Itilleq treten.«

Die Erwähnung seines Vaters traf Minik so unerwartet, als habe Qisuks Geist zu ihm gesprochen. Die Gewehre schienen plötzlich zentnerschwer und er kam sich so vor, als hätte er seine Seele an den Teufel verkauft.

Das schlanke Kajak glitt mit einer Leichtigkeit durchs Wasser, die Minik in Hochstimmung versetzte. Als Junge war er gelegentlich im Boot seines Vaters mitgefahren, nun aber durfte er selbst das Gefühl erleben, ein Teil des arktischen Meeres zu sein.

Sechmann Rosbach hatte seinen Vorschlag wiederholt, das schöne Wetter und die himmlische Fügung – er meinte damit die Gewehre – für einen Jagdausflug zu nutzen. Minik war sofort einverstanden gewesen, weil er einerseits die neuen Waffen ausprobieren wollte und sich andererseits Erleichterung von den zwiespältigen Gefühlen erhoffte, die ihn seit der Annahme des Bestechungsgeschenks plagten.

Auch Soqqaq begrüßte spontan das Vorhaben seines Großneffen, sich einer ersten praktischen Lektion zu unterziehen, und forderte die Sippe zu Kleiderspenden auf. Bald steckte Minik in einer wasserdichten Hose aus Eisbärenfell, in der er wie aufgeblasen aussah. Derartige Beinkleider wurden normalerweise im Winter benutzt oder wenn der Jäger lange Zeit reglos neben dem Atemloch eines Seehundes auf dem Eis ausharren musste. In Miniks Fall rechnete die besorgte Verwandtschaft offenbar fest damit, dass der Grünschnabel ein Bad in der Nordsternbucht nehmen werde. Deshalb hatten sie ihm auch ein *kamleika* übergezogen, ein langes wasserdichtes Hemd aus Walrossdarm. Der Parka, den er darunter trug, war aus Seehundfell, für die Temperaturen im August eindeutig besser geeignet als der Bärenpelz – an einem schönen Sommertag konnte das Thermometer immerhin auf fünfzehn Grad Celsius klettern, was in der trockenen Luft als ziemlich warm empfunden wurde.

Neben dem Religionslehrer schlossen sich Minik drei Polareskimos an. Unter ihnen befand sich ein sehniger Bursche namens Ittukusuk, der mit seinem Oberlippenbärtchen und den langen schwarzen Haaren seinen Ruf unterstrich, ein besonders verwegener Jäger zu sein. Er gehörte zu »Pearys Leuten« und das war ein wahrer Glücksfall für Minik, denn Ittukusuk verfügte über ein überraschend großes Repertoir an *qallunaaq*-Wörtern. Er habe den weißen Männern nie verraten, dass er sie verstehe, erklärte er Minik mit einem schelmischen Grinsen. Seine Aussprache war gewöhnungsbedürftig, die Satzstellung abenteuerlich, aber nach kurzer Zeit konnte sich Minik leidlich mit ihm unterhalten.

Ittukusuk fuhr mit seinem Kajak an Miniks rechter Seite, der Katechet zur linken. Die beiden anderen Jäger bildeten in ihren Paddelbooten die Vorhut. Das Ziel der Gruppe war ein Strandabschnitt nördlich von Uummannaq, der häufig von Robben aufgesucht wurde.

Und tatsächlich faulenzten etwa drei Dutzend der braunschwarzen Tiere auf dem felsigen Strand. Es war also keine jener riesigen Kolonien, von denen Minik in Büchern gelesen hatte. Nachdem Millionen Robben von den weißen Pelztierjägern des 18. und 19. Jahrhunderts erschlagen worden waren, traf man große Verbände der Meeressäuger ohnehin nur noch selten an.

Die fünf Jäger gingen in einiger Entfernung zu den Tieren an Land. Ittukusuk erklärte Minik, dass sie sich gegen den Wind anpirschen müssten, damit die Robben sie nicht wittern konnten. Weil dieser aus Südwesten blies, umrundete die Gruppe das Revier zunächst in einem großen Bogen und benutzte sodann eine Bodenwelle als Deckung.

Minik folgte dem Vorbild der anderen, legte sich auf den steinigen Grund und kroch das letzte Stück bis zum höchsten Punkt der Erhebung. Von dort spähten sie zum Strand herunter. Die Robben räkelten sich in der Sonne. Minik brachte sein Repetiergewehr in Stellung. Er zitterte, nicht weil er fror, sondern vor Aufregung. Um einen sicheren Schuss setzen zu können, stützte er den Lauf der Waffe auf einen Stein und zielte auf das Tier, das ihm am nächsten war.

Und während er so dalag, den Gewehrkolben fest an die Schulter gedrückt, und seine Beute anvisierte, stiegen mit einem Mal Bilder von einer anderen Jagd aus seiner Erinnerung auf. Damals hatte er Pfeil und Bogen benutzt, um einen Gerfalken und eine Schneeeule zu erlegen. Auch später war er oft der Beste gewesen, sei es beim Fischfang mit bloßen Händen oder in den Schießwettbewerben, die er mit Onkel Will besucht hatte. Wenn einer zum Jäger geboren war, dann er. Nur beweisen musste er es seinen Leuten noch, damit sie ihn als einen der Ihren akzeptierten.

Miniks Finger krümmte sich über dem Abzug, der Schuss hallte über den Strand. Sofort drückte er den Repetierhebel der Winchester nach unten, wodurch die leere Patronenhülse ausgeworfen und ein neues Projektil nachgeladen wurde, und feuerte abermals. Hiernach gaben auch die übrigen Jäger eine Salve auf die Tiere ab. Vom Strand flatterten Möwen auf, die überlebenden Robben flüchteten ins Wasser, vier blieben jedoch liegen.

Unvermittelt traf ein kräftiger Hieb Miniks Schulter. Es war

Ittukusuk, der ihm auf diese Weise zum Jagdglück gratulierte. »Du getroffen«, sagte er.

Sechmann schob nur die Unterlippe vor und nickte anerkennend.

Eine Woge des Glücks rauschte durch Minik hindurch. Jetzt hatte er bewiesen, was in ihm steckte. Der schwierigere Teil kam allerdings erst noch. Er hatte mit dem Robbenfell etwas ganz Bestimmtes vor, wusste aber nicht, wie er die Idee verwirklichen sollte. In Begleitung der anderen eilte er zu dem ersten toten Tier. Sein Schuss hatte es mitten ins Herz getroffen. Die Stammesbrüder sahen ihn an. Er hatte das Gefühl, sie erwarteten etwas Bestimmtes von ihm. Aber was?

Ittukusuk nahm seinen Wasserbeutel und reichte ihn Minik hin. »Du – sagen – Tier – danke.«

Unschlüssig sah Minik die tote Robbe an. »Ich soll mich bei ihr bedanken?«

Ittukusuk nickte und die anderen beiden Inuit taten es ihm nach.

Sechmann verdrehte die Augen. Obwohl es ihm sichtlich widerstrebte, erklärte er Minik umständlich, was in einer solchen Situation die Pflicht jedes Jägers war. Es ging darum, die Seele der Beute zu ehren. Weil nach dem Glauben der Polareskimos die im Meer lebenden Kreaturen einen ständigen Durst nach Süßwasser verspürten, müsse man ihnen diesen Wunsch erfüllen, wolle man ihren Geist nicht erzürnen. Dann nämlich würde dieser seinen noch lebenden Artgenossen empfehlen, dem respektlosen Jäger aus dem Weg zu gehen.

Nachdem Minik begriffen hatte, worum es ging, schüttete er einen Schluck Trinkwasser ins Maul der toten Robbe und sagte höflich zu ihr: »Danke, dass du zu mir gekommen bist.«

»Hurra!«, rief Ittukusuk und warf begeistert die Arme hoch. Die Stammesbrüder folgten seinem Beispiel. Sechmann seufzte. Vermutlich fragte er sich, wie er diese Heiden jemals zu guten Christen erziehen sollte.

Minik bemerkte zwar das Unbehagen des Katecheten, war aber viel zu euphorisch, um sich über theologische Fragen den Kopf zu zerbrechen. Nun, da ihm das Jagdglück hold war, würde er auch den Rest seines Plans bewältigen. Er nahm ein Messer und säbelte damit der Robbe den Kopf ab. Anschließend versuchte er, den Kadaver auszuhöhlen, was sich als äußerst schwieriges Unterfangen erwies. Dass er bald bis zu den Ellenbogen mit Blut beschmiert war, störte ihn weniger – wer lange Zeit auf dem Land zugebracht und beim Schlachten von Vieh mitgeholfen hat, den kann so leicht nichts schrecken –, er hatte jedoch die Unübersichtlichkeit in dem Gemenge aus Muskeln, Organen und Knochen unterschätzt.

Nachdem Sechmann Rosbach und die drei Inuit ihm eine Weile sprachlos zugesehen hatten, wollten sie von ihm wissen, was um Himmels willen er denn da treibe. Von jeher werde eine Robbe am Bauch aufgeschlitzt, um ihr das Fell abzuziehen, aber man höhle sie nicht aus. Es dauerte eine Weile, bis sie mit Zeichen und vereinzelten Wörtern ihr Unverständnis zum Ausdruck gebracht hatten.

Miniks Antwort fiel nicht weniger umständlich aus. Er deutete landeinwärts, wo die großen Karibuherden umherzogen, und erklärte den Jagdgefährten, dass er die Robbenhaut mit einem Rentierfell auszukleiden und sie als Schlafsack zu benutzen gedachte.

Die Inuit schüttelten die Köpfe und kümmerten sich um ihre eigene Beute. Nachdem sie die Tiere nach herkömmlicher Art für den Abtransport vorbereitet hatten, war Minik immer noch mit der Ausschabung seiner Robbe beschäftigt. Die Gefährten konnten ihn schließlich überreden, sein Vorhaben aufzugeben.

Beladen mit Fleisch für viele Tage umfuhren alsbald fünf

Kajaks in leicht bewegter See die Halbinsel mit dem Tafelberg. Vor den Booten breitete sich die North Star Bay aus. Die *Roosevelt* und die *Jeanie* waren verschwunden.

Miniks Magen zog sich zu einem harten Knoten zusammen. Wohl mehr als jeder andere in Uummannaq begriff er, was das für die Polareskimos im Allgemeinen und für ihn im Besonderen bedeutete. Nach achtzehn Jahren war Robert E. Peary endlich am Ziel seiner Träume, auf ewig würde der Nordpol mit seinem Namen verbunden sein. Es gab für ihn keinen Grund mehr, nach Avanersuaq zurückzukehren. »Seine Leute« hatten ihren Zweck erfüllt. Ebenso wie Aleqasina. Sogar Kali, den eigenen Sohn, opferte er auf dem Altar des Ruhms.

Anstatt sich zu freuen, endlich wieder bei seinem Stamm zu sein und ein Leben als Jäger zu führen, überkam Minik das heulende Elend. Er würde auf lange Zeit, vielleicht sogar für immer, von den Lichtern New Yorks abgeschnitten sein. Und von den Freunden dort. Dieser Gedanke drückte so schwer auf seine Seele, dass er vorübergehend sich und seine Umgebung vergaß.

Die momentane Unachtsamkeit rächte sich, als sein Paddelboot seitlich von einer Welle erfasst wurde, ins Kippen geriet und sich dann ganz umdrehte. Eiskaltes Wasser umspülte sein Gesicht und er verspürte den unbändigen Drang Luft zu holen – nur mit Mühe konnte er den Reflex unterdrücken. Normalerweise geriet ein Bewohner dieses Küstenstrichs nicht gleich aus der Fassung, wenn er mit dem Kopf nach unten im Meer hing. Bei schönem Wetter machten manche sich sogar einen Sport daraus, mit ihrem Boot häufiger als die Stammesbrüder herumzurollen. Minik besaß jedoch keine Übung darin und bekam es mit der Angst zu tun.

Erst fuchtelte er wild mit den Armen, dann versuchte er, aus dem Einstiegsloch zu schlüpfen, aber in seiner Panik bewegte er sich viel zu hektisch. Auch wenn seine Konfusion dadurch nur noch größer wurde, war die Fixierung im Kajak sein Glück, denn das kalte Wasser in seinen Ohren lähmte seinen Orientierungssinn; frei treibend hätte er binnen Kurzem nicht mehr zwischen Oben und Unten zu unterscheiden vermocht. Doch auch so war seine Lage noch bedrohlich genug.

Rasch wurde sein Atem knapp. Mit weit aufgerissenen Augen blickte er sich nach Hilfe oder einem rettenden Halt um. Das Wasser um ihn herum war klar und lichtdurchflutet. Unvermittelt sah er wie durch ein Vergrößerungsglas eine halb ausgehöhlte Robbe, die, einen blutigen Schleier hinter sich herziehend, kopflos an ihm vorüberglitt; im Wellenschlag sah es aus, als schwimme sie vor ihm davon. Vor Schreck riss er den Mund auf und schluckte Meerwasser. *Jetzt ist alles vorbei!*, dachte er. Ihm wurde schwarz vor Augen. Er merkte, wie sein Bewusstsein ins Niemandsland zwischen Tod und Leben abdriftete …

Da drehte sich das Kajak plötzlich wie von selbst wieder herum, und zwei kräftige Hände packten ihn am linken Arm. Sobald er mit dem Kopf über Wasser war, schien sich sein Inneres nach außen zu kehren – es kam ihm vor, als huste er sich die Lunge aus dem Leib, während er gleichzeitig keuchend nach Atem rang.

»In Ordnung?«, hörte er irgendwann Sechmanns Stimme neben sich.

»Kein Problem«, krächzte Minik und wischte sich das Salzwasser aus den tränenden Augen. Verschwommen erblickte er vor sich einen grinsenden Ittukusuk, der den Bug des Kajaks festhielt und hörbar heiter rief: »Du – großer – Grünschnabel.«

Sich nach allen Seiten umwendend, entdeckte Minik am hinteren Ende des Bootes zwar einen dritten und zu seiner Rechten einen vierten Helfer, von der erlegten Robbe aber fehlte jede Spur.

20.

Das Geschenk

Uummannaq (Grönland), 25. April 1910

Selbst ein Mensch hätte sich auf den ersten Blick leicht von dem gelblich weißen Fell täuschen lassen, unter dem Minik vor der schwarzen Meute seines Großonkels einen seltsamen Tanz aufführte. Obwohl Hunde durchaus gut sehen können, nehmen sie die Welt zuallererst mit der Nase wahr. Deshalb hatte Soqqaq seinem Neffen empfohlen, sich den Pelz weit über den Kopf zu ziehen und tief geduckt vor den Tieren hin und her zu laufen. Sie sollten die Maskerade nicht für ein Spiel halten. Die jungen Rüden und Weibchen mussten die Witterung des Eisbären – des mächtigsten Landraubtiers der Erde – erst kennenlernen. Den Älteren schadete es nicht, ihr Gedächtnis aufzufrischen, denn bei einer Begegnung mit dem König der Arktis konnte Vergesslichkeit schnell tödlich enden.

»Binde meine schwarzen Lieblinge gut fest«, hatte Soqqaq seinem Großneffen empfohlen, »damit sie sich nicht losreißen und aus lauter Übermut den falschen Bären zerfleischen.«

Trotz gewissenhafter Befolgung dieses Rates fühlte sich Minik unter der falschen Haut ziemlich unwohl. Immer wieder näherte er sich den Hunden, ließ sie am Fell schnuppern – einige bellten, fletschten die Zähne, rissen an den Leinen – und zog sich wieder zurück. Die schwarze Meute war einem Rudel Wölfe sehr ähnlich. Ihre Wildheit verlangte nach einer starken Hand. Obschon Soqqaqs Arme kaum mehr zu etwas taugten, weil sie so gut wie gelähmt waren, wurde er von ihnen als Leittier akzeptiert. Notfalls verschaffte er sich mit Fußtritten Respekt. Seine Schlittenhunde galten in weitem Umkreis immer noch als die besten.

Mittlerweile hörten sie auch auf Miniks Kommandos. Seit er sich mit seiner innovativen Methode zum Häuten von Robben wie auch mit dem unfreiwilligen Bad in der Nordsternbucht endgültig den Ruf eines komischen Kauzes erworben hatte, war kein Tag und vor allem keine der langen Polarnächte vergangen, ohne dass sein Großonkel ihn nicht in tausend Dingen unterwiesen hätte, sowohl was die Schlittenhunde anbelangte, als auch im Hinblick auf die Sprache seines Volkes, den Gebrauch der traditionellen Waffen, die Beutetiere und ihre Gewohnheiten, das Überleben in Eis und Kälte sowie über die Verhaltensregeln, deren Beachtung das Wohlwollen der Geister sicherte.

Nur wenig unterschied sich mehr von seinem Leben in den Vereinigten Staaten als dieser Glaube an die Beseeltheit der gesamten Schöpfung. In Amerika hatte man ihn zahlreiche Verbote gelehrt, deren Missachtung in einem jenseitigen Leben mit höllischen Qualen geahndet würde, bei den Inuit dagegen sicherte die Einhaltung der Tabus das Überleben im Diesseits. Sie lebten nicht nur in, sondern *mit* der Natur. In diesem Wechselspiel gab es kaum etwas ohne verborgene Bedeutung. Selbige nicht zu kennen, konnte die Geister erzürnen und schnell tödlich enden. Aus solcher animistischen Denkweise erwuchs ein sehr viel bewussterer Umgang mit dem Lebensraum. Diese Haltung spiegelte sich in Liedern wider, in Tänzen und sogar in Trommelklängen, in zahlreichen Sitten und Bräuchen und in vielem, vielem mehr, was Soqqaq seinem Neffen zu vermitteln suchte.

Darüber waren acht Monate verstrichen. Wie noch zu berichten sein wird, hatte Minik trotz seiner raschen Fortschritte in praktischen Fertigkeiten während dieser Zeit manches dunkle Tal zu durchwandern. Den Wortschatz der Polareskimos jedenfalls eignete er sich erstaunlich schnell an. Seinen Lehrer nannte er *angaa,* was eigentlich den Bruder der Mutter bezeichnete, Soqqaq aber nicht weiter störte. Der Alte betrachtete Minik hauptsächlich als einen jungen Mann, der um seine frühen Lebensjahre betrogen worden war. Aber es sei noch nicht zu spät, das Versäumte nachzuholen, hatte er dem Großneffen erklärt, denn nach dem Glauben der Inuit würden aus Waisenkindern, die sich ins Erwachsenenalter kämpfen müssen, die mächtigsten Jäger. Qisuks Sohn schien diese Regel zu bestätigen, war er doch auf dem besten Wege, in dieser Hinsicht geschickter zu werden als mancher von denen, die schon immer in Avanersuaq gelebt hatten. Sogar seine Gesundheit war in dem trockenen Klima endlich so robust geworden, wie es ein Überleben fernab von Ärzten und Hospitälern erforderte.

Wieder näherte er sich den Hunden. Manche schnüffelten, andere knurrten und bellten, wobei schaumiger Geifer von ihren Lefzen troff. Er wünschte, Aleqasina könnte ihn so sehen. Bestimmt würde sie seinen Wagemut bewundern. Aber sie war längst wieder zu ihrem Mann Sigluk zurückgekehrt. Unterdessen war der Grund für den Streit zwischen ihr und Peary kein Geheimnis mehr: Aleqasina hatte ihr Haar offen getragen. Nach Sitte der Polareskimos machte eine Frau dadurch auf ihre Unreinheit während der Monatsblutung aufmerksam, um allzu lüsterne Männer auf Abstand zu halten. Peary hatte dieses Tabu aber nicht akzeptieren wollen. Es war seine letzte Nacht mit der Schönen des Stammes gewesen. Im Liebestaumel hatte er von ihr Abschied nehmen wollen, aber sie wies ihn zurück. Darüber war »der große Peiniger« in Zorn geraten.

Nach seiner Abreise hatte Minik Aleqasina zwei Tage lang ganz für sich gehabt. Nicht dass es zwischen ihnen zum Austausch irgendwelcher Zärtlichkeiten gekommen wäre – sie gehörte ja einem anderen Mann –, weil sie in Uummannaq aber als ausgewiesene *qallunaaq*-Expertin galt, hatte man ihr aufgetragen, dem Heimkehrer einen warmen Empfang zu bereiten. So verbrachten sie und ihr kleiner Sohn Kali viele Stunden mit dem Sonderling, der Robben aushöhlte und in der Nordsternbucht badete.

Was für Aleqasina vielleicht nur ein Freundschaftsdienst war, empfand Minik bald als Sinnenrausch. Schon am zweiten Tag fieberte er dem Augenblick entgegen, an dem er sie wiedersehen, wieder riechen und, wenn es auch noch so beiläufig war, wieder berühren konnte. Als Ittukusuk sie dann in ihr Heimatdorf mitgenommen hatte, waren die Träume gekommen. Eigentlich wiederholten sich dieselben Bilder immer wieder: Aleqasina lief über eine grüne Wiese und er jagte ihr nach, berührte manchmal sogar mit den Fingerspitzen ihre Kleider, konnte das Mädchen aber nie in die Arme schließen.

Im Verlauf des dunklen arktischen Winters hatte Minik diesen Wettlauf unzählige Male verloren. Vier Monate lang trank er aus den Quellen der Nacht – nicht nur, weil die Sonne während dieser Zeit hinter dem Horizont verschwunden blieb, sondern auch, weil in seiner Seele Finsternis herrschte. Er fühlte sich, als sei ihm alles Lichte abhanden gekommen. Im Schlaf hetzte er vergeblich der schönsten Frau der Welt hinterher und wenn er wachte, sehnte er sich nach seinen Freunden und dem Leben in Amerika. Er kam sich vor, als schmachte er in einem Kerker, der sich gar nicht so sehr von dem Keller des New Yorker Naturkundemuseums unterschied. Sein ganzes Dasein bestand nur noch aus Verzicht.

Soqqaq nahm sich viel Zeit, den so ins Trudeln Geratenen innerlich neu auszutarieren. »Du glaubst, das Leben schulde dir etwas«, hatte er einmal gesagt. »Aber hast du dir je überlegt, ob du nicht auch ihm etwas schuldest? Wieso, denkst du, begnügt sich ein Jäger mit den Innereien, dem Kopf und dem Fett des Vorder- und Hinterteils seiner Beute, während er das

Fleisch seinen Brüdern gibt?« Und nach einem Schulterzucken des Gefragten, hatte er hinzugefügt: »Weil er nur überleben kann, wenn auch der Stamm überlebt, Minik. Wer viel nehmen will, muss viel geben.«

Eigentlich unterschieden sich Soqqaqs Weisheiten gar nicht so sehr von den Mahnungen seiner jetzt weit entfernten Stiefmutter. Nur die Vorzeichen hatten sich verändert: die Lebensumstände und die Personen. Schmerzhafte Einsichten bedeutete das für den jungen Heimkehrer. Er war aus einem Land des Überflusses in eine Welt voller Entbehrungen geflüchtet, die sein früheres Leben nun wie ein Schlaraffenland erscheinen ließ. Sogar die Hexe Pamela bekam für ihn aus der Ferne ein menschlicheres Gesicht. Die Konfrontation mit den eigenen Fehlern ließ ihn in diesem dunklen Winter fast zusammenbrechen, glücklicherweise stützte ihn sein Großonkel mit Liebe und Geduld. Und so begann sich Miniks Denken allmählich zu ändern. Bis er beschloss, sein Leben neu zu ordnen.

Als Erstes nahm er sich die verliebten Träumereien von der Schönen des Stammes vor. Er appellierte an seinen Verstand. Wieso schmachtest du nach Aleqasina? Sie ist mindestens zehn Jahre älter als du und hat einen Mann. Such dir eine andere, mit der du eine Familie gründen und glücklich werden kannst.

Tatsächlich gab es in Uummannaq ein Mädchen, das mit ihm gerne nicht nur die Tage, sondern auch die Nächte verbracht hätte. In der Gegenwart von Arnannquaq fühlte er sich als Mann und nicht als Sonderling. Sie schielte zwar, aber trotzdem – oder vielleicht auch gerade deshalb – hatte sie vier Liebhaber, die am Rande des Dorfes in einem eigens für die unverheirateten jungen Leute errichteten Grassodenhaus lebten. Minik störte Arnannquaqs Silberblick nicht. Er fand ihn sogar niedlich. Doch wann immer sie ihm schöne Augen machte und sein Blut in Wallung brachte, musste er – manchmal früher, manchmal später – an Aleqasinas Liebreiz denken und die allzu nahe, leicht zu pflückende Frucht erschien ihm mit einem Mal nicht mehr begehrenswert.

Wenn ein junger Mann über Zeitpunkt und Umstände des Endes seiner Keuschheit nachsinnt, dann hat in seinem Kopf wenig anderes Platz. So war es in diesem Moment auch mit Minik, als sich unvermittelt die Leithündin Tivi ins Geschirr warf und nach ihm schnappte. Ihr Wolfsgebiss schlug direkt vor seinen Augen zusammen, bekam aber nur den Fellzipfel zu fassen, der über seine Stirn hinausragte. Erschrocken zuckte er zurück, taumelte zwei, drei Schritte und fiel aufs Hinterteil. Der falsche Eisbär war enttarnt und die Hündin schien ihn anzugrinsen, die Bärenhaut immer noch zwischen ihren Zähnen.

»Fertig heute«, sagte Minik energisch auf Inuktitut.

Tivi ließ das Fell fallen und beobachtete ihn wachsam aus ihren braunen Augen. Sie war nicht völlig schwarz, sondern hatte helle Flecken über den Augen und auch die Spitze ihrer Schnauze, die Brust und der Bauch waren fast weiß. Minik hatte im Naturkundemuseum die ausgestopften Hüllen aller möglichen Schlittenhunde gesehen – sibirische Huskys, Malamutes aus Alaska und eben auch deren grönländische Verwandte –, aber im Vergleich zu ihnen waren Soqqaqs Tiere etwas Besonderes: gedrungen, in den Schultern schmal, und doch ungemein kraftvoll, ausdauernd und zäh. Selbst wenn ein Schneesturm über sie hinwegtobte, gruben sie sich wieder aus und liefen weiter. Und Tivi war die Klügste und Erfahrenste von allen.

Selbstvergessen saß Minik am Boden und betrachtete die schwarze Meute. Plötzlich riss ihn ein heftiger Heiterkeitsausbruch in seinem Rücken aus der Versunkenheit. Erschrocken wandte er den Kopf und gewahrte hinter sich einen etwa fünfzigjährigen Mann, der sich vor Lachen den Bauch hielt. »Was so witzig, Qaaviganguaq?«, fragte Minik erbost.

Der Jäger machte eine wegwerfende Geste, kicherte jedoch

weiter. »Eigentlich sollte mich bei dir überhaupt nichts mehr wundern, aber wenn ich dich da liegen sehe, wie ein Welpe, der seiner Leithündin unterwürfig den Bauch zeigt – das ist einfach zum Brüllen. Du bist und bleibst eben ein komischer Kauz.« Kopfschüttelnd stapfte Qaaviganguaq weiter.

Minik knirschte mit den Zähnen. Am liebsten hätte er das alte Schandmaul lautstark verwünscht, aber dazu reichte sein Inuktitut-Wortschatz noch nicht. Leider waren derlei Spötteleien keine Seltenheit. Sie zeugten nicht unbedingt von Feindseligkeit oder boshaften Absichten ihm gegenüber, gemahnten ihn aber regelmäßig an seine Außenseiterrolle. In Uummannaq war er kaum weniger Exot als in New York. Sicher, die Menschen hier verhielten sich ihm gegenüber nicht so anmaßend, sie respektierten ihn als Qisuks Sohn, aber sie witzelten trotzdem über den Sonderling. Fast täglich ließen sie ihn spüren, dass er nicht wirklich Teil ihrer Gemeinschaft war. Manchmal belächelten sie ihn wegen seiner vermeintlichen Schrullen, wie gerade Qaaviganguaq. Oder sie lachten sich kringelig, weil er Wörter vertauschte. Oder sie übergingen ihn schlicht, wenn tapfere und starke Männer für eine besondere Aufgabe ausgewählt wurden. Insgeheim fürchtete er, nie von ihnen akzeptiert zu werden, sosehr er sich auch anstrengte, einer der ihren zu werden. Er seufzte.

Sein Blick schweifte zum Himmel und kehrte dann wieder zu den Hunden zurück. Es war der 25. April, der erste Tag im neuen Jahr, an dem die Sonne nicht mehr hinter dem Horizont versinken würde. Schon seit einer Woche oder länger verspürte er das Verlangen, mit dem Schlitten auf die Jagd zu gehen, und gerade eben war dieses Bedürfnis übermächtig geworden. Er brauchte Abstand. Doch würde ihm Soqqaq seine Lieblinge anvertrauen?

»Wenn nicht jetzt, wann dann?«, murmelte Minik auf Englisch und rappelte sich vom Boden hoch. Er lief zum Iglu seines Großonkels, der ihm aus der Ferne beim Abrichten der Hunde zugesehen hatte. Soqqaq empfand die Frühjahrstemperaturen als angenehm – sie lagen bei etwa zwanzig Grad Celsius unter null – genau richtig, um im Bären- und Karibupelz vor dem Schneehaus zu sitzen und einem Grünschnabel beim Nachholen seiner Kindheit zuzusehen.

»Hast du schon wieder eine neue Methode ausprobiert?«, empfing der alte Mann seinen Neffen. Mit jedem Wort stieß er kleine Wölkchen aus und sein Bart war weiß von Eiskristallen.

Minik schaute verständnislos.

»Du hast dich aufs Hinterteil gesetzt. Das war nicht besonders eisbärisch. Die Hunde bekommen ja einen völlig falschen Eindruck von ihrem Gegner.«

»Entschuldigung. Ich nicht aufgepasst.«

»Was wollte Qaaviganguaq von dir?«

»Er verspottet mich.«

»Und das ärgert dich?«

»Ja.«

»Braucht es aber nicht, Minik. Du bist inzwischen ein besserer Jäger als er. Nur an Erfahrung mangelt es dir noch. Warst wieder beim Grübeln, als er dich aufgeschreckt hat, nicht wahr?«

»Ja.«

»Und worüber?«

Die sich um Aleqasina drehenden Fantasien zu erwähnen, hielt Minik für eine weniger gute Idee. »Ich möchte jagen. Karibus. Allein.«

Der Schamane betrachtete ihn aus seinen dunklen Augen, als wolle er abschätzen, ob sein Schüler schon so weit sei. Schließlich schmunzelte er. »Ganz allein?«

»Die schwarze Meute. Ich brauche sie. Fünfzehn Hunde.«

Soqqaq nickte. Es war weniger ein zustimmendes als ein verstehendes Nicken. Sein altes Herz hing an den Schlittenhunden. Einem so unerfahrenen Jäger ein ganzes Gespann zu überlassen, war nicht ungefährlich – sowohl für die Tiere als auch für den jungen Mann. Nach einer scheinbar endlosen Zeit sagte er: »Gestern war Vollmond. Du weißt, was ich dich gelehrt habe. Wenn der Vollmond scheint, bedeutet das: starke Flut, starke Strömung, schlechtes Eis. Die Bucht ist voller Risse und Spalten.«

»Ich bleibe an Land«, versuchte Minik seinen Lehrer zu beruhigen. Er hatte ohnehin vor, in der Inglefield Bay einen alten Freund zu besuchen, bevor er den Karibus auf den Pelz rückte.

»Die Küste ist an manchen Stellen steil oder die Gletscher reichen bis ans Meer. Was tust du dann?«

»Ich gelernt Eis zu lesen. Von dir, *angaa.*«

Wieder trat Stille ein. Der Schamane war über die Jahre des Übermuts schon weit hinaus. Schließlich nickte er. »Gut.«

Bedeutete das nun »ja gut« oder »gut und schön, aber …«?

»Es ist höchste Zeit, dass du dich dir selbst stellst«, erklärte Soqqaq. »Wahre Weisheit wird nur fern der Menschen gefunden, draußen in der großen Einsamkeit. Man findet sie nicht im Spiel, sondern nur durch Leiden. Beide – Einsamkeit und Leiden – öffnen den menschlichen Geist für das, was den anderen verborgen ist, und daher musst du deine Weisheit dort suchen.«

Das bedeutete zweifellos *Ja!* Miniks Herz pochte ungestüm vor Freude. Er hatte die schwarze Meute noch nie länger als einen Tag ausleihen dürfen. »Danke, *angaa* Soqqaq.«

Der Alte winkte ab. »Ist schon gut, Minik. Nimm meinen Holzschlitten. Und bring mir ja meine Lieblinge vollzählig wieder zurück.«

»*Atuk, Atuk, Atuk!*« Der gellende Ruf aus Miniks Kehle schien direkt in die Beine der Schlittenhunde zu fließen. Sie stemmten sich noch stärker in ihre Geschirre und der vier Meter lange Schlitten nahm Fahrt auf. Es war früher Nachmittag. Die Sonne schien und vom Meer wehte eine sanfte Brise herüber.

Miniks Vorbereitungen hatten den ganzen Morgen in Anspruch genommen. Allein mit dem *matsaapaa* war er über eine Stunde beschäftigt gewesen, so nannten die Inuit das Präparieren der Schlittenkufen. Wie es ihn Soqqaq gelehrt hatte, erwärmte er immer wieder kleine Schlucke Süßwasser im Mund, spuckte dieses auf einen kleinen Schneehasenbalg und strich damit über die hölzerne Gleitfläche. So war ein glasklarer, spiegelglatter Überzug entstanden, der den Hunden das Ziehen des schweren Schlittens erleichtern würde. Außerdem hatte Minik unter den wachsamen Augen seines Großonkels das Gepäck zusammengestellt: Zeltplane und -stangen, Kleidung, Schneebrille, Waffen, Schneemesser, Axt, Schneeschuhe, Feueröl, Tranlampe, Proviant, den Inhalt seines Erste-Hilfe-Kastens und vieles mehr.

Nun war er endlich auf dem Weg. Als er Uummannaq hinter sich ließ und auf die Missions- und Handelsstation zuhielt, sah er mit einem Mal eine vertraute Gestalt. Es war Arnannquaq, das schielende Mädchen. Minik dachte sich, es könne nicht schaden, ihr von seinen Plänen zu berichten; das würde sie beeindrucken. Daher lenkte er den *qamutik* – seinen Schlitten – in ihre Richtung, brachte ihn ziemlich nahe neben ihr zum Stehen und baute sich dann vor ihr auf.

»Guten Morgen, Arnannquaq. Ich gehen Jagd«, erklärte er stolz.

Sie schlug die Augen nieder und lächelte verlegen.

»Ich machen viel Beute. Karibus. Vielleicht auch Eisbär«, prahlte er.

Arnannquaq blickte von unten zu ihm auf. »Bringst du mir ein Geschenk mit, Minik?«

Er drückte die Brust heraus. »Ja. Minik findet gutes Fell für ...« Weiter kam er nicht, weil Arnannquaq unversehens zu ihm herangetreten war und ihre Nase an der seinen rieb.

Ihr warmer Atem hauchte: »Mögen die Geister dich beschützen, Minik, damit du gesund heimkehrst.« Dann drehte sie sich um und lief davon.

Minik war perplex. Wie vom Blitz getroffen stand er auf seinem Schlitten und sah dem davoneilenden Mädchen hinterher. Erst als sie schon ganz klein geworden war, erschien vor seinem inneren Auge Aleqasinas Gesicht. Verwirrt schüttelte er den Kopf. Was war da eben mit ihm passiert?

Er ließ die Peitsche knallen und trieb die Hunde, so schnell es ging, in die Einsamkeit des ewigen Eises.

Die Polareskimos nannten ihn »den großen Lügner«. Sein richtiger Name lautete hingegen Uisaakassak. Den wenig rühmlichen Titel hatte man ihm nach seiner Rückkehr aus New York verliehen. Was Aviaqs ehemaliger Verlobter da erlebt haben wollte, erschien vielen doch zu fantastisch, um wahr zu sein: von Menschen gebaute Berge; Häfen zum Überlaufen voll mit Schiffen; Leute, die in ihren Häusern so hoch wohnten wie Alke auf ihren Vogelfelsen; ein vom Rauch der vielen Schornsteine geschwärzter Himmel; Schlitten, die ohne Hunde fuhren; Straßen, in denen es auch nachts hell war; und dann der »Entfernungsschrumpfer«, ein Trichter mit einem Seil dran, durch den man zu einem viele Tagereisen entfernten Menschen sprechen konnte – das alles war schlichtweg absurd.

Minik wusste es besser. Mangels ausreichender Sprachkenntnisse hatte er über seine Erlebnisse in Amerika bisher wenig geredet, weshalb ihm ein ähnlicher Spottname erspart geblieben war. Er brannte darauf, endlich seinen alten Gefährten wiederzusehen. Erst vor wenigen Wochen hatte er gehört, dass Uisaakassak in Kangerdlugssuaq lebte, das auf einer Insel in der Inglefield Bay lag, der nächsten Bucht nördlich von Uummannaq.

Als Minik dort im Lager der Inuit aufkreuzte, wurde er mit Neugierde empfangen. Auch hier kannte man die schwarze Meute des Schamanen, aber wie war dieser junge Jäger an die Hunde gekommen? Minik erzählte in seinem holperigen Inuktitut, er sei der aus Amerika heimgekehrte Sohn von Qisuk dem Lächelnden und wohne jetzt bei seinem Großonkel Soqqaq, und die Dorfbewohner staunten. Immer mehr Inuit fanden sich bei seinem Schlitten ein und mit einem Mal sah er ein bekanntes Gesicht. Nein, nicht Uisaakassak, sondern …

»Aleqasina!« Minik merkte, wie sein Gesicht rot anlief. Er hatte den Namen der Schönen des Stammes mit so viel Inbrunst gerufen, dass wohl jeder ihn als ihren Verehrer erkannte. Tatsächlich kicherten einige der jüngeren Frauen, stießen sich an und säten sich flüsternd kleine Samenkörner ins Ohr, aus denen wohl bald ein Wald von Gerüchten hervorsprießen würde.

»Minik, wie nett, dass du uns besuchst«, begrüßte Aleqasina den Besucher auf Inuktitut.

»Ich mich auch freuen. Wie geht Kali?«, erwiderte er holperig.

»Gut. Er ist bei Sigluk. Bestimmt werden die zwei auch gleich hier sein.«

Die Erwähnung ihres Mannes versetzte Minik einen Dämpfer. Ehe seine Verlegenheit jedoch auffallen konnte, sorgte ein anderer für Ablenkung.

»Minik!« Uisaakassaks Stimme klang wie ein Peitschenknall. Zahlreiche Köpfe flogen herum. Der Inuk kam in großen Schritten auf den Schlitten zugelaufen. Als er den alten Gefährten erreicht hatte, breitete er theatralisch die Arme aus und drückte ihn an seine Brust. »Ich habe schon von Aleqasina gehört, dass du wieder zurückgekommen bist, und als ich eben erfuhr, du seist hier, bin ich sofort losgerannt. Schön, dass wir uns endlich wiedersehen. Komm, lass dich mal anschauen.«

Er ging zwei Schritte auf Abstand und musterte den Besucher so demonstrativ, als gelte es, den übrigen Anwesenden eine Lektion in Anteilnahme zu erteilen. Minik nutzte die Gelegenheit, um seine Erinnerungen an den Beinaheschwiegersohn von Nuktaq und Atangana aufzufrischen. Uisaakassaks flaches Gesicht hatte sich, abgesehen von einem Bärtchen auf der Oberlippe, kaum verändert. Er war jetzt Mitte dreißig und hatte in letzter Zeit offenkundig nicht hungern müssen.

»Du dick geworden«, sagte Minik.

Uisaakassak tätschelte seinen Bauch und lachte. »Ja, mir geht es gut. Und dir soll es auch an nichts mangeln. Wir bauen dir ein Iglu und heute Abend feiern wir in meinem Haus ein großes Fest.«

Das Schneehaus war in einer Stunde fertig. Etwas länger dauerte es, bis sich die Bewohner des Lagers in Uisaakassaks Steinhaus einfanden, einem flachen Bau mit gewölbtem Dach und reichlich Platz für mehr als nur einen Jäger und seine Frauen (wegen seiner Geräumigkeit war es zugleich auch die Versammlungsstätte der ansässigen Sippen). Schließlich bildeten darin mehr als vierzig Männer, Frauen und Kinder ein großes Oval. Beim warmen, gelben Licht der Tranlampen aßen sie, lachten und sangen zur Trommel ihre *aya-yait,* gesungene Geschichten und Legenden, die ihren Namen dem stets wiederkehrenden Refrain verdankten: »*Aya-ya…*« Immer wieder schloss sich die ganze Gemeinschaft dem Vorsänger in dem Kehrreim an. Minik nutzte diese Momente, um verstohlene Blicke zu Aleqasina hinüberzuwerfen. Ihre Schönheit überstrahlte die der anderen Frauen wie das Nordlicht den matten Glanz der Sterne.

Nach seiner Ankunft hatte er die Schlittenhunde versorgt

und sich darauf um nichts mehr kümmern müssen. Jetzt saß er auf dem Ehrenplatz, umgeben von den Führern des Dorfes, und musste nur lächeln, Fragen beantworten oder, so gut es eben ging, von den *qavangangnisat* – den »Bewohnern der südlichen Region« – erzählen. Minik tat es mit Hingabe und etlichen Übertreibungen. Wenn sie Uisaakassak einen »großen Lügner« geheißen hatten, dann sollten sie nun erst richtig staunen, was Qisuks Sohn in Amerika alles erlebt hatte.

Endlich wieder im Mittelpunkt zu stehen war wie eine Droge für Minik, die ihn regelrecht berauschte. An Fantasie hatte es ihm nie gemangelt, daher erfand er in seiner euphorischen Stimmung einfach ein paar neue Abenteuer, um seiner traurigen Lebensgeschichte etwas mehr Glanz zu verleihen. Erstaunlicherweise äußerte niemand Zweifel. Je haarsträubender die Räubergeschichten waren, die er zum Besten gab, desto mehr wurde er bewundert.

Das Fest dauerte bis spät in die Nacht. Uisaakassak, der inzwischen einer Sippe vorstand, versorgte alle mit Eisbärenfleisch. Der sogenannte »amerikanische Traum« hatte offenbar auch ihn verändert. Frei nach der Devise »Du kannst alles erreichen, du musst es dir nur nehmen« war er zu einem wohlhabenden Mann geworden. Sein großspuriges Auftreten stand dem Angebertum Miniks in nichts nach, obgleich Letzterer nur sein Mundwerk in die Waagschale werfen konnte, Uisaakassak dagegen wurde im Stamm als tüchtiger Jäger geachtet – wenn auch nicht von allen geliebt, wie Minik an einigen Blicken ablas.

»Warum willst du Karibus jagen, wenn du einen Eisbären kriegen kannst?«, trompetete Uisaakassak zu Miniks Rechten.

Der sah ihn fragend an. »Ich habe keinen gesehen. Sieben Tage lang.«

Sein Freund lächelte wissend. »Eine halbe Tagereise weiter östlich soll sich ein alter Bursche herumtreiben, der schon zu viele von uns genarrt hat. Er ist schlau und verhält sich nicht immer so, wie man es von seinesgleichen erwartet. Wenn du ihm das Fell über die Ohren ziehst und es nach Hause bringst, werden sie ein *aya-yait* über dich singen.«

Das war eine Vorstellung, die Minik behagte. Vielleicht konnte er sich tatsächlich mit einem mächtigen Bärenfell die Achtung seiner Leute verschaffen – und Arnannquaq beeindrucken. Er ließ sich genauer den Weg zu den Jagdgründen des *nanuq* beschreiben. »Gibt auch Karibus hier?«, fragte er dann.

Uisaakassak nickte. »Am besten, du reist landeinwärts in einem großen Halbkreis nach Hause. Dann müsstest du auf eine Herde stoßen.«

Eine Hand legte sich schwer auf Miniks linke Schulter. Als er den Kopf wandte, blickte er in Sigluks grinsendes Gesicht. Aleqasinas Mann war ein gutes Stück kleiner und wohl fünfzehn Jahre älter als er, hatte aber die Kraft und Elastizität eines Zwanzigjährigen. Sein Ruf als großer Jäger reichte weit über die Inglefield Bay hinaus. Im Vergleich zu Uisaakassak war er ein ruhiger Geselle, doch wenn er etwas sagte, klang es so selbstbewusst, als könne nichts und niemand sein Wort in Frage stellen.

»Wenn der alte Soqqaq dir seine schwarze Meute anvertraut hat, dann muss auch etwas in dir stecken. Bestimmt kehrst du mit reicher Beute nach Uummannaq zurück.«

»Danke«, sagte Minik. Solche Worte aus so berufenem Munde zu hören, war wohltuend für seine nach Anerkennung lechzende Seele.

Sigluk nickte. »Es wäre mir eine Ehre, dem Sohn des Lächelnden eine kleine Freude bereiten zu können, damit er sich mit Freude an unsere Gastfreundschaft erinnert, wenn er wieder bei seiner Sippe ist.«

Minik gab sich bescheiden. »Ich lecker Fleisch gegessen. Bin satt. Habe Schneehaus. Ich zufrieden.«

»Du verdienst Besseres«, wiedersprach Sigluk. »Die Tranlampen in deinem Iglu brennen noch nicht lange und wenn die Sonne dicht über dem Horizont steht, wird es sehr kalt.«

Minik machte ihm klar, dass er während seiner Reise unter erheblich härteren Bedingungen übernachtet hatte.

»Umso wichtiger, dass wir dir etwas Gutes tun«, beharrte Sigluk. »Essen, singen und reden macht müde. Jetzt ist es an der Zeit, dass du dich einmal richtig verwöhnen lässt. Darf ich dir Aleqasina für diese Nacht zum Geschenk machen, mein Freund?«

Minik war wie vom Donner gerührt. Er merkte, wie ihm der Kinnladen runterfiel, und er Sigluk aus großen Augen anstarrte, doch er konnte nichts dagegen tun. Aleqasina – sie sollte ihm gehören, für eine ganze Nacht. Wie oft hatte er von ihr geträumt! Er wollte ihrem Ehemann antworten, aber sein Kopf war wie ein Topf, aus dem der Sturm seiner Gefühle alle Worte herausgeblasen hatte.

»Bedeutet dein Schweigen ja oder nein?«, fragte Sigluk ernst.

»I-ich b-bin … überwältigt«, stotterte Minik. »A-aber du schon Aleqasina gefragt hast? Vielleicht sie antworten Nein?«

Sigluk warf den Kopf zurück. »Ich bin ihr Mann. Wenn ich sie einem Gast anbiete, dann wird sie mir nicht widersprechen.«

Als Minik durch den niedrigen Eingang in sein Iglu kroch, überkamen ihn Zweifel, ob er Sigluks Angebot nicht besser hätte ablehnen sollen. Er lebte jetzt zwar unter Menschen, für die der Frauentausch eine Selbstverständlichkeit war, doch in Amerika hatte man ihn eine andere Sittsamkeit gelehrt.

Dabei kannte er genügend Casanovas, die in dieser Hinsicht weit weniger zimperlich waren. Peary hatte sich mit Aleqasina über ein Dutzend Jahre hinweg vergnügt und sie zweimal geschwängert. Von Uisaakassak hörte man sogar, er habe die störende Angewohnheit, sich Frauen auch ohne Einwilligung ihrer Männer auszuleihen. Aber hatten sich diese Paschas auch nur eine Sekunde lang über die Gefühle ihrer Bettgenossinnen den Kopf zerbrochen? Minik war lange genug ein Spielball der Mächtigen gewesen, um diese Frage nicht mit einem Achselzucken abzutun. Obwohl er Aleqasina begehrte wie sonst kaum etwas, wollte er sich den Pearys, Jesups – und vielleicht auch den Uisaakassaks – dieser Welt nicht gleichmachen.

Missmutig ließ er sich auf den Schlafsockel sinken, ein dick mit Moos und Fellen gepolsterter Schneeblock an der Igluwand, der den Körper nachts vom kalten Boden fernhielt. Dort herrschten nämlich Temperaturen um den Gefrierpunkt, während es weiter oben behagliche fünfzehn Grad warm war. Dafür sorgte die in sicherer Entfernung zum Kopfende brennende Tranlampe, eine breite, halbmondförmige Specksteinschale mit einer Mulde für das ölige Tierfett im hinteren Teil und einem Docht aus Moos längs der Vorderkante. Ihr angenehmes Licht entfaltete eine beträchtliche Hitze, ohne das Iglu mit Rauch zu verpesten. Der Nachteil war, dass die halbkugelförmige Innenwand des Raumes irgendwann zu tauen begann. Deshalb wurden die Iglus normalerweise mit einer Art Zelt aus Fellen ausgeschlagen, um das Schmelzwasser von den Bewohnern fernzuhalten, aber in diesem Fall hatte man darauf verzichtet, denn es war ja nur für ein oder zwei Nächte.

Selbstvergessen starrte Minik in die Flamme der Tranleuchte. Einen Moment lang gab es nur ihn und dieses Feuer. Plötzlich hörte er, wie draußen jemand seinen Namen rief, und fuhr erschrocken zusammen.

»Darf ich hereinkommen?«, fragte die helle Stimme. Es war Aleqasina!

Minik schluckte und brachte nur ein Krächzen zustande.

Alegasina krabbelte durch den Eingangstunnel, erhob sich, streifte ein paar Schneekristalle aus ihrem Karibupelz und kam dann zu ihm herüber. Als ihre Beine seine Knie berührten, zuckte er leicht zurück. Sie überging diese für sie nicht gerade schmeichelhafte Reaktion mit einem Lächeln. »Hast du schon auf mich gewartet, Minik?«

Er starrte sie an, brachte aber kein einziges Wort heraus. Sie war so schön, so zauberhaft, dass es ihm Schmerzen bereitete. Ihre Stimme klang wie ein Glockenspiel. Das in Zöpfen hochgesteckte Haar schimmerte wie Seide. Und ihre samtene Haut! Er verzehrte sich danach, wollte sie streicheln und liebkosen … Und trotzdem wäre er am liebsten vor ihr davongelaufen.

»Warum sagst du nichts?«, fragte sie sanft im örtlichen Dialekt der Inuit.

»Ich … bin mir nicht sicher«, antwortete er. Unbewusst war er ins Englische gewechselt. Diese Zweisprachigkeit behielten sie auch im Folgenden bei.

»Darf ich zu dir auf dein Lager kommen?«, erkundigte sich Aleqasina.

Er nickte verlegen.

Sie zog ihren Parka aus, danach das Hemd aus Seehundfell, dann die Stiefel und zuletzt die Hosen. Mehrmals berührte sie dabei Miniks Knie, was in ihm eine Folge von Stromstößen auslöste. Er war von der Selbstverständlichkeit, mit der sie sich vor ihm bis auf die Haut entkleidete, völlig überrumpelt. Sein ganzer Unterleib schien sich mit rasender Geschwindigkeit an *einem* Ort zu versammeln und dort wild zu pulsieren.

Derweil konnte er nicht anders, als Aleqasina unablässig anzustarren. Bisher hatte er nackte Frauen nur auf den unanständigen Fotografien gesehen, die manchmal von ebenso unanständigen Jungs in der Schule herumgezeigt worden waren. Und nun stand da zum Greifen nah im Evakostüm das schönste Wesen, das er sich überhaupt vorzustellen vermochte. Sie setzte sich zu ihm und zog die Felldecke über ihre Beine, nicht unbedingt schamhaft, sondern eher zur Abwehr der Kälte von unten.

»Soll ich dir helfen, dich auszuziehen?«, fragte sie leise.

Minik glotzte sie an, als spräche sie in Mandarin zu ihm.

Aleqasina lächelte nachsichtig. »Du scheinst nicht viel Erfahrung mit Frauen zu haben. Heb die Arme hoch.«

Minik gehorchte, wenngleich ohne rechten Elan. Die ganze Situation kam ihm unwirklich vor. Trotzdem ließ er Aleqasina gewähren. Erst als er mit freiem Oberkörper neben ihr saß, verlieh er seinen Zweifeln eine Stimme.

»Warte!«

Sie zog die Hände zurück. »Habe ich dir wehgetan?«

»Nein. Es ist nur ... Ich kann das nicht.«

»Was?«

»Du weißt genau, was ich meine.«

»Willst du Sigluk beleidigen? Er hat mich dir geschenkt.«

»Das ist es ja. Du bist für mich die schönste Frau auf der Welt, Aleqasina. Ich finde dich begehrenswert. Und noch anbetungswürdiger als Vesta Tilley ...«

»Wer ist Westatillei?«

»Eine Freundin.«

»Hast du mit ihr gekuschelt?«

»*Nein!*«, stieß Minik erschrocken hervor, nahm sich aber gleich wieder zurück. »Nein. Sie hat einen Ehemann ...«

»Ja, und?«

»Tilley ist wie eine große Schwester für mich. Sie ist eine Schauspielerin. Wie soll ich dir das erklären ...«

»Ich kenne das *qallunaaq*-Wort. Piuli hat von mir auch manchmal verlangt, mich für eine andere auszugeben. Mal fotografierte er mich nackt in der Badewanne, dann wieder auf einem Eisbärenfell. Er sagte, das sei für seine ›anthropologische Arbeit‹ nötig, aber ich habe ihm nicht geglaubt.«

Minik schüttelte ungläubig den Kopf. Es dauerte einen Moment, bis er sich wieder gesammelt hatte. »Aleqasina, ich möchte nicht mit dir … *kuscheln,* nur weil dein Mann es von dir verlangt.«

»So ist es aber nicht. Ich bin ja einverstanden.«

»Bist du das bei Peary auch gewesen?« Die Frage war schon heraus, ehe er den gereizten Unterton in seiner Stimme bemerkte.

Sie sah ihm offen, fast trotzig ins Gesicht. »Damals war ich noch ein Kind. Meine Eltern hatten mich mit Piugaattoq verheiratet und ich wagte nicht, mich ihm zu widersetzen. Und als Piuli später immer wieder kam und mich verlangte – du kennst ihn ja. Niemand hat ihm zu widersprechen gewagt. Dann wurde ich von ihm schwanger und mit einem Mal wollte mich Piugaattoq nicht mehr. Er reichte mich an Sigluk weiter. Der ist Kali zwar ein guter Vater, aber, was mich angeht, auch nicht besser als sein Vorgänger. Er benutzt mich, damit andere Männer sich ihm verpflichtet fühlen. Ich habe ihn nur einmal richtig wütend gesehen, als Uisaakassak mich ihm gestohlen hat und …«

»*Was?* Und das hast du dir gefallen lassen?«

Aleqasina lachte. »Du hast Vorstellungen, Minik! Was hätte ich denn tun sollen? Ich bin nur eine Frau.«

»Amerika ist auch eine Männerwelt, aber so etwas gibt es dort nicht.«

»Vielleicht ist das der Grund, weshalb ich dich mag. Für alle Männer vor dir war ich nur eine Bettgefährtin. Aber bei dir fühle ich, dass du anders bist.«

Er wich ihrem Blick aus. »Das sagst du nur, damit ich kein schlechtes Gewissen habe.«

Sie schüttelte den Kopf und sagte leise: »Nein.« Unvermittelt nahm sie seine Hand und legte sie auf ihre linke Brust.

Als habe er sich verbrannt, zog er seine Hand rasch wieder

zurück, doch es war zu spät. Die Berührung hatte eine neue Folge elektrischer Schläge in ihm ausgelöst.

Aleqasina lächelte. War es Mitleid, was da in ihren dunklen Augen funkelte? Sie griff erneut nach seiner Hand, legte sie wieder an ihre Brust und fragte: »Was fühlst du?«

Feuer!, hätte er am liebsten geschrien, doch nachdem die erste Hitze durch ihn hindurchgewogt war, antwortete er: »Dein Herz pocht.«

»Und *wie* schlägt es?«

»Schnell. Wie nach einem Wettlauf mit den Schlittenhunden.«

Sie streichelte seine Wange. »So fühlt sich Freude an, Minik.«

Er schüttelte den Kopf. »Worüber solltest du dich freuen? Etwa, weil du einem Exoten wie mir, dem Sonderling von New York, das Bett wärmen darfst?«

Aleqasina zog ihre Beine unter dem Fell hervor, kniete sich neben Minik, nahm sein Gesicht zwischen die Hände und küsste ihn auf die Lippen. »Was haben sie dir nur angetan, Minik? Da ist so viel Zorn in dir.«

Mit einem Mal fing er an zu weinen. Er wusste nicht, warum. Es brach einfach aus ihm hervor. »Dann bist du nicht zu mir gekommen, um dich mit mir zu brüsten?«

»Nein«, antwortete sie sanft, »sondern weil du ein einsamer Junge bist, der nach Liebe dürstet. Ich gehöre einem anderen, Minik, wir beide haben nur *eine* Nacht. Aber in diesen wenigen Stunden lass mich dich glücklich machen. Lass mich mit dem Feuer meiner Liebe den Zorn aus dir herausbrennen.«

Er senkte beschämt den Blick.

Aleqasina strich ihm sanft über den Rücken. »Hast du schon einmal eine Frau gehabt, Minik?«

»Nein«, hauchte er, ohne zu zögern. Von der Decke des Iglus fiel ein eiskalter Tropfen in seinen Nacken, aber er zuckte nicht einmal, als sei das Schneewasser augenblicklich auf seiner brodelnden Seele verdampft.

Sie nickte verstehend, drückte behutsam seinen Oberkörper in die Felle, schmiegte sich an ihn und sagte: »Hab keine Angst. Es tut nicht weh. Aber nachher wird nichts mehr so sein wie zuvor.«

21.

Die schwarze Meute

Inglefield Bay (Grönland), 3. Mai 1910

Aleqasina sollte recht behalten. Nachdem sie Miniks Schneehaus am frühen Morgen verlassen hatte, war für ihn die Welt eine andere geworden. Er fühlte diese Veränderung, hätte sie aber nicht in Worte fassen können. Möglicherweise war es der Schönen des Stammes tatsächlich gelungen, den Zorn aus ihm herauszubrennen. Sie hatte ihn um seiner selbst willen geliebt. Das war eine überwältigende Erfahrung, nicht weniger berauschend als die Vereinigung ihrer Körper.

Minik dankte Sigluk für das »Geschenk«. Die von Uisaakassak angebotene Wegzehrung hingegen verschmähte er. Seit der letzten Nacht hegte er einen Groll gegen den Räuber Aleqasinas, doch er behielt seine Gefühle für sich. Er habe genug Vorräte und sei überdies ein tüchtiger Jäger, begründete er die Ablehnung des Proviants. Hiernach schirrte er eilig die Hunde an. Er konnte nicht länger in Kangerdlugssuaq bleiben. Es würde ihn zerreißen, so nah bei Aleqasina zu sein und doch so fern. Besser, er akzeptierte die Tatsache: Sie gehörte einem anderen. Er musste eine Möglichkeit finden, ohne sie zu leben, irgendeine Alternative, selbst wenn diese nur eine billige Imitation dessen war, was sie für ihn bedeutete.

Während Minik den zugefrorenen Inglefield-Fjord überquerte, entsann er sich der Worte seines Lehrmeisters: *Halbmond bedeutet: wenig Flut, wenig Strömung, gutes Eis. Nichts fürchte ich so sehr wie dünnes Eis.* Es war der 3. Mai 1910, der ideale Zeitpunkt, um sich auf den breiten Meeresarm hinauszuwagen. Das Jagdrevier des von Uisaakassak erwähnten Eisbären befand sich im Umkreis einer etwa acht Meilen vom Dorf entfernten Insel.

Am späten Mittag zog Tivis Rotte den Schlitten ans Ufer. Die Küstenlinie hier war wild und malerisch. Aber Minik hatte kein Auge für die Schönheiten der Natur. Er war immer noch aufgewühlt vom Abschiednehmen am Morgen. Unter Sigluks wachsamen Augen hatte Aleqasina höflich gelächelt, Minik umarmt und ihre Nase an der seinen gerieben, wie es einem Bruder oder einem guten Freund gebührt. Als hätte es die letzte Nacht nie gegeben.

Er spürte, dass es kein guter Tag zum Jagen war. Uisaakassak hatte vor der Schläue des Eisbären gewarnt, ihn als ein Tier bezeichnet, das einen Jäger mit unerwarteten Aktionen überraschen konnte. Sich einem solchen Gegner zu stellen, erforderte einen klaren Kopf. Minik hatte am Tag eins nach Aleqasinas Liebesfeuer alles anderes als das. Er musste sich mit einer weniger gefährlichen Tätigkeit ablenken.

Deshalb baute er ein Iglu.

Mangels Übung brauchte Minik dafür knapp zwei Stunden, fast doppelt so lang wie seine erfahreneren Stammesgenossen. Er suchte sich unterhalb der Klippen eine Stelle, an der es ausreichend festen Schnee gab. Diesen löste er mit dem *pana*, einem langen Messer aus Horn, in rechteckigen Blöcken aus dem Boden und legte damit einen ersten Ring aus. In einer ansteigenden Spirale wurden weitere Ringe hinzugefügt, von denen jeder etwas weiter einwärts geneigt war. So entstand eine fast perfekte Kuppel. Das Schwierigste war der Schlussblock. Er wurde von innen eingesetzt und musste mit dem Schneemesser perfekt in die verbliebene Öffnung eingepasst werden. Anschließend wurden die Ritzen zwischen den einzelnen Quadern mit Schneemörtel verfugt. Eine Eisplatte als Fenster machte den Rohbau komplett. In die Inneneinrichtung investierte Minik weniger Mühe. An der Igluwand formte er eine Sitzbank sowie eine Schlafplattform. Das musste genügen. Länger als eine Woche würde er das Schneehaus vermutlich ohnehin nicht brauchen.

Zuletzt zerrte er den Schlitten vor den Eingang und schaffte einen Teil des Gepäcks ins Iglu. Danach war er redlich müde. Er beschloss, etwas zu essen und, wenn möglich, das Chaos in seinem Kopf zu ordnen. Am nächsten Morgen wollte er sich schon früh auf die Suche nach dem Bären begeben und dabei würde er wache Sinne brauchen – und keinen vom Liebeskummer verwirrten Geist.

Um sich vom Bellen der Hunde nicht stören zu lassen, pflockte er die Tiere auf der vom Eingang abgewandten Seite an. Danach verzog er sich in sein Iglu wie eine Schnecke in ihr Haus – nicht nur körperlich, auch seine Gedanken sammelten sich an einem stillen Fleck. Dort gab es nur ihn. Und die Einsamkeit. Und Aleqasina.

Irgendwann war Minik über seiner Grübelei ins Reich der Träume abgeglitten. Das Erwachen vollzog sich indessen jäh und alles andere als sanft. Er schreckte aus dem Schlaf hoch. Die Hunde bellten. Hatte er geträumt? Oder war da eben tatsächlich noch ein anderes Geräusch gewesen, etwas, das nicht hierherpasste?

Er schwang die Beine von der Schlafplattform, griff reflexhaft zur Schrotflinte und lauschte. Warum war die schwarze Meute so aufgeregt? Schlich da draußen etwa ein Bär herum? Das wäre ungewöhnlich. Normalerweise scheuten die Eisbären die Nähe des Menschen und Lärm mochten sie auch nicht. Allerdings hatte Uisaakassak auch gesagt, der Bär in dieser Gegend verhalte sich alles andere als normal.

Minik sah an sich herunter. Er war nackt. Keine gute Voraussetzung, um dem größten Landraubtier der Erde gegenüberzutreten – mit Fettreserven konnte ein Eisbär eintausend Kilo auf die Waage bringen, jetzt im Frühling etwas weniger. Hektisch zog sich Minik die beiden Hosen an. Als er in den zweiten Stiefel schlüpfte, hörte er wieder das Geräusch, das ihn aus dem Schlaf gerissen hatte.

Er war ein mächtiges Brüllen.

»Es *ist* der Bär«, flüsterte er und griff rasch wieder nach seiner Büchse. Der Geruch des aufgetauten Fleisches musste das Tier angelockt haben. Das Gebell der schwarzen Meute wurde noch wilder. Die Hunde waren festgeleint. Wenn der Eisbär tatsächlich entgegen seiner Natur ein ganzes Rudel angriff, dann wären Soqqaqs Lieblinge eine leichte Beute …

Miniks Gedanken erstarrten gleichsam zu Eis, als plötzlich am Eingang etwas gegen die Wand des Iglus donnerte. Ein zweiter Hieb brachte sie zum Einsturz. In der Bresche stand ein riesiger Bär. Als dieser den Menschen erblickte, brüllte er wie im Triumph und schob seinen Kopf ins Schneehaus.

Vor Schreck taumelte Minik zurück, stieß gegen den Schlafsockel und feuerte im Fallen seine Waffe ab.

Als er sich wieder hochgerappelt hatte, war der Bär verschwunden.

Minik warf einen kurzen Blick auf seine übrigen Waffen. Einen Riesen wie den vor seiner Haustür konnte man kaum mit einer Winchester erlegen. Auch die Schrotflinte war nicht die geeignete Waffe zur Bärenjagd. Er griff zur Lanze und lief mit freiem Oberkörper nach draußen. Vor allem musste er die Hunde schützen. Wenn ihnen etwas zustieß, würde er Soqqaq nie mehr unter die Augen treten können.

Hektisch sah er sich nach seinem Gegner um. Vor Aufregung spürte er nicht einmal die Kälte. Der Eisbär war verschwunden. Aber er hatte Spuren im Schnee hinterlassen, Abdrücke von riesigen Tatzen und blutrote Flecken. Also hatten einige Schrotkörner doch getroffen.

Minik lief um das Schneehaus herum, um nach den Hunden zu sehen. Sie zerrten an den Leinen und bellten wie toll, aber sie waren vollzählig und unversehrt. »Bin gleich wieder bei euch«, rief er und rannte in die Ruine seines Schneehauses zurück. Nachdem er sich fertig angezogen, seine Waffen zusammengerafft und einen Teil des Gepäcks vom Schlitten geworfen hatte, spannte er die Hunde an. Dann zeigte er den Vierbeinern die Peitsche und sie nahmen die Verfolgung auf.

Bald tauchte das verletzte Tier vor dem Schlitten auf. Es hinkte. Instinktiv war es dorthin geflohen, wo es die meisten Verstecke gab, also nicht hinaus auf den Fjord, sondern hinein in die schroffen Hänge der Insel. Am Fuße eines dieser Hänge musste Minik den Schlitten zurücklassen. Er schnitt Mirqulak und Silarnik – zwei Rüden aus Tivis Nachkommenschaft – von den Leinen los. Sofort hetzten sie der Beute hinterher. Jetzt zahlt sich der Tanz im Bärenfell aus, dachte Minik und setzte seinen Hunden mit Repetiergewehr und Lanze nach.

Immer höher ging es den Hang hinauf. Der Anstieg kostete Kraft. Mehr noch als die Jäger bekam das der Gejagte zu spüren. Er hinkte stark. War der Abstand zu den Verfolgern anfangs noch größer geworden, begann er nun zu schrumpfen.

Als die Schlittenhunde den Bären einholten, war Minik noch ungefähr vierhundert Schritte entfernt, viel zu weit für einen sicheren Schuss. Er schrie und fluchte, weil er fürchtete, Soqqaqs schwarze Lieblinge könnten dem Eisbären in die Fänge geraten. Ein angeschossenes Tier war unberechenbar. So schnell wie möglich rannte er weiter.

Zwei Hunde können einem Bären gehörig auf die Nerven fallen, ihn aber weder umzingeln noch aufhalten. Allein die Drohkulisse ihres Gebells hält den Bären in Schach. Dieser hier verhielt sich nur für kurze Zeit so, wie man es von ihm erwartete. Als noch etwa hundert Schritte zwischen Minik und seiner Beute lagen, trottete der Bär wieder los.

Offenkundig hatte er eine vermeintlich sichere Höhe entdeckt, von der er sich besser zu verteidigen erhoffte, einen Felsen, der wie ein Schädel aus dem Hang herausragte. Dort hinauf lief der Eisbär und hielt die unter ihm wütenden Hunde mit seinen Tatzen auf Abstand.

Als Minik nur noch fünfzig Schritt entfernt war, blieb er stehen und legte das Gewehr an. Sein Atem ging stoßweise – viel zu heftig, um das Ziel zu treffen. Er wartete. Derweil bellten und knurrten die Hunde weiter. Nachdem Miniks Pulsschlag sich etwas beruhigt hatte, atmete er in kurzer Folge dreimal durch, dann hielt er die Luft an und zielte. Weil er sich wenig Hoffnung machte, mit dem kleinen Kaliber die Speckschicht des Bären zu durchdringen, visierte er dessen Maul an und schoss.

Die Kugel traf den Kopf des Bären etwas zu hoch, konnte den Schädel aber nicht durchdringen, sondern nur eine tiefe Fleischwunde reißen. Das Blut weckte die Wolfsinstinkte in den beiden Hunden. Der jüngere und unerfahrenere Silarnik wagte sich etwas zu weit vor. Wütend schlug der brüllende Riese mit der Tatze nach ihm. Obwohl der Schlittenhund sofort reagierte, streiften ihn die Klauen des Bären. Silarnik jaulte auf, als ihn die Kraft des Gegners zur Seite fegte. Reglos blieb der Hund im Schnee liegen.

Minik schloss die Augen. Soqqaq würde ihm die Haut in Streifen vom Leibe ziehen und sich daraus ein Zelt bauen. Er legte abermals an, zielte und feuerte.

Diesmal traf die Kugel den Bären direkt in den Rachen. Das schwere Tier warf den Kopf herum, als wolle es einen unsichtbaren Angreifer an seiner Flanke abwehren, und fiel auf die Seite. Aber es war immer noch nicht tot, sondern kämpfte sich noch einmal mühsam auf die Beine hoch. Unterdessen griff ihn Mirqulak von hinten an, schnappte nach ihm und zog sich wieder zurück.

Endlich hatte Minik den Bären erreicht. Er gab kurz hintereinander vier Schüsse auf ihn ab. Das Tier brüllte auf, fiel aber nicht. Im Gegenteil, es erhob sich auf seine Hinterbeine, als wollte es sich auf den beißenden Zwerg stürzen und ihn unter sich zermalmen. Minik riss die Lanze hoch und sprang auf den Bären zu. Der versuchte, nach dem Angreifer zu schnappen, was ihm jedoch zum Verhängnis wurde. Als der schwere Körper nach unten fuhr, stieß Minik zu. Die Spitze der Waffe bohrte sich tief ins Herz des Bären. Das Tier brüllte vor Schmerz, sackte zusammen und hauchte mit einem tiefen Röcheln sein Leben aus.

Sofort ging Mirqulak auf den Riesen los und grub seine Zähne in dessen Hals.

Minik keuchte. Sein Puls raste. Nachdem er sich vom Tod des Eisbären überzeugt hatte, zerrte er den wütenden Rüden von dem gewaltigen Kadaver weg, hin zu dem blutenden Artgenossen. Vier tiefe, parallel verlaufende Schnittwunden klafften an Silarniks Schulter, eine ging bis auf den Knochen.

»Es tut mir leid, mein Freund«, sagte Minik sanft.

Silarnik hob den Kopf und winselte.

»Wir müssen deinem Bruder helfen«, erklärte Minik dem unverletzt gebliebenen Rüden.

Mirqulak legte die Kopf schräg, als habe er genau verstanden, worum es ging.

Minik nahm seine Fellmütze und presste sie auf Silarniks Wunde. Als die Blutung nachließ, hob er den Hund auf und trug ihn den Hang hinunter zum Schlitten. Zum Glück hatte er in der Eile des Aufbruchs nicht den Kasten geleert, der vor dem Halteholm befestigt war. Darin befand sich seine Erste-Hilfe-Ausrüstung.

Nachdem er die Wunde des Rüden versorgt hatte, entnahm er seinem Proviantvorrat eine besondere Gabe für die Seele des Bären und machte sich erneut an den Aufstieg. Bei dem

Kadaver angelangt, wickelte er mithilfe einiger Felllappen Speck und Fleisch um die Schnauze des Tieres und bedankte sich bei ihm, um seinen Geist nicht zu erzürnen.

»Arnannquaq hat sich ein Geschenk von mir gewünscht. Dein Pelz wird sie glücklich machen und mir eine Stimme im Rat der Männer verschaffen«, erklärte er dem toten König der Arktis in fast liebevollem Ton. Danach zog er ihm das Fell über die Ohren.

Schnee spielte im Leben der Polareskimos eine zentrale Rolle. Sie hatten ein besonderes Gespür dafür. Das schlug sich auch in ihrer ohnehin reichen Sprache nieder. Wozu andere Völker ganze Sätze brauchten, reichte den Inuit ein einziges Wort. Es gab nicht nur eines für Schneehausschnee, sondern auch für den Schnee eines undichten Schneehauses, für Schnee auf dem Dach eines undichten Schneehauses oder für Mörtelschnee zum Zusammenfügen der Blöcke eines Schneehauses. Andere Wörter benutzten sie für harten, weichen, harschigen, nassen, quietschenden, schmelzenden, wieder neu gefrierenden, zusammengepressten, aufgehäuften, frisch gefallenen, aufgerauten, federigen, rieselnden, vom Wind aufgewirbelten, eisbedeckten, auf Eis liegenden, mit Wasser vermischten und natürlich auch für den ersten Schnee nach dem Sommer. Sogar Schnee, der nur *einmal* gequietscht hatte, und solcher, der von irgendwo entfernt worden war und nun woanders lag, hatte in ihrem Wortschatz einen eigenen Platz.

Auch Dinge oder Tätigkeiten in Verbindung mit Schnee konnten mit nur *einem* Begriff exakt beschrieben werden. Es gab eine Vokabel für das Reisen im weichen Schnee; für das Reisen über vormals geschmolzenen und jetzt wieder gefrorenen Schnee, der gerade erneut in der Sonne schmilzt; für das knirschende Geräusch von Schnee unter den Sohlen und für vieles andere mehr. Minik beherrschte mittlerweile etwa *acht-*

zig Namen für die weißen Kristalle; zählte man jene Wörter hinzu, die sich irgendwie darauf bezogen, dann waren es sogar an die *dreihundert.*

Und er verfluchte sie alle. Wohin er auch blickte, überall sah er Schnee. Es war der neunte Tag nach der Erlegung des Bären. Dessen Fleisch hatte Minik nicht angerührt, weil es voller Würmer war, nur der Pelz lag unter der Zeltplane, die auch das übrige Gepäck vor den Unbilden des Wetters schützte.

Und obenauf saß Silarnik. Andere Inuit-Jäger hätten den nutzlosen Hund vermutlich an seine Artgenossen verfüttert, aber schon um des alten Schamanen willen tat Minik alles, um den Rüden zu retten. Inzwischen ging es ihm schon besser. Sein Kampfgeist erholte sich sogar schneller als die verletzte Schulter – und wenn ihm der Geruch des Eisbärenfells um die Nase wehte, fletschte er die Zähne und knurrte.

Um Miniks Verfassung stand es dagegen weniger gut. In den letzten Tagen schien ihn das Glück verlassen zu haben. Er hatte seinen Schlitten zunächst ins Inglefield-Land gelenkt, um auf Karibujagd zu gehen. Aber auf seiner sichelförmigen Route fern der Küste war ihm noch kein einziges Rentier über den Weg gelaufen. Dafür hatte es in der letzten Nacht heftig zu schneien begonnen. Jetzt, etwa zwölf Stunden später, drohte daraus ein handfester Schneesturm zu werden. Er steckte mitten in einem *Schneetreiben-dicht-über-dem-Boden,* so wurde das spezielle Wort aus dem Inuktitut übersetzt. Das weißgraue Gestöber hatte ihm jegliche Orientierung genommen.

Durch die schmalen Schlitze der hörnernen Schneebrille sah er bald so gut wie gar nichts mehr. Hinzu kam das unablässige Heulen des Windes. Die pelzgefütterte Kapuze dämpfte es zwar, aber irgendwann hörte Minik nichts anderes mehr als ein auf- und abschwellendes Pfeifen. Er war also nicht nur blind, sondern auch taub.

Trotzdem wollte er nicht aufgeben. Mal lief er hinter dem

Schlitten her, mal sprang er auf, leistete Silarnik Gesellschaft und ließ sich ein Stück von der schwarzen Meute ziehen. Die Hunde sahen aus wie wandelnde Schneebälle. Ihnen machte das Wetter erheblich weniger aus als ihrem Führer. Tivi lief ganz vorne. Die Leithündin hatte ihre Meute fest im Griff. Neben ihr zog Mirqulak an der Leine. Die anderen Tiere waren weiter hinten angeschirrt, ein jedes entsprechend seiner Stellung im Rudel.

Als der Sturm immer wilder tobte, brachte Minik den Schlitten schließlich doch zum Stehen. Er war müde und brauchte dringend einen Platz zum Schlafen. Umständlich zog er sich beide Paar Handschuhe aus, um den *Neuen-Schnee-auf-dem-Boden* zu prüfen – auch dafür hatten die Inuit selbstverständlich ein eigenes Wort. Sein Urteil war eine Mischung aus Flüchen in Englisch und Inuktitut.

»Glocken der Hölle, er ist viel zu flockig! Kein Schneehausschnee. Verdammt! Irgendwie muss ich meinen *qamutik* in ein *tupiq* verwandeln.«

Sorgfältig trocknete er sich die Finger ab, damit sie ihm nicht erfroren, vergrub sie wieder in den inneren Seehundfellhandschuhen und machte sich daran, seinen Schlitten in ein Zelt umzufunktionieren. Er hatte sich zu einem niedrigen Provisorium entschlossen, das dem Wind möglichst wenig Angriffsfläche bot.

Allein der Aufbau des Zeltes artete in einen kräftezehrenden Ringkampf mit dem Sturm aus. Immer wieder wollte der Gegner ihm die Walrosshaut entreißen. Das eine Ende der Plane befestigte Minik direkt am hinteren Halteholm, das andere etwa auf der Mitte des Schlittens. Tief in den Schnee getriebene Walrippen dienten als Gestänge. Das Ergebnis sah bizarr aus – wie der Kadaver einer bisher unentdeckten Spezies –, versprach aber ausreichend Schutz vor dem Schneegestöber. Silarnik verbannte er nach draußen zu den anderen Hunden, die sich einen Platz im Windschatten der seltsamen Behausung suchten. Minik selbst kroch unter die Plane.

Die Tranlampe zündete er gar nicht erst an. Ihre milde Wärme mochte in einem Iglu für angenehme Temperaturen sorgen, hier aber hatte sie gegen die Kälte und den eiskalten Luftzug, der durch zahlreiche Ritzen pfiff, kaum eine Chance. Er würde sie nur benutzen, um seine Mahlzeiten aufzutauen. Doch jetzt war er viel zu erschöpft dazu. Er wickelte sich in Felle ein, und obwohl draußen der Sturm immer lauter brüllte und an dem Zelt rüttelte, war er binnen weniger Minuten eingeschlafen.

Das Unwetter dauerte zwei Tage. Währenddessen verließ Minik das Zelt nur, um nach den Hunden zu sehen und seine Notdurft zu verrichten. Weil die Kälte, das Heulen des Sturmes und das Knattern der Zeltplane ihm den Schlaf raubten, verbrachte er die meiste Zeit damit, das »geronnene Nordlicht« – seine bunte Glasscherbe – anzustarren und zu sinnieren. Wie der Refrain in einem Lied tauchten dabei aus seinem Geist immer wieder die Worte des alten Schamanen auf: *Wahre Weisheit wird nur fern der Menschen gefunden, draußen in der großen Einsamkeit. Man findet sie nicht im Spiel, sondern nur durch Leiden. Beide – Einsamkeit und Leiden – öffnen den menschlichen Geist für das, was den anderen verborgen ist, und daher musst du deine Weisheit dort suchen.*

Einsamkeit gab es hier draußen in Hülle und Fülle. Einen Mangel an Leiden hatte Minik auch nicht zu beklagen – das fast reglose Verharren in der Kälte entwickelte sich für ihn mehr und mehr zur Qual. Aber wo blieb die Weisheit?

Im Winter hatte er oft über sein Schicksal nachgegrübelt. War es ein Fehler gewesen, nach Grönland zurückzugehen? Merkwürdigerweise vermisste er weniger die materiellen Annehmlichkeiten der sogenannten Zivilisation; seit Onkel Wills wirtschaftlichem Niedergang hatte er ohnehin nicht gerade in Saus und Braus gelebt. Menschsein bedeutete für ihn nicht Besitz oder Fahrten mit der Eisenbahn. Wonach ihn dürstete, waren Unterhaltungen, wie er sie mit Chester geführt hatte. Gespräche in *Englisch*. Das war umso tragischer, als er Gefahr lief, diese Sprache – die einzige, die er jemals perfekt beherrscht hatte – allmählich zu vergessen.

Es war ihm irgendwann im Winter aufgefallen, als Soqqaq ihm das Wort *arnuaq* erklärte, und Minik lange brauchte, bis ihm die passende Übersetzung »Amulett« einfiel. In den Wochen danach hatte er immer öfter nach englischen Wörtern suchen müssen, die ihm nur wenige Monate zuvor noch so sehr wie ein Arm oder Bein als Teil seiner selbst erschienen waren. Versank da gerade ein weiterer Abschnitt seines Lebens im Vergessen? Würde er in naher Zukunft, nachdem Peary ihm schon seine frühe Kindheit entrissen hatte, auch die Jahre in Amerika aus dem Gedächtnis verlieren? Wäre er bald nur noch ein an der Seele amputierter Krüppel, der weder durchs Leben gehen noch darin stehen, sondern nur einem jämmerlichen Ende entgegenkrauchen konnte?

In seinem Volk jedenfalls hatte er bisher wenig Rückhalt gefunden. Sicher, er liebte Soqqaq und das beruhte wohl auf Gegenseitigkeit. Aber was, wenn der alte Schamane starb? Miniks Tanten und die Sippe betrachten ihn ebenso als Sonderling wie der übrige Stamm. Die Polareskimos von Uummannaq hatten gehofft, er brächte ihnen eine bessere Zukunft, wurden aber enttäuscht. Das Zahnarztbesteck und der Erste-Hilfe-Kasten hatten ihren Zauber schnell verloren.

In ganz Avanersuaq gab es nur wenige Menschen, in deren Gegenwart sich Minik nicht wie ein Außenseiter fühlte. Der geduldige Soqqaq gehörte zu ihnen, die wunderschöne Aleqasina und das schielende Mädchen aus Uummannaq. Im Gegensatz zu Sigluks Frau war Letztere noch frei. Vielleicht, so hoffte Minik, konnte er durch Arnannquaq endlich Frieden finden. Sollte der Sturm jemals wieder aufhören, würde er ihr das Eisbärenfell bringen. Und wenn sie sein Geschenk annähme, wollte er es als ein Zeichen sehen, dass sie füreinander bestimmt waren.

Derlei Wachträume halfen Minik über die kalte Wirklichkeit hinweg. In seiner Versunkenheit nahm er das Unwetter nur noch wie durch einen dicken Vorhang wahr, bemerkte kaum, wie das Tosen, Knattern und Heulen leiser wurde und der Wind nicht mehr so schneidend durchs Zelt pfiff. Was ihn zwei Tage lang wach gehalten hatte, schlich sich am Rande seines Bewusstseins klammheimlich davon. Und so fiel er in einen tiefen Schlaf.

Irgendwann hörte er die Hunde. Sie bellten und knurrten, ein Tier fiepte schrill. Minik öffnete die Augen. Unter der Zeltplane war es überraschend hell. Er hob den Kopf und streifte die Kapuze zurück, um besser hören zu können. Als er über die Decken hinweg in Richtung Zehenspitzen blickte, entdeckte er eine dreieckige Öffnung, durch die grelles Sonnenlicht fiel. Eine Verstrebung war weggebrochen und …

Ruckartig fuhr er mit dem Oberkörper hoch. Das Bärenfell war verschwunden! Er hatte es zu seinen Füßen verstaut, um es von Silarnik fernzuhalten, aber jetzt war es weg. Hektisch befreite er sich aus seiner mehrlagigen Deckenschicht und kroch durch das Loch ins Freie. Geblendet vom gleißenden Schnee unter dem wolkenlosen Himmel riss er den Unterarm hoch, um seine Augen zu schützen. Einen Moment lang nahm er die Umgebung nur mit dem Gehör wahr. Er hätte ebenso gut taub sein können, denn das Bellen und Knurren der wütenden Tiere drängte jede andere Wahrnehmung in den Hintergrund. Der Wind war gänzlich abgeflaut. Als Minik endlich zwischen den Wimpern hindurchspähte, bestätigte sich seine schlimmste Ahnung.

»*Nein!*« Sein Schrei war mehr Ausdruck der Verzweiflung als ein Befehl an die Schlittenhunde.

Die schwarze Meute balgte sich um das härene Gewand des Königs der Arktis. An dessen beklagenswertem Zustand konnte Minik erkennen, wie lange die Tiere bereits darum gestritten hatten. Überall lagen zerbissene Fetzen im Schnee. Einige Hunde kauten zufrieden auf ihrem Anteil der Beute herum, während andere noch erbittert um einen der blutigen Lumpen rangen. Um das größte Stück des Bärenfells war ein Kampf zwischen Tivi und Silarnik entbrannt.

»Aus!«, schrie Minik und stürzte sich wütend ins Gefecht. Es bedurfte keiner allzu großen Fantasie, sich das Geschehene auszumalen. Während er geschlafen hatte, musste Silarnik seine Leine zerbissen und sich unter die Zeltplane hindurchgewühlt haben, um auf das verhasste Bärenfell loszugehen. Er hatte es ins Freie gezerrt und dadurch die Leithündin zur Verteidigung ihres Führungsanspruches gereizt – von jeder Beute stand ihr der erste Bissen zu.

Minik bekam einen Zipfel der steif gefrorenen Bärenhaut zu fassen und verteidigte ihn mit Fußtritten gegen die beiden Zankteufel. Als er Silarnik an der verletzten Schulter traf, heulte der Rüde vor Schmerzen auf und gab sich mit eingezogenem Schwanz geschlagen. Tivi indes machte keine Anstalten, die Bärenhaut aus ihren Fängen freizugeben. Minik bekam das Geschirr in ihrem Nacken zu fassen, zerrte sie zur einen und das Fell zur anderen Seite. »Aus!«, wiederholte er, einmal, zweimal, dann erst öffnete sie ihr Maul.

Atemlos zog er sich mit der Trophäe zum Schlitten zurück. Als er das Fell zwischen den Händen ausbreitete, überkam ihn ohnmächtige Wut. Vom Pelz des »Königs« war nurmehr ein unansehnlicher Fetzen geblieben, eine Ansammlung von Löchern, zusammengehalten von ein paar Resten Bärenhaut, die zu nichts mehr zu gebrauchen waren, nicht als Präsent für ein

Mädchen und schon gar nicht zum Nachweis seiner Fähigkeiten als großer Jäger. Ohnmächtige Wut durchflutete ihn und seine Finger verkrallten sich in dem zerfetzten Lumpen, der nur noch zu einem taugte: sein Versagen auf ganzer Strecke zu belegen.

Trotzdem verstaute er die Überreste des Fells auf dem Schlitten. Diesmal legte er das Bündel, für Silarnik unerreichbar, *unter* das Gepäck. Anschließend bereitete er sich mithilfe der Tranlampe eine Mahlzeit.

Die Hunde hatten sich längst wieder beruhigt, als Minik das aufgetaute Robbenfleisch verzehrte und über seine missliche Lage grübelte. Was sollte er nun tun? Im Schneesturm hatte er völlig die Orientierung verloren. Er wusste nicht, ob er sich noch nördlich oder bereits südlich von Uummannaq befand. Die Küste würde er wohl finden, aber wohin sollte er sich dann wenden? Er kannte sich zu wenig in der Gegend aus, um die Landmarken deuten und damit seinen Kurs bestimmen zu können. Zu allem Übel gingen auch noch seine Vorräte zur Neige. Wäre er doch nur nicht so stolz gewesen, Uisaakassaks Proviant auszuschlagen!

Auf sein Glück wollte sich Minik nicht mehr verlassen. Er hatte noch kein einziges Karibu gesichtet. Die Chancen standen nicht schlecht zu verhungern, wenn er weiter auf der Suche nach ihren Herden durch die Wildnis streifte. Mürrisch zurrte er die Zeltplane über dem Gepäck fest und spannte die Hunde an. Auch Silarnik ließ er wieder mit der Meute laufen – der Rüde hatte seine Schonzeit verwirkt.

Minik lenkte den Schlitten direkt nach Westen. Durch die schmalen Schlitze der Schneebrille blickte er unverwandt zum Horizont, wo irgendwann das Meer auftauchen musste; so wollte er seinen Sinn ablenken von der drohenden Schmach, mit leeren Händen nach Uummannaq zurückzukehren. Aber wenn man nur Schnee und Himmel sieht, lassen sich die Gedanken nur schwerlich zügeln. Und deshalb haderte er, während die Schlittenkufen über den *Neuen-Schnee-auf-dem-Boden* glitten, schließlich doch mit seinem Schicksal.

Mittlerweile fühlte Minik sich wie in einem jener Albträume, in denen man ewig in einen Abgrund fällt oder eine Leiter hinaufklettert oder an einer Wand entlangwandert. Bereits den vierten Tag trieb er die Hunde nun schon nach Westen und noch immer fehlte jede Spur vom Meer. Hatte er sich tatsächlich so weit ins Hinterland verirrt?

Es gab noch eine andere Möglichkeit. Sowohl die North Star wie auch die Inglefield Bay waren von Landzungen umschlossen, welche weit in den Smith Sound hineinragten. Vielleicht befand er sich genau zwischen den beiden Buchten? Das Ende der nördlichen Halbinsel lag immerhin fast vierzig Meilen westlicher als Uummannaq. Minik beschloss, seinen Kurs vorerst beizubehalten. Was blieb ihm auch anderes übrig.

Der Nachmittag zog sich endlos hin, ohne dass sich die zwischen Grönland und dem kanadischen Ellesmere Island verlaufende Meeresstraße sichten ließ. Stattdessen begann sich der Himmel zu beziehen. Zwar schneite es noch nicht, aber der *Feine-vom-Wind-geblasene-Pulverschnee* war wie ein Schleier. Bald würde man die Hand vor Augen nicht mehr sehen. Minik sank der Mut. Er fühlte sich wie der einsamste Mensch auf Erden, war verzweifelt und kaum mehr zu einem klaren Gedanken fähig. Einen neuerlichen, möglicherweise tagelangen Schneesturm würde er nicht überleben. Obwohl er den Proviant rationiert hatte und sein Magen knurrte, war er körperlich noch stark genug, um auch weitere vier Tage durchzuhalten. Doch die lange Reihe von Fehlschlägen hatte seinen Widerstandswillen geschwächt und von Stunde zu Stunde erlahmte dieser mehr.

Als er am Abend das Zelt über dem Schlitten aufschlug, lag

seine Stimmung nahe jenem absoluten Tiefpunkt, der ihm in Montréal fast zum Verhängnis geworden war. Die Vorstellung, sein Leben in der Wildnis zu beenden, erschien ihm mit einem Mal gar nicht mehr so erschreckend. Er ertappte sich sogar bei dem Gedanken, im Freitod Zuflucht zu suchen. So bliebe ihm wenigstens der Spott seiner Leute erspart und er könnte endlich Frieden finden.

In einer Beziehung war er jedoch besser dran als in Amerika. Dort hatte er den Glauben an Gott verloren – oder vielleicht nie wirklich gefunden –, während seine Spiritualität unter den Inuit neu entfacht worden war. Trotz Armut teilten sie ihre Jagdbeute miteinander. Selbst ihn, den unverstandenen Außenseiter, hatten sie in ihrer Mitte aufgenommen. Vielleicht kümmerte sich der Schöpfer gerade deshalb um sie, weil sie nicht nur mit sich selbst beschäftigt waren.

Über diese Gedanken faltete Minik irgendwann die Hände und begann zu beten. Er benutzte keine auswendig gelernten Sprüche, wie kleine Jungen sie von frommen Maggies und Lizzies lernten, sondern Worte, die aus seinem Herzen kamen. Nie zuvor hatte er so inbrünstig mit dem Allmächtigen gesprochen. »Bitte führe mich in mein Dorf zurück«, flehte er und versprach, ein besserer Mensch zu werden.

Am nächsten Morgen wurde Minik vom Schrei einer Möwe geweckt. Aufgeregt kroch er aus dem Zelt. Tatsächlich! Es war kein Traum. Der Vogel zog ein paar Kreise über der schwarzen Meute und entschwand dann nach Westen. Von neuer Zuversicht beflügelt, brach Minik so schnell wie möglich sein Zelt ab und folgte dem gefiederten Hoffnungsboten.

Das Land war von Furchen durchzogen, die in Nord-Süd-Richtung verliefen und ihm das Vorankommen erschwerten. Doch er gönnte sich und den Hunden keine Ruhe. Gegen Mittag fiel das Gelände mit einem Mal steil vor ihm ab. Dann sah er das vereiste Meer.

Minik brachte den Schlitten gerade noch rechtzeitig vor einer steilen Klippe zum Stehen und gebärdete sich wie ein Wahnsinniger. Er schrie vor Erleichterung. Er tanzte im Kreis und hüpfte immer wieder in die Höhe. Die Schlittenhunde bellten, weil ihnen das Verhalten ihres Führers nicht geheuer war.

Unversehens blieb ihm der Jubel im Halse stecken. Er war sich mitten im Freudentaumel des schon zuvor erahnten Dilemmas bewusst geworden. Befand er sich nun nördlich oder südlich von Uummannaq? Von der Antwort auf diese Frage hing sein Überleben ab, denn wenn er die falsche Richtung einschlug, würde er sich in der Weite des Landes verlieren und früher oder später vor Hunger und Entkräftung sterben. War er anderthalb Wochen lang im Kreis herumgeirrt und befand sich jetzt wieder in der Nähe seines Ausgangspunktes oder hatte es ihn weit nach Süden verschlagen?

Gut vier Meilen vor dem südlichen Ende der North Star Bay lag eine Insel, doch wegen der schlechten Sicht konnte er nicht einmal die halbe Strecke überblicken. Minik sah über den Rand der Klippe zum steinigen Strand hinab. Wie leicht wäre es doch, einen Schritt nach vorne zu machen und so seinem nutzlosen Dasein ein Ende zu setzen …

Plötzlich brach die Sonne durch die Wolken. War das ein Zeichen? Er schöpfte neue Hoffnung. Wenn das Wetter sich wenigstens für kurze Zeit besserte, würde er vielleicht eine bekannte Landmarke entdecken. Rückwärts zog er sich von der Klippe zum Schlitten zurück. Er zurrte die Zeltplane los, um darunter nach etwas Essbarem zu suchen. Noch höchstens zwei Tage, dann wäre sein Proviant aufgebraucht.

Minik aß die Ration, die er seinem knurrenden Magen genehmigte, langsam. Jeden Bissen ließ er sich auf der Zunge zergehen. Auch den Hunden gab er zu fressen. Im Verlauf der nächsten Stunde klarte der Himmel zunehmend auf. Und dann sah er die Insel. Ihre Felsen ragten genau da aus der vereisten See, wo er sie vermutet hatte. Also befand sich Uummannaq etwa achtzehn bis zwanzig Meilen nordöstlich von ihm. Im Grunde brauchte er nur der Küste zu folgen, um sein Heimatdorf zu erreichen. In flachem Gelände wäre eine solche Strecke mit dem Hundeschlitten in anderthalb Tagen zu bewältigen, doch das Ufer der North Star Bay war zerklüftet und voller Hindernisse. Er beschloss, mit dem Schlitten über das zugefrorene Meer zu fahren, um die Wegstrecke abzukürzen und schneller voranzukommen.

Über eine Senke, die vielleicht vor Urzeiten einmal ein Flusstal gewesen war, lenkte er das Hundegespann zum Ufer hinab. Dort prüfte er zunächst gründlich das Eis. Die Oberfläche war harschig – kein gutes Zeichen. Was hatte er von Soqqaq gelernt? *Graues Eis frisst dich, weißes betrügt dich, aber das klare ist dein Freund.* Minik arbeitete sich mit der Axt durch die angetaute Schicht und stieß auf einen glasigen Panzer. Er hackte weiter, etwa eine halbe Armlänge tief. Das genügte, um sein Gespann zu tragen. Zufrieden kletterte er wieder auf den Schlitten und trieb die schwarze Meute aufs Meer hinaus.

Im Laufe des Nachmittags umrundete er in einem Halbkreis das Ende der Landzunge und ging dann auf Nordwestkurs. Die Bewölkung hatte sich fast restlos aufgelöst und die Sonne streute ihr warmes Licht über das Eis. Hier und da entdeckte Minik Risse und Spalten. Aber die Hunde sprangen einfach darüber hinweg und zogen den langen Schlitten mühelos hinterher. Kein Grund zur Beunruhigung, dachte Minik. Als dann aber am Nachmittag ein fahler Schemen am Himmel erschien, lief ihm doch ein Schauer über den Rücken.

Der Vollmond nahte! In vier, höchstens fünf Tagen würde er seine größte Kraft entfalten. *Vollmond bedeutet starke Flut, starke Strömung, schlechtes Eis.* Soqqaq hatte ihm diesen Merksatz mit großer Eindringlichkeit ans Herz gelegt. Minik saß auf dem Schlitten und blickte nach rechts zum Ufer hinüber. Es lag ungefähr eine Viertelmeile weit entfernt. Steile Klippen ragten aus dem Meer, unmöglich, dort an Land zu gehen …

Plötzlich hörte er unter sich ein Knacken. Er bekam eine Gänsehaut. Im nächsten Moment krachte es und der hintere Teil des Schlittens sackte ein Stück nach unten. Zum Glück hatte das Eis nicht auf ganzer Länge nachgegeben, sodass es den Hunden gelang, den Schlitten wieder auf festeren Grund zu ziehen. Aber damit war die Gefahr noch nicht gebannt.

Hektisch suchte Minik das Ufer nach einer geeigneten Stelle ab, wo er an Land gehen konnte. Unterdessen knirschte und knackte das Eis unter ihm immer stärker. Er wusste zwar, dass auf ein und demselben Gewässer durch Einflüsse wie Strömungen und Sonneneinstrahlung die Eisdicke ganz unterschiedlich ausfallen konnte, besaß aber auf diesem Gebiet nur wenig Erfahrung. Offenbar hatte er die Risiken unterschätzt.

Etwa eine Meile voraus entdeckte er eine kleine Bucht. Ein Ruck ging durch den Schlitten. Wieder war das Eis aufgebrochen, aber noch konnte es das auf die langen Kufen verteilte Gewicht tragen. Minik rief das Kommando, um Tivi die Richtungsänderung anzuzeigen. Die Leithündin reagierte sofort. Instinktiv spürte wohl auch sie die Tücken des Eises.

Der Schlitten schien über eine dünne Schicht aus Zuckerguss hinwegzugleiten. Immer häufiger mussten die Zugtiere Risse überwinden. Das Ufer kam näher. Als es nur noch einen Schneeballwurf weit entfernt war, atmete Minik erleichtert auf.

Und dann brach der Schlitten fast auf ganzer Länge ein.

Minik rettete sich mit einem Hechtsprung auf das harschige Eis. Er rollte ein paarmal herum, verlor dabei seine Peitsche und blieb auf dem Bauch liegen. Im ersten Schreck wagte er nicht, sich aufzurichten und dabei vielleicht selbst einzubrechen.

Der Schlitten hing in einer gefährlichen Schieflage im Wasser. Nur das vordere Ende der Kufen war noch auf dem Eis. Minik feuerte die Hunde an, ihr Äußerstes zu geben. Gehorsam stemmten sie sich in die Geschirre, die Leinen knarzten, aber die Tiere fanden auf dem rutschigen Untergrund weder den Halt noch hatten sie die Kraft, das schwere Gefährt freizubekommen. Jeden Moment konnte es ganz abrutschen und die ganze Meute in die Tiefe reißen.

Das Gespann gehörte Soqqaq. Es zu verlieren hieße, sein Vertrauen schmählich zu enttäuschen. Dieser Gedanke erschien Minik so schrecklich, dass er gegen alle Vernunft zum Schlitten zurückkehrte. Um sein Gewicht so gut wie möglich zu verteilen, schob er sich wie ein Seehund auf dem Bauch voran. Wenn er die Ladung verringerte, so sein Plan, konnte er den Schlitten vielleicht retten.

Das Eis ragte fast bis an die eingebrochenen Kufen heran. Minik robbte zunächst zu dem Kasten auf dem hinteren Teil der Plattform. Vorsichtig zog er sich an den Halteholmen hoch, zog nacheinander die beiden, in Tierhaut eingewickelten Gewehre aus dem Behälter und warf sie aufs sichere Eis. Der Schlitten sackte ein weiteres Stück nach unten. Jetzt lagen die Kufen noch bestenfalls zwei Handbreit auf.

»Zieht!«, rief Minik den Hunden zu.

Während die Tiere ihr Letztes gaben, machte er sich daran, die Zeltplane über dem Gepäck zu entfernen. Hastig zog er die Handschuhe aus, nahm das Taschenmesser und schnitt die Halteschnüre durch. Nachdem er die Pelerine aus dem Weg geschafft hatte, schickte er sich an, das Gepäck aufs Eis zu schleudern. Als er gerade nach dem zerfetzten Bärenfell greifen wollte, brach der Schlitten völlig ein.

Wäre er nicht aus Holz gewesen, hätte Minik den Kampf ums Überleben an dieser Stelle verloren. So aber genügte ihm der schwache Auftrieb, um sich mit einem neuerlichen Sprung aufs benachbarte Eis zu retten. Kaum hatte er sich dort herumgerollt, verschwand Soqqaqs zweitwertvollster Besitz unter der Oberfläche des schwarzen Wassers.

Mit vor Schrecken geweiteten Augen sah Minik, wie jetzt auch noch der kostbarste Schatz seines Großonkels in Richtung des dunklen Spalts gezogen wurde. Obwohl die Hunde zu wissen schienen, was ihnen drohte, konnten sie das Gewicht des Schlittens nicht länger halten. Sie bellten, einige winselten, alle gaben ihr Letztes, trotzdem rutschten sie immer weiter zurück.

Eher wollte Minik sterben, als auch die schwarze Meute zu verlieren! Er hatte noch das Messer in der Hand. Wenn es ihm gelang, die Leinen fast gleichzeitig zu kappen, dann konnte er die Hunde retten. Falls er dabei allerdings zu langsam zu Werke ging, würden die verbleibenden Tiere unweigerlich ins Verderben gerissen.

Er rappelte sich hoch und lief zu der Stelle, die genau zwischen dem Spalt und den Hunden lang. Zum Glück waren die Leinen sehr lang. So konnte er sie, wenn auch mit Mühe, zu einem Bündel zusammenfassen, das er sich um den linken Arm schlang und mit der Hand umklammerte. Damit ging er allerdings das Risiko ein, selbst einzubrechen.

Hastig säbelte Minik eine Sehne nach der anderen durch. Je weniger Tiere an den Leinen verblieben, desto mächtiger wurde für ihn der Zug des Schlittens. Seine Beine begannen zu rutschen. Er kappte einen weiteren Strang. Das dunkle Loch kam immer näher. Und noch einen. Unter seinen Füßen knirschte es. Endlich durchtrennte er den letzten Strang.

Die abgeschnittenen Enden glitten über das Eis und verschwanden in dem Spalt. Minik ließ sich der Länge nach hinfallen und kroch rasch vom Wasser weg. Schließlich blieb er keuchend liegen. Durch die Wolken seines Atems hindurch betrachtete er den trostlosen Schauplatz rund um das Loch. Abgesehen von den Gewehren, der Zeltplane und ein paar willkürlich geretteten Gepäckstücken hatte er alles verloren. Auch der Proviant war im Meer versunken.

Minik besaß keine Kraft mehr, der Verzweiflung länger zu trotzen, und begann zu weinen. Er kam sich dabei so elend vor, obwohl außer Gott ja niemand seine Tränen sah. Wenigstens hatte er die Meute gerettet. Sie würde bestimmt den Weg nach Hause finden. Ob *er* es allerdings ohne Verpflegung und Schlitten zu Fuß bis nach Uummannaq schaffen würde, war fraglich. Schon der nächste Wetterumschwung konnte ihn umbringen. Vielleicht wäre es das Beste, dem Schicksal die Arbeit zu erleichtern. Finster starrte Minik auf das Taschenmesser in seiner Hand.

Er hatte es nie ausprobiert, ja, nicht einmal anderen dabei zugesehen. Seit Männer wie Peary nach Avanersuaq gekommen waren, hatte sich viel geändert. Die Weißen tauschten Elfenbein gegen Holz, einen unermesslich kostbaren Rohstoff im baumlosen Reich der Polareskimos. So geriet bei den jüngeren Jägern die traditionelle Art des Schlittenbaus bereits in Vergessenheit. Aber Minik hatte einen Lehrmeister vom alten Schlage gehabt. Daher wusste er wenigstens in der Theorie, wie sich die Inuit früher auch ohne Holz beholfen hatten. Aber war er auch fähig, dieses Wissen in die Praxis umzusetzen?

Er tauchte die Walrosshaut der geretteten Zeltplane in ebenjenes Loch, das seinen Schlitten verschlungen hatte. Nachdem sie mit Wasser vollgesogen war, faltete er sie mehrmals, bis sie ein langes Rechteck bildete. Unter dessen Längsseiten legte er die beiden Gewehre und formte um sie herum zwei lange Kufen. Einst wurde dazu Tierfleisch benutzt, was den unschätzbaren Vorteil hatte, die Verstärkung der Gleitschienen bei einsetzendem Tauwetter aufessen zu können. Doch das war im Moment Miniks geringstes Problem.

Nach getaner Arbeit wartete er. Die Sonne stand tief am Horizont. Seit dem Mittag waren die Temperaturen spürbar gefallen. Es dauerte daher nicht lange, bis die Tierhaut hartgefroren war. Ehe sie die Festigkeit eines Brettes erreicht hatte, bohrte Minik mit dem Taschenmesser eine Öse in den vorderen Teil der Walrosshaut. Gegen Mitternacht befestigte er die gekappten Hundeleinen daran. Dann setzte er sich auf den Schlitten, ließ die Peitsche knallen und gab den Befehl zum Aufbruch. Das Gespann setzte sich mit ungewohnter Leichtigkeit in Bewegung.

Die Schlittenfahrt entlang der Küste wollte kein Ende nehmen. Minik war von den Strapazen völlig ausgelaugt und den Hunden ging es kaum besser. Immer öfter musste er Pausen einlegen, damit sie sich ausruhen konnten. Ein erfahrener Inuk hätte vermutlich längst eines der Tiere geschlachtet, um den Hunger der anderen zu stillen, aber er brachte das nicht übers Herz.

Nach fast vierundzwanzigstündiger Reise sah er die Häuser der Missionsstation im milden Licht der Mitternachtssonne auftauchen. Er war zu erschöpft, um einen weiteren Freudentanz aufzuführen. Und zu niedergeschlagen, wusste er doch, dass nun die Stunde der Wahrheit nahte. Mehr als drei Wochen hatte er in der Wildnis zugebracht und kehrte mit weniger zurück als bei seinem Aufbruch.

Um die Pein der Schmach noch etwas hinauszuzögern, lenkte er das Gespann zum Wohnhaus der Missionare. Wenn sie mich abweisen, dachte er, bin ich nicht mehr wert als diese Hunde. Ich werde die schwarze Meute hier zurücklassen und zum Sterben in die Wildnis gehen.

Er band die Tiere an der Treppe fest, wo er – vor einer Ewigkeit, wie es ihm schien – Aleqasina und Robert Peary begegnet war. Wie gerne hätte er die Hunde mit einem Leckerbissen belohnt, doch diesen Dank musste er ihnen schuldig bleiben. Stattdessen lief er von einem vierbeinigen Kameraden zum anderen, klopfte hier eine Flanke, kraulte da einen Pelz und lobte jedes einzelne Tier für seine Treue.

Anschließend lief er zum benachbarten Wohnhaus hinüber. Verzagt blieb er vor dem Eingang stehen. Sein Mut war aufgebraucht. Er konnte sich nicht überwinden, an die Tür zu klopfen. Mit hängendem Kopf wandte er wieder ab.

Da hörte er plötzlich hinter sich ein Rumpeln, dann ein Quietschen und schließlich die Stimme von Emilie Rosbach.

»Minik!« Es folgte ein Wortschwall im Kalaallisut der Inuit aus Südwestgrönland. Abgesehen von ein paar Brocken hatten die Missionare den Dialekt der Polareskimos immer noch nicht gelernt.

Obwohl Minik die Frau des Katecheten kaum verstand, reichte schon ihr freundlicher Tonfall, um seine Schwermut zu lindern. Zudem deutete sie lächelnd ins Haus. Nach kurzem Zögern trat er zitternd durch die Tür.

Drinnen hieß ihn auch Sechmann Rosbach willkommen. Der Religionslehrer schien sofort zu spüren, in was für einer Verfassung der Besucher war. Trotz der Sprachbarriere hatten die Missionare wahrscheinlich von Miniks langer Abwesenheit erfahren. Emilie bot dem ausgehungerten Besucher Kaffee und eine Fischsuppe an.

Alsbald sah das Ehepaar Minik dabei zu, wie er sich den Bauch vollschlug. Ihm fehlte der Elan, sich ihnen auf die gewohnte Art mit Händen, Füßen und englischen Wörtern mitzuteilen, und sie besaßen genügend Feingefühl, ihn nicht mit Fragen zu bedrängen. Dafür blieb später immer noch Zeit. Nach der dritten Schüssel war er endlich satt – und mit dem Schwinden des Hungers, kehrte das Schamgefühl zurück.

Eine Weile blickte er verlegen in sein leeres Essgeschirr. Er merkte, wie ihm die Tränen über die Wangen liefen, und konnte nichts dagegen tun. Lebendig in sein Dorf zurückgekehrt und von diesen Menschen aufgenommen worden zu sein, bedeutete für ihn die Erhörung seiner Gebete. Er wischte sich mit dem Handrücken die Tränen aus dem Gesicht, blickte erst Sechmann, dann Emilie an und sagte: »Ich habe meinen himmlischen Vater auf der schlechten Straße des Lebens verlassen, doch nun weiß ich, dass er mich immer noch liebt.«

Das Paar lächelte ihn verständnislos an.

»Ich wünschte, ich könnte euch erklären, wie dankbar ich euch bin. Ihr habt mein Leben gerettet. Ich werde mich immer an euch erinnern und nie aufhören, euch zu lieben.«

Emilie drückte seine Hand und Sechmann sagte etwas, das zumindest sehr mitfühlend klang.

Minik erhob sich, um zu gehen. Die Frau des Katecheten bedeutete ihm zu warten. Sie packte rasch etwas zu essen in Ölpapier und drückte ihm das Paket in die Hand. Er spürte, wie ihm vor Rührung abermals die Tränen kamen, murmelte ein paar Worte des Dankes und floh aus dem Haus.

Als er auf dem Weg zu den Hunden schluchzend das Gebäude umrundete, prallte er plötzlich mit einer jungen Frau zusammen. Wackelig wie seine Beine noch waren, schlug er der Länge nach in den Schnee.

»Du lebst!«, hörte er über sich das Mädchen quietschen.

Er wälzte sich auf den Rücken. »Arnannquaq?«

Sie kicherte. »Kennst du etwa – abgesehen von meiner kleinen Schwester vielleicht – eine andere, die so aussieht wie ich?« Rasch bückte sie sich, um ihm aufzuhelfen. Dabei sahen ihn ihre schielenden Augen fröhlich an.

Als er sich ächzend erhob, überkam ihn Schwindel. Einen Moment lang wankte er, dann drückte ihn Arnannquaq beherzt an sich. »Du scheinst in keiner guten Verfassung zu sein. Wir dachten, du seist tot. Was ist mit dir passiert?«

Minik war zu benommen, um ihr auch nur eine kurze Zusammenfassung der durchlittenen Gefahren und Enttäuschungen zu geben. Während ihr Atem über sein Gesicht strich, spürte er die Wärme ihres Körpers. Es war ein anderes Gefühl als bei Aleqasina, nichtsdestotrotz durchlief ihn ein wohliger Schauer.

Sie lächelte ihn schüchtern an und fragte: »Ist alles wieder in Ordnung mit dir?«

»Nein«, antwortet er. »Aber das ist nicht so schlimm.«

»Hast du mir ein Geschenk mitgebracht? Ein gutes Fell?« Sie entsann sich also noch des großspurigen Versprechens, das er ihr bei seinem Abschied gegeben hatte.

Mit wachsender Verzweiflung hielt er ihrem gespannten Blick stand. Was sollte er sagen? Ich hatte ein Eisbärenfell für dich, aber das, was die Hunde davon übrig gelassen haben, ist mir weggeschwommen? Als wenn die Schande nicht schon groß genug wäre, Soqqaqs Schlitten verloren zu haben! Wenn ihm noch ein letztes Fünkchen Manneswürde bleiben sollte, dann durfte er sich nicht auch noch vor dem Mädchen blamieren.

»Ich habe etwas Besseres«, antwortete Minik. Einen Moment lang kramte er in den Tiefen seines Parkas, dann nahm er Arnannquaqs Hand, öffnete sie und legte sein Geschenk hinein.

Sie betrachtete die bunte Scheibe mit großen Augen, hielt sie vor die Sonne und bestaunte die Farben. »Es ist wunderbar, Minik, aber … was soll das sein?«

»Ein Stück Polarlicht.«

Sie lächelte selig. »Und … ich darf es behalten?«

»Ja«, antwortete er und schluckte schwer. Er wäre nicht gekränkt gewesen, wenn sie – wie einst Zaksriner – die Scherbe abgelehnt hätte.

Arnannquaq fiel ihm um den Hals. »Danke, Minik. Du bist so lieb. Ich kann mir kein schöneres Geschenk vorstellen.«

22.

Innere Turbulenzen

Uummannaq (Grönland), 6. September 1910

Minik zog das Kanu unterhalb der Missionsstation an den Strand und band seine Beute los, einen weißen Seehund mit makellosem Fell. Im vergangenen Sommer hatte er mit einer Reihe ähnlich guter Fänge die sich im Frühjahr selbst zugefügte Scharte mehr als ausgewetzt. Soqqaq war ihm schon lange nicht mehr böse; die Freude über die gesunde Rückkehr seines Großneffen und der Meute hatte den Verlust des Holzschlittens bei Weitem überwogen. Die Anerkennung der anderen Männer von Uummannaq zu gewinnen, war da schon erheblich schwerer gewesen. Durch den misslichen Ausgang des Jagdausflugs hatte er seinen Ruf als eigenbrötlerischer Versager zunächst eher bestätigt.

Vor wenigen Tagen erst war seine innere Zerrissenheit aus ihm herausgebrochen, als er ein Schreiben an seinen Freund Dob verfasste. Gelegenheit dazu hatte ein neufundländischer Walfänger gegeben, der in der North Star Bay vor Anker ging; der Kapitän versprach, den Brief sofort nach seiner Rückkehr in Brigus aufzugeben. Worte könnten kaum ausdrücken, teilte Minik seinem Freund darin mit, wie sehr er das einzige Band liebe, das ihn an »das Land mit wärmerem Klima und kälteren Herzen« binde. Peary habe nicht einmal eine Nachricht von ihm nach New York mitnehmen wollen. Und auf den Wettstreit zwischen dem Polarforscher und dessen Kontrahenten Cook Bezug nehmend, steigerte Minik sich schließlich zu der Feststellung:

»Beide Enden und die Mitte der Erde zusammen sind den Preis nicht wert, der für die Entdeckung des Pols gezahlt worden ist. Sieh all die weißen Knochen! Wo ist mein lieber Vater? Warum kann ich nicht mehr da leben, wo ich das Licht der Welt erblickte, und auch nicht mehr da, wohin man mich entführt hat? Weshalb bin ich ein Experiment dort wie hier …? Ich habe keine Freunde, weder hier noch anderswo …«

All seine Seelennöte versammelten sich gleichsam auf dem Briefpapier. Während die Worte aus seiner Feder flossen, schämte er sich für die kuriosen Anstrengungen, mit denen er während der letzten Monate die Achtung der in Uummannaq lebenden Menschen hatte gewinnen wollen. Weil die wahre Geschichte über seinen Aufenthalt in Amerika ihm allzu jämmerlich erschien, war er auf eine neue, deutlich abenteuerlichere Version umgestiegen. Darin verkörperte er einen Halunken, der die Staatsmacht des weißen Mannes nach Belieben an der Nase herumgeführt hatte. Mit dieser Räubergeschichte erhoffte er sich bei seinen Zuhörern, zu einem Robin Hood der Polareskimos aufzusteigen.

Um nicht wie Uisaakassak den Beinamen »der großer Lügner« zu erhalten, hatte Minik seine Schilderungen eher nüchtern begonnen. Tatsächlich glaubte man ihm, dass es im Land der weißen Männer Häuser wie Berge, Hundeschlitten ohne Hunde, Gespräche auf heißen Drähten über Hunderte von Meilen hinweg, feuerloses Licht, Holz in Hülle und Fülle sowie vieles andere mehr gab. Je besser er die Sprache seines Stammes sprach, desto schillernder wurden vor allem die Schilderungen seiner angeblichen Erlebnisse bei den *qavangangnisat*, den »Bewohnern der südlichen Region«.

Nach Qisuks Tod sei er von wohlhabenden Männern unter die Fittiche genommen worden, zuerst von Jesup, dann von

William Wallace. Er habe die Sprache der weißen Männer gelernt, ihre Sitten, außerdem Lesen, Schreiben, Rechnen und Religion. Seine Soli in der Kirche von Lawyersville seien legendär gewesen. Aus Anlass seiner Taufe – seither trug er offiziell den Namen Minik Peary Wallace – seien ihm von Onkel Will zwanzigtausend Dollar versprochen worden, welche er zum fünfundzwanzigsten Geburtstag erhalten werde – somit sei er bald ein reicher Mann. Weil die Währung der Polareskimos aus Fuchspelzen, Eisbärenfellen und Elfenbein bestand, beeindruckte sie dies nicht sonderlich. Daher strich Minik den pekuniären Teil seiner Geschichte später zusammen und schmückte stattdessen die Heldentaten mehr aus.

Da er beschlossen habe, Dentist zu werden – an dieser Stelle pflegte er sein Zahnarztbesteck zu präsentieren –, schrieb er sich an einer Universität ein. Dann sei er zufällig im Museum auf Qisuks Skelett gestoßen. »Da habe ich meinem früheren Leben den Rücken gekehrt«, erklärte Minik. »Um mich an Morris Jesup zu rächen, stahl ich ihm Pflanzen aus dem Garten und kassierte dafür obendrein einen Gärtnerlohn. Später schlug ich den Präsidenten des Naturkundemuseums nieder und bemächtigte mich seiner Brieftasche und Uhr. Das Geld habe ich versoffen.«

Weil die Polareskimos Alkohol ebenso wie Holz nur als Segensgabe des weißen Mannes kannten, trug diese Lüge nicht unwesentlich zu Miniks Anerkennung im Kreise der Jäger bei. Gewöhnlich brauchte er dann nur noch auf die neugierigen Fragen seiner Stammesbrüder zu antworten.

»Und wie ging's dann weiter?«

»Ich bin von da an ein Vogelfreier gewesen, gehasst von Jesup und Konsorten, gejagt von der Polizei. Wenn ich ins Gefängnis kam, brach ich wieder aus. Bald war ich der Anführer einer vierköpfigen, ungemein gefährlichen Diebesbande. Wir schlugen Leute zusammen und raubten sie aus. Zwar war ich nicht der Größte und Stärkste des Quartetts, aber der Hellste. Deshalb habe ich die Coups geplant und die anderen mussten sie ausführen.«

»Aber war das nicht gefährlich?«

»Natürlich. Bei einer Kneipenschlägerei habe ich in betrunkenem Zustand einen Mann niedergeschlagen und mein Kumpan rammte dem sich am Boden Krümmenden ein Messer in den Bauch. Er ist dann gestorben. Ein paar Tage später war in allen New Yorker Zeitungen mein Bild zu sehen gewesen. In den Artikeln dazu stand, ich sei ein gefährlicher Verbrecher. Die Polizei hatte für meine Ergreifung – tot oder lebendig – eine hohe Belohnung ausgesetzt.«

»Und? Haben Sie dich erwischt?«

»Es war ganz schön knapp. In ganz Nordamerika hingen Suchplakate von mir. Deshalb bin ich aus der Stadt geflohen.«

»Aber wie ist es dir gelungen, nach Hause zurückzukehren?«

An dieser Stelle lachte Minik gewöhnlich und antwortete: »Ich wurde eines Tages aus meinem Hotel entführt und – ihr werdet es nicht glauben – zu Mrs Cook, der Frau des Polarforschers Doktor Frederick A. Cook, gebracht. Sie sagte zu mir: ›Die Polareskimos haben meinem Mann oft geholfen, und daher werde ich nun Ihnen helfen.‹ Ich kam in einer großen Holzkiste mit Atemlöchern heimlich an Bord eines kleinen Schiffes, das mich anschließend nach St. Johns auf Neufundland brachte. Von hier aus bin ich mit der *Jeanie* in die Heimat zurückgekehrt.«

Seine Stammesbrüder und Sechmann konnten die Geschichte gar nicht oft genug hören und je weiter Minik sie ausbaute, desto schwerer fiel es ihm, zwischen Wahrheit und Fantasie zu unterscheiden. Daher war das Gefühl der Scham, das er beim Schreiben des Briefes an Dob empfand, auch nicht von Dauer. Immerhin urteilten seine Stammesbrüder nun milder über ihn. Ein Außenseiter war er zwar immer noch, aber einer, der sich in der Fremde unter mancherlei Gefahren behauptet hatte. Da traf es sich gut, dass er auch bei der Jagd immer öfter seinen Mann stehen und den Stamm regelmäßig mit Fleisch versorgen konnte.

Minik schulterte den schweren Kadaver der Robbe, um ihn ins Dorf zu schleppen. An die anderen Jäger verschwendete er in diesem Moment keinen Gedanken. Er interessierte sich nur für die Bewunderung *einer* Person: Arnannquaq.

Endlich glaubte er, das Kapitel Aleqasina abgeschlossen zu haben. Keine Jagd mehr über grüne Wiesen nach einer Schönen, die für ihn doch immer unerreichbar bleiben würde. Die Stimme der Vernunft, die so lange von dem Glanz der Schönen des Stammes überstrahlt worden war, hatte obsiegt.

Aber stimmte das? Oder machte er sich nur etwas vor?

Wie auch immer, er hatte sich bis über beide Ohren in Arnannquaq verliebt. Obwohl das Mädchen schielte, war es für ihn seine Prinzessin. Für Vesta Tilley hatte er geschwärmt, mit Aleqasina zum ersten Mal das Reich Eros erkundet, aber Arnannquaq war die Frau, für die er sorgen, mit der er Kinder haben wollte. Und das weiße Seehundfell sollte sein Brautgeschenk sein.

In freier Wildbahn lebten Albinos oft nicht lang genug, um ganz auszuwachsen. Insofern war Miniks Tier etwas ganz Besonderes, kostbarer noch als ein Eisbärenfell. Er rechnete sich daher gute Chancen aus, seine Prinzessin gebührend zu beeindrucken. Während er die Beute den Strand hinauftrug, stellte er sich Arnannquaqs staunendes Gesicht vor. Dabei wanderte sein Blick zu den Holzhäusern hinauf, zwischen denen der Weg zum Dorf hindurchführte.

Seit vergangenem Monat war ein neues Gebäude hinzugekommen, der Thule-Handelsposten. Ein Inuit-Mischling namens Knud Johan Victor Rasmussen und der Däne Peter

Freuchen hatten ihn errichtet. Rasmussen war wie sein Jugendfreund Gustav Olsen in Jakobshavn an der Disko Bay geboren. Weil er in Dänemark studiert und in Kopenhagen als Journalist gearbeitet hatte, beherrschte er neben seiner grönländischen Muttersprache auch das Dänische. Seit der »literarischen Expedition« von Ludvig Mylius-Erichsen im Jahre 1903 hatte Rasmussen zudem immer wieder den Nordwesten Grönlands bereist und konnte sich mittlerweile recht gut im Dialekt der Avanersuaq-Region verständigen – für Minik Grund genug, so oft wie möglich die Gesellschaft des welterfahrenen Mannes zu suchen. Mit den Einnahmen aus der Thule-Station wollte Rasmussen seiner Passion fröhnen: der Kartografierung noch nicht erfasster Gebiete Nordgrönlands und der Aufzeichnung von Überlieferungen und Geschichten der Polareskimos. Sein Traum war eine Expedition durch das Herzland der Inuit.

Miniks Augen suchten die Fenster der Gebäude nach den Gesichtern von Knud, Sechmann oder deren Gefährten ab. Plötzlich flog die Tür des Handelspostens auf und Arnannquaq stürzte heraus. Sie hatte den Blick gesenkt und wirkte erregt. Ohne von Minik Notiz zu nehmen, lief sie mit kurzen, aber schnellen Schritten in Richtung Dorf davon. Er war zu überrascht, um nach ihr zu rufen.

Kurz darauf erschien Knud Rasmussen in der Tür. Er war eine drahtige Erscheinung mit schmalem Gesicht, messerscharfer Nase und dunklem Haar. Anders als das Mädchen entdeckte er den sich nähernden Jäger sofort.

»Minik, dich schickt der Himmel!«

Der Gerufene lief zum Haus und ließ erst seine Beute neben der Treppe zu Boden gleiten, ehe er barsch antwortete: »Was hast du mit Arnannquaq angestellt? Steckt Peter dahinter? Oder wieder mal Majaq?« Selbiger war ein angesehener Jäger, der sich für das Mädchen verantwortlich fühlte und es bei jeder Gelegenheit an den Mann zu bringen suchte. Vor einiger Zeit hatte er es Peter Freuchen angeboten.

Knud hob beschwichtigend die Hände. »Beruhige dich, Minik. Nichts von alldem trifft zu. Ich habe Arnannquaq lediglich einen guten Rat geben wollen. Allerdings hat sie anders darauf reagiert, als ich mir erhoffte.«

Miniks Augen verengten sich. »Was für einen Rat?«

»Gustav hat mich angesprochen. Er meint, Arnannquaqs Verhalten Männern gegenüber schaffe nichts als Unruhe. Außerdem gebe sie ihrer kleinen Schwester Mikivssuk ein denkbar schlechtes Beispiel. Ständig liegt er mir in den Ohren wegen ihres unmoralischen Auftretens. Du kennst ihn ja. Als Missionar fällt es ihm schwer, eure Vorstellungen von Liebe und Körperlichkeit zu akzeptieren.«

Minik nahm den kirchlichen Rüffel persönlich. »Ich habe noch kein einziges Mal bei Arnannquaq gelegen.«

Knud zog den Mund schief. »Davon war auch gar nicht die Rede. Unser Herr Priester ist nur ungehalten, weil sich gleich mehrere Liebhaber mit Arnannquaq vergnügen. Ich weiß, dass du auch ein Auge auf sie geworfen hast. Kannst *du* nicht mit ihr reden? Vielleicht erreichst du mehr bei ihr als ich.«

»Das habe sich schon. Und Arnannquaq versicherte mir, in den letzten Wochen mit keinem der jungen Jäger mehr das Lager geteilt zu haben.«

»Anscheinend ist das noch nicht bis zu Gustav durchgedrungen. Wie ist es denn mit dir, Minik? Hegst du ernste Absichten im Hinblick auf das Mädchen?«

Der Gefragte deutete mit stolz geschwellter Brust auf den toten Seehund. »Was sagst du dazu?«

»Ein wunderschönes Tier.«

»Es ist mein Brautgeschenk für Arnannquaq. Wir beide werden heiraten.«

Knud pfiff zwischen den Zähnen hindurch. »Daher weht

also der Wind! Das wird Gustav beruhigen. Wann soll es denn so weit sein?«

Minik schlug die Augen nieder. »Im Moment wohne ich noch bei Soqqaq. Aber als Ehemann muss ich meiner Frau ein Dach über dem Kopf bieten. Es dauert ja noch eine Weile, bis ich die zwanzigtausend Dollar von meinem Pflegevater bekomme.«

Knud Rasmussen kannte die Geschichte des von Peary entwurzelten Inuitjungen in allen fantastischen Einzelheiten und nickte verständnisvoll. »Du könntest trotzdem für deine Frau und dich ein Haus bauen.«

»Genau das habe ich vor. Aber in diesem Jahr ist es schon zu spät dafür. Bald wird das Wetter umschlagen und dann kommt die große Dunkelheit. Die einzige Möglichkeit, vor dem Frühjahr zu heiraten, wäre ...« Minik verließ der Mut.

»Sprich aus, was dir auf dem Herzen liegt.«

Er holte tief Luft. »Wenn du und Peter uns den Winter über in der Handelsstation wohnen lasst, könnten wir schon in wenigen Tagen ein Paar sein. Im nächsten Sommer werde ich dann für Arnannquaq und mich das Haus bauen.«

Knud Rasmussen musterte Minik eindringlich, als könne er allein dadurch seine Tauglichkeit zum Ehemann prüfen. Dann nickte er. »Ich denke, das ließe sich einrichten. Wenn Peter keine Einwände hat, dürft ihr bei uns einziehen.«

Peter Freuchen hatte gegen ein Zusammenrücken in der Thule-Station nichts einzuwenden. Er war auch nicht eifersüchtig, als Minik ihm später am Tag von den Hochzeitsplänen erzählte, ganz im Gegenteil. »Als ich bei Majaq zu Gast war, hat er mir dein Mädchen zwar angeboten, aber ich *wollte* es gar nicht«, beteuerte er. »Die ganze Situation war ziemlich peinlich. Er meinte zu mir, ein junger gesunder Mann brauche auch eine Frau, und ließ umgehend Arnannquaq holen. Im

Handumdrehen stand sie splitternackt vor mir und Majaq hat mir ihre sämtlichen Qualitäten angepriesen. ›Und weil sie schielt, ist sie doppelt wertvoll‹, hat er gemeint, ›denn du brauchst nie um sie zu kämpfen.‹«

»Ich finde sie niedlich«, erwiderte Minik verschnupft.

»Oh, sie ist mehr als das!«, versicherte der hochgewachsene Däne mit dem dichten Vollbart und der krausen blonden Mähne. »Notgedrungen konnte ich mich ja von den Vorzügen ihres Körpers überzeugen. Ich habe mich mehr für sie geschämt als für mich. Und – darauf gebe ich dir mein Ehrenwort – angerührt habe ich sie nicht. Aber so, wie ich dich einschätze, leidet Gustav Olsen ohnehin mehr darunter, dass sie nicht als Jungfrau in die Ehe geht als du.«

Minik nickte. Obwohl er nach den strengen Moralvorschriften des prüden Amerika erzogen worden war, hatte er im Hinblick auf die Sitten seines Volkes einiges dazugelernt. Spätestens seit der Nacht mit Aleqasina gehörte dazu auch dessen Umgang mit der Sexualität. Manche Frauen unter den Polareskimos fanden erst mit dem siebten oder achten Mann den Partner fürs Leben, andere hatten gleich mehrere auf einmal. Doch es gab auch Jäger, die sich nicht mit einer einzigen Ehefrau begnügten. »Ich hoffe, Gustav ist uns nicht böse, wenn wir auf eine christliche Trauung verzichten.«

»Er wird es verschmerzen. Dann schließt ihr euren Ehebund also auf die traditionelle Art?«

Der Bräutigam verstand nicht genau, was sein Gegenüber damit meinte.

Peter Freuchen grinste. »Na, hier gilt es doch schon als Heirat, wenn man einem Mädchen die Hose runterzieht.«

Minik errötete. Ausweichend antwortete er: »Wir sind zu arm, um uns eine aufwändige Zeremonie mit einer großen Feier zu leisten. Deshalb wollen wir gleich nach der … äh … Hochzeit eine Reise unternehmen. Soqqaq leiht mir seine

Meute und von Knud bekomme ich einen Schlitten. Vielleicht besuchen wir Uisaakassak in der Inglefield Bay.«

»Das ist eine prima Idee. Ich wünsche euch beiden, dass eure Ehe glücklich wird.«

Vier Tage später schloss Minik hinter sich und seiner Prinzessin die Tür der Missionsstation. Aufwändige Hochzeitsfeierlichkeiten waren unter den Inuit eher unüblich, trotzdem hatte sich draußen fast das ganze Dorf versammelt, um das Brautpaar in sein Liebesnest zu entlassen. Aus Anlass ihrer Trauung war ihnen das Missionarshaus von Gustav Olsen für eine Nacht überlassen worden. Emilie Rosbach hatte zusammen mit der kleinen Mikivssuk – Arnannquaqs acht Jahre jüngeren Schwester – den Dielenboden geschrubbt, Kerzen aufgestellt und zwischen Kisten und Fässern ein provisorisches Lager aus Matratzen errichtet.

Minik betrachtete argwöhnisch das blütenweiße Bettlaken. An derselben Stelle hatten Peary und Aleqasina ihre letzten gemeinsamen Stunden verbracht …

»Ist alles in Ordnung?«, fragte Arnannquaq neben ihm.

Er griff nach ihren Händen, zog sie zu sich heran und zwang sich zu einem Lächeln. »Entschuldige, aber der große Peiniger spukt mir mal wieder im Kopf herum.«

»Piuli? Warum musst du ausgerechnet jetzt an den Menschen denken, der dir so viel Leid angetan hat?«

»Vielleicht, weil damit nun endlich Schluss ist. Mit dir fängt ein neues Leben an.«

Sie schlang ihre Arme um seinen Hals, stellte sich auf die Zehenspitzen und rieb ihre Nase an seiner. »Ich liebe dich, mein großer Jäger.«

»Und ich liebe *dich,* Arnannquaq.«

Ihr Mund wanderte zu seinem Ohr und sie flüsterte: »Möchtest du mir beim Ausziehen helfen?«

Aufgeregt, wie er war, und mangels Übung zog sich das Entkleiden der Braut länger hin, als es dem Bräutigem lieb sein konnte. Umständlich zerrte er ihr den Parka über den Kopf, und als sie endlich mit entblößtem Oberkörper vor ihm stand, wurden seine Hände noch fahriger. Die Schuhe leisteten ihm erbitterten Widerstand. Er empfand es auch nicht wirklich als hilfreich, dass Arnannquaqs Finger ihm während des Kampfes mit den Füßlingen durchs Haar fuhren. Zittrig griff er nach ihren Beinkleidern, um jene feierliche Handlung zu vollziehen, die Peter Freuchen mit so heiterer Miene beschrieben hatte.

Und eine Erkenntnis erschütterte ihn, während er Arnannquaq von ihrer Hose befreite: Er musste plötzlich an Aleqasina denken.

»Da unten liegt Kangerdlugssuaq. Das Steinhaus da drüben, das dreimal größer ist als alle anderen, gehört Uisaakassak«, sagte Minik und zeigte auf das Dorf, das oberhalb der Inglefield Bay lag. Seine Frau saß auf dem Schlitten und er lief nebenher.

Arnannquaq gähnte. »Endlich! Ich bin todmüde.«

»Die Reise war anstrengend für dich, ich weiß. Bald kannst du dich ausruhen. Vielleicht gibt mein Freund uns zu Ehren heute Abend ein Fest.«

Während er das Hundegespann Richtung Lager lenkte, lehnte sich Arnannquaq auf dem Schlitten zurück, kniff ein Auge zu und blickte mit dem anderen durch das »geronnene Polarlicht« – die alte Glasscherbe aus dem Haus von Morris K. Jesup.

Wie schon bei Miniks letztem Besuch in Kangerdlugssuaq liefen von überallher Frauen, Kinder und Männer zusammen. Bei den ersten Zelten brachte er den Schlitten zum Stehen und war im Nu von ihnen umringt. Seine Gedanken drehten sich um Aleqasina. Er kam sich deshalb schlecht vor, hatte er doch geglaubt, das unstillbare Verlangen nach ihr mit vernünftigen Argumenten besiegen zu können: Du bist jetzt verheiratet und deiner Frau zur Treue verpflichtet. Trotzdem hatte er nach der Hochzeitsnacht wieder von Aleqasina geträumt.

Jetzt hielt er nach ihr Ausschau, konnte aber weder sie noch Uisaakassak entdecken. Dafür bemerkte er in der Menge zahlreiche andere vertraute Gesichter, darunter ihren früheren Lebensgefährten Piugaattoq sowie Ittukusuk, jenen jungen Draufgänger, der die Schöne, nachdem sie von Peary wie ein alter Parka abgelegt worden war, in ihr Heimatdorf zurückgebracht hatte. Dann trat Uutaaq aus dem Empfangskomitee hervor, ein schnurrbärtiger, kraftstrotzender Jäger mittleren Alters, dessen Ruf sogar über die Grenzen von Avanersuaq hinausreichte, weil er mit Robert Peary als dessen Hauptführer bis ans Ende der Welt marschiert war. Er hieß das Paar im Namen des Stammes willkommen.

Minik stellte seine Ehefrau vor und erntete dafür vielstimmigen Beifall. Aus den umstehenden Reihen erklang mehrmals der Ruf nach einem Fest.

»Ich kann meinen Freund Uisaakassak nirgends entdecken«, sagte Minik zu Uutaaq.

Dessen Miene verdüsterte sich. »Das ist auch nicht möglich.«

»Wieso? Ist er auf der Jagd?«

Mit einem Gesicht, das wie aus Stein gemeißelt aussah, schüttelte der Jäger den Kopf und erwiderte: »Nein. Uisaakassak ist tot.«

Nach alter Gewohnheit fand das Fest zu Ehren des Brautpaares im größten Haus des Lagers statt. Bis vor Kurzem hatte dieses Uisaakassak gehört, jetzt wohnte Uutaaq darin.

Obwohl im Kreis seiner Gäste eine ausgelassene Stimmung herrschte, war Minik nicht nach Feiern zumute. Niemand hatte ihm bisher die Umstände von Uisaakassaks Tod erklären können oder wollen. Uutaaq überhörte einfach alle darauf hinzielenden Fragen. Sigluk, der Minik bei dessen letztem Besuch noch so großzügig seine Frau ausgeliehen hatte, hüllte sich in Schweigen. Und als Minik sich bei ihm nach Aleqasina erkundigte, antwortete er nur einsilbig, sie sei krank.

Der Ehrengast saß zwischen diesen beiden geachteten Jägern. Arnannquaq hatte einen Platz bei den Frauen am anderen Ende des Raumes eingenommen. Sie lachte mit ihnen, plapperte und sang. Hin und wieder gähnte sie auch.

Zu fortgeschrittener Stunde, der Chor aus Männern und Frauen schmetterte gerade ein fröhliches *aya-yait,* tippelte mit einem Mal Kali – der vierjährige Sohn von Aleqasina und Peary – mitten durch den Kreis der Feiernden, blieb vor dem Jungvermählten stehen und streckte die Arme nach ihm aus.

Sigluk lachte. »Er will auf deinen Schoß.«

Minik war eigentlich nicht nach Kinderhüten zumute, aber um den Stiefvater des Jungen versöhnlich zu stimmen, lächelte er, hob den Knirps auf seine Knie und fragte ihn, ob er nicht längst schlafen müsse.

»Nein. Ich darf noch wach bleiben«, antwortete der Kleine und zog anschließend überraschend heftig am Ohrläppchen des Gastes.

Wie ein Pferd, das dem Zug an der Kandare nachgibt, neigte Minik rasch den Kopf zur Seite. Mit einem Mal hörte er Kalis flüsternde Stimme.

»Mama hat gesagt, sie will mit dir reden.«

Miniks freundliche Miene gefror jäh auf seinem Gesicht. Es kostete ihn große Beherrschung, sich nicht gehetzt umzublicken wie ein Dieb auf der Flucht, sondern seine Aufmerksamkeit weiter ganz dem Jungen zu widmen. »Wo ist sie?«, fragte er leise.

»Mama wartet draußen auf dich.«

»Gut. Kannst du zu ihr gehen und ihr sagen, dass ich gleich komme?«

»Ja«, antwortete Kali ernst. Er rutschte von Miniks Schoß und tippelte davon.

»*Aya-ya…*« Die Dorfbewohner sangen den Refrain.

Minik bemerkte den fragenden Ausdruck auf Sigluks Gesicht und rief: »Der Kleine gefällt mir. Wie er mein Ohr gefangen hat – er wird bestimmt mal ein großer Jäger.«

Aleqasinas Mann nickte.

Um Sigluks argwöhnischen Blicken auszuweichen, wandte sich Minik dem Kreis der Feiernden zu und sang lautstark den Kehrreim des Liedes von Atanarjuat, dem schnellen Läufer.

Nach einer Weile erhob er sich abrupt.

»Geht es dir nicht gut?«, fragte Sigluk.

»Doch, doch. Ich muss mich nur mal erleichtern«, antwortete Minik gepresst und eilte zum Ausgang, wie jemand, der seine Blase nicht schnell genug entleeren kann. Er hoffte inständig, Sigluk oder ein anderer Jäger käme nicht auf die Idee, ihm beim Urinieren Gesellschaft zu leisten.

Zum Glück schloss sich ihm niemand an, und als er in die kühle Nachtluft hinaustrat, atmete er erleichtert auf. Rasch blickte er sich um. Kangerdlugssuaq war in das für diese Tageszeit Mitte September typische Zwielicht getaucht. Obwohl weder die Sonne noch der Mond am Himmel standen, konnte man bei klarem Wetter noch meilenweit sehen. Von Aleqasina fehlte allerdings jede Spur.

Mit einem Mal bemerkte Minik bei einem *tupiq* in der Nähe eine Bewegung. Zögernd näherte er sich dem Zelt. Wenn Kalis Mutter dort auf ihn wartete, warum zeigte sie sich dann nicht? Als er nur noch ein paar Schritte davon entfernt war, rief er: »Warum feierst du nicht mit uns?«

Die Antwort kam postwendend. »Weil Sigluk mir verboten hat, dich zu sehen.«

Sein Herz begann heftig zu schlagen, als er Aleqasinas helle Stimme erkannte. Sie trat vor das Zelt. Schnell lief er zu ihr hin.

Kaum hatte er sie erreicht, nahm sie seine Hand, zog ihn hinter das Zelt und umarmte ihn. »Minik, ich habe mir Sorgen um dich gemacht.«

Einen Moment lang war er von ihrer stürmischen Begrüßung völlig überrumpelt und spätestens jetzt wurde ihm bewusst, wie sehr er sie immer noch begehrte. Nein, es war mehr als das – er hatte nie aufgehört sie zu *lieben* …

Dann aber siegte der Verstand über die Leidenschaft. Er schob sie sanft von sich und sagte: »Ich bin jetzt verheiratet, Aleqasina.«

Sie senkte den Blick und erwiderte leise: »Ja, ich habe davon gehört. Mögen die Geister eurer Verbindung wohlgesonnen sein. Mir war das Glück der Liebe leider nur einmal vergönnt – in unserer Nacht.«

»Unserer …?« Minik versagte die Stimme. Am liebsten hätte er Aleqasina nun seinerseits umarmt und sie geküsst, aber etwas hielt ihn zurück. »Hast du mich von Kali herausrufen lassen, um mir das zu sagen?«

»Nein«, erwiderte sie rasch, wobei ihre Augen die seinen suchten. »Das heißt: Ja, ich wollte dich noch einmal sehen und dir sagen, was ich für dich empfinde. Vor dir habe ich nur Männer gekannt, die meinen Körper haben wollten, aber nicht *mich*. Doch in deinen Armen habe ich mich zum ersten Mal geborgen gefühlt. Dafür werde ich dir immer dankbar sein.«

Er nickte traurig. Insgeheim hätte er sich mehr gewünscht als nur Dankbarkeit. Ein Geständnis ihrer Liebe vielleicht oder …

Aleqasina streichelte seine Wange. »Wir beide sind uns sehr ähnlich, Minik. Ich weiß, du verbirgst dein inneres Wesen vor der Welt, um nicht erneut verletzt zu werden. Aber mir machst du nichts vor. Tief in dir drin bist du ein guter Mensch, der sich nach Liebe und Freiheit sehnt. In unserer Nacht hast du in meinem Herzen eine Flamme entzündet, die nie verlöschen wird, was auch immer Sigluk oder andere Männer mir antun mögen.«

»Mir geht es genauso. Aber jetzt gehöre ich Arnannquaq. Ich liebe sie, Aleqasina. Sicher, es ist nicht dieselbe Art von Liebe, die ich für dich empfinde, aber sie gibt mir Frieden.«

»Den wünsche ich dir von ganzem Herzen, Minik. Nur ist da möglicherweise eine Person, die ihn dir nicht gönnt. Hast du gehört, was sie Uisaakassak angetan haben?«

»Sie?«

»Sigluk und Uutaaq. Sie haben ihn umgebracht.«

»Was?«, japste Minik. Einen Moment lang glaubte er, der Boden würde sich unter seinen Füßen auftun. »Wie ist das passiert?«

»Ich hatte dir doch in unserer Nacht erzählt, dass ich eine Weile bei Uisaakassak gewesen bin. Während Sigluk auf der Jagd war, nahm er mich einfach in sein Haus. Schlimmer noch, später verspottete er meinen Mann. Ich war übrigens nicht die einzige Frau, die er sich auslieh, ohne ihren Besitzer zu fragen. Sigluk tat so, als sähe er über die Unverschämtheiten des ›Wilderers‹ hinweg.«

»Aber seine Ehre als Jäger war verletzt«, riet Minik.

Sie nickte. »Außerdem fühlte er sich als Anführer verpflichtet, über den Stammesfrieden zu wachen. Bei meiner Rückkehr zu ihm sagte er mir: ›Uisaakassak wird für seine Dreistigkeit büßen.‹ Aber dann vergingen Monate und nichts geschah. Bis in diesem Sommer Uutaaq mit dem Kajak in unser Dorf kam. Seine Frau ist letztes Jahr gestorben. Sigluk erzählte ihm von der Respektlosigkeit des ›großen Lügners‹ und weil Uutaaq nicht abgeneigt war, eine von Uisaakassaks Frauen zu übernehmen, schmiedeten die beiden einen mörderischen Plan. In der Bucht waren Narwale gesichtet worden. Die Männer fuhren in ihren Kajaks zur Jagd hinaus. Sigluk und Uutaaq hängten sich an Uisaakassak. Als niemand anderer in der Nähe war, schoss ihm mein Mann in die Schulter. Uutaaq traf besser: Die Kugel ging Uisaakassak mitten durch den Kopf. Er soll sich noch erhoben haben, als wolle er etwas sagen, aber dann kippte sein Kajak zur Seite und er versank im Meer.«

Minik erschauerte. »Sie haben ihn kaltblütig ermordet. Jetzt ist mir klar, wieso sie meinen Fragen nach Uisaakassak ständig ausgewichen sind. Aber … woher weißt *du* davon?«

Sie zuckte lahm mit den Schultern. »Nach der Bluttat fühlte sich Sigluk seinem ›Jagdgefährten‹ verpflichtet und hat mich an ihn ausgeliehen. Uutaaq war ziemlich gesprächig.«

»Dieser Hund hat dich schon wieder …? Aber warum hast du dich nicht geweigert?«

»Du kennst die Antwort: Sigluk ist mein Besitzer. Außerdem weiß ich, wie sehr es ihn wurmt, auf diese Weise seinen Pflichten als Gastgeber nachkommen zu müssen. Besonders seit unserer Nacht, Minik. Er ist wie besessen vom Geist der Eifersucht.«

Minik schluckte. »Wieso? Was hast du ihm denn über uns erzählt?«

»Nach deiner Abreise kam es zu einem Streit. Er hat mich geschlagen. Da sagte ich ihm, er solle sich ein Beispiel an dir nehmen. Du seist ein mitfühlender und zärtlicher Mann.« Aleqasina schlug die Augen nieder. »Es ist mir so rausgerutscht.«

Minik fasste sich an die Stirn. »Du liebe Güte! Jetzt begreife ich, wieso du mich unbedingt warnen willst.«

Sie nickte. »Uisaakassak musste sterben, obwohl er sich nur meinen Körper genommen hat. Aber Sigluk fürchtet wohl, du hättest ihm mein Herz gestohlen.«

»Und jetzt will er auch mich umbringen?«

»Offen gesagt hat er das nicht, aber du solltest besser deine Frau nehmen und gehen, Minik. Zögere nicht! Morgen früh könntest du schon tot sein.«

»Wird es nicht auffallen, wenn ich Arnannquaq aus dem Haus hole?«

»Darum kann ich mich kümmern. Eine der Schamaninnen hält mich für die Wiedergeburt ihrer Mutter, die ebenfalls Aleqasina hieß. Die Alte kann mir keinen Wunsch abschlagen. Wenn sie deine Braut nach draußen führt, werden die anderen keinen Verdacht schöpfen.«

»Gut. Dann schirre ich in der Zwischenzeit die Hunde an.«

Aleqasina umarmte Minik und gab ihm einen Kuss. »Es ist besser, wenn wir uns nicht mehr sehen. Ich wünsche euch Glück, gesunde Kinder und ein langes Leben.« Sie drehte sich um und lief davon.

Während Minik in aller Eile den Schlitten für die Abreise bereit machte, durchlebte er in Gedanken immer wieder den schmerzlich kurzen Abschied von Aleqasina. Er meinte, ihr Kuss würde immer noch auf seinen Lippen brennen. Als er sich gerade den zweiten Parka überzog, um für die nächtliche Kälte gewappnet zu sein, kam Arnannquaq allein herangestapft.

»Minik, was um alles in der Welt machst du da?«

»Wir reisen ab.«

»Jetzt? Aber ich bin müde.«

»Eben hast du noch ganz munter gefeiert.«

»Ich will mich mit dir in warme Felle kuscheln und nicht durch die kalte Nacht fahren.«

»Kein Widerspruch. Wir müssen sofort weg von hier.«

»Bist du verrückt geworden?«

»Nein. Zieh dir etwas Warmes über.«

»Darf ich vielleicht auch erfahren, wieso du es plötzlich so eilig hast?«

»Jemand will mich töten. Dieselben Männer, die Uisaakassak umgebracht haben. Dein Leben ist auch in Gefahr.«

»*Was?*«

»Du hast mich genau verstanden. Jetzt beeil dich.«

»Aber wieso?«

Er brachte es nicht übers Herz, seiner frisch vermählten Braut von Aleqasina zu erzählen. »Es ist ein Missverständnis, aber ich fürchte, man gibt mir keine Gelegenheit, es aufzuklären.«

Plötzlich erscholl eine laute Stimme von den Zelten her. »He, mein Freund, was tust du da?«

»Verdammt! Das ist Sigluk«, zischte Minik. Er lief um den Schlitten herum und stieß seine Frau auf das Gepäck. »Halt dich fest. Die Fahrt könnte etwas ungemütlich werden.«

»Willst du uns beleidigen, indem du unsere Gastfreundschaft ablehnst? Bleib gefälligst hier!«, brüllte Aleqasinas Mann wütend.

Minik lief hinter den Schlitten, schwang die Peitsche und feuerte die schwarze Meute zur Eile an. Als die Hunde sich in die Geschirre stemmten, beschleunigte Sigluk das Tempo. Minik schob mit aller Kraft am Halteholm, um das schwere Gefährt schneller in Fahrt zu bringen.

»Halt sofort an! Wir müssen noch etwas klären«, rief der Verfolger.

»Das muss bis später warten«, erwiderte Minik und sprang auf den Schlitten, der im selben Moment eine Senke hinabsauste.

Sigluk blieb als fahler, wild mit den Armen fuchtelnder Schemen hinter ihnen zurück.

23.

Eine verschlafene Chance

Uummannaq (Grönland), 30. Juli 1911

Minik wurde von Zweifeln geplagt. Er redete sich ein, Arnannquaq innig zu lieben. Zum Beweis dafür hätte er für sie mit bloßen Händen ein Walross erdrosselt. Aber war seine Zuneigung deshalb auch echt? Oder hatte ihn nur verletzte Eitelkeit in ihre Arme getrieben? Jedenfalls war ihm spätestens in der Nacht der überstürzten Flucht aus Kangerdlugssuaq klar geworden, dass es verschiedene Arten von Liebe gab. *In unserer Nacht hast du in meinem Herzen eine Flamme entzündet, die nie verlöschen wird.* Was Aleqasina auf sich bezogen hatte, traf ebenso auf ihn zu.

Wenngleich der frisch gebackene Ehemann seinen Gefühlen also durchaus misstraute, fügte er sich trotzdem willig in die neue Rolle ein. Er arbeitete regelmäßig für Knud Rasmussen und Peter Freuchen, war praktisch das Faktotum des Thule-Handelspostens geworden. Vor wenigen Wochen hatte er auch endlich mit Peter ein Haus gebaut, in das sie zu dritt eingezogen waren; der Däne bewohnte ein eigenes Zimmer. Minik hatte sich viel davon versprochen, für sich und seine Frau ein festes Dach über dem Kopf zu haben.

Um die junge Ehe stand es nämlich nicht zum Besten.

Anfangs hatte er Arnannquaqs ausgeprägtes Schlafbedürfnis auf den Winter geschoben. Wenn die Sonne für vier lange Monate hinter dem Horizont verschwand, öffneten sich für die Polareskimos gleichsam die Quellen der Nacht. Selbst gestandene Jäger konnten in dieser dunklen Zeit schwermütig werden. So hatte es Minik zunächst mit Fassung getragen, dass seine junge Frau kaum unter den Fellen ihres Lagers hervorgekrochen war. Wenn sie ihm das Essen zubereiten sollte, schlief sie. Während die anderen Frauen Tierhäute weich kauten, schlummerte sie. Und wenn sie ihre kleine Schwester besuchte auch. Minik hatte Mikivssuk bald liebgewonnen. Solange er mit ihr herumtollte, brauchte er nicht an die Trübsal zu denken, die ihn danach erwartete. Es war zum Verzweifeln. Sogar wenn er zu Arnannquaq kam, um sie zu streicheln und mit seiner Liebe zu verwöhnen, wies sie ihn müde ab.

Am Ende der Dunkelheit zog es ihn, wenn er im Handelsposten nichts zu tun hatte, zur Jagd hinaus. Und je lethargischer Arnannquaq wurde, desto länger dehnten sich seine Touren aus. Nach gut zehn Monaten Ehe fühlte er sich zermürbt. Wenn er Arnannquaq nur schnarchen hörte, glaubte er, explodieren zu müssen. Ihre Schläfrigkeit erstickte alle seine Bemühungen um ein harmonisches Miteinander. Er fürchtete, den Verstand zu verlieren. An einem Sonntag Ende Juli 1911 überredete er seinen Hausgenossen zu einem Spaziergang am Strand, um ihm das Herz auszuschütten.

»Ich glaube, ich habe mich verhört. *Was* willst du tun?«, fragte Peter Freuchen fassungslos.

»Arnannquaq ist das faulste und einfallsloseste Mädchen weit und breit. Ich habe ihre Teilnahmslosigkeit satt und werde sie verlassen.«

»Aber ihr seid nicht einmal ein Jahr verheiratet.«

»Hier kann eine Ehe ebenso leicht aufgelöst werden, wie sie geschlossen wurde.«

»Mag sein, aber du bist nur äußerlich ein Eskimo, Minik. Mindestens die Hälfte von dir ist Amerikaner. Und erzähle mir jetzt bitte nicht, dir läge nichts an Treue. Dazu bist du viel zu oft verraten und enttäuscht worden. Wenn du dieses Mädchen aufgibst, dann übst du Verrat an dir selbst.«

»Nein. Genau das Gegenteil ist der Fall. Wenn ich weiter an Arnannquaq gebunden bin, gehe ich zugrunde.«

Peter blieb unvermittelt stehen und musterte Minik aus schmalen Augen. »Steckt diese Aleqasina dahinter?«

»Unsinn.«

»Die Antwort kam ein bisschen schnell, mein Freund. Frauen haben ein feines Gespür dafür, ob das Herz eines Mannes ihnen allein gehört. Vielleicht vergleichst du die deine ja mit einer Traumfrau, die nur in deiner Vorstellung existiert. Hast du dir schon einmal überlegt, ob Arnannquaq ihre Schläfrigkeit nur vortäuscht, weil sie sich unfähig fühlt, deine Erwartungen zu erfüllen?«

»Jetzt schiebst du auch noch mir die Schuld in die Schuhe. *Sie* ist doch die lebende Schlaftablette, nicht ich. Und Aleqasina hat mit alldem nichts zu tun.«

Peter Freuchen seufzte. »Darf ich dir einen Rat geben?«

»Dazu bin ich ja zu dir gekommen«, brummte Minik.

»Danke für dein Vertrauen. Dann hör zu: Überstürze nichts, Minik. Ihr zwei seid wie Eisschollen auf dem Meer – immer in Bewegung. Wenn ihr nicht fest aneinanderhaftet, werdet ihr unweigerlich auseinandertreiben. Aber manchmal schieben die Strömungen des Lebens zwei Schollen auch wieder zusammen.«

»Eher schmelze ich.«

»Sag so etwas nicht. Unternimm einen längeren Jagdausflug. Gewinne ein wenig Abstand. Vielleicht wirst du dich nach deiner Rückkehr sogar nach Arnannquaq sehnen und eure Verbindung wird fester als sie je war.«

»Jetzt klingst du wie mein Großonkel. Der meint auch, wahre Weisheit werde nur fern der Menschen gefunden, draußen in der großen Einsamkeit und durch die Entbehrungen der Wildnis.«

»Ich finde, der alte Soqqaq ist ein weiser Mann.«

Minik blickte düster zum Tafelberg Uummannaq hinüber. Vielleicht hatte sein Freund ja recht. Er seufzte. »Also gut. Wenn ich noch einmal die schwarze Meute bekomme, dann fahre ich nach Norden auf die Jagd.«

Tagelang streifte Minik mit dem Hundeschlitten durch die Wildnis, ruhelos wie ein Polarwolf ohne Rudel. Die Einsamkeit reinigte seinen Geist. Ihm wurde klar, dass die Ehe mit Arnannquaq nur eine neuerliche Flucht gewesen war. Er hatte damit seine Gefühle für Aleqasina betäuben und sich die Bewunderung eines Menschen erkaufen wollen, anstatt sich durch Taten den Respekt seines Stammes zu erkämpfen. Nun war er in einer Zwickmühle. Er fühlte sich innerlich zerrissen zwischen einer Ehefrau, die ihn mit ihrer Schläfrigkeit in den Wahnsinn trieb, und einer unerfüllten Liebe – sein Pflichtbewusstsein band ihn an die eine, aber für die »Schöne des Stammes« schlug sein Herz. Je karger die Wildnis, desto öfter musste er an Aleqasina denken. Und nachts besuchte sie ihn in seinen Träumen. Die Wirklichkeit freilich sah anders aus. Er hielt sich von Kangerdlugssuaq fern, damit er nicht wie Uisaakassak mit einer Kugel im Kopf endete.

Beute machte er auf seiner Tour durchs ewige Eis im Hinterland wenig. Manchmal fragte er sich, woran das wohl lag. Ob die Geister in ihn hineinsehen konnten? Ob sie ihn straften, weil er sich nicht voll und ganz auf das Leben in ihrem kalten Reich einließ? Er hatte es ja versucht, aber seine Seelenscholle entfernte sich nicht nur von Arnannquaq, sondern auch von diesem Land. Er wünschte sich, wieder in New York zu sein. Sich in Englisch über Gott und die Welt unterhalten zu können. Nachts über den beleuchteten Broadway zu spazieren. Dob, Onkel Will, Vesta Tilley und Willie wiederzusehen …

Auf einer Gletscherzunge nahe der Küste hätte Minik die Grübelei fast das Leben gekostet. Er fuhr in einer gebogenen

Senke direkt auf einen Eisbären zu. Weder er noch das Tier konnten in dem Hohlweg zur Seite ausweichen. Glücklicherweise war die Leithündin wachsamer als ihr Führer. Als Tivi den Bären witterte, schlug sie sofort an.

Minik hatte seit seiner letzten Begegnung mit einem dieser großen Jäger der Arktis dazugelernt. Geistesgegenwärtig zog er die Flinte aus dem Gerätekasten und zügelte das Gespann. Keinen Moment zu früh, denn schon tauchte der Eisbär vor ihm auf. Es war ein prachtvolles Männchen, das die Hunde und ihren Führer mit Leichtigkeit hätte zerreißen können. Das Tier war weniger als fünfzehn Schritte entfernt. Minik schoss.

Obwohl getroffen, brüllte der Bär nur kurz auf, warf seinen massigen Leib herum und floh. Sofort schnitt Minik die Meute los und die Hunde nahmen die Verfolgung auf. Ein verletzter Eisbär war besonders gefährlich. Trotzdem wollte Minik sich kein zweites Mal darauf verlassen, mit seinem Kleinkaliber einen Glückstreffer zu landen. Stattdessen nahm er die Jagdwaffe der Altvorderen vom Schlitten – die Lanze – und lief seinen vierbeinigen Treibern hinterher.

Bald holte er die Hunde ein. Sie hatten den Bären umzingelt und zermürbten ihn mit ihrem Gebell. Minik packte die lange, am Ende mit einem Stein beschwerte Waffe fest mit beiden Händen und wartete. Nur wenn der Eisbär richtig zu ihm stand, konnte er zum tödlichen Stoß ansetzen.

Tivis Sprössling Silarnik ging besonders aggressiv gegen den Riesen vor, als verlange er Genugtuung für die schwere Verletzung, die dessen Artgenosse ihm zugefügt hatte. Doch diesmal war der Rüde wachsamer als vor einem Jahr und hielt sich außer Reichweite der tödlichen Klauen und Fänge. Als er nach der linken hinteren Flanke des Bären schnappte und dieser zur Verteidigung mit der Pranke ausholte, sprang Minik vor und stieß die Hornspitze seiner Waffe tief in das Herz des Gegners.

Brüllend warf der Bär den Kopf herum, um den Schaft mit

dem Maul zu erreichen, aber es gelang ihm nicht. Nach zwei, drei wütenden Versuchen brach er tot zusammen.

Minik schwitzte und sein Herz raste wie wild. In früherer Zeit waren die Polareskimos den Eisbären ausschließlich mit Hunden und Spießen zu Leibe gerückt, meist jedoch in Gruppen. Insofern hatte er viel Wagemut und wohl auch eine gehörige Portion Leichtsinn gezeigt, sich einem solch gefährlichen Gegner ganz allein zu stellen. Wäre er mit sich selbst im Reinen gewesen, hätte er das Risiko vermutlich gescheut, so aber hatte er sich in den Kampf gestürzt, als wollte er das Schicksal herausfordern: Wenn er in dieser Ödnis sterben sollte, dann bitte gleich ...

Aber er hatte den Kampf gewonnen. Ihm war offenbar ein anderes Ende bestimmt.

Zu den Zwiespältigkeiten seines zerrissenen Gemüts gehörte die Beachtung der Inuit-Tabus. Daher legte er dem Bären Speck, Fleisch und Felllappen über die Schnauze und dankte seinem Geist. Selbiger würde die abgezogene Haut noch eine Weile begleiten, weshalb der Jäger sie vorübergehend hinter dem Haus aufhängen musste. Nach dem vierten oder fünften Tag würde Minik die Seele des Bären mithilfe einer speziellen Formel vertreiben.

Zwar beachtete Minik sämtliche Bräuche, die ihm Soqqaq beigebracht hatte, aber richtig freuen konnte er sich über seine Beute nicht. Was für eine Ironie! Als er ein Bärenfell gebraucht hatte, um sich einen Namen zu machen und das Herz eines Mädchens zu gewinnen, war es von den Hunden zerfetzt worden und im Eismeer versunken. Nun, da er wohl endlich eine der kostbaren Trophäen mit nach Hause bringen würde, bedeutete sie ihm nichts mehr.

Er hatte sich auf seinen gefährlichen Reisen verändert und ebenso wie seine New Yorker Straßenkleidung auch den schüchternen Jungen abgelegt, der mit einem Zahnarztbesteck und einem Kopf voller Träumereien bei Uummannaq an Land gegangen war. Die fixe Idee, hier seine verlorene Kindheit nachzuholen, hatte er längst aufgegeben. Doch er konnte immer noch seine Zukunft gestalten.

Endlich glaubte Minik zu wissen, wonach er sich im tiefsten Innern sehnte. Es gab im Leben noch mehr als die Jagd nach Robben, Narwalen und Moschusochsen. Wozu sonst hatte er jahrelang das »geronnene Nordlicht« mit sich herumgetragen, wenn nicht deshalb, um die andere Seite zu entdecken? Sie existierte wirklich! Es mochte Mut, Entschlossenheit und seine ganze Kraft erfordern, sie zu finden. Doch wenn er nicht den ersten Schritt dorthin wagte, würde er nie das Ziel erreichen, würde er niemals die Freiheit erlangen, nach der er sich aus tiefstem Herzen sehnte. Für den Anfang würde es ihm genügen, noch einmal New York wiederzusehen.

Mit diesem Gedanken trat er den Heimweg an.

Einige Zeit später sichtete er am Horizont einen Hundeschlitten. Vermutlich ein anderer Jäger auf der ewigen Suche nach Glück, dachte er, doch es war nicht irgendeiner, der da seinen Weg kreuzte, sondern ein guter Bekannter: Peter Freuchen. Und der Däne war nicht allein. Auf seinem Schlitten saß Navarana, eine junge Frau aus Uummannaq.

Die beiden Gespanne machten, damit die Hunde sich nicht gegenseitig ins Gehege kamen, in sicherem Abstand zueinander Halt. Peter lief zu Minik und begrüßte ihn überschwänglich.

»Wie ich sehe, bist du bester Laune«, sagte Letzterer. »Liegt das an dem Mädchen auf deinem Schlitten?«

»Und ob! Navarana und ich sind auf Hochzeitsreise.«

»Wie bitte? Du hast …?« Vor Überraschung verschlug es Minik die Sprache.

Peter nickte grinsend. »Du weißt doch: Wenn man einem Mädchen die Hosen runterzieht …«

»Ich wusste nicht einmal, dass ihr befreundet seid.«

»So lange kennen wir uns ja auch noch nicht. Indirekt bist du daran schuld.«

»Ich? Aber ich war doch gar nicht da.«

»Eben drum. Du und ich, wir haben beide nicht sofort an das Gerede gedacht, das unweigerlich entstehen muss, wenn deine Frau und ich allein unter einem Dach wohnen. Vermutlich kannst du dir denken, wer mich darauf aufmerksam gemacht hat.«

»Gustav Olsen.«

Peter nickte. »Nachdem der Missionar mir den Kopf zurechtgerückt hatte, bat ich Navarana, während deiner Abwesenheit nachts bei uns zu schlafen – als Anstandsdame gewissermaßen.

»Ich wünsche euch beiden alles Gute. Und mehr Glück, als ich es mit Arnannquaq gehabt habe.«

Peters Miene wurde ernst. »Du solltest besser so schnell wie möglich zu deiner Frau heimkehren, mein Freund.«

»Keine Sorge, das tue ich. Aber besonders große Lust verspüre ich nicht gerade ...« Mit einem Mal verstummte Minik. »Gibt es etwas, das ich wissen sollte?«

»Nichts Konkretes.«

Minik blickte Peter fest in die Augen. »Wo ist Arnannquaq gewesen, als du mit Navarana die Nacht allein im Haus verbracht hast? Etwa bei einem ... anderen Mann?«

Dem Dänen war anzusehen, wie unwohl er sich in seiner Haut fühlte. »Ich weiß es nicht, Minik, aber es täte euch beiden gut, wenn ihr euch jetzt umeinander kümmern würdet.«

»Wenn meine Frau nur etwas mehr von der Lebendigkeit ihrer kleinen Schwester hätte! Mikivssuk ist so süß und aufgeweckt, aber Arnannquaq ...« Minik schüttelte unwirsch den Kopf. »Vielleicht bin ja ich der Grund für ihre Antriebslosigkeit.«

»Was auch immer, jedenfalls hast du dir in den letzten Monaten alle Mühe gegeben, deiner Frau ein treu sorgender Ehemann zu sein. Das ist ihr bestimmt nicht entgangen. Kehre nach Hause zurück und sprich mit ihr. Wenn du dich beeilst, triffst du vielleicht sogar noch die Engländer und kannst einen Plausch mit ihnen halten.«

»Was für Engländer?«, stieß Minik hervor.

»Ein Walfänger – die *Morning* – ankert vor Uummannaq. Kapitän Adams meinte, es sei wohl seine letzte Jagd in der Melville Bay, weil es keine Grönlandwale mehr gebe.«

Minik wandte den Blick nach Süden, als könne er das Schiff über Meilen von Eis und Felsen hinweg erspähen. Sein Herz klopfte aufgeregt und durch das eben noch so dunkle Gewölk in seinem Kopf brach ein gleißender Hoffnungsschimmer. Wenn mir der direkte Weg in die Vereinigten Staaten verwehrt ist, dachte er, wieso sollte ich dann nicht den Umweg über England nehmen?

Nach seiner Rückkehr führte Miniks erster Gang ihn nicht etwa zur Ehefrau, sondern zum Kapitän der *Morning*. Adams, ein stämmiger Seebär mit dichtem Vollbart, befand sich gerade bei Knud Rasmussen in der Thule-Station. Der Brite war zwar höchst erstaunt, von einem Polareskimo in perfektem Englisch bekniet zu werden, in der Sache blieb er jedoch fest.

»Tut mir leid, junger Freund, ich habe einen Walfänger und keinen Passagierdampfer.«

»Ich könnte für Sie arbeiten.«

»Meine Mannschaft ist komplett.«

»In England verkaufe ich meine Geschichte an die Zeitungen und dann gebe ich Ihnen tausend Dollar.«

»Ha!« Adams Lachen klang knochentrocken. »Wer's glaubt …!«

Minik warf dem Leiter des Handelspostens einen Hilfe suchenden Blick zu.

»Könnten Sie nicht eine Ausnahme für ihn machen?«, bat Knud Rasmussen den Kapitän. »Ich habe Ihnen doch von Minik erzählt. So jung er ist, so viele Schicksalsschläge und Enttäuschungen hat er in seinem Leben schon erlitten.«

Adams schüttelte den Kopf. »Ich behaupte von mir, ein harter Bursche zu sein, aber ich bin kein Unmensch. Seit meiner Jugend kenne ich die Berichte von den Eskimos, die nach England verschleppt wurden. Schon vor über dreihundert Jahren hat Sir Frobisher drei solcher ›Souvenirs‹ mitgenommen: einen Mann, eine Frau und ein Baby. Einen Monat später waren alle eingegangen wie die Fliegen. Könnte mir ja egal sein, was mit einem Eskimo wie dir passiert, Junge, aber das ist es nicht. Ich töte Wale, aber keine Menschen.«

»Bei mir brauchen Sie dergleichen nicht zu befürchten, Kapitän. Ich bin quasi in Amerika aufgewachsen.«

»Und dir ging's die ganze Zeit gut?«

Minik zögerte einen Moment zu lang, weil er an seine häufigen Lungenentzündungen denken musste.

Adams nickte wissend. »Dacht ich's mir. Mein Entschluss steht fest, junger Freund. Auf meinem Schiff ist kein Platz für Todgeweihte.«

In düsterer Stimmung öffnete Minik die Tür. Zuerst dachte er, seine Frau sei irgendwo im Dorf, weil es so still im Haus war. Dann aber hörte er ein leises Schnarchen. Am liebsten hätte er sofort auf dem Absatz kehrtgemacht, um wieder auf die Jagd zu gehen. Dann aber entsann er sich Peters mahnender Worte und betrat das Haus.

Von Arnannquaq war nur ein nacktes Bein zu sehen. Der Rest ihres Körpers ruhte unter einem Berg von Fellen. Minik kniete sich neben das Schlafpodest und starrte mürrisch auf den sich im Rhythmus ihres Atems hebenden und senkenden Pelzhügel. Über der Stelle, an der er ihr Haupt vermutete, türmten sich Kleider, scheinbar achtlos fallen gelassen, wenn da nicht obenauf – offenbar sorgsam platziert – das »geronnene Nordlicht« gelegen hätte. Mit einem Ruck zog er ihr die Decke vom Kopf.

Arnannquauq grunzte nur im Schlaf.

Einen Moment lang betrachtete er sie mit einer Mischung aus Wehmut und Überdruss. Ihre Unterlippe war leicht vorgewölbt, das Gesicht völlig entspannt. Sie sah so unschuldig aus. Er strich ihr eine dunkle Haarsträhne aus der Stirn und flüsterte ihren Namen.

Sie schlummerte weiter.

»Arnannquaq!«, wiederholte er lauter.

Keine Reaktion.

Minik schüttelte sie an den Schultern.

Endlich fruchtete sein Bemühen. Sie schlug die Augen auf und wirkte überrascht. »Minik?«

»Hast du einen anderen erwartet?« Er klang nicht gerade freundlich.

Mit einem Ruck richtete sie sich zum Sitzen auf. Dabei glitt die Decke herunter und entblößte ihren Oberkörper. Wütend funkelte sie ihn an. »Du verschwindest einfach, ohne mir zu sagen, ob oder wann du wiederkommst, und jetzt soll ich vor Freude in die Luft springen?«

Er wollte schon aufbrausen, dann erwiderte er aber beinahe sanft: »Liebst du mich noch, Arnannquaq?«

»Was soll die Frage?«

»Sie ist ganz einfach: Liebst du mich noch?«

Arnannquaq ließ sich wieder auf ihr Lager zurückfallen, drehte sich von ihm weg und zog die Decke über den Kopf.

Eine Weile starrte Minik auf den sich hebenden und senkenden Fellhaufen. Er beschloss, einen Schuss ins Blaue zu wagen. »Ich habe Peter getroffen. Er sagte mir, du hättest dich während meiner Abwesenheit mit einem deiner alten Liebhaber getröstet.«

Schweigen.

»Ist das wahr?«

Dumpf erklang ihre Stimme unter den Decken. »Was kümmert's dich? Du hast ja deine Aleqasina.«

Sein Unterkiefer sank herab. Er hatte ihr nie von der Nacht mit der Schönen erzählt. »Wir sind nur ein Mal zusammen gewesen und das war *vor* unserer Hochzeit«, verteidigte er sich.

»Ich weiß.«

»Und woher?«

»Von ihr.«

»Was? Wann …?« Er war völlig durcheinander.

»Während du auf der Jagd gewesen bist, hat sie uns mit ihrem Mann besucht. Die zwei waren auf der Durchreise. Sigluk wollte mit ihr nach Tuttulissuaq ziehen.«

»So weit weg?« Das »Land der Karibus« lag noch südlich von Cape York. Minik merkte, wie sehr ihn der Gedanke beunruhigte, so viele Tagereisen von Aleqasina entfernt zu sein, und das wiederum machte ihm Arnannquaqs Eifersucht begreiflich. Vielleicht hatte sie schon sehr früh gespürt, dass sie das Herz ihres Mannes mit einer anderen teilen musste.

»Du liebst sie, nicht wahr?«, fragte sie denn auch prompt durch die Felle hindurch.

Er schüttelte empört den Kopf. »Was ich für Aleqasina empfinde, hat nichts mit meinen Gefühlen für dich zu tun.«

»So? Na, dann kann ich ja beruhigt sein. Was ich für Qaerngak empfinde, hat auch nichts mit dir zu tun.«

»Qaerngak?«, keuchte er. So hieß einer der jungen Jäger, die sich früher regelmäßig mit Arnannquaq vergnügt hatten. Minik war außer sich. »Kaum bin ich aus dem Haus, wirfst du dich diesem Aufschneider an den Hals.«

Aus den Fellen kam nichts als Schweigen.

»Habt ihr miteinander geschlafen?«

Keine Antwort.

»Oder hat er dich gegen deinen Willen ausgeliehen? Du brauchst es nur zu sagen, dann bringe ich ihn um.«

Seine Drohung zeigte Wirkung. Arnannquaq richtete sich ein zweites Mal auf. In ihren Augen glänzten Tränen, doch ihre Miene war hart. »Wenn du das tust, dann rufe ich sämtliche Flüche auf dich herab.«

Er schluckte. »Also stimmt es. Du betrügst mich mit ihm.«

Sie funkelte ihn wütend an. »Wie kann man einen Mann betrügen, dem man nie wirklich gehört hat? Du hast dich selbst betrogen, Minik: mit *mir.* Meinst du, ich habe nicht gemerkt, dass deine Gedanken sogar in unserer Hochzeitsnacht bei einer anderen waren?«

Er biss sich auf die Unterlippe. Was sollte er darauf erwidern? Sie hatte ja recht.

Arnannquaq nickte wissend. »Qaerngak liebt mich so, wie ich bin, aber du willst mich zu etwas machen, das ich niemals für dich sein kann. Gegen Aleqasina komme ich nicht an.«

Minik schluckte. Sein Herz tat weh und er wusste nicht, ob der Grund Liebeskummer, verletzter Stolz oder Eifersucht war. Er deutete zum Kopfende des Lagers und sagte leise: »Und das geronnene Nordlicht da? Ich habe es dir geschenkt.«

»Geschenkt?« Sie lachte bitter, griff nach der bunten Glasscherbe und schleuderte sie ihm an die Brust. »Da! Nimm sie zurück. Du hast dich damit doch nur von deiner Ruhelosigkeit, deinen Schuldgefühlen oder von sonst was loskaufen wollen. Ich kann dir nicht die Freiheit geben, nach der deine Seele schmachtet, aber wenigstens will ich dich nicht davon abhalten, weiter nach ihr zu suchen.«

Er war unfähig, etwas zu erwidern, und wusste nicht, was er tun sollte.

Schließlich war es Arnannquaq, die ihn aus seiner Starre erlöste. Überraschend sanft sagte sie: »Mach dir keine Sorgen um mich. Qaerngak hat versprochen, sich um mich zu kümmern. Und nun geh, Minik. Ich hoffe, du findest irgendwann und irgendwo das, was ich dir nicht geben konnte.«

»Danke«, flüsterte er, nur dieses eine Wort. Dann bückte er sich nach dem erstarrten Nordlicht, hob es auf und lief aus dem Haus.

24.

Zu den Quellen der Nacht

Uummannaq (Grönland), 4. September 1913

Zwei Jahre waren vergangen, seit Minik und Arnannquaq ihre Verbindung gelöst hatten, und immer noch irrte er wie ein ruheloser Geist durch Avanersuaq. Aus Scham über das eigene Versagen als Ehemann war er zunächst mit dem Kajak nach Norden gezogen. In der Melville Bay traf er zufällig auf Uutaaq.

Der Mörder von Uisaakassak war bester Laune. »Lass uns ein Zelt aufschlagen und miteinander reden«, sagte er – hinter seiner Schulter ragte der Lauf einer doppelschüssigen Büchse hervor. Minik sah schon sein letztes Stündlein gekommen und willigte notgedrungen ein.

Wie sich alsbald herausstellte, hegte Uutaaq ihm gegenüber keinerlei Feindseligkeit. Im Gegenteil, er zeigte Verständnis für Miniks unglückliche Situation und nötigte ihn dazu, mit nach Kangerdlugssuaq zu kommen. Er könne bei ihm, seiner neuen Frau und bei Iggiannguaq wohnen, einem anderen Jäger, der zwischenzeitlich zu ihm in das geräumige Haus gezogen war. Abermals wagte Minik nicht zu widersprechen. Und so hatte er ausgerechnet bei dem Mann, den er nach Sigluk am meisten fürchtete, eine neue Bleibe gefunden.

Inzwischen verstand er Uutaaqs Haltung gegenüber Uisaakassak besser. Der »große Lügner« hatte gegen unzählige Tabus der Polareskimos verstoßen, ihre Bräuche missachtet und sich wiederholt einfach genommen, was ihm nicht gehörte. Damit machte er sich nicht nur Männer wie Sigluk und

Uutaaq zu Feinden, sondern verurteilte sich gewissermaßen selbst zum Tode. Eine Gerichtsbarkeit wie bei den Weißen gab es unter den Polareskimos nicht, nicht einmal das Wort »Henker« existierte in ihrer sonst so reichen Sprache. Sie nahmen einen Delinquenten üblicherweise mit auf die Jagd und erschlugen ihn hinterrücks.

Folglich sah sich Uutaaq auch nicht als Mörder, sondern als ein Vollstrecker, der die Traditionen seines Volkes achtete und befolgte. Er habe lediglich Gerechtigkeit walten lassen, erklärte er.

Minik war klug genug, aus dem tragischen Ende seines Freundes eine Lehre zu ziehen, und obwohl die Bewohner von Kangerdlugssuaq ihn für einen Sonderling hielten, hatten sie ihn inzwischen doch akzeptiert. Von seinen erfundenen Abenteuergeschichten aus dem Land des weißen Mannes kam er hingegen nicht so leicht los. Weil seine Zuhörer nach dem jahrelangen Konsum der Lügengeschichten Uisaakassaks nicht so leicht zu beeindrucken waren, musste er die Schauermärchen sogar noch weiter ausbauen. Kaum jemand bemerkte, dass in dem jungen Maulhelden ein Feuer brannte, das er baldmöglichst löschen musste, wollte er nicht daran verbrennen. Uutaaq gehörte wohl zu den wenigen, die Minik richtig einschätzten.

Als im Frühling 1913 die Sonne zurückgekehrt war, hatte sich Minik mit vielen anderen Inuit zur Jagd an der Eiskante nach Pitoraarfik begeben. Weil seine Hoffnung, dort Aleqasina wiederzusehen, sich jedoch nicht erfüllte, machte er sich wenig später auf die Suche nach ihr. Einige Monate lang reiste er entlang der nordwestgrönländischen Küste von Ort zu Ort und drang schließlich in der Melville Bay bis weit nach Süden vor. Sigluk und mehr noch die »Schöne des Stammes« waren weithin bekannt, aber erst in Illulik erfuhr Minik Genaueres.

»Sigluk hat sich einer Gruppe von Jägern angeschlossen –

mit Frau und Kind. Sie ziehen durchs Inland und jagen Karibus«, erzählte ihm ein älterer Jäger mit lückenhaftem Gebiss. »Kannst du dir das vorstellen? Er nimmt seine *Frau* mit. Muss ganz schön eifersüchtig sein, der Gute.« Der Mann lachte.

Minik hatte darauf wenig zu erwidern gewusst. Höflich bedankte er sich und beschloss, die Suche nach Aleqasina ein andermal fortzusetzen. Er wollte die Heimreise antreten, bevor das Wetter unberechenbar wurde.

Als am 4. September der Mond verschwand, stand er wieder vor Uutaaqs Haus – anders als die Sonne, die sich in der Polarregion im Jahreszyklus nur *einmal* vom Himmel verabschiedet, dann aber gleich für vier Monate, fehlt das Licht der Nacht hier häufiger tagelang. Uutaaq bastelte gerade an seinem Schlitten herum. Den mit seinem Kajak auf den Schultern herantrottenden Heimkehrer empfing er wie einen alten Freund.

»Minik! Schön, dich wiederzusehen. Du warst so lange weg, dass ich schon dachte, du seist in die Welt der weißen Männer zurückgekehrt.«

Der so Willkommengeheißene setzte sein Boot ab und erwiderte: »Nein. Ich habe nur die unsrige erkundet. Dabei ist mir kein Schiff begegnet.«

»Oh! Dann müsst ihr euch wohl verpasst haben.«

Minik horchte auf. »Wie meinst du das?«

Uutaaq zupfte an seinem dünnen Schnurrbärtchen und grinste. »Die großen weißen Kinder sind zurückgekommen. Sie wollen wieder einmal etwas finden, das es in Wirklichkeit nicht gibt.«

»Peary?«, entfuhr es Minik. Er fühlte sich plötzlich wie elektrisiert.

»Nein. Aber ich kenne den neuen Anführer von Piulis letztem Besuch. Sie nennen ihn Maaqmillin.« Er meinte Commander Donald Baxter MacMillan. Selbiger war mit der *Erik* nach Nordgrönland gekommen, um Crocker Land zu kartografieren, eine in den Reiseberichten von John Ross und Peary mehrfach erwähnte Region, deren Existenz tatsächlich unbewiesen war.

Obwohl die Nachrichten aus der großen weiten Welt Avanersuaq nur tröpfchenweise erreichten, wusste Minik inzwischen, dass der amerikanische Kongress im März 1911 ein Gesetz zugunsten Robert Pearys verabschiedet hatte. Es gestattete ihm, mit dem Ruhegehalt eines Konteradmirals aus dem aktiven Dienst bei der Navy auszuscheiden. Mittlerweile waren in den Vereinigten Staaten aber auch Stimmen zu vernehmen, die seine Nordpoleroberung für einen ausgemachten Schwindel hielten. Minik glaubte, derlei Zweifel sogar erhärten zu können. Wenn man ihn nur ließe. Es wäre eine wunderbare Gelegenheit, »dem großen Peiniger« heimzuzahlen, was er ihm angetan …

»Du lächelst. Ich dachte mir, dass dir diese Neuigkeit gefallen wird«, deutete Uutaaq das Leuchten auf Miniks Gesicht.

»Weiß man, wo die weißen Männer ihr Hauptlager aufschlagen wollen?«

»Ja. Iggiannguaq ist mit seinem Schlitten schon nach Etha unterwegs, um sich ihnen anzudienen.«

Minik nickte verstehend. Etah lag nur etwa neun Meilen von Pitoraarfik entfernt und war die nördlichste Siedlung der Polareskimos. »Denkst du, dieser MacMillan wird in die Fußstapfen Pearys treten?«

Im Gegensatz zu vielen seiner Stammesbrüder achtete Uutaaq Peary als großen Führer. Nach reiflicher Überlegung antwortete er: »Ich habe ihn als freundlichen Mann in Erinnerung, der immer zu Piuli aufblickte. Meiner Meinung nach wird er dem Beispiel seines Lehrers folgen. Hast du an etwas Bestimmtes gedacht?«

Minik blickte versonnen auf sein Kajak. »Ja. Allerdings.«

Man mochte zu den Bewunderern oder Gegnern von Admiral Robert Edwin Peary gehören, unbestritten war sein Talent, sich die Fähigkeiten und Kenntnisse der Polareskimos zunutze zu machen. Welchen Punkt er auch immer als den nördlichsten der Welt auserkoren hatte, er war mit seinem schwarzen Begleiter Matthew Henson nur dorthin gelangt, weil ihn Uutaaq und drei weitere Inuit hingebracht hatten. Von den vielen anderen, die seine Ausrüstung zu den diversen Etappenlagern schleppten, einmal ganz abgesehen. In den Ruhmeshallen ist indes meist nur von *einem* Eroberer des Nordpols die Rede.

Wenn daher MacMillan dem bewährten Beispiel seines großen Vorbildes folgte, dann würde auch er bald die tapfersten und stärksten Jäger der ganzen Region um sich scharen. Um das vorauszusagen, bedurfte es keiner prophetischen Gabe, sondern nur einer gewissen Kenntnis der Denkweise weißer Männer. Und davon besaß Minik genug.

Zur Erkundung jener Terra incognita, die etwa sechshundert Meilen nordwestlich von Etah vermutet wurde, war MacMillan allerdings ziemlich spät in Grönland aufgekreuzt. Dringender als Hundeführer, Träger und Scouts würde er daher einen wintersicheren Stützpunkt benötigen. Dieser nahm in Form eines stabilen Steinhauses Gestalt an. Zum Gedenken an einen kürzlich in New York ertrunkenen Kameraden der letzten Expedition taufte er es auf den Namen Borup Lodge.

Während die tägliche Sonnenscheindauer rapide abnahm und die Bauarbeiten noch im Gange waren, zogen immer mehr Inuit in den hohen Norden. Sie lockte die Aussicht auf all die Schätze, die es in ihrer Welt nicht gab: Holz und Waffen, Nadeln und Fingerhüte, Kaffee und Zwieback. Minik wäre nach seiner Heimkehr am liebsten auch sofort gen Norden aufgebrochen, aber für Reisen mit dem Kanu war der Winter schon zu nah. Ohne eigenes Hundegespann saß er in Kangerdlugssuaq fest.

Mitte November – die Sonne hatte sich längst in den Winterschlaf begeben – erschien ein Reisender in Uutaaqs Haus. Als er die Kapuze zurückschlug, fiel sein schwarzes Haar weit über die Schultern hinab. Er trug einen Schnurrbart, ähnlich dünn wie der des Hausherrn, aber wesentlich länger. Trotz der Bärenfellhosen und der zwei Parkas sah der Besucher hager aus. Als Minik ihn erkannte, blieb ihm fast die Luft weg. Es war der neue alte Liebhaber seiner einstigen Ehefrau.

»Qaerngak! Du hast ja vielleicht Humor, dich hierherzutrauen.«

»Ich kann verstehen, dass du mir zürnst, und ich bitte dich, mich nicht zu töten«, erwiderte der junge Jäger steif. Seine Augen flackerten voller Furcht.

Uutaaq säbelte gerade mit dem Messer vor seinem Mund herum, um aus einem Batzen halbgefrorenen Fleisches einen Happen herauszulösen. Nun ließ er beide Hände sinken und grinste.

Minik schüttelte ungläubig den Kopf, sagte dann jedoch ruhig: »Arnannquaq gehört zu meiner Vergangenheit. Wenn sie mit dir glücklicher ist als mit mir, dann soll es so sein. Setz dich zu uns, Qaerngak. Uutaaqs Frau kann dich nicht bedienen, weil sie gerade mit ihren Schwestern näht. Nimm dir also bitte selbst etwas Wasser und Fleisch und dann erzähle uns, wieso du die gefährliche Reise hierher auf dich genommen hast.«

Der Besucher entledigte sich eines Großteils seiner Kleidung, nahm mit freiem Oberkörper neben der Tranlampe Platz, trank einen Schluck, biss in das Robbenfleisch und schnitt es vor den Lippen ab. Eine Weile kauten die drei stumm vor sich hin. Dann begann Qaerngak zu sprechen.

»Ich komme wegen Mikivssuk. Die Kleine ist krank.«

Minik war auf alles Mögliche gefasst gewesen, aber nicht darauf. Er hatte Arnannquaqs jüngere Schwester immer sehr gemocht, war in das süße Mädchen regelrecht vernarrt gewesen. Mittlerweile musste sie zwölf sein. Er kannte sie nur quicklebendig, gesegnet mit einer fröhlichen Natur und zwei hübschen schwarzen Augen. Besorgt fragte er: »Was fehlt ihr denn?«

Qaerngak zuckte die Achseln. »Das weiß niemand so genau. Sie klagt über heftige Bauchschmerzen und hat sich mehrmals übergeben. Die Geisterhelfer hören nicht auf die Schamanen. Selbst Soqqaq konnte ihr nicht helfen. Er meinte, das Mädchen werde sterben.«

»Und wie seid ihr auf *mich* gekommen? Meine Erste-Hilfe-Ausrüstung habe ich längst für Silarnik verbraucht, den Hund meines Großonkels.« Minik sah sich schon mit Erwartungen konfrontiert, die er unmöglich würde erfüllen können. Bestimmt käme Qaerngak gleich auf das Zahnarztbesteck zu sprechen …

»Du kannst dich viel besser als wir mit den weißen Männern verständigen«, antwortete der Gesandte aus Uummannaq.

Minik blinzelte verwirrt. »Wie bitte?«

»Wenn Piuli uns besuchen kam, hatte er immer einen Heiler dabei. Seine Nachfolger werden bestimmt auch nicht ohne Schamanen gekommen sein. Du könntest nach Etah fahren und sie um Hilfe bitten.«

»Jetzt? Ich soll mitten durch Dunkelheit, Schneestürme und Kälte reisen, um einen weißen Mann um Hilfe anzuflehen, dem wir Inuit vermutlich so egal sind wie ein Haufen Steine am Strand?«

Qaerngak nickte. »Ja. Arnannquaq bittet dich darum. Um eurer alten Liebe willen.«

»Ha!«, lachte Minik. »Ich habe nicht einmal ein Gespann und mein Kajak ist kein Eisbrecher.«

»Was ist ein … *Eis-Brecher?*«

»Vergiss es. Was du verlangst, ist unmöglich.«

»Anscheinend fehlt dir der Mut.«

»Pass auf, was du sagst, Qaerngak! Ich würde sofort fahren, wenn ich einen Schlitten hätte.«

»Das trifft sich gut«, sagte Arnannquaqs Liebhaber mit dünnem Lächeln. »Ich habe dir nämlich einen mitgebracht und dazu Soqqaqs schwarze Meute.«

Minik riss die Augen auf. »Du machst dich über mich lustig.«

»Oh nein, dazu ist die Situation zu ernst. Der Schamane hat mir seine Tiere überlassen, weil er überzeugt war, dass du für Mikivssuk die Gefahren nicht scheuen wirst.«

»Trotzdem ist das Risiko einer so weiten Reise zu dieser Jahreszeit nicht zu unterschätzen, mein Bruder«, gab Uutaaq zu bedenken. »Mikivssuk ist nur ein Mädchen. Wenn es einmal groß ist, kann es dem Stamm kein Fleisch bringen, sondern nur Felle kauen und Kleider nähen.«

»Wurde ein großer Jäger wie du etwa nicht von einer Frau geboren?«, knurrte Minik. Zu den Bräuchen seines Volkes, die er nie gutgeheißen hatte, gehörte die Kindstötung. Bei Zwillingsgeburten ließ man oft nur eines der Babys am Leben. Wenn die Mutter bei der Niederkunft starb und sich keine Amme fand, wurde das Neugeborene mit der Toten ins Grab gelegt. Und in Zeiten der Not erstickte man auch schon einmal ein Mädchen oder ließ es im Schnee zurück, weil es zur Jagd nicht taugte und für die Sippe nur als Belastung galt. Mikivssuk genoss zwar einen gewissen Schutz, weil sie bereits einen Namen besaß und bald eine Frau im heiratsfähigem Alter sein würde, aber wenn die *toorngat* – die »Geisterhelfer« – einem Kind den Beistand versagten, dann opferte man allemal lieber ein Mädchen als einen Jungen, einen zukünftigen Jäger.

Uutaaq knirschte mit den Zähnen. »Jeder muss seinen eigenen Weg gehen. Aber nimm den Rat eines erfahrenen Führers an und begib dich nicht allein auf diese Reise. Wenn du nicht willst, dass Irdlirvirisissong ihre Hunde mit deinen Gedärmen füttert, dann solltest du jemanden bei dir haben, der dich im Notfall retten kann.« Er spielte auf eine Inuit-Legende über die himmlische Cousine des Mondes an.

»Ich wüsste da schon einen. Warum kommst du nicht mit?«

»Wenn ich sterbe, dann müssen meine Frau und viele andere in diesem Lager hungern. Das Mädchen ist das Risiko nicht wert.«

Minik wusste, dass eine Verständigung zwischen ihm und Uutaaq auf diesem Gebiet ausgeschlossen war. Deshalb wandte er sich wieder an Qaerngak. »In Bezug auf die Gefahren muss ich Uutaaq zustimmen. Allein loszufahren wäre Selbstmord. Lass uns die Männer des Dorfes zusammenrufen. Wenn ich noch einen oder zwei Begleiter finde, dann breche ich so bald wie möglich auf.«

Etwa eine Stunde später hatten sich die Männer von Kangerdlugssuaq in Uutaaqs Haus versammelt. Die jungen und starken befanden sich größtenteils ohnehin längst bei MacMillan in Etah. Im Rat saßen daher vorwiegend die Alten und solche Männer, die wie Uutaaq aus persönlichen Gründen einer Polarexpedition skeptisch gegenüberstanden. Zu ihnen gehörten auch Ittukusuk und Piugaattoq. Ersterer verstand sogar leidlich Englisch, beide hatten zu »Pearys Leuten« gehört und sie waren sich darin einig, dass Miniks Plan genau zu ihm passte: Er war verrückt.

»Ich komme mit«, sagte daher Ittukusuk, der immer für eine Überraschung gut war.

»Was, wenn die weißen Männer nur *einen* Heiler haben?«, wandte dagegen Aleqasinas früherer Ehemann ein. »Sie sind viel zu sehr um ihre eigene Gesundheit besorgt, um ihn für ein wildfremdes Inuit-Kind wegzuschicken.«

Minik stand von der Bank auf, stellte sich mitten zwischen

die Männer und breitete die Arme aus. »Dann werde ich eben erst ihr Vertrauen gewinnen. Ich spreche ihre Sprache besser als jeder von euch. Hier im Norden sind sie ohne uns hilflos wie Kinder. Das wissen sie genau, auch wenn sie es nie zugeben würden. Deshalb werden sie auf einen guten Dolmetscher nicht verzichten wollen. Wenn dieser MacMillan erst einmal begriffen hat, dass ich für ihn unentbehrlich bin, dann wird er uns auch helfen.«

»Das könnte klappen«, sagte Ittukusuk.

Uutaaq verzog das Gesicht. »Und das alles für ein *Mädchen.*«

Ittukusuk zuckte mit den Schultern. »Ich würde für meine Schwester Kassaaluk das Gleiche tun. Abgesehen davon hat Minik ständig solche komischen Einfälle. Hatte ich eigentlich schon erzählt, auf welche Weise er bei unserer ersten gemeinsamen Jagd eine Robbe häuten wollte?«

Alle in der Runde stöhnten.

Piugaattoq war ungefähr im gleichen Alter wie Uutaaq und fast ebenso erfahren. Als er jetzt nickte und im Rat die Stimme erhob, war es sofort still. »Vielleicht sollten wir nicht alles Neue von vornherein ablehnen. Ich halte es zwar für keine gute Idee, eine Robbe auszuhöhlen, aber unser junger Freund verdient trotzdem eine Chance. Schon morgen könnte einer von uns Jägern krank werden und dann werden wir Minik danken, wenn er das Eis bei den weißen Männer gebrochen hat. Sie sind sehr empfindsam, was Kinder anbelangt. Ich gehe mit ihm.«

Minik lächelte dankbar. »Mit Ittukusuk sind wir dann schon drei. Und jeder hat ein eigenes Hundegespann. Wir werden dahinfliegen wie der Wind.«

Der schnellste Weg von Kangerdlugssuaq nach Etah führte über das vereiste Meer. Auf diesen mehr als einhundertzwanzig Meilen zu den Quellen der Nacht erwarteten die drei Jäger Dunkelheit, Kälte und allerlei Gefahren. Bei klarem Himmel reichte das Licht von Mond und Sternen zur Orientierung, aber wenn dichte Wolken aufzögen, würden sie von einem Meer der Finsternis verschlungen werden. Hinzu kamen die Tücken des Eises. Es präsentierte sich allzu oft als wilder Scherbenhaufen von ineinander geschobenen, miteinander verpressten, sich auftürmenden Schollen. Dazwischen klafften immer wieder Rinnen. Trotzdem waren Minik, Piugaattoq und Ittukusuk fest entschlossen, das Wagnis einzugehen, als sie am 12. November, etwa zwölf Stunden nach ihrer Zusammenkunft, aufbrachen.

Trotz der beißenden Kälte – die Temperatur mochte so um die minus fünfzig Grad Celsius liegen – hatte sich das ganze Dorf zur Verabschiedung der drei am Strand versammelt. Aus Nordosten wehte ein eisiger Wind, aber es war trocken. Piugaattoq blickte argwöhnisch zum Himmel hinauf.

»In drei Tagen ist Vollmond.«

»Ja, aber das Eis ist dick«, erwiderte Minik. Er befand sich in einer geradezu euphorischen Stimmung. Endlich konnte er wieder mit der schwarzen Meute durch die Landschaft jagen.

»Wir werden sehen«, sagte Piugaattoq und ließ seine lange Peitsche nach vorne schnellen.

Die Schlitten setzten sich in Bewegung. Noch einmal brach die versammelte Menge in Jubel aus, aber bald blieben die Stimmen zurück und eine unendlich erscheinende Weite tat sich vor den drei Inuit auf.

Am ersten Tag kamen sie gut voran. Der Himmel war klar und man konnte den Kurs anhand der Sterne mühelos bestimmen. Minik schätzte, dass sie auf ihrer ersten Etappe annähernd zwanzig Meilen zurückgelegt hatten. Sie übernachteten auf dem Meer in einem Zelt und wurden am nächsten Morgen vom Pfeifen des Windes geweckt.

»Das wird ein hübscher Sturm«, sagte Ittukusuk.

Er sollte recht behalten. Im Laufe des Tages – der ja in Wirklichkeit auch nur eine weitere Nacht war – kam ein heftiges Schneegestöber auf, das die Gefährten schließlich zum Anhalten zwang. Ohne jede Orientierung war es zu gefährlich, weiterzufahren.

Am dritten Tag beruhigte sich das Wetter etwas. Der Wind wirbelte nur noch wenig Schnee auf. Am Himmel wurde sogar der Mond sichtbar, ein runder, milchiger Lichtfleck mit verschwommenen Rändern. Gegen Mittag verschlechterte sich die Sicht jedoch wieder. Piugaattoq fuhr voran, die beiden anderen Schlitten folgten in seiner Spur. Nach etwa zwei Stunden beruhigte sich zwar der Wind, dafür kam Nebel auf. Jedenfalls hielt Minik die Schwaden dafür, bis Piugaattoq sein Gespann zurückfallen ließ und ihm ein Wort zurief, das ihm nichts sagte.

»Seerauch!«

Piugaattoq machte eine ausholende Geste. »Der Dunst bedeutet nichts Gutes. Wir sollten den Kurs ändern und weiter hinaus aufs offene Meer zuhalten.«

»Wird wohl das Beste sein«, gab Ittukusuk zurück. Er hatte seinen Schlitten neben Miniks Gespann gelenkt und schien genau zu wissen, wovon sein Stammesbruder sprach.

Unvermittelt riss die Wolkendecke auf, eine heftige Bö wirbelte den Seerauch, einen dichten Nebel, auf, dann flaute der Wind jäh ab. Eine fast gespenstische Stille kehrte ein, in der nur das Geräusch der Kufen und das Atmen der Hunde zu hören war. Fast blendend hell erschien mit einem Mal der Vollmond, der die Landschaft in ein silbernes Licht tauchte.

All diese Veränderungen vollzogen sich so schnell, dass es Minik geradezu unheimlich vorkam. Dann aber machte er eine Entdeckung, die ihm einen kalten Schauer über den Rücken jagte. Er deutete nach vorn und rief: »Das Eis. Es *glüht.*«

Tatsächlich strahlte es vor ihnen mehr, als es allein der Widerschein des Mondlichts erklären konnte.

Piugaattoq warf den Kopf herum und fluchte: »Verdammt, ich hab's geahnt. Hier muss irgendwo eine Polynja sein. Schnell! Dort hinüber.« Er deutete nach Westen.

Minik begriff sofort, in welcher Gefahr sie sich befanden. Polynjas waren Stellen offenen Wassers, die selbst im Winter nicht zufroren; die Walfänger sprachen vom *Northern Water* – dem »nördlichen Wasser«. Manche erstreckten sich über Tausende von Quadratmeilen, andere waren verhältnismäßig klein. Einige entstanden in Folge ablandiger Winde vor der Küste, andere durch aufquellendes wärmeres Tiefenwasser auf offener See. Besonders aus Letzteren stieg, wenn das offene Wasser auf die viel kältere Umgebungsluft traf, der »Arktische Seerauch« auf. Die Polareskimos kannten die Lage der meisten Polynjas, weil es ideale Stellen für die Walrossjagd waren, aber manchmal tauchten sie auch überraschend auf. So wie hier.

Die Schlitten schwenkten nach links. Peitschen knallten. Die Hunde erhöhten das Tempo. Jetzt wurde sich Minik auch des veränderten Geräuschs unter den Kufen bewusst. Es klang tiefer als zuvor. Dann tauchten im Eis auch schon die ersten Spalten auf. Sie mussten sich unmittelbar am Rande der Polynja befinden, hatten sie aber wegen des Windes und der schlechten Sicht zu spät bemerkt. Minik spürte, wie sein Gefährt schwankte, als es eine Scholle überfuhr.

»Sei auf der Hut, der Grund ist trügerisch!«, ermahnte ihn Ittukusuk von rechts.

Plötzlich hörte Minik neben sich ein ihm nur allzu vertrautes Knacken. Er warf den Kopf herum und sah gerade noch, wie sich Ittukusuks Schlitten zur Seite neigte; eine der Kufen musste durch das Eis gebrochen sein. Der Draufgänger hatte zur Unterstreichung seines Warnrufs für einen Moment den

Halteholm losgelassen, lange genug, um ihn nun, als ein zweiter Ruck durch seinen Schlitten ging, abrutschen zu lassen. Mit einem Schrei fiel er ins eiskalte Wasser. Die Hunde liefen mit dem herrenlosen Schlitten einfach weiter.

»Hilf mir, ihn herauszufischen. Sein Gespann fangen wir später ein«, rief Piugaattoq und brüllte seinen Zugtieren das Kommando zum Anhalten zu.

Auch Minik brachte seinen Schlitten zum Stehen. So schnell es die schaukelnden Schollen zuließen, rannte er zu der Stelle zurück, wo Ittukusuk ums Überleben kämpfte. Normalerweise starb ein Mensch, der bei diesen Temperaturen ins Wasser fiel, innerhalb kürzester Zeit. Entweder ertrank er schon beim ersten tiefen reflexhaften Atemzug oder er verlor die Orientierung, sobald seine Ohren vollliefen. Im günstigsten Fall hielt er einige Minuten länger durch, bis – lange bevor die Unterkühlung ihn umbrachte – seine Muskeln nicht mehr dem Verstand gehorchten. Zum Glück trug der Inuk Fäustlinge aus Seehundhaut, Hosen aus Eisbärenfell und über den zwei Parkas ein zusätzliches wasserdichtes *kamleika* aus Walrossdarm.

Piugaattoq hatte sich schon dicht an den zappelnden Kameraden herangearbeitet, als Minik die Unglücksstelle erreichte. »Leg dich auf den Bauch, das Eis ist tückisch hier«, wurde er gewarnt.

Während Minik der Aufforderung nachkam, beruhigte Piugaattoq den im Wasser strampelnden Gefährten. »Wir holen dich gleich raus. Zappel nicht so viel und sieh zu, dass dein Kopf über Wasser bleibt.«

Ittukusuk versuchte, sich auf eine Scholle zu ziehen, rutschte aber immer wieder ab.

»Ich habe meine Peitsche dabei«, sagte Minik.

»Guter Junge!«, lobte ihn Piugaattoq. »Meine hat sich dummerweise im Hundegeschirr verheddert.«

Minik wirbelte die lange Leine aus Robbenleder herum, sodass sie genau über dem Kopf des Inuk niederging. »Halt dich daran fest, Ittukusuk. Dann ziehen wir dich heraus.«

»Wenn das Wasser schon bis auf seine Haut durchgedrungen ist, kann er das Ende der Peitsche nicht besser fangen als ein Schlafwandler«, unkte Piugaattoq.

Ittukusuks Arm reckte sich nach oben, fand die Leine aber nicht. Stattdessen sank er bis zur Nasenspitze ins Wasser.

»Das Fell ist zu schwer. Er hat kaum noch die Kraft, sich oben zu halten«, stellte Piugaattoq fest.

Minik warf ihm einen wütenden Seitenblick zu und rief dann wieder zu dem Strampelnden: »Sie liegt auf deiner linken Schulter. Du musst sie nur packen.«

Abermals suchte Ittukusuks Hand nach dem rettenden Riemen, streifte ihn dabei sogar, weil er aber in den Fäustlingen kein Gefühl hatte, stieß er die Leine nur ins Wasser. Dann sackte er wieder nach unten und diesmal tauchte sein ganzer Kopf ab. Und, schlimmer noch, zwei Schollen schlossen sofort den dadurch entstandenen Spalt.

»Das habe ich befürchtet«, brummte Piugaattoq.

Minik schüttelte fassungslos den Kopf. »Wie kannst du nur so ruhig zusehen, wie er ertrinkt? Wir müssen etwas tun, um ihn da rauszuholen.«

Piugaattoq wandte sich ihm zu. Sein Gesicht wirkte in Mondlicht wie zu Eis erstarrt. »Und *was* bitte schön? Wenn wir nur eine Körperlänge weiter zu ihm hinrutschten, werden wir ebenfalls einbrechen. Findest du das hilfreich?«

»Aber er ist unser Bruder.«

»Ich weiß. Er wäre nicht der Erste, der auf diese Weise vor meinen Augen stirbt.«

»Mein Großvater hat auch überlebt. Arrutarsuaq ist samt seiner Harpune wieder vom Meeresgrund …« Minik verstummte jäh, weil er mit einem Mal am Griff der Peitsche einen Zug spürte. Sofort wandte er sich der Stelle zu, wo Ittukusuk untergegangen war.

Auch Piugaattoq hatte das Straffen der Leine bemerkt. »Irgendwie hat er das Ende zu fassen bekommen. Schnell, holen wir ihn heraus! Aber behutsam, damit ihm die Leine nicht entgleitet.«

Gemeinsam zogen Minik und Piugaattoq am Peitschenriemen. Ittukusuk Kopf tauchte aus dem Wasser auf. Die Retter krochen langsam rückwärts, während sie ihren Gefährten vorsichtig aufs Eis zurückzogen. Als sie wieder sicheren Grund erreicht hatten, liefen sie sofort zu Ittukusuk, um ihm auf die Beine zu helfen.

»Wie weit ist das Wasser in deine Kleidung eingedrungen?«, fragte Piugaattoq barsch.

»B-bin mir nicht sicher«, bibberte Ittukusuk.

»Du weißt, was davon abhängt. Wenn deine Haut nass geworden ist, bekommst du schneller Erfrierungen, als du die Reihe deiner Ahnen aufsagen kannst. Also gib mir gefälligst eine klare Antwort.«

»Mir ist was den Hals hinuntergelaufen, ich glaube bis zur Brust.«

»Dann müssen wir dich trocken legen, mein Junge, und dir etwas anderes anziehen.« Piugaattoq wandte sich Minik zu. »Ich habe alles Nötige auf meinem Schlitten. Bleib bei ihm und sorge dafür, dass er keinen Moment stillsteht.«

Bald kehrte Piugaattoq mit zwei Parkas und einem Fell zurück. Ungeachtet der grausamen Kälte schälte er Ittukusuks Oberkörper wie eine Zwiebel aus den diversen Kleidungsschichten. Die ganze Zeit über musste der Gerettete seine Arme vor- und zurückbewegen, damit sein Körper mehr Wärme produzierte. Minik rieb ihn hiernach in aller Eile mit dem Fell ab, woraufhin Piugaattoq dem zitternden Kameraden gleich wieder zwei trockene Unterhemden überstreifte und danach die äußeren Lagen. Zum Schluss sagte er: »Und jetzt lauf.«

Minik blinzelte verwirrt. »Er ist entkräftet. Willst du ihn zu Tode hetzen?«

Piugaattoq schüttelte mitleidlos den Kopf. »Ganz im Gegenteil. Er muss sich ins Leben zurückstrampeln. Seine äußere Kleidung ist immer noch nass und gefriert bereits. Nur in Bewegung kann er verhindern, ein lebender Eiszapfen zu werden. Und außerdem braucht sein Körper im Moment nichts dringender als Wärme. Du kannst ihm etwas zu essen besorgen, damit er uns nicht schlappmacht, während ich ihn wieder in Schwung bringe.«

Mit dieser Erklärung ließ er seinen jüngeren Gefährten stehen und setzte sich mit Ittukusuk in Bewegung. Während er ihn am Handgelenk festhielt, zog er ihn mit sich. Langsam kehrte das Leben in den nahezu erstarrten Geist Ittukusuks zurück und er lief aus eigenem Antrieb weiter.

So unbarmherzig Piugaattoq auch auf Minik gewirkt hatte, war es letztlich doch seiner Besonnenheit und Erfahrung zu verdanken, dass Ittukusuk noch lebte. Mehr als zwei Wochen lang hatten sich die Gefährten nach dem dramatischen Vorfall durch Stürme und Kälte hinauf zu den Quellen der Nacht gekämpft. An manchen Tagen waren sie wegen schlechter Sicht keine einzige Meile vorangekommen. Doch nun, am 1. Dezember 1913, tauchte vor ihnen zum ersten Mal wieder ein Licht auf, das nicht vom Himmel kam: Etah.

Die Ankunft der Reisenden im Lager sorgte für Aufsehen. Jeder wollte die drei Wagemutigen bestaunen. Ganze Familien liefen vor der Borup Lodge zusammen. Die Unterkunft des Expeditionsleiters und seiner engsten Mitarbeiter verfügte nicht nur über den Luxus echter Glasfenster, sie war mit gut zehn mal zehn Metern auch das größte Steinhaus, das Minik je in Avanersuaq gesehen hatte. Trotzdem blieb der Menschenauflauf vor dem Gebäude auch den Bewohnern drinnen nicht verborgen. Bald trat ein hochgewachsener Weißer in Fellkleidung vor die Tür. Er hielt eine Petroleumlaterne in der Hand und musterte die drei Besucher etwas ratlos. Vermutlich sprach er kein Inuktitut.

»Guten Tag«, sagte Minik in bestem Englisch. »Sind Sie MacMillan?«

Grinsend weideten sich Piugaattoq und Ittukusuk an dem erstaunten Gesichtsausdruck des Angesprochenen.

»Ja«, antwortete dieser schließlich. »Commander Donald Baxter MacMillan, um genau zu sein. Und mit wem zu sprechen habe ich die Ehre?«

Minik streckte ihm die Rechte entgegen. »Mein Name ist Minik Peary Wallace. Können Sie einen Dolmetscher gebrauchen?«

Der Amerikaner schüttelte zwar die ihm dargebotene Hand, doch wirkte er nicht eben begeistert. »Ich habe Sie schon einmal gesehen, junger Mann.«

»Daran kann ich mich nicht erinnern.«

»Das glaube ich Ihnen sogar. Matt Henson und Mr Fuller vom *New York Herald* haben Sie wohl bemerkt, als Admiral Peary Ihnen zwei Gewehre geschenkt hat, aber ich befand mich *in* der Missionsstation von Uummannaq und habe Ihrem dreisten Auftritt von drinnen zugesehen.«

Minik schluckte. Er versuchte gar nicht erst, auf das ihm vom »großen Peiniger« zugefügte Unrecht zu verweisen, sondern sagte stattdessen: »Das ist vier Jahre her, Mr MacMillan. Damals war ich noch ein Junge. Heute bin ich ein Mann. Ein Jäger, der keine Gefahr scheut. Oder kennen Sie noch viele andere, die sich um diese Jahreszeit aufmachen würden, um von der Inglefield Bay aus hierherzukommen und Ihnen ihre Dienste anzubieten?«

Der Amerikaner rieb sich die Nase. »Da hast du allerdings recht. Andererseits habe ich in New York erfahren, dass du den Admiral ermorden wolltest.«

»Das sind die Hirngespinste von Männern wie Mr Fuller, die unbedingt ihre Gazetten verkaufen müssen.«

MacMillans Blick bohrte sich wie eine Sonde in Miniks Gesicht. Nach einer Weile sagte er: »Kommen Sie in zwei Stunden in die Lodge. Dann sage ich Ihnen, ob Sie bei uns bleiben können.« Er drehte sich um und verschwand im Haus.

»Dich zu sehen, hat ihn nicht gerade in einen Freudentaumel versetzt. Was sagte er denn?«, wollte Piugaattoq wissen.

»Er meinte, Minik sei gemeingefährlich«, antwortete Ittukusuk grinsend, noch bevor der Gefragte etwas erwidern konnte.

Zwei Stunden später wurde Minik von einem schlaksigen Burschen namens Jerome Allen in das Allerheiligste der Crocker Land Expedition vorgelassen. Obwohl das Haus allein wegen seiner Dimensionen schon von außen beeindruckend war, staunte er nicht schlecht, als er es von innen sah. Die Borup Lodge verfügte über doppelte Wände, Tapeten, eine holzgetäfelte Decke, Dielen am Boden und – das begeisterte ihn, den leidenschaftlichen Leser, am meisten – über ein nicht eben kleines, prall gefülltes Bücherregal.

MacMillan saß an einem viereckigen Tisch, auf dem sich allerlei Dokumente und Instrumente häuften, und war gerade dabei, einen vollbärtigen Hitzkopf zu beruhigen, der sich über irgendetwas aufregte. Durch eine Geste bedeutete der Expeditionsleiter dem Eintretenden, sich zu gedulden, und wandte sich erneut dem Blondschopf mit dem roten Gesicht zu.

»Vielleicht war es ein Missverständnis, Fitz. Das ist kein Grund, unsere Freunde gleich zu schlagen.«

»Freunde?«, schnaubte der andere. »Pah, dass ich nicht lache! Diese Wilden halten uns für Einfaltspinsel und glauben, sie könnten alles mit uns machen. Ich sage dir, erschieße den Burschen, der mir die Gedärme andrehen und sich selbst die Filetstücke einheimsen wollte, dann hast du mit den anderen nie mehr Probleme.«

MacMillan warf Minik einen unbehaglichen Blick zu, ehe er dem Choleriker antwortete: »Hinter dir steht übrigens so ein ›Wilder‹. Vielleicht erzählst du ihm, was passiert ist.«

Der Mann drehte sich um, musterte Minik verächtlich und schnaubte: »Seit wann können die unsere Sprache?«

»Ich komme leidlich damit zurecht«, sagte Minik so freundlich, wie es ihm seine Abneigung gegen den aufbrausenden Kerl gestattete.

Dieser staunte zunächst über die gewählte Ausdrucksweise des »Wilden«, dann drehte er die Flamme seiner Wut um zwei oder drei Stufen zurück und erwiderte: »Zufällig haben sich einige Moschusochsen in die Gegend verlaufen. Bin ihnen mit ein paar deiner Eskimobrüder hinterher und habe einen prächtigen Bullen erlegt. Als es an die Aufteilung der Beute ging, wollte so ein Großmaul namens Iggiannguaq mir nur die Innereien und anderes minderwertiges Fleisch überlassen. Das Beste sollten seine Leute bekommen. Hätten Allen und Small mich nicht zurückgehalten, wäre der Bursche längst tot.«

Minik musste an sich halten, um ruhig zu bleiben. Ausgerechnet Iggiannguaq, sein Hausgenosse aus Kangerdlugssuaq! »Mr MacMillan hat recht, wenn er ein Missverständnis vermutet. Bei uns Polareskimos ist es Sitte, dass derjenige, der ein Karibu oder einen Moschusochsen erlegt, nur die Innereien, den Kopf sowie das Fett des Vorder- und Hinterteils erhält. Das Fleisch bekommen die anderen. Es ist allerdings erlaubt, Partnerschaften einzugehen und sich so gegenseitig besondere Teile des Tieres zukommen zu lassen. Haben Sie so einen Jagdgenossen, Mr …?«

»Green«, sagte MacMillan grinsend anstelle des sprachlosen Hitzkopfs. »Dieses Temperametsbündel ist Fitzhugh Green, Lieutenant Commander der US Navy. Und mit Ihrer Hilfe, Mr Wallace, wird er jetzt zu Ihren Stammesbrüdern gehen und sich für seine Gedankenlosigkeit entschuldigen.«

Minik riss die Augen auf. »Heißt das ... Sie nehmen mich in Ihre Dienste?«

MacMillan lächelte. »Eigentlich hatte ich Sie wieder nach Hause schicken wollen, aber dieser kleine Vorfall zeigt mir, wie nötig wir jemanden wie Sie brauchen.«

Auf Miniks Bitte um medizinische Hilfe für Mikivssuk hatte MacMillan überraschend geantwortet. »Das Motto meiner Familie lautet: ›Ich lerne, den Notleidenden beizustehen.‹ Wenn wir das Leben des Mädchens retten können, werden wir es tun – vorausgesetzt, Doktor Hunt wagt die Reise zur North Star Bay.«

Harrison J. Hunt gehörte zu jener idealistischen Sorte junger Ärzte, die nicht lang zögerten, wenn man sie für ein krankes Kind um Hilfe bat. Seine üppig gewellte, dunkle Mähne sträubte sich ebenso hartnäckig gegen die Ordnung des Kamms wie er selbst sich jedem Diktat widersetzte, welches Menschen hinter Vorschriften stellte. Daher behandelte er auch die Inuit mit der gleichen Fürsorge und Freundlichkeit, die er seinen weißen Kameraden angedeihen ließ.

Am 6. Dezember brachen Minik und Hunt nach Süden auf. Das Wetter hatte sich endlich beruhigt und sie kamen gut voran. In Kangerdlugssuaq legten sie Zwischenstation bei Uutaaq ein, der wie ausgewechselt war. Miniks Entschlossenheit hatte ihn offenbar beeindruckt. »Iggiannguaq kann mit mir auf meinem Schlitten nach Uummannaq fahren«, erklärte er spontan. Zwar erwähnte er Mikivssuk mit keinem Wort, aber letztlich stellte er seine unschätzbare Erfahrung nun doch in den Dienst des Rettungsunternehmens.

Wohlbehalten erreichte die kleine Gruppe bald darauf die North Star Bay. Kaum angekommen, untersuchte Hunt in der Missionsstation das kranke Mädchen. Mikivssuk war in keiner guten Verfassung. Sie hatte Fieber und klagte über Bauchschmerzen.

Arnannquaq verfolgte die Behandlung mit Argusaugen. Der Heiler war ihr offenkundig nicht geheuer, zumal er ihren einstigen Gatten kurzerhand zum Assistenzarzt gekürt hatte. Obendrein kommentierte der weiße Schamane auch noch alles, als wolle er Minik zu seinem Nachfolger ausbilden.

»Jetzt pass gut auf«, sagte er in jenem kameradschaftlichen Ton, der unterdessen zwischen ihnen herrschte. Seine linke Hand lag flach auf der Bauchdecke des Mädchens, während er mit dem Zeigefinger der anderen auf eine Stelle an ihrem rechten Beckenrand deutete. »Das hier ist die *Spina iliaca anterior superior.*«

Minik runzelte irritiert die Stirn.

»Der vordere Darmbeinstachel«, übersetzte der Arzt geduldig den Fachbegriff.

»Aha«, sagte Minik, als sei nun alles klar.

»Wenn wir von dieser Stelle eine gedachte Linie zum Bauchnabel ziehen, dann erreichen wir nach einem Drittel der Strecke den McBurney-Punkt, so benannt nach meinem geschätzten Kollegen, dem amerikanischen Chirurgen Charles McBurney.«

»Und wozu ist der gut?« Allmählich gewann Minik Interesse an dem Unterricht.

»Dazu«, erwiderte Hunt knapp und bohrte zwei Finger tief in McBurneys Punkt hinein.

Mikivssuk schrie gequält auf.

Der Arzt nickte zufrieden. »Dacht ich's mir: ›Aarons Zeichen‹ wie es im Lehrbuch steht.«

»Ich würde eher sagen, das war ein Schmerzensschrei.«

»Eben«, erklärte Doktor Hunt gleichmütig. »Die wie eine Trommel angespannte Bauchdecke zusammen mit der besonderen Empfindlichkeit, die unsere Patientin zeigt, nennen wir Mediziner ›Aarons Zeichen‹. Die Kleine hat eine akute Appendizitis, landläufig auch Blinddarmentzündung genannt. Eigentlich ist diese Bezeichnung nicht ganz korrekt, weil …«

»… was müssen wir tun, damit sie wieder gesund wird?«, unterbrach Minik das Fachchinesisch des Arztes.

Hunt zuckte die Schultern. »Eine Appendektomie.«

»Kannst du dich nicht so ausdrücken, dass auch *ich* es kapiere?«

»Wir schneiden sie auf.«

»Um Himmels willen!« Minik sah besorgt in das Gesicht des leise vor sich hinweinenden Mädchens. Glücklicherweise verstanden weder sie noch ihre Schwester, was der Arzt im Schilde führte. »Ist das denn wirklich nötig?«

»Keine Sorge, mein Freund. Nachdem wir ihren Wurmfortsatz entfernt haben, nähen wir sie ja wieder zu.«

Miniks Kinnladen klappte herab, seine Augen wurden schmal wie die Schlitze einer Schneebrille und er krächzte: »Wir?«

Der Eingriff fand auf einem blank gescheuerten Küchentisch im Licht einer Tranfunzel statt. Mikivssuk spürte nichts. Minik hatte sie unter Anleitung des Arztes mit Äther betäubt. Fasziniert sah er dabei zu, wie sich die geschickten Hände des Chirurgen zum Krankheitsherd vorarbeiteten. Das Herumstochern in aufgeschnittenen Körpern war Minik ja durchaus vertraut. Auch an den Anblick frischen Blutes hatte er sich schon in früher Kindheit gewöhnt. Trotzdem war für ihn die Operation, bei der er Doktor Hunt assistieren durfte, in mancher Hinsicht eine Premiere. So hatte er nie zuvor einen noch lebenden Körper ausgeweidet, schon gar keinen menschlichen, und das spätere Zunähen war ebenfalls neu.

Als der Faden über der Wunde verknotet und abgeschnitten war, fiel jäh die Anspannung von Minik ab. Tränen der Erleichterung rannen über seine Wangen. »Wird Mikivssuk wieder ganz gesund?«, fragte er den Arzt.

»Sofern sie meine Anweisungen beachtet und keine unerwarteten Komplikationen auftreten, wird sie bald wieder mit den anderen Kindern spielen.«

Minik wischte sich mit dem Handrücken übers Gesicht. »Sie ist schon zwölf. Wahrscheinlich wird sie in zwei Jahren verheiratet sein.«

»Oh! Nun ja, wie auch immer. Sie hat das Gröbste hinter sich. Mich wundert nur, wie sie so lange überleben konnte.«

»Arnannquaq meinte, ihre Schwester habe sich zwischendurch erholt. Aber dann fing kurz vor unserer Ankunft alles von vorne an: Übelkeit, Erbrechen, Bauchschmerzen ...«

»Na ja, wir sind jedenfalls gerade noch rechtzeitig gekommen. Ein, zwei Tage später wäre ihr Appendix vermutlich durchgebrochen und dann hätte ich kaum noch etwas für sie tun können. War das deine erste Operation, Minik?«

»Ja. Wieso?«

»Weil du doch stolzer Besitzer einer kieferchirurgischen Ausrüstung bist. Da dachte ich, du hättest vielleicht schon früher auf eigene Faust experimentiert. Manchmal ist es ja dringend nötig, jemandem einen Zahn zu ziehen.«

Minik sah den Arzt verständnislos an.

Hunt hielt sich die Hand vor den Mund und gluckste: »Ist nur ein Scherz gewesen. Aber du hast dich wacker geschlagen, Minik. Ist dir je in den Sinn gekommen, Medizin zu studieren?«

»Mein letzter Berufswunsch war Farmer.«

Hunt nickte. »Das ist auch gut. Aber solltest du es dir anders überlegen, gib mir Bescheid. Vielleicht kann ich etwas für dich tun.«

Mikivssuk stöhnte leise und schlug die Augen auf.

Minik legte ihr sanft die Hand auf die Stirn. »Hat meine kleine Robbe gut geschlafen?«

Sie verzog das Gesicht. »Ich weiß nicht, Onkel Minik. Mir ist so übel.«

Er übersetzte ihre Worte, aber Hunt sagte, dergleichen sei nach einer Betäubung mit Äther ganz normal.

Minik küsste das Mädchen auf die Wange. »Bald springst du wieder mit den anderen draußen herum.«

Mikivssuk lächelte schwach. »Dann werde ich ihnen sagen, dass du ein großer Heiler bist.«

Noch Generationen später erzählten sich die Polareskimos, Minik sei ins Land des weißen Mannes gezogen und ein berühmter Arzt geworden. Es war nur eine von etlichen Legenden, in denen sich viel Fantasie, aber nur wenig Wahrheit spiegelte. In Wirklichkeit sollte sein Weg auf die andere Seite des Nordlichts alles andere als ein Triumphzug werden.

25.

Aleqasinas Fluch

Etah (Grönland), 11. März 1914

Der erste Vorstoß der Crocker Land Expedition ins Unbekannte hatte sich als klassischer Fehlstart erwiesen. Neunzehn Männer, fünfzehn Schlitten und einhundertfünfundsechzig Hunde waren bereits auf dem Weg zur kanadischen Küste, als MacMillan, Piugaattoq und Minik am Freitag, den 13. Februar 1914, Etah verließen.

Wenig später wollte sich der Commander eine Pfeife anstecken, fand aber keinen Tabak im Gepäck. Minik habe ihn vergessen, behauptete er, und fügte hinzu: »Ich kann ohne Tabak kein neues Land entdecken.« Kurzerhand schickte er seinen Dolmetscher wieder zurück. Es war eine Demütigung, die dieser so schnell nicht vergessen sollte, zumal sie niemandem etwas nützte. Infolge schlechter Witterung kam die Schlittenkarawane bald ins Stocken, mehrere Männer erkrankten und schließlich musste der Pfeife schmauchende Expeditionsleiter zum Rückzug blasen.

Am 11. März wagte sich MacMillan mit einer kleineren Vorhut zum zweiten Mal hinaus. Diesmal war der Wind nicht so schneidend und Minik hatte auch genügend Tabak eingepackt, doch um seine Entschlossenheit stand es nicht zum Besten. Er kaute immer noch an der Demütigung des Commanders während der ersten Exkursion. Und dann machte ihm noch etwas anderes zu schaffen: eine Frau.

Nach dem Höhenflug mit Aleqasina und dem Absturz mit Arnannquaq war Minik dem weiblichen Geschlecht meist ferngeblieben. Doch Soqqaq hatte ihm einmal gesagt, ab und zu brauche jeder Wolf eine Wölfin, und mittlerweile fiel es Minik zunehmend schwerer, dieses Raubtier in ihm zu bändigen. Schuld daran war einer von »Pearys Leuten«, ein Inuk namens Tautsiannguaq, der ihm seine Frau angeboten hatte.

Nicht dass Amataq auch nur annähernd an die Schönheit von Aleqasina herangereicht hätte, aber Minik fand sie durchaus hübsch. Trotzdem hatte er standhaft das selbst auferlegte Keuschheitsgelübde eingehalten. Als Amataq zu ihm unter die Felle kroch und sich an ihn schmiegte, widerstand er ihren Reizen. Es war in jener dunkelsten aller Nächte, nachdem die Polareskimos dem aus Uummannaq zurückgekehrten Helden einen wahren Triumphzug bereitet hatten. Er fürchtete, die Vereinigung mit Amataq könnte seine Erinnerungen an Aleqasina beschädigen. Deshalb nahm er das Gastgeschenk nur in den Arm und am nächsten Morgen lagen die zwei immer noch so da. Sie waren eingeschlafen wie Kinder, die sich in einem Gewitter aneinanderklammern.

Bald darauf regte sich besagter Wolf in ihm und er bedauerte die verpasste Gelegenheit. Schlimmer noch, wenn er im Lager Amataq begegnete, warf sie ihm verstohlene Blicke zu, die sein Verlangen nicht gerade abkühlten. Das Verhalten des Sonderlings hatte sie offenbar beeindruckt. Aber die Chance kam nicht wieder.

Bis die Crocker Land Expedition am 11. März in die zweite Runde ging.

Diesmal wollte MacMillan mit seiner reduzierten Mannschaft den Breitstadt-Fjord auf Ellesmere Island überqueren. Piugaattoq ernannte er zum Führer, weil er die Route als Einziger aus eigener Erfahrung kannte. Mit von der Partie waren neben Minik auch Ittukusuk, ein Inuk namens Qajuuttaq sowie Tautsiannguaq. Dessen Gefährtin Amataq stand mit einigen anderen Frauen und Kindern am Ortsrand von Etah und winkte den Männern hinterher. Minik ertappte sich dabei, wie er zurückwinkte. Als er jedoch Tautsiannguaqs misstrauischen Blick bemerkte, ließ er den Arm schnell sinken und feuerte seine Hunde an.

Einige Tage lang rang Minik mit seinem Pflichtgefühl. Die Plackerei bei Temperaturen von unter minus vierzig Grad zermürbte ihn, weil er zugleich einen inneren Kampf ausfocht. Er stellte sich vor, wie einfach es wäre, umzukehren und mit Amataq das im Winter Versäumte nachzuholen.

Am Mittag des 16. März erreichte die Gruppe den riesigen Gletscher an der Spitze des Breitstadt-Fjords. Die Männer schienen jäh zu verzwergen, als sie sich der gewaltigen, fast senkrecht vor ihnen aufragenden Eiswand näherten.

»Wie sollen wir da nur hinaufkommen?«, fragte MacMillan. Er klang nicht besonders zuversichtlich. Minik übersetzte seine Worte.

Piugaattoq grinste. »Wir klettern.«

»Mit den Schlitten?«

»Ich werde mit Ittukusuk und Qajuuttaq Stufen und Handgriffe in die Wand schneiden. Von oben könnten wir dann die Hunde und die Ausrüstung mit Seilen hinaufziehen.«

Der Anflug eines Lächelns huschte über MacMillans Gesicht, als Minik den Vorschlag des erfahrenen Führers übersetzt hatte. »Was wären wir nur ohne euch?«

»Hilflose Kinder«, antwortete Ittukusuk in der Sprache seines Volkes.

»Was hat er gesagt?«

Minik räusperte sich. »Er meint, die weißen Männer lassen sich von nichts aufhalten; sie besitzen einen geradezu jugendlichen Tatendrang.«

MacMillan nickte. »Stimmt. Sagen Sie bitte Piugaattoq, dass er gleich morgen früh mit dem Bau der Aufstiegshilfen beginnen soll.«

Am nächsten Tag machten sich die Polareskimos noch vor Sonnenaufgang an die beschwerliche Arbeit. Piugaattoq hatte eine Stelle gewählt, an der die Eiswand etwa fünfzehn Meter aufragte. Der Draufgänger Ittukusuk wartete nicht erst, bis der bequeme Aufstieg fertiggestellt war, sondern befestigte einfach seinen weit über hundert Pfund schweren Schlitten an einem Seil und kletterte samt der Last nach oben. Als es dunkel wurde, waren etwa viertausend Pfund an Vorräten auf den Gletscher geschafft.

Die Nacht wurde in einer Schutzhütte unterhalb des Gletschers verbracht. Während die Gefährten erschöpft schliefen, wuchs in Minik erneut das Verlangen nach der Zärtlichkeit und Liebe einer Frau. Er träumte sogar von Amataq, was er als ein Zeichen auffasste. Es war ihm nicht bestimmt, hier und jetzt nach einem Land zu suchen, an dessen Existenz er nicht einmal glaubte, und das für einen Anführer, dessen Tabakpfeife ihm wichtiger war als die Ehre seiner Männer. Nein, MacMillan nutzte ihn doch nur aus, aber er würde sich nie für seine Rückkehr nach New York verwenden.

Als die Gruppe am nächsten Morgen die Gletscherwand erklomm, um den Rest der Ausrüstung nach oben zu hieven, stahl Minik sich heimlich fort. Rasch schirrte er sieben kräftige Hunde an, gerade genug für eine sichere Rückkehr nach Etah. Dann gab er den Tieren Befehl, loszulaufen. Als der Schlitten anruckte, sprang er auf und drehte sich noch einmal um.

Nur fünf oder sechs Schritte hinter ihm stand MacMillan. Im Gesicht des Amerikaners spiegelte sich grenzenlose Enttäuschung. Doch er hielt Minik nicht zurück. Ohne ein Wort ließ er den Deserteur ziehen.

Minik schämte sich. Sein Gewissen plagte ihn ohne Unterlass. Durch seinen Eigensinn hatte er die Gruppe in tödliche Gefahr gebracht. Im besten Fall würden die im Stich gelassenen Gefährten ihn für einen Tagedieb und Drückeberger halten. Warum hatte er die Demütigung nicht einfach hinuntergeschluckt und seine niederen Triebe bezwungen?

Eigentlich, das sah er jetzt ein, hatte er sich MacMillan aus verletztem Stolz nur schlecht geredet. In Wahrheit war der Commander – abgesehen von der Schrulle mit dem Tabak – sogar ein ganz passabler Anführer. Viel menschlicher als Peary. Es sich mit ihm zu verscherzen, erwies sich im Nachhinein als Dummheit sondergleichen. Minik hätte sich dafür pausenlos ohrfeigen mögen. Und wofür das Ganze? Die Zärtlichkeiten Amataqs waren ihm ohnehin versagt geblieben, weil Tautsiannguaq sofort die Verfolgung aufgenommen hatte. Dadurch waren dem Team nicht nur zwei Schlitten und sechzehn starke Hunde verloren gegangen, sondern auch wertvoller Proviant.

Weil Minik lieber weit von Etah weg sein wollte, wenn MacMillan und seine Männer zurückkehrten – sofern sie überhaupt jemals wiederkamen –, begab er sich auf die Reise nach Uummannaq. Es sei, so redete er sich ein, ohnehin an der Zeit, sich nach Mikivssuks Gesundheit zu erkundigen und seinen Freunden Peter Freuchen, Sechmann Rosbach und Knud Rasmussen einen Besuch abzustatten.

Erst als er die North Star Bay erreichte, fand seine von Schuldgefühlen geplagte Seele Linderung. Daran hatte Arnannquaqs kleine Schwester einen nicht geringen Anteil. Ohne Wurmfortsatz war sie lebendiger als je zuvor. Alle im Dorf freuten sich, Minik wiederzusehen, nicht nur, weil sie hören wollten, wie es ihm ergangen war, sondern vor allem, weil sie ihn als Retter in der Not feierten.

Bei seiner Ankunft in Uummannaq gab es dort nur wenige kräftige Männer. Die besten Jäger waren samt ihren Hunden zu MacMillan nach Etah gegangen, nicht ahnend, dass ihrem Heimatdorf aufgrund einer Verkettung unglücklicher Umstände eine Katastrophe drohte. Im ungewöhnlich langen und harten Winter waren nämlich nur die Vorräte, nicht aber das Eis dahingeschmolzen. Pünktlich mit der Rückkehr des Lichts schien sich alles zum Guten zu wenden. Das Wetter besserte sich. Peter Freuchen begab sich in die Melville Bay, um Bären zu jagen – deren Felle waren für den Handelsposten eine wichtige »Währung«. Wenige Tage nach seiner Abreise machte jedoch ein neuerlicher Wettereinbruch für die Zurückgebliebenen jede Nahrungsbeschaffung unmöglich. Als Minik im Dorf eintraf, standen dessen Bewohner am Rande einer Hungersnot.

Und so spannte er einmal mehr die Hunde an und ging auf die Jagd. Diesmal jedoch nicht zur Reinigung der Seele, sondern um seine Leute zu retten. Mehrmals erlegte er für sie Robben und sicherte so nicht nur ihr Überleben, sondern erlangte durch sein uneigennütziges Geben auch die Selbstachtung zurück.

Zu jenen, die von seinem Jagdglück profitierten, gehörten auch die beiden Amerikaner W. Elmer Ekblaw und Maurice Cole Tanquary. Sie waren am Ende des Frühlings in die North Star Bay gekommen. Minik hatte am Strand gerade sein Kajak ausgebessert, als unvermittelt Ittukusuk vor ihm stand. MacMillans Männer seien ihm anvertraut worden, berichtete dieser, damit sie sich in Peter Freuchens Haus von den Strapazen des letzten Marsches erholen konnten. Als Minik in die ernste Miene des sonst so unbekümmerten Freundes sah, wäre er vor Scham am liebsten im Boden versunken.

»Hör mal«, druckste er, »es tut mir leid, dass ich euch bei dem Gletscher im Stich gelassen …« Weiter kam er nicht. Ittukusuk schien sich für seine Rechtfertigungen nicht im Geringsten zu interessieren, ihn bewegte offenbar etwas ganz anderes.

»Piugaattoq ist tot.«

»Was?«, stieß Minik hervor. »Wie ist das passiert?«

»Es war dieser Green.«

»Der Hitzkopf?«

Ittukusuk nickte und erzählte dann die ganze Geschichte. Er habe sie aus Greens eigenem Munde gehört, als dieser MacMillan von den dramatischen Ereignissen berichtete, nicht ahnend, dass Ittukusuk fast jedes Wort verstand.

Piugaattoq und der Lieutenant Commander waren in einen Sturm geraten. Ein Schneerutsch hatte das Gespann des Physikers unter sich begraben und seine Hunde getötet. Daraufhin wollte er auf den Schlitten seines Führers steigen, aber der zwang ihn in Bewegung zu bleiben, um seine feucht gewordenen Zehen vor Erfrierungen zu bewahren. Der Hitzkopf verstand nicht, dass die Maßnahme nur zu seinem Besten war, und klagte bald über das hohe Tempo. Er wurde müde und fiel hinter dem Schlitten zurück. Mit einem Mal verstieg er sich in die Idee, sein Führer wolle ihn im Stich lassen. Er brüllte und gestikulierte, der Eskimo solle sofort anhalten und ihn aufsteigen lassen. Piugaattoq brachte den Schlitten zum Stehen und der Amerikaner zog demonstrativ das Gewehr aus dem Transportsack. Vermutlich hatte Piugaattoq angenommen, sein Begleiter habe den Verstand verloren. Als Green einen Moment abgelenkt war, trieb der Inuk die Hunde mit heftigen Peitschenhieben davon.

»Ich habe in die Luft geschossen«, hatte der Physiker später die dramatische Zuspitzung der Ereignisse geschildert. »Als der Bursche nicht stoppte, feuerte ich gezielt. Der erste Schuss traf ihn in die Schulter und der zweite in den Kopf …«

»*Nein!*«, stieß Minik entsetzt hervor. »Genauso ist Uisaakassak umgekommen.«

Ittukusuk nickte. »Seltsam, nicht wahr? Fast könnte man glauben, sie habe ihre Männer verflucht.«

Minik lief eine Gänsehaut über den Rücken. »Sie? Meinst du damit etwa Aleqasina?«

»Wen denn sonst? Sie hat Piugaattoq und Uisaakassak gehört und jeder weiß, dass sie beide verachtete. Was als ein Zauberspruch kann bewirkt haben, dass die beiden auf genau die gleiche Weise starben?« Ittukusuk zog ein schiefes Gesicht. »Ich hoffe nur, mein Freund, du hast sie besser behandelt, sonst bist du der Nächste, den Aleqasinas Fluch treffen wird.«

26.

Am Ende der Dunkelheit

Pitoraarfik (Grönland), 22. Februar 1915

Wie jedes Jahr am Ende der Dunkelheit – der Rückkehr der Sonne – trafen sich auch 1915 die Polareskimos wieder in Pitoraarfik zum Jagen an der Eiskante und um Neuigkeiten auszutauschen. Auch Minik war einmal mehr gen Norden gereist. An »Aleqasinas Fluch« dachte er nur noch selten. Die Angst, die ihn angesichts der Nachricht von Piugaattoqs Tod befallen hatte, war nicht verschwunden, aber sie kauerte in einem Verlies in der schwärzesten Tiefe seines Bewusstseins.

Als er Ende Februar von der Jagd ins Lager zurückkehrte, stand er unvermittelt Harrison J. Hunt gegenüber. Der Expeditionsarzt war nach Pitoraarfik gekommen, um einige kranke Inuit zu versorgen.

»Siehe da, mein desertierter Sanitäter«, begrüßte er Minik. Seinen Mund umspielte ein amüsierter Zug.

»Stich dein Skalpell nur in die Wunde, Harrison, und drehe es ordentlich herum. Ich habe es verdient«, antwortete Minik reumütig.

»Ich soll gegen meinen hippokratischen Eid verstoßen? Für einen ›Faulpelz‹?«

Minik ließ den Kopf hängen.

»So hat Commander MacMillan dich bezeichnet«, fügte der Arzt schnell hinzu. »Aber mittlerweile konnte ich ihn eines Besseren belehren.«

Ruckartig ging Miniks Kopf wieder in die Höhe.

Hunt grinste. »Elmar und Maurice haben berichtet, wie du

im letzten Jahr ganz Uummannaq vor dem Verhungern bewahrt hast, unsere beiden Kameraden eingeschlossen.«

»Als Jäger ist es meine Pflicht, den Stamm mit Nahrung zu versorgen«, sagte Minik mit einer wegwerfenden Geste.

Der Arzt klopfte ihm auf die Schulter. »Jetzt mach dich nicht kleiner, als du bist. Das Team am Breitstadt-Gletscher im Stich zu lassen, war sicher keine Heldentat, aber ich denke, Commander MacMillan würde dir eine zweite Chance geben, wenn du ihn darum bittest.«

Minik blickte gedankenvoll einem vorbeifahrenden Schlitten hinterher. Sollte er vor dem Amerikaner zu Kreuze kriechen? Er stieß einen tiefen Seufzer aus. »Also gut, ich rede mit ihm.«

Die Gelegenheit zur Aussprache mit MacMillan ergab sich bereits wenige Tage später, als Doktor Hunt in Begleitung des bußfertigen Ausreißers nach Etah zurückkehrte. Der Leiter der Crocker Land Expedition bereitete seinem ehemaligen Dolmetscher einen kühlen Empfang. Minik legte ein umfangreiches Geständnis ab, in dem er nichts beschönigte.

»Ich bereue meinen Fehler und entschuldige mich für meine Verantwortungslosigkeit. Wenn Sie mir noch eine Gelegenheit geben, werde ich tüchtig und zuverlässig sein«, gelobte er zum Schluss.

MacMillan hatte ihm mit versteinerter Miene zugehört. Nun betrachtete er eine Weile nachdenklich den zerknirschten Büßer und nickte schließlich. »Also gut. Sie bekommen Ihre zweite Chance, Mr Wallace. Gleich übermorgen können Sie beweisen, wie ernst es Ihnen mit Ihren Beteuerungen ist. Ich will nach Pitoraarfik gehen und mein Glück bei der Jagd auf Walrosse und Bartrobben versuchen. Sie können mich begleiten.«

Das Walross, ein stattliches Männchen mit gewaltigen Eckzähnen, lag ungefähr dreihundert Schritte weit entfernt auf einer Scholle. Minik machte MacMillan nur durch Handzeichen auf das Tier aufmerksam, um es nicht zu verscheuchen. Er befand sich mit dem Expeditionsleiter und zwei jungen Inuit namens Torngi und Taliilannquaq seit den frühen Morgenstunden des 10. April auf der Jagd.

»Der Klops treibt von uns weg. Unmöglich, an ihn heranzukommen«, sagte MacMillan leise.

Minik rückte entschlossen den Riemen seiner Flinte zurecht. »Ich habe schon ganz andere Schwierigkeiten gemeistert.«

»Wenn Sie den Kaventsmann erwischen, dann haben Sie bei mir was gut.«

Das Versprechen des Commanders beflügelte Minik. Endlich konnte er beweisen, was in ihm steckte. »Komm mit!«, raunte er Taliilannquaq zu.

Gemeinsam liefen sie über das dünne Eis. Minik hatte seine liebe Müh, hinter dem sehnigen kleinen Jäger nicht zurückzufallen. Taliilannquaq bewegte sich flink wie ein Schneehase, obwohl der Untergrund grau und mürbe war. Jeden Moment konnte einer von ihnen einbrechen. Im Stillen schalt sich Minik einen Narr, dieses Risiko einzugehen. Er musste an sein unfreiwilliges Bad nach der ersten Robbenjagd denken und auch an Ittukusuk, der in einer dunklen Polarnacht fast ertrunken wäre. Ärgerlich schob er die lähmenden Gedanken von sich. Wenn er jetzt kniff, würde MacMillan ihn endgültig davonschicken – und eine neue Möglichkeit, sich für eine Reise nach New York zu empfehlen, käme gewiss so schnell nicht wieder.

»Pass auf die Spalte auf!«, warnte der Gefährte hinter ihm. Gerade noch rechtzeitig. Mit einem Satz überwand Minik den Riss und setzte auf eine andere Eisscholle über. Danach war er wieder ganz bei der Sache.

Während MacMillan und Torngi von der sicheren Eiskante aus ihren Wettlauf gegen die Strömung verfolgten, mussten Minik und Taliilannquaq immer häufiger von Scholle zu Scholle springen, um weiter voranzukommen. Je kleiner die Eisplatten unter ihren Füßen wurden, desto stärker schwankten sie. Bald rutschten die Jäger mehr, als dass sie liefen. Das Walross trieb unterdessen schnell weiter.

Unvermittelt hörte Minik hinter sich ein Platschen und wirbelte herum. Taliilannquaq hatte die Arme ausgestreckt und kämpfte auf dem heftig wankenden Untergrund ums Gleichgewicht. Jeden Moment konnte er ins Wasser fallen. Rasch kehrte Minik zu dem Jagdgenossen zurück, packte ihn am Ärmel und zog ihn auf seine größere Scholle hinüber.

»Danke«, sagte Taliilannquaq und grinste schief.

Minik fand die Situation überhaupt nicht komisch. »Mit meinem Dickkopf bringe ich uns beide in Gefahr. Wir sollten besser umkehren.«

»Damit sich später alle über uns lustig machen und erzählen, wir hätten ein schlafendes Walross entkommen lassen? Kommt nicht in Frage.«

Einen Moment lang zögerte Minik, dann drehte er sich um und lief weiter. Taliilannquaq heftete sich an seine Fersen.

Tatsächlich war der Abstand zu ihrer ahnungslos schlummernden Beute wieder gewachsen. Die beiden Jäger flogen förmlich über den dümpelnden Scherbenteppich aus Eis. Für MacMillan mussten sie wie Tänzer anmuten, die mit ihrer Schnelligkeit sogar der Schwerkraft ein Schnippchen schlugen – stehen zu bleiben hieße für sie unterzugehen. Also liefen sie und kamen dem Tier auf diese Weise wieder näher. Aber dann erreichten sie den Rand einer großen, sich weit nach beiden Seiten erstreckenden Scholle und nichts ging mehr.

Vor ihnen lag eine unüberbrückbare Wasserfläche. Die Distanz zwischen ihnen und dem Walross betrug ungefähr zwanzig Schritt. Der Koloss schlief immer noch.

Minik warf sich auf den Bauch und noch während Taliilannquaq neben ihm ebenfalls in den Matsch sank, hatte er schon sein Gewehr in Anschlag gebracht. Er zwang sich, ruhig zu atmen, während er zielte. Dann krümmte er den Finger am Abzug.

Ein Schuss zerriss die Luft und gleich danach noch ein zweiter.

»Volltreffer!«, jubelte Taliilannquaq.

Das Walross bäumte sich auf, warf seinen massigen Leib herum. Und platschte ins Wasser.

»Verdammt!«, schrie Minik und konnte dennoch nichts anderes tun, als tatenlos mit anzusehen, wie die von ihm erlegte Beute langsam im Meer versank.

Vor Enttäuschung wurde ihm hundselend. MacMillan würde ihn endgültig für einen Versager halten. Niedergeschlagen ließ Minik den Kopf hängen. Er reagierte nicht einmal, als nach einer Weile neben ihm eine aufgeregte Stimme Alarm schlug. Taliilannquaq rüttelte ihn an der Schulter.

»Komm endlich zu dir, Minik!«

»Was?«, brummte er.

Taliilannquaq deutete nach Osten. »Hast du eine Idee, wie wieder festen Boden unter die Füße kriegen sollen?«

Minik hob träge das Haupt, drehte sich um und schluckte schwer. Die »Halbinsel«, auf der sie lagen, entfernte sich schnell von dem dichten Verband der übrigen, eben noch von ihnen überquerten Schollen; gleich einem großen Klappmesser schwenkte ihr nördliches Ende davon weg. Etwa parallel zu ihnen liefen MacMillan und Torngi, wild gestikulierend, und der Amerikaner rief: »Dort drüben gibt es noch eine Verbindung zur Eiskante. Beeilt euch!«

Im Nu waren die zwei glücklosen Jäger wieder auf den Beinen. Minik blickte nach Süden. »Wird knapp, aber es könnte klappen. Komm, Taliilannquaq!« Er versetzte seinem Gefährten einen Schlag auf die Schulter und fing an zu laufen.

In Windeseile hetzten sie übers Eis. Der schnellfüßige Taliilannquaq schloss schnell zu Minik auf. Als er sich anschickte, diesen zur Linken zu überholen, glitt er unvermittelt aus. Abermals ließ Minik seine Hand vorschnellen und bekam den Gefährten im letzten Moment an der Kapuze zu packen.

»Ruhig Blut, Taliilannquaq! Wir schaffen das.« Minik sah in den Augen des anderen eine Angst, die dunkle Erinnerungen in ihm heraufbeschwor: an einen Gefährten, der zwischen Eisschollen im Meer versank …

»Mögen die Geister dich erhören«, murmelte Taliilannquaq und rannte weiter.

Minik folgte ihm. Trotz der Kälte geriet er ins Schwitzen. Die eisige Luft schmerzte in seinen Lungen. Aber sie durften sich nicht ausruhen. Jeden Moment konnte das äußerste Ende der lang gezogenen Scholle von der Eiskante abreißen. Dort standen schon MacMillan und Torngi bereit. Mit lauten Rufen feuerten sie die beiden Läufer an.

Kurz bevor Taliilannquaq die Spitze der Eisinsel erreichte, spürte Minik ein Zittern unter den Füßen. Mit lautem Knirschen schabte die Scholle an der harschigen Kante der kompakten Eisfläche entlang und löste sich dann vollends davon ab. Mit einem weiten Satz überwand Taliilannquaq den rasch größer werdenden Spalt.

Minik war dicht hinter ihm. Auch er wappnete sich für den rettenden Sprung. Noch drei, vier lange Schritte. Als er sich mit aller Kraft abstieß, rutschte sein Fuß plötzlich weg.

Vom Schwung getragen, flog er mit vorgereckten Armen durch die Luft. Torngi und Taliilannquaq standen auf der anderen Seite, weit vorgebeugt und die Hände nach ihm ausgestreckt.

Selten hatte Minik eine so kurze Zeitspanne als so lang empfunden. Während er durch die Luft flog, kam er sich vor wie ein Tropfen Tran, der zäh die Wand eines Topfes entlangrann. Die anfeuernden Stimmen seiner Gefährten klangen merkwürdig tief, ihre geweiteten Augen und offenen Münder drohten seinem Hilfe suchenden Blick zu entschwinden. Dann klatschte er ins Wasser.

Schlagartig entwich sein Atem den brennenden Lungen.

Jetzt ist es aus mit dir!, schoss es ihm durch den Kopf. Er sah sich schon wie Ittukusuk unter dem Eis verschwinden, ohne Hoffnung auf einen Peitschenstrick, an dem er sich ins Leben zurückziehen konnte. Aber dann begriff Minik, dass ihm sein von Ängsten überschwemmter Geist einen Streich gespielt hatte. Er war mit der Brust und dem Kopf aufs Eis geschlagen – deshalb hatte es ihm kurzzeitig den Atem aus dem Leib gepresst und sein Bewusstsein war getrübt.

»Wir haben dich«, rief Torngi. Er hielt Miniks rechten und Taliilannquaq seinen linken Arm. Mit einem Ruck zogen sie ihren Gefährten aufs Eis. Keuchend wälzte sich Minik herum. Über ihm erschien MacMillans ausdrucksloses Gesicht.

»Damit könnten Sie im Varieté auftreten, Mr Wallace.«

Minik wollte sich keine Blöße geben und kämpfte sich sofort wieder auf die Beine. Äußerlich war er von den Schultern an abwärts zwar nass, aber die wasserundurchlässige Kleidung hielt seine Haut trotzdem trocken. Solange er in Bewegung blieb, würde er sich nicht in einen lebenden Eiszapfen verwandeln. Er lächelte schief. »Tut mir leid, Sir. Ich hätte Ihnen das Walross gerne zum Geschenk gemacht. Wahrscheinlich halten Sie mich jetzt für einen Stümper.«

Der Amerikaner lächelte. »Keineswegs, junger Freund. Ich habe Sie heute früh beobachtet. Mir scheint, Sie beherrschen die Kniffe des Jagdhandwerks aus dem Effeff, sind stark, behände und einfallsreich. Und Sie haben bewiesen, dass Sie kein

Faulpelz sind.« Aus dem Lächeln wurde ein breites Grinsen. »Aber selbst einem erfahrenen Jäger kann mal ein Fehler unterlaufen. Wir werden ein anderes Walross finden und das entkommt uns nicht. Sind wir da einer Meinung, Mr Wallace?«

Minik traute seinen Ohren nicht. Erleichtert atmete er auf. »Und ob, Commander. Und ob!«

Die erfolglose Walrossjagd in Pitoraarfik hatte für Minik einen glücklichen Ausgang gefunden: MacMillan vertraute ihm wieder. Bald machte er Minik sogar zu seinem persönlichen Führer. So erlangte das Ende der Dunkelheit im Frühjahr 1915 für den jungen Polareskimo eine Bedeutung von weit größerer Dimension: Mit jedem Tag, den er MacMillan auf etlichen Streifzügen begleitete, strahlte das Licht der Hoffnung auf eine Rückkehr nach Amerika heller.

Im Sommer erschien ein Schiff in der North Star Bay. Eigentlich war die *George B. Cluett* ein schwimmendes Wrack. Das New Yorker Naturkundemuseum hatte den Dreimastschoner gechartert, um die Crocker Land Expedition mit Nachschub zu versorgen und nötigenfalls einzelne Mitglieder des Teams heimzuholen. Kapitän Pickles wusste, was er seinem Pott zutrauen konnte, und weigerte sich, diesen auch nur eine Seemeile weiter nach Norden zu bewegen.

Einige Tage später kam Peter Freuchen mit seinem Motorboot in Etah an und so erfuhr auch Minik von dem Besuch aus der Welt seiner Hoffnungen.

»Da ist ein Bursche auf der *Cluett* mitgekommen«, berichtete der Däne bei einem Topf Tee. »Doktor Edmund Otis Hovey heißt er. Hat mir von seiner eminent wichtigen Arbeit als Kurator der Abteilung für Geologie und Paläozoologie wirbelloser Lebewesen am New Yorker Naturkundemuseum erzählt.«

»Vor allem ist er der Direktor unserer Expedition«, fügte

MacMillan hinzu, ohne seine qualmende Pfeife aus dem Mund zu nehmen. »Sie scheinen ihn nicht sonderlich zu mögen, Mr Freuchen.«

Peter schnaubte. »Er ist ein taktloser, unhöflicher Mensch, der über jede Unbequemlichkeit jammert und Eskimos für Wilde hält, die man nur verachten kann.«

»Ich glaube, das Museum stellt bevorzugt solche Leute ein«, knurrte Minik.

MacMillan räusperte sich. »Etwas mehr Respekt, meine Herren. Ich mag Hovey auch nicht, aber unser Unternehmen hängt von seinem Wohlwollen ab. Hat er etwas über die Wadenbeißer berichtet, die Admiral Peary um seine wohl verdienten Lorbeeren bringen wollen?«

»Nicht viel. Er sprach von einem Kongressabgeordneten aus North Dakota … Henry T. Helgesen, wenn ich mich recht erinnere. Der vertritt öffentlich die Meinung, Peary habe den Nordpol nie erreicht. Er meint, der Admiral solle auf seinen Titel und das stattliche Altersruhegeld verzichten, die er sich beide mit seinem Betrug erschlichen habe.«

Minik presste die Lippen aufeinander. Er wusste von MacMillan, dass Peary ihn bei dem Vorstoß zum Pol zurückgelassen hatte, weil seine körperliche Konstitution angeblich den Erfolg des Unternehmens gefährdet hätte. Auch Kapitän Robert A. Barlett musste entgegen vorheriger Absprachen etwa einhundertfünfzig Meilen vor dem Ziel umkehren. Damit waren nur Matt Henson und die vier Polareskimos Zeugen der angeblichen Eroberung des Nordpols – alles Männer, die keinen blassen Schimmer von Navigation hatten.

»Was gibt es noch für Neuigkeiten?«, fragte MacMillan den Dänen.

Peter holte tief Luft. »In Europa ist Krieg ausgebrochen.«

Der Commander versteifte sich. »Was?«

»Mittlerweile zieht sich das Gemetzel quer durch den Kontinent und hat sogar schon die Kolonien erreicht, aber angezettelt wurde es von der Habsburger Monarchie.«

»Und aus welchem Grund?«

»Den Anlass für die Kriegserklärung lieferte das Attentat eines serbischen Nationalisten, der in Sarajevo den österreichisch-ungarischen Thronfolger Erzherzog Franz Ferdinand und seine Frau niedergeschossen hat. Mittlerweile kämpfen zwei Allianzen gegeneinander, die Mittel- und die Ententemächte. Neben der k. u. k. Monarchie befinden sich auch Deutschland, Russland, Frankreich, Großbritannien, Japan und was weiß ich wer noch alles im Krieg. Ich hoffe nur, die Dänen bewahren einen kühlen Kopf und halten sich aus der Sache raus.«

Eine Weile saßen die Männer schweigend da und versuchten, das Gehörte zu begreifen. Es war unfassbar und vor allem hier, in Grönland, auf dieser Insel der Glückseligen, auch kaum nachvollziehbar.

»Was ist mit den Vereinigten Staaten?«, fragte Minik schließlich.

Peter zuckte die Achseln. »Woodrow Wilson scheint mir ein besonnener Mann zu sein. Der Präsident hat bei Ausbruch des Krieges die Neutralität der USA proklamiert.«

Das ist gut, dachte Minik. Dann spricht nichts dagegen, mit der *Cluett* nach Amerika zurückzukehren.

»Ach, dieser Hovey ist übrigens ganz erpicht darauf, einen ›eingeborenen Nordländer‹ – so drückte er sich aus – ›samt Eskimoausrüstung nach Amerika zu bringen‹. Er hat auch schon ein Opfer gefunden. Der Ärmste heißt Imiina und soll im Museum für Geld ausgestellt werden.«

Kopfschüttelnd warf sich Minik gegen die Lehne seines Stuhls. »Haben die denn immer noch nichts dazugelernt?«

»Ich fürchte eher, sie haben dich längst vergessen«, erwiderte Peter Freuchen leise.

Offensichtlich behagte der Verlauf des Gesprächs MacMillan nicht. Immerhin war er ein Anhänger Pearys, jenes Mannes also, dem Minik sein Martyrium verdankte. Nach einem Räuspern sagte er: »Sollten Sie erwogen haben, mit der *Cluett* nach Amerika zu fahren, Mr Wallace, kann ich Ihnen nur abraten. Sie werden *hier* gebraucht. Bei mir sind Sie ein König. In New York wird man sie bestenfalls wie einen Bettler empfangen.«

Minik ließ vernehmlich Luft aus den Lungen entweichen. Statt Euphorie empfand er nur noch Enttäuschung.

Obwohl es so gut wie keine Hoffnung gab, Avanersuaq auf der *George B. Cluett* zu verlassen, fuhr Minik trotzdem mit Peter Freuchen und einigen anderen Expeditionsmitgliedern nach Uummannaq. Gleich nach seiner Ankunft bekniete er Hovey in der Missionsstation, ihm einen Platz auf dem Schoner zu geben.

Der Direktor der Crocker Land Expedition war ein fast kahlköpfiger, ständig verkniffen dreinblickender Mann Anfang vierzig, der eine Nickelbrille und einen dunklen Backenbart trug. Er hörte Minik gar nicht richtig zu, sondern lamentierte nur, wie furchtbar kalt es an diesem gottverlassenen Flecken sei und schwärmte meist im gleichen Atemzug von den prachtvollen Vulkanen auf St. Vincent und Martinique.

»Ich wäre auch gerne wieder in Ihrem schönen, warmen Land«, sagte Minik und kam sich angesichts dieser Schmeichelei erbärmlich vor.

Sechmann Rosbach, der dem Gespräch beiwohnte, bedachte seinen jungen Freund mit einem besorgten Blick.

Hovey blieb glatt wie ein Aal. »Glauben Sie mir, Mr Wallace, niemand kann Sie besser verstehen als ich. Aber leider sind mir die Hände gebunden. Ohne Genehmigung meiner vorgesetzten Stelle kann ich Sie unmöglich an Bord nehmen.«

Einmal mehr sah Minik alle seine Felle davonschwimmen und fühlte sich als Gefangener – nur war es diesmal die eigene Heimat, der er nicht entkam. Gnadenlos verstrich die Zeit, aber die wenigen, aus Süden kommenden Kanus brachten keine Nachrichten aus New York. Am Tag der Abreise versammelte sich das Dorf am Strand. Auch Minik war gekommen. Mit selbstzerstörerischer Geduld verharrte er am Ufer, verfolgte das Lichten der Anker und wartete, bis die *George B. Cluett* am Horizont verschwunden war.

Das schwimmende Wrack kam gerade neunzig Meilen weit. Dann trieb es manövrierunfähig in der Parker Snow Bay; eine Eisscholle hatte das Ruder beschädigt. Passend zu dem Malheur schlug auch noch das Wetter um. Die Temperaturen fielen in den Keller und unversehens steckte der Schoner im Eis fest.

Kapitän Pickles entsandte unverzüglich einen Trupp nach Uummannaq. Minik hielt sich gerade in der Thule-Station auf, als die durchgefrorenen Seemänner eintrafen. Am liebsten hätte er laut gejubelt, als sie ihre Geschichte erzählten. Ihr Pech bedeutete für ihn eine weitere Chance. Schiff, Besatzung und Passagiere würden in Grönland überwintern müssen.

Die Karten waren somit neu gemischt. Vielleicht konnte er bei dem Spiel doch noch die ersehnte Passage nach New York gewinnen.

Im Laufe des Winters und des Frühjahrs entwickelte sich ein reger Pendelverkehr zwischen Etah und der Parker Snow Bay. Viele Schlitten legten in Uummannaq einen Zwischenstopp ein. Die Missionsstation und der Thule-Handelsposten hatten so viele Besucher wie nie zuvor. Sogar Doktor Hovey überwand seine Abneigung gegen Ausflüge im Eis und reiste hinauf zu den Quellen der Nacht.

Minik tat alles, um sich für die Amerikaner als nützlich zu

erweisen, und allmählich trug seine beharrliche Mühe Früchte. Als Hovey einen Hundeschlitten in das südlicher gelegene Upernavik sandte, um von dort eine Nachricht ans New Yorker Naturkundemuseum zu schicken, stand in dem Brief nicht nur die Bitte um ein anderes Entsatzschiff, sondern auch die Frage, ob auf diesem ein gewisser Eskimo namens Minik Peary Wallace mitreisen dürfe. Von da an saß selbiger wie auf heißen Kohlen.

Als sich die Dunkelheit im Frühjahr abermals ihrem Ende näherte, kam überraschend die erlösende Nachricht. Minik trank gerade mit Elmer Ekblaw, Maurice Tanquary und einigen anderen Amerikanern in der Missionsstation Branntwein, rauchte Zigaretten und gab sich auch sonst sehr zivilisiert. Plötzlich sagte der Geologe: »Ach, da fällt mir ein, der Doktor hat doch wegen dir nach New York geschrieben.«

Minik reckte den Rücken. »Hovey?«

»Ja. Die Antwort ist gekommen.«

»*Wie bitte?* Jetzt sag schon endlich! Was hat das Museum geschrieben?«

»Es wird kein Entsatzschiff geben …«

»Nein…!«, würgte Minik enttäuscht hervor.

»Ich bin noch nicht fertig«, unterbrach ihn Elmer Ekblaw. »In dem Brief stand, wir sollen die *Cluett* mit eigenen Mitteln flott machen. Sobald sie wieder manövrierfähig ist, geht's ab nach Hause. Und du darfst mit.«

Minik stieß einen Freudenschrei aus. Übermütig nahm er seinen alten Talisman aus der Tasche, schnippte ihn in die Luft und fing ihn wieder auf.

»Was war denn das?«, fragte Maurice Tanquary.

»Ich habe mein geronnenes Nordlicht aufblitzen lassen«, antwortete Minik wie aufgezogen. »Es ist so eine Art Kompass.«

»Kompass? Wofür?«

»Für meinen Weg in die Freiheit.«

Viele Wochen vergingen, bis das Eis die *George B. Cluett* endlich freigab. Für Minik war es eine Zeit der Melancholie, weil sich die Wehmut der zahlreichen Abschiede unter seine frohe Erwartung mischte. In dem Bestreben, ein gutes Bild von sich zu hinterlassen, schloss er mit Arnannquaq Frieden, warb für sein Fernweh bei MacMillan um Verständnis, umarmte die Tanten, ließ sich vom alten Soqqaq noch manchen Rat geben, jagte ein letztes Mal mit den Gefährten, bedankte sich bei den Rosbachs und den Olsens, ließ sich von Knud Rasmussen die Schulter klopfen und von Peter Freuchen zur Erfüllung seiner Träume gratulieren. Nur einer konnte Minik nicht Lebewohl sagen. Er sollte Aleqasina nie wiedersehen.

Nach Abschluss der Instandsetzungsarbeiten stach die *Cluett* mit Kurs auf Neufundland in See. An Bord befanden sich nur wenige Passagiere. Den meisten war das Wagnis, mit einem schwimmenden Wrack hinaus aufs offene Meer zu fahren, wohl zu groß. Selbst Seebären wie George Comer, ein alter Walfängerkapitän, der noch im Jahr zuvor auf dem Schoner als Eislotse angeheuert hatte, blieben an Land zurück. Doch Minik konnte kein Schrecknis zurückhalten, und schon gar nicht wurde er dazu gezwungen, das Land seiner Väter zum zweiten Mal zu verlassen: Er war überzeugt, auf der anderen Seite seiner bunten Glasscherbe gab es eine Welt des Lichts, der Freiheit und Zufriedenheit.

27.

Eine Million Dollar

New York, 21. September 1916

Er hatte sich alles genau überlegt. Admiral Robert E. Peary sollte das große Zittern bekommen, wenn er von seiner Kampagne erfuhr. Der Zeitpunkt war günstig. Schon in Neufundland hatte Minik erfahren, dass der Heiligenschein des vermeintlichen Nordpoleroberers rapide an Glanz verlor. Der Abgeordnete Henry T. Helgesen hatte am 21. Juli im Kongress den Antrag eingebracht, das 1911 zugunsten Pearys verabschiedete Gesetz aufzuheben. Der Sockel des »großen Peinigers« wackelte. Jetzt wollte ihn Minik endgültig zum Einsturz bringen.

Und nebenbei Millionär werden.

Er fand, eine Entschädigung in siebenstelliger Höhe stehe ihm zu. Nicht, dass er von Peary oder dem Naturkundemuseum irgendwelche nennenswerten Zahlungen erwartete – die Presse sollte ihn entlohnen. Für eine Million Dollar wollte er ihnen *die* Story liefern, die Geschichte vom großen Betrug des Konteradmirals.

Er nutzte die Reise von St. John's nach New York, um alles minutiös zu planen. Kaum hatte das Dampfschiff der Red-Cross-Linie an der Pier festgemacht, eilte er auch schon von Bord. Es war der 21. September, ein Donnerstag. Als Erstes fuhr er nach Manhattan und bezog Quartier im McAlpin am Herald Square, dem Schnittpunkt von Broadway, 6th Avenue und 34. Straße. Das erst vier Jahre alte, mit seinen fünfundzwanzig Stockwerken und über eintausendfünfhundert Zimmern größte Hotel New Yorks war der ideale Stützpunkt für ihn. Es bot Quartiere in jeder Preisklasse, was ihm sehr zupass kam. MacMillan hatte ihm für seine Dienste als Dolmetscher und Führer einen kleinen Lohn ausbezahlt, der zusammen mit den Geldgeschenken von Doktor Hunt, Elmer Ekblaw, Maurice Tanquary und einigen anderen Kameraden zu einem bescheidenen Startkapital angewachsen war. Im McAlpin konnte er für zwei Dollar fünfzig pro Tag sparsam wohnen und trotzdem Gäste mondän empfangen.

Kaum hatte er sein spärliches Gepäck in der schmalen Kammer abgestellt, hängte er sich ans Telefon, um seinen Freund Chester Beecroft zu erreichen. Dob kannte sich mit der Öffentlichkeitsarbeit aus, er wusste, an welchen Rädchen man drehen musste, um die Presse für sich einzuspannen. Doch leider war der alte Weggefährte unauffindbar.

Weil Minik weder das Geld noch die Zeit hatte, um tage- oder gar wochenlang auf die Rückkehr seines Freundes zu warten, berief er kurzerhand selbst für den Nachmittag eine Pressekonferenz ein. Gegen vier Uhr versammelte sich im *Marine Grill* des McAlpin eine kleine Schar von Reportern. Minik hatte sich ganz bewusst *diesen* Ort für sein Comeback ausgesucht. Das Restaurant lag im Untergeschoss des Hotels. Farbige Keramikverzierungen schmückten dicke, eckige Säulen bis zu den Deckenwölbungen. Für die Wände waren Mauersteine aus dem New Yorker Hafen verbaut worden. Nach Vorstellung des Gastgebers sollte die Mischung aus maritimem Flair und der geheimnisvollen Atmosphäre einer Grotte die Pressemeute auf die Enthüllungen aus dem Eiskeller der Welt einstimmen. Das erste bekannte Gesicht, das auf ihn zusteuerte, wirkte allerdings alles andere als bezaubert, sondern eher amüsiert.

»Herzlich willkommen in der Neuen Welt, Mr Wallace«, begrüßte ihn Russel Calame mit einem breiten Grinsen. Im wuchernden Haar des Iren blitzten inzwischen ein paar graue Strähnen, doch seine Brille war so verschmiert wie eh und je. Der Hüne quetschte Miniks Hand.

»Danke, Mr Calame.«

Der Reporter lehnte sich mit der Schulter gegen eine der Säulen, schlug ein Bein über und fragte in verschwörerischem Ton: »Bekommt ein alter Freund schon mal einen Tipp, worum's bei dieser Pressekonferenz geht?«

Minik lächelte. In seinem Wesen war der *New-York-Times*-Mann immer noch derselbe. »Klar. Ich möchte mich zu dem Streit zwischen Peary und Cook zu Wort melden. Der ›Wettlauf zum Pol‹ soll den Blätterwald ja während meiner Abwesenheit lange zum Rauschen gebracht haben.«

»Stimmt. Aber das ist Schnee von gestern. Inzwischen liegt die Welt im Krieg.«

»Nicht Amerika. In Grönland habe ich gehört, der Präsident wolle sich nicht einmischen.«

»Das hat er längst getan, Junge. Durch seine ständig zunehmenden Waffenlieferungen an die Entente. Seit im letzten Jahr ein deutsches U-Boot die *Lusitania* torpediert und damit auch knapp einhundertdreißig Amerikaner auf den Meeresgrund geschickt hat, wandelt sich die Stimmung im Land. Die Menschen beschäftigen sich täglich mit dem Krieg. Das Hickhack zweier Polarforscher hat gegen etwas so Großes kaum eine Chance. Es sei denn, du überraschst uns mit einem echten Knaller.«

»Genau das habe ich vor. Ich werde beweisen, dass Admiral Peary nie am Nordpol war.«

»Ich erinnere mich, dass du ihm und Cook schon bei unserer letzten Begegnung die Fähigkeit dazu abgesprochen hast. Du wolltest selbst den Pol erobern. Bist du etwa inzwischen dort gewesen?«

Minik entging nicht der spöttische Unterton in Calames

Stimme, doch er gab sich weiter gelassen. »Nein. Aber ich habe mit vielen Eskimos gesprochen, die Peary auf seiner letzten Expedition begleiteten. Einige waren sogar mit ihm an dem Punkt, den er zum Nordpol erklärt hat.«

»Klingt interessant. Und weiter?«

»Warten Sie die Pressekonferenz ab. Heute sollen Sie und Ihre Kollegen nur verstehen, dass ich ihnen eine gigantische Auflage bescheren kann. Danach können sie dann zu ihren Bossen gehen und ihnen das Geld aus den Rippen leiern.«

Der Ire hob die Augenbrauen. »Ach, daher weht der Wind! Und in welcher Höhe bewegen sich deine Preisvorstellungen?«

»Siebenstellig.«

Calame verschluckte sich fast an seiner eigenen Spucke. »Habe ich einen Hörschaden oder hast du eben *sieben* gesagt?«

Minik nickte ernst. »Ich verkaufe demjenigen meine Geschichte, der mir zuerst eine Million Dollar bietet.« Er lächelte jovial. »Aber um unserer alten Freundschaft willen, wollte ich Ihnen den Vortritt lassen.«

Die Resonanz der im Marine Grill versammelten Journalisten war verhalten. Man heuchelte höfliches Interesse. Der von Minik erhoffte Enthusiasmus blieb indes aus. Und ebenso die Gebote. Wenigstens sagten einige Reporter, sie wollten mit ihren Vorgesetzten über die Sache sprechen.

Am nächsten Morgen suchte er das Büro eines Rechtsanwalts auf und beauftragte ihn mit der Wahrnehmung seiner Interessen. Auf Erfolgsbasis versteht sich. »Sie bekommen fünf Prozent. Bei einer Million kein schlechter Schnitt«, köderte er den Advokaten.

Dann begann das Warten. Russel Calame hatte die Situation offenbar richtig eingeschätzt. Die Frage, ob und wann die Vereinigten Staaten in den Großen Krieg eintreten sollten, beschäftigte die Menschen mehr als ein Pensionär der US Navy – selbst wenn dieser Robert E. Peary hieß. Je mehr Tage ereignislos verstrichen, desto häufiger musste Minik an Commander MacMillans Worte denken: *Bei mir sind Sie ein König. Aber in New York wird man sie bestenfalls wie einen Bettler empfangen.* Als dann endlich doch eine Zeitung bei Minik vorstellig wurde, hoffte er auf eine Wendung zum Guten.

Die *New York Tribune* stand allerdings nicht gerade im Ruf, der Wahrheit mit filigraner Akkuratesse auf die Sprünge zu helfen. Eher bevorzugte das Boulevardblatt den Holzhackerstil. Die rothaarige Reporterin zumindest fand Minik ziemlich hübsch. Doch anstatt ihm ein lukratives Angebot für seine Story zu unterbreiten, interessierte sie sich nur für Oberflächlichkeiten: Was trägt die Eskimofrau im kommenden Frühjahr? Können Sie uns ein typisches Kochrezept Ihrer Heimat verraten? Hatten Sie viele Mädchen dort?

»Nur eines, aber es war das schönste des ganzen Stammes«, erwiderte er auf die letzte Frage, machte sich aber nicht die Mühe, den tieferen Sinn seiner Antwort zu erläutern. Ihm war der Geduldsfaden gerissen. »Wollen Sie denn gar nichts über Pearys Betrug schreiben? Ich dachte, Sie wären gekommen, um mir ein Angebot zu machen.«

Die Reporterin lächelte zuckersüß. »Reizvoll wäre es schon, diesem Chauvinisten eins auszuwischen, das Problem ist nur, die *Tribune* druckt Zeitungen und keine Dollarnoten.«

Spätestens seit dieser ernüchternden Erfahrung kam sich Minik tatsächlich wie ein Bettler vor. Die Presse ignorierte ihn. Seine Zuversicht befand sich im Sinkflug. Das Geld schmolz wie Schnee in seinen Händen dahin.

Als der September zu Ende ging, hatte sich noch immer keine Zeitung mit einem seriösen Angebot bei ihm oder seinem Rechtsvertreter gemeldet. Der einzige Hoffnungsschimmer blitzte in Gestalt eines gewissen Ernest C. Rost auf, seines

Zeichens Kunstmaler, der offenbar nicht nur gerne Leinwände beschmierte, sondern auch den Ruf anderer Leute.

Am Telefon gab Rost sich als Interessenvertreter Doktor Frederick Cooks aus, welcher »den neunzigsten Breitengrad bereits am 21. April 1908, also fast ein Jahr vor dem Admiral«, erreicht habe. Er unterstellte Peary allerlei Betrügereien und lud Minik nach Washington ein, um sich seine Beweise für die »Fälschung der Operation Nordpol« anzuhören. Die Auslagen wolle er ihm vor Ort persönlich erstatten.

»Ich überleg's mir«, erklärte Minik. Er traute sich nicht, über seine finanzielle Notlage zu sprechen. Ein Ticket nach Washington konnte er sich nicht mehr leisten. Vielleicht würde ihm ja Chester aushelfen – sofern er endlich nach New York zurückkehrte.

»Dann rufen Sie mich wieder an, Mr Wallace. Aber lassen Sie mich nicht zu lange warten. Wenn der Kongress gegen die Aufhebung des Peary-Gesetzes entscheidet, ist es zu spät.«

Um die Zeit nicht mit fruchtlosem Warten zu vergeuden, begab sich Minik auf Jobsuche. Es kann doch nicht so schwer sein, das Geld für die Fahrkarte zusammenzubekommen, dachte er. Doch wieder blies ihm ein eisiger Wind entgegen. Niemand wollte einem Farbigen eine feste Stelle anbieten. Und mit den paar Dollars, die er sich gelegentlich als Tagelöhner verdiente, konnte er gerade seinen Unterhalt bestreiten.

An einem feuchtkalten Abend kreuzte er mit hochgeklapptem Mantelkragen den Broadway. Als er in Grönland gewesen war, hatte er sich hierher gewünscht, wo es nie finster wurde. Jetzt kam er sich wie ein Aussätziger vor, der sich verstecken musste. Er suchte die Schatten, die in den Seitenstraßen regierten. Ein bisschen war es dort wie in seiner Heimat an den Quellen der Nacht. Nur hier und da leuchteten Lichter wie Eisschollen in dunkler See.

Vor einer dieser Inseln blieb Minik stehen, nicht ganz zufällig war er hier gestrandet. Misslaunig betrachtete er die Schwarz-Weiß-Fotos im Fenster. Sie zeigten Zauberkünstler, Jongleure und leicht bekleidete Mädchen. Das »Paradise« war ein Varieté, es verkaufte anspruchsloses Vergnügen zu kleinen Preisen. Trotz des mulmigen Gefühls in der Magengrube fasste er sich ein Herz und betrat das Gebäude.

»Mein Name ist Wallace. Zu Mr Tacker bitte«, sagte er der Kartenverkäuferin, die in einem Kabäuschen hinter einer Glasscheibe hockte und ihn argwöhnisch musterte.

»Die Treppe rauf, erste Tür links«, antwortete sie und wischte mit der Hand durch die Luft.

Minik schlich die knarzenden Stufen hinauf und fand das Büro des Managers. Er klopfte.

»Ja?«, schnarrte von drinnen eine helle Stimme.

»Minik Wallace, Sir. Wir hatten telefoniert …«

»Komm rein.«

Er betrat das Büro, ein Gelass mit schmutzigem Fenster, in dem etwa so viel Ordnung herrschte wie auf einem Schrottplatz nach einem Bombenangriff. Überall lagen Papiere, Theaterrequisiten und mancherlei andere, schwer zu identifizierende Gegenstände.

»Du bist also der Eskimo«, sagte Tacker. Er war ein dicklicher Bursche um die fünfzig mit Gummibändern an den Ärmeln, pomadigem Haar und einem Zigarrenstummel im Mundwinkel.

»Ja«, antwortete Minik. »Ist die Stelle noch frei?«

»Stelle?« Tucker lachte. »Wenn du bei mir anfangen willst, dann bist du Künstler und bekommst ein *Engagement.*«

»Ist das Engagement noch frei?«

»Hast du ein Kostüm?«

»Ja. Einen Seehundparka und eine Hose aus Eisbärenfell. Ich habe das Tier selbst erlegt.«

Tucker grinste. »Würde ich meinem Publikum gerne zeigen, wie du das machst. Leider mangelt es uns an Material. Wir haben zwar einen Bären, aber der ist braun und wird noch gebraucht.« Er lehnte sich in seinen Drehsessel zurück. »Du bist ein hübscher Bursche. Wirst den Damen gefallen. Was kannst du denn noch außer Bären umbringen? Wie wär's mit ein paar Eingeborenentänzen?«

»Polareskimos tanzen nicht. Aber ich kann singen, trommeln, Geschichten erzählen und kunstschießen.«

»*Kunst*schießen? Oha! Also schön. Du trittst zweimal am Abend auf. Ich gebe dir dafür zwei Dollar die Nacht.«

»Fünf.«

»Bin ich Krösus? Drei.«

»Einverstanden. Wann kann ich anfangen?«

»Morgen. Ich quetsche dich zwischen den Bären und den Feuerschlucker.«

Minik stand auf der Bühne im Scheinwerferlicht und schwitzte. Er war so geblendet, dass er die Leute an den kleinen runden Tischen nur ab und zu als Reflexionen, Räusperer oder Lacher wahrnahm. Den Rest musste er sich denken: wie sie sich anbufften, mit den Fingern auf ihn zeigten, miteinander flüsterten und Witze über ihn machten.

Das Wasser rann ihm in Strömen über den Leib. Seine Fellkleidung war eindeutig zu warm für New York. Die Zuschauer jedoch hatten seine Eskimonummer in den letzten zwei Wochen amüsant gefunden. Das Paradise war nicht gerade ein Publikumsmagnet. Bestenfalls dreißig Gäste schauten ihm zu, immerhin rund die Hälfte mehr als in seiner ersten Woche. Trotz des wachsenden Zuspruches kam er sich erbärmlich vor und immer wieder von Neuem gedemütigt. Doch er zog die Nummer durch. Jeden Abend.

Zuerst sang er ein *aya-yait.* Tucker hatte ihm nach den ersten beiden Auftritten eine Indianertrommel besorgt. »Nicht ganz stilecht, aber die Leute sind sowieso schon angetütert, wenn du drankommst, und merken das nicht.« Anschließend erschoss Minik mit Pfeil und Bogen ein paar bewegte Enten aus Pappmaché. Nachdem er ein weiteres Lied zum Besten gegeben hatte, wurde das Publikum mit einbezogen.

Minik kündigte ein »*aksalaq*, ein Eskimo-Zieh-Spiel« an. Unter den alkoholisierten Zuschauern fanden sich immer ein paar wagemutige Herren, denen nichts zu peinlich war. Die beiden Teilnehmer des Wettkampfes – Minik und ein Zuschauer – setzten sich einander gegenüber auf den Bühnenboden, stemmten bei ausgestreckten Beinen die Fußsohlen gegeneinander und umfassten ein Hirschgeweih (das aus dem Fundus des Theaters stammte). Durch kräftiges Ziehen musste jeder versuchen, den anderen vom Boden hochzuziehen. Dabei sei es wichtig, hatte Mr Tucker gesagt, dass auf einen Sieg des Eskimos immer ein Triumph des Gastes folge.

Gewöhnlich tobte der Saal nach dem *aksalaq*. Die Herren gratulierten dem Bezwinger des Wilden und die Damen übten sich in Mitleid. Wie so oft wurde auch an diesem Abend eine Zugabe verlangt, und Minik beglückte das Publikum mit einem »Ohr-zieh-Wettbewerb«. Die Leute johlten vor Vergnügen, als sich die Kombattanten mit einem am rechten Ohr befestigten Lederriemen in die komischsten Positionen zwangen, um dem anderen das Band zu entreißen.

Zum Schluss bedankte er sich artig mit einer Verbeugung bei den Mutigen, die es mit ihm aufgenommen und gewonnen hatten, wie auch bei den übrigen Gästen und schickte sich an, für den Feuerspucker das Feld zu räumen. Plötzlich meldete sich eine männliche Stimme aus dem Saal.

»Ich hätte da noch eine Frage.«

Überrascht wandte sich Minik wieder dem Publikum zu. Er beschirmte die Augen mit der Hand, um den Wissbegieren mustern zu können, sah in dem grellen Licht der Scheinwerfer aber nicht mehr als einen dunklen Schemen. Höflich, wie Mr Tucker ihn instruiert hatte, rief er: »Ja bitte? Womit kann ich Ihnen dienen?«

Der Mann näherte sich gemessenen Schrittes zwischen den Tischen. Mit einem Mal konnte Minik im Widerschein der Bühne sein Gesicht erkennen. Laut, für alle im Saal hörbar, fragte Chester Beecroft: »Sie haben dich damals ausgenutzt, Minik, und jetzt lässt du es in noch viel schlimmerem Maße wieder mit dir geschehen. Wie hast du nur so tief sinken können, mein Freund?«

»Es tut mir leid, wenn ich dich vor deinem Publikum bloßgestellt habe, aber ich war der Ansicht, du bräuchtest eine Schocktherapie. Ich kann nicht zulassen, dass du deine Würde an diesen Tacker verscherbelst. Beende dieses jämmerliche ›Gastspiel‹ im Paradise.« Chester prostete Minik mit dem Bierglas zu und nahm einen großen Schluck. Die zwei hatten sich vom Varietétheater aus in einen nahen Pub begeben, in dem noch reger Betrieb herrschte.

Minik verzog das Gesicht. »Schon gut. Du hast ja recht. Aber in meiner Kasse herrscht Ebbe. Ich brauche das Geld.«

»Deshalb musst du dich aber noch lange nicht im Varieté zum Affen machen.«

Er streckte die Arme aus. »Was hätte ich denn deiner Meinung nach tun sollen, Dob? Dich fragen? Das habe ich versucht, aber du warst ja nicht da.«

»Vesta hätte dir auch geholfen.«

»Vesta Tilley? Man sagte mir, sie sei nicht in der Stadt. Genau wie du.«

»Nun, jetzt sind wir wieder da.«

Minik drückte Chesters Arm. Zum zweiten Mal seit ihrem Wiedersehen kamen ihm die Tränen. »Und darüber bin ich froh. In den letzten Wochen hätte ich einen Freund dringend gebrauchen können.«

»Was ist mit William?«

Er zog seine Hand zurück und schlug die Augen nieder. »Onkel Will hat damals so viel für mich getan, damit ich nach Grönland heimkehren kann. Ich komme mir undankbar vor, wenn ich jetzt mit einem Mal wieder bei ihm aufkreuze, nachdem er für mich vor Morris Jesup, Hermon Bumpus und all den anderen ›zivilisierten Herren‹ zu Kreuze gekrochen ist. Nicht zu vergessen Herbert Bridgeman. Ihm verdanke ich, dass sich Peary als mein großer Wohltäter brüsten konnte. Ich musste den Empfang einer langen Liste von Geschenken quittieren, von denen ich kein einziges bekommen … Nein, das stimmt nicht. Nachdem ich Peary in einer peinlichen Situation überrascht habe, gestand er mir zwei Gewehre zu.«

»Vielleicht solltest du von vorne beginnen, Minik. Ich würde gerne die ganze Geschichte hören.«

Minik trank sein Glas aus und nachdem Chester ihm ein weiteres bestellt hatte, begann er zu erzählen. Er schilderte die bedrückende Monotonie und das Gefühl der Leere, als er sich nicht in Englisch mit anderen Menschen hatte austauschen können, beschrieb aber auch die Schönheiten seiner Heimat. »Ich denke, Grönland hat mich verändert«, schloss er seinen Bericht. »Nur weiß ich noch nicht, was ich mit dem Minik anfange, der ich heute bin.«

»Du erwähntest eine Pressekampagne gegen Peary.«

Er nickte und fasste im Telegrammstil die Enttäuschungen der letzten Wochen zusammen.

Chester holte tief Luft. »Nehmen wir einmal an, du bekommst deine Million nicht, was meiner Meinung nach so sicher ist wie das Amen in der Kirche, wie soll's dann deiner Ansicht nach weitergehen?«

Minik zuckte die Achseln. »Weiß nicht. Neulich besuchte

mich jemand im McAlpin, der mit mir in Avanersuaq eine Handelsstation aufmachen will. Aber ich habe keine Lust, wie Harry Radford zu enden.«

»Du meinst ›Adirondack Harry‹? Der Bursche, dessen Expedition du dich damals in Montréal anschließen wolltest?«

»Ja. Harry wurde vor vier Jahren in Nordkanada von Inuit ermordet, angeblich weil er sie provoziert hatte.« Er schüttelte den Kopf. »Du ahnst nicht, wie tödlich Ignoranz sein kann.«

»Dann müssen wir eben hier eine Arbeit für dich finden.«

»Vielleicht werde ich Schriftsteller.«

»Wie bitte?«

»Ein Verlag fragte mich, ob ich nicht meine Lebensgeschichte aufschreiben wolle.«

»Bist du für deine Memoiren nicht noch etwas jung?«

Minik zuckte die Achseln. »Wenn ich Peary als Betrüger entlarve, spielt das wohl keine Rolle.«

»Hast du tatsächlich handfeste Beweise für deine Vorwürfe gegen ihn?«

»Allerdings. Es würde zu weit führen, dir jetzt alles aufzudröseln, aber mit den Notizen in meinem Hotelzimmer kann ich ihn fertigmachen.«

»Muss ich eine Million Dollar zahlen oder gibst du deinem Presseagenten auch so eine Kostprobe deines Materials?«

Obwohl es in dem Lokal alles andere als leise war, beugte sich Minik weit über den Tisch und raunte: »Nimm nur die Tagesetappen. Ich habe Pearys Aufzeichnungen mit den Daten der Crocker Land Expedition verglichen. MacMillan hat auf seiner zweiten Tour in vierundfünfzig Etappen eintausendundsechzig Meilen zurückgelegt. Macht durchschnittlich neunzehn Komma sechs Meilen am Tag. Das deckt sich mit Pearys Angaben, der 1909 zu Beginn seiner Expedition zwanzig Meilen täglich marschiert ist. Als er mit fünf Begleitern zum Endspurt ansetzte, war er noch ungefähr einhundertfünfundfünfzig Meilen vom Pol entfernt. Und nun rate mal, wie lange er dafür gebraucht hat.«

Chester schob die Unterlippe vor. »Keine Ahnung. Sechs oder sieben Tage?«

»Er will die Strecke in nur *vier* Tagen geschafft haben. Ich halte das für ausgeschlossen. Das hieße ja, er und seine Begleiter hätten pro Marsch fast das Doppelte einer normalen Etappe bewältigt. Nebenbei musste er noch seine Position bestimmen. Falls er mittags überhaupt die Sonne mit dem Sextanten anvisieren konnte, was bei dem launischen Wetter in der Arktis oft unmöglich ist. Und nach dem Ablesen der Gradzahlen beginnt das Rechnen. Peary hat einmal geschrieben, jede Winkelmessung koste ihn eine knappe Stunde. Wenn die Sonne von Wolken verdeckt ist und man nicht bis zum nächsten Zenit warten will, bleibt nur das Schrittezählen – kein sehr präzises Messverfahren.«

»Dann meinst du also, die von ihm veröffentlichten Positionsangaben sind gefälscht?«

»Du kannst auch ›großzügig geschätzt‹ sagen, wenn es dir lieber ist. Er hat ja sowieso alle Männer zurückgelassen, die sich hinreichend in der astronomischen Navigation auskannten. Niemand konnte seine Angaben überprüfen. Nach meinen Berechnungen hat er sich dem Pol vielleicht bis auf hundertdreißig oder meinetwegen auch bis auf hundert Meilen genähert, aber er war nie da. Und weißt du, was das Tollste ist?«

»Du wirst es mir bestimmt gleich sagen.«

»Für dieselbe Strecke will er auf dem Rückweg nur noch unglaubliche *sechsundfünfzig Stunden* gebraucht haben und das, obwohl er so erschöpft war, dass ›seine Eskimos‹ ihn auf dem Schlitten transportieren mussten. Selbst durch Eisdrift und andere günstige Umstände lassen sich diese Daten kaum erklären. Soll ich weitermachen?«

»Lass gut sein. Mir schwirrt jetzt schon der Kopf. Wenn du

damit an die Öffentlichkeit gehst, wird sich Peary warm anziehen müssen.«

Minik lehnte sich grinsend zurück. »Ich nehme an, er hat seine Bärenpelzhosen noch im Schrank hängen.«

Chester schüttelte nachdenklich den Kopf. »Sei mir bitte nicht böse, Minik, aber ich fürchte, deine Million wirst du trotzdem nicht kriegen.«

»Notfalls verkaufe ich meine Geschichte auch für weniger. Einen heißen Interessenten habe ich schon. Er hat mich nach Washington eingeladen. Vielleicht kennst du ihn. Er heißt Rost.«

»Etwa Ernest Christian Rost, der Maler?«

»Genau.«

Chester hob die Augenbrauen. »Nichts gegen den Mann, Minik, aber du solltest, was er sagt, mit Vorsicht genießen. Er ist Künstler. Die haben manchmal ihre ganz eigene Sicht von der Welt.«

»Er meint, er könne Peary einen anderen Schwindel mit gefälschten Fotografien nachweisen. Das passt genau zu dem Betrug, den ich ihm vorwerfe. Rost vertritt Cooks Interessen im Kongress. Wenn Peary nie am Pol war, dann ist Frederick Cook der Held und …« Minik hatte bemerkt, wie sein Freund die Backen blähte und vernehmlich die Luft entweichen ließ. »Was ist?«

»Ich fürchte, ich habe eine schlechte Nachricht für dich.«

»Nicht schon wieder! Was ist passiert?«

»Sagt dir der Name Helgesen etwas?«

»Allerdings. Henry T. Helgesen. Kongressabgeordneter. Er will Peary das Altersruhegeld streichen lassen.«

»Der rührige Delegierte aus North Dakota will nun offenbar auch Cook die Suppe versalzen. Er hat ihn im Repräsentantenhaus des Schwindels bezichtigt. Dir ist doch klar, wie sich das auf dein Vorhaben auswirken wird.«

Minik hatte das Gefühl, als ströme sämtliches Blut aus seinem Gesicht. Mit leeren Augen starrte er vor sich hin und konnte nur noch nicken. Ja, er begriff, was diese Entwicklung für ihn bedeutete: Wenn man wie Cook im Glashaus sitzt, empfiehlt es sich nicht, mit Steinen zu werfen. Dergleichen wird einem leicht als allzu durchsichtiges Ablenkungsmanöver ausgelegt. Frederick Cook würde ohnehin ziemliche Mühe haben, seinen Ruf zu retten. Was er brauchte, das waren Beweise für die eigene Version der Wahrheit und nicht solche für die Schurkereien eines anderen.

In diesem Moment begriff Minik, in was für eine Situation er sich manövriert hatte. Wegen seiner Rachepläne gegen Peary stand er nun am Rande eines Abgrunds. Noch einen Schritt und er würde ins Unglück stürzen – diesmal vielleicht für immer. Es gab nur einen Ausweg: Er musste schleunigst sein Leben ändern.

Während des Bürgerkrieges von 1860 bis ’65 waren ganze Scharen europäischer Einwanderer vom Schiff aus – nach kurzem Aufenthalt in »Castle Garden«, einer zum Zwischenlager umfunktionierten ehemaligen Konzerthalle am Fuße Manhattans – direkt an die Front gegangen. Kaum hatten sie die Urkunde ihrer amerikanischen Staatsbürgerschaft in der Tasche, wurden sie auch schon von den Rekrutenfängern geangelt. Ein halbes Jahrhundert später ging es ein wenig gemächlicher zu. Der Beamte des »Naturalisierungsdienstes« des US-Arbeitsministeriums wollte wohl jeden Vorwurf der Fahrlässigkeit im Keime ersticken, als er am 30. Januar 1917 Miniks Einbürgerungsgesuch besonders gründlich prüfte.

»Sind Sie Anarchist?« Die Frage war in einem Ton gestellt, der nicht auf einen Scherz zur Lockerung der Atmosphäre schließen ließ. Überhaupt machte der kleinwüchsige Mann eine geradezu fühlbar strenge Miene. Er trug keine Jacke, dafür aber Ärmelschoner und eine Brille mit ovalen Gläsern, durch die er Minik aus grauen Knopfaugen intensiv musterte. Wohl um Übergriffe seitens der Antragsteller abzuwehren, hatten er sich hinter einem Gitter verschanzt, das in eine lange dunkle Holzwand eingelassen war. Gleich hinter den Stäben stand ein Schild, auf dem der Name William F. Schneider eingraviert war.

»Nein«, antwortete Minik so gelassen wie möglich. Aus den Augenwinkeln nahm er andere Immigranten wahr, die vor anderen Zellen standen, aus denen sie von anderen Beamten mit indiskreten Fragen beschossen wurden.

»Sind Sie Polygamist?«

»Keineswegs«, erwiderte Minik prompt und musste dabei an Aleqasina denken.

»Ein einfaches Ja oder Nein genügt.«

»Nein.«

Mr Schneider blinzelte irritiert. »Wie meinen?«

»Sie fragten mich, ob ich mehrere Frauen habe, und ich antworte: ›Nein.‹«

»Schon gut, ich hab's verstanden. Dann gehen wir jetzt noch einmal zusammen alles durch, damit Sie die ›Absichtserklärung‹ nachher unterschreiben können.« Seine Augen wurden schmal, während er auf Miniks Antwort wartete.

»Ja«, sagte der pflichtschuldigst.

»Sehr schön.« Schneider vollzog auf seinem Sitz eine Vierteldrehung, überflog die in die Schreibmaschine eingespannte *Declaration of Intention* und sagte unvermittelt: »Huch!«

Minik hielt den Atem an. »Stimmt was nicht?«

Der Beamte lächelte säuerlich. »Ich habe einen Eintrag … übersehen. Bei ›Hautfarbe‹ konnten wir uns auf ›weiß‹ einigen, aber unter ›Gesichtsfarbe‹ klafft eine Lücke.«

»Ist das nicht ein und dasselbe?«

Schneider bedachte Minik mit einem strafenden Blick.

»Wenn im Formular zwei Farbangaben verlangt werden, dann kann es ja wohl kaum dasselbe sein, oder?«

»Sie haben recht. Wie wär's, wenn Sie einfach ›weiß‹ schreiben?«

Die Augen des Naturalisierers verengten sich abermals. »Sie machen sich die Sache etwas einfach, junger Mann.«

Minik hob die Schultern. »Ich will nur amerikanischer Staatsbürger werden, damit ich mich freiwillig zur US Army melden kann, wenn unser Land den Mittelmächten den Krieg erklärt.«

»Noch ist das nicht *Ihr* Land, Mr Wallace. Laut diesem Papier hier sind Sie ein Untertan Christians I., des Königs von Dänemark.«

Am liebsten hätte Minik dem kleinen Besserwisser ein Knäuel Formulare ins Maul gestopft, aber dann hätte dieser Wicht ihn vermutlich als Anarchist abgestempelt und ihm die Einbürgerung verweigert. Deshalb quälte er sich ein Lächeln ab. »Ich habe viele Jahre hier gelebt. Deshalb fühle ich mich eben schon ganz wie ein Amerikaner.«

Schneider blitzte ihn durch seine Brillengläser an, dann versenkte er wieder den Blick auf die gepunktete, provozierend leere Linie hinter dem Wort *complexion.* »Was machen wir nun mit Ihrem Gesicht? Sie sind mein erster Eskimo. Soll ich ›schwarz‹ schreiben?«

»Was würde Ihr Vorgesetzter von Ihnen denken, wenn er zufällig den Antrag in die Finger bekommt und Sie einen schwarzgesichtigen Weißen zur Naturalisierung empfohlen haben?«

Der Beamte nickte gewichtig. »Da haben Sie allerdings recht. Er würde mich vermutlich in die Aufnahme einer Klapsmühle versetzen.« Sein Gesicht erhellte sich. Rasch drehte er an der Walze das Blatt in die Maschine zurück, tippte ein kurzes Wort ein und zog das Dokument schwungvoll heraus. Mit einem Ausdruck unendlicher Erleichterung schob er es unter dem Gitter hindurch, direkt unter Miniks Nase.

»Unterschreiben Sie.«

Minik las den so mühsam erarbeiteten Nachtrag. Aha, laut amtlichem Beschluss war seine Gesichtsfarbe von nun an also »dunkel«. Ohne eine Miene zu verziehen, unterzeichnete er das Formular.

Nicht einmal als Kanonenfutter wollen sie mich haben. Der Gedanke drückte auf Miniks Selbstwertgefühl. Nach seiner erfolgreichen Einbürgerung hatte er sich Anfang Juni 1917 als Wehrpflichtiger registrieren lassen. Nun wartete er täglich auf seine Einberufung. Er wollte sich endlich nützlich machen für das Land, das er sich zur Heimat erwählt hatte. Selbst der Tod im Schützengraben schreckte ihn nicht – er war allemal besser, als dieses ständige Herumgestoßensein.

Seit dem Wiedersehen mit Chester hatte er sich mit allen möglichen Gelegenheitsjobs über Wasser gehalten. Nur ins Varieté war er nie mehr zurückgekehrt. Wenn er sich einmal nicht nach ein paar Dollars die Hacken abrannte, besuchte er alte Freunde. Regelmäßig schneite er bei seinem Ziehvater William Wallace herein, immer wieder auch bei Chester Beecroft. Er erneuerte sogar die Freundschaft zu Willie, seinem alten Spielkameraden. Doch es war nicht mehr wie früher. Die Zeit in Grönland hatte ihn verändert. Oder waren die Lebensschollen der anderen über die Jahre einfach zu weit von ihm fortgetrieben? Meist suchte er nach kurzem Zusammensein mit den Weggefährten von einst wieder die Einsamkeit des Hotelzimmers.

Sein Leben wollte einfach nicht wieder richtig in Tritt kommen. Was er vor einem halben Jahr kaum für möglich gehalten hatte, beschäftigte nun immer häufiger seine Gedanken: Er träumte von einer Rückkehr in die Arktis. Wenn schon nicht

Grönland, dann vielleicht Alaska, überlegte er sich und äußerte den Gedanken sogar gegenüber einigen Leuten, denen er seine Dienste anbot.

Doch am 2. April 1917 brachten die Extrablätter seine Planspiele durcheinander, mit einer Nachricht, die niemanden mehr überraschte: Der Kongress hatte mit überwältigender Mehrheit der Kriegserklärung gegen Deutschland zugestimmt. Minik war alles andere als ein blutrünstiger Mensch, doch nach seiner Einbürgerung sah er nun endlich eine Chance, sich die Anerkennung zu erkämpfen, die ihm bisher versagt geblieben war. Früher hatte er andere verprügelt, um *keine* Uniform anziehen zu müssen, jetzt sehnte er sich danach.

Vielleicht war er auch nur zu ungeduldig. Aber die Antwort der Armee ließ auf sich warten. Er überlegte, ob er doch nach Nome fahren sollte. Im Mai hatte er ein Empfehlungsschreiben an den Geschäftsführer der Alaska Mines Corporation bekommen, es aber zunächst unbeachtet gelassen. Während er noch mit sich haderte, traf ein Brief aus Pennsylvania ein. Er stammte von Lizzie, dem pausbäckigen Kindermädchen mit der unverwüstlich guten Laune und dem unermüdlichen Drang, aus ihm einen frommen Christen zu machen.

»*Du wirst es nicht glauben, aber dein Onkel Will hat mir geschrieben. Er war für mich immer ein guter Arbeitgeber. Ich glaube, er leidet sehr unter seiner anhaltenden geschäftlichen Pechsträhne. Mehr noch sorgt er sich aber um dich. Ja, er hat mir von dir geschrieben. Komme mich und meinen Mann Paul doch mal besuchen …*«

Ein paar Tage später schaukelte Minik im Zug nach Philadelphia. Lizzie und ihr Mann nahmen ihn herzlich bei sich auf.

Sie bewohnten ein kleines, rosafarbenes Holzhaus am Rande der Stadt. Mittlerweile war nicht nur das Gesicht des einstigen Kindermädchens rund, sondern auch große Teile ihres übrigen Körpers. Ihr Gemüt dagegen strahlte so hell wie eh und je.

Kaum hatten sie und Paul den Gast willkommen geheißen, wurde dieser auch schon im Wohnzimmer in einen hochlehnigen, mit weißen geklöppelten Schonhäubchen verzierten Sessel komplimentiert, über welchem ein Bild hing, das Jesus mit leidendem Gesicht zeigte. Sekunden später stand an Miniks Seite ein Beistelltischchen mit einer Tasse dampfenden Kaffees nebst Gebäck. Seine Gastgeber nahmen auf einem – ebenfalls mit Schondeckchen ausgestatteten – Sofa Platz, griffen einander bei den Händen und fragten, wie es ihm in der Arktis ergangen sei.

Zwei Stunden lang breitete Minik vor ihnen seine Lebensgeschichte aus. Gelegentlich wurde er von Lizzies Aufforderungen unterbrochen, sich an den Getränken und Keksen gütlich zu tun. Als er fertig war, seufzte sie.

»Ich finde es so traurig, dass du keine gescheite Arbeit findest. Auch wenn es unpatriotisch klingt, aber den Militärdienst halte ich für keine gute Idee. Der Herr sagte, wer zum Schwert greift, kommt durchs Schwert um.«

Paul schnappte nach Luft. »Aber Lizzie! Unser Land braucht Soldaten, um diese Ungeheuer im alten Europa zu bezwingen. Ohne tapfere Männer …« Er verstummte, weil seine Frau einen Blick auf ihn verschossen hatte, dessen Bedeutung Minik nur erraten konnte. Vielleicht, so vermutete er, fehlte es dem vaterlandsliebenden Paul ja selbst ein wenig an der von ihm so heißblütig beschworenen Tapferkeit.

»Junge«, sagte Lizzie hierauf mit großer Eindringlichkeit, »zieh nicht in den Krieg. Wirf dein Leben nicht weg. Du hast dich als Kind doch immer gerne unter freiem Himmel aufgehalten und körperliche Betätigung nie gescheut. Ich habe unlängst von einer privaten Arbeitsvermittlungsfirma in Boston gehört, die immer gute Männer sucht, welche vor harter Arbeit in der Natur nicht zurückschrecken. Wenn du willst, helfe ich dir dabei, eine Bewerbung aufzusetzen.«

Minik merkte, wie ihm die Tränen kamen. »Das wäre wunderbar!«

Sie nickte wie zur Bestätigung. »Abgemacht. Heute Abend schlagen wir uns den Ranzen voll und gleich morgen besorgen wir dir einen Job.«

28.
Wieder im Norden

North Stratford (New Hampshire), 13. November 1917

Der durch die Ventile der Dampflock zischende Dampf kondensierte in der kalten Luft zu bauschigen Wolken. Die Menschen auf dem Bahnsteig von North Stratford wurden von den Schleiern eingehüllt und gleich wieder von dem schneidenden Wind befreit. Quietschend kam der Zug zum Stehen.

Minik blickte aufgeregt durchs Fenster nach draußen. Er sah ein kleines Bahnhofsgebäude, Bäume und Massen von Schnee. Hier also sollte seine Zukunft beginnen. Nun, nicht genau hier. Er würde seine neue Arbeit in Pittsburg antreten, der nördlichsten Stadt von New Hampshire. Als Baumfäller. Er musste lächeln, als ihm Lizzies Worte in den Sinn kamen: *Du hast dich als Kind doch immer gerne unter freiem Himmel aufgehalten und körperliche Betätigung nie gescheut.* Nach all den Jahren hatte sie seine wahren Stärken nicht vergessen und ihn damit auf den richtigen Weg gebracht.

Er stieg aus dem Zug und sog tief die kristallklare Luft in seine Lungen; sie erschien wie ein Lebenselixier. Die Kälte störte ihn nicht sonderlich. Das hier war nicht Grönland, aber seiner Heimat dennoch tausendmal ähnlicher als New York. Vermutlich würde er immer noch dort sitzen und Trübsal blasen, wenn Lizzie ihm nicht geholfen hätte. Die mit ihrer Hilfe abgefasste Bewerbung war auf fruchtbaren Boden gefallen. Einige Wochen später saß er in Bosten einem freundlichen Herrn gegenüber, der von Minik regelrecht begeistert war.

»Wissen Sie«, hatte er gesagt, »wir haben es hier hauptsächlich mit Leuten aus Osteuropa zu tun, die gerade erst ins Land gekommen sind und kaum ein Wort Englisch sprechen. Bei Ihnen habe ich keine Bedenken, dass wir schnell etwas für Sie finden. Sie sind nicht nur jung und kräftig, sondern haben obendrein noch Grips im Kopf.«

Kurz darauf hatte Minik einen Vertrag der Connecticut Valley Lumber Company in der Tasche.

Minik schlenderte mit seinem abgeschabten Koffer zum Ende des Bahnsteigs. Dort stand ein Pritschenwagen mit zwei kräftigen braunen Pferden davor. Auf dem Bock saß ein vollbärtiger Bursche mit wettergegerbtem Gesicht, Pelzmütze und Steppjacke. Seine Kiefer zermahlten etwas mit einer Ruhe, wie man sie sonst nur von vierbeinigen Wiederkäuern kennt.

»Guten Tag«, sagte Minik.

Der Mann auf der Kutsche deutete ein Lüpfen der Mütze an. »Tach. Gerade angekommen?«

»Ja. Mein Name ist Minik Wallace. Ich suche jemand, der mich nach Pittsburg bringen soll. Das sind nicht zufällig Sie?«

Der Bärtige drehte den Kopf zur Seite, spuckte einen schwarzen Brei aus und antwortete grinsend: »Zufällich nich, aber absichtlich. Ich bin Bill Burcks. Hab 'nen Mietstall drüben in Canaan und spiele heute den Kutscher für die Holzfäller der CVLC.«

»Das trifft sich gut. Für die arbeite ich nämlich.«

»Na, dann steig mal hinten auf, Junge. Wir müssen nur noch auf ein paar andere Kameraden von dir warten, bevor's losgeht. Hier nennen mich übrigens alle Bill.« Er streckte dem Ankömmling seine Pranke entgegen.

»Angenehm, Bill. Ich bin Minik«, sagte ebender, während er die schwielige Hand schüttelte.

»Minik? Komischer Name.«

»Stimmt. In Inuktitut bedeutet das Wort ›Die Kruste, die sich am Topfrand bildet, wenn etwas runterkocht‹.«

Burcks brach in schallendes Gelächter aus. »Wer nennt denn so seinen Sohn?«

»Jemand, der den kräftigen Geschmack von Eingekochtem besonders mag. Wie wirst du von deiner Frau genannt?«

Dem Kutscher blieb das Lachen im Halse stecken und er brummte: »Zuckerschnute.«

Minik grinste. »Komischer Name.« Erhobenen Hauptes wanderte er um den Wagen herum und kletterte auf die Ladefläche.

Bald trudelten auch die anderen Holzarbeiter ein. Es waren ausnahmslos verwegen aussehende, ziemlich robust gebaute Männer. Besonders beeindruckt war Minik von einem schwarzen Riesen mit Glatze. Er meinte tatsächlich zu spüren, wie der Boden unter dessen Füßen bebte. Der Koloss musste an die zwei Meter zehn groß sein und sah aus, als könne er stattliche Bäume mit bloßen Händen aus dem Boden reißen. Er machte kein sonderlich glückliches Gesicht. Seinen Kopf hatte er zwischen die Schultern gezogen und die Arme um den Leib geschlungen. Vermutlich stammte er aus einer wärmeren Gegend. Wie die meisten Arbeiter trug er nur eine dünne Jacke.

Sobald der letzte Nachzügler den Weg zur Kutsche gefunden hatte, brachte Burcks seine Gäule auf Trab. Während der Fahrt nach Pittsburg zeigte sich schnell, wie ungenügend die Arbeiter gegen die Kälte gewappnet waren. Der schwarze Riese litt besonders darunter. Aber auch einige andere Männer zitterten in dem offenen Wagen so heftig, dass Minik um ihre Gesundheit bangte.

»Wenn ihr nicht erfrieren wollt, müsst ihr euch bewegen«, sagte er laut zu dem kahlköpfigen Koloss und erntete dafür reihum verständnislose Blicke. Er zog seine Handschuhe aus und ahmte mit den Fingern einen Läufer nach. »*Bewegung*. Davon wird euch warm. Steigt vom Wagen und lauft hinter uns her.«

Einige der Frierenden nickten verstehend, aber der Hüne hatte den gut gemeinten Rat offenbar als Beleidigung aufgefasst, denn er knurrte wie ein hungriger Bär. Minik überlegte schon, wie er sich ohne Harpune und Gewehr im Falle eines Angriffs verteidigen konnte, da kam von einem Mann zu seiner Linken unerwartete Hilfe.

»*Tu dois te déplacer pour avoir chaud!*« – »Du sollst dich bewegen, damit dir warm wird« –, sagte der Arbeiter auf Französisch, auch er ein wandelnder Kleiderschrank, aber eher von der gedrungenen Sorte. Mit einer pelzgefütterten, rot-schwarz karierten Jacke, dicken Fäustlingen und einer Fellmütze auf dem Kopf wirkte er wie ein Profi.

Die Augen des Riesen leuchteten verstehend, als gingen in seinem dunklen Gesicht zwei Sterne auf. Abrupt erhob er sich, was keine so gute Idee war, denn der Pritschenwagen schaukelte auf der unbefestigten Straße wie ein widerspenstiges Fohlen. Sogleich geriet er bedrohlich ins Schwanken. Einige Männer zogen sich rasch von ihm zurück in der wohl nicht ganz unbegründeten Sorge, unter dem jeden Moment umfallenden Koloss zermalmt zu werden.

»Halten Sie bitte kurz an, Bill«, rief Minik nach vorn.

Burcks brachte die Kutsche behutsam zum Stehen.

Der Koloss sprang in den Schnee. Andere folgten seinem Beispiel. Danach ließ der Kutscher seine Pferde im Schritttempo weiterlaufen, damit niemand verloren ging.

»Du kennst diesch mit där Kälte aus, niescht wahr?«, sagte auf dem Wagen unvermittelt der Mann mit der karierten Jacke zu Minik. Diesmal sprach er Englisch, wenngleich mit einem deutlich französischen Akzent.

Der Gefragte nickte. »Ich komme aus Grönland.«

»*O la la*, Grönlaand? Dohnn biest du ein waschechtär Eskimo?«

Minik nickte. »Und Sie ein waschechter Franzose?«

»*Non,* isch bin in Montréal geborän und ’acke miesch mit meiner Axt durch den gaanzen Kontinent. Komme ebän erst aus Britisch-Kolumbien.« Er beugte sich vor, um Minik die Hand zu reichen. »Mein Name iest Jacques Jean Cloutier, aber Jacques genügt vollauf. Du musst wissän, die Arbeit im Wald iest vielleischt genauso gefährlisch wie das Leben dieser armen Teufel in den Schützengräbän. *Unsere* Front iest der Wald. Uns fliegän zwar keine Schrappnelle, dafür abär splitterndä Bäumä um die Ohren. Deshalb siend wir alle *camarades* … Wie sagt man? *Äh oui:* Kameraden.«

Minik blieb einen Moment die Spucke weg. So hatte ihm in der Bostoner Arbeitsvermittlungsfirma niemand den neuen Job geschildert. Aber dann lächelte er wieder. Härter als in Avanersuaq konnte das Leben hier auch nicht sein. Herzlich schüttelte er die kräftige Rechte des Frankokanadiers und stellte sich mit vollständigem Namen vor.

»Und das da iest Eustase.« Jacques deutete auf den schwarzen Riesen, der mit verbissener Miene hinter dem Wagen hertrottete.

»Dein Freund?«

»Das muss sisch erst zeigän. Wir ’abän uns erst vor zwei Tagän kennängelernt. Eustase kommt aus Guadeloupe. Kleine Antillen.«

»Nie gehört.«

»Liegt in der Karibik. Da iest es immär warm.«

Minik musterte den bibbernden Riesen. »Jetzt ist mir alles klar. Aber wieso hat er ausgerechnet hier eine Arbeit angenommen?«

»Oh, Eustase hat in Grand Bourg in Festungshaft gesessän. Das gefiel ihm nischt. Der Kerkär war ihm zu eng. Da ’at er siesch ins Määr gestürzt und iest unter einem Frachtär *américaine* wiedär aufgetaucht. Mit dem iest er dann zu uns gekommän. Kling verrückt, nischt wahr?«

»Ganz und gar nicht.«

»Er 'at das Zeug zu einem guten Baumfällär.«

»Weil er so stark ist?«

»*Non, mon ami.* Weil er ununterbrochän futtärn kann. In unserem Gewerbe musst du fressän wie eine siebenköpfige Raupe, um niescht stehendän Fußes zu ver'ungärn. Wusstest du das noch niescht?«

»Ehrlich gesagt, nein.«

Jacques zuckte die Achseln. »Eigentliesch niesch verwunderliesch, wenn man aus einem Lond kommt, in dem es keine Bäumä gibt. Wie 'at es disch über'aupt 'ier'er verschlogän?«

»Das ist eine lange Geschichte.«

»Oh, isch liebä langä Geschischtän!«

Minik räusperte sich verlegen. Sollte er vor einem Fremden sein Leben ausbreiten? Dann aber fiel ihm wieder ein, was Jacques über die Kameradschaft der Waldarbeiter gesagt hatte, und er entschloss sich zu ungeschönter Offenheit.

»Es fing alles an, als ich sieben war«, begann er leise und erzählte, erst zögernd, bald flüssig, was ihm in den letzten zwei Jahrzehnten widerfahren war, wie er von Peary nach New York geholt wurde, dort den Vater und die Freunde verloren hatte, bei Onkel Will und Tante Rhetta aufwuchs, beim Anblick von Qisuks Skeletts den Schock seines Lebens erlitt, einige Zeit später nach Grönland heimkehrte und zuletzt wieder nach Amerika zurückgekommen war. Wer auf der Ladefläche Englisch verstand, lauschte gebannt seiner Erzählung, und auch die Übrigen schwiegen, als verstünden sie trotzdem, dass sich hier einer häutete, dem das alte Leben zu eng geworden war.

So erreichte die Gruppe schließlich Pittsburg.

Das Holzfällercamp lag am Rande des nur wenige hundert Seelen zählenden Ortes. Burcks brachte seinen Wagen vor einer großen Baracke zum Stehen und erklärte: »Das ist für die nächsten Monate euer Zuhause.«

Der Anblick des lang gestreckten Holzhauses war trostlos und Minik mochte sich lieber nicht vorstellen, wie es drinnen aussehen würde, wenn Dutzende von Galgenvögeln auf engstem Raum zusammengepfercht waren. Aber er hatte beschlossen, nicht vor dem erstbesten Hindernis zu bocken wie ein störrischer Gaul. Jeder echte Neuanfang beginnt unten.

»Isch war vor drei Jahrän schon einmal in diesäm Cämp«, erklärte Jacques, nachdem die Registrierung der Neuankömmlinge erfolgt war und ein Vorarbeiter sie in die Baracke einwies. Die Luft in dem Raum war zum Schneiden. Unzählige Stimmen wetteiferten um die Aufmerksamkeit ihrer Kameraden. Hier wurde geflüstert, dort gelacht und anderswo gestritten. Ständig knarzten irgendwo Dielen und Betten. Im Vergleich zu der Stille, die Minik in der Arktis kennengelernt hatte, ging es hier zu wie in einem Irrenhaus.

»Wenn du wiellst, nehmä isch diesch unter die Fitische, bies du flügge gewordän biest«, riss ihn Jacques Stimme aus den Gedanken.

Minik nickte abwesend.

»Um unser Riesenbaby müssän wir uns aber auch kümmern«, fügte der Kanadier hinzu.

»Kein Problem«, murmelte Minik unbedachterweise. Er ahnte nicht, welche Folgen seine leichtfertige Zustimmung haben sollte, denn kurz darauf stand das Trio vor einem Stockbett mit drei Etagen. Jacques reservierte sich sofort die untere Pritsche und Eustase ergatterte die obere. Für Minik blieb nur der undankbare Platz in der Mitte.

In der folgenden Nacht klemmte er zwischen einem Koloss, der jeden Moment durchzubrechen drohte, und einem passionierten Holzfäller, der selbst im Schlaf vom Sägen nicht ließ. Als längst alles um ihn herum schnarchte, lag Minik immer noch wach, warf sich von links nach rechts, zog sich wieder und wieder die Decke über die Ohren, um sie kurz darauf vom

Gesicht zu reißen und leise zu stöhnen: »Das kann ja heiter werden.«

Die Arbeit im Wald war schwer und die Männer, die davon lebten, ausnahmslos raue Gesellen – eine Truppe aus Polen und Russen, Finnen und Schweden, Frankokanadiern und ein paar Amerikanern aus der Region. Abgesehen von Letzteren sprachen in dem Camp nur wenige fließend Englisch. In dieser Beziehung bildete Minik eine Ausnahme. Ansonsten aber passte er besser in den bunten Haufen, als er je zuvor irgendwohin gepasst hatte, denn im Holzfällercamp waren alle irgendwie Exoten: Pechvögel und Davongelaufene, Ausgestoßene und Außenseiter, Kriminelle und jede andere Sorte von gescheiterten Existenzen.

Minik fühlte sich in ihrer Mitte wohl. Nicht wegen einer besonderen Vorliebe für den Bodensatz der Gesellschaft, sondern weil er den Männern nichts beweisen musste. Selbst mit der prahlerischen Fantasie seiner Sturm-und-Drang-Zeit hätte er sich kaum ausmalen können, was mancher seiner neuen Kameraden erlebt hatte. Anstatt die anderen übertrumpfen zu wollen, fügte er sich in die Gemeinschaft ein.

Und es funktionierte. Die rauen Gesellen akzeptierten ihn. Einmal hörte er Jacques mit einem Farmer aus der Gegend reden, der den Winter über im Camp arbeitete. »Dieser Minik scheint mir ein netter Kerl zu sein. Jeder hat ihn gern«, sagte der Amerikaner und der Kanadier stimmte ihm zu. Das gefiel Minik und so erklärte er die Zeit der Kraftmeierei endgültig für beendet.

Nur mit einem konnte er sich schwer abfinden und das war die Schlafbaracke. Zeit seines Lebens hatte er die Enge von Räumen gemieden. Nachts zwischen Eustase und Jacques zu klemmen, wenn um ihn herum geschnarcht, gefurzt, gehustet, geniest oder im Schlaf die Dämonen der Vergangenheit bekämpft wurden – das stellte seine Leidensfähigkeit denn doch auf eine zu harte Probe. Er brauchte seinen Freiraum, wollte in Ruhe lesen und an seiner Lebensgeschichte schreiben.

»*Was* willst du tun?«, wunderte sich der Vorarbeiter, als Minik ihm einen Vorschlag unterbreitete, den bis dahin wohl noch niemand zu äußern gewagt hatte.

»Gegenüber dem Friedhof ist ein freies Fleckchen. Und Holzabfälle gibt es ja genug. Lassen Sie mich eine Hütte bauen, damit ich nachts in Ruhe schlafen kann.«

Der Mann schüttelte nur den Kopf. »Meinetwegen bau deine Hütte, Minik. Solange du so weiterarbeitest wie bisher, hab ich nichts dagegen.«

Und so zimmerte Minik einige Tage lang in jeder freien Minute an seinem kleinen, ganz privaten Refugium. Obwohl Jacques und Eustase seine Absonderungspläne zunächst mit Unverständnis aufgenommen hatten, halfen sie ihm schließlich sogar beim Hausbau.

Seinen Vorgesetzten fiel er – abgesehen von seiner kleinen Schrulle – nur positiv auf: weil er zügig arbeitete, eine schnelle Auffassungsgabe hatte, zuverlässig jede ihm übertragene Aufgabe erfüllte und zudem noch sprachgewandt war. Bald räumte er nicht mehr mit seinem Partner Eustase die Abfuhrwege vom Unterholz frei, sondern durfte sein Geschick unter Jacques Aufsicht an Axt und Säge beweisen. Wenig später stieg er sogar zum Zähler auf – er schätzte die Raummeter oder Brennholzmaße.

So befriedigend die Arbeit im Wald für ihn auch war, so viel Wachsamkeit erforderte sie. »Stell dir vor, du wärst der Baum«, hatte ihm Jacques anschaulich erklärt. »Würdest du diesch nicht wehrän, wenn dir jemand mit Axt und Sägä auf dän Pelz rückt? Bäumä sind da nieschts anders als wir. Vor allem, wenn sie fallän, sind sie manschmal unbereschänbar. Einige spalten siesch auf, andere reißän ihrä Nachbarn mit und das splitterndä Holz verwandelt siesch in einän tödlichän Geschossregän.« Das war nicht untertrieben. Fast wöchentlich hatten die einzelnen Trupps Verluste zu melden, oft Verletzte, manchmal sogar Tote. Im Januar erlebte Minik die Gefahren seines neuen Handwerks hautnah.

Es war bereits später Nachmittag. Seit den Morgenstunden hatten die Männer reichlich Holz geerntet. Jetzt waren sie müde und schon etwas unaufmerksam, doch weil sie nicht fürs Herumstehen im Wald, sondern nach Leistung bezahlt wurden, arbeiteten sie mit unvermindertem Tempo weiter. Die Aufgaben im Team waren fest verteilt: Einige hackten die Zweige von einem gefällten Riesen, andere schafften das Holz mithilfe von Rückepferden über den Abfuhrweg zum Fluss hinunter, von wo aus im Frühjahr die zu großen Flößen verbundenen Stämme zu den Sägewerken oder Papierfabriken befördert wurden. Und Minik errechnete die zur Festsetzung des Lohns wichtige Holzmenge.

Eben hatte er den Durchmesser eines Stammes mithilfe einer Kluppe bestimmt, einem Messinstrument, das einer Schraubzwinge oder mehr noch einer mächtigen Schieblehre glich. Nun musste er zur Ermittlung der Raummeter die Länge eines Stammes messen. Er hängte die Kluppe an einen niedrig hängenden Aststumpf und griff zur Messkette. Diese bestand aus sechzig streichholzdicken, jeweils einen halben Fuß langen Eisenstäben mit einer Dreiecksschlaufe aus Messing als Griff am Ende. Im Gegensatz zu den anderen Kameraden brauchte Minik nicht zu hetzen. Während er durch den Schnee zur Spitze des gefällten Baumes schlenderte, beobachtete er gedankenvoll seine beiden Freunde.

Jacques und Eustase rückten gerade einer Hemlocktanne zu Leibe, die der Vorarbeiter zum Fällen markiert hatte. Mit langstieligen Äxten hieben sie im Wechsel den Fallkerb in den Stamm, damit dieser nach dem späteren Einsatz der Zugsäge und dem abschließenden Keilen in die vorherbestimmte Richtung kippte. Der Riese, auf den sie einhackten, war an die dreißig Meter hoch und gut zwei Meter dick.

»Sag Eustase, er soll nicht so wild draufhauen, sonst schneidet er ihn noch tot«, rief Minik zu den beiden hinüber. Mittlerweile hatte er gelernt, wie wichtig für die Sicherheit der Männer eine exakte Ausführung des Bruchkerbs war. Wenn dessen »Dach« und »Sohle« nicht genau zusammentrafen, sondern der obere Schnitt über die Kippachse hinausreichte, verlor der Stamm die Führung und wurde unkontrollierbar.

»Das 'abe iesch ihm schon 'undert Mal gesagt«, beklagte sich Jacques.

»Dann erkläre es ihm eben zum hundertundersten Mal. Ich will nicht, dass euch der Stamm um die Ohren …« Er verstummte, weil jemand am Rande seines Gesichtskreises lautstark seinem Ärger Luft machte.

»Welcher Hornochse hat *den* Baum ausgesucht?«

Minik wandte sich nach rechts und gewahrte etwa sechs Schritt neben sich einen zwar nicht sehr großen, aber kräftig gebauten Mann mit dichtem, blondem Schnurrbart und strahlend blauen Augen. Es handelte sich um jenen Farmer, der gegenüber Jack vor einigen Wochen so lobende Worte für den »netten Kerl« aus Grönland gefunden hatte. Bisher war Minik dem Mann nur selten begegnet und hatte nie mit ihm gesprochen – der Amerikaner gehörte zu einem anderen Trupp. Offenbar war er zur Verstärkung hergeschickt worden, weil sich am Morgen ein anderer Arbeiter mit Fieber und Durchfall krank gemeldet hatte.

»Das war Jacques. Wieso?«, erwiderte Minik gereizt. Zwar war ein rauer Umgangston zwischen den Männern durchaus üblich, aber die Barschheit gegenüber seinen Freunden gefiel ihm trotzdem nicht.

»Weil niemand genau weiß, wie es *in* dem Stamm aussieht«,

gab der Farmer kaum weniger grob zurück. »Sieh ihn dir doch an. Wenn *du* – wie vermutlich dieser Geselle – tausend Jahre auf so abschüssigem Boden herumstehen würdest, dann wärst du auch von oben bis unten verspannt.«

»Aber das trifft doch auf fast alle Bäume hier zu.«

Der Mann schüttelte den Kopf, als habe Minik etwas sehr Törichtes gesagt, und deutete nach oben. »Hat etwa niemand von euch den Blitzschlag bemerkt?«

Jetzt sah Minik es auch. Offenbar waren sogar dem erfahrenen Jacques die Narben entgangen, die ein Gewitter dem alten Riesen zugefügt hatte. Ein Blitz konnte einen Baum regelrecht spalten, und wenn danach Feuchtigkeit in seinen Kern eindrang, bedeutete dies für ihn oft den Anfang vom Ende. Ebenso wie mancher Mensch durch Wundbrand Gliedmaßen oder gar das Leben verlor, beraubte die Kernfäule den Baum seiner Festigkeit. Er wurde tückisch wie ein angeschossener Eisbär.

»*Mon Dieu!*«, keuchte Jacques. Er hatte den Kopf in den Nacken gelegt, um sich selbst ein Bild vom Zustand des Baumes zu machen.

Mit einem Mal hörte Minik ein dumpfes Geräusch, als stünden Schiffstaue unmittelbar vor dem Zerreißen. Innerhalb weniger Sekunden verwandelte sich der Wald in eine tödliche Falle.

Der Kanadier schrie etwas auf Französisch, um seinen Kameraden zum sofortigen Rückzug zu bewegen, doch Eustase reagierte seinem Wesen entsprechend träge. Er hatte den Inhalt des kurzen Gesprächs ohnehin nicht verstanden und einfach weiter auf die Kerbe eingehauen. Während seine Axt auf den Stamm zusauste, wanderte ein beängstigendes Knacken den Stamm empor.

»Alle sofort weg von hier!«, schrie der Farmer.

»*Timbeeeer!*«, brüllte Jacques den Warnruf der Holzfäller und stürzte auf Minik zu.

Endlich hatte auch Eustase die Gefahr erfasst. Er ließ seine Axt im Holz stecken und wandte sich zur Flucht. Plötzlich ertönte ein lauter Knall und der Stamm spaltete sich vom Bruchkerb an aufwärts. Dann neigte er sich – genau in die verkehrte Richtung.

Durch die Gewichtsverlagerung wurde eine mehrere Meter lange Holzzunge förmlich vom Stamm abgesprengt und traf Eustases rechte Körperhälfte. Der Hüne wurde von der Wucht des Schlages herumgewirbelt und blieb bewusstlos im Schnee liegen.

»Er kommt genau auf uns zu«, warnte Minik den Kanadier.

Jacques blickte über die Schulter und änderte sofort die Richtung, um dem kippenden Stamm auszuweichen.

Minik blieb reglos stehen. Einen Augenblick lang beobachtete er gebannt den Stamm, der sich nun, als sei er unentschlossen, wen er als Nächstes attackieren sollte, auf seinem zerborstenen Fundament drehte. Dann hatte er sein Opfer gefunden: den Farmer.

Alle Hitzigkeit war jäh von dem Mann abgefallen. Er schien weder den infernalischen Lärm des berstenden Holzes noch die Warnrufe seiner Kameraden wahrzunehmen, sondern starrte nur wie versteinert auf den Riesen, welcher sich mit bizarrer Langsamkeit auf ihn herabsenkte.

In Miniks Kopf purzelten die Gedanken nur so durcheinander. Obwohl er selbst noch in der Gefahrenzone stand, wollte er den vor Schreck gelähmten Mann retten. Aber wie? Die Zeit reichte nicht mehr, zu ihm hinzulaufen und ihn in Sicherheit zu zerren. Mit einem Mal gewahrte Minik wieder das Gewicht der Messkette in seinen Händen. Eigentlich ist das Ding nicht viel anders als eine Peitsche aus Robbenleder, schoss es ihm durch den Kopf, und damit kannst du doch umgehen.

Mit einem kräftigen Armschwung nach hinten entfaltete er die dreißig Fuß lange Kette und ließ sie sogleich wieder nach vorne sausen. Ihm war keine Zeit zum Zielen geblieben, denn der Stamm befand sich bereits in gefährlicher Schieflage. Rasselnd schlangen sich die Glieder der Kette um die Beine des Farmers. Dann zog Minik an seiner eisernen Rettungsleine. Mit dem ersten kräftigen Ruck riss er den Mann von den Beinen, mit dem nächsten schleifte er ihn durch den Schnee.

Polareskimos ohne Hunde pflegten ihre Schlitten oft mit eigener Kraft viele Meilen weit zu ziehen. Minik tat somit nichts anderes als auf etlichen kleineren Jagdausflügen in der Inglefield Bay, nur legte er hier bedeutend mehr Eile an den Tag. Vor Anstrengung laut brüllend rannte er weg von der voraussichtlichen Aufschlagstelle. Um ihn herum regnete es Äste und Splitter von benachbarten Bäumen, die der gefällte Riese im Tode mit sich riss. Der Lärm war ohrenbetäubend. Dann donnerte der Stamm zu Boden.

Minik wurde nach hinten gerissen, weil sich seine Kette irgendwo verfangen hatte. Er war erst wenige Schritte weit gekommen und wagte kaum, sich umzudrehen. Als er es trotzdem tat, war von dem Farmer nichts zu sehen.

»Wir müssän ihm ’elfen. Er liegt untär den Ästen«, rief Jacque von links.

Es dauerte eine Weile, bis Minik die Benommenheit abschütteln und dem Kameraden zu Hilfe eilen konnte. Während er und Jacques noch durch Äste und Tannennadeln staksten, reckte sich eine Hand aus dem grünen Gewirr.

»Ich bin hier. Nichts passiert«, rief der Farmer.

»Geh und kümmere dich um Eustase«, sagte Minik zu Jacques und kämpfte sich weiter durch das Geäst. Mittlerweile kamen auch andere Männer herbeigelaufen.

Endlich erreichte er den Verschütteten. Dessen Hand ragte immer noch aus dem Tannengrün hervor. Minik schob ein paar Zweige auseinander und blickte in ein zerschrammtes Gesicht. »Kannst du dich bewegen?«

»Meine Beine sind eingeklemmt. Scheint aber nichts gebrochen zu sein.«

»Du must einen Schutzengel gehabt haben.«

Der Mann zog den Mund schief. »Allerdings. Er heißt Minik.«

Dieser grinste verlegen. »In Grönland kann jeder Jäger mit einer Peitsche umgehen. Mit der meinen habe ich sogar mal einen Freund aus dem Eismeer gezogen. Er hieß Ittukusuk.«

»Nun, dann gibt es jetzt noch einen Mann mehr, der dir sein Leben verdankt.« Der Farmer reckte wieder die Rechte hoch, diesmal um Miniks Hand zu schütteln. »Danke, mein Freund. Ich bin übrigens Afton. Afton Hall.«

29.

Endlich frei

Pittsburg (New Hampshire), 21. März 1918

»Schlammsaison«. So nannten es die Farmer, wenn sich das Land rund um Pittsburg im Frühjahr in Morast verwandelte. In dieser Zeit war ans Bäumefällen nicht zu denken. Mit dem Einsetzen der Schneeschmelze kehrten die meisten Wanderarbeiter zu ihren Familien zurück. Doch Minik hatte kein Zuhause. Wohin sollte er sich wenden?

»In zwei Tagen ist die Saison zu Ende. Wie wär's, wenn du zu uns kommst?«, fragte ihn Afton Hall. Die beiden lehnten unter dem Vordach der Speisebaracke an Holzpfeilern und sahen dem wie an Schnüren herabfallenden Regen beim Fallen zu.

»Du meinst auf euren Hof?«, erkundigte sich Minik überrascht.

Der Farmer nickte. »Auf der Farm brauchen wir jede Hand. Du bist kräftig und geschickt. Ich kann dir zwar keinen Lohn zahlen, aber bei uns hast du einen trockenen Platz zum Schlafen, etwas zu essen und Familienanschluss. Wie wär's?«

Minik sah Afton sprachlos an. Seit er diesem das Leben gerettet hatte, waren sie gute Freunde geworden. Aber da gab es immer noch die anderen: Eustase, der seine Gehirnerschütterung und einige Knochenbrüche schon fast ausgeheilt hatte, und dessen frankokanadischer Partner. »Jacques hat mich gefragt, ob ich mit ihm und unserem Riesenbaby nach Westen gehe.«

Afton krauste die Stirn. »Das musst du entscheiden. Ihr Eskimos seid ja Nomaden. Wenn es einen in die Ferne zieht, dann kann ihn sowieso niemand halten.«

Eine Zeit lang sagte keiner der beiden etwas.

Nach einer Weile erklärte Minik: »Ich bin kein Nomade mehr. Schon als Junge wollte ich Farmer werden und jetzt machst du mir dieses Angebot. Ich wäre schön dumm, wenn ich Nein sagte.«

»Gute Entscheidung«, bemerkte Afton und reichte ihm die Hand.

Die Farm der Halls lag auf einem Hügel unweit von Clarksville, etwa drei Meilen südwestlich von Pittsburg. Sie gehörte Aftons Vater Fred. Dieser arbeitete, wie auch sein zweiter Sohn Barney, im Winter für die Connecticut Valley Lumber Company und die restliche Zeit bestellten sie ihre Felder. Sie kannten Minik bereits vom Holzfällerlager und gelegentlichen Sonntagsbesuchen, nun nahmen sie ihn herzlich in ihre Familie auf.

Obwohl die Halls gerade das Nötigste zum Leben hatten, waren sie zufriedene Menschen. Mehr noch als im Kreis der rauen Holzarbeiter fühlte sich Minik im Schoß dieser Familie wohl. Er empfand sich als Teil von ihr. In den stundenlangen Gesprächen, die er des Öfteren mit Afton führte, wurde ihm bewusst, wie wenig sich diese einfachen, zurückhaltenden Menschen von der Selbstgefälligkeit und den Vorbehalten der angeblich so zivilisierten Welt draußen den Kopf verdrehen ließen. Wäre er geradewegs vom Mond zu ihnen hinabgestiegen, hätten sie ihn trotzdem herzlich willkommen geheißen. Seine Vergangenheit war für sie nur eine traurige Geschichte, seine Gegenwart indes die eines höflichen, arbeitsamen jungen Mannes, der sich für jede freundliche Geste dankbar zeigte. *Dafür* schätzten sie ihn. Bald behandelte Fred ihn wie einen Sohn und Afton wie einen Bruder.

Bis zum Herbst lernte Minik wieder einmal unendlich viel. Er saugte alles Neue so begierig in sich auf wie ein halb Verdursteter, der nach langer Wüstenwanderung endlich auf Wasser trifft. Ob es nun das Pflügen, das Ausbringen der Saat, das Ernten, das Melken der Kühe, das Flicken von Zäunen oder sonst eine Arbeit war, alles verrichtete er mit geradezu kindlicher Freude. In mancher Hinsicht glich die hügelige Landschaft im Norden von New Hampshire tatsächlich dem Paradies seiner Jugendzeit in Schoharie County. Und trotzdem erlebte er hier sogar noch mehr als das unbeschwerte Glück von damals.

Zum ersten Mal in seinem Leben war Minik mit sich und der Welt im Reinen.

»Wusstest du, dass diese Ecke von New Hampshire eine turbulente Geschichte hat?«, fragte Afton an einem warmen Mittag im September. Die vier Männer des Hofes saßen mit den Rücken an eine Eiche gelehnt und erholten sich im Schatten bei einem einfachen Mahl.

»Inwiefern?«, antwortete Minik. Er hatte gerade versonnen durch seine bunte Glasscherbe geblickt.

»Im Pariser Vertrag von 1783 war die Grenze zwischen Kanada und den Vereinigten Staaten am Connecticut River entlang gezogen worden.« Afton deutete talwärts, wo man den Fluss in der Sonne funkeln sah. »Aber von dieser Gegend hier gab es noch keine genauen Karten. Die Landvermesser waren noch nicht so weit vorgedrungen. Niemand wusste so genau, wo sich die Quelle des Flusses befindet. Ein Oberst namens Jeremiah Eames kam mit dem Auftrag hierher, die Grenze zu vermessen. Dabei ging er eher lax vor, aber er verliebte sich in dieses schöne Fleckchen Erde und kaufte es kurzerhand einem Indianerhäuptling ab. Während sich noch Kanada und die Staaten um das Gebiet stritten, kamen immer mehr Siedler und Vagabunden hierher. Bald wurde den Menschen das

Hickhack der Großen, von denen jeder sie mit eigenen Steuern belegen wollte, zu bunt. Da haben Sie kurzerhand die unabhängige Republik ›United Inhabitants of Indian Stream‹ ausgerufen. In ihrer Verfassung garantierten sie jedem der ungefähr einhundert Einwohner das Recht auf Freiheit in der Ausübung der Religion, des Eigentums sowie des Lebens im Allgemeinen. Sollte dir eigentlich gefallen, oder?«

»Wie meinst du das?«

»Weil du ständig mit deinem ›geronnenen Nordlicht‹ herumspielst. Als du es mir letzten Winter zum ersten Mal gezeigt hast, sagtest du: ›Für mich verkörpert es die Freiheit, nach der ich mich sehne.‹ Deckt sich das, was du hier gefunden hast, mit dem Bild in deinem Orakel?«

Minik ließ das Pfauenauge sinken, um die malerische Landschaft aufmerksam zu betrachten. Sein Blick schweifte über das Feld, auf dem sie den Morgen über mit der Sense gearbeitet hatten, wanderte weiter nach Nordosten über die Wälder und den Fluss, streifte die Dächer des kleinen Pittsburg, um gleich darauf bis zum Horizont zu fliegen. Gleichzeitig atmete Minik den Duft des frisch geschnittenen Grases und lauschte dem Summen der Insekten und Vögel. Seine Antwort war also keineswegs überstürzt, als er sagte: »Ja, ich denke, es deckt sich damit. Hier könnte der Platz sein, an den ich gehöre.«

»Was heißt hier ›könnte‹? Er ist's«, sagte Fred von der anderen Seite des Baumes. Er redete nie viel.

»Jetzt müssen wir für dich nur noch eine Frau finden«, fügte Barney hinzu.

Minik schüttelte lachend den Kopf. »Gebt mir noch etwas Zeit.« Er liebte Aleqasina immer noch. Weil ihm nicht der Sinn danach stand, für den Rest der Mittagspause seine Zurückhaltung gegenüber dem weiblichen Geschlecht zu rechtfertigen, wandte er sich wieder Afton zu. »Warum gibt es die ›Vereinigten Bewohner von Indian Stream‹ nicht mehr?«

Sein Freund zuckte die Achseln. »Du weißt ja, wie diese Geschichten fast immer ausgehen. Wenn einer die Freiheit sucht, ist meist schon ein anderer da, der sie ihm neidet. Weder Kanada noch die Vereinigten Staaten erkannten die junge Republik an. Nach drei Jahren kam es zu einer bewaffneten Invasion des umstrittenen Territoriums durch eine Miliz aus New Hampshire. Die vierzig Mann starke Armee von Indian Stream hatte dem Gegner wenig entgegenzusetzen. Präsident Luther Parker schnürte kurzerhand sein Bündel und ging nach Wisconsin ins Exil. Aber die Generalversammlung der Republik tat etwas Einzigartiges. Ehe jemand zu Tode kommen konnte, beschloss sie die Selbstauflösung des Staates. Ich habe mal gelesen, Indian Stream sei das einzige Land der Welt gewesen, das sich per Gesetz selbst von der Landkarte getilgt hat.«

»Ein Land, das lieber den Tod wählt als das Joch der Eroberer«, murmelte Minik nachdenklich.

»Passt zum Motto von New Hampshire: ›Frei leben oder sterben.‹ Für viele sind das nur hehre Worte, aber nicht für die Leute hier oben. Wenn du öfters unter die Menschen gehen würdest, könntest du in der Pittsburg Township noch manchen Nachfahren dieser Republikaner treffen. Die alteingesessenen Familien nennen die Gegend hier übrigens ›das Nordland‹.«

Minik wandte den Kopf und sah seinen Freund überrascht an. »Genauso sagen sie zu uns, den Polareskimos: ›Nordländer‹.«

Vater Hall lachte. »Was denkst du, Junge, warum Afton dir das alles erzählt. Du sollst endlich begreifen, dass du zu Hause angekommen bist.«

Zu Hause? Beklommen schöpfte Minik Atem. War er endlich auf der anderen Seite des Nordlichts angekommen? Sein Blick wanderte über das frisch gemähte Feld und er begann zu nicken, erst ganz sacht, aber dann voller Überzeugung. Ja, das freie Leben hier und die Geborgenheit im Kreis von Freunden kam seinen Träumen näher als alles zuvor.

»Du hast recht. Ich bin am Ziel«, sagte Minik leise, während er gegen die Tränen ankämpfte. Mit einem Mal empfand er eine tiefe Zufriedenheit. Mehr noch: Er verspürte unbeschreibliches Glück.

Als die Blätter sich verfärbten, kehrten die ersten Holzfäller in die Camps zurück. Auch die Mannschaft der Halls meldete sich samt Neuzugang in Pittsburg zum Dienst. Minik sollte wieder in die große Schlafbaracke einziehen, weil seine Hütte irgendeinem Holzhacker zum Opfer gefallen war. Zur Wiederherstellung der für seine Ausgeglichenheit unabdingbaren Wohnverhältnisse wurde er sofort beim Geschäftsführer des Lagers vorstellig, ein neuer Kopf, in welchem die Absicht nistete, sich von den rauen Gesellen keinesfalls auf der Nase herumtanzen zu lassen. Er lehnte das Baugesuch ab.

So musste Minik einmal mehr mit einem Stockbett vorliebnehmen. Wenigstens durfte er diesmal direkt unter der Decke schlafen; Afton und Barney lagen unter ihm.

Tagsüber genoss er umso mehr die Arbeit im Wald. Noch ehe der erste Schnee vom Himmel rieselte, fielen schon wieder Bäume. In der Welt draußen tobte nach wie vor der Große Krieg. Einige Tage lang hatte es den Anschein, als könne er nicht in die Wälder von New Hampshire vordringen. Doch der Friede dort war trügerisch.

Zunächst schöpfte Minik keinen Verdacht, als in der Schlafbaracke wieder das nächtliche Hustenkonzert begann. Während er sich nach wie vor bester Gesundheit erfreute, wurden andere bald zu krank, um zu arbeiten. Sie litten unter Fieberanfällen, Kopf- und Gliederschmerzen.

»Nichts, was einen Holzfäller umhauen kann. Nur eine normale Influenza«, diagnostizierte Doktor Lyford, der vom Geschäftsführer eilig herbeigerufene Arzt. »Das haben wir dieses Jahr schon mal erlebt. Im März ist in Camp Funstone, Kansas, ein Großteil der Soldaten erkrankt, die sich für den Kampfeinsatz in Europa vorbereitet haben. Ich schätze, in drei Tagen ist der Spuk vorbei.«

Tatsächlich fühlten sich einige kurze Zeit später wieder besser.

Das waren die Glücklichen.

Denn diesmal hatte sich etwas Heimtückischeres in ihre Mitte geschlichen.

Die Erkrankungen häuften sich. Und dann starben die Arbeiter auch, nur achtundvierzig Stunden nach Auftreten der ersten Symptome. Minik, der sich immer noch kerngesund fühlte, begann sich nun doch Sorgen um das eigene Wohlergehen zu machen, denn in vielen Fällen stellte der Arzt als Todesursache eine Pneumonie fest: Lungenentzündung.

Mit diesem Gehilfen des Sensenmannes hatte Minik schon leidlich Bekanntschaft gemacht und ihn oft genug zurückgeschlagen. Aber hier schien sich in seinem Schatten ein anderer, weit bösartigerer Unhold zu bewegen. Viele der Todgeweihten hatten violettrote Flecken auf der Haut.

Doktor Sylvester Lyford gehörte zur jener Kategorie von Landärzten, die sich zum Wohle ihrer Patienten wenig schonten, darüber aber das Lesen der medizinischen Fachliteratur vernachlässigten. Deshalb hatte der über sechzig Jahre alte, so weit abseits vom Weltgeschehen lebende Arzt bisher auch nur wenig über die Bestie erfahren, die andernorts bereits Millionen befallen und viel zu viele dahingerafft hatte. Die amerikanischen Soldaten nannten sie wegen der von ihr verursachten Hautverfärbungen *Purple Death* – Purpurner Tod –, doch im kollektiven Gedächtnis der Nachwelt setzte sie sich unter einem anderen Namen fest: die »Spanische Grippe«.

Bald starben die Männer im Holzfällerlager wie die Fliegen. Aftons Vater hatte bereits Mitte September zu husten begonnen und war von seinen Söhnen sofort nach Hause geschafft worden. Innerhalb weniger Tage verwandelte sich die Farm in ein Sanatorium, denn auch Barney und Afton erkrankten.

»Sie kommen wieder auf die Beine«, erklärte Doktor Lyford, als Minik sich bei ihm nach dem Befinden der Halls erkundigte. Der Arzt kam einmal am Tag in die Schlafbaracke, schrieb Totenscheine aus und kassierte einen Dollar pro Krankenbesuch. Auch aus den umliegenden kleineren Camps wurden die Kranken hierhergebracht und längst gab es keine Betten mehr, nur Decken auf dem Fußboden.

»Alle?«, vergewisserte sich Minik.

Lyford hob die Schultern. »Das kann ich nicht sagen. Seltsamerweise verläuft diese Art der Influenza bei älteren Menschen oft weniger schwer als bei den jungen Männern. Aber es hat den Anschein, dass auch Freds Söhne es schaffen werden.«

Wenngleich Minik diese Nachricht mit Erleichterung aufnahm, konnte sie seine Stimmung nur vorübergehend aufhellen. Nach den friedvollen Tagen des Sommers hatte ihn die nackte Angst gepackt. Wann erwischt es mich? Täglich stellte er sich diese Frage. Und am 22. Oktober erhielt er die Antwort.

Schon beim Aufstehen am Morgen fühlte er sich, als sei eine Dampflock über ihn hinweggerollt. Seine Glieder waren schwer und schmerzten bei jeder Bewegung. Trotzdem schleppte er sich zur Arbeit. Du brauchst nur frische Luft und den Himmel über dir, redete er sich ein. Am Mittag brach er zusammen.

»Jetzt bin ich dran«, keuchte er. Barney, der erst seit zwei Tagen wieder arbeitete, war zu ihm geeilt, um ihm aufzuhelfen.

»Wovon redest du?«

»Kajutaijuq reißt ihr Maul auf, um mich zu verschlingen.«

»Unsinn. Bei uns haben die Eskimogeister nichts zu melden.«

»Ich muss mich ausruhen, Barney. Bitte bringe mich in die Baracke.«

»Einen Teufel werde ich tun, dich zu all den Kranken zu stecken. Du kommst mit auf die Farm. Da pflegen wir dich gesund.«

Kurz darauf lag Minik auf einem Pritschenwagen, in mehrere Lagen Decken eingewickelt, und schaukelte nach Clarksville.

Auf der Farm gab es mehr Kranke als Gesunde. Obwohl sich Afton selbst kaum auf den Beinen halten konnte, kümmerte er sich sofort um seinen Freund. Minik wurde in ein Bett gelegt und bekam kalte Wadenwickel gegen das Fieber.

Diese aufopferungsvolle Pflege zog sich eine ganze Woche lang hin. Täglich kam eine Krankenschwester, um ihre Patienten im »Hall Hospital«, wie sie es scherzhaft nannte, zu pflegen. Fast ebenso oft ließ Afton für seinen leidenden Freund den Arzt aus Pittsburg kommen. Wenngleich er alles Menschenmögliche tat, wollte sich der Zustand des Patienten nicht bessern. Minik glaubte innerlich zu brennen, seine Muskeln und Glieder fühlten sich an, als habe ein Schmied mit dem Hammer darauf eingeschlagen, und es schien nur eine Frage der Zeit, bis der Husten seine Brust zersprengte. Hinzu kamen häufige Schübe heftigen Schüttelfrosts.

Von Tag zu Tag wurde er schwächer, dämmerte immer öfter in einem Zustand zwischen Schlaf und Bewusstlosigkeit dahin. Bisweilen schrie er im Fieberwahn.

»Minik!«, hörte er irgendwann jemanden wie aus weiter Ferne rufen – es war der 29. Oktober. »Minik, wach auf, du träumst!«

Er schlug die Augen auf und sah über sich ein verschwommenes Gesicht. »Afton?«, fragte er mit schwacher Stimme.

»Ja. Du hast im Schlaf lauter wirres Zeug geredet. Wie geht es dir?«

Anstatt darauf zu antworten, fragte Minik: »Was habe ich gesagt?«

Afton machte eine wegwerfende Handbewegung. »Ach, nichts!«

Minik bäumte sich im Bett auf. »Bitte, sag es mir, es ist wichtig!«

»Schon gut, ich verrat's dir, aber leg dich erst wieder hin«, sagte sein Freund beruhigend und drückte ihn sanft in die Kissen zurück. »Du hast was von ›Aleqasinas Fluch‹ gestammelt und immer wieder ›Nein, nein!‹ gekeucht. Keine Ahnung, was das bedeuten soll.«

Miniks Anspannung löste sich. Die Worte seines Freundes hätten ihn eigentlich aufschrecken müssen, stattdessen fühlte er sich mit einem Mal befreit. Obwohl er das Gefühl hatte, seine Zunge sei nur ein trockener Lappen im Mund, der seinem Willen nicht gehorchen wollte, schaffte er es trotzdem zu antworten: »Das heißt ... dass ich sterben werde.«

»Jetzt hör auf! Ich will davon nichts hören. Bald kommt Doktor Lyford. Ich habe heute früh nach ihm geschickt. Der päppelt dich schon wieder hoch.«

»Den Dollar hättest du dir sparen können.«

»Jetzt ist aber Schluss mit deinem Geunke, Minik! Du hast schon so viele Lungenentzündungen gehabt und alle überstanden.«

»Aber nicht diese. Sie ist anders ...«

»Schweig!«, fuhr ihn sein Freund an. Mit einem Mal liefen Tränen über das Gesicht des rauen Mannes.

Minik lächelte schwach. »Du brauchst ... brauchst mich nicht zu bemitleiden, Afton. Bei euch habe ich die glücklichste Zeit meines Lebens ...« Er verstummte und schloss die Augen, um Kraft zu sammeln.

»Minik!«, schrie Afton entsetzt.

»Ja«, hauchte der. »Ich bin noch da. Erfüllst du mir einen letzten Wunsch, mein Freund?«

Afton nickte. Sein Gesicht war aschfahl.

»Ich …« Minik keuchte. Vor seinen Augen verschwamm alles und er drohte, in die Dunkelheit zu versinken. Mit aller Kraft kämpfte er dagegen an und plötzlich kehrte noch einmal das Licht zurück. Er sah, wie hinter Afton weitere Köpfe erschienen: zuerst die von Fred und dessen Frau, danach die von Qisuk, Atangana, ihrem Mann Nuktaq und der kleinen Aviaq. Immer mehr Gesichter tauchten auf: Die Streichlerin Artmarhoke lächelte ihm zu, dann auch Tante Rhetta, Uisaakassak und Piugaattoq. Minik verspürte große Dankbarkeit und dachte: Sie sind alle gekommen, um mich zu verabschieden. Endlich hatte er genug Kraft gesammelt, um seinen letzten große Wunsch zu äußern.

»Ich will nicht wie die anderen Arbeiter … in einem Massengrab beigesetzt werden, Afton. Beerdigt mich an einem schönen Fleckchen. Von wo man … eine gute Aussicht hat. Häuft ein paar Steine über meinem Leichnam auf. Und … und passt gut auf, damit … wirklich *ich* es bin, der in die Erde sinkt.«

Minik fühlte, wie seine Hände von denen des Freundes umschlossen wurden. Er spürte ihre Wärme und fühlte sich in ihnen gut aufgehoben. Konnte man sich besser aus der Welt verabschieden, als im Kreis jener, die man liebte und von denen man selbst geliebt wurde? Ihn überkam eine große Ruhe und er hauchte friedlich sein Leben aus.

Epilog

Pittsburg (New Hampshire), 30. Oktober 1918

Der kleine Friedhof lag am Ufer des Indian Stream, jenes Flusses also, nach dem sechsundachtzig Jahre zuvor eine Hundertschaft freiheitsliebender Männer und Frauen ihre Zwergrepublik benannt hatte. Im Sprachschatz der Menschen hier war der Begriff »Großereignis« ein Fremdwort. Um das Grab von Minik Peary Wallace war nur eine Handvoll Personen versammelt, darunter auch Afton und Barney Hall.

Doktor Lyford hatte tags zuvor auf eine schnelle Beerdigung bestanden. Minik war noch nicht einmal vierundzwanzig Stunden tot. Laut Sterbeurkunde hatte eine Bronchopneumonie seinen Tod herbeigeführt – so stand es in dieser Zeit häufig in den amtlichen Dokumenten der von der Spanischen Grippe Dahingerafften. Der frisch gefallene Schnee machte die Stille auf dem Gräberfeld für die Trauergäste geradezu greifbar. Alle Geräusche klangen gedämpft, so auch die Stimme des Priesters, der ein paar Verse aus einem Psalm vorlas. Anschließend sprach Afton einige persönliche Abschiedsworte. Danach wurde der schlichte Kiefernsarg in die Grube gesenkt. Mit knappen Worten, so wie es hier üblich war, verabschiedeten sich die meisten Trauergäste von den Halls.

»Warte!«, hielt Afton den Totengräber zurück, als dieser allzu schnell zur Schaufel griff und eine Ladung Erde auf den Sargdeckel schleuderte. Der hagere Mann sah ihn unwirsch an. »Bitte lass uns noch einen Augenblick mit unserem Freund allein, Porter.«

»Aber beeilt euch. Ich will das Grab zuhaben, bevor die Erde knochenhart gefroren ist.«

»Es dauert nur eine Minute.«

Der Totengräber stach seine Schaufel in den Erdhaufen neben der Grube und stapfte durch den Schnee in Richtung Kapelle davon.

Einen Moment lang blickte Afton zur Flussbiegung hinunter. Der Platz hätte Minik gefallen, dachte er. Dann griff er in die Innentasche seiner dick gefütterten Jacke und holte zwei Gegenstände hervor.

»Was hast du damit vor?«, fragte ihn sein Vater. Fred war immer noch wackelig auf den Beinen.

»Die Sachen gehören Minik. Er hat mir mal erzählt, dass es für einen Eskimo wichtig sei, seine wertvollsten Schätze auch im Jenseits griffbereit zu haben.«

Barney zog die Augenbrauen hoch. »Seit wann glaubst an solch heidnischen Kram?«

»Wie *ich* darüber denke, spielt doch keine Rolle. Diese Gegenstände haben unseren Freund fast das ganze Leben lang begleitet. Niemand hat das Recht, sie ihm jetzt wegzunehmen.« Afton streckte den Arm aus und ließ Minks Klappmesser und das »geronnene Nordlicht« in die feuchte Erde auf dem Sargdeckel fallen.

»Amen«, sagte Fred.

Afton nahm die Schaufel und verstreute etwas Erde über dem Sarg. Nach einem tiefen Atemzug stellte er fest: »Jetzt hat Minik seinen Frieden.«

Zwölf Tage später unterzeichneten die Vertreter des Deutschen Reiches und der Alliierten im Wald von Compiègne einen Waffenstillstand. Ob dies auch für die vom Großen Krieg geschundene Welt Frieden bedeuten würde, sollte sich erst noch zeigen.

Einige Wochen danach kauften die Halls einen Grabstein für Minik, auf dem sie allerdings sein Geburtsdatum falsch angaben. Es war wohl der unwichtigste Fehler, den man an ihm begangen hatte.

Am 2. Dezember 1918 erreichte Chester Beecroft in New York folgender Brief von Afton Hall:

Verehrter Mr Beecroft!

Wir beide haben einen gemeinsamen Freund: Minik Wallace. Hatten, sollte ich besser sagen, denn ich muss Ihnen die traurige Mitteilung machen, dass Minik am 29. Oktober bei mir zu Hause nach einer Grippe an Lungenentzündung verstorben ist. Er hat mir oft von Ihnen erzählt und von allen seinen Bekannten fand ich auch nur Ihre Adresse unter seinen Papieren. Daher bitte ich nun Sie darum, mir einen Gefallen zu erfüllen.

Ich würde gerne mit Mr William Wallace Kontakt aufnehmen, um ihn über den Tod seines Ziehsohnes in Kenntnis zu setzen. Er soll wissen, dass Minik nicht lange gelitten hat. Seine Krankheit dauerte nur sieben Tage. Obwohl die Ärzte ihr Bestes gaben, waren sie in seinem Fall machtlos. Sie bestanden darauf, ihn umgehend zu beerdigen. Deshalb habe ich ihn hier auf dem Friedhof begraben. Bitte übermitteln Sie mir die Adresse von Miniks Onkel Will oder besser noch, bitten Sie ihn, sich mit mir in Verbindung zu setzen. Was immer er über seinen Jungen wissen will, werde ich ihm, sofern es sich nicht meiner Kenntnis entzieht, in aller Ausführlichkeit mitteilen.

Unsere Farm hier war sechs Wochen lang ein regelrechtes Sanatorium: Mein Vater und Minik lagen mit

Lungenentzündung im Bett, mein Bruder, meine Mutter und ich hatten die Influenza. Fast jeden Tag kam eine Krankenschwester, oft auch der Arzt, um nach uns zu schauen. Wenn ich jetzt sehe, wie sich mein Vater täglich besser fühlt, wünschte ich, dem armen Minik ginge es ebenso. Die Familie trauert um einen lieben Freund. Nein, wir beweinen einen Bruder und einen Sohn.

Hochachtungsvoll

Afton Hall

Den wirtschaftlichen Ruin hatte William Wallace mit stiller Resignation hingenommen, als ihn aber die Nachricht von Miniks Tod ereilte, brach er zusammen. Er wurde sechsundachtzig Jahre alt und starb schließlich in einem Heim für psychisch Kranke in Parsippany, New Jersey.

Robert Edwin Peary ereilte das Schicksal wesentlich früher. Als der Dreiundsechzigjährige am 20. Februar 1920 von der Bühne dieser Welt abtrat, soll er verbittert gewesen sein, weil die Zweifel an seiner Nordpoleroberung nicht verstummen wollten. Die Debatte hält bis heute an.

William Wallace jr. – Miniks Freund aus Kindertagen – hatte nur kurze Zeit Rennen gefahren. Später chauffierte er den prominenten Klavierbauer Charles Kohler.

Afton Hall starb 1969 im Alter von dreiundachtzig. Er hat nie geheiratet. Sein Grab befindet sich auf dem Indian Stream Cemetry, nur wenige Meter von Miniks letzter Ruhestätte entfernt. So blieben die Wahlbrüder über den Tod hinaus vereint.

Sechs Inuit waren auf Pearys Veranlassung hin nach New York gekommen, vier von ihnen verloren dort binnen weniger Monate auf tragische Weise das Leben. Doch zur Ruhe gelangten sie erst viel, viel später. Tatsächlich unternahm das American Museum of Natural History geraume Zeit lang enorme Anstrengungen, um die peinlichen Vorfälle rund um die von Peary mitgebrachten Polareskimos zu vertuschen. Derweil lagen die Skelette von Qisuk, Nuktaq, Atangana und Aviaq unter der Zugangsnummer 99/3610 in einer Vitrine. Schließlich lenkte das Museum ein. Am 1. August 1993 wurden die Gebeine der vier auf dem Friedhof der Kirche des grönländischen Qaanaaq beigesetzt. In dieser nördlichsten Stadt Grönlands, die auch unter dem Namen Thule bekannt ist, leben heute die Nachfahren von Miniks Familie und Freunden. Sie waren im Mai 1953 innerhalb weniger Tage dorthin zwangsumgesiedelt worden, weil die US Air Force während des Kalten Krieges das neunzig Kilometer weiter südlich gelegene Uummannaq als idealen Standort für einen Luftwaffenstützpunkt entdeckt hatte.

Am 4. August 1997 enthüllten Königin Margarete II. Von Dänemark und ihr Gemahl, Prinz Henrik, auf dem Grab von Qisuk, Nuktaq, Atangana und Aviaq eine kleine Gedenktafel. In Inuktitut, der Sprache der Inuit, stehen darauf die Worte »*NUNAMINGNUT UTEQIHUT.*« – »Sie sind heimgekehrt.«

Nachwort

Eskimos oder Inuit?

Heute gilt es nicht mehr als »politisch korrekt«, die Ureinwohner der Arktis als »Eskimos« zu bezeichnen. Die verbreitete Ansicht, das Wort sei indianischen Ursprungs und bedeute »Rohfleischesser«, wird bisweilen als abwertend empfunden. Ironischerweise sehen die Inuit im Verzehr von rohem Fleisch nichts Rückständiges oder gar Barbarisches. Im Gegenteil: Es hilft ihnen – besser als die übliche, »zivilisierte Kost« – unter arktischen Bedingungen zu überleben. Davon abgesehen preisen auch die Italiener ihr Carpaccio, die Franzosen ihr Tartar oder die Japaner ihr Sushi und fühlen sich dabei sehr kultiviert. Übrigens wurzelt der Begriff »Eskimo« nach neueren Erkenntnissen der Forschung im Inuktitut, der in viele Dialekte untergliederten Sprache der Inuit (in Grönland *Kalaallisut* bzw. *Kalâdtlisut*): Das Wort *ayaskimew* bezeichnet einen »Schneeschuhflechter«.

Je nach Region haben sich die Ureinwohner der Arktis unterschiedliche Namen gegeben. In Grönland nennen sich viele *Kalaller* (Grönlander). Am bekanntesten und wohl auch verbreitetsten ist die Bezeichnung *Inuit,* was die Mehrzahl von *Inuk* ist und schlicht »Menschen« bedeutet. Um die Tugendwächter vor Irritationen zu bewahren, wurde in diesem Buch die native Bezeichnung vorgezogen, wenn die Nordleute über sich selbst reflektieren. Werden sie aus Sicht des *qallunaaq* – des »weißen Mannes« – oder im historischen Kontext beschrieben, habe ich das Wort »Eskimo« benutzt. Ein Sonderfall sind Bewohner von Nordgrönland, für die sich allgemein die Bezeichnung »Polareskimo« durchgesetzt hat. Im vorliegenden Roman werden sie bisweilen auch »Nordleute« genannt.

Was ist wahr, was erfunden?

Oft bin ich von Lesern gefragt worden, ob ich der fantastischen Literatur auf ewig verhaftet bleiben oder auch irgendwann »einen realistischen« Roman schreiben wolle. Das haben Sie nun davon. Bei genauer Betrachtung unterscheidet sich *Minik – An den Quellen der Nacht* aber gar nicht so sehr von vielen meiner früheren Werke. Schon mein Erstling, *Die Träume des Jonathan Jabbok,* erzählte von einem Grenzgänger, der zwischen sehr verschiedenen Welten hin und her wechselte. Abgesehen davon hat das bewegte, von Legenden durchwirkte Leben von Minik den Geschichtenerzähler in mir herausgefordert.

Umso mehr stellt sich wohl für den Leser die Frage: Was ist wahr und was erfunden? Der Romancier darf ja die Illusion von Authentizität erschaffen, wo sich dies für einen Fach- oder Sachbuchautor verbietet. Er kann Gedanken wiedergeben, Gefühle schildern, Beweggründe greifbar machen. Unter seiner Feder erwachen Namen zum Leben, die sonst nur ein Dasein als Fußnote in Geschichtsbüchern fristen würden. Und er kann in die Geschichte bewusst Metaphern einweben, die über den beschriebenen Augenblick hinaus wirken.

Auch die Geschichte unseres Helden als Ganzes kann durchaus als eine solche Metapher für die nie enden wollende Suche nach dem persönlichen Glück aufgefasst werden: In jeder Generation fragen sich vor allem junge Menschen, in welcher Welt sie ihre Zukunft leben wollen. Wer sind sie? Wo gehören sie hin? Wie können sie glücklich sein? Warum passt der Mensch, der ich äußerlich bin, scheinbar so wenig zu meinem verborgenen Ich? In solchen Fragen sind wir unserem Polareskimo sehr ähnlich.

Dieses Buch ist zuallererst ein Roman und als solcher erlaubt er sich manche Freiheiten. Die Gründe dafür sind vielfältig. Da ist zum einen die unklare Faktenlage. Es mag überraschen, dass ausgerechnet die Hauptakteure eher wenig zur Wahrheitsfindung beitragen. Die erhaltenen Briefe von Minik sind oft genug durchtränkt von melodramatischen Übertreibungen, die entweder von Realitätsverlust oder einem notorischen Hang zur Prahlerei zeugen. Auch Robert E. Peary hat sich, wie wir ja bereits wissen, über unseren Helden weitgehend ausgeschwiegen. In seinem 1907 erschienenen Buch *Dem Nordpol am nächsten* (engl. *Nearest the Pole*) verrät nur folgender Absatz dem Eingeweihten, von wem er spricht:

> »*Im Jahre 1897 nahmen wir einen Eskimojungen mit uns nach Neuyork, teils wegen seines unstillbaren Durstes nach Abenteuern und neuen Erlebnissen, teils auch weil wir hier eine gute Gelegenheit hatten, die Wirkungen äußeren Einflusses auf einen primitiven Menschen zu studieren. Innerhalb verhältnismäßig kurzer Zeit hatte sich der Knabe eine gute Kenntnis der englischen Sprache angeeignet, und weder im Lernen noch in körperlichen Übungen stand er dem Durchschnitt der amerikanischen Knaben seines Alters nach.*«

Kein Wort von Qisuk, Uisaakassak, Nuktaq, Atangana und Aviaq. Stattdessen das Märchen vom »unstillbaren Durst nach Abenteuern«, dem die Polareskimos einfach folgen *mussten*. Hätte ich mich allein auf solches Material stützen müssen, wäre vermutlich nicht dieser Roman, sondern ein Heldenepos mit dem Protagonisten Robert E. Peary herausgekommen. Nein, ich hätte das Buch erst gar nicht geschrieben.

Zum Glück gibt es den Kanadier Kenn Harper, dem ich für seine hilfreichen E-Mails ausdrücklich danke. Er hatte nach etwa zehnjähriger Recherche 1986 sein Sachbuch *Give Me My Father's Body: The Life of Minik, the New York Eskimo* (deutsch: *Minik. Der Eskimo von New York*) veröffentlicht. Dieses Werk, ergänzt durch Informationen aus unserem persönlichen Schriftverkehr, bildet den Faktenrahmen für das im vorliegenden Roman gezeichnete Bild von Miniks Leben. Etwa dreihundert weitere Quellen halfen dabei, einige Risse auf besagtem Rahmen zu kitten. Das Gemälde, das er umschließt, entstammt meiner Fantasie. Denn wo der Wahrheit verpflichtete Autoren wie Kenn Harper nur der Verweis auf die Lücken oder Widersprüche in den Quellen bleibt, darf der Romancier weitergehen. Er kann, wie noch im Folgenden zu berichten sein wird, die Persönlichkeiten seiner Figuren gleichsam wie mit einem Röntgenstrahl durchleuchten und ihr Leben und Handeln zu einem Suchbild umgestalten, in dem der Leser sich selbst und seine Umwelt wiederzuerkennen vermag. Auch ist es dem Fabulierer erlaubt, der wahrscheinlichsten, gelegentlich auch der spannendsten Version den Vorzug geben.

Diese künstlerische Freiheit war auch vonnöten, um eine durchgehende Lebensgeschichte zu erzählen. Das beginnt schon bei den zeitlichen Angaben. Manche Ereignisse aus Miniks Biografie lassen sich aufgrund des vorliegenden Quellenmaterials chronologisch nur ungefähr einordnen. Nehmen wir nur Miniks Geburt. Allgemein wird angenommen, er sei zwischen 1890 und 1891 zur Welt gekommen, auf seinem Grabstein steht dagegen das Jahr 1887 und auf seinem amerikanischen Einwanderungsgesuch ist der 5. August 1889 vermerkt. Vermutlich wusste Minik es selbst nicht so genau und hat sich für den wissbegierigen Beamten einfach ein glaubwürdiges Datum ausgedacht. Im Roman nehmen wir an, Minik habe am 8. Juni 1890 das Licht der Welt erblickt.

Auch im Hinblick auf die im Roman verwendeten Namen gibt es einige Besonderheiten, die beim forschenden Leser leicht zur Verwirrung führen können. Ich habe mich der heute üblichen Standardschreibweise angepasst. In den historischen

Quellen finden sich für die Figuren der Geschichte jedoch noch viele Alternativen. So wird etwa Miniks Name im englischen Sprachraum häufig »Mene« geschrieben. Andere Varianten sind »Menie«, »Meenie« und »Minnie«. Für Qisuk existieren mindestens sieben andere Schreibweisen. Ortsnamen sind überdies, wie ja auch bei uns, nicht immer eindeutig. Wer heute auf die Karte Grönlands blickt, findet immer noch ein Uummannaq. Dieses ist aber nicht identisch mit Miniks Heimatort, der heute Pituffik oder Dundas heißt.

In Bezug auf andere Ereignisse finden sich in der Literatur häufig chronologische Angaben wie »im Frühjahr« oder »im Herbst«, bisweilen nicht nicht einmal genaue Jahreszahlen. Im Interesse einer höheren Glaubwürdigkeit der Handlung des Romans wurden derlei Unschärfen vermieden und, wenngleich die Historiker darüber die Nase rümpfen mögen, durch geschätzte Daten künstlich präzisiert.

Die Dialoge und Gedanken der Romanfiguren sind, von einigen wenigen Ausnahmen abgesehen, frei erfunden. Bei den im Buch abgedruckten Briefen sieht es etwas anders aus. Die meisten wurden tatsächlich geschrieben, jedoch von mir stilistisch überarbeitet oder verdichtet. Miniks Leben wurde im Großen und Ganzen so authentisch wie möglich geschildert. Doch auch hier waren einige Kunstgriffe nötig.

Ob Minik je die Gebeine seines Vaters im New Yorker Naturkundemuseum gesehen hat, ist umstritten. Er selbst hat es behauptet und auch sein Biograf Kenn Harper beschreibt es so. Der Anthropologe Edmund Carpenter hingegen, der vom Museum zwecks Rückführung der Gebeine von Qisuk, Nuqtak, Atangana und Aviaq als Emissär nach Grönland geschickt worden war, bestreitet diese Darstellung. Aus seiner Warte war Minik ein »Liebling« der Medien, die seine Geschichte ausgeschlachtet und das Naturkundemuseum in ein schlechtes Licht gerückt haben sollen, um Auflage zu machen. Wir kennen diesen Reflex von unzähligen anderen Fällen vermeintlich zu Unrecht Beschuldigter aus allen Bereichen der Gesellschaft. Meist liegt die Wahrheit irgendwo dazwischen. Auf die Gefahr hin, vom Naturkundemuseum Hausverbot erteilt zu bekommen, habe ich Miniks eigene dramatische Schilderung der Ereignisse übernommen.

Ähnlich verhält es sich mit der Art der Präsentation von Qisuks Skelett. Es ist keineswegs belegt, dass es tatsächlich in der Vitrine *stand.* Zwar behauptet Minik dies in einem Brief und auch in der zeitgenössischen Presse erschienen entsprechende Zeichnungen, aber bei einer Begutachtung von Qisuks Knochen wurden keine Bohrungen, Verbindungsstifte oder andere Spuren entdeckt, die auf eine Montage seines Skelettes hingedeutet hätten.

Wenden wir uns einer anderen schillernden Figur unserer Geschichte zu: Robert Edwin Peary. Um ihn ranken sich so viele Legenden, dass es zwangsläufig zu einer Spaltung in zwei Lager kommen muss. Da gibt es die glühenden Verehrer, die ihm (fast) alles verzeihen, und die Gegner, die ihn für einen »großen Peiniger« und den »Sultan des Nordens« halten. Er selbst hat sich zeit seines Lebens in der Rolle eines Wissenschaftlers gefallen. Seine Passion war die Anthropologie, oder das, was er darunter verstand. So schoss er im Rahmen seiner »Studien« auch allerlei Aktfotos von seiner Favoritin Aleqasina, der »Schönen des Stammes«. Kenn Harper sagt, dass Peary schon 1896 von den Reizen Aleqasinas sehr angetan war, ob er ihr aber damals schon verfallen war, ist ungewiss.

Laut Peary hat Minik tatsächlich einen Gerfalken und eine Schneeeule erlegt, aber der Sturz in die Felsspalte ist erdichtet.

Auch Qisuks Verletzung beim Verladen des Meteoriten ist frei erfunden.

Keine von Miniks persönlichen Aufzeichnungen lässt erkennen, ob er tatsächlich jemals die Gebeine seines Vaters aus dem Naturkundemuseum stehlen wollte.

Der Name des *New-York-Times*-Reporters, der über Minik schrieb, konnte nicht ermittelt werden. Russel Calame ist daher eine erfundene Romanfigur. In seinem Namen vereinen sich alle Journalisten der *Times,* die je über Minik berichtet haben. Im Falle der Interviewäußerungen von Franz Boas steht Calame auch für Reporter anderer Blätter. Fakt ist, dass Dr. Boas gegenüber der Presse tatsächlich erklärte, er könne am Scheinbegräbnis Qisuks »nichts wirklich Anstößiges finden«. Sein Geständnis erschien am 24. April 1909 in der Zeitung *The Evening Mail* auf Seite vier unter dem Titel »Prof. Boas Defends the Fake Funeral«.

Über die Empfindungen des kleinen Minik für das Inuit-Mädchen Zaksriner kann nur spekuliert werden. Ich habe es getan.

Die Episode, in der Minik Zeuge von Aleqasinas Flucht vor Peary wird, entspringt ebenfalls meiner Fantasie. Kenn Harper meint, Peary habe Minik die zwei Gewehre aus einem schlechten Gewissen heraus geschenkt, was im Kontext von Robert Pearys sonstiger Rücksichtslosigkeit durchaus bezweifelt werden darf. Es ist nicht mehr und nicht weniger eine Spekulation genauso wie meine Behauptung, die beiden Büchsen seien ein »Schweigegeld« gewesen. Tatsache ist jedoch, dass Aleqasina dem Polarforscher zwei Söhne geboren hat, von denen nur Kali überlebte. Seine Nachkommen kann man heute noch in Grönland treffen.

Ob Minik nach seiner Rückkehr noch einmal mit seinem alten Gefährten Uisaakassak zusammengetroffen ist, kann zwar vermutet werden, ist aber durch Dokumente nicht belegbar. Damit gehört auch der Rest der Wiedersehensepisode rund um den »großen Lügner« ins Reich der Fantasie. Ob Minik also im Rahmen des traditionellen Frauentauschs jemals mit

Aleqasina das Lager teilte, ist möglich, aber ungewiss. Bei Kenn Harper heißt die Frau, die Uisaakassak von Sigluk gestohlen hat, Aleqasinnquaq. Möglicherweise ist sie nicht mit »der Schönen des Stammes« identisch, womit in der Aleqasina meiner Geschichte zwei historische Personen in einer verschmelzen würden. Tatsächlich starben zwei Liebhaber dieser Romanfigur auf dieselbe Weise. Aleqasina hat nicht allein deshalb eine Rolle in dem Roman verdient, weil sie Pearys Gespielin war, sondern auch, weil sich in ihrer Geschichte die Schicksale vieler Inuit-Frauen widerspiegeln.

Darüber hinaus weiß ich weder, wie Minik die beiden Inuit Piugaattoq und Ittukusuk kennengelernt hat, noch ob sie ihn auf dem Weg nach Etah begleiteten. Ittukusuks Sturz ins eisige Wasser ist daher ebenfalls erfunden. Warum Minik mitten im Winter die Gefahren dieser Reise auf sich genommen hat, lässt sich heute nur vermuten. Mikivssuk jedenfalls kann nicht der Grund gewesen sein, denn Arnannquaqs kleine Schwester ist allein meines Geistes Kind. Tatsächlich hat sich Minik jedoch mit Dr. Hunt am 6. Dezember 1913 schon wieder in die North Star Bay begeben und dem Arzt bei mehreren Behandlungen und Operationen assistiert.

Unter welchen Umständen Minik vom tragischen Ende Piugaattoqs erfahren hat, ist nicht bekannt.

Auch darüber, wie sich Minik und Afton Hall zum ersten Mal begegnet sind, liegen mir keine gesicherten Erkenntnisse vor. Die dramatische Szene beim Bäumefällen in der Nähe von Pittsburg (New Hampshire) ist somit ebenso frei erfunden wie Miniks Kameraden Jacques Jean Cloutier und Eustase.

Schlussendlich bleibt zu erwähnen, dass Afton Hall laut Kenn Harper die Nachricht von Miniks Tod an *James* Beecroft geschickt hat, bei dem es sich um einen in unserer Geschichte nicht weiter erwähnten Bruder von Roswell Chester Beecroft gehandelt haben muss. Um den Roman nicht mit einer Irritation des Lesers zu beschließen, habe ich den Adressaten geändert.

Das war's auch schon. Der Rest ist wahr. So ziemlich jedenfalls.

Die Wissenschaft – Licht und Schatten

Sollte der ein oder andere den Eindruck gewinnen, der Roman *Minik – An den Quellen der Nacht* kratze an der glänzenden Schmuckverpackung der Wissenschaft, so soll mir das recht sein. Wir haben Forschern und Technikern manche Errungenschaft zu verdanken, über die ich nur bewundernd staunen kann. Bei allen Segnungen von Wissenschaft und Technik halte ich es jedoch für bedenklich, wenn diese wie ein Goldenes Kalb umtanzt werden. Albert Einstein soll einmal gesagt haben, wir hätten durch schmerzliche Erfahrung gelernt, dass die Probleme unseres sozialen Lebens sich nicht durch rationales Denken lösen. Eingehende Forschung und intensive wissenschaftliche Arbeit hätten für die Menschheit oft tragische Folgen gehabt und die Mittel zu ihrer eigenen Massenvernichtung geschaffen. Dies sei in der Tat eine Tragödie von überwältigender Bitternis.

Miniks Geschichte macht die Licht- und Schattenseiten des menschlichen Entdecker- und Forscherdrangs für uns greifbar. Indem uns der Roman in eine Zeit begleitet, über deren Naivität wir vermeintlich unbelastet lächeln können, lädt er uns zugleich zur Reflexion über die Gegenwart ein. An der Schwelle zum 20. Jahrhundert mögen Wissenschaftler die vermeintlich primitiven Ureinwohner anderer Völker wie prähistorische Artefakte oder Ausstellungsstücke behandelt haben. Sie pressten die Nordleute in die Schablone der Theorie von den »lebenden Fossilien« und versprachen sich von ihnen Anschauungsmaterial über die Frühzeit der menschlichen Evolution. Ein fataler Irrtum, denn ausgerechnet auf dem Gebiet, das wie wohl kein anderes den Menschen vom Tier unterscheidet – die Sprache –, sind uns die Inuit weit voraus. Der Wortschatz eines Durchschnittseuropäers umfasst ungefähr viertausend, der eines normalen Inuk dagegen etwa *zehntausend* Wörter.

In Verkennung solcher Tatsachen wurden im Namen der Wissenschaft immer wieder Menschen geopfert, deren Leben man für weniger wertvoll erachtete als das jener Forscher, die ihr Wissen durch sie mehrten. Der bereits oben angeführte Edmund Carpenter schrieb in seinem Aufatz *Dead Truth – Life Myth* mit Bezug auf die aus ihrem Lebensraum fortgelockten und in der Fremde gestorbenen Inuit:

> *»Die Sterblichkeit war auch für Menschen aus dem Westen in der Arktis hoch. Für jeden Eskimo, der vor 1900 in Europa oder in den Lower States [südlich von Alaska] begraben wurde, füllten viel mehr Entdecker, Walfänger arktische Gräber. Noch einmal, die Menschen aus dem Westen gingen freiwillig nach Norden und Eskimos gingen freiwillig nach Süden.«*

Man muss sich diese Worte eines Anthropologen der Gegenwart einmal auf der Zunge zergehen lassen. Hat Carpenter lediglich Pearys Legende vom »unstillbaren Durst nach Abenteuern und neuen Erlebnissen«, der den siebenjährigen Minik angeblich in die Fremde zog, kritiklos übernommen? Das wäre allerdings bedenklich. Wieso? Hören wir, mit welchem Resümee der vermeintliche Entdecker des Nordpols sein bereits oben zitiertes Werk *Dem Nordpol am nächsten* beschließt – das Schlusskapitel ist bezeichnenderweise mit den Worten »Meine Eskimos« überschrieben:

> *»Ich bin oft gefragt worden: Welchen Nutzen haben die Eskimos für die Welt? Sie sind zu weit entfernt, um bei*

Handelsunternehmungen in Betracht zu kommen, und außerdem mangelt ihnen der Ehrgeiz. Sie haben keine Literatur und auch keine Kunst im eigentlichen Sinne. Sie schätzen das Leben nur wie ein Fuchs oder ein Bär aus Instinkt.
Aber wir wollen nicht vergessen, dass dieses Leute durch ihre Zuverlässigkeit und Ausdauer noch ihre Bedeutung für die Menschheit beweisen werden, nur mit ihrer Hilfe wird die Welt den Pol entdecken.«

Die Beurteilung vermeintlich unzivilisierter Völker nach ihrer »Bedeutung für die Menschheit« war symptomatisch für die damalige Zeit. Die Frage muss erlaubt sein, ob sich seit Pearys und Miniks Tagen in unserer Sicht auf Menschen anderer Kulturen tatsächlich Grundlegendes geändert hat. Oder kaschieren wir nur die alten Vorstellungen von Minderwertigkeit mit einer dünnen Tünche Toleranz?

Wer sich etwas gründlicher mit der Geschichte von Minik, seinem Vater und den anderen vier Inuit beschäftigt, erkennt die Schwächen der Argumentation, wie sie von Männern wie Edmund Carpenter ins Feld geführt wird. Nicht wenige Ureinwohner »exotischer Länder« verließen alles andere als freiwillig ihre Heimat – man denke nur an den im Roman erwähnten »Jemmy Button aus Feuerland, den Kapitän FitzRoy 1830 für einen Perlmuttknopf seinen Eltern abgekauft und mit der *Beagle* nach England gebracht hat«. Die Polareskimos waren von Pearys Lieferungen abhängig geworden und gingen weder für Ruhm noch fürs schnelle Geld in die Fremde. Der »unstillbare Durst nach Abenteuern und neuen Erlebnissen« gehört zweifelsohne zu den westlichen Verhaltens- und Denkschemata, ihn den Inuit zu unterstellen verrät, wie wenig Peary und seinesgleichen tatsächlich über sie wussten. Sie hatten auch in keiner Zeitung lesen können, wie viele andere »Eskimos« in den Ländern des weißen Mannes schon gestorben waren, sondern wollten lediglich ihren »Lieferanten« nicht verärgern, der ihr Leben mit seinen Tauschwaren leichter machte.

Heute würden einige das, was Robert Peary mit »seinen Leuten« getan hat, als Nötigung bezeichnen. Haben einhundert Jahre Fortschritt auf wissenschaftlichem, politischem und sozialem Gebiet den Menschen und die nach ihm benannten Rechte aufgewertet? Viele würden dies ohne Zögern mit Ja beantworten. Aber wie unbeschwert kann dieses Ja sein, wenn das einzelne Individuum immer noch – und neuerdings wieder verstärkt – hauptsächlich als Faktor in der Kosten-Nutzen-Abwägung gesehen wird? An der Leichtigkeit, mit der ungestraft Existenzen vernichtet werden, hat sich seit Miniks Tagen wohl weniger geändert, als wir uns einreden möchten. Die Rechtfertigungen dafür werden lediglich dem Zeitgeist angepasst.

Übrigens lagern nicht nur in New York, sondern in vielen naturhistorischen Museen der Welt immer noch etliche Zeugnisse vergangenen Unrechts, das im Namen der Forschung und des Fortschritts begangen wurde: Gräber wurden ausgeraubt, Menschen ausgestopft. Auch wenn diese Trophäen der Wissenschaft heute oft nicht mehr öffentlich ausgestellt werden, mahnen sie weiter im Dunkel von Kellern und Archiven. Sie fordern ein anderes Menschenbild, eines, das Verschiedenartigkeit als Bereicherung ansieht und nicht länger als Anlass, sich über den anderen, vermeintlich Primitiveren, zu erheben.

So zynisch uns die öffentliche, quasi zoologische Zuschaustellung lebender und toter Männer, Frauen und Kinder heute erscheinen mag, müssen wir die Protagonisten des Geschehens, ob sie nun Peary, Jesup oder Boas heißen, doch auch immer in ihrem geschichtlichen Kontext betrachten. Als Franz Boas sich einen lebenden Eskimo für sein Museum bestellte, sprach aus ihm nicht das Monster, sondern der Wissenschaftler des ausgehenden 19. Jahrhunderts. Er war in Deutschland aufgewachsen, in einer Gesellschaft, die sich – nicht anders als die US-amerikanische – über hierarchisches Denken definierte. Nationalität, Religion, »Rasse«, militärischer oder akademischer Rang, der soziale Stand im Allgemeinen und manchmal sogar das Wohnviertel entschieden darüber, wie achtenswert jemand war. Anders als seine Kollegen hielt Boas aber die Polareskimos nicht für lebende Fossilien, deren Erforschung die Theorien zur Evolution des Menschen erleuchten helfe, sondern lediglich für Vertreter einer Kultur, die sich optimal an die harten Lebensbedingungen in der Arktis angepasst hatte. Heute gilt er als Begründer der modernen amerikanischen Ethnologie.

Auch in dem, was Qisuk nach seinem Tod widerfahren ist, spiegelt sich der Zeitgeist jener Epoche. Das verdeutlichen vor allem jene Wissenschaftler, die sich selbst nicht zu schade waren, um der Forschung zu neuen Erkenntnissen zu verhelfen. Sehr plastisch hat uns dies Philipp Friedrich Theodor Mecke (1755–1803) vorgeführt. Er war einer der ganz wenigen Anatomen, die sich selbst und ihre Familie der Wissenschaft zur Verfügung stellten. Meckel sezierte und skelettierte seine eigenen drei früh verstorbenen Kinder. Ein überlebender Sohn wurde ebenfalls Anatom, unterzog die väterliche Leiche der gleichen Prozedur und stellte sie, wie von Philipp testamentarisch verfügt, in die Meckel'sche Sammlung, die bereits der Großvater, Friedrich Meckel d. Ä. angelegt hatte. 1836 verkaufte die Witwe die Exponate an die Universität Halle. Die erwarb damit die größte Privatsammlung dieser Art in Europa. Und noch heute steht das Skelett Meckels zur gefälligen Begutachtung im Anatomischen Institut der Medizinischen Fakultät Halle, nebst den Schädeln seines Sohnes und zweier Enkel. Im November 2002 initiierte das Institut ein skurriles Familientreffen. Vor dem berühmten Schrank mit seinem Skelett gruppierten sich Meckels Nachfahren – Männer, Frauen und Kinder – zu einem Familienfoto.

Ob Minik sich allerdings beim Anblick des Schnappschusses besser gefühlt hätte, darf bezweifelt werden.

Ralf Isau
Mai 2007

Von Ralf Isau sind ebenfalls bei Thienemann erschienen:

Die Chroniken von Mirad (drei Bände)
Das Echo der Flüsterer
Das Geheimnis des siebten Richters
Der Kreis der Dämmerung I–IV
Der Leuchtturm in der Wüste
Das Lied der Befreiung Neschans
Das Museum der gestohlenen Erinnerungen
Das Netz der Schattenspiele
Pala und die seltsame Verflüchtigung der Worte
Die unsichtbare Pyramide
Die Träume des Jonathan Jabbok

Isau, Ralf:
Minik – An den Quellen der Nacht
ISBN 978 3 522 17873 0

Umschlaggestaltung: Niklas Schütte unter Verwendung der iStockphotos
3062596/Michael Kemper; 836751; 792597
Vor- und Nachsatz: Roman Lang
Umschlagtypografie: Michael Kimmerle
Innentypografie: Kadja Gericke
Schrift: Minion, Info-Text
Satz: KCS GmbH, Buchholz/Hamburg
Reproduktion: immedia 23, Stuttgart
Druck und Bindung: Friedrich Pustet, Regensburg

5 4 3 2 1° 08 09 10 11

www.thienemann.de
www.isau.de

Sind 100 Jahre genug, um die ganze Welt zu retten?

THIENEMANN

von Ralf Isau

Der Kreis der Dämmerung
Band I: 1900–1929
672 Seiten
ISBN 978 3 522 17306 3

Der Kreis der Dämmerung
Band II: 1930–1945
736 Seiten
ISBN 978 3 522 17335 3

Der Kreis der Dämmerung
Band III: 1946–1958
448 Seiten
ISBN 978 3 522 17401 5

Der Kreis der Dämmerung
Band IV: 1959–2000
448 Seiten
ISBN 978 3 522 17474 9

Die beiden Welten des Minik Peary Wallace

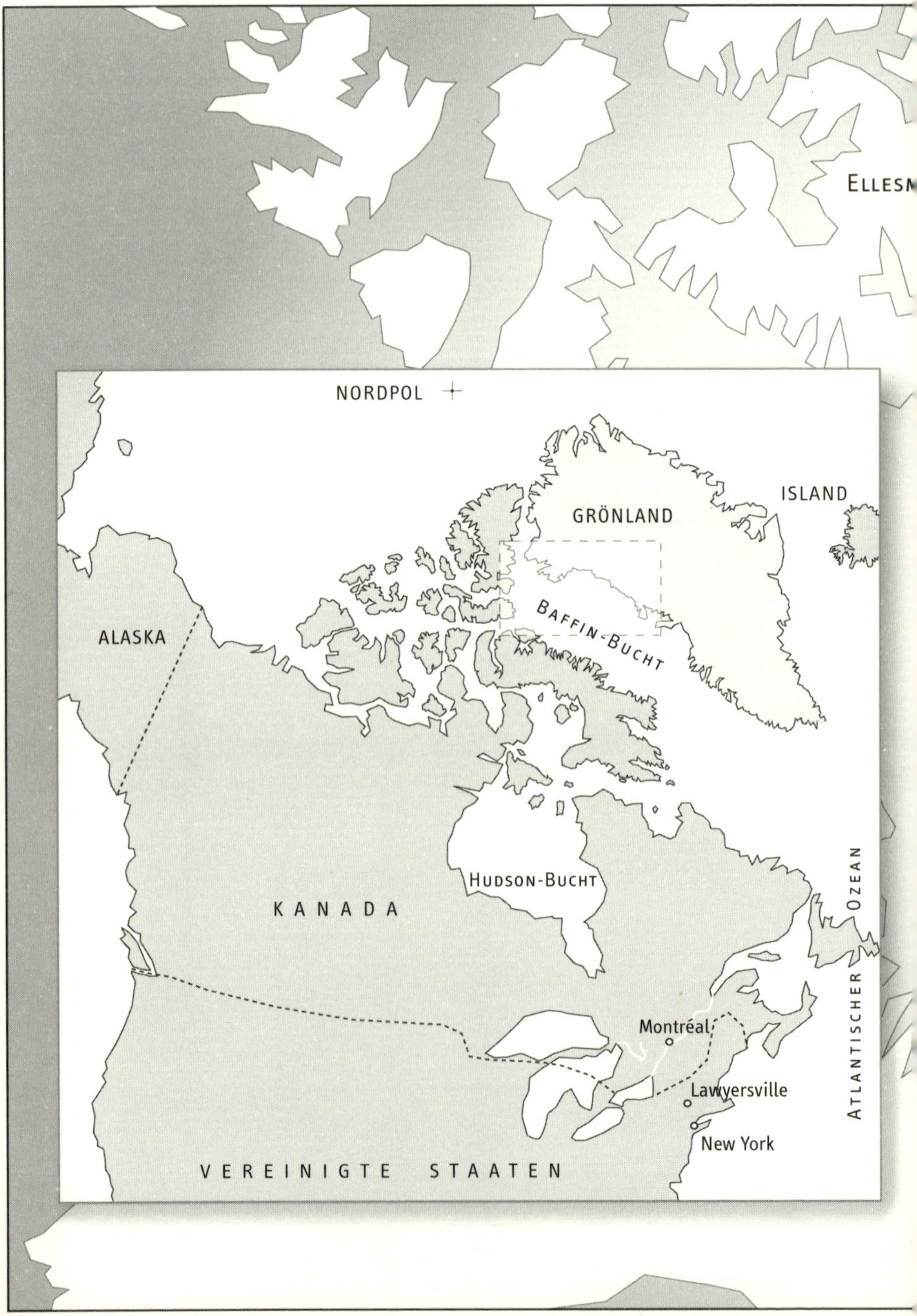